Readings of Overseas Chinese Literature

Novella

海外华文文学读本

中篇小说卷

刘 俊 选编

暨南大学出版社
JINAN UNIVERSITY PRESS
中国·广州

图书在版编目（CIP）数据

海外华文文学读本·中篇小说卷／刘俊选编．—广州：暨南大学出版社，2009.4
ISBN 978-7-81135-087-6

Ⅰ．海…　Ⅱ．刘…　Ⅲ．①中文—文学—作品综合集—世界　②中篇小说—作品集—世界　Ⅳ．I11

中国版本图书馆CIP数据核字（2009）第041597号

出版发行：暨南大学出版社

地　址：中国广州暨南大学
电　话：总编室（8620）85221601
营销部（8620）85225284　85228291　85220693（邮购）
传　真：（8620）85221583（办公室）　85223774（营销部）
邮　编：510630
网　址：http：//www.jnupress.com　http：//press.jnu.edu.cn

排　版：暨南大学出版社照排中心
印　刷：佛山市浩文彩色印刷有限公司

开　本：787mm×1092mm　1/16
印　张：22.75
字　数：512千
版　次：2009年4月第1版
印　次：2009年4月第1次
印　数：1—3000册

定　价：38.00元

目　录 Contents

亚　洲

北美洲

亚洲

一水天涯

［马来西亚］潘雨桐

潘雨桐（1937— ），本名潘贵昌，广东梅县人，生于马来西亚森美兰文丁。1957年起先后就读于台湾中兴大学和美国俄克拉荷马大学，获农学士学位和遗传育种学博士学位。现居马来西亚柔佛州，服务农业界。著有短篇小说集《昨夜星辰》、《静水大雪》、《野店》、《因风飞过蔷薇》等。

直到手中的碟子哐啷一声滑落到水盆里，林月云才猛然惊觉，赶快把水龙头打开，水便哗啦哗啦的流了出来。太大了，她关小些，目光又向窗外飘去。这一刻，黄昏时候，一家人用过了晚饭，她便在厨房里收拾，总喜欢往窗外望。

窗外是一片海。

煤气灶上蹲着一把水壶，搪瓷的，藏青色，大概用久了，底部已经焦黑，虽然有铜丝刷过的痕迹，但洗不干净。水壶的上端已有好几处剥落的斑斑点点，仿佛是岁月刻意留下的脚印，一步一个，一个一秋，这是第几——多少年了？住在这里。

水壶呼呼的冒起白烟来，林月云在抹布上擦擦湿湿漉漉的手，的一声把煤气关了，勾着头望着客厅："沏壶茶好吗？"

客厅笼罩在黄昏的灯影里，电视机开着，可以看到一角画面闪来闪去。

"我在和你说话，陈凡——"

"哦。"

林月云从橱里拿出一个圆筒形的铁罐，绿色的底写着金字，她细细地端详一会，然后使劲把盖子打开，一股清香便扑鼻而来，她深深地吸了一口气，闭上眼睛，幽幽地："真香，真——香，真是鹿谷名产。"

窗外海的颜色在变，刚刚还是明明亮亮的，只那么一会儿工夫，便阴暗了下来。窗的斜对面是一片荒废了的椰林，七歪八斜的，不知道是没有施肥瘦弱了下去，还是长年累月的给海潮冲倒了。远远的望过去，倒有点像是小时侯看过的南海风光电影，在水也湛蓝、天也湛蓝的一片蓝色打底的世界里，椰树的碧绿，椰影的碧绿，都在风里有一阵没一阵的，打算调理出一种热带风景中该有的特色。好像还得添些棕色肌肤的女孩，头上戴着艳红的朱槿花，就这么一点点艳红，隐隐约约，在遥远的记忆里，一直都不会忘记。而今确确实实的，也都展现在窗外。记得初来的时候，窗外的一排朱槿还小，不过，却是绿油油的，照顾得真好。

茶壶收藏得真好，橘红的壶身，在把手的两面都绘上水红盛开的莲，边缘还勾勒了粗细有致的金线，很特别，很少见。别的壶身不都描着斑斓点点的梅花吗？那一年夏天，母女俩经过长安东路的茶庄，原本是要买四两冻顶乌龙的，闲闲的等着老板秤茶，忽然瞄见玻璃柜里有那么好些把茶壶搁着，有素烧褐黄的、洁白描花鸟的、藏青的，惟独这个最抢眼。母亲低下头托着老花眼镜看着。

“这茶壶不错，”老板把茶包好，顺手也从玻璃柜里把茶壶拿出来，“沏好茶总得有好茶壶。”

“是有点特别。”

“进口的。”

“哪里？香港？”

“大陆的，跑委托行那个特别让过来的。”老板把茶壶翻过来，“喏，您看这个印记，假不了。”

母亲细细地摩挲起来，拿起茶壶走到门口就着光端端地瞧着，轻轻地点了点头，侧过脸来对林月云说：“这个你用得着——”

“我？”林月云接过茶壶，莲花的瓣儿浮凸处触着手心，冰凉冰凉的，有点不知所措，心里却记起刚刚背诵过的——《爱莲说》。

“还不错吧？”

“我不常喝茶，您就——”

在回家的路上，林月云的心怦怦的跳，脸有点红，有点热，手里拿着茶壶，仿佛已准备好了一切。母亲断断续续地说着白家的事，一椿椿一件件，有的相互关联，有的连边都扯不上，像是落日后回头看见的飞鸟，在冷了的晚霞留下的最后一抹血红中，一只跟着一只地跌了下去。而有的却反扑了回来，不知所终。白家是不错，每一次到白家，白妈妈就糖果点心的摆出一桌子，也在有意无意之间说着白家老大的事：他呀，可别瞧他块头大，还像个小毛头般的毛躁，闹着要出国，到他表舅那儿去。巴黎呀！花花世界，哪能放心呵！早些成个家就好。母亲也不知道有没有留心着，她倒是无由地在母亲耳边轻轻地冒出一句：“那年算命，不是说我要嫁过海去的？”

“去巴黎不也过了海吗？”母亲想了想说，“台湾海峡呵，不也过了台湾海峡？”

这么把精致的茶壶倒真是用上了，当林月云跪着辞谢父母，双手捧着茶杯看那茶壶注着碧绿的香茗，心中真是百感交集，想哭。她低着头，抿着嘴，而跪在她身边的可不是白家老大。她不是要过海嫁到巴黎去吗？手一颤，热水就泼了点出来。

“哎呀，怎么搞的。”林月云甩甩手，好烫。她又从橱里拿出两个杯子，一同放到茶托上，端到客厅去。

客厅显得有点凌乱。

“真香。”陈凡啜了一口，就着杯子闻了闻，“香片？”

“好不好喝？”

“真好，刚买的？”

“妈寄来的，妈知道你爱喝香片。”

陈凡微微地笑了笑，想说声谢谢，却接触到她盯着他看的目光，又把话咽了回来，低下头，看见她的手背一片微红。他伸手过去，轻轻的握了一下："怎么了？"

"给热水溅了一下，没关系的。"

"我给你拿药油去。"陈凡打开靠墙小桌子的抽屉，东翻西翻一阵，又转到浴室去，却拿了支牙膏出来，"药油没了，这个——"

林月云把手伸过去，任他抹上一层薄薄的牙膏："这管用吗？"

"凉凉的，是不是？"陈凡轻轻地抹着，"妈好吗？'

"回台中了。"

"台北住不惯？"

"今年冬天台北又冷又湿，妈受不了，就回台中住二姐家。可是，二姐她——"

"二姐怎么了？"

"二姐工作那家鞋厂周转不灵，员工个个苦撑着。一个月只有一天休息，晚上又要加班，没薪水，还得自备晚餐。"

"过分，谁受得了？"

"要吃饭就得受得了——二姐哪有时间照顾妈呵？"

"回雾峰老家嘛。"

"你又不是不知道妈最怕寂寞，自从她从一女中退休后，便这里住住那里住住，大哥就把老房子封了。唉，也不知道老家怎么了，真想看看书房外那一丛绿竹，还有那旁边的水池。夏天一到，满池的荷叶田田邀约，一夜之间，颤巍巍的都打起水红色的伞来。"

"我们以后搬到有绿荷打伞的水边去。"

"其实，我也不真那么想。这里没见着荷花，好像水里的植物都不开花，水风信子也不常开花，老家的却常常开得一池的紫蓝。"

"谁来留心这样的花？虎骨胶寄了没有？"

"寄了，泡了高粱。"

"试过没？"

"喝了晚上睡得比较安稳，不过，妈说好腥好臭。"

"药嘛！"陈凡拿着杯子细细地品尝着，看着杯里淡淡金色的液体，几片茉莉花留在杯底，已没了春风招拂的洁白。

"小莉呢？"林月云向四周打量一下，"小莉跑到哪里去了？"

"刚刚还看她在那里削铅笔，大概在房里吧？"

"小莉——"

"妈。"小莉从房里转出来，一手拿着刚削好的铅笔，一手拿了本学校的练习簿。

"过来，吃鱼肝油。"

"不要。"

"干吗不吃？才吃了两天就不吃？"

"好腥！"小莉皱着眉，"打呃好腥，我不喜欢。"

"医生说你肺弱，又不听话了？"

"妈——"

"听话——来，坐过来。"

"妈，我都二年级的女生了啦。"

"所以呵，你已经是个懂事的大女孩了，你要听妈的话，好好用功读书，好好背——"

"妈——"

"背给妈听。"

"妈——"

"背呵——，床前——"

"床前明月光，疑是地上霜。举头望明月，低头思故乡。"

"很好，小莉真行，明天我再教你，教你——渭城朝雨浥轻尘，客舍青青柳色新。劝君更进一杯酒，西出阳关无故人。"

"妈——什么是地上霜？"

"地上霜？"林月云轻轻地搂着小莉的肩膀，瘦棱棱的，她有点心疼。而小莉穿着一身淡绿色的小洋装，却清清爽爽的，好可爱。

"是不是电视广告上的无霜冰箱——"

"不是不是。"林月云想笑，但又笑不出，反而是眼眶有点湿润起来。雾峰乡下难得见到霜，有嘛，都在农历年前后那一段短短的时光。清晨起个绝早，赶紧走到屋后的菜圃去，一畦一畦的牛皮菜碧绿翻卷，上面打着一层薄薄的粉白粉白，用指尖轻轻地在上面画过去，就成了单轨或双轨的车道，经那薄薄的阳光一照，就一去不回了。第二天再来看，碧绿的叶子有些已伤成斑斑的瘀褐。而真正的霜天却起自东眼山的北麓，那一年的秋季，芸芸表姐约了农学院的研究生上东眼山收集山地资源资料，她也陪着他们进入森林。白天在原始森林中纵走、寻觅，把蔷薇科的植物叶子连同风霜雨露整整齐齐地夹在厚厚的报纸里。夜里，就着刚刚生起的柴火，靠着粗糙的原木搭建的长廊望月。月是从雪棱后浮上来的，把雪棱的边打成一线盈盈的苍白，而雪棱下则是一片悒墨。她从没过过这样的夜，诡异而沉悒。夜很冷，山上的夜，林中的夜特别冷。她一夜睡不着。次晨推开窗，窗外一片的白，她赶紧走出去，一步一个脚印，满地的霜，而盛开的石楠花则吐着血一般的殷红，怎么一转眼，把这一地的霜白，一树的红艳，全都推得老远老远，多少年了？

"妈，怎么了？"

"无霜冰箱哪有霜？霜是，霜是细细的雪，下次去周阿姨家，我给你看霜，周阿姨的冰箱有霜。"

"还有——故乡呢？"

"故乡，故乡就是家呵！老家呵！"

"妈，您的故乡呢？"

“雾峰呵!”

“我都不知道在哪里，我们班上的罗斯娜·维鲁，一放假都回北干那那的家去，妈——”

“等你长大了，我便带你回外婆家去。现在开始背渭城朝雨——”

“我不要背这些了，好不好?”

“不行。”

“好嘛!”

“你们学校都不念华文了，将来你长大了，要是不懂自己的文字，会变得没有自尊。”

“什么是自尊?”

“别人会笑你。”

“才不呢? 现在他们就笑我了。”

“现在就笑你? 笑什么?”

“他们都听不懂，还问我是不是念经? 我说我背的是唐诗。”

“对呵!”

“罗斯娜说是支那斑顿，一直笑我。老师听了——”

“老师怎么说?”

“老师要我学好马来文，将来才能当公务员。妈，公务员是干什么的?”

林月云怔了一下，这算什么呢? 念书只是为了当公务员吗? 她本想找些话来说说，但想起每晚小莉在房里就着书本把马来文念得飞快，也就不说了。只是轻轻地点了点头:“是要把马来文念好，不过——”

“妈，什么是公务员?”

“你就是爱问，公务员就是——”

“太多了，还当公务员干什么? 国家都给公务员吃穷了。”陈凡一口把茶喝了，“不看看电讯局的外务员，换个电表什么的，一来就是十几个，而动手的只有一两人，真搞不懂他们。”

“我们小莉才不干那种爬高跌低的事。”

“当然啰，小莉是女生嘛!”

“爸，买个摇摇给我好不好? 他们都有。”

“贪玩，”林月云拨拨小莉的短发，“你先回房做功课去。”

电视机的画面一转，一个男人，头戴宋谷，身穿纱笼，两腿盘曲着，身躯微微地向前倾，右手抚贴着耳朵，那个男人在祷告。她非常熟悉那样的祷告声，尤其是在清晨，从那一片硕莪沼泽后的小教堂，一阵一阵顺着海风吹过来忽然截断的尾音。林月云常常在这个时候醒来，便睁着两眼看晨曦从窗棂上透进来，淡淡的影子渐次明亮，最后是打着一条一条的光影，跳落妆台，跨过地板，横在她的枕畔。陈凡上班去了，她翻了个身，那祷告的声音似乎还留在枕畔。

上苍佑吾民！

林月云揣摩着，是这样的吗？都整十年了，当她在梳邦机场一脚踩上这片国土，她就听到这种声音。都整十年了，她一句也听不懂。而看着电视机画面上的字幕，一排排的爪夷文，她也不认得一个字。上苍佑吾民，上苍佑吾民，吾民是否不分种族？不分阶级？公平承受上苍的福泽？我是吾民，我也是吾民中的一分子呵！我——她看看陈凡，他静静地坐着。

"怎么说?"

"说什么?"

"经理。"

"能说什么呢?"

"他连一点正义感都没有吗?"

"别说小孩子话，他是经理，站在资方。"

"同事一场，你们给他朝使晚唤，难道一点感情都没有吗?"

"这不是感情不感情的事。"

祷告的声音没有了，画面一转，农村动态节目开始，有点凌乱，而且沙沙地响。这电视机也着实陈旧了，买的是二手货，效果不错，可是遭闪电击中一次之后，便不行了，看着看着，无端端的就白花白花的，下雨一样。这海边风大，雨水多，难得有三五天是连着晴朗的日子，今早的一场大雨，大概又把天线给打歪了。

"小莉是在这儿出世的。"

"怎么又扯到小莉身上去。"

"小莉都二年级了——你在这里没功劳也有苦劳。"

"那又怎样？人家做了二三十年的老胶工，也没拿什么退职金。"

"劳工部不管吗？劳工部不是派人来东查西问的吗?"

"别提他们了，劳工部、职工会，三天两头的来要求加薪，要求改善福利，董事部不胜其烦，提早实行翻种计划。按条例，每个职工给个三千五千，统统卷铺盖。"

"三五千块钱能干什么？都一辈子了。"

"找别的事呵——这是职工会的功劳。"

林月云收了茶具，回到厨房，把刚才洗好的碗碟仔细地用毛巾抹干。她抹得很慢，很仔细，然后打开橱子，一件一件地放回原位。茶具冲洗后，倒过来搁在一边。

窗外天色已黑，有一些星星微微地闪亮着，起风，把窗门吹得吱吱的响。她想把窗门关好，却瞥见左边一排工人宿舍全亮起了灯火，一盏一盏的在门前悬着，晕晕黄黄，看来每一盏都相同，其实每一盏都有不同的梦。那些梦都很遥远，也许在加尔各答的市中心，也许在恒河的水边。他们大多是第二代，也有的是第三代、第四代了。该不会也像她那样，十年八年，只能戚戚地望着海，洗碗碟的时候，也哐啷一声把碗碟掉在水盆里，连自己都吓一跳。而她也不会忘记那个皮肤黝黑、眼睛大大的女孩，时时用香蕉叶盛着白饭配辛辣的咖喱当晚餐，还有那样细细的声音和她说话。

“你是台湾人？”

“是吗？谁告诉你的？”

“你和他们不一样，说话不一样，皮肤不一样。你告诉我的。”

“你是印度人？”

“我是公民，我是这里出生的，这里。”

“你不回印度？”

“不回，我叔叔他们才回印度，五年，也许十年才回去一次。不过，他们都要回来。”

“他们想家？”

“你也想家？要回台湾，对不对？”

林月云常常谈到这里便戛然中断。她是想回去台湾，这有什么不对？她可以回去了再回来，就像那个印度女孩的叔叔一样。但是，现在——陈凡老是说过些时候吧，过些时候吧！回台湾还不容易吗？一张机票加几个小时，一下子就到桃园中正机场了。要是她从新加坡起飞，他则从星柔长堤回家，不巧碰上大塞车，那准是她先到台湾，而他还在路上怨声载道哩！再说，华人已被人一再指为外来移民，但是，追源溯本，难道别族就没有外来移民吗？为何厚此薄彼？一代一代地于此相传下来，难道不是上苍的子民吗？她心里有点悲伤，脸上却还是笑眯眯的，好像从来就不会有过这回事。还是听他的，免得……唉！

工人宿舍和往常一样，三三五五的男工坐在门前的长板凳上聊天。他们的乡音，好像一匹布，颜色虽然各有不同，但都是缠缠绕绕、翻山越岭、漂洋过海，无休无止的。她不明白为什么他们有那么多话说，要是她也有那么多的故乡人相聚在一起，会不会也像他们一样呢？远些是神龛，有微微的甘艾烟气味弥漫过来，越是靠近神龛的地方越是强烈。无风的时候，就漫凝成一团，久久不去。她望见那盏摇在风里橘红的灯，想起放在地上的石雕神像、油罐、酸柑，既神秘又怪异，而那个印度老女人满是皱纹的脸也就浮了上来，她们曾经深深地相互注视过。那年她抱着小莉走过神龛，瞅见老女人膜拜后站在菩提树下，飘飘摇摇的菩提树叶真美，她摘下一片给小莉。老女人走了过来，对她笑着，张着终年嚼槟榔血红了的口，咿咿唔唔地逗着小莉。她们只能用乡音示意，却无法交谈，但仿佛彼此内心都知道有一道小小的溪流在倾注，要在这一片土地上永久奔流。

林月云收拾好厨房，觉得有点累，尤其是这几天，她觉得特别累，腰也酸麻麻的。

陈凡在收拾东西，大大小小的几个装杀草剂的纸箱在地上搁着，一个个的都张着大口。而矮几上，则凌乱地放着书本、笔记，以及一些拉拉杂杂的东西。

“还是我帮你收吧，我闲着。”

“腰还酸不酸？”

“有一点。”

“你休息一下。以前也是这样？”

“不常有。”

“我是说——”

林月云望着他，有点迷茫，但一瞬的迷茫却使她的脸忽然燥热上来，微微的低下头，瞅着他：“没有啦!”

“我们只有小莉一个，看看医生好吗?”

“这个时候不好吧?”林月云望着他，心里觉得有点亏欠，这种事，一时之间，她也不知道怎么说才好。

“试一试好吗?”

林月云还是望着他，这种事，他从来都没有怨言。想当初和他们一班在活动中心讨论如何抗议校方砍伐那一路的白千层的时候，真是群情激昂，痛骂主管是世间最无趣的动物，仅仅是为了拓宽从农经大楼通往新图书馆的道路，就得铲除在风雨中屹立了半个世纪以上的白千层。要拓宽道路，弄台铲泥机三下两下就成了。可是，要养成那么一排古古拙拙的白千层，得花多少心血呵?奇怪的是，园艺系的同学好像没什么动静，是不是他们都有本事随时随地都可以栽成那么一排白千层呢?他们这一班文学院的同学，真的那么不切实际，一走到树下就发思古之幽情?而他，只是静静地听着，等到大家都意兴阑珊的时候，他才冒出一句：“主管也不是没有头脑的!”

“这个月，我们都超出预算了。”

“也不在乎省那么一点医药费。”

“对不起。”

“怎么说这种话。”陈凡笑嘻嘻地欠过身去，在她鼻尖轻轻地吻了一下。

林月云微微地皱了皱鼻子，赶紧捂住，她的鼻子有点敏感，天热的时候，沁着微微的汗珠，而冷风一起，便不时的哈啾哈啾。那年夏天，白家老大约她吃馆子，她懒懒散散地也就和他出去了。白家老大带着她在台中市穿街过巷，在这么个大热天里，顶着个大太阳逛街真是个难得的经验。她强忍着新鞋磨着脚跟的疼痛跟在后头，最后才在台中公园边的小馆子坐了下来。白家老大开始介绍他嗜吃的美食，她一向都怕吃面食，听他滔滔不绝地数说山东大面的美味，她的脑子便嗡嗡然，和着头顶呼呼飞旋的热风扇，她只感到晕眩，感到虚幻。但不时地听到他把新剥的大蒜一颗一颗地往嘴里嚼得梭梭响，和那一股特有的气味，却又把她拉到眼前方木桌的小世界。她怎么会和他在一起呢?她怎么脑海里一张一张扯过去的都是白妈妈的笑脸呢?还有白妈妈张罗的一小碟一小碟精巧的美食。而他，却大口大口呼噜呼噜地吃着面条，粗肥的手指紧抓着筷子在汤碗里掏着，她忽然恐惧起来，仿佛她已变成一根面条，只要他再呼噜一声，她就会给吞了下去。她赶忙站起来，走出去，而他错愕了一下，她站了起来，好像还推翻了椅子。她只轻轻地说了一句：“对不起!”

“要是小莉是男孩多好。”

“你真的那么想吗?”

“小莉大了就会离开我们的。”

“其实男孩女孩都一样，长大了有本事，都得振翼高飞。”

“但是，妈那里怎么说？”

“妈是唠叨了点，不过，我们也不常回去，算了。”

“以后，以后的日子长呢。”

陈凡瞪了她一眼，摇摇头：“怎么对我那么没信心，都十几年的夫妻了，你还不了解我？”

“这不是了解不了解的问题，而是——”林月云思忖着，要是真的多一个小孩，那开销可大了，而现在——远着呢，还是不要想这些吧！

“总得响应号召吧？”陈凡脸上虽然堆起笑容，却又有一点黯然，“我们总得响应号召。”

“号召？什么号召？”

“政府的号召呵，你忘了？”

“生孩子的事，政府也要管？”林月云皱了皱眉，女人家生孩子，为什么要在报上写来写去？而且，有一阵子，朋友见了面，说着说着，自自然然的，也讨论起生孩子的事来了。以往家庭计划推出两个恰恰好的口号，如今是完完全全地变了。那又怎能不变呢？她已经漂洋过海，从雾峰嫁到这里来了。

“我们得好好想想我们的处境。”

“养个小莉都不容易。”林月云一直都在迷惑之中，为什么一下子要把人口增加到七千万呢？用什么来养活那么多的人？她不知道，也没有人会告诉她七千万人口背后是什么故事。

“我们如果再沦为少数民族，那是很可悲的。”

“好吧，那就生吧。可是，现在都几十万人失业了。而且，你——”

“总比当二等公民好。”

“我知道。”

“为了南极洲的资源，我们在联合国，连两百年后的子孙都可为他们打算，眼前的事，”陈凡沉吟了一下，仿佛说给自己听，“该不会自欺欺人——总有办法的吧？”

“那就好，我只相信你一人了。”林月云依偎过去，对他盈盈一笑。她把他当作一座山，可以依，可以靠，可以给她安详的休憩处，一个家。哪像白家老大，第一次约会就带着她满街跑。没吃一口山东大面便掉头而去，固然没给他一点面子，但是，当她回到家坐在玄关处脱鞋后抚着脚跟呼疼时，她就觉得他可恶！还把母亲也给吓了一跳，轻啐了一句白家老大怎么连伺候个小女生都不会？那样的浮浮躁躁。而陈凡可就不一样，成熟稳重，当众人都投入白千层的怀古幽情而抱怨连连的时候，惟有他能体谅校方的决定。而今呢？从农经大楼直到图书馆和学校大门已是条宽阔的大道。白千层没有了，但是，葱绿的菩提树却长了上来，不管谁走在路上，都得望一望，那一叶叶飘飘摇摇的叶子，就像一张一张眯眯笑的脸，不管是清晨还是黄昏，都直逼人而来。

好久了，他们没有这样子依偎在一起。黄昏后的一段喧哗已过去，而这喧哗总是从厨房后面的工人宿舍传过来，也在那里消隐过去。像她老家的夜一样，黄昏那一段时光最热闹，等到夜色合拢了来，家家的活动范围都转到客厅里去。陈凡有时候来了就坐在书桌的一边，母亲低着头批改卷子，说着话。

"你怎么来兴大念书的？也是向往中国的五千年文化？"

"我不敢说大话，在老家，我没机会。"

"你一定贪玩，考不取。"

"陈凡成绩不错，在系里——"

"你又不和他同系，你知道？我说高中打基础的阶段最重要。"

"当然啰，要不然妈就不会说高中生不会用关系代名词与关系副词将来怎么出国。"

"乱讲。"

"我的成绩是不错。但是，我那里的大学学额是固定制的，华人分配到的很少，不成比例；政府的奖学金，华人更是难以获得。"

"不凭考试成绩吗？"

"成绩当然重要，但我们的分配额太少，一比之下，我们有许多成绩优良的学生，只能望大学的校门兴叹了。"

"不公平。"

"政党在争取，华团也在争取，但都没有什么作为。而且——"

"真搞不懂。"

"因为我们的国民被划分为土著与非土著。"

"那你是？"

"我是非土著，华人和印度人都被划分为非土著。"

"你们在南洋流血流汗，对建国没有功劳吗？"

"有呵，翻开历史看看就明白。吉隆坡的开埠功臣还是华人叶亚来呢！"

"种族歧视？推行种族主义？"

"是呵，报上也这么说的。"

"像南非一样？"

"我们可在谴责南非。"

"那不是笑话？"

"不谈这些吧，不谈？我怕——敏感。"

"我也怕。"

"妈，您怕什么？"

"你呀！将来到了那里，我能不担心吗？"

"担心什么，好好的。"

"陈凡，你真的能照顾月云？"

"当然。"

"能给她幸福？"

“当然。”

“妈，您要对他有信心嘛!”

“还是面对现实的好。陈凡，你有没有想过留下来？你的抱负，也可以在这里施展。”

“可是——”

“你得为月云着想。”

“那里是我的家，我们家族已是第三代了，我是喝那里的水长大的，我离不开。”

“那么肯定？也好！但是，你的文凭不是政府不承认吗？”

“我不当公务员就是了。”

“你们可得想清楚。”

“妈。”

“好吧，女儿大了总得嫁出去，以后要见你可就难了。哪能像你大姐二姐，说回来就回来了。”

“我也可以回来呵，又不是昭君和番。”

“也差不多啰!”

“妈，我以后每年都回来，都回来。陈凡，好不好？”

林月云的眼睛开始湿润。小莉都二年级了，她一次都不会回去看母亲。她翻回头，看见陈凡的几根白发，伸手去拔，顺势用手背偷偷地把泪水拭干，了无痕迹。

“不必了，拔了还不是又长。”

“我不要你有白头发，不要。”

“傻瓜。”

“把东西收好，乱糟糟的。”

“还是我自己来，你收了以后我可找不着。”

林月云不理他，把纸箱拿过来，开始一件一件地装进纸箱里，忽然她的手僵住了，她看到那张文凭，那张注定了陈凡前程的文凭。她曾经小心翼翼地把它卷好，装入一个硬纸质的圆筒里。她曾经亲自拿到镇上去影印，千叮咛万叮咛那影印小姐可别把文凭弄皱弄脏。而后，她便喜滋滋地帮他打申请信，打信封，附上成绩单，影印文凭，工工整整地贴上邮票，寄了出去。申请信一封一封寄出去之后，还能做的事就是等待了。而时间是一泓流水，申请信是落花，她数着落花一朵一朵地漂流过去，盼望花落后能结出果实来。只是，盼望也如流水，一去不回。

“这文凭，你不是说遗失了吗？”

“都一样。”

“怎么都一样？”

“年纪越大，文凭就越变得没有价值。而且，一直都没用上。”

“也得找个大信封收好。”

“算了吧，又不能当饭票。”

林月云把文凭从纸堆中抽出来，经纸张夹着的部分仍然雪白，而暴露在外的已完全变成黄色。她用手轻轻地拂了拂，黄色依旧，像是阶前的黄花。那时她刚刚来到这里，黄槐正盛开着满树黄花，在风里徐徐飘落。她站在树下，也是轻轻地拂着身上的落花。大伯忙着把他们的行李从车上搬下来，又一件一件地放到阶前。她望着他满头大汗地来来去去。心里着实过意不去。陈凡这份差事还是他找的。

“这里环境还不坏，有这么棵大树，没那么热，没那么热。”大伯说着就眯起眼来看落花：

“真快呵！这树又开花了，一年一次。”

“谢谢大伯。”

“乡下地方比较静，住久些也就惯了。”

“我本来就住乡下，只怕陈凡他——”

陈凡腼腆地望着：“工作嘛，都一样——不会住太久吧？”

“骑驴找马，当个园丘助理是委屈了你。以后总有机会的。”

“是的是的。”

“现在的经理也是园丘助理升上来的。当初他来检查我承包的工程，还不是什么都不懂，肯学呵，一样可以当经理。都十几年啰。”

“现在情况不一样，每年都那么多大学生失业。”

“得看机会，机会。”

“经理那里——”

“放心好了，我知道怎么做的。”

“听说印度人当经理对职员都很苛刻。”

“偏见偏见，这个印度经理不错，不错。反而是以前那个英国佬，难伺候呵——看看你们的宿命吧，老房子了，也该有四十年了，记得前几年我还来装修了一次。”

“能住就成了。”

“行情不好，工作也少了，要不是劳工部对园丘逼得紧，工人宿舍的厨房厕所要改，沟渠要做，我恐怕都要停工了。”

“真不容易。”

“你要用点心机，园丘的日子过得快。”

陈凡清晨五点就得上班。那时园丘没有电流供应，点的是臭土灯。林月云用这种伸着弯弯尖嘴的土制灯点出蓝莹莹的光芒照着煎蛋煮茶，而后看他匆匆忙忙地吃着，直到他走了出去。她没了睡意，把窗打开，一波一波冷飕飕的风便涌了过来，而工人宿舍的灯影，也一波一波地涌了出去。她可以听到锌片胶桶的碰撞声，还有缠缠绕绕的乡音一直绕出去，直到远处的办公大楼。灯火亮着，她仿佛看到他在点名，发工牌，翻查记录簿，一页一页的，越翻越快，而至纷纷飞散，成了阶前冷了的落花。昏昏黄黄的，像极了文凭的颜色。

“总得收好，也是心血换来的。”

陈凡只是瞄了一眼，也不说什么，把装满了东西的纸箱用原子绳结结实实地捆扎好，然后搬到客厅的一角去。而客厅的一角，已整理好了好几个纸箱，都是些零零碎碎一时用不到的东西，其余的也只能等到时候才收拾了。

“我还是担心。”

“这可不像林月云了。要有信心，你说的呵！况且，我在园丘工作了那么多年，经验不比那张文凭来得实际吗？”

“可是，到处都在裁员，前一阵子，大伯还说——”

“屋业当然难搞，到处都在造中上价格的房子，谁的手上有那么多钱去买房子？其实大伯早该看到的。”

“幸亏大伯收得快。这些年来大伯也没存下多少——经理只说补发三个月的薪水吗？”

“你要多少？”

“你们都没有争取。”

“私人集团，又没参加工会。算了，好来好散。”

“三个月后找不到工作怎么办？”

“到沙巴去好不好？”

“种可可？”

“我没有种可可的经验，还是找油棕园的事好些。”

可是，油棕的前景那么黯淡——林月云本想说些什么，又觉得说多了心烦，也就把话咽回来。早些时候，油棕被形容为黄金作物，环顾马来西亚的原产品，哪一样能比得上油棕呢？锡早就垮了，橡胶也无市，思胶计划起了什么作用？会是她喜爱过的千里胶林，苍苍的绿叶。当她初次踏上这片国土时，正是腊月，醺醺的热风一下子把苍绿转成满山赭红，飘飘的在她脚前身上打转。她好迷惑，这哪里是南方的热带半岛？这哪里是国家的命脉？这是一首诗，一首北国秋天的郊野常见的诗。胶会的败落使山林变色，油棕渐次地取代了大部分的胶林，陈凡也就不必摸着五更天到办公室去发工牌了。打开卧室的窗子，她可以看到油棕像是清泉岗列队的士兵，整整齐齐的，一排排地排过去，而后转眼之间便在风雨中茁壮起来。华盖婆娑，似曾相识，她想起校园后方的热带果树标本园，那个园艺系的老土约她散步，不也曾在这么棵树下制造情调吗？初夏的阳光已如火，烤得她汗流浃背，哪还有心情听他说什么呵？而今满园的累累果实，小的时候黑黑的，等到成熟了便转成朱红的颜色，说是黄金作物，名副其实。但是，曾几何时，价值为何会一落千丈呢？如果不是大力推行土著收购计划，把外资的种植业赶到印尼去，今天印尼的油棕种植业会不会成为我们的劲敌？还有泰国、新几内亚、海南岛又如何？当她从报上得悉原产部长匆匆地到外国去开拓市场时，她就生气起来——火都烧到眉毛了。

陈凡那天下班回来闷不吭声，直到睡觉前才说：“董事部发了通告，园丘易主，所有职员，补薪三个月。”她就一直睁眼到天亮。

“我想，每个人都喜欢吃植物油。”

“没看报?”

“没有，这几天都烦死了。”

“说是我们不能依靠原产品了，我们要从事立竿见影的手工艺。”

“那也不是一夜之间改得了的事，我们这里得天独厚，除了感谢上苍，还是自己好好把握——我到沙巴去，你和小莉回台湾。”

“什么?”林月云愣住了，怔怔地望着他，而他却低下头来。多久了，她不会这样专注地望着他。岁月真是不饶人呵！当年她最是爱看他那低着头的侧脸，映在初春的晨光里，短发茸茸的，打上一层泛白的朝阳，鼻梁的线条挺直，延伸到上唇，勾勒出一副刚毅的男像。她常常想，她就这么的爱上他吗?她就愿意这样为他离乡背井远走天涯吗?她曾经反复地思量着，可不能有丝毫差错呵。几经挣扎，最后却在他打完球后陪她走一段路时，在他汗水满脸的嘻笑中点了头。终身就这样子决定了的，事后想起，时常都扑哧一声笑出声来。而现在，她看到了他眼尾的皱纹，两鬓的星霜，他还没有老呵，没有。

“沙巴的园丘，大多离开市区好远，几十里几十里的往山里窜，不适合你，也不适合小莉。”

“我不怕吃苦，你应该知道。”

“小莉得进好学校。”

“那，我的公民权怎么办?”

“公民权——”

林月云觉得有点冷，她背脊开始发麻，她知道，这是一种精神压抑无可奈何的反应。其实，她已经来过公民权局好几趟了，一级级的台阶上去，进了大门，便是一排排的窗口。每一次她都嫌自己来得太早，但是，有些窗口，已有人在排队，一会儿工夫，便成了一条长龙。排队的脸孔虽然各不相同，黄的、棕的、黑的，但那盼望的眼神却都一样。她望着，仿佛她又回到了台中的公路西站。她总是在周末上完最后一堂课赶回雾峰的家和母亲共进晚餐。就那样，母亲一边烧她爱吃的菜，一边和她闲聊着，家里琐琐碎碎的事都说了，就连池里的荷花开了多少朵，色泽一次比一次鲜艳都注意到了。呵呵，春末夏初的日子多么的令人难以自持，总想用脚踢一踢冰绿的水，或是到第一市场去吃一大碟的蜜豆冰，看那个男人一身雪白的肌肤一身雪白的衣衫飞快地拼凿一大块白白的冰块。那一股冰凉，一丝丝地透了过来，一丝丝的，越来越强，直到她有点忍受不住。她背脊挺得直直的坐在一间小房间里，陈凡坐在一旁小心地说着话，有时也笑一笑。她听不懂他说什么，但她明白那样的笑是小心翼翼的。对面坐着的那个马来官员，在翻着文件，一大沓，她呈上去的，反反复复，一次又一次，有些影印副本似乎已经褪了色，积压的时日太久了。但那马来官员镜片后的目光，却依然一样凌厉。

“不连续地住上规定的年限，一回台湾，不就——”

“算了吧!”

“不行，我是合法的。”林月云心里难过起来，她觉得委屈，无助，她心里的话，不知向谁诉说才好。陈凡吗？他似乎已听得太多，看得太多。她已经把一切文件都呈上去了，而不断重复审查的却是老问题。为什么菲律宾人、印尼人非法进入沙巴州，却能轻易地成为公民？难道我们不是同住在马来西亚吗？为什么审查会有双重的标准？为什么越南的华裔难民涌入丁加奴和吉兰丹我们能执法森严，把他们赶出大海或是送去第三国？华人还被警告要以此为殷鉴。而印尼非法移民则任其登陆，泛滥到为非作歹，打家劫舍而无动于衷？这是不是我们的七千万人口政策的畸形方式？只允许同一肤色的种族才能生存？我们是一个多元种族的国家，建国共同流血流汗，而华人则被归类为非土著，这公平吗？于是，一切的权益日渐丧失，华人的文化不能成为国家文化，她教小莉念唐诗没人懂倒也罢了，连喜庆舞狮，都诸多限制，居然滑稽到献议何不舞虎？华人招牌的字要限制大小，还不可以写在马来文的上方，不知道新加坡会不会面对这种可悲的局面？美国、英国、澳洲、荷兰唐人街的招牌能不能写上中国字？竟然也有官员说中国字不美，所以得把招牌拆除。一个国家，一个种族，一种语文，我们五百万的炎黄子孙将如何自处？我们的女同胞被迫皈依回教，通过法律，父母还不得和子女相见，天下的回教徒有多少？回教是这样一种可怕的宗教吗？而今陈凡要失业了，大家都说经济不景气，无可奈何，到劳工部去登记失业吗？能帮上什么忙？所得税就快来了，少缴一块钱都不成。但是，土著金融贷款在香港损失了纳税人的二十五亿元马币，我们却不能过问。这就是政府推行的廉洁、有效率及可信赖的政策？她茫然，她觉得自己走在一条荒径上，头上枝叶繁茂的巨树给她的不是阴凉而是阴影。而陈凡则沉默着，每一次和他谈起，除了脸上结一层霜，百般无奈，仿佛也已习惯了这样的生活。

“那就等吧！有人已经等了快三十年，他还是土生土长的抗日英雄，参加过英军部队，筑过死亡铁路呢！”

“冤！”

“也不只是你一个，还有好几十万人在等呢。”

“我忽然觉得好累，陈凡——”

陈凡拥过去，把她扣在臂弯里，然后轻轻地吻了下去：“唔，有味道。”

“什么味道？”

“炒菜的油烟味。”

“去你的。”林月云站了起来，“看看小莉的功课吧！”

小莉从房里抱了个大狗熊出来：“妈——”

“功课做好没？”

“为什么把我的大狗熊装在箱子里？”小莉讶异地看着，“还有这些纸箱，爸，我们要搬家呵？”

“——年到了，大扫除，你可得帮忙呵！”

“一定。”小莉喜滋滋的，“过年爸爸给我买新鞋买新衣。”

“还给你买一个——大月亮。”

林月云望望窗外，圆月已经升了上来，霜白霜白的，打了一地的霜。

1987年3月

（选自《一水天涯：马华当代小说选》，台湾九歌出版社1998年5月版）

望 乡

［马来西亚］李永平

李永平（1947— ），马来西亚婆罗洲人。台湾大学外文系毕业，1976 年赴美留学，1982 年获美国华盛顿大学比较文学博士学位。曾任教台湾中山大学外文系和东吴大学外文系，现任教东华大学英美语文系。著有短篇小说集《拉子妇》、《吉陵春秋》，长篇小说《海东青》、《朱鸰漫游仙境》、《雨雪霏霏》等。

——丫头，你怎不吭声呢？听我讲完司徒玛丽的故事，你就一直绷着脸垂着头怔怔瞅住自己的脚尖，踢跶，踢踢跶，拖着你那双破球鞋自管走自己的路，好久好久，正眼也懒得看我一眼。你心里一定责怪我怎么可以对司徒玛丽那样残忍？她是我死心塌地爱慕的对象呀。丫头哇，我自己也迷惑了，搞不清楚事情为什么会弄成这样子。莫非又是我心中那个东西在作祟？记得第一颗石头的故事吗？朱鸰，我现在向你招认：那颗血腥的鹅卵石是我扔出去的——是我，带头干这个残酷的勾当，诱导我的七兄弟姊妹（天哪，包括我那出生没多久的小么弟）玩那场恐怖的游戏，害我一家人遭受天谴，后来疯的疯，生怪病的生怪病，夭折的夭折，弄得原本虽清寒但还算和乐的家终年笼罩在愁云惨雾中。我不是人，我是个魔。丫头终于仰起脸庞看我啦，可只睨我两眼，举起手狠狠擦掉腮帮上的泪珠，又赶忙垂下头去，依旧望着自己的脚尖走自己的路。月光下，朱鸰，你那张小脸子霎时间变得好苍白。你知道吗？这就是为什么这些年来我一直逃亡在外，漂泊迴迈，不敢回婆罗洲老家看望我的亲人，面对我母亲，面对我小妹子翠堤——更没勇气探视圣玛嘉烈的司徒玛丽，尽管我压根不晓得如今她流落何乡，也不知道她那个皮肤黝黑的孩子，唉，现在到底怎么了。此外，还有一个名字叫月鸾的女人和她的两个姊妹，我也没脸回去见她们。如果，到今天，这三姊妹还活着，她们应该还居住在古晋城外废铁道旁荒地上那间台湾寮……丫头，待会你心情好些了，我再讲三姊妹的历史给你听。拜托你吭吭气，跟我讲讲话好不好？别只顾闷着头绷着脸踢跶踢跶走路，活像个受委屈的小媳妇儿。过来，把书包背好，不要挨着堤边行走，一不留神从几十公尺高的河堤上摔下去，掉落进河畔芒草丛中，会扎死你这个小女孩的。喂，抬起头来看哪，观音山头一瓢月光下那满江绽放迎风摇曳的芒花，映着城中高烧的霓虹灯火，萧萧瑟瑟多么动人！不知怎的，丫头，每次看见台湾芒花，我就会想到婆罗洲台湾寮的故事，心中一酸，思念起那三个一生飘零、流寓南岛的奇女子。记得当初刚来台湾，有一回我独自搭火车游玩，十月天，沿着西部纵贯铁路南下，穿越那秋收时节一穹蓝天下遍地金穗翻滚、浩瀚无际的云嘉南平原，踫窿踫窿，列车奔驰过西螺大铁桥，我倚着车窗口，蓦一看，只见石头累累沙砾满布的河床上，突然汹涌出万千株芒草，一簇簇一蓬蓬顶着大太阳，哗啦哗啦摇甩起满头白花，迎风奔腾呼啸。那一霎，我看呆啦，忽然想起在古晋中学读汉朝历史时我常做的梦（那阵子我迷上霍去病喔）：丽日中天，黄沙飞扬，一群白发毵毵的老匈奴光着屁股，策马驰骋在戈壁滩上，仓皇逃避骠骑将军霍去病的追击……哟，朱鸰，你终于撅起嘴唇扑哧一笑，吭声啰！我这个梦是不是有点怪异，害你忍不住笑出声来？

——你的梦听起来是怪怪的，但想想也有点道理。芒草专门生长在荒野，越是荒凉贫瘠鸟不生蛋的地方，它越长得茂密旺盛，可不就像居住在沙漠的匈奴人吗？

——我明白了，芒草是台湾生命力的象征！不管怎样讲，当初刚来台湾，最让我感动的不是日月潭的湖光山色，不是阿里山的日出，而是那一大片一大片丛生在荒原上乱石河边的芒草，太阳下月光中，不住迎风摇荡，窸窸窣窣哗啦哗啦呜呦呦，那声调听起来多荒古、萧瑟，可又是那样的桀骜活泼！我在北部大屯山巅荒草坡，黑天半夜看见台湾芒草张牙舞爪迎向海峡的风涛，同声呼啸；向晚时分，搭火车穿渡中南部平原的浊水溪、北港溪和曾文溪，河口海平线一丸子淤血般的落日下，我听见台湾芒草的呜咽；浪游花东纵谷，在秀姑峦溪畔三家村小旅社投宿，一觉醒来探头檐外，发现它们——

——光着身子迎着朝霞在溪中洗澡，一个追逐着一个，溅溅泼泼，甩起腰肢上那一把长长的金亮发丝，只顾玩水，嬉笑打闹，活像一群快乐的山林仙子。

——唔，希腊神话中的宁芙！你这个譬喻有意思，比我梦见的那群光着屁股骑马奔驰的白头老匈奴可爱多了。我早就说过嘛，朱鸰你这个小姑娘天生冰雪聪明，人家的心都只有一个窍，而丫头你啊，胸窝里那颗鹌鹑蛋一般大的心，却生了七八个窍，心思可真多……

——你又来了！别只顾拍马屁！我现在还没原谅你呢。

——拜托你别再提司徒玛丽了，好不好？这会儿咱们俩肩并肩行走在台北市水源路堤防顶端，举起手来遮住眉心，放眼瞭望，瞧！偌大的河床纷纷霏霏满眼尽是迎风飞荡的芒花。月光下黑水白芒，美不美？我问你，这条河叫什么名字？

——新店溪。小学生都知道。

——那我再考你：新店溪中有一项特产，那是台湾野生纯种的原生鱼，叫什么名字？这下可考倒我们这位小才女啦。你肯定不知道答案，因为这种鱼早就被捕杀光了。记住！它名叫庵仔鱼，本地人管它叫憨鱼，学名叫圆吻鲴鱼。以前每年六月春夏之交西北雨季，新店溪水暴涨，庵仔鱼就会成群结队溯流而上。干吗那么辛苦？为了繁殖下一代呀。月色茫茫，成千上万只鱼儿浩浩荡荡出发，鼓着它们那装满卵子圆嘟嘟的大肚腩，趁着大雨初歇，迎向奔流而下的溪水，逆游而上，一路翻翻腾腾劈劈啵啵，破浪前进。母鱼们边游水边产卵，那一粒粒卵子乍看就像一颗颗珍珠，亮晶晶漂荡在溪上，映照着河口观音山上那位披着白头纱悄悄探出脸庞来观看的月娘……

——想到了！这条溪好比女人的输卵管，那群庵仔鱼就像男人的精虫，奋勇争先溯游而上进入子宫。当精子碰到卵子……对不起，嘻嘻，这个譬喻有点不对劲。我本来想说，这条溪就像牛郎和织女一年一度相会的鹊桥，可是，前天晚上偷偷看了台视侯雨芳主持的《人之初》节目，心里老想着精子和输卵管。

——牛郎织女相会新店溪，好譬喻！亏你这丫头儿想得出来。

——产完卵后，这些庵仔鱼回到哪里？

——回到溪上的深水潭。平日它们就成群躲藏在潭底，静静过它们的日子，像人类的男女一样生活、交配，等待明年春夏之交西北雨季来临，结伴出发，乘着暴涨的溪水再度溯流而上……

——它们躲在深水潭中交配，你看见过？

——丫头，好好给我听着！现在我要讲一桩在台湾生活那么多年最令我难忘的经验。当初来台北读大学，我住在基隆路台大第七宿舍，有个室友名叫孙万国——他现在呀？早就移民澳洲，在墨尔本一所国立大学教中国近代史——有天晚上他半夜忽然把我从睡梦中叫醒：李老三醒来醒来，跟我去新店溪看台湾郎捕捉庵仔鱼，讨几尾回来煮汤下酒！我揉开眼皮，看见孙万国耸着他那张北方汉子特有的国字脸膛，贼笑嘻嘻，伫立一窗月光中只顾瞅着我。镗！教官室的挂钟敲了一响。我跳下铺，跟随这位学长摸黑翻出后墙，持着鞋子跋涉走过宿舍围墙外那畦水稻田，穿越罗斯福路，满城鼾声中，朝向水源路，河堤下微堂里家家户户神龛中终年点着的两盏幽红佛灯，蹬蹬奔跑过去，一路来到巷底，躲过巡逻的宪兵，爬上国防医学院后墙的乱石坡，登上那座新筑的水泥堤防。明月当头，水声哗啦哗啦咛咛叮叮。晌午下过一场骤雨，六月时节，观音山下一江芒草迎着城中那簇烟火似的霓虹灯光，亮晶晶红艳艳摇荡起满身雨珠。哥俩打赤脚，行走在河床上，蹑手蹑脚踩着一摊摊沙洲泥坑，钻过丛丛水芒，往河上游一路寻寻觅觅穿渡了过去。雨后的新店溪，月光下蓦然一看，好似万千条水蛇一窝子从群山中游窜出来，银鳞闪闪，争相涌向台北市南郊景美镇，倏地转个弯，迸溅起蕊蕊水花，泼喇一声，绕过福和桥头那座雄踞河畔的石崖，喘口气，歇会儿继续往城中奔游。河床上沙洲中央高高凸隆起一畦芒草地。一群渔郎打着赤膊，浑身乌鳅鳅，弓起背脊抱住膝头蹲在水边，只管伸出脖子睁起几十只血丝眼瞳，咂咂咂猛吞口水，愣瞪着石崖下那一窟幽黑的深水潭。鬼气森森，水光闪烁中只见十几张黧黑脸孔漾亮着酒气，腮帮子酡红酡红。带头的老渔郎抖簌着颈脖上一颅子花发，猛回头，瞪住我们哥两个，呸地啐吐出两团槟榔汁，眼皮一翻，绽开嘴洞中那两只猩红门牙，低声叱喝："嘘，禁声！"孙万国赶紧伸手捂住我的嘴巴，拖着我一路哈腰鞠躬，跂着脚涉渡过黑水潭边那滩浅濑，悄悄踏上沙洲中的芒草垄子。"喂，来饮酒啦。"十五六岁的小渔郎笑嗨嗨，反手捞起搭挂在肩胛上的汗衫，抹掉胸口的汗珠，扑哧一笑，咧开上颚那五六颗血滴似的小魔牙，翘起屁股朝向我们哈个腰，递来半瓶红标米酒。我接过酒瓶，凑着瓶嘴嘬吸两口，猛一呛，慌忙闭上眼睛憋住气，好半晌才撑开眼皮，抬头望望河口，雨过天晴只见水月一瓢，笑吟吟荡漾在台湾海峡上空，洒照着观音山下那水晶宫般灯火皎洁、半夜笙歌处处的台北城。满城水光潋滟，灯影摇红。新店溪上游秀朗桥头，堤岸上两排四层楼公寓房子灯光暝朦，人影晃闪，娃儿啼哭声中，只听得家家客厅窗口传出麻将声，一波波泼水般，哗啦哗啦街头巷尾此起彼落。空窿，空窿，福和桥上盏盏水银路灯下两辆卡车疾驶而过，四更天，运载两窝哀号不停的黑毛猪，慌慌急急赶往屠场去了。河上，月色沉沉。河口涌起了滚滚彤云。河中沙洲草地上影影绰绰聚集着一群渔郎，人头堆里只见几十只眼眸子，鬼火样碧荧荧闪烁着血丝，好久一眨不眨，只顾盯住石崖下那窟黑水潭。悄没声，潭上的水環子映照着崖上街灯，一圈荡漾开一圈……也不知过了多少时候，万籁俱寂，天地间仿佛只剩下琤琤琮琮一溪流水，蓦地，月亮破云而出，当头洒照下来，黑水潭上泼喇喇一声响，喷泉也似突然迸溅出了两蕊子白灿灿的水星。浑身一哆嗦，带头的老渔郎丢掉手里的米酒瓶，朝向潭心，抖簌簌伸出两只枯黄的手指头，嘶哑着嗓子嚷道："来喽！来喽！"月色皎皎。黑魆魆一潭死水，霎时间劈啵劈啵汹涌起了簇簇水花，仿佛有人在潭底升火，烧起一大锅沸水，月下只见百尾千尾万尾庵仔鱼，银鳞闪闪，互相追逐着蹿出水面，迎向月光，喝醉酒般癫癫狂狂蹦蹦溅溅冲着撞着，满潭子捉对儿交配起来。丫头哇，这是我生平第一次观看鱼儿交尾喔，而且是几千只鱼儿聚集在一起狂欢，当场就看傻啦，好久才回过神来，咬紧牙根激灵灵打出两个寒噤。我的学长孙万国双手抱住膝头，疟疾发作似地浑身打起摆子，两只眼睛瞪住潭面，竟然流下泪来啦。沙洲上那群渔郎早就扔掉酒瓶，跳起身，合力提起一张十坪大的渔网，跑进浅水滩，朝向那噼里啪啦沸沸腾腾的水潭，没头没脑一把撒过去。网子登时罩住整个潭面。月光满潭，只见十几条乌鳅鳅瘦痀痀的人影，宛如一群夜叉，笑盈盈咧开两排红牙，呸呸，啐吐出一蕾蕾血花似的槟榔汁，跳跳蹿蹿嘿咻嘿咻，四面包抄，折腾了半天终于将一大网子活蹦乱跳的庵仔鱼拖上岸来。丫头你看，那十几张黝黑脸孔迎向月光，汗湫湫如醉如痴，蓦地绽放出朵朵笑靥，春花般酡红酡红。渔郎们齐心协力，哼嗨哼嗨，将那沉甸甸胀鼓鼓的渔网抬上沙洲，不停摇着晃着，抖着荡着，兴奋得好似一窝子集体发情的猪哥："咿啊喂，够装他四大米箩喽！"可怜那几千尾庵仔鱼，全都发了狂了，被困在网子里还兀自蹦蹦跳跳交配个不停呢！怎么啦？丫头听呆了啦？好久没吭声哦。瞧你只顾睁大眼睛伸长脖子，怔怔眺望新店溪上游那条月光粼粼的流水，龇着牙，浑身抖簌簌打起哆嗦……

——好……狠啊！

——咱们中国不是有一句成语吗？

——一网打尽。

——对！丫头聪明。

——可是，为什么那些捕鱼的人要这样狠呢？

——因为交配中的母鱼滋味特别鲜美呀！每年一到春季，庵仔鱼的肚皮就会变粉红，渔郎们管这种颜色叫婚姻色，唔，就像出嫁的闺女在雪白的腮帮子上涂抹一层鲜红胭脂，洞房花烛夜，让新郎看了格外兴奋。

——我知道了！交配期的庵仔鱼又肥又嫩，肚子红馥馥，叫男人看到了禁不住滴答滴答直流口水。

——嘿。平日庵仔鱼躲藏在深水潭老树根窟窿里，怎么骗都骗不出来，可每年这一晚交配，命都不要了，一窝子钻出老窟窿，争先恐后冲上水面……

——给等着的人一网打尽。

——每年，捕庵仔鱼的人就只等这一个夜晚。六月天，春夏之交，台湾岛上西北雨季来临啰，新店溪一夜之间暴涨，交配后的庵仔鱼聚集潭中，准备溯流而上，成群结队迎着奔流而下的溪水，浩浩荡荡一路逆游到水源头，产下卵子……

——可没想到这趟旅程正要开始，就碰上了一群心肠狠毒的渔郎。

——狠？这哪算狠呢！后来有人嫌用网子捕庵仔鱼麻烦，既费力又伤神，干脆到药房买几颗氰酸钾，一等春天来临，黑天半夜趁着庵仔鱼劈啵劈啵钻出水面来交尾，癫癫狂狂正在兴头上，就偷偷掏出几颗毒药，丢进潭中。月光下，瞧！偌大的潭面顿时飘浮起成千上万具桃红色的鱼尸，密密麻麻，乍看，宛如一簇簇迎春花，蓦地绽放在台北市新店溪黑水潭上。

——我明白啦，后来这条溪的庵仔鱼就绝种了。难怪啊，这会儿行走在水源路堤上，溪中静悄悄，听不到半点声息，只听见风吹芒草呜呦呜呦的声音，好凄凉喔。

——这庵仔鱼可是我们台湾纯种原生鱼哪！丫头。

——我问你：那晚，你的学长孙万国带你到新店溪上看渔郎捕捉庵仔鱼，你们有没有讨几只回来，煮汤下酒？就像你开始时所说的。

——有。

——你真的吃了交配中的婚姻鱼？

——吃了。

——滋味挺鲜美？看你咂吧着嘴唇，一副忍不住要流口水的样子！好吧，你现在就带领我沿着新店溪一路走上去，探访传说中的婚姻鱼。说不定，有一群庵仔鱼逃过人类的捕杀，如今正躲藏在黑水潭底老树根窟窿里呢。

——好！现在正逢十月，枯水期开始了，我们就沿着这条快要干涸的溪床，跨过一摊摊沙洲，钻过溪中一丛丛水芒草，趁着月色，往新店溪上游跋涉过去。

——我背着书包，你背着我。

——走，朱鸰丫头，咱俩一块去寻找那个深水潭。

——观音山头一轮明月，水红红。

——芒草萋萋，我们这两个一大一小来自天南地北有缘相识台北街头的伙伴，子夜时分，在观音山月娘陪伴下，蹦蹦溅溅一路溯流而上，寻找庵仔鱼栖息的那一窟活水源……

——听！河堤下小屋里有个女人在唱歌。

——你的耳朵可真灵，朱鸰小姑娘。

——嘘，禁声，让我听听她唱什么歌？月夜愁！那是一首很老的台湾民谣，我听我妈唱过。可是，咦？为什么这个女人三更半夜不睡觉，独个儿倚在门口唱歌呢？你知道为什么吗？我告诉你原因。女人内心最苦的时候就会忍不住悲从中来，扯起嗓门唱歌，仿佛要把心肝掏挖出来撕碎似的。我怎么知道？虽然我是个小女生，生平还没那样痛苦过，但我从小就常看见我妈一个人悄悄坐在卧室窗前，仰起脸庞，望着城外观音山头的月亮，好久，只顾绞起眉心，握住拳头一拳一拳擂打自己的胸口，边想心事边哀哀唱歌。

月色照在三线路
风吹微微
等待的人怎不来
心内其可疑
想不出彼的人啊
怨叹月暝

喂，喂，大哥你听呆啦？瞧你整个人一下子变得痴痴怔怔，好像忽然想起什么伤心事，月光下脸青青汗涔涔，好难看喔。我明白了！这会儿行走在新店溪上，听陌生的台湾女人唱歌，你想起你小妹子翠堤在你们婆罗洲老家常唱的那首歌。拜托你别唱！嘻嘻，对不起，先前你站在华江桥上唱《妹妹背着洋娃娃》，听起来像半夜鬼哭，直听得我毛骨悚然，满身冒起鸡皮疙瘩。唉，还是我帮你唱这首快乐的童谣吧。

妹妹背着洋娃娃
走进花园来看花
娃娃哭着叫妈妈
树上鸟儿笑哈哈
笑哈哈——

咦？大哥你怎么没反应呢，兀自望着河堤下芒草丛中那间破旧的小铁皮屋发呆？莫不是我猜错了啦？这会儿你心里思念的并不是翠堤小妹子，而是……而是你的母亲！我妈伤心时总爱唱月夜愁，那你妈呢？

——我妈呀？我妈喜欢唱天地荒。洗衣烧饭扫地的时候、没事拿起衣裳缝缝补补的时候、顶着婆罗洲毒日头蹲在胡椒田里干活的时候，她老人家——不，那时她还年轻——她总爱想心事，想着想着就会突然蹙起眉头，伸手撩起她那枯黄黄披散在肩膀的发丝，狠狠甩两甩，睁起眼睛瞅望空中不知什么东西，一咬牙，叹口气，幽幽唱起天地荒来。这首歌我从小听到大。我妈唱了几十年了，翻来覆去唱来唱去咿咿哑哑永远就是那么四句歌词：

小白菜呀
天地荒呀
两三岁呀
死了爹呀

——好凄凉！感觉上好像孟姜女哭万喜良，快把长城哭倒了。可是大哥，拜托你别唱下去，因为听你捏尖嗓子龇牙咧嘴这么一唱："两三岁呀死了——爹——呀！"我满身又起鸡皮疙瘩啦，背脊上直冒冷汗。嘻嘻对不起。咦？你怎么停下脚步，竖起耳朵，扭头望向河堤下那间小屋，愣愣瞪瞪的还在听那个台湾女人唱歌呀？

——你听，丫头，黑天半夜满江芒花摇曳呜咽，风中忽然传出女人的歌声，飘飘忽忽凄凄切切，一声声如影随形，只顾跟住我们，月光下有如一个鬼魅，漂甩着她腰肢上那把长长的银白发丝，随着河风，一缕一缕不断从我们身后追缠过来：月色照在三线路，风吹微微，等待的人怎不来啊，怨叹月暝……呵呵，我这么一唱可把你这丫头吓得缩起脖子，咬着牙齿伶伶直打寒噤。可你知道吗？小时候在婆罗洲，我就曾听过这首月夜愁，人家说那是日本军歌呢。你说什么？月夜愁是地道的台湾歌，不可能是日本歌。这你就不懂啰。听南洋老一辈的华侨说，第二次世界大战日本进军南洋群岛，好些台湾歌谣被改编成日语来唱，其中几首变成日本军歌，除了月夜愁，还有雨夜花。丫头你听过雨夜花吗？你妈一个人坐在窗前想心事的时候只唱月夜愁，就像我妈伤心时只唱天地荒，所以你从不曾听过雨夜花？好，我唱给你听：雨夜花，雨夜花，受风雨吹落地，无人看见，瞑日怨切，花谢落地不再回……你觉得这首歌调子太凄凉怎么听都不像军歌？丫头，我告诉你一件事。太平洋战争爆发那当口，我那个长年在外飘泊迴迌的父亲穿着他那一身白夏布西装，头戴白草帽，仓皇逃回家来，带着我母亲和我那刚出生的大哥躲进丛林中，落脚在沙磅越边城尧湾镇，不知如何，就跟日本少佐池田攀上关系，合伙开设肥皂厂——咦？先前跟你讲第一颗石头的故事时，我不是提过这段往事吗？那三年，我父亲就常听到日本兵行军、出征、在慰安所寻欢作乐时用日语唱雨夜花和月夜愁，叭叭叭打着节拍，拔尖嗓子唱得还挺悲壮呢。后来日本投降了，日本兵被遣送回扶桑老家了，英国人挺起腰杆子，列队走出战俘营，在苏格兰风笛队呜哇呜哇引导下，重返沙磅越殖民地，再过几年，我就出生啦。那时我们家已经从尧湾镇搬回古晋城，但还没跟随我父亲到山坳里种胡椒。六岁那年我入学了，就读古晋中华小学……

——这跟月夜愁和雨夜花有什么关系？大哥，你扯太远了。

——关系可大着呢！别急，耐心听我讲嘛。我顶记得学校附近有一条废铁道，铁轨两旁是一片荒地，周遭没几户人家，乱坟堆里不知何时搭盖起一间白铁皮屋，矮檐下开着小小的红门洞，里面住着三个肌肤皎白、年纪约莫三十、神态举止看似外乡人却操得一口南洋最通行的厦门话的女人，平日足不出户，偶尔出门也只是挽着菜篮子，沿着铁路步行到附近杂货店采买日用品。店家说，她们待人倒还和气，除了皮色忒白，人看起来跟本地一般华侨妇女没啥不同，只是说也奇怪，每次采买总要抱回两大擦草纸，不知是做什么用途的。初时，整座古晋城没有人知晓这三个女子的来历，只知道打一开始她们就住在一起，厮守在那间铁皮屋，形影不离，相依为命，所以人们就管她们叫林家三姊妹（不知谁打听出来，其中一个女子本姓林），可是三不五时，人们就看到一辆簇新的黑头仔车出现在日头下，沿着废铁道行驶，静悄悄来到城外那片荒烟蔓草孤坟累累的野地上，倏地转个弯，进入树丛中，停泊在铁皮屋门前篱笆外，车门一开，里头爬出一个（有时两三个）头戴黑色宋谷帽、身穿夏威夷花衬衫、腰间系着一条印染布纱笼围裙的马来富豪，浑身散发出古龙水味道。只见他倚在车门旁，推起脸上的墨镜四下望望，迟疑半晌才迈出脚步，跷起脚上那双乌晶晶意大利尖头高跟黑皮鞋，橐跶橐跶走进院落中，头一低，钻进矮檐下那一窟水红门洞。这时屋里就会走出一个女子，大热天，身上松松裹着一条大红花布和服，只见她……我怎么知道这些事呢？莫非那当口我躲在一旁偷看？哎呀，丫头，这座树林里从早到晚都有人徘徊逡巡，探头探脑观察铁皮屋的动静，看看屋里三个来路不明、皮肤白腻的外乡女子在干什么勾当。好奇嘛！偷窥的男人可不只我一个。朱鸰，拜托你别再打岔，我就要讲到节骨眼上头啦。这时三姊妹中的一个走出屋来，往门槛上一站，朝向天顶那颗灿白的南洋大日头，伸出两只雪白的手儿，交叠在膝盖上，深深一哈腰，笑吟吟将客人迎进屋里。过了个把钟头，窗外草丛中踮着脚竖起耳朵倾听的闲人，脚都站酸啦，心烦意躁，一个个抓耳搔腮趑趑趄趄准备走人，忽然听见咿哑两声，门打开了，马来朗客霍然耸出他那粒汗潸潸油光水亮的大头颅，钻出红门洞，弓起腰杆子爬进门口等候的那辆黑头车，鬼赶似地呼啸而去。白花花阳光中，丫头，你看哪，这家伙走出铁皮屋时脸上还带着一丝诡秘的笑容呢，边走边搔裤裆，慢吞吞系上他那条花布纱笼。林子里窥望的男人一哄而散——不，悄悄拔脚开溜。平日没有郎客来访时，整个院子静沉沉，只偶尔听到屋里有人咳嗽，咯、咯、咯，一阵急似一阵不断从窗口传出来，鼻子灵敏的人还闻到一股甜甜的血腥味呢。有时，屋里那女人边咳嗽边扯起嗓门唱歌……

——月色照在三线路，咳咳，风吹微微……

——对，就是这首让我一世都忘不了、每次听到心里就开始淌血的歌，月夜愁！还有雨夜花：雨夜花，花落土，有谁可看顾，无情风雨误我前途，花蕊坠地要如何……屋里的女人用厦门话唱这两首歌，歌词我们大都听得懂，因为古晋城就像南洋其他城市一样通行厦门话，可后来有几个到过外邦、见过世面的乡亲说，她们唱的歌词不是厦门话，而是台语。两者之间的差别我们也弄不清楚，反正久而久之，人们就把古晋城外废铁道旁树林中那间白色小铁皮屋，称为“台湾寮”。在我们这个民风淳朴保守的小城，那可是一个顶神秘、顶幽深的所在，时时勾起人们的好奇心和一种甜蜜、美妙的恐惧感。每天黄昏，城里总有一群老人家吃过晚饭假装散步，嘴上叼根牙签、闲闲背着手，昂起花白头颅，迎向铁路尽头地平线上苍苍莽莽一轮火红的婆罗洲落日，咚、咚、咚，踩着铁轨下横铺的一根根枕木，拖着他们那鬼魅般瘦佝佝黑魆魆的身影，一路蹓跶到台湾寮，停下脚步四面望了望，一闪身，倏地钻入草丛中，跂着脚，伸出脖子隔着篱笆朝门洞内窥瞄。屋顶炊烟袅袅，屋里却悄没人声，守候半天，偶尔瞥见一条苍白人影在窗口晃漾，晚风中发丝飘飏，夕阳斜照下幽灵般一闪即逝……咳、咳、咳……暮色越来越浓，没多久整间台湾寮就被婆罗洲的黑夜丛林吞没了，四下一片死寂，除了林中怪鸟凄厉啼鸣，远处城中三两声狗吠，你就只听见铁皮屋里两盏煤油灯下那一阵急似一阵催魂般的咳嗽了……月色照在三线路，咳咳，风吹微微……有时天气实在太热，三姐妹就结伴出屋来纳凉，身上只穿着单薄的衣裳，肩并肩坐在门前一条长板凳上，举起竹扇子，扇啊扇，月光中你看见她们胳肢窝下黑萋萋闪烁着一蕊蕊晶莹的汗珠……

——对不起，我要打岔了！那时你几岁啊？怎么记得那么清楚，讲得活龙活现绘声绘影跟真的一样呢。

——那时我七岁，就读古晋中华小学第四分校二年级，跟我母亲住在学校附近砂督路，那条废铁道就经过我们家。

——你这个小萝卜头就常常跟在那群南洋欧吉桑屁股后面，跑到台湾寮窥望喽！难怪呀，连三姐妹的腋毛你都看见了。

——朱鸰呀，那间小铁皮屋和住在屋里的三个肌肤较白、来历不明的女子，不知怎的，就像奥德赛史诗中那群美艳的海上女妖，一声声召唤，蛊惑七岁的我，诱引我一步一步身不由主抖簌簌进入她们的世界……每天早晨坐在教室里，我时时扭头望向窗外，心里默祷，祈求太阳公公赶快爬到天顶。好不容易捱到中午十二点钟，铃声响啦，我霍地跳起身来，一溜风，奔上校园外那条废铁道，打开饭盒掏出筷子，边吃饭边行走，朝向太阳下城郊那座鬼气森森、人影飘闪的树林，一路蹦蹬过去。有时傍晚放学，趁着我妈不在屋里，我把书包往厨房一丢，就鬼赶似地跑到三姐妹家，站在篱笆外，竖起耳朵，倾听她们那招魂似的一声叮咛伴随一声呼唤的歌声……

——夜路走多了总会遇到鬼！嘻嘻。后来，你这个喜欢偷看女人胳肢窝的小鬼头终于被三姐妹发现了，逮个正着喽？

——嘿，嘿。

——别只顾干笑！讲啊。

——我讲我讲，拜托你别搔我胳肢窝！那天中午一如往常，我躲在篱笆外草丛中张望，可这回机缘巧合，却撞见三姐妹中容貌最标致的那个姑娘独自蹲在后院洗澡。（后来相识了，我才知道她名字叫菊子，是铁皮屋三个女人中年纪最小、最不爱讲话、老是坐在窗口怔怔想自己心事的一个。）丫头哇，那天中午我给鬼迷了心窍啦，生平第一次偷看女人洗澡！菊子姑娘跂着脚尖，蹲在水桶旁，把她腰间那一束乌黑发丝高高挽到脖子顶端，松松打个髻儿，身子剥光了，背对我，翘起屁股举起手臂来，拿着木杓子往桶里舀水，好半天一瓢一瓢只顾往乳沟上浇泼，灿烂的阳光，苍白的肌肤。腋窝里黑绒绒闪亮着一撮毛发，滴答滴答缀挂着颗颗晶莹的水珠……矢鸰，你又打岔了！我正讲到那节骨眼上头呢。你到底想说什么呀？你说我这个人怎么搞的，老是注意到女人家的腋毛？哈，我也不知道为什么，反正那当口我看傻啦，只觉得自己那颗心跟随菊子姑娘手上那一杓杓井水，劈啵劈啵跳个不住。丽日中天。整座林子寂悄悄。庭院周遭灌木丛里，窸窸窣窣，怪声四起，不时有三五颗花白头颅突地探耸出来，太阳下目光荧荧，那一双双眼瞳子骨碌骨碌只管闪烁着血丝。就这么样，丫头，老老少少一伙男子（包括我这个七岁大的小毛头喔）光天化日之下纠集在人家屋外，呆呆观看女人蹲在井旁洗身子，边看边搔——搔什么东西？搔自己的裤裆啊——正在那兴头上，菊子姑娘忽然从地上拿起一罐膏药，眉头一皱，闭上眼睛张开双腿，咬着牙，往她胯下那黑萋萋一洼斑斓的水珠，狠狠涂抹过去。霎时间天旋地转，我只觉得自己膝头一软，扑通一声整个人坐倒在篱笆旁草丛中，屁股被满地荆棘扎到，痛得要死，忍不住扯起嗓门厉声惨叫三下。院子里的水瓢声顿时停住了，猛一哆嗦，蹲在日头下洗澡的女人慌忙合拢起双腿，悄悄回过头来，望了望，整个人呆住啦，脖子上松松挽着的那颗发髻飕地迸开了，湿漉漉一把发丝顿时垂落下来，披散在胸口，滴答滴答，淅沥沥淅沥沥……

——哎呀，这个时候你还只顾看人家的奶子！赶快拔腿开溜啊。

——我没走。我就像白痴一样呆呆地杵在那儿，背着书包张开嘴巴一动不动。也不知道为了什么缘故，我心里只是不想走。

——她们一定很生气啰，当场把你抓进屋里痛打一顿，警告你以后不许偷看女人洗澡，然后把你赶出屋去。

——她们没生气。朱鸰，有件事我本来不想跟你讲，可是……我还是说了吧！从小我就有一种很奇特的女人缘。我妈说，小时候我皮肤生得忒白，身子粉嫩粉嫩，跟其他在南洋出生长大、浑身皮肤黑不溜秋的孩子不一样，家族中的女人们一看见我，就忍不住伸出双手把我抢进怀中，二话不说就张开手爪，嘟起嘴唇往我脸上和身上又捏又亲，就像揉面团那样。丫头，你知道吗？客家女人聚在一起时总会找出一些面粉来揉揉捏捏，制作糍粑当点心吃，就像北方女人包饺子。糍粑就是台湾的麻糬。所以我小时候有个绰号叫糍粑，那是姑妈阿姨们取的……上回跟你讲司徒玛丽的事迹（唉，圣玛嘉烈的司徒玛丽！）记得我提过，我们家在山坳种胡椒时，有一次小阿姨从城里来访，大热天在河里痛痛快快洗了个澡，晚上就光着身子搂着我睡，让我躺在她怀中，吮吸她身上的乳香和肥皂香……可上回我没敢告诉你，那一整夜，小阿姨那双柔腻的手爪子不停地探伸过来，搓弄我的身子，嘴里一声声呼唤我的乳名：糍粑、糍粑、糍粑……

——肉麻死了，拜托别说了！继续讲三姐妹的故事吧。

——那个要命的中午，铁皮屋的菊子姑娘发现我偷看她洗澡，倘若当场便把我臭骂一顿，赶出门外，那也就罢了，后来就不会有事情发生，而我也不必追悔一辈子。不料她非但没把我轰走，反而招呼我进屋坐坐，还把她那两个正在房间里睡午觉的姐妹给叫出来，献宝似的，让她们看看这个皮肤生得忒白、嘴唇红红的小男生。那当口，朱鸰啊，我清清楚楚听到内心有个声音哀哀催促我：走哇，逃哇，这个地方不可以进去！我知道那是我娘的呼唤，可我那双脚不听话，着了魔似的一步拖曳一步跟随菊子姑娘走进铁皮屋，从此跟三姐妹结下不解之缘。

——哦，缘。

——孽缘，丫头。那天中午我坐在她们家客厅仅有的一张高背椅上，吃我妈做的便当。那张椅子模样就像我们在电影中常看到的那种太师椅，我啊就像个小皇帝，高高垂拱在那上头，而三姐妹就像宫娥环侍一旁，笑吟吟喜孜孜看我吃饭，陪我说话儿，问东问西，不外是家里有几个兄弟啦、你排行第几啦、父亲几时来南洋现在吃什么头路啦、母亲今年多大岁数身体可还好吗？后来她们看我一大口一大口扒着干饭吃，吃到都快噎住了，就到厨房给我煮一碗味噌汤。丫头，这是我生平头一次喝味噌汤呢。我永远忘不了那第一口的滋味，当时直想呕吐出来，可是一抬头，看见三姐妹站在跟前眯笑眯笑瞅着我，只好憋住气，狠狠将它吞下肚，谁知那口怪汤一滑入喉咙，滋味却变得美妙无比，于是我咬紧牙根又喝三口。多少年了，我喝味噌汤早已经喝上瘾啰，在我心目中那是可恶的日本最伟大、最可爱的发明！就这样我在三姐妹家吃过了午饭，赶回学校上课啦。三个女人结伴送我，离别依依，直送到树林外小径尽头，目送我沿着铁路跑回那日头下早已绽响起琅琅读书声的中华小学校园：床前明月光，疑是地上霜。举头望明月，低头思故乡……以后每天中午我就瞒着我妈，溜到三姐妹家作客，我总是高高坐在屋子中央那张太师椅上，吃饭喝汤，好不惬意，而她们总是环绕我身旁，坐在矮板凳上笑眯眯看我吃。看着笑着，三姐妹中的一个就会伸出粉白的臂膀，张开她那血滴般涂着猩红蔻丹的五根手指尖，梳理我的头发，旁边一个姐妹看在眼中，就会赶紧挪过板凳，挨到我脚跟前伸出手来，整理我身上那件白上衣黄短裤中华小学男生制服。就这样，三个异乡女子和一个误闯入她们世界的小男生，结缘南洋古晋城，日复一日，相聚在城外废铁道旁那间小小的、热烘烘的铁皮屋，边吃午饭边闲话家常，和乐融融就像一家人（我们四个人皮肤都生得忒白，乍看还挺像母子！）有时没说话，三姐妹就默默坐在凳上，仰起脸庞眺望着窗外树梢头那一团白花花的天光，各想各的心事，三不五时回过头来看看我，眼一柔，咧开嘴唇，绽露出她们那一颗颗让我永远怀想的皎洁门牙，对我笑了笑，然后眼神一点，从喉咙里发出沉沉两声叹息。朱鸰，这会儿我背着你行走在台北新店溪上，对着观音山头的月娘，我发誓：我永远感念这三个女人！她们疼爱我，可也尊重我，从不把我的身子当做一团粉嫩的糍粑，揉揉捏捏又亲又啄（丫头哇，你知道从懂事开始，我就多憎恨我这个乳名糍粑吗?）所以我喜欢待在这三个来路不明、背后遭人指指点点的女人家里，因为我觉得安心。她们让我真正感受到女人的母爱是那么的宏伟、那么的自在安详。窗外木叶娑娑，矮檐下草丛中影影幢幢总是有人逡巡偷窃。屋里言笑晏晏，一缕阳光从铁皮屋顶那口天窗洒照进来，投射在三个女人身上，而这三个女人环坐在一个小男孩身旁，脸上堆满慈蔼笑容，看他吃饭……可是……每次一听到屋外林中小径上嘎扎嘎扎响起车轮声，三姐妹就会霍地跳起身，一脚踢开屁股下的小板凳，急慌慌，打发我回学校上课。背起书包拎起饭盒钻出门洞的当儿，心一沉，我就会看到一辆黑头仔车停泊在屋前，太阳下人影晃闪，鬼魅般从车中爬出一个（有时一伙三四个）头戴黑色宋谷帽、腰系印花布纱笼围裙、胳肢窝下飘散出一股腥辣古龙香水味的马来男子。萧萧蔌蔌，风吹草动，林中徘徊窥望的闲人们悄悄昂耸出头颅，日影里目光睒睒，鬼火样一瞳子一瞳子闪烁着斑斓血丝。（奇怪啊，丫头，造访三姐妹的郎客每次都不一样！我的意思是说，每次我看到的都是新面孔，跟上回的访客并不是同一个或同一伙人，但这还不打紧，最让我毛骨悚然的是，每回在屋前擦身而过互瞄两眼时，马来郎客总会回过头来，伸手托起脸上的墨镜，睨着我，咧嘴一笑，倏地伸出他嘴洞中那根红涎涎的舌尖，咂咂咂舔了舔自己的腮帮，然后才整理衣帽，迈出皮鞋，回身钻入三姐妹家那个红门洞。事隔多年，至今我还参不透，这个怪异的动作究竟代表什么意义?）不管怎样，每次被匆匆赶出铁皮屋，回头一望，我就发现三姐妹已经脱掉家常衣衫，拢起头发，高高挽在颈脖上，整张脸孔搽满白粉堆满笑容，一字排开，伫立门洞口，把双手交叠在膝盖上，袅袅娜娜朝向访客一起哈下腰去：“嗨，伊拉夏伊妈谢！”丫头你瞧她们那闺女般圆润白净的身子，日头下显得格外光洁，连根汗毛也找不着，蓦一看，好似三只被剥光了羽毛的白斩鸡，松松包裹在一袭妖艳的大红布和服内，风中衣襟飘撩，只见一双嫩白奶子挺起两粒绯红的乳头，映着晌午的阳光，颤巍巍若隐若现。郎客磔磔怪笑，伸出手爪紧紧搂住菊子姑娘的小腰肢，挟着她，鼓起裤裆昂然进屋去了。不一会，窗口就传出三个女人的娇笑，笑声中夹杂着哀哀唧唧的呻吟，好久好久回荡在午后寂沉沉的树林中。我站在门洞外，捏着鼻子竖起耳朵倾听，心头猛一抖，回过神来拔腿就溜，沿着铁路边跑边流泪，指着天顶那颗明晃晃的大日头恨恨发誓：打死我都不再回来啦！可是，隔天中午，我依旧揣着我妈给我准备的饭盒，身不由主，背着书包踏上铁路，一步步磨蹭着慢吞吞走向林中小屋。瞧，三姐妹早就站在门洞口，踮着脚，伸长脖子朝树林外眺望，满脸焦急，那副神态——天哪——就像母亲倚门盼望苦苦等待儿子放学平安回家！一看见我出现在路口，三个女人顿时就舒展开深锁的眉心，笑啦，争相牵住我的手，团团把我簇拥进屋里，叽叽喳喳问东问西，确定我没生病也没生她们的气，这才长长叹息两声，安下心来。一如往常，我高高坐在屋子中央太师椅上，像个小皇帝伸出嘴巴，左一口，喝三姐妹为我熬煮的味噌汤，右一口，吃我妈做的饭菜，心里快活得很哪，而她们依旧坐在我跟前那三张矮板凳上，手里捧着饭碗拈着汤匙，仰起脸庞瞅住我，噙着眼泪笑眯眯喂我吃饭……

——我的妈呀，这三个孤苦伶仃、流落南洋的女人，把你这个皮肤粉嫩粉嫩活像一团糯糬的小男生，当成自己的儿子啦。

——嘿，那时我就已经感觉到了，她们把我看作自己的亲人，尤其是名字叫“月鸾”的那位阿姨对我特别好。我为什么叫她阿姨？因为她跟我最亲，疼惜我就像疼惜自家的子侄或外甥，况且……况且她身上那一股时时飘散出来的淡淡汗酸味和浓浓肥皂香，不知怎么，总是勾起我的记忆，让我想到从小常到我们家搂着我睡的小阿姨。所以我就管月鸾叫阿姨，挺顺口的。那我又怎么知道她名字叫月鸾？她亲口告诉我的呀。我记得顶清楚，有天中午天气特别闷热，我在铁皮屋喝了两碗味噌汤，饭后她把我牵到水井旁，摇着辘轳打上一桶水，拢起裙脚蹲下来，拿块肥皂帮我洗身子。擦着搓着，她忽然撅起嘴巴，将她那红嘟嘟两片嘴唇凑到我耳朵上说：“我偷偷告诉你，我的真名叫月鸾，你千万不要跟别人讲！这个秘密全世界我只告诉你一个人哦。”脸一红，她悄悄回过头去，望了望篱笆外日头下鬼眼幢幢人影飘忽徘徊的乱草丛，猛然打个哆嗦，咬住嘴唇不再吭声了，抓起肥皂使劲擦洗我的身子……

——天，这位月鸾小姐还帮你洗澡！说不定，她也帮那些马来郎客洗澡……

——拜托你别乱讲，朱丫头！

——哟，我只是开玩笑，瞧你那张脸孔飕地变了颜色，一阵青一阵白，月光下两只眼睛红凸凸只顾瞪住我，好像要喷出火来了……对不起，我不再逗你啦。咦？三姐妹中的另外两个叫什么名字呀？

——一个叫林投姊，一个叫菊子姑娘。

——这两个名字一听就知道是花名。

——丫头聪明！她们两个打死都不让人家知道她们的真实姓名，连她们的姐妹月鸾也不告诉，莫说我了。

——那么这三个女人肯定不是亲姐妹啰？

——唉，同是天涯沦落人……

——先前你说，你们古晋当地人把她们住的那间铁皮屋叫做台湾寮，那么，她们是从台湾去的啰？

——那时我才七岁，读小学二年级，哪里知道台湾到底是个什么所在！月鸾告诉我，她的故乡在大海北边很远很远的一个岛屿上，她家庄脚外有一条河叫浊水溪，溪畔长着芒草，乍看还真像南洋芦苇呢，每到中秋时节就会开花，月光下白雪雪一大片。她说，如今孤零零躺在小铁皮屋一张木板床上，夜夜睏不落眠，两眼睁睁，眺望屋顶天窗外黑魆魆的婆罗洲天空。唉，无聊月夜！于是她就伸出手指头，数着天顶那一簇亮晶晶冷冰冰只顾朝她眨眼的星星，一颗、两颗、三颗……望着数着，她就会思念起在家乡种田、如今不知仍健在否的阿爸和阿母，还有她的六个弟妹，那晚做梦，她就会梦到她家水田旁那满溪盛开的芒花，迎着天上的月娘，哗啦哗啦随风起舞，恍惚中好像村里一群孩童满头插着白色的野花，聚集在庄口，笑嗨嗨向她招着手儿……长大后我来台湾读大学，记得第一次搭火车南游，向晚时分穿过西螺大桥，抬头一看，只见河畔村中归乌乱飞炊烟四起，远处，浊水溪口，台湾海峡上空一轮红日悬吊，金光灿烂溅溅泼泼，照射着河床上那满眼萧萧萩萩泪花也似迎风飞洒的水芒花。那当口，心头猛一牵动，我想起了月鸾——那个流落在南洋婆罗洲我的老家、我小时候疼过我、煮味噌汤给我拌饭吃、帮我洗身子而今却下落不明、生死不知的月鸾阿姨！倚着车窗口，坐在纵贯铁路南下列车中，夕阳下的台湾村庄一座接一座飞闪过我眼帘……林内乡、田头里、平顶村……月鸾、林投姊、菊子姑娘……车窗外暮霭越沉越红，台湾海峡一团火球熊熊燃烧，烟波中载浮载沉，幽灵般，我脑海里浮现起了古晋城外日头下孤坟累累的荒地上那间小小的台湾寮……日落嘉南平原，归鸦呱噪声中，莒光号金黄列车轰隆轰隆冲开苍茫月色，一路往南方奔驰，我眼眶红了，当着满车厢乘客的面，簌地流下两行热泪来啦。朱鸰，你知道我为什么会那样难过吗？

——因为你后来做出一件亏心事，对不起你的月鸾阿姨和她的两个姐妹。喂，别变脸哦！我先不问你那件事，等你心情好些再讲。现在你告诉我，这三姐妹当初为什么要离开家乡到南洋去呢？

——月鸾说了，十六岁那年夏天放暑假，地方上有位绅士忽然带着两个身穿白西装、头戴黄草帽的日本浪人，搭乘吉普车来到她家庄脚，自称是什么“拓植会社”的干部，替皇军招募随军看护妇到南洋军医院上班。在乡绅见证下，日本人掏出两千元纸钞，交给她阿爸，鞠个躬，要他在一份用日文写的契约上画押。阿爸双手接过钞票，什么话也没说，两眼望着站在门口只顾低头玩弄胸前两根辫子的长女阿鸾，只是流泪。她阿母啊？不知躲藏到哪里去了。在家乡父老敲锣打鼓欢送下，月鸾和村里六个梦想当护士的姑娘出发啰，兴冲冲喜滋滋，搭火车到高雄港，跟两百多个来自其他乡村的女孩子会合，搭上兵船，随同日本陆军第一百二十四联队（月鸾阿姨讲的这个番号，我记得清清楚楚，因为她提过好多次），漂洋过海来到了英属渤泥岛。日本人讲的渤泥岛就是中国人说的婆罗洲，我出生长大的地方啦。登陆后，十五位姑娘被分派到古晋城皇军慰安所工作。那是城中一栋巨大的洋楼，上下两层，底层用木板分隔成几十个两坪大的小房间，里头啥都没有，只摆一张挺坚固的双人木床。每个房间住一个姑娘，日夜接待皇军，从事慰安工作。丫头你问怎么个慰安法啊？唉，就像台北市华西街宝斗里的姑娘那样啰！古晋慰安所那群服务生，各色人种的姑娘都有：朝鲜人、荷兰人、菲律宾人、英国人……

——慢着！英国人和荷兰人怎么肯让他们的老婆和女儿从事这种工作呢？那时在南洋殖民地，白种女人不是挺尊贵，就像皇后和公主一样吗？

——月鸾阿姨说，皇军攻下新加坡，来不及逃到澳洲的英军眷属，连同其他战区被日军捉到的英国女人，全部被集中在一起，分配到南洋各地慰安所工作，有一批被送到渤泥首府古晋城，住进那栋洋楼，专门服侍皇军南方派遣军的高级将佐。丫头，你知道吗？那时新加坡是大英帝国在远东最巨大、最坚固的军事堡垒，不料只守了三天，英军就向日军投降。这下可就害惨他们的眷属。这些英国良家妇女被推入火坑，当了三年营妓，成为日本军官开洋荤的工具。不瞒你说，丫头，我们这些南洋华侨从此对英国男人就不像以前那么尊敬、那么畏惧啦。可话说回来，日本兵对慰安所的英国女人倒是满尊重，并没怎么凌虐她们，让她们住在楼房上层，跟荷兰营妓聚在一起，彼此有个照应嘛。荷兰营妓原本也是良家妇女，日军攻占荷属东印度群岛后，把她们送进慰安所。平日，这些白种女人就在楼上的欧式豪华卧房里工作，抚慰皇军高级军官，偶尔出门散步踏青，也有宪兵护卫，前呼后拥，就像先前她们当殖民地主子那个排场。每隔两三个礼拜，碰到艳阳天，军部就用卡车把她们一窝子载到城外沙磅越河滨，从事日光浴。光天化日众目睽睽，在一群佩戴红十字臂章的日本卫生兵督导下，二三十个蓝眼白肤、燕瘦环肥的女人一字排开，戴上墨镜，脱光衣服，仰天躺在河畔草地上张开双腿，拱起屁股晒太阳。这个场面，我父亲当年还亲眼看过哩！上回我不是跟你提过，我父亲和一个日本少佐池田合伙经营肥皂厂吗？所以……哦，扯远了。现在我不想再谈我父亲的事。但根据我父亲转述日本军医的说法，在慰安所工作的女人长年不见天日，耻部容易生虫，定时让它晒太阳，可以杀虫喔！皇军对麾下那群欧洲妇女的照顾和体贴，可说无微不至。月鸾她们可就没那么好命喽。同样在慰安所工作，却居住在楼房下层鸽子笼似的小房间、专门伺候日本小兵的黄种姑娘，日子可不好过。怎么个不好过呢？月鸾阿姨打死不肯讲，只告诉我一件事：有个叫柳什么姬的朝鲜姑娘受不了折磨，跳井死了，从此，楼房里就常常发生怪事，前来接受慰安的日本兵趴在姑娘身上干那勾当，嘿咻嘿咻正在兴头上的当儿，莫名其妙会突然抓狂，跳起身来，握着拳头狠狠擂打自己的子孙袋，嘴里厉声高呼："天皇万岁！"日本军部被惊动了，从新加坡派来两位神道教祭司，诵经念咒作法，将恶灵镇锁在井内。听月鸾阿姨这么一说，好奇心起，我就偷偷溜进那栋早已荒废的洋楼查看，果然在后院八角亭下找到一口上了锁的水井（数一数，总共七把锁哦），井盖上，五彩斑斓妖妖袅袅横七竖八，粘贴着十几幅用日文写画的符咒。大白天鬼气森森。我跑回去问月鸾阿姨，日本兵究竟怎样对待她们这群姐妹，才会让那个姓柳的朝鲜姑娘死得那样凄惨、那么的不甘心？她回答说，小孩子千万不可以知道这些事情，知道了，以后长大成人，性情就会变得非常粗野怪异，一辈子都不晓得好好疼惜女人的身体。反正这是命哪，她和慰安所其他姐妹一样。以后不能生孩子了，因为她们的子宫早就被捅破，烂掉啦。

——难怪她把你当儿子看待。

——嘿！就这样，月鸾在古晋慰安所工作三年。总共攒了三千日元。顺便告诉你，后来我听我父亲说，慰安所的台湾姑娘每次接客收费一元五十钱，朝鲜姑娘一元，菲律宾姑娘一元八十钱，金发碧眼大屁股的荷兰女郎五十元，至于英格兰贵妇和苏格兰闺女，她们可是无价的喔，只有派遣军司令部的高级将佐，得以品味这样的货色，一般军官就连她们的胳肢骚都闻不着，莫说共度春宵一亲芳泽啦……一九四五年八月十五日，晴天一声霹雳，裕仁天皇宣布大东亚圣战告终，日本帝国无条件投降。英军挺起腰杆子列队踢正步走出战俘营，重返古晋城，接收沙磅越殖民地，立即封闭慰安所，把皇军和姑娘们一股脑儿遣送回国。月鸾和几个姐妹没回家乡，决定留下来，作伙儿，凑钱在古晋城外废铁道旁荒地上买下一间很久没人住的房子，稍微整修，住下来了。从此四姐妹定居在婆罗洲，可是异乡谋生不易啊，不得已，只好重新干那旧营生，只是她们的恩客从日本皇军突然变成了马来新贵。就这样，丫头，姐妹们在铁皮屋里相依为命，厮守了十年了，同是天涯沦落人……

——无家可归。

——不，有家归不得。

——这群台湾姑娘为什么不回台湾呢？

——我问过月鸾。她说……

——她到底说什么？别吞吞吐吐，急死人！

——她说，如今的阿鸾，子宫破烂，永远不会生孩子了，没脸回家见阿爸阿母和乡亲们。说着她就簌地流下泪来，捋起衣袖露出臂膀子，伸到太阳下让我看看她膀子上刻的一个黑色的字。丫头你猜，那是个什么字啊？

——我不想猜。

——“慰”。

——安慰的慰？哦，我明白了。

——这个刺青一辈子留存在姑娘们身上，永远洗刷不掉的！月鸾四姐妹就像中国古代的犯人，脸上黥了个字，无论走到哪里，人家都知道她们做过……

——慢！你说四姐妹？怎么突然冒出第四个来呢？你讲她们的故事时，不是一直都说三姐妹吗？月鸾、林投姊和菊子姑娘。

——还有一个姐妹叫素兰，死了。

——怎么死的？什么时候死的？

——不知道。没人问，没人在乎。

——素兰小姐死后一定化为美艳的幽灵，披着一头长发，穿着她那件浆洗得泛白的大红花布和服，露出两筒雪白的臂膀子，不管白天黑夜，日头下月光中，总是独个儿飘荡，游走在你们古晋城的大街小巷，三不五时，就出现在那栋洋楼后院，来到八角亭下那口上了七把锁、贴满日文符咒的水井旁……

——朱鸰，你的想象力真丰富！可我告诉你，古晋城里从没有人看见素兰小姐的幽灵。死就死了，一了百了。记得有一天中午，素兰忌日，月鸾阿姨捎三枝香和一碗白米饭两根竹筷子来到坟前，祭拜她这个苦命的小姊妹，顺便带我到铁皮屋外树林中走走，透透气。这个坟啊，只不过是铁路旁荒地上馒头样小小一堆黄土，坟上已经长出野草，洒满鸟屎啦。

——墓碑肯定朝向北方，素兰小姐的家乡。告诉你，我看过一部日本电影《望乡》，讲战前一群日本女人受骗，被日本浪人拐卖到英属北婆罗洲山打根当妓女，受尽各种折磨，死后被埋葬在海边一座山上，墓碑全都朝向北方，表示她们对祖国日本的思念。

——素兰小姐的那个坟，连一块墓碑都没有，还能朝向哪个方向啊？

——是吗？哦。

——素兰往生后，小铁皮屋就只剩下三个姐妹了。年纪最大的林投姊一天到晚咳嗽，咯、咯、咯，几年后听说她咳血死了。四姐妹中，年纪最小、容貌生得最秀丽的菊子，个性也最文静，没有郎客来访时就独自坐在窗洞口，伸出她那只素白手儿，有一下没一下，只管拂着她那头柔柔嫩嫩日渐稀疏的枯黄发丝，好半天，一眨不眨，眺望窗外林中树梢间悠悠飘渡过的白云，痴痴想自己的心事。想着想着，她就会突然扯起嗓门，厉声唱起歌来。

——月色照在三线路，咳咳，风吹微微……咦？长大后你来台湾读大学，有没有跟台湾同学讲月鸾四姐妹流落婆罗洲的事呢？

——有。我跟外文系班上一位要好的同学杨正男讲过，可以后我就不想跟本地同学谈这件事了。为什么？因为那时杨正男一听，就飕地变脸，回过头来乜斜起两只眼睛，冷冷睨着我，脸上表情很古怪，仿佛责怪我胡说八道。日本人怎么可能对台湾人做出那种事情呢？

——你这位杨同学现在干什么？

——他呀，在一所大学当教授。

——谢谢你看得起我，愿意跟我讲四姐妹的故事。别理这位什么杨教授了！你还没告诉我呢，日本投降后，慰安所的朝鲜姑娘，除了跳井的那个柳什么姬，都到哪里去了呢？跟月鸾她们一样流落在南洋吗？

——没有人知道高丽妹的下场。没人关心。

——那些英国女人呢？

——回到英国，继续当她们的贵夫人。

——天哪！这是个什么世界？

——丫头啊，你骑在我背上可别乱动哦！瞧你，听我讲述这群异乡女子在婆罗洲的故事，激动得把身子扭来扭去，摇抖不停，又是拍手又是蹬脚，活像一只发羊痫风的小泼猴。这会儿我背着你沿着新店溪溯流而上，小心翼翼跨过一个个臭水坑，战战兢兢钻过一丛丛水芒草，你可要抓稳我的颈脖，千万别乱动哦，更拜托你不要伸出手爪子扒搔我的胳肢窝，惹我笑，否则一不留神，你从我背梁上摔下来，扑通一声，掉落进那又黑又脏又臭的溪水中，可莫怪我没把你给背好。你明白吗？好，现在请你抬起头来伸出脖子，看哪！站在新店溪河床上放眼瞭望，咱们台北市的夜色美不美？万种风情千样繁华，今夜荟萃于海中一城啊。四更天，快破晓了，满城白漫漫缥缈起的晨雾中，东一盏西一簇霓虹缤纷妖娇，搔首弄姿依旧闪烁不停，眨啊眨，争着向观音山头皎洁的月娘抛媚眼。月光下的台北市，月鸾四姐妹的故乡，你说，看起来像不像传说中漂浮在东海的一座粉雕玉琢、花灯高挂的水晶宫，半夜凌晨笙歌处处……

——哗啦哗啦，月光下满城公寓人家绽响起一波波麻将声……

——丫头耳朵可真尖哪！

——听！河堤下小屋里那个女人扯着嗓子一个劲还在唱歌，凄凄凉凉，飘飘荡荡，只管一路追随我们，黑天半夜听起来好像女鬼哭唤她的情郎……

更深无伴独相思
秋蝉哀啼
月光所照的树影
加添阮伤悲
心头酸，目屎滴
啊，无聊月暝

——丫头别睬她！不要回头看哦。我们自管走我们的路。我们不是要沿着新店溪一路走上去，寻找庵仔鱼栖息的那个所在吗？

——对！寻找那个深水潭。

——你看，观音山头水红红一轮明月高挂，洒照着那满江摇曳呜咽的芒花。

——汗潸潸喘吁吁，我们一路跋涉，穿过丛丛水芒，探寻那一窟活水源。

——我背着你，你背着洋娃娃。

——不，我背着书包。

——结伴溯流而上。朱鸰！咱们俩一大一小一男一女来自天南地北，却有缘结识于台北街头，相约游逛迫迌，一路走，我一路给你讲故事，向你诉说我在婆罗洲的成长历程……

——今晚趁着月色皎皎，来到新店溪找寻庵仔鱼的家，捉几尾回来煮味噌汤，品尝那红扑扑甜滋滋、号称人间美味的庵仔鱼卵，噫嘻，想着就流口水。

——快到啰！你看到没？秀朗桥头石崖下芒草窝中那黑晶晶的一潭水……

——老哥，且慢。那件让你追悔一辈子、跟月鸾三姐妹有关的事情，你到现在还没告诉我呢！可不许赖掉哦。

——你说的是哪件事？小妹子。

——瞧你一听我提起这件陈年旧事，脸色就飕地一变，青得吓人。你别回头瞪着我！难道你忘了？你说过，小时候你曾经对月鸾三姐妹做出一件亏心事啊。那件事情害你生生世世受良心责备。

——嘿，现在该告诉你了。好好听着！那阵子我不是常常到三姐妹家吃午饭吗？每天一到中午十二点，听到下课铃响，我就背起书包揣着饭盒钻出校门，沿着废铁道，朝向林中的铁皮屋，拔脚跑哇，日头下远远就看到月鸾阿姨她们站在门外篱笆前，引颈盼望，满脸焦急等待我放学回来。丫头，你知道吗？中午那两个钟头是一整天中我最盼望、最快乐的时光！小小一间屋子里三个女人坐在矮板凳上，团团环绕着一个高坐太师椅上的小男生，仰起脸庞喜滋滋瞅望他，手里端着饭碗，拈着汤匙，一小口一小口轮流喂他吃味噌汤拌饭。这时倘若有外人走过窗前，蓦一看，准会以为这是一家子团聚呢。就这样我在三姐妹家度过了一段幸福的日子，渐渐地有人讲闲话了，一时间街坊邻里沸沸扬扬，在三姑六婆们口中，我竟变成了铁皮屋那帮来路不明的坏女人合养的私生子！最初，我并没把流言放在心上，每天中午依旧兴冲冲，往三姐妹家跑，后来闲话终于传到我妈耳里。我那体弱多病的母亲听了，只是流泪，好几天不跟我讲话，可每天大清早她依旧抱病爬下床来，默默为我准备一个饭盒，额外添加我最爱吃的菜，好让我中午在学校吃得饱。每天起床，我胆战心惊，缩头缩脑蹑手蹑脚逡巡在我妈身边，偷偷观察她的表情。看到我妈闷声不响、只顾擦泪的样子，我心就慌啦。为了向我妈表明心迹，为了让全古晋城的人知道我最在意的是我的亲生妈妈，于是我就狠起心肠，硬着头皮，对月鸾阿姨她们做出那件残酷的事……

——我猜到了！于是你就当着你妈和邻居的面，边吐口水，边拿起石头，往月鸾三姐妹身上扔过去，就像后来你们家在山里种胡椒，有一回，你们七兄弟姐妹突然抓狂，争相捡起石头，活生生把你们家那只老狗砸死。

——不，我对月鸾阿姨她们做的那件事，比扔石头更残忍。

——世界上还有什么事比扔石头、吐口水更残忍呢？

——我跑到警察局报案，指控她们通奸。

——嗤！通奸？亏你想得出来喔。

——那时我小小年纪，哪知道什么通奸？只是一时情急，不知怎的就想出了这个罪名。

——于是你带警察到她们的铁皮屋，青天白日下公开上演一出捉奸记啰？

——丫头，在我们那座民风保守的小城，这可是多年来发生的最骇人听闻的事件哪！我顶记得那天晌午，天时大热，我满头大汗浑身战抖，急急忙忙带领一个英国警官、五个马来警员和一位华人通译，分乘三部警车，一路闪烁着红晶灯，颠颠荡荡沿着废铁道奔驰，来到素兰小姐坟墓前，转个弯，闯入树林中，倏地停在铁皮屋矮檐下，呜哇呜哇前后左右包抄，破门而入。我没跟进屋里，独自守候在篱笆外，双手捧着我妈那天早晨为我做的饭盒，蜷缩着身子，抖簌簌蹲在日影里。平日徘徊在林中窥望的那群老人，这当口，一个个从草木间冒出花白头颅来，满脸羞涩互相瞄望两眼，呵呵一笑，转身蹓跶铁皮屋前，踮着脚挨挨挤挤围观。废铁道旁坟堆中，以往挺冷清的树林一下子变得热闹起来，四处人头攒动，目光灼灼。过了约莫半个钟头，三姐妹戴着手铐被英国警官押解出屋来，脸煞白，披头散发，身上只穿着她们那件浆洗过不知多少次，如今早已褪色的大红花布和服，太阳下露出一截颈子，白皎皎。三姐妹屁股后面，衣衫不整趑趑趄趄跟着两个头戴宋谷帽、手里拎着纱笼围裙的男子。我赶紧跳起身来，跑到铁皮屋门洞口。围观的华人群众一看见三姐妹和马来郎客，顿时睁红了眼睛，纷纷举起拳头，咬牙切齿呸呸呸猛吐口水："见笑见笑！不要脸不要脸！"被马来警察使劲推入警车的当儿，月鸾阿姨回头看看我。她那双眼神啊……

——别讲！我想象得出来。我问你，三姐妹被抓去关了多久呢？

——两年六个月。长大后我才知道她们被控的罪名是"非法卖淫"。英国人最讨厌这种事，所以才会封闭慰安所呀。

——三姐妹在监牢里有没有受到什么折磨？

——我不知道！我不敢问。只是月鸾阿姨出狱后，人就变得有点痴呆，看到人就咧嘴嘻笑，像个傻大姐。

——你那时几岁啊？

——七岁，读小学二年级。

——哦，你说过。

——长大后我来台湾读大学，那年冬天总是下着冷雨，我常常独自行走在台大对面汀州路上，撑着油纸伞，踩着满地迸溅的雨珠儿，边看街景边想心事，有时突然听见街边唱片行播放台湾老歌：月色照在三线路，风吹微微……走着听着，眼一红，我心头那块旧疮疤就会突然撕裂，潸潸流下鲜血来，一滴两滴三滴四滴……

尾 声

丫头，到啦！我们在台北市新店溪河床上跋涉了一夜，终于抵达目的地。拜托你从我背梁上爬下来吧。我背着你走了好长一段路，腰早就酸啰。喏，前面石崖下芒草丛中亮闪闪的就是庵仔鱼栖息的那窟深水潭。丫头你听，潭上月色粼粼，泼喇一声响，幽黑潭水蓦地飞喷起两蕊子灿白的水星。月下鳞光闪烁。瞧！两只绯红鱼儿一前一后溅溅泼泼追逐着嬉戏在水潭中，飕地，蹿升到水面上，昂起头颅摇甩尾巴，朝向河口观音山头那位披着白纱笑吟吟俯瞰人间的月娘，双双顶礼膜拜。丫头哇，咱们俩今晚结伴溯流而上，一路寻寻觅觅，终于找到了传说中绝灭已久的庵仔鱼啦。谢谢你这个小姑娘，朱鸰，一路追随我，听我絮絮叨叨讲故事，不管听得懂或听不懂，或半懂半不懂、似懂非懂，总是按捺住你那火爆性子，耐心听我叙述这发生在婆罗洲一轮火红日头下苍凉、阴森的童年往事。多少年了，我一直渴望找个人诉说——渴望得直想痛哭可又无泪。是你，朱鸰，让我鼓起勇气检视我在南洋的成长经验，是你帮助我面对心中的魔，是你要我睁大眼睛，看看自己到底是个怎样的人。如今在新店溪上走了一夜，天快破晓，晨风习习，观音山下哗啦哗啦一江芒花翻舞中，你这个不爱回家、喜欢迌迌流浪、与我有缘邂逅台北街头的小姑娘，终于把我这个自我放逐、多年来逃亡在外四处飘泊的浪子，给带回家了……

咦？丫头你怎么了啦？

喂喂，别跑，朱鸰快回来哟！

你怎么说走就走，头也不回呢？

谜样的出现，谜样的消失。

莫非朱鸰你只是我心中创造的一个幻影、我意识深处的一个小精灵——噢，宁芙——如今任务已圆满达成，使命终结，你就甩甩头发打算走人啦？你答应过我的，将来陪伴我回到婆罗洲沙磱越邦古晋城，见见我母亲，认识我妹妹翠堤，跟我游一游叶月明老师当年打游击的马当山，途中，若还找得着，顺便到达雅人的长屋逛逛，探访小时候我和同班女同学田玉娘（你肯定还记得她）在丛林中发现的杨氏孺人之墓……朱鸰，丫头，拜托你回来好不好？我请求你了。

翠堤小妹子，你看，朱鸰她不再理睬我了，独个儿背着书包提着裙脚，一步一步，涉水走进旭日下那一窟亮晶晶鱼群飞溅出没的黑水潭，边走边唱歌，忽然回过头来，摇甩起她脖子上那一蓬迎风飘荡的乱发丝，仰起她那张水样皎洁的小瓜子脸，瞅着我，满眼睛的笑：

妹妹背着洋娃娃
走进花园去看花……

2003 年

［选自《别再提起：马华当代小说选（1997—2003）》，台湾麦田出版社 2004 年 9 月版］

总督之死

[马来西亚] 张贵兴

张贵兴（1956— ），广东龙川人，生于马来西亚婆罗洲罗东镇。1976年赴台求学，1980年毕业于台湾师范大学英语系，现任教台北威渊中学。著有小说集《伏虎》、《柯珊的女儿》，长篇小说《赛莲之歌》、《群象》、《猴杯》、《我思念的长眠中的南国公主》等。

站在锣市任何一个空旷地方，就可以看见挤满鸟巢蕨、野兰、藤蔓、猪笼草、风筝、鸟巢的丝棉树，独立荒野，傲视锣市，仿佛余家精神指标。根据热带雨林生存法则，丝棉树周遭没有对手争夺阳光，不可能拉拔到这种狂妄高度，因此余家从前可能是一片雨林，长满和丝棉树一样高大的巨树，这是一种可能；另一种可能是透过丝棉树空中播种方式，这棵丝棉树必然是雨林中一棵最高大丝棉树后裔，继承了母亲的好胜和好斗，着地茁芽将四周野草矮树视为强大假想敌，等到发觉它们毫无威胁性时，征伐和扩充权力的欲望已经不能控制。最早在锣市垦荒的华人表示，他们在莽丛中落下第一锄和放第一把火时，丝棉树已经历史遗迹似的雄踞一方，历经数不清的烧芭、旱灾、水灾，依旧风华绝代，四周动植物都愿意和它攀上一点裙带关系，在它庇荫和影响下享尽荣华富贵，度过生老病死。垦荒人也常在树荫下休憩活动，如果不是树上经常发生掠食缠斗，早在树下造屋落户。

自从达雅克人射杀盘踞树上的大蟒后，丝棉树就变成垦荒人根深蒂固的梦魇和盘根错节的恐惧——遭毒蛇猛兽杀害或果腹是垦荒人挥之不去的梦魇。丝棉树遭受吹矢箭毒害奄奄一息时，他们真心渴望它就此死去。但它非但大难不死，防御力和免疫力反而突然暴增，活得强悍而充满杀伤力。垦荒人试图放倒，一斧蠢蠢落下，野蜂蚂蚁也蠢蠢欲动。它们集中力量攻击时，可以将人活活螯死。火种在蜂蚁监护下，从来烧不结实。垦荒人耕耨围篱时对它敬而远之，直到雉曾祖、祖父出现，那很大一块野地垦荒权才被签走。传说浮脚楼完成前，二人在丝棉树下住了半年，曾祖天天像云豹一样登上丝棉树一截危枝，鸟瞰周围风景甚久。锣市盛传即使浮脚楼完成后，曾祖也始终视丝棉树为家，这习惯在他过世后由祖父传承。祖父不高兴看到雉和鸰小时候上树玩耍或逗留树下总督栅栏附近，常说树上巨兽盘踞，大蛇横行，只有总督可以镇压，他自己长年高枕无忧窝居树下小木屋就是仗恃总督淫威。雉曾经目睹总督摧毁树上坠下的蟒蛇、蜥蜴，好似母鸡啄蜈蚣不费吹灰之力。至于巨兽大蛇，它们似乎更适合生存在想象中，以此增加总督的威信和重要。有一年丝棉树下曾经发生一股缠斗，缠斗终止后祖父领着兄弟走到树下，看见木屋半毁，总督一头咆哮一头冲撞丝棉树，发出锣鼓轰响金属皮质爆裂声。雉和鸰在树下生火，无奈丝棉树太高太大，烟雾上了树就藕断丝连，好不容易上到一半就被季候风吹得烟消云散。熏了半天，只熏下一堆怪虫怪蝶。祖父抚着总督伤痕不语，淡淡说，傻孙，别熏了，早逃走了。兄弟不知道祖父“逃走”何所指，是逃到高耸入云的树梢，还是逃到深不可测的树窟，或逃到茫茫无垠的野地？但从祖父神情语气，兄弟确信祖父对所言之物长相习性了然于胸，从此才有一点点相信树上真住着庞然怪兽，初步萌芽了他们对总督的敬畏和对丝棉树的恐惧。

总督被长期囚禁树下后，对树上巨兽的威胁减少大半，同时彻底丧失它对余家家土的护卫作用，这时祖父忧心的似乎已不是它保家护土的巨大贡献，而是它的安危了。在十多年囚禁中，总督在雉心目中渐趋模糊，荒诞，忠邪参半，真实虚妄，变成和树上巨兽一样更适合生存在想象中。想象中的总督仍然是关刀型头颅，弯刀型大角，砚壳大耳，木薯尾巴，碌碡腿，战盔皮襞，木屑屎，三蹄足印，闯荡香蕉园凤梨园如履平地，抵破浮脚楼地板如蛋壳，捶熄火种，挑逗母牛，优游野地撒尿拉屎划地盘，蹂躏小兽，刺破男孩肚皮和祖母胸怀，在阴暗丝棉树下和栅栏中怀念从前的自由自在和野蛮霸道。在活动量不足的栅栏中，它身上和栅栏丝棉树一样长满苔藓、蕈菇和蕨类植物，繁衍着各式寄生虫和昆虫，一群黑色大野蜂在它脖子和背上用泥土筑了十几个巢——这些东西祖父清了又长，长了又清。晚上蕈菇将树下照耀得如同白昼，总督披着一身发亮蕈菇踽踽独行，仿佛它自己就是童话中像小木屋一样庞大的蕈菇。祖父眉头深锁，两眼呆滞无泪，麻木回忆几十年前一个十六岁少年郎和一个十二岁小姑娘茫然行走在暗无天日的雨林中，看见树干、地面、岩石和枯枝败叶上长着数以万计奇形怪状的菌类植物，如汤匙瓢羹，如小伞小帽，如牛蹄羊角，如丰乳肥臀，仿佛霓虹灯散发光芒，绵延数百公尺，在阴暗雨林中照耀出一条曲折迂回大道。祖父看见少年郎和小姑娘坐在长满蕈菇的总督背上优游雨林，三只小云豹在他们头顶树干上跳跃，总督身上的蕈菇释放出泡沫雾霭状孢子，仿佛云彩仙气在二人身上围绕不去。月光轻弹，祖父两眼濡湿，华发忆往，弛张的凶颚驴马牛羊，想起骨骸森严的达雅克男孩。在极度的丑陋顽固中，祖父拿了一把铁钳登上栅栏，寻找和钳走总督皱襞中的弹头断矢，直到有一次总督狂性大发，透过了隙缝用长角攻击祖父。督督，别撒野，是我。祖父跳下栅栏，透过隙缝打量总督。总督勃然睐视祖父，长角仿佛飞檐挂月艏首破浪伸出栅栏。总督独眼半盲，完全依赖嗅觉认识祖父。祖父打开手电筒，看见总督鼻角溃烂，有脓溢出。这时晚上八点多，祖父等不及了，搭计程车赶到锣市惟一一位兽医家中。兽医外出，不知何去，祖父焦急等候。总督绕着丝棉树漫步，停停走走，听见树外四面八方传来杂沓的脚步声。它的嗅觉已失灵，分不出来者是人是兽，是主是客，只感觉脚步声鬼祟嚣张，如潮水涌向丝棉树。总督终于察觉诡异将长角盲目刺向栅栏外时，数不清的箭矢，长矛、番刀、镰刀、斧头正透过隙缝伸向总督。

雉闻到一股淡淡的恶臭弥漫巴南河口。他下了游艇，走在恶臭依旧淡淡的码头上，发觉四周的旅客、搬运夫、伐木工、小贩、闲人杂兽不为这股恶臭所迷惑，各干各的活，各走各的路，各扯各的淡。雉看见河岸有死鱼烂果，码头有鸡鸭鱼肉贩，岸上咖啡室杂货店有屎尿空投巴南河的水上茅坑，码头下有遗臭万年的污秽，但都不像那股恶臭本尊或它的直系亲属，只能算是芳邻吧。雉问码头上看风景的少年，这是什么气味？少年陶醉在远方的闲云野鸟中，以为雉嘲讽自己身上廉价的香水味，挑衅地看着雉。雉向一个马来摊贩买了一串发育不良的红毛丹，摊贩分析臭味，说是这码头特色，这码头开凿一百多年，囤积华洋土族的吐纳排泄，经历无数猪羊杂鸭鱼的生老病死。雉摇摇头，说这臭味使人想起锣市十多年前发生的那场鸡瘟，让锣市变成腐烂恶臭之城。摊贩噢了一声，偏头向一个红毛婆兜售红毛丹。这时雉看见一个十岁左右的达雅克小女孩捧着一束野兰怯生生打量雉，挑了一枝野兰伸到雉胸前。女孩掬前野兰种类繁多，每一种都适合昆虫拟态，蝴蝶、蜜蜂、螳螂、蚱蜢、飞蛾、金龟子、豆娘、蟋蟀、蜘蛛在女孩胸前飞舞扑棱，让雉只看见女孩半个头一双脚。递到雉眼前这一束野兰仿佛猴或飞鼠的脊椎骨，花瓣雪白多肉，款摆如一篓活蟹。雉从口袋掏出五元买下那枝兰花。女孩收下钱后就失去踪影。雉接过兰花时看见一只拟态的黠螳从花瓣中展翅飞走，在人群中停停飞飞，也失去踪影。雉吃了几粒红毛丹，将剩余的红毛丹和野兰丢弃，快步走向一辆公车，恶臭又扑鼻而来。

远离码头似乎更接近恶臭。一路上恶臭不断，下午五点多的日头已红肿溃烂，坏云出脓，刀伤满天。公车进入锣市，雉想起十多年前那场鸡瘟。镇人不讲究善后，政府也没有即时辅导，二十多万只鸡随意浅埋，或丢弃溪河沟渠、路边莽丛，几天之内，镇人突然发现锣市冒出几千只野狗，只只脑满肠肥，结社营党，吃完沟壑莽丛里的鸡尸，继续刨食土壤下的美馔，整个锣市遭到彻底翻掘后，野狗已胃口大开，日伏夜出对家畜展开水银泻地的攻击，最后在路上吃掉一对老夫妇。

达雅克人携带吹矢枪奉命射杀野狗，不到半个早上就落荒而逃。军队出击时，锣市已几乎变成荒城了。几天后幸存野狗中的散兵游勇刨食埋在野地里的数千条狗尸，军队赶到时，它们已啃饱躲入雨林。军队说它们以雨林做天然屏障，采迂回战术，打了就跑，敌暗我明，很难一举歼灭。雉下了公车看见远方丝棉树树梢骷髅面具般的风筝残骸时，突然嗅悟到这阵腐气似曾相识，舔舐到这阵腐气似曾入口，感觉到这阵腐气似曾流淌体内，记忆纷纷攘攘，突然想起多年前死死躺在那里的晚霞，如被蛮荒之狮开膛剖肚的牛羚。

结果并不令雉感到惊讶。雉进入丝棉树下终于揭开腐臭根源，只是难以相信那一团蝇蚋围绕，仿佛被犁耕过的烂肉是昔日神气活现的总督。一只完整的狗头肃立其中，让雉了解到四只黑犬也躬逢这团绚烂之肉盛况。雉心中一懔，慌张环视树下，看见祖父正坐在圮塌兽栏上抽吸土烟，吹糊出水母状珊瑚状烟球才松一口气。小木屋依旧完好，屋檐挂了一盏煤油灯，祖父身边兽栏上也放了一盏，一如往常将树荫照耀出窟窟窿窿。雉发觉总督黑犬尸体旁那座被捣毁的兽栏正中央土地下有一个又深又阔的大坑洞，拿了一盏煤油灯走近坑边往里观望。坑洞空无一物，大得足以容纳一辆大卡车。雉看了一眼祖父，说，阿公，这个洞要用来葬总督吗？祖父不答。雉听见树外母亲喊他。雉走出丝棉树下，看见月亮肉松皮弛，母亲站在一棵木瓜树旁挥着少了两根手指的右手小声说：你劝你阿公埋掉总督吧，照了三天，臭死了，邻居都在抱怨。母亲露出左手手背上一道伤痕：我要去埋，你阿公就打我。雉说：鸽呢？叫他来帮忙。母亲说：你弟弟和达雅克人入林打猎，好几天没回家了。雉想了想，说：就埋在那个洞里吧？母亲说：死到哪里去了？就埋在那个洞里吧。雉拿了一支铲子走入树下，想起多年前那个肌理密致而有弹性的小处女月亮，他和祖父背着乱云中之污月埋葬达雅克男孩，雉对祖父说：阿公，我先埋了总督吧。祖父吹糊出一颗浑欲不甚弹的烟球，用烟嘴搔了搔白首。雉走到总督旁边挥出一铲，蝇蚋像煤球落石弹了他一身。雉想起多年前从男孩身上铲走蝙蝠，铲到两手酸麻还铲不到男孩皮肉。雉放下铲，像海鹰用腐枝筑巢孵一窝火，火苗迅速喂大，张开大嘴索食雉手中的干草枯枝，好似两只金黄色斗鸡在划定范围内缠斗。雉绕着总督孵了三支大火，蝇蚋走避，雉再度挥铲，铲走总督身上一块死肉，丢入坑洞。蜈蚣、马陆、蝎子、蕨类植物、蕈菇，缤纷灿烂，有死有活。弹头、断矢，淅淅沥沥流淌而出，当中竟有一支斧头和两支番刀。雉将斧头和番刀拿给祖父，祖父只瞄了一眼，神情无限哀戚。雉以为从这批凶器中可以找到凶手的蛛丝马迹，但祖父并不稀罕，挥手示意雉一起掩埋。雉有时候可以区分总督或黑犬身上某一部分，但大多时候泥土烂肉不能区分。砚壳大耳和木薯尾巴仍然完整，一只蹄、一小片皮襞、一小块碌礴腿、碎裂的关刀型头颅，弯刀角不知去向，这时候总督和从前树上巨兽一样只存活在想象拼凑中。想象拼凑中的总督在余家浮脚楼四周黑土轰隆撇屎，淅沥撒尿，襞皱长了疥癣，嘴角淌着霉菌，浑身老茧弹头断矢，独角闪烁丝棉树皮上的毒素，见生人即追，见野兽即戳，枝朽叶落，花开果熟，须蔓不枯，猴凋，猿殇，月娘肌理皲裂，日头腥膻蜈蚣盘缠，丛枝挂肠，浮云漫血。总督扬着独角抖茎开肛，尿屎齐下垂怜野地，这片野地依旧生气蓬勃，只是乏人照料，野草萋萋，莽丛蔓延。玉米园长满蔓芒萁和白管芒，胡椒园荒废大半，凤梨园稀稀落落，香蕉园变成低洼腐湿的野地，母亲只有能力照顾菜园、果园、半座胡椒园、一群畜生、一栋像大角鹗盘旋莽丛的浮脚楼。野地擅于撒野，稍微冷落，有阳光的地方就是芒草蜥蜴，没有阳光的地方就是蕨蕈蜈蚣，繁衍快速，难以侍候，只有随兴。野地历经总督数十载垂怜护卫，感染了总督的横蛮冷傲，母亲只有集中力量辛勤耕耘，片面放弃。野地并不无情，敞开丝棉树下黑暗胸怀拥抱总督，抚慰总督，怜宠总督。它从小在这块野地长大，已经和这块野地合二为一，像一截树骸浸泡溪水中腐朽溃烂，没有任何人可以看出其中破绽；直立野地如蚁丘，没有野兽可以看出破绽；藏躲于芒草丛、矮木丛，枯黄如稻秆，襞皱参差如刺槐，没有大蜥蜴可以看出破绽。它啃吃野地上的青草、嫩叶、脆花、野果，撒下和这土地很难区分的木屑状屎块。这块野地每一棵树、每一根草都曾经从总督排泄呕吐中吸收养分，长得也和总督一样矮壮丑怪，除了比总督更早生长在这块野地的丝棉树。这块野地长久弥漫它的体臭、粪臭、尿臭。现在一点也不排斥地吸纳释放它的尸臭。它的尸臭依旧弥漫野地。即使它的尸体完全埋葬在泥土下。这只婆罗洲濒临绝种的野生犀牛现在终于回归野地。啪。啪啪。雉填平坑洞后，用力拍实泥土。泥土松软浮沉，好似雨季后的野地下隐藏了成千上万大小水球，两脚踩下去就扑哧扑哧爆破。雉继续将一大坨多余黑土填在坑洞上，填出一个体积类似总督的土丘。雉想用这土丘隔离尸臭。但尸臭依旧弥漫野地，入侵雨林，倘佯巴南河畔。腐食者大蜥蜴闻到了这股尸臭，兴致勃勃成群结队爬向余家家园，在丝棉树周围徘徊流连不肯离去。雉终于了解祖父困坐丝棉树下，已经独自和这群腐食者对抗两天两夜。雉葬完总督后听见丝棉树周围窸窸窣窣，舌爪闪烁，喂大火种，东敲西击，发出种种噪音。大蜥蜴拥有所有腐食者的鬼祟胆小，但见人气光明，不敢轻举妄动。祖父丢给雉一小串鞭炮。雉就着火种点燃引信，掷向树外，鞭炮声和腐食者的窜逃声仿佛战场上一场小型的犀利冲突。这一串鞭炮足以让它们风声鹤唳一夜忐忑。雉了解只要他们离开丝棉树，腐食者就会毫不犹豫四面八方涌来刨开坑洞，将昔日它们敬畏的总督和深恶痛绝的黑犬嚼食得一干二净。腐食者的耐心顽强令人心生恐惧。雉看着祖父依旧冷漠地吹糊出一颗颗大大小小、毛手毛脚腾空而去的烟球，突然了解祖父也许并不想把总督葬在丝棉树下，正在摸索一个远离腐食者觊觎的理想埋葬地点，现在毛躁下葬，正中腐食者下怀。凭空冒出的这个大坑洞不知道是谁的大手笔。雉又听见母亲在树外喊他。雉打开手电筒走出去，一路无声无息，腐食者暂时败走。雉想起多年前草食总督鸣如击鼓，声音弥漫皮之腥气；槌踩大地，发出蹂躏脚踏车铁皮屋的金属爆裂声；冲撞兽栏和丝棉树，无数个充满尖角锐蹄的余家夜晚。

母亲捧着一个放满米饭菜肴的锡盘站在一棵老木瓜树前。木瓜树又高又瘦。只长着几块稀薄的老叶。木瓜树后是一棵老椰子树，已经拉拔到不可能再高的高度。两棵老树在黑暗中长相相似，母亲站在它们面前突然也显得又高又大。直到母亲开口，雉不敢确定那个站在黑暗中的哺娘就是母亲。阿雉，这个拿给你阿公吃，你也吃。

雉接过锡盘。发生什么事了？

来了一群人。母亲说完这句话后停顿了一阵子。雉想起母亲坐在病床旁铁椅上像秃鹰伸长脖子注视丽妹。母亲似乎不太喜欢啄取陈年往事，即使往事发生在两三天前，当她不得不面对它时，就会露出拾荒者挑挑拣拣的模样。她的话多是皮囊骨骼，很少有肉之类精华。她一面说还一面打量对方到底了解多少，雉善于在这时候装得一无所知。来了一群人……三天前，总督病了……

什么病？雉说。

鼻子长虫，出脓，嗅觉失灵……你阿公晚上出去找医生……来了一群人……打昏我，砍死总督，捣毁兽栏，在兽栏下挖出一个大洞，搬走一堆东西……

什么东西？雉说。

问你阿公。母亲说。

妈你还好吗？雉说。睡觉时关紧门户，我到树下陪阿公。

还是那么臭。母亲临走时说。

雉要走入树下时听见母亲喊他。

阿雉，你想办法把那股臭气除掉。雉听见母亲的声音从木薯园后传来。母亲拉高嗓子说话时，字字清晰，从前在玉米园和胡椒园母亲善于隔空传话，连在果园里驯猴的鸽也听得一清二楚，所以祖父应该也听见这段话。蜥蜴越来越多，咬死很多鸡鸭。当初叫你阿公火焚又不肯。

雉走入树下看见祖父躺在吊床上呢喃低回，辗转如母狗临产，声音痛苦甜蜜如少男文身。雉将锡盘放在祖父身前，说：阿公，吃饭。拿起铲子拍实坟丘，四面八方挖土，坟丘愈筑愈高，臭味滴滴答答，渗透雾霭水汽，淋漓潮湿，荡漾不去。雉走出树外赤身裸体在井边冲了一个澡，回到树下仿佛腐食者吃了一顿腐臭晚餐，在树下来回走动。雉想起四黑犬用猪骨牛头磨牙，无限撑大肉食性下颚的许多个余家黑暗阒静的夜晚。祖父指了指小木屋，朝雉挥挥手，无声无息告诉雉先睡。雉又踱了一会，喂实三支大火，走入小木屋躺在祖父床上，想起祖父、总督、四犬据守浮脚楼，在雉的星云爆炸不眠夜形成一颗钻型星座，护卫混沌暧昧的家园。一切如飞蚊症，在雉的夜行动物色盲想象中。今晚睡眠这禽兽痴肥臃肿，辗转两下就入他怀中。

清晨两点，雉被鞭炮声吵醒。出乎祖孙意料，大蜥蜴快速结合勇气胆量第二次试图接近树下。雉走出小木屋，看见祖父不动声色坐在吊床上，吃完两碗白米饭，吹糊出一颗又一颗结实的小烟球。睡眠不再痴肥，变成狡兔、臭鼬、狐，雉捕风捉影，守株待兔，很难再入睡，起了个大早，看见祖父正躺在吊床上打呼，柴火将熄，蚊蚋渐稀，腐臭依旧。雉了解白天大蜥蜴仍会伺机而动，从小木屋拿了一支番刀，走出丝棉树，看见母亲梳耙菜园，母亲身后十公尺外一只大蜥蜴在草丛中伸头缩脑觑着她。小溪里优游着两只大蜥蜴，木薯园里匍匐着一只大蜥蜴，野地里窜爬着三两只大蜥蜴。母亲兜转身子看见草丛中的大蜥蜴，随手抓一坯土掷出去，大蜥蜴消失草丛中。草丛窣窣窸窸，东歪西倒，仿佛激战中的旗海枪林，不知道埋伏着多少只大蜥蜴。雉早上帮忙母亲整理家务农事，喂食已经饿了几天的猴群，下午放火焚烧野草矮木丛蔓延的玉米园、香蕉园、凤梨园和半座胡椒园，烧得大蜥蜴纷纷逃向野地，烧出几十个大蜥蜴土穴，挖出百多粒蜥蜴卵喂食鸡鸭。一股没有控制好的火势从玉米园扑向野地，柔肠寸断，兵分两路，一路怒发冲冠扑向雨林边缘，遭到一家养猪户无情杀戮；一路血脉贲张在野地烙出一条狭长焦土，在五百公尺外遭到一条小溪柔情偃熄。大番鹊声声哭嚎，哀悼它们化成灰烬的巢穴。祖父中午苏醒，徘徊丝棉树内外，傍晚在木薯园砍死一只大蜥蜴。入暮时分，雉用一道木梯爬上浮脚楼屋顶，站在依旧滚烫的锌铁皮四面八方观望，看见家园野地矮树颠簸，草丛浮沉，溪水荡漾，灰烬滚滚，落叶衰草尘沙弥漫，晚霞激荡，季候风腥膻，蜈蚣色月亮龟裂成波浪形状，蚱蜢螳螂织成一股模糊野地视线的乱流，猴园出现一次又一次小型暴动，鸡鸭鹅猪走避，苍鹰高飞低回，舌爪闪烁，腐食者头颅此起彼落，饥肠辘辘，杰克逊氏器纷纷指向丝棉树，让雉突然想起多年前那个盛夏早晨，天未破晓，雨林布满烟霾雾霭，猴吼焦躁，乌鸣悠闲，曾祖率领两百多名巡逻队员、苦力和三百多名达雅克勇士在即将收成的咖啡园交锋。那场战役凄厉壮烈，模糊混沌，流传巴南河畔，只有殖民政府懵懂不知，或者知而不想探究。祖父在丝棉树下语焉不详，对年代、伤亡人数、对峙时间只提供一个暧昧数字，那时候他耽溺在总督伤势和小花印的伤感回忆中，峰回路不转，柳暗花不明，让雉怀疑祖父对这场战役到底了解多少，一度质疑它的存在，也许只是一场小争执，几个莽汉拿着锄头钉耙互戳几下而已。外传这场战役进行了二十多天，大小肉搏战十多次，但在祖父叙述中似乎只有三四天，肉搏战前后只有两次。第一次交锋中，巡逻队员人数虽然较少，但凭武器上的绝对优势，不到半小时就将敌人逐出咖啡园，此后双方隔着一百多公尺对峙喊话，以抛物线射出一批软弱的子弹箭矢。达雅克人丧生了七八十位战士，不肯败走，准备吆喝更多帮手反击；巡逻队员和苦力失去三十几位伙伴，两百多名苦力组成的后援部队随后加入，人数上一下子占优势，但曾祖想留达雅克人后路。尸体堆积在隔离双方阵营的一百多公尺野地上，几天后开始腐烂发臭，大蜥蜴起初只敢在晚上偷偷啃吃，但随着对手逐渐增加，它们大白天在双方人马注视下开始争夺尸体。达雅克人想保护战友尸体时，巡逻队员就放一阵乱枪；巡逻队员想抢回队友尸体时，达雅克人也乱射一气。大蜥蜴肆无忌惮在双方枪口刀尖下甩头摆尾饱食一顿，一百多公尺野地布满膘满肉肥凶悍贪婪的腐食者，起起伏伏，波涛汹涌，卷起血肉骨骸的恐怖浪花。大概第十天吧，曾祖沉不住气了，兵分三路，一路正面攻击，另两路左右夹攻，终于让敌人落荒而逃，大获全胜。这最后一次肉搏战，巡逻队员又屠杀了五十多位达雅克战士，而巡逻队员却奇迹似的只有几人受了皮肉之伤。

雉站在浮脚楼屋顶上发觉家园风起云涌，阴影重重，腐气弥漫，不知道潜伏多少腐食者；看见祖父朝丝棉树外掷出一串鞭炮，卷起一阵以丝棉树为中心的惊涛骇浪，向丝棉树外围扩充，一直漫到遥远的野地才平抚下来，但是才稍稍平抚，从遥远的野地又弹回来一波波浪潮，以丝棉树为中心，卷起一个绿色的枯黄的灰尘滚滚的漩涡。雉回到丝棉树下和祖父守夜。雉在祖父从小木屋走出来时模糊看见一个身影，半人半猿，像蜘蛛掠食四肢摊开躺在摇摇晃晃的吊床上。雉只有从身边闪烁的火光中确定吊床上的人类是祖父，不是某种夜行兽，不是从树上出击寻找猎物的想象中的大蟒，不是处心积虑屠杀总督的一票来去无踪的家伙，也不是擅闯家园意图不明的夜行人。确定那疥癣般附着在记忆皮囊的声音是祖父的声音，不是马来巫师呕出已久长了霉菌的咒语，不是浮脚楼里祖父、父亲、二哺娘老得包着茧的争执喉核，也不是毒脉贲张，使雉困眠，万物麻痹的丝棉树荤言腥语，今晚祖父终于开口了。

阿雉，你为什么瞒着我去找阿丽？祖父的声音突然回荡丝棉树下，对树外制造出无数细琐噪音的胆小腐食者形成一阵恫吓。这种女人……

阿公，她是我妹妹呀。雉孵了四支大火，来回走动照顾，有时候对树外扔出一块石头唬耍腐食者，像棒球投手软性牵制跑垒员。

祖父惯性地沉默。雉想起祖父吹哨如瓮沉大湖，唤来四只白天从不现身的深海黑犬，一人四兽，虹游蟑爬，夜巡家园。祖父的一双皮革长筒靴，黑犬的十六只黑爪，总督的四根肉蹄，侵入雉的听觉尾椎，兽性地退化雉，让雉的精血阴柔排出，粪条般附带小处女月亮的痔疮血液。

阿雉，总督一死，我活着的日子也不长了。祖父情绪阑珊，声音低迷，但受了腐食者影响，四肢始终大剌剌打开，如款摆肢体模拟枝叶的掠食者螳螂，维持一种一跃而起，一击中的的警戒状态。丝棉树鸟虫喧闹，纹风不动。一朵枯叶的陨落，一只夜枭的落爪，都会引起整棵丝棉树骨牌效应的巨大回响。阿雉，你还记得你曾祖的种植园区吧。

雉和腐食者玩着声东击西的攻防游戏。看见腐食者头颅、尾巴、四肢或身体某一部分暴露火光中时，雉以锡块为弹，以弹弓为弋器痛击腐食者。力道够强时，整块经过切割而充满锐角的锡弹会像子弹插入腐食者体内，让腐食者仓皇逃走，引起树外腐食者恐慌。雉以丝棉树和小木屋为护体，将腐食者狙击得疑神疑鬼，没有一只受到教训的腐食者胆敢忍辱负痛回到树下。腐臭复杂迷离，掀天铲地，雉闻到从前浮脚楼的猫臭、蝎臭、祖母腐烂左脚的恶臭。

日本鬼子来了，你曾祖开始解散员工，结束园区。巡逻队员的几支破铜烂铁如何对付鬼子？如果不是鬼子，阿雉，我现在就是继承你曾祖的大头家，你就是大头家孙子……祖父从吊床翻身坐起伸了几个顽强懒腰，像个搏鳄人突然伸出水面，跳下吊床，捡起地上的番刀猎枪，两眼闪烁仪式似的呆滞，掀起四周一阵阴影杂声，丝棉树下筋骨淋漓，弥漫千古奇痒。阿雉，今天晚上的大蜥蜴少说比昨天多了一倍，我听声辨位，数得一清二楚，没有近千只，也有七八百只。每一只都饿得晕头转向，每一只都被总督的腐臭腥膻鼓噪得磨牙刨爪，互相斗咬。

祖父拿了几串鞭炮，丢给雉几串鞭炮，说乌合之众加上匹夫之勇，不可小觑。祖孙走出丝棉树四面八方扔掷鞭炮，黑暗的窟窟窿窿如蜂巢蚁窝应声炸开，大蜥蜴枕股叠臂惊惶窜游，有的逃向野地，有的徘徊不去，有的去了又回，有的悍然不动。一群雄蜥蜴徘徊在激情交媾的雌雄蜥蜴屁股后伺机接手。祖孙回到树下时竟看到两只大蜥蜴正在刨掘丘坟，祖父掷出番刀，腐食者并不闪躲，满脸疑嗔，睥睨番刀没入丘坟，一肚子鬼胎爬向树外，动作一致，进退有序。祖父躺回吊床，雉喂实火种。祖父荤言腥语，毒脉贲张，使雉睏眠，使万物麻痹，深受腐食者和丝棉树影响。曾祖初会这块野地，应用种植园区传承的高明农业技术，糅合垦荒者、庄稼汉和苦力的心理生理因素，马不停蹄种植玉米、凤梨、香蕉、果树，踌躇满志，每天登上丝棉树观望。胡椒价格突然飙涨，同等重量胡椒竟可以买到同等重量黄金，曾祖从丝棉树观望知道野地附近已没有多余荒地，开始觊觎浮脚楼右侧的黄家土地。早晨农忙时分，曾祖将一支猎枪和十多颗子弹匿藏在黄家隔热层中，密报鬼子，使黄家三个大人遭鬼子枪毙，小女儿在红毛丹树下遭奸杀。黄家土地迅速被曾祖占领种植胡椒，他们被曾祖草草埋葬野地的尸体几天后让大蜥蜴刨食净光。接壤果园的一片广袤洼地被潘家培养成沃地后，曾祖在丝棉树上运筹帷幄，教唆总督进行破坏恫吓，不久潘家土地也变成余家果园一部分。曾祖每次更上丝棉树一枝干，扩充余家土地的野心就更高不可攀。

雉已耗完锡弹，捡起树下奇形怪状的石头，不痛不痒狙击腐食者。雉偶尔以树身或小木屋作掩护，拿着番刀试图伏击腐食者。腐食者看似肥笨糊涂，但凭其敏锐嗅觉和听觉，精于洞穿诡计和各种出其不意，总在千钧一发之间将雉的突击化为乌有。雉没有伤到对方半根寒毛，小腿反而着了对方尾巴一记回马枪，痛彻心肺。雉拿出小木屋一把长柄镰刀和一支鱼叉重施故计，腐食者前仆后继，忽进忽退，有时团结，有时内讧，显然不将雉奉献的一点皮肉之伤放在心上。祖父突然从吊床一跃而起，抢走雉手中鱼叉往黑暗丝棉树挑挑戳戳，一只大蜥蜴从树上掉到坟丘上，祖父抽出腰上番刀，手起刀落，大蜥蜴肚破肠流。祖父又往树上挑挑戳戳，一只更大的腐食者掉落在雉身前，雉乱砍一气，祖父闲闲补上几刀。祖孙将腐食者尸体掷到树外，黑暗中回旋着一股乱流，乱流输送着一股腥气，腥气直扑树下，树下尸气袭人，鬼火朵朵，总督坟丘仿佛一块暗红星云，月呛星膻，天兽食日，光年百万。雉怀念总督。总督如果绕着丝棉树散步几圈，几百只大蜥蜴就会霎时黏成肉酱。雉厌恶和总督共葬的四只黑犬。四只黑犬如果扑向野地，刹那就会被腐食者撕成肉丝。雉听见鸡鸭鹅猪和猴群的吼声。

阿公，它们进攻畜舍和猴园。雉说。

祖父躺在吊床上聆听腐食者动静像曾祖躺在吊床上聆听野地，吊床左摇右晃像狩猎儒艮的舢舨，像踏平香蕉园的总督，像埋葬玛加的死者之瓮，像丽妹抚摸土地的子宫，像盛满猎物的猪笼草瓶子，像椰子树上醉醺醺的越王头，像优游水床上的余氏七彩虹鳍小麒鲷，像站在丝棉树上高瞩远瞻迎风沉吟的曾祖，像曾祖搭乘载满苦力暗无天日臭气熏天的船舱。曾祖结束种植园区后，带着祖父、两位有亲戚关系的工头、五位心腹巡逻队员驾着两辆卡车直驱西加里曼丹三发金矿区购买当地所能购买到的所有金块。旧地重游，繁华不再的矿区已没有多少人认识曾祖，即使有人想起曾祖就是当年引发史无前例矿区叛变的叛徒首领，也没有太多人计较，因为曾祖现在是腰缠万贯的大财主。矿主甚至要求曾祖定居下来共同开发金脉，再一次掀起轰动海内外的三发地区淘金热潮。回程时一群土匪袭击曾祖等人，枪杀五位巡逻队员，抢走一部卡车和车上半数金块。祖父侧卧吊床，声音清脆响亮，仿佛换了一副嗓子。祖父认出土匪大部分是种植园区巡逻队员和苦力，其中一位曾经在饭馆羞辱小花印遭祖父拳脚侍候，他躲在一棵大树后，左手食指和拇指扣成圈子，右手食指在圈中进出，表示他已经这样那样和小花印相好过。大战正酣，鬼子嚣张，曾祖保住半数金块，低态护藏财产，不敢变卖金块，浮脚楼二十八根盐木浮脚是曾祖天衣无缝拆卸自附近一个矿坑，导致矿坑发生灾变活埋十几个工人后仍然没有人知道灾变原因。两位亲戚工头——一位是曾祖堂兄，一位是曾祖表弟——参加地下抗日游击队，举家迁居雨林，一日出林寻求曾祖资助家用和游击队，曾祖发觉他们野心勃勃，频频提起金块，二人四腿刚离开余家，曾祖已骑上脚踏车直驱鬼子军营。鬼子跟踪二人走过野营，走过装着婴尸的猪笼草瓶子，走过长满石南树丛的荒地，来到一座有树桥和老榴莲树的小溪。那时候两家三十多口正聚集小溪上，有人坐在岩石上啃野榴莲，有人躺在树桥上休憩，小孩用石块打水漂，追逐弹涂鱼，赤身裸体戏水。一位登上榴莲树的少年看到两位男主人走近小溪时，也看到他们身后鬼鬼祟祟排山倒海涌来的天皇军队。

祖父翻身侧卧到另一个方向，警告雉又有一只大蜥蜴上了丝棉树，还有一只躲在小木屋中。雉学祖父用鱼叉朝树上挑挑戳戳，大蜥蜴应声滑落，不等雉抽刀已逃出树外。雉看见躲在小木屋中的只是一只比他手臂稍长的小蜥蜴，可能是被激动的长辈身不由己推挤进来，用长柄镰刀逗了两下，赶出屋外。雉说，阿公，你睡吧，今晚我来守夜。祖父没有理应，继续荤言腥语。曾祖的密报完全针对两位表兄堂弟，没有想到会引起一场灭门惨案，每年当日曾祖、祖父必然带着祭品到小溪旁焚香祭拜，曾祖去世后，雉鸰兄弟也常随祖父去。祖父荤言腥语说到这里，雉忽然对那条小溪、老榴莲树、树桥的记忆变得清晰细腻，好像他现在就和祖父站在小溪上，踩着人胆猪心状石块，摸索着树桥上的弹疤刀砍。猴群在老榴莲树上缠斗，树下长须猪刨食榴莲果，小螃蟹和红蚂蚁依旧忙碌，食猴鹰低回高旋，一种结群迁徙滚石般的力量一再出现，锁紧雉对时间和记忆的发条。祖父每年来此祭拜就会断断续续描述那一场屠杀，族亲尸体如何四分五裂，好像动物被活宰论斤秤两淅沥零售，但是从来没有提起曾祖和这场屠杀的关系。达雅克人三番四次入侵余家，不管男的女的，不管是觊觎总督大角或其他原因，总会因此酿成悲剧。曾祖分析那次全锣市绝无仅有的余家蝎患，也倾向人为因素多于天然灾害。据说曾祖曾经目睹一群人将一篓篓蝎子倾倒在余家浮脚楼四周。蝎子擅于刨土挖墙，钻缝入隙，上天下地，无所不侵，它们害得余家数次翻箱倒柜，彻底扫荡浮脚楼和清剿余家土地。所有能够隐藏的地点和隐藏的东西都在这几次地毯式搜寻中曝光，但是蝎子再怎么神通广大也肆虐不到丝棉树下兽栏下那个日夜被总督冲撞捶踢时发出雷鼓霹雳金属搔刮空洞回响的大坑洞，大坑洞中埋藏着曾祖变卖成金块的终身积蓄，以丝棉树为护体，总督镇守，曾祖、祖父先后戒惧谨慎以树为家，历经经济衰退金融风暴毫发无损沉睡黑暗土地下，直到数天前那个沦为总督忌日的夜晚，曾祖以为蝎子的作用就是发掘或引诱余家自动暴露金块埋藏地点，如果这个匪夷所思的最高作战指令没有达到，也可以螫死几个余家人。

阿雉，你还记得那个女共产党员吗？祖父说。守着丝棉树。别让它们上树。

雉想起香蕉园高像肥大兽舌的纺锤状紫色花苞，想起祖父衬衫下的香蕉像绿莹莹的肋骨，想起祖父破唐衫中的香蕉像野猪獠牙破膛而出，想起一个长头发的黑衣女人，声音甜美多水像嚼山竹，表情慈祥警惕像巢筑山鹊，肠子像一串香蕉挂在肚子上，胯下被摧残过的性器官像纺锤状紫色花苞，一个小婴儿从快速张开又陨落的花瓣中破膛而出。祖父仰卧吊床上，鼻嘴大张呵了几口热气，言语中弥漫更强劲的腥荤毒气，一路挥洒舔舐，铺张出他和父亲彻底决裂无人穿透过的黑暗路径。父亲经年在雨林伐木厂工作，一年回家两三次，每次盘桓两三天，传言他是共产党员、半数时间在雨林从事共产活动时，父亲义正辞严在家人面前斥为无稽。“北加里曼丹国民军”发动文莱政变失败后，党员四处窜逃，一个女共产党员逃到余家请求祖父暂时收留，说她是父亲的爱人同志，身上怀着他五个月大的孩子，又说父亲知道祖父有一笔钱，晓以祖父民族大义，请祖父义助共党，让革命光辉发扬光大四海内外。我听说你们女共产党员生活不检点喜欢乱搞男女关系，祖父说，我怎么知道你肚子里的孩子是谁的？女人跪在祖父身前，将祖父手掌压在自己肚子上，指天发誓若有一句谎言天打雷劈。他除了告诉你我有一笔钱，祖父说，还有没有对其他人说过？女人将祖父手掌朝自己肚子压得更紧更实。您看您看，这是您孙子在踢踹呀。祖父沉吟许久。你在这小木屋过一夜，明天我再给你安排。祖父沉吟一晚，天未破晓骑脚踏车直驱警察局。

丝棉树被总督大角和皮襞磨得光灿似绸缎，疖瘤平滑，大蜥蜴却有本领一溜烟上树。树下有两个被总督睡出来的凹盘，疙瘩星罗棋布，棱角凿痕纵横，仿佛总督每次都不偏不倚躺下，同一个姿势，同一个方向。其实整个囚禁总督的兽栏地面都被总督踩踏出一个陨石撞毁似的大凹盘，丝棉树壁直耸立在这个大凹盘中央，有一飞冲天之势。丝棉树部分根荄暴露大凹盘中，也被总督磨得白嫩似满坑象牙。被捣毁和未被捣毁的兽栏内侧也被总督磨得圆滑似扁担。总督将他的囚室整理得像一粒浑圆巨蛋，巨蛋随丝棉树在季候风中摇荡，裂痕遍布，欲缩欲胀，滚过野地，滚过果园、玉米园、香蕉园、胡椒园，大部分时候孵育在丝棉树羽翼下，像危卵耸立在埋葬金块的大坑洞上。总督用它的大角将巨蛋洞穿得千疮百孔，也将巨蛋外面的敌人洞穿得五内溅血，用它的关刀型头颅将丝棉树摇撼得千疮百孔，也将丝棉树上的敌人怪兽摇撼得五内溅血，用它四只碌碡腿和六千五百公斤体重捶松地表，用它的蹄角切割土地，运动出一个和它的坟丘一样腥膻疙瘩的余家地壳，像粪金龟推理出一个腐臭糜烂的余家粪球，这个粪球愈滚愈大愈污秽，像蛇吞蛇，鱼吃鱼，猴吃猴，重重叠叠，精神分裂，终于使粪金龟控制不住。地壳和粪球重心集中在一叠西加里曼丹出产的纯金垛块，它的重量远远超过地壳和粪球，因此使地壳和粪球无法承受，失去平衡，东弹西滚，轰隆一声，应声破裂，金块出土。总督日夜踩踏，必然发觉兽栏下别有洞天。雉日夜聆得总督尖角锐蹄冲撞出来的鼓声雷响，早已习惯那一阵干扰他睡眠和行动的金属搔刮声，那一阵金属搔刮声使他的夜行习性更显性、听力更敏锐，让他轻易听见小麒发自电动游乐器女战士身上的金戈铁马声，听见凤雏吸烟时弥漫阴道分泌物的烟球在自己和对方胸腔的激烈弹跳，听见戴上假发的丽妹头皮发出使砍过人头的老战士想起姑娘对自己年轻时的骁勇身手的倾倒和惊叹，听见亚妮妮啃食腌渍多日的象鼻肉时餐风宿露的多肉耳垂在野地像象鼻子款摆嚎叫，听见双胞胎姊妹的金枝玉叶和珠光宝气的红毛猩猩填充熊揽和成非人非兽的怪物，听见罗老师光怪陆离易碎品和国乐中金石丝竹的妖妄糜烂。这阵金属搔刮声日夜叩响，早已成了雉人生初航时不可或缺的压舱物，越陈越酱实和华丽沉重的记忆之瓮。雉摩挲丝棉树，像从前摩挲总督皮襞。总督用关刀型头颅亲热和用钩状唇舔舐丝棉树时，必然透过丝棉树老枝新干抚弄蓝天白云眺望被一批批垦拓者切成块状的无垠野地。总督很可能一次又一次模拟走过自己从前走过的路径，轰隆撇屎淅沥撒尿在想象的爱土上。雉守在树下想看看腐食者如何一溜烟上树，却看到小木屋屋顶上埋伏着一只大蜥蜴。雉往小木屋走了两步，腐食者非常识趣地跃到屋下闪躲到树外。这座小木屋建了又拆，拆了又建，大约每隔十年就是一副新面貌，等到屋顶屋内屋外长出密密麻麻在黑暗中发光或不发光的蕈菇时，就表示它腐蚀得差不多了，然而这也是祖父最不忍心拆建的时候。祖父晚上有时候睡在小木屋，有时候睡在也是拆建频繁的吊床上，像蛇吃蛇、鱼吞鱼，曾祖的躯壳灵魂重叠附装祖父身上，粪球愈滚愈大祖父压力也越来越大。祖父身躯萎缩，紧守一个小洞穴，肌肉力量像螃蟹全部集中在比自己身躯还要庞大的单螯上，那只螯伸伸缩缩，吓阻多于实用，终于躲不过一批又一批像食蟹猴锲而不舍发掘丝棉树秘密的敌人。“北加里曼丹国民军”事件后，祖父禁止任何人接近丝棉树，包括父亲、二哺娘、丽妹、阿鸽，除了爱孙鹏雉。阿鸽天真烂漫，养猴食猴，结交一批阴阳怪气的达雅克猎友，猎友徘徊余家，游荡果园，穿梭玉米园、胡椒园、香蕉园，随地拉屎撒尿，行为有如动物。祖父追随他们遗留余家的杂乱脚印，巨细靡遗盘查，发觉他们的脚印虽然错乱，但最后总是一致朝丝棉树接近；发觉他们的粪便看似随兴，最后总是星罗棋布丝棉树四周，形成一道愈来愈抢眼闪亮的漩涡形天河。祖父进一步观察他们的飘忽眼神和困扰别扭的拉撒姿势，断定他们对丝棉树有某种渴望和企图，不仅仅是觊觎总督那只庞然巨角。精于狩猎的达雅克人列队结交阿鸽这个连斑鸠也射不死的中国人，其中必然大有文章。咖啡园一役后，祖父谨记曾祖遗训，百分之九十的达雅克人都是余家敌人。

阿雉，阿丽不是你亲生妹妹，祖父说。祖父在种植园区染上鸦片瘾和赌瘾，每天躲在丝棉树下小木屋中抽吸一回鸦片，也每个白天拨出一两小时逗玩宠物似的逗玩赌技。他的赌术像他以前豢养过的大狼犬一样毕恭毕敬，一是一，二是二，前呼后应，有求必应！逢赌必赢。一个赌友欠下祖父庞大赌债，赌友对祖父说：传说你父亲喜欢用女人抵押赌债！我女儿众多，饿不死，养不肥，卖一个给你吧。赌友太太是达雅克女人，据说她们比中国哺娘还会生小孩。祖父看见阿丽头皮光溜溜，粗粝如鹅卵石，嫩滑如刚冒尖的蕈菇，恐怕一辈子再也长不出一根头发，难怪父亲将她当猪牛出售。祖父坐在吊床上，两脚悬荡空中。两手抓着吊床，像荡秋千前后摇摆吊床，巨大扭曲的身影透过火种印照在窟窟窿窿的丝棉树上，仿佛曾祖灵魂躯壳暂时脱离纠缠。祖父突然不再荤言腥语，两颊红润，眼神凄迷。手脚温驯如偶蹄类，一窦一穴安详如鸽笼，使雉想起跑在曾祖身前无言无语的年轻祖父，想起在巴南河畔对小花印花言鸟语的年轻祖父。祖父初见丽妹，突然想起种植园区里初遇小花印。那时候小花印正盯着兽栏里不友善的毛森动物，身边放着两桶生肉，塑胶拖鞋像两片枯叶，短裤衬衫染着油脂水汽像树蛙皮囊，小辫子被曾祖贴着头皮削掉，一头青丝像刚出膣泡着羊水的胎毛。丽妹也穿着小塑胶拖鞋，小衬衫小短裤，袖子裤管缩头缩脑，肚脐暴露，左手臂文着一支猪笼草瓶子，不着内衣，不带家当，不比一头红毛鬼豢养的腊肠狗穿得更多，牵着祖父的手，经过凤梨园和胡椒园，在野草朦胧和野鸟嘈杂中看见总督用关刀型头颅吓唬小鸡小鸭，丝棉树伸出模糊奇崛的枝干像螳螂捕捉正值青涩年华的风筝，胡椒园椒粒累累，夕日的斑斓漫染椒叶，鸟逐虫，婆娑迷离，果园野猴撒野，野地大番鹊求爱筑巢，她傍晚在小溪旁洗完全家衣服后，将假发挂在矮木丛上，走入小溪抓鱼戏水，浑身湿透，看见祖父在丝棉树下木薯园野地觑着她，有一次祖父终于向她走过来，抓着她的手将她拉上岸。

天色昏暗，月亮肌理密致年华青涩，祖父在丝棉树下看见丽妹头皮弥漫蕈菇光芒，一层绿色光环在她头顶上飘忽闪烁，使祖父想起雨林里巨大浑圆的美丽蕈菇。祖父将丽妹牵入丝棉树下，牵入小木屋中，脱下她的湿衬衫湿短裤，使她躺在弥漫祖父汗臭皮垢体毛的小床草席上，草席已经辗转磨擦出一个人体形状，五脏六腑俱全。丽妹非常害怕，走入阴冷的丝棉树下就全身发抖。她看见丝棉树和小木屋长满蕈菇，肉质伞盖下释放出迷雾状孢子。祖父将十五岁的丽妹牵入丝棉树下长达半年，半年后，丽妹变成一个翘家逃学的少女。

雉挥动长柄镰刀赶走连头带尾暴露树下的八只大蜥蜴。四只火种让他喂得臃肿懒散，昏昏欲睡，逐渐对腐食者失去恫吓。雉耙拢一块枯叶干草喂火，火种升高扩大，精神依旧不太旺盛。腐食者可能把它们当成被捆绑的大怪兽，不能接近，无法毁灭。雉从一只大火种身上借走两只小火种，在总督坟丘旁生了两只顽皮活泼的小火，突然看见一只腐食者一溜烟从树外冲到树下上了丝棉树，敏捷身手和迅雷不及掩耳使雉大吃一惊。祖父下了吊床拿走雉的鱼叉，走了两步，准确刺中腐食者肚子，将腐食者从树上撂下，挑到火种上烧烤。腐食者大尾款摆，将火种捶得火花四散。雉闻到腐食者的焦臭滴水穿石试图渗透总督弥漫野地的庞然尸臭。祖父将腐食者扔在倒塌的兽栏上，兴致大发，用番刀剁掉腐食者四肢头尾，开膛破肚，从腐食者身上切割出十几片碗大肉块，用鱼叉扠了四片放在火种上烧烤。雉想起鸰告诉自己的多年前夏日午后玉米园，挺直饱满的玉米穗包、黄金般的玉笋须和笼葱的玉米叶，云卷如蟹腹，天青如蟹壳，蚱蜢攫雀，螳螂捕蛙，一只绿色大蚱蜢穿过一株玉米，臀上烙着三道整齐排列像经过丈量的长疤，像数匝破腹弹出的绿色肠子。绿色肠子在蠕动压迫下转变成暗红色，仿佛三尾游走沙砾中的大蜈蚣。蚱蜢就停在三只大蜈蚣上，肚皮像刚冒出头的嫩玉米笋。蚱蜢飞走时，鸰看见一双男人的腿，胯下的家伙仿佛也是一支衰败玉米：黑色枯干的玉笋须，褐色的穗包，松垂的暗红色玉米笋。透过玉笋须和玉米叶秆，鸰看见祖父琥珀色的猎枪枪柄和蝎子般发亮的长筒鞋。丽妹运毒遭受鞭刑后在果园、胡椒园、玉米园、香蕉园野地见到祖父时脸色忽青忽白，浑身发抖，顺手抓下一粒青涩的红毛丹、一株玉米笋、一只香蕉或一串椒粒塞入嘴里。祖父一碰到她光滑的头皮时丽妹就乖巧像蜥蜴趴在地上，祖父看见她臀上三道有时像绿肠子有时像大蜈蚣的鞭痕。祖父趴在她身后亲吻她光滑的头皮时，丽妹从来没有抗拒过。

阿公。雉耐不住好奇心大着胆子问。丽妹的孩子是你的吗？

那时候阿丽和男人的关系很糟糕。祖父将鱼叉上的肉片挪到眼前看了看，嗅了嗅，继续放在火种上烧烤。祖父脸上没有一点愠色。我在玉米园和胡椒园看见她和其他男人做过，那些男人！包括你弟弟的达雅克朋友。呸。

祖母终于在丝棉树下发现祖父和丽妹的关系。祖父忍着祖母的咒骂，当祖母突然掀开裤管露出那条干瘪而布满疥疮的大腿时，祖父使尽全身力气，用他秤锤似的拳头挥向祖母鼻子，祖母后退两步，撞倒在兽栏上。总督感染了祖母的怒气和祖父的暴戾气，一次又一次冲撞兽栏，发出急怒攻心的金属搔刮声，它那檐角挂月艋首冲浪的大角穿过隙缝，插入祖母肛门，将祖母像竖在矛枪上示威的敌人挑到半空中。

阿雉，饿吗？吃几块吧。祖父从丝棉树削下一根枝干，削成两根木签，扠了一块蜥蜴肉递给雉。

雉闻到祖父腌制的蝙蝠肉和达雅克人烹煮的罗老师狗肉的腐臭，摇了摇头。

阿雉，睡吧。祖父慢条斯理吃着蜥蜴肉。

雉狩猎睡眠时，失眠像一条大怪兽追逐他。雉让鞭炮声吵醒六次。早上醒来，祖父照例在吊床上熟睡，腐食者已大致撤退。雉巡视家园，看见畜舍东歪西倒，鸡鸭鹅猪已被腐食者吞吃，连猴园也被毁坏，猴群在果园四处晃荡。母亲叽叽呱呱抱怨，说她整晚没有睡好，听着爱畜惨叫，躲在浮脚楼里睁眼到天亮。

阿雉，叫你阿公想点办法吧。母亲说。臭气不去，大蜥蜴就不会走。

妈，弟弟还没回来？雉说。

没有。

他走的时候怎么说？

什么也没说。就像平常一样。

妈，你晚上睡觉关好门窗。

蜥蜴愈来愈多了。叫你阿公想点办法。阿雉，你阿公会听你的。

雉早上继续清理玉米园、香蕉园、凤梨园和胡椒园，下午砍拾枯枝干板填补丝棉树下柴火。傍晚时分雉看见母亲豢养的一只猪公正在野地窜逃，它显然从昨晚就在逃避腐食者攻击，因此肮脏而疲惫。它站在一块土丘上遥望四野，黄昏出击的腐食者从芒草丛和矮木丛如潮水向它接近。猪公拔腿冲向浮脚楼，渡过一条小溪时遭到腐食者围剿。猪公的出现激起更多饥肠辘辘的腐食者对丝棉树的攻击欲望。祖父今晚没有躺在吊床上，坐在一支火种前，番刀撩火，抽土烟，烟球缭绕一字一句，声音不再腥荤，有时候干，有时候稠，使雉突然想起罗老师，多纤维，少钙，充分的胡萝卜素，缺维生素D，腹泻，失眠，夜里多尿。

种植园区结束后，娼馆里三十多个女人不知何去何从，她们痛恨园区，不想回到贩卖她们的父母怀抱，害怕鬼子强迫她们慰安军人，不等曾祖作出决定，三十多个女人轻装就简，天一破晓就手牵手逃出园区，沿着巴南河畔深入雨林心脏地带。她们采吃蝙蝠、鸟猴啃过的生涩水果，捡食长须猪、吼鹿嚼剩的烂果，冒险吞下可能有毒的蕈菇，喝猪笼草瓶子里的凉水，据说有些姊妹连瓶子里没有消化的昆虫爬虫类也囫囵吞下。食物匮乏而不安全时，完全倚赖猪笼草瓶子水解渴充饥。一百多天后，她们被几座长屋的达雅克人收留，结束惊心动魄的逃亡生涯。女人从此口吐达雅克语，言行表里宛如达雅克，黑壮勤劳，认命干活，不再细皮白肉。她们下嫁达雅克男人，生下一群子嗣，为了纪念那段逃亡日子，子嗣臂上都文着猪笼草瓶子。

祖父和雉扔到树外的鞭炮已产生不出太大效果，二人在树下加添火种，几乎绕着丝棉树烧出一个大火圈。祖父继续坐在火种前吸土烟，雉用长柄镰刀忙碌地攻击腐食者。祖父有一次看见丽妹坐在果园秋千架上用草秆编织蝎子和蛤蟆，完全和当年祖父自创教给小花印的手法相同。祖父见到赌友的达雅克太太时，又一次想起园区里和小花印的初遇。达雅克太太证实，小花印加入当年女人的逃亡行列，嫁给达雅克男人，生下一群儿女后过世。赌友的太太就是小花印的女儿，丽妹就是小花印的外孙女。丽妹母亲在平地和当伐木工的丈夫相识，因此嫁到平地。我们这群命运坎坷的女人手臂上都有猪笼草刺青，阿丽也有。祖父在丝棉树下木薯园香蕉园野地看着丽妹卸了假发在小溪里戏水，有时偷偷摸摸，有时光明正大，看了半年后，终于忍不住将丽妹牵到丝棉树下。

阿公，开枪吓吓它们。雉说。

祖父开了一枪，打中一只蜥蜴尾巴。祖父又开了一枪，打中一只蜥蜴肚子。祖父正想开第三枪时，突然站起来。

没有用了，阿雉，浪费我的子弹。我们上树吧。

雉和祖父登上丝棉树后，树下霎时布满成千上万只大蜥蜴，重重叠叠，枕股叠臂，膘满肉肥，吐舌如旗海飘飘，甩尾如烽火弥漫，刨掘丘坟，捶散扑熄火种。腐食者排山倒海，接受火种的灼痛烧伤，爪子尾巴很快掩没火种，树下树上朦胧漆黑，只有蕈菇闪烁。小木屋被腐食者撞击得摇摇晃晃，孢子纷飞。雉这时候更清楚看到树干上各种蕈菇形状，如皇冠、珊瑚、婚纱、钻石、金块，将丝棉树曲折迂回枝干照耀出无数曲折迂回道路，绵延百公尺，蜿蜒而上，穿透云霄，宛如黑暗宇宙一道流动回转的漩涡形天河。丝棉树的辽阔稠密，窟窟窿窿，吸引雉抬头观望，只有祖父注意到树下已被腐食者刨出一个大窟窿，大窟窿不知有多大多深，腐食者一面刨一面用身体把它填满。曾祖那天一大早就离开小木屋，拎着一篮子祭品香火独自到小溪祭拜，入夜后依旧没有回来，第二天祖父看见曾祖失去头颅的尸体趴在树桥上。

我们的仇家太多了。祖父说。

那天晚上祖父带着兽医回家时，模糊看见屠杀总督和盗掘金块的家伙正在野地逃窜。祖父开枪射击，盗匪也开枪还击，野地火花四射。祖父看见一个黑影出现在矮木丛后，两手高举，左手食指和拇指扣成圈子，右手食指在圈子中进进出出。

阿雉，你在台湾的事，我听说了。祖父说。你犯了我年轻时犯的毛病。

[选自《别再提起：马华当代小说选（1997—2003）》，台湾麦田出版社2004年9月版]

北 美 洲

雁过藻溪

[加拿大] 张 翎

张翎（1958— ），女，浙江温州人。1983年毕业于复旦大学外文系，1986年赴加拿大留学，在加拿大的卡尔加利大学及美国的辛辛那提大学获英国文学硕士和听力康复学硕士。现定居加拿大。著有长篇小说《邮购新娘》、《交错的彼岸》、《望月》，中短篇小说集《尘世》、《盲约》、《雁过藻溪》等。

女儿灵灵考入多伦多大学商学院不久，越明就正式向末雁提出了离婚的要求——那天离他们结婚二十周年纪念日只相差了一个半月。

其实在那之前很长的一段日子里，越明早已不上末雁的床了。末雁知道越明在掐着指头计算着两个日期，一个是两人在同一屋檐下分居两年的日期，一个是女儿灵灵离家上大学的日期。随着这两个日期越来越近地朝他们涌流过来，她感觉到他的兴奋如同二月的土层，表面虽然还覆盖着稀薄的冰茬，底下却早蕴藏着万点春意了。她从他闪烁不定、欲盖弥彰的眼神里猜测到了他越狱般的期待。在他等待的那些日子里，她的目光时常像狩猎者一样猝不及防地向他扑过来。速度太快太凶猛了，他根本来不及掩藏他的那截狐狸尾巴，就被她逮了个正着。看到他无处逃遁不知所措的狼狈样子，她几乎要失声大笑。

她恨他，有时能把他恨出一个洞来。

她恨他不是因为离婚本身，而是因为没有理由的离婚。

越明在外头并没有时髦人所谓的红颜知己。越明一生也难得有一两桩能在朋友圈子里引为笑谈的男女轶事。越明是一个基本按点回家的男人。越明甚至没有几个略微亲近些的同性朋友。一桩婚姻在没有外力的作用下非得散伙不可，其解释只有一个：这桩婚姻像一只自行发霉的苹果，是从芯里往外烂，烂得毫无补救，兜都兜不住了。这种烂法让末雁不能像市井悍妇那样提着裤脚叉着腰当街叫骂丈夫负心，这种烂法当众表明了一个男人宁愿孤独冷清至死也不愿和一个女人待在一片屋檐下的决绝，这样的烂法宣布了末雁彻头彻尾的人老珠黄缺乏魅力。

感恩节那天晚上，灵灵用假期打工的钱，请爸爸妈妈去“红龙虾”餐馆吃了一顿饭。饭吃到一半，女儿就笑眯眯地说：“你们就离了吧，我没事的。只是以后要搬得越远越好。最好妈妈还住多伦多，爸爸搬到温哥华。这样我就可以在多伦多过夏天，在温哥华过冬天了。要是你们再结婚就更好了，我一下子能有两对爸爸妈妈了。”

末雁和越明面面相觑，一时不知如何作答。只觉得在加拿大长大的女儿，和国内那些同龄女孩子相比，似乎是太成熟了，又似乎是太憨嫩了——倒是放下了心。

接下来的事就交给了律师去办。几年里存下的退休金，两人各拿了自己名下的那一份。车子也是一人一辆。只有房子略微麻烦一些。通过朋友找到了一个房地产经纪人，前后其实也就花了一两个星期的时间，就卖出去了——净赚了四万加币。卖房所得的钱，在银行和律师手里走过了一圈，就一分为二地归入了各自的账户。灵灵有全额奖学金，剩下的开销，半年跟爸住，半年跟妈住，跟爸住时由爸负担，跟妈住时由妈负担。没有子女监护权的混战，也没有赡养费的纠纷，事情就很是简单明了。

搬家的那一天，越明替末雁雇了搬家公司。大件家具，都给了末雁。剩下的无非是一些日用物件，越明也都尽量让末雁先挑。客气谦让的样子，仿佛不过是送末雁出一阵子差而已。前来帮忙的朋友见了，忍不住问末雁："那吵翻了天的都没离，你们离什么呢?"末雁忍无可忍，终于将保持到最后的一抹淑女形象蚊子似地捻灭了，随手抓起一个花瓶，朝着越明的汽车砸去。"好你个李越明，天底下的好人，都让你做完了。我就成全你吧。"众人哪里拦得住？车尾早砸出一个弯月形的坑来。

越明不说话，只蹲下身来，捡地上的花瓶碎片。一片一片的看得末雁很是无趣，想说句什么话，搜肠刮肚，终无所得，只好讪讪地坐进了搬家公司的车。车开出去，看见自家那幢红砖房子在反光镜里越变越小，变成了一个小红点，最后消失在一片混杂的街景里头，心想这些年里听了好多关于离婚的恐怖故事，大概居多是夸大其词的。十几年里经营起来的家，拆起来，其实远没有想象的那样麻烦。

搬进单身公寓的当晚，末雁就梦见了母亲。

"小改，小改。"

母亲在窗外轻轻地叫她。她出生在一九五二年，母亲怀她的时候，正赶上"土改"，所以就给她取名叫"土改"——末雁是她上大学以后改的名字。末雁站起来，推开窗，一眼就看见母亲站在窗前的那棵大枫树底下。月色黄黄的，照得枫树叶子一团团一簇簇的，仿佛是一只只愤怒的拳头。母亲走了很远的路，鞋面上有土，脸上有汗，两手在灰布衬衫的袖子里不停地蠕动，嘴唇抖抖的，半晌才扯出两个字来，是"藻溪"。末雁正想问藻溪怎么了，母亲突然低了头，转身就走。脚步窸窸窣窣的，走得飞快，末雁追了三条街也没追上，却把自己追醒了——方知是南柯一梦。双手捂着胸，心跳得一屋都听得见。急急地站起来，打开窗，窗外果真是一棵蔫蔫的枫树，树影里漏下来的，果真一片黄不黄白不白的月光——却是无人。

便知道是母亲催她回家了。

末雁的母亲黄信月，是浙南藻溪乡人。那个名字听起来有几分诗意的小乡镇，在几十年前却只是一个纯粹的乡下地方。黄信月是在"土改"那年离开藻溪的，来到温州城里，经人介绍与末雁的父亲结了婚，从此就住在温州城里，再未回过藻溪老家。

末雁的父亲宋达文，是大名鼎鼎的三五支队刘英手下的干将，解放后做过第一任温州地委组织部部长，后来又升任了地委副书记。在温州那么个小地方，也就算是个大官了。

母亲很少提起藻溪。末雁对藻溪的模糊印象，似乎是和那些偶尔来城里找母亲的乡党有关的。末雁依稀记得那些衣着寒酸、皮肤粗糙的乡下人在暮色的掩盖下敲响她家后门的情形——他们从来不敢从前门进屋。他们敲门的声音是怯怯的，两脚在门前的草垫上来回交替着蹭了又蹭，仿佛要把脚掌连同鞋底的泥土一起蹭落。他们把装着土产的竹篮子放在门里，如果母亲没有说话，他们就会发出一声如释重负的叹息，仿佛他们的心，也随着篮子落到了可以依托的实处。他们和母亲交谈的时候，把原本口音浓重节奏极快的方言，小心翼翼地嚼碎了，轻轻地压在喉咙和舌头之间的空隙里，听上去似乎含了一嘴的棉絮。其实，把这叫做交谈真是一种夸张，因为母亲几乎完全不说话，母亲似乎也没有认真在听，母亲只是面无表情地倚门站着。这样的姿势通常只维持几分钟，乡下人便知趣告别了。他们走后，屋里还会长时间地充溢着腊肉鱼鲞和劣质纸烟交织起来的复杂气息。这种气息如烟如气，在家具和家具、门和门、窗和窗之间的缝隙里暧昧地飘来飘去，母亲的脸色，在这样的气味里也有些阴晴不定起来。

这些乡下来的人是到城里看病的、找工作的、办事的。找母亲当然只是一个幌子，真正的目的不言而喻是找父亲。母亲是一扇门，父亲才是门里的景致。门虽然不是景致，但景致却必须要经过门的。在末雁的记忆中，作为门的母亲是沉默而高深莫测的，而作为景致的父亲反而是一览无余温和容忍的。只是父亲在上世纪八十年代中期就去世了，安葬在城里的老干部公墓。从那以后，来找母亲的乡党就渐渐地少了起来。

母亲做了多年的小学教员，才提升到教务主任的位置上，临退休也不过是一所普通小学的校长。身体一直硬朗。三个星期前洗澡时突然跌倒，就再也没有苏醒过来。当时末雁正和一群京都协议项目的科学家在北极考察，住在加军军事基地，来往内陆的飞机十天才有一班。等末雁终于搭上最快一班飞机回到多伦多时，母亲的后事都已经由妹妹操办完了。所谓的后事，也就是遗体告别火化仪式等等。这些事情全部加起来，其实也只是后事的一半。另外的一半，却是要等着末雁回来办的——母亲反复交代过，身后不沾父亲的光，骨灰由长女末雁送回老家藻溪归入祖坟埋葬。

那日末雁梦见母亲之后，当即决定回国一趟了却母亲的心愿。灵灵学校里正好有两个星期的社会调查假，末雁就带了女儿同行。

临走的前一天，末雁去唐人街做了个头发。做头发是一种时髦的说法，其实当时末雁只是想把留了三十年的齐肩发型略微剪短一下而已。那天平素给她剪头的那个女理发师没在，招呼她的是一个新来的年轻小伙子。小伙子一看就是广东福建那一带的移民，身架瘦小，装扮超前，举止乖巧精明。他把她的头端在手里，转来转去地看，却不着急下剪。一直看得末雁有了几分不自在，才说："大姐我给你换个发型，焗点颜色吧。"见末雁犹豫不决，就笑："要是不行，一两个月就留回来了，变动变动，怕什么呢。"就是这"变动"两个字，不知怎的一下子触动了末雁心里的哪根筋，她便横了一条心，说你看着办吧，大不了世界上再多出个把老妖精来。小伙子嘴里说着哪能哪能呀，手就很是麻利地动了起来。

末雁将眼睛闭了，由着那小伙子的手指在她的头发里蚯蚓似地钻来钻去。在剪子嘀嘀答答的声响中，她竟混混沌沌地睡了过去。醒来时，只见那小伙子正在啪啪地抖着围布。她一眼就看见了大镜子中有个女人，头发剪得极短极薄，只有额上的几缕刘海，长长俏俏地插入眉梢。那头发是黑色的，又不全是黑色的，夹杂了几缕棕黄，灯光一照，就有了几分流动的感觉，衬得脸儿有些细瘦生动起来。末雁提了提嘴角，镜里的那个女子也朝她微微一笑——这才知道那个女子就是自己。慌慌地去柜台付了钱，又给那个小伙子塞了一张五元的小费，便飞也似地逃了出来。

到了街上，不住地拿手去摸脖子耳根，摸到哪里哪里是一片凉意。在过了季的太阳里，末雁第一次有了要飞起来的感觉——才明白头发原来是有重量的。

一时兴起，就去商场买衣服。末雁平时很少买衣服，要买也是去大众化的平价商场。这天她突然想起灵灵说起过一家叫温娜的商店，是专卖减价的名牌衣装的，就开车去了那里。

进了商店，花红柳绿的，就看迷了眼。随手挑了几件。素的太素，艳的太艳，都放了回去。这时走过来一个黑人售货员，问需要帮忙吗？那售货员和末雁岁数不差上下，矮矮胖胖的，说起话来脸上阔阔的都是笑。末雁觉得那女人笑得憨厚亲切，原想问我这个年纪穿什么合适，话到嘴边，拐了个大弯，竟成了："我想，变个花样，你看，我刚离了婚……"

黑女子依旧是笑，却换了一种意味深长的笑法，问末雁穿几号。末雁说了，女人就蹭蹭地穿过走道，直直地走到最里面那个架子上，麻利地取了一套衣服，挽着末雁的手进了试衣间。进去了，也不离开，等着末雁窸窸窣窣地换完了衣服出来，两人便一起站到穿衣镜前看样式。

女人给末雁选的是一件黑色的丝绸衬衫，配的是同样料子的长裤。末雁穿着觉得老气，正摇头间，黑女人就将那黑衬衫上的扣子全解开了，露出里头那件葱绿色的软缎贴身背心——也是她选的。末雁觉得这一扣一脱之间，镜子里的那个人突然就变了。似乎是变高了，变瘦了，但又不仅仅是变高变瘦。她在心里换了很多个形容词，又觉得那些词都不够准确，只抓住了问题的一个侧面。最后她才发觉最准确的那个形容词是风情。对，风情。镜子里的那个女人突然变得有了几分风情。末雁被这个形容词吓了一跳。在这之前末雁从来没有把这个词和自己联想在一起。更确切地说，末雁一生从来就没有使用过这个词。五十年里没有学会的词，却在这样一个下午，从那个年轻理发师手里，从这个黑人售货员手里，如此飞快地学会了。

黑女人将衣服叠好了，又领着末雁去收款台交了钱。送末雁走到门口，突然将一只十分厚实的手臂搭在了末雁的肩上，轻轻地说：

"离婚只是一张纸，锁在抽屉里就行了，用不着带在身上的。"

末雁听了，不禁怔住。

末雁和灵灵登上横越太平洋的飞机，经东京、上海抵达温州城，已是两天以后的事了。

去藻溪的车子，妹妹一家早安排妥当了。那边接应的，是一个叫"财求"的人，据说是母亲的一个远房堂兄。次日早上八点一刻，是事先择好的送殡吉时。妹妹怀着身孕，行动不便，末雁和灵灵母女俩就捧了骨灰盒，按照择定的时辰上了路。

路不太远，却很是高低不平。到处在修路盖房。尘土如蝇子飞扬，遮天蔽日。末雁将骨灰盒搂在怀里，怕冷似地端着双肩。盒子是檀香木做的，精精致致地镶了一道金边，像是从前富贵人家的首饰匣。末雁搂了一会儿，手和盒子就都黏黏地热了起来。母亲生前是个结实的妇人，躺在这么个狭小的匣子里，怎么能舒展得开手脚？车子在坑洼之间一颠一簸的，母亲在盒子里一下一下地拍打着末雁的膝盖，仿佛有话要说，末雁突然有了一丝陌生的亲近感。

末雁和母亲在一起的时间很短。她生下来三个月就被送到了在玉环的奶奶身边，是奶奶雇了奶妈把她喂大的。一直到十岁的时候她才回到温州的父母身边，那时候家里已经有了一个妹妹。童年的隔阂已经很难在少年时代弥补，更何况她十六岁就再次离家。下乡，考大学，结婚，出国，她从此就长远地生活在外边的世界了。

在末雁的记忆中，母亲似乎永远是沉默寡言的，对她和对妹妹都是如此。然而末雁还是知道这中间的差别的。末雁和妹妹相差十岁，她从玉环回来的那年，妹妹才出世不久。在很多个夜晚。母亲会站在窗口，长久地一动不动地抱着妹妹，那时母亲的眼里淌着月光，那光亮将妹妹从头到脚地裹了进去，却将世界挡在了外边。当然，世界的概念里也包括了末雁，甚至还有父亲。

有一次末雁突然萌生了想闯进这片光亮的意念。

那天母亲也是用同样的姿势抱着妹妹，末雁突然走过去，伸出一个手指，轻轻刮了一下妹妹的鼻子。母亲吃了一惊，眼神骤然乱了，月光碎碎地滚了一地。母亲闪过身去，将妹妹更紧地搂在了怀里。刹那间，末雁看见了母亲眼角那一丝来不及掩藏的厌恶。那天末雁哭着跑到自己的屋里，翻开墙角那面生了一些水锈的小镜子，看见了镜子里那张雀斑丛生、毫无灵气的脸。这张脸伴随着她走过了黑隧道般走也走不到头的青春岁月，到了中年才让她渐渐安息下来。

所以初中毕业那年她迫不及待地报名下了乡。

车子终于出了城，房子相隔远了，景致才渐渐开阔，露出些山水田地来。虽是个晴天，太阳却是灰蒙蒙的，照得远处的山近处的水都不甚明了。田里种的似乎都已经收割了，只剩了些黑黄黑黄参差不齐的茬子在风里抖着，如折了翅膀的鹞子。再过去一些，就看见了水田，混浊的水里倒映着些边角模糊的天和云，像是水墨画里洇在景致外边的墨——却什么也没种。

灵灵趴在后座窗上，看见灰褐色的水田里浮着两块青褐色的大石头，就尖声去推末雁："妈妈，那是牛吗？是不是水牛啊？"见末雁木木的没回应，就扫了兴，说难怪爸爸说你没有好奇心。灵灵这些年在多伦多，虽然周末一直上中文学校，可那中文水平却只够说事，不够抒情的。这"好奇心"三个字，就是用英文来替代的。末雁听了，一愣，心里仿佛塞了几根茅草，尖尖糙糙的很是躁人，拔也拔不出，咽又咽不下，却碍着司机，没有发作，只淡淡地说妈妈下乡的时候见多了，所以不奇怪。你没见过，当然是少见多怪。过了一会儿，还是忍不住，冷冷一笑，用英文添了一句："你爸爸的意见对我来说已经不重要了，我们已经离婚了，假如你没忘记的话。”

母女俩正说着话，突然听见正前方噼噼啪啪一阵爆响，碎纸屑红雨般从空中纷纷坠落——原来是有人在放鞭炮。行人吓了一跳，四下纷散开来，瞬间又如饿鹰般朝着热闹围聚过来。司机嘎的一声将车停在路边，推了推末雁，说到了。末雁吃了一惊，问这么快吗？司机摇摇头，说这只是第一个凉亭——从温州到藻溪，一路上四个凉亭，个个都要停的。

这时人群破开一个小口，流出一队身着孝服的人马来。领头的是个黑瘦的老头，走近来，见了末雁和灵灵，也不招呼，却砰的一声跪在地上，冲着末雁手中的骨灰盒，低低地将头磕了下去，口中喃喃说道：“信月妹妹我来接你，接晚了……”后边的半句，是末雁顺着意思猜测出来的——老头的声音已如枯柴从正中折断了，丝丝缕缕的全是裂纹。末雁心想这大概就是妹妹说的那个财求伯了。

末雁不懂乡下的规矩，只见财求伯的裤腿上粘了几团湿潮的泥土，脑勺近得几乎抵到了母亲的骨灰盒，一头稀疏的头发在晨风里秋叶似地颤簌，一时不知该和他一起下跪，还是该去扶他起来。正犹豫间，老头已经自己起身了，从怀里抖抖地掏出两片麻布条子来，换下了末雁和灵灵胳膊上的黑布条：“近亲戴麻，远亲才戴黑。”末雁发现老头戴的是麻。

末雁跟着老头挤过人群，进了凉亭。只见凉亭正中放了一张母亲的放大黑白照片，是二十几年前的样子，穿了一件中式棉袄，围了一条方格子围巾。一丝笑意，从嘴角凉凉地流下，流得脸上也有了凉意。再看地上白花花地跪了一群人，衣袖上裹的都是麻布，便暗暗惊诧母亲在老家竟有这么多的亲戚。

这时财求伯在末雁肩上轻轻拍了一拍，末雁身子一软，就情不自禁地在母亲遗像前跪了下来。用眼角的余光扫了扫斜后方，发现灵灵不知什么时候也跪下了。一路上末雁再三交代过灵灵要入乡随俗，却没想到这么一个八岁就离开了中国的孩子，竟肯跟着她当众下跪，也算是给足她面子了。

有人端过一杯清茶来，财求伯接了，拿手试过了热度，高高地举起来，对着照片说：“信月妹妹，五十几年了，哥今天总算把你请回来了。喝了这杯茶，哥带你回家……”话到了末尾，又颤颤的要断。老头扬手将那杯茶往地上一泼，一线粉尘细细地飞扬起来，人群里便渐渐响起一片嘤嘤嗡嗡的哭声。末雁抬头偷偷地看了一眼，发现哭的是老人居多，虽然不是想象中那种惊天动地的嚎法，却也哀哀切切眼泪婆娑的似乎有那么几分真情。她知道乡下有雇人“哭灵”的习俗，却没想到哭灵的人竟有这样的专业水准。

这时财求伯又在末雁的肩上轻轻地拍了一拍，末雁猛然醒觉，意识到这一屋的排场其实都是背景。那些眼泪、那些表情、那些声音，都是为了她的来临而做的铺垫。她才是雷声后边的那场大雨、龙套之后的那个主角。她紧闭双眸，试图回忆母亲的点点滴滴。然而在失去了母亲照片的参照物时，她竟然完全记不起母亲的模样了。她渴望能想起母亲的一个温存的眼神、一句关切的话语，甚至一次狠毒的责骂，任何一个可以让她流出泪来的温馨的或者委屈的时刻。可是记忆如掌中的散沙，纵使握了满满的一把，却始终无法在她渴望的那一刻聚拢成团。随着年华的老去，这几年她发觉自己的泪腺如一条原本就营养不良的细弱河流，渐渐地干涸在沙漠的重围之中。即使是在绝对的独处时，悲喜之类的情绪都很难让她流泪，更何况是在这么一个众目睽睽的公众场合。

“雁，哪天你能哭了，你就好了。”

末雁突然想起在北极考察时，那个叫汉斯的德国科学家对她说过的话。

她现在还不能哭，不愿哭，不会哭。她知道她离好还有很远的路要走。

就在这一刻，她的腰被人抵了一下，一个男人低低地对她说：“跟我学。”那声音轻得如同树叶间漏下的一缕风，痒痒地抚过她的颈子，与其说她听到了，倒不如说她感觉到了。那风停了一停，又吹了过来，这次是一阵低沉而含混的喉音。那喉音如同一口被堵塞了的泉眼，又如同一阵被拦截在死角里的风，似乎没有任何意义，又似乎蕴涵了多种意义，在那种场合听起来，竟就有几分接近悲凉的呜咽了。

末雁清了一下喉咙，也开始含混地发出声音来。末雁的声音攀缘在男人的声音之上，羞羞答答高高低低地走过了几圈，就渐渐地找着了感觉，有些平展自如起来。众人终于放下心来，哭声便达到了高潮。

趁着混乱，末雁腾出一只手来探灵灵，发觉灵灵的位置空了。睁开眼睛，看见灵灵远远地站在角落里，拿着数码照相机在拍照。虽然看不见灵灵的表情，末雁却有了一种在女儿面前赤身裸体般的羞愧。

末雁一程又一程地送完了母亲，下了坟山，天就傍黑了。财求公说你母女两个不如就在我家里歇了吧，明天早上再赶回温州误不了你的事。末雁已经累得浑身没有一块不疼的地方，的确不想赶夜车回去。却不知这老头家里干不干净，女儿住不住得习惯。正在心里打着小九九，老头就说本来就打算留你们两个过夜的，屋子都找了婆姨们打扫消毒过了。“非典”刚过，我们乡下人也知道害怕，都讲点卫生了。末雁听了这话，就不好推辞了。

老头从人群里招出一个人来，说这是我孙子百川，他先带你们回去洗把脸，歇一歇，我去菜馆端几个下酒菜回来——我家婆姨死得早，没人做饭，你们将就点。

末雁和灵灵跟在百川后头，拖拖拉拉地走了一刻钟，就到了财求的家。是一幢两层的砖房，方方正正的，外墙镶了一层白花花的马赛克，在暮色里新得有些龇牙咧嘴。铁门上贴了一对大福娃娃，两边的春联已经有了些风吹雨淋的痕迹，字迹却还可辨。上联是：一世人生有炎凉，晨也担当暮也担当；下联是：丈夫遇事似山岗，毁也端庄誉也端庄；横批是：稳如泰山。末雁觉得这副春联和寻常的喜庆春联很有些不同，就问百川这是你爷爷写的吗？百川哼了一声，说他知道个球，这是汪小子的诗，汪国真，你知道吗？

末雁心想这个叫百川的男人论辈分应该叫她一声姑，说话却完全没有拘泥礼节，虽有几分鲁莽，倒也叫她整个人都放松了，跟着他无拘无束起来。灵灵从书包里掏照相机，掏了一半又放回去了，说一路上怎么都是这些一模一样的新房子呢？妈妈你下乡时照片上的那些老房子，怎么这里都没有呢？

百川开了门锁，屋里嗖地蹿出一条奇丑无比的大黄狗，一阵恶吼，震得铁门铁窗嗡嗡地抖，几欲将灵灵扑倒在地。百川噌地脱下一只鞋，照着狗脸就扇："客人来了，你知不知道？嚎你个嚎。"那狗挨了揍，顿时就蔫了，蹲在地上，软得像一摊水。偏偏灵灵从小就养狗，最不怕狗，就往地上一坐，将狗一搂，两个立时就玩成了一团。

百川进了屋，三下两下脱掉了身上的丧服，胡乱卷成一团，往门后一扔，拖过一张板凳，坐下来挤脚上的水泡。一边挤，一边叹气："我说信月姑婆啊，我与你一面都没见过，你就这么整治我。我自己的葬礼，我都不用走这么多的路呀。"说得末雁忍不住笑了起来。

百川又转身对灵灵说："灵灵你跟你妈坐车，我跟我老爷子走路，这叫阶级区分，你懂吗？"灵灵问什么是阶级？百川朝末雁咧了咧嘴，说那你得问你妈，不过你妈也是前清的中国人了，你也别全信她的话。你想看旧房子呀，藻溪有的是。你要是明天不走，我就带你去看你外婆家的老宅——三进的院子，正间，西厢，东厢，旧是旧了，却全是古书上的样式呢。不过，千万别让我们家老爷子知道。

灵灵就拿眼睛来试探末雁。末雁不说话。百川依旧在挑泡，挑得一脚是血，就随手扯过一张纸来擦。擦一下，咝一声，眉上轻轻地挂上了个结。脱了那一身的布景衣装，只剩了一件汗衫，就看出人的高壮来了。肩头如犁过的田垄，一丝一绺的全是硬肉。戴了一副宽边眼镜，目光从玻璃镜片后头穿过来，刀片似的锐利清爽。胡子散漫地爬了一脸，像疯长了一季的藤蔓，虽是秋了，却让人看上一眼就津津地冒汗。

末雁擦着额上的汗，说灵灵我们明天一定要赶回温州的。百川终于挤完了泡，找了几张创可贴横七竖八地贴上，鸭蹼一样扁平的脚掌上就有了些错乱的景致。"藻溪的妙处，你连个边都还没擦到呢。"百川的眼睛看着灵灵，话却是对末雁说的，"你要是多住几天，你学到的就不只是怎么哭丧了。要是待到头七，那'哭七'才真正有意思呢。"

末雁恍然大悟，那个在凉亭里教她怎么哭丧的男人原来就是百川。一路四个凉亭，她一程比一程哭得自然。刚开始时，眼泪流过嘴角的那丝辛咸味道让她吃了一惊，过了一会儿她才明白她哭了。

汉斯，汉斯，我终于，有了眼泪。她喃喃地对自己说。

待到坟山封口的那一刻，她的眼泪就已经像使坏了的车闸，想停都停不住了。那眼泪仿佛不是从她眼中生出的，只是借了她的脸，惶惶地赶路。她起先是在哭母亲的，哭那些与命运阴差阳错擦肩而过却让妹妹毫不费心地拿走了的母爱。后来又似乎在哭自己，哭的是自己生活河床里边那些细细碎碎石子似的不如意。虽然是真性情的流露，却因为开坏了那个头，后面的一切多多少少就有了些世故的味道了。

"'哭七'是什么东西？"灵灵追着百川问。

"总结，评估，鉴定，你懂吗？"

百川见灵灵一头雾水的样子，就甩开灵灵，直接对末雁说："死人下葬第七日叫

'过七'，那天，就有唱鼓词的来，在你家门前支起鼓，唱死人的事。唱鼓词的是不请自来的，你还不能赶他走——他吃的就是死人这碗饭。当然，唱的还不见得都是好事，得看你给的是什么样的赏钱，当然，现在叫红包。给得多，唱的自然就是花红柳绿的好风光。那给得少的，还有不给的，人家就先给你点破一层皮，无非是你们家那点鸡零狗碎的小玩意儿，不痛不痒的，可就让你坐不住了。懂事的，就赶紧端茶递水，茶杯底下悄悄把赏钱添上。遇见那不懂事的，就渐渐进入剥皮见血的阶段了。若到了那时还不肯拔毛，接下来唱的就是你们家公公扒灰儿媳妇偷人的事了。"

"扒灰是什么东西？"灵灵问。

百川看了末雁一眼，忍不住哈哈大笑起来："看你妈给你这中文教育，关键的都没学好。"灵灵听出这大概不是一句好话，也就不敢往下追问了。

"妈妈你看百川哥哥的脚指头，和你一样呢。"

末雁凑过去看，只见百川的小脚指头旁边，突着一块不大不小的圆骨，仿佛是多长了半个指头。末雁的脚上，也有一块这样的骨头，从前和越明谈恋爱的时候，越明曾经给她起过一个外号，叫"五点五"，笑的就是这半个指头。

百川就嘿嘿地笑，说这是遗传，我们家的人，我爷爷，我爸爸，我，都长这球玩意儿，还都在左脚。说完，又问末雁："你真要走？不可惜？那些好鼓词，句句珠玑的，我可没时间汇报给你听。红包你爱给不给，有的是愿给的人，我家老爷子就是一个。你没看出来，我家老爷子对你妈可是一往情深呐。"

末雁听百川说话，有时慢悠悠的，有时急吼吼的，慢时如闲云，急时如疾雨，说粗俗也不全是粗俗，说雅致又说不上是雅致，却有那么点小意思，总之不像是没见过世面的乡下人，便忍不住问百川你到底是干什么的？

"早些年杀人越货，这些年老了，就写诗。"

"你是诗人？"灵灵兴奋得大叫起来，"我最喜欢读诗了，你是我这一辈子见到的第一个诗人。"

"但愿你永远也不会见到第二个。"

"百川你别胡闹，在国外长大的孩子都天真，你说什么她信什么。"

百川对灵灵挤了挤眼睛说，瞧你妈不相信我是个诗人，咱俩得另找个机会，背地里再切磋诗的事，现在先别招她惹她。说得灵灵格格直笑，笑得末雁越发地烦了。

"得了，得了，百川你赶紧趁你爷爷回来之前收拾收拾你这张嘴。你爷爷是我妈的堂兄，你刚才说那话不是乱伦吗？"

百川瞪了末雁一眼，半晌，才悠悠地说："我看你的中文，简直退步到负数水平了。你才需要好好收拾你那张嘴。我爷爷要和你妈有什么事，最多也只是近亲恋爱，国家虽然不提倡，还不至于犯法。你要跟我有什么事，那才叫乱伦呢。不过，这两样罪行你大概想犯都犯不成——我爷爷是我太爷爷认领的儿子，我们没有血缘关系，你懂吗？"

百川的那一眼，如同一块黏热的糍糕，横横地飞在末雁的脸上，让她扒也扒不下，甩也甩不掉。突然间，末雁就觉得自己的五官跑错了位置，僵僵的，竟挪移不动了。

灵灵见状抚案大笑："妈妈你说不过百川哥哥。你那张嘴，也只够对付我。"

末雁就是在那一刻决定留下来在藻溪过七的。她当然没有预料到，她这一停，就停出了一个故事的开头和另外一个故事的结尾。

灵灵结结实实地睡了一夜，早上梦见脸上爬了一堆虫子，湿痒难熬。睁开眼睛，发现大黄狗正蹲在她的床前，伸出一条肉乎乎的舌头，一下一下地舔她的脸。摸了摸身边，妈妈不在了。坐起来，看见太阳挤进窗帘缝，光亮在屋里炸开一条白带，灰尘满屋飞舞。窗外不知谁家的录音机开得山响，沙沙地唱着一首歌。灵灵听得似懂非懂的，只听清了反反复复的一句话："心太软，心太软。"

下楼来，只见财求坐在楼梯脚上干活。听得楼梯响，老头转过身来，脸上漾出一朵油汪汪的笑："娃啊，你妈跟百川上山烧纸去了，见你睡得死，就没叫你。阿公给你买了豆浆糯米糍饭，热在锅里。"

灵灵不着急去吃饭，却在楼梯上坐了下来，看财求干活。财求手里拿了一把细细的刀，正把一段窄扁的竹条，劈成更窄更扁的竹片。老头弓着腰，耸着肩，下巴几乎抵在膝盖上，刀捏在手里死死的，看不出动静，却有竹片如细水似地从刀下缓缓流出，在地上蠕成一条青绿色的长虫。

灵灵就问阿公这竹片是干什么用的？老头说："这竹片在我们乡下叫篾，从前只有一个用途，就是做凉席。现在用途就多了。"老头朝饭桌那头呶了呶嘴："桌上这些玩意儿，都是篾编的。百川他爸在广州开了个公司，专门批发这个，卖到国外去的。听说洋人就认手工做的，运气好的时候一套能给六七个美金呢。"

灵灵走过去，就看见饭桌上摆了一堆各式的篾编家具，有四张椅子配一张茶几的茶馆摆设，有一张大床配一副屏风两个脚凳的卧室摆设，有两张躺椅配两个脚垫的花园摆设，也有两张沙发配一张咖啡桌的客厅摆设。中式西式的都有，中的像中，西的像西。小小巧巧的，摆拢来，也就比一个掌心略大一些，却都是精巧工整之极的。灵灵看得呆呆的，半晌才说阿公你的手真巧。

财求笑笑，说这算什么，全藻溪的人，只要有一双眼睛一双手，谁都会做一两样的。百川他爸年年从广州带回新款式来，只要有款式，没有仿做不了的。你以为这镇上的新屋，都是怎么盖起来的？靠的就是这个手艺。

灵灵听了就来了灵感，说我正好有个社会调查报告要做，就写你们这个公司，好不好？老头连连说别别别，咱们一个小公司，哪经得起你调查，还报告呢，你这不是给你阿公惹麻烦吗？灵灵扁了嘴，说你不帮我我去找百川哥哥。百川哥哥也会做这种家具吗？老头摇头，说："娃呀，你阿公家也不能三代就靠这个手艺吃饭。我们百川和你妈一样，也是读书人，在杭州大学教化学。这次是阿公专门让他请假回来的，就为了见见你和你妈。"

灵灵愣了一愣，才哼了一声，说："他骗我，他原来不是诗人。"老头呵呵地笑了起来，篾片颤颤地抖了一地："什么湿呀干的，那是他的业余爱好，做不得正业的。"

灵灵不服气，说凭什么写诗就是不务正业，全世界科学家多的去了，诗人有几个？罗斯福总统说过，没有诗人的国家就不叫国家。

老头越发笑得呵呵的，说你这外国养大的娃就是和中国娃不一样。好好，你喜欢诗就让百川给你写，他要是闲着也得惹祸。说完就站起来，从兜里掏出一把钥匙，开了壁柜，从里头窸窸窣窣地摸出一个纸包来，递给灵灵：

“那些家具都是糙货，是阿公随便做了骗口饭吃的。只有这一样，倒是阿公知道你要来，专门做了给你的。”

灵灵将那外头包的报纸层层撕开了，里头原来是幢小屋子——当然也是篾条编的。是江南常见的民居样式，矮矮平平的屋顶，上面有一只烟囱。门是对开的两扇，正中有两个小铁环。铁环只有一粒纽扣那么大小，上面却雕着兽头。窗也是两扇。透过窗，就看见了屋里的景致。屋里放了一张饭桌，桌旁坐了两个大人一个孩子——都是布做的。那男人戴了一顶蓝帽子，唇边黑黑的一圈胡子，脸上架了一副眼镜——是黑铁丝弯出来的；女人剪了一头齐肩的直头发，围了一条花围裙；孩子是个女孩，白衣红裙，辫子上扎了两个蝴蝶结。饭桌上杯盘碗筷应有尽有。那屋里的摆设和人物的衣装细节，没有一样不是惟妙惟肖，鬼斧神工。灵灵觉得桌旁那个戴眼镜的男人，甚至有几分像自己的爸爸越明。

便想起自己这两天还没和爸爸通过电话，也不知爸爸一个人在多伦多怎么样了，又记起从前在自己家的时候，一家人也是这样围着一张桌子吃饭的。妈妈给她舀汤，爸爸给她搛菜。两人极其有限的几个话题，自然也都是围绕着她展开的。她是他们在窄路相逢的时候得以干涩地交谈下去的原因，可是即使有了她，他们依然没有能够把对话持续下去。这次回到多伦多，爸爸会有一张新桌子，妈妈也会有一张新桌子。似乎多出了一张桌子，其实是少了一张桌子——一张可以三个人围着吃饭的桌子。现在的桌子再新再大，却容不下三个人了。

“阿公做的人像不像啊？是照你们家的照片做的呢。”老头问。

灵灵吃了一惊，问你怎么会有我们家的照片？财求叹了一口气，说是你外婆寄的。她这个人啊，话少，想你们了也说不出来。

“娃呀，听说你妈在外边有个实验室，做的是什么大学问呢？”

“气象变化大气污染什么的。”灵灵突然口吃起来，这才发现自己对妈妈的了解实在是经不起任何轻轻一击的。

“这回你爸怎么没跟你妈一起回来送你外婆？”

灵灵的嘴巴动了几动，又停了几停，最后说出来的是“他忙，请不动假”。说完了，她就开始恼怒自己。在她有限的生活经历中，她也不是从未撒过谎的，但是她一向痛恨没有意义的谎言。这个让她挣扎了几个回合的谎言，使她隐隐有些惶惑起来。也许，心底里，她还是有那么一点点，希望父母依旧在同一张桌子上吃饭的？先前她的那些潇洒样子，也许仅仅是为了证明，她已经长大成熟了？

就在那个有了秋意的早晨，十八岁的灵灵站在一个几乎陌生的厨房里，捧着那个篾编的玩具房子，突然被一种无法言喻的悲哀袭中。微笑如水退下，脸上突然就有了第一缕的沧桑。那个玩具房子在最不经意之间碰着了她的心，心隐隐地生疼，是那种有了空洞的疼。那空洞小得只有她自己知道，却又大得没有一样东西可以填补。

半晌，才蔫蔫地问财求："阿公这个房子是照老宅的样子做的吗?"

财求手里的篾刀偏了一下，篾条陡然断了。血珠像一只黑圆的虫子，从大拇指上缓缓地钻出来，爬到竹条上，又滚落到地上。

"你别听百川这个混虫胡说八道。哪有什么老宅？都拆了。"

末雁出门的时候，天刚有了第一抹青，镇子还摊手摊脚地沉睡在黎明的一丝凉意里。门厅里黄狗刚抬了一下头，便被百川一眼给碾扁了，低低地呜咽了一声，翻了个身，带着些臊意接着睡去了。

上坟的路在山上。山是藻溪人的说法，其实在真正见过山的人看来，这种地方顶多只能算是个土丘。坐惯了汽车的末雁，行走在那样的路上，总觉得有些高一脚低一脚的别扭。地上湿湿地有些露水，草很重，踩上去闷闷实实的，却听不见脚步的声响。没有大雾，有的是极薄的、似有似无的一层水汽，隔在人和景致的中间，让人看得见，又看不远。末雁只见百川的那件红衬衫，在几步之外一跳一跳的如在风里舞动的花。

两人不紧不慢地走了一阵，就到了一个开阔的去处，迎面一汪水，突然就将坡截住了。水有深有浅，深处不见底，浅处露着一排大小不一的石头，是让人涉水过河的垫步。水色依稀有些浊黄，不是水本身的缘故，却是水底石头的颜色。水心空荡着，沿岸却长了黑压压一片的败草，将水剪得很是凌乱起来。秋虫声声，聒噪不止。百川扔了一块石头过去，水咚的一声碎了，惊起一群野雀，满天便都是翅膀的抖簌声。鸟渐行渐远，四周便万籁俱寂起来。直至水面全然平复了，虫声又起，聒噪依旧。末雁直着脖子哦地喊了一声，风将那声音扯得细细碎碎的，丢到极远之处，再传回来时，嘤嘤嗡嗡的竟听不真切了。

"这水有名字吗?"

"藻溪。"

"原来如此。昨天送殡怎么没有路过这里呢?"

"过水不吉利——昨天走的是另一条路。"

末雁正想问为什么不吉利，却看见一道红光朝自己迎面飞来。挡住了，方知是百川的衬衫——百川已经嗖地窜进了水里。水破了一个口子，将百川咕地吞了，水底下扑腾扑腾地仿佛有鱼在翻身。再破开时，百川已经游到水心了，对末雁伸出两个指头，做了个V型手势，又一个鲤鱼打挺，钻回水中。水底咕噜咕噜地冒起了一串水泡。水泡越来越大，扁扁地浮到水面，裂了，变成一圈一圈的涟漪。后来便渐渐平合了，不再有动静。

末雁叫了一声"百川"，无人回应。又叫了一声，这次声音就有些走样了。却依旧无人回应。便一把蹬了鞋子，刚要下水，才记得自己原本是没有水性的。四下看去，天蒙蒙地才亮，路上荒荒的竟没有一个行人。一时心慌得六神无主起来，失声大喊了一声

"皇天啊"——那声气里已经带了明显的哭意。那个"啊"字还没有拉完，水突然在她脚边裂开了一条缝，百川湿漉漉地爬了上来，一把捂住了她的嘴："别在这里练嗓子了，鱼都让你给吓死了。"

末雁抓起地上的红衬衫，朝着百川劈头盖脸地猛拍过去。抽完了，身子便像剔了骨头似地矮了下去，一屁股瘫坐在地上，大口大口地喘着气。百川拽住了末雁的胳膊，本意是想扶的，却觉得一股温软如导火索似地顺着自己的肩胛骨一路燃过去，轰的一声在心里炸出个大火球。不容细想，就已将末雁扳倒在地，紧紧吮住了末雁的唇。末雁挣了两下，就挣不动了，只觉得自己的整个身子在百川的唇间化作了一股旋涡，旋啊，旋啊，旋进了一片上不着天下不着地的茫茫空白。不由得恐慌起来，终于狠命地推开了百川，坐起来，却浑身虚虚地发着颤，仿佛心肝肺腑都叫百川吮走了，剩下的，不过是具空壳。

"百，百川，你疯了，论岁数我可以做你妈了。"

"谁跟你论岁数？论岁数你该老老实实待在家里，喝参汤搓麻将抱孙子，还满世界乱跑什么？"

末雁忍不住笑了，斜了百川一眼，说：

"论岁数你早该找个小姑娘，生个胖小子，洗奶瓶换尿布，和小保姆调情，讨老丈人欢心呢——还在这里做什么无用功。"

末雁说完了，就暗暗吃了一惊，没想到自己如此木讷的个性，到了藻溪，换了个地界，竟也变得伶牙俐齿起来。

"这年头小姑娘都给污染坏了，你这个岁数里头，说不定还有个把简单清纯点的。"

末雁呸了一声，说："你们都一个德行，有了简单的，又想着复杂的，对付不了复杂的，回头又找简单的。"

百川咦了一声，正想问这个"你们"是什么意思？看末雁脸色陡然变了，就咽了回去。找了个背阴的地方，将裤子脱下拧干了再穿上，衬衫却懒得穿回去，搭在肩上，便继续赶路。末雁依旧不远不近地跟在后边，这一程，两人却不再有话。

到了坟地，已经有人烧过纸了。草堆里插了几束檀香，尚在袅袅地生烟。轻风吹过，将那烟拦腰截断了，纸灰低低地盘旋起来，如饥饿寻食的蝇。末雁睡了一夜的感觉，又被搅动起来，忍不住对百川说你们藻溪人对人真好。百川冷冷一笑，说你应该说你妈对藻溪人真好——这上街下街有多少家吃过她的好处？

末雁想起从前母亲对乡党的种种冷淡，心里替母亲生了愧，却是说不得的那种愧，就默默地从篮子里掏出冥纸，堆在地上。冥纸是财求伯早就准备好的。末雁知道烧完纸回家，财求伯还会给她一张名单——这两天要去拜访的亲友名单，是按亲疏远近次序排好的。财求伯甚至准备好了末雁该说的话。这一切末雁都是不懂的，但末雁不需要懂，末雁只需要照办。从前末雁是个管事的人——管家，管实验室，管国事，也管天下事。现在她只是财求伯手里的一个棋子，他叫她爬山她就爬山，他让她过河她就过河。他操着她的心，她至多不过费点力气。力气她有的是，心她却已经耗费得差不多了。她现在不看报纸，也接不到电话，即使外边的世界里发生着天塌地陷的灾难，她也浑然无知。她觉得她仿佛是藻溪水里的一条鱼，尾巴一摆的工夫就甩掉了整个世界。她在藻溪的日子是一种藏了头掐了尾、没有因缘不问结果、没心没肺的日子，愚昧、简单、省心，甚至有些隐隐的快乐。

想到这里末雁微微一笑，对百川说你那首关心粮食蔬菜喂马劈柴的诗很好，回去给我抄一份，我叫人写个条幅挂在墙上。百川也微微一笑，说那不是我写的，是一个叫海子的人写的。你别上他的当，以为他真有多幸福。他写完那首诗两个月就自杀了，卧轨的。

两人又烧了一会儿纸，百川突然问末雁："为什么要离？"

末雁吃了一惊，又慢慢镇静下来。"谁说要离？"

"你这样的人，若不是叫人给踹了，怎么会关心粮食蔬菜？"

末雁只觉得身上的血轰轰地涌上来，在脸上脖子上喷出筛孔似的洞来。忍了忍，没忍住，一脚踢翻了篮子，冥纸雪片似地飞了百川一身。

"百川你别给脸不要脸，我出国的时候，你还吃奶呢。要想教训我，你先去死几个来回吧。"

百川听了拍掌大笑："骂得好，骂得真好，到底是出过国的。就怕你一肚子委屈说不出来，咱就把自己牺牲出去，撞你的枪口。这回解气了吗？到底要我死几回？我好回去准备准备，写个遗嘱什么的。"

末雁的脸就绷不下去了，扑哧一声也笑了。半晌，才叹了一口气，说："人家要走，我还能拦得住？自然是嫌我闷，不会花巧呗。其实，他比我也好不到哪里去。他要是好些，也不会嫌我了——两个闷的待在一起，才非得求变不可。"

百川慢条斯理地将粘在身上的冥纸一张一张地掸下来，都掸完了，才抬头看了末雁一眼："要我说，你闷倒是不怎么闷，凶却是真凶。你在藻溪不过两天，骂也骂过了，打也打过了。再往下发展，就该是刑事犯罪了。其实，教训你两句也是应该的，我看你坏就坏在出国早上面，思想就停留在那儿，再没发展了。不教训教训你，自我感觉一路良好下去，才叫可怕呢。"

末雁听了，不禁一怔，想回嘴，一时却找不出话来。

两人接着烧纸，竹篮渐渐地见了底。末雁发现篮底的那几张纸钱和上头的有些不同，并没有金元宝和票额，就拿出来细看。只见上边印了些纸笔墨砚之类的东西，还有几张画的是书，封面上歪歪扭扭地写着"史记"、"红楼梦"、"论语"、"十万个为什么"等。便问百川是怎么回事，百川说那是我们家老爷子关心你妈在阴间的精神生活呢——你妈当年是藻溪乡里惟一一个读过高中的女子。末雁一时很是感动起来，便问百川你昨天说的那话是真的吗，你家老爷子真想过要和我妈好？

百川站起来，指指山下，说："岂止是我家老爷子，藻溪哪家的小子不想和你妈有一手呢？可你妈是大户人家的千金，去平阳上学，来来回回都是长工老妈子接送的。我爷爷是谁？下街角老绝户在路上领来的小孤儿，除了一把篾刀，赤条条一无所有。阶级，你没忘了什么叫阶级吧？”

末雁也站起来，看见下山的那条小路，已经在晨光中渐渐清晰起来。踩实了的泥土在初醒的阳光底下灰坨坨地延伸开去，如一条洗过的猪肠。她不知道母亲有过什么样的童年和少年，她对母亲早年生活的了解，几乎完全依赖在百川这几句轻描淡写的叙述上。然而，她的想象力却已经在这极其窄小的空间里笨拙地飞翔起来了。她依稀看见豆蔻年华的母亲，梳了两条长辫子，穿着一件白斜襟布袄和黑布长裙，腋下夹着书，轻盈地走过这条小径，身后跟着一个缠着小脚的老妈子。只是不知道，那个时候的母亲，是否也和后来一样的沉默寡言？

其实回想起来，母亲也不完全是寡言的。有一回，末雁把钥匙锁在了家里，只好去学校找母亲。母亲在上最后一堂课。那一天，母亲讲的是高尔基的《海燕》。母亲把课本平平地摊放在手心，在讲台上走来走去，样子像一个初出校门的大学生。母亲那天的话题是关于海，关于飞翔，关于自由，关于勇敢的。母亲的话像水一样毫无阻隔地流淌着；母亲的眼角眉梢到处都是翅膀飞过的痕迹。然而，在见到末雁的一刹那，水猝然止了，翅膀纷纷坠地。母亲瞬间又变回了母亲。

纸烧尽，日头也高了，湿气散去，坟饰的颜色和线条就渐渐清朗起来。昨日出殡之时，末雁被人木偶似地牵过来拉过去，头昏脑涨的，并没有看清坟地。今日静心来看，就很有了些不同。墓地里一共有二十五座墓穴，分成了三排——大约是按辈分排的。坟盖是一溜朱红色的琉璃瓦，角上有兽头；墓穴之间是五彩瓷砖墙，砌的是十字元宝花纹。三排之间各有一长条水泥平地，也是雕满了福寿图形的。远远看过去，竟像是旧式人家的三进住宅，东厢西厢正宅天井大院，样样具备，只是没有门。非但没有那想象之中的阴森之气，反倒有几分富贵喜庆的样子。

母亲的墓在最下一排的最右边，封口的水泥还没有全干。母亲的石碑极是简单，只有姓名和生卒年月。这一排其他墓碑上的名字，末雁一个也不认得，猜想大约是母亲的哥哥和堂兄弟们。上一排离母亲最近的两个石碑上分别写着：黄公寿田名志野之墓和元配袁氏孺人之墓。末雁小时隐隐听母亲说过外公一家很早就死了，便问百川这里葬的是不是自己的外公外婆。百川说这是你的大外公大外婆，也就是你妈的大伯和婶娘。末雁又问这两人怎么死在同年同月呢？百川没吭声，只拿鞋子一下一下地碾地上的火星子。都碾灭了，才说：“你妈没告诉你土改是怎么回事？”

末雁的脑袋轰的一下炸了开来，满地都是碎片。待到尘埃渐渐落定，才颤颤地问：

怎么死的？

枪毙。跳井。坟是后来修的。

我的外公和外婆呢，也是这么死的吗？

逃出去了，和你两个舅舅。

我妈为什么没和他们一起逃？

这个你问老爷子，我也不知道。

末雁那天下山的步子很急，脚似乎离开了身体在独自飞行，百川一路小跑才勉强跟上。末雁的神经在那一刻兴奋起来了，仿佛在沉睡多年之后突然被唤醒，浑身带着初醒的抖擞和警觉。她知道她正在渐渐走进一个故事，一个让母亲艰难地捂了很多年、发酵到随时可以轰然爆炸的故事。

下了山，远远地，就看见了牵着狗等在街口的灵灵。

末雁是在军用机场等待登机的时候，发现了越明的信的。

信藏在她随身提包的里兜，和她的护照身份证件放在一起，她绝无可能错过。

信是越明策划的，可是真正属于越明写的部分，却只有两句话："末雁，希望你能在那样遥远的地方清醒地考虑我的建议——趁我们还有机会过另外一种生活的时候。"剩余的部分是律师起草的离婚协议书。

其实越明在略微年轻一些的时候也提起过分开的事，但是语气和姿势都是含混暧昧、接近于暗示的。越明越老，就越急切地想离婚，因为生命的绳索越来越短了，他必须紧紧地拽住最后的一截。末雁后来渐渐明白了，其实男人有时比女人更加害怕老去。

现在末雁回想起来，越明在自己出差去北极的事情上表现出来的过分热心，实际上是一次精心的预谋。越明无法直截了当地告诉她他厌倦了她，他渴望自由。他宁愿背过身去捅她十刀，却不忍心当面给她一拳头。越明就是这样一个可以同时用善良和懦弱来定位的男人。

末雁从头到尾地看完了离婚协议书，心里涌上的第一个念头就是：动用这样一个头脑清醒、思维详尽又富有人情味的律师，大概起码得花费一千加元。她把信折起来，放回提包。对于这样迂回的进攻，她决定完全不予回应。虽然她注定抓不住越明了，但是维系他们关系的最后一段锁链还捏在她的手里，她必须看着越明真刀真枪面对面地亲手砍断。越明必须直面这个粗粝的伤口。自由和良心，不能两者皆得。

怀着一丝接近于快感的漠然，末雁登上了飞往北极的军用飞机。她和几位来自欧洲和日本的科学家将在飞机上集合，一起前往加军基地考察北极大气层状况。

经过两天的集训和休整之后，这队人马开始分组在野外作业。为了防止空气污染，工作车辆都必须停泊在一公里以外的地方，大家徒步进入工作区。沿途是一片没有任何参照物的茫茫雪地，惟一的路标是一条从停车场一直连到实验室的铁索——是为了防止迷路的。

和末雁搭档的是德国人汉斯。汉斯是海德堡大学工学院的教授，德国环境气象局的高级顾问，同时还持有飞机驾驶执照——从育空山谷到加军基地的那一段路，就是汉斯开的飞机。

沿着一条单调的铁索步行，谈话就成了瓦解瞌睡的惟一药方。汉斯会一些简单的英文，末雁会一些简单的德文，两人用有限的共同语言交流，对话就变得言简意赅起来。

汉斯，你飞机，开得好。

可是，汽车，不开。

上班，怎么办？

自行车，没有污染，简单，干净。

雁，多伦多，好吗?

太大，汽车，堵，每天。

大城市，我，不喜欢，麻烦。

汉斯做了个龇牙咧嘴的恐怖表情，末雁忍不住笑了起来。

那天的光照已经十分微弱，整个白天都如令人昏昏欲睡的黄昏。再过一两个星期，北极将进入漫漫长夜。末雁和汉斯是在微弱的光亮中出发的，却在途中遭遇了一次惊心动魄的日落。

天黑得很快。没有建筑物和公路的阻隔，天和地之间除却了连绵环绕的低矮山峦，几乎是一种赤裸的相拥。日落的过程里其实完全没有太阳，太阳在那个时刻里只是一种想象，一种由光而来的想象。地除了天一无所有，天除了光一无所有。光是无云无雾，纯净透明的。从橙过渡到紫，从紫过渡到青，再从青过渡到灰。每一层的过渡仿佛都是一种撕扯和挣扎，是天地相拥翻滚的过程中溅出的叹息。

突然间，天滚到了地的身下，世界坠入一片无边无际的黑暗。

虽然有过短暂的渲染和铺垫，黑暗的来临依旧是突兀没有防备的。黑暗大笔大笔地抹去了生辣的胆气、朦胧的渴望，剩下的只是令人颤簌不安的孤单和绝望。这个暗夜不同于以往的任何一个暗夜，这个暗夜太冗长了，通往下一个日出的时辰似乎遥遥无期。末雁知道光滚落下去的那个地方，女儿灵灵大约已经点上了灯。灵灵有属于自己的灯，即使没有太阳，灵灵的灯也会长长地亮着，照着脚，照着身，照着别人，也被别人照着。

而她却只有她自己了。

刹那间，末雁有了一丝永无天日的恐慌，在黑暗中格格地发起抖来。

汉斯回头，在工作灯微弱的光亮里看见了末雁扭曲的五官。

“汉斯，我母亲，死了。我先生，要离开。”

“我母亲，不喜欢我，从来都是。我先生，也一样。”

末雁说完，就吃了一大惊。这些话仿佛没有经过她的脑子，甚至没有经过她的嘴，从一个似乎不属于她管辖的地方，毫无预兆地奔涌了出来，涌向了这样一个素昧平生的人。黑暗遮掩了她最初的羞愧，黑暗中她渐渐习惯了自己的鲁莽。多年来死死地压在心上的两块大石头，突然间挪动了一下，有了一丝的缝隙。长久荷重的地方，隐隐有了一点感觉。过了一会儿，末雁才明白那种感觉是钝痛，一种让人死不了也活不好的隐痛。

汉斯没有说话。后来有一条胳膊伸过来，搂住了末雁的肩。

“雁，你要不要哭一哭，就在这里?”

末雁靠在汉斯的胸前，防寒服的尼龙面料窸窸窣窣地擦着她的脸。黑暗和寒冷如两把快刀交错着削尖了她的嗅觉，她一下子闻到了他下颔刮胡水的气味，那是一种接近于生姜水的气味。她迫不及待地寻找着眼泪，眼泪却绕过了她，流失在莫名的角落。石头多年压迫着她的心，心习惯了压迫，就长出层层叠叠的茧子。茧子覆盖之下的一切都是迟钝的，爱和恨的感觉都离她很遥远，她拥有的只是大片大片的麻木。这样的麻木如沙化的土，是留不住激情留不住眼泪的。

“汉斯，我很久，不哭了。我是说，我不会哭了。”

“雁，哪一天你能哭了，你就好了。”

那天晚上末雁和汉斯面对面地坐在基地的餐厅里吃晚饭，眼睛里却不约而同地有了一些闪闪的光亮。在那样的旷野里经历了那样的日落，两人仿佛共同拥有了一个心照不宣的秘密。从陌生到熟悉的过程，只经过了那个日落，轻轻一跳就越了过去。

第二天早上，末雁醒来，发现房间门口摆着一个水杯，水杯里泡了一株芹菜，茎秆很细，叶子却很疏大。杯子旁边是一本书，书的扉页里夹了一张纸条：

雁：

在零下二十几度的北极秋天里只有这个可以送给你了——是从餐厅厨房偷的。生活在零上二十度阳光里的人，应该快乐一些。亨利·大卫·索罗的散文极好，尤其是那篇《沃登湖上》，送给你打发在这里的无聊日子，愿你心情渐渐好起来。其实不一定非要等待别人来喜欢你的，你可以尝试着先喜欢自己。如果都在等待，可能至今世界上还只有哲学而没有科学。

汉斯

在北极后来的日子里，末雁和汉斯一直在大项目组里工作，再也没有机会单独相处。晚上在餐厅吃饭，末雁用目光邀请汉斯，汉斯也没有刻意地坐在她身边。两人混在众人中间依旧言简意赅地维持着他们的对话方式，却觉得每一句话都蕴藏了许多句话的重量，甚至连停顿和微笑也有了异乎寻常的意义。

项目结束时，是汉斯先送末雁走的。汉斯紧紧地拥住末雁，贴在末雁的耳根，说：“雁，记得，你是一个简单的女人。”

“汉斯，你是说，我很愚蠢，是吗？”

汉斯微笑不答，只说：“等我的电邮。”

末雁在飞机上继续翻看汉斯推荐的《沃登湖上》，发现书里有几段话是汉斯用彩笔画了加重线的：

我到树林居住是因为我想有意识地去生活，只面对生活中最基本而必需的内容，看自己是否可从中学到真道，免得面临死亡时才发现自己原来根本没有生活过。我不愿意过那种不是生活的生活，因为生命实在太昂贵了。我愿意深深地扎入生活，吮尽生活的骨髓，过得扎实、简单、律己，把一切不属于生活的内容剔除得干净利落，把生活逼到绝处，简化成最最基本的形式……简单，简单，再简单。

至此时末雁方明白汉斯临行时说的话是什么意思。

其实越明也对她说过类似的话。年轻一些的时候，越明还有几分耐心来叨絮她缺乏心机的种种具体表现，到后来，耐心被日复一日年复一年的生活磨薄，他学会了只用“简单”两个字来概括她的一切缺陷。越明说这两个字的时候，嘴角带了一丝医生对绝症病人的那种无奈和怜悯。

一样的话，在两个男人嘴里，演绎出来的，却是完全不同的含义。

那天末雁坐在飞机里，看着久违了的阳光浪一样地涌进云层，回想自己的生活，像是一只蜘蛛，最初始的时候只是吐着一根丝行走，目的固执单一。后来在不经意间，就织成了一片网，网里当然也织进了自己。网托着她生活，离了网她无从生活。在网中她看不见天也看不见地，因为网已经成了她的天地。其实她一生里最快乐的日子，是衔着第一根丝起步时的日子。第一根丝的日子，对索罗来说是到沃登湖去，对汉斯来说是骑自行车上班，对自己来说呢？

末雁的心里，突然开了一条细细的缝，有光从那里汩汩流入。她没有想到，属于她的光和暖，竟会从那个蕴藏了最浓重的黑暗和寒冷的极地生出。

回到多伦多，末雁做的第一件事，就是在离婚协议书上签下了自己的名字。

在后来的日子里，末雁开始耐心而认真地等待着汉斯的电子信。一直等到自己和灵灵登上了跨越太平洋的飞机，汉斯却依旧在地球的另一头长久而固执地沉默着。

汉斯这根蜡烛是在末雁生命最暗淡的那个时刻燃起来的。蜡烛太弱也太短了，蜡烛只够让末雁看到了脚前的路，蜡烛却照不到隧道的尽头。烛光在远没有抵达隧道尽头的时候就已经被黑暗吞没。

末雁陷入了前所未有的低潮。

“这个宅院有个名号叫紫东院，是你曾外公取的。先前门上有块石匾，写的就是‘紫气东来’。从民国二年正月开始造，到民国四年立夏完工，请的是福建来的泥瓦匠——你曾外公看不上当地人的手艺。你曾外公去世以后，这里住的是你外公黄寿渊和大外公黄寿田两兄弟。土改后归了公，贫协、乡政府，都在这里办过公。”

财求坐在门前的石阶上，点了一支烟慢慢地抽着。烟是云烟，刀子似地割着嗓子，老头呵呵地咳嗽着，痰在喉咙口聚集聒噪着。

石阶共有五级，却没有一级是完整的。石头塌裂处，爬着些低矮的不灰不黄的野草，草上稀疏地开几朵瘦弱的花。老宅的破旧，原本也是意料之中的。末雁走上台阶，站在厚厚的木门前，用指甲抠着门上的油漆。最上面的一层是黑色的，斑驳之处，隐隐露出来的是朱红。朱红底下，是另外一层的朱红。那一层朱红底下，就不知还有没有别的朱红了。每一层颜色，大约都是一个年代。每一个年代都有一个故事，末雁急切地想走进那些故事。

门轻轻一推就咿呀一声开了——原本是没有锁的。末雁跨过门栏，便猝不及防地一脚跌进了历史。

院中有一棵树，老是老些，却还活着。枝叶很是稀疏，早已遮不住阳光了，于是青砖地上便爬满了黑白交错的树影。末雁走近来，看见了树身上的累累疤痕。再走近几步，才看出是刀刻的字迹。字大约很有些年月了，随着树身渐渐变粗，最后鼓爆成歪歪扭扭的疤痕，宛如垂暮老人手臂上的青筋。费力地看了，依稀看出是“日月水火……田地……玄黄”几个字。末雁摸着那些凹凸不平的疤痕，心想这大概是母亲和她的哥哥们放学回家习字的地方。

财求抽完了一根烟，拿鞋底将烟头碾灭了，也进了院子。“这个院子有三进，前院从前是长工、下人、老妈子的房间，没什么看头。第二进住的才是你外公一家子，三进是你大外公一家子的。”

末雁进了里院，发现又比外院大出许多来，却没有树，空荡荡的，脚步踩在青砖上窸窸窣窣的，是铰也铰不断的绵绵回音。地上胡乱地扔了几根晒衣服的竹竿，竹竿的头尾都已经爆裂了，败败地开着花。院角上有一口井，上面盖了一块大石板。井大约已废弃多年，井沿和石板上都长了厚厚一层青苔。末雁捡了一块石子，从石板缝隙里扔进去。石子在井里翻滚了很久，回声越滚越大，轰轰隆隆的如雨前的闷雷。

“就是这口井吗？”末雁问。

财求点了点头。

“后来这里为什么没人住？”

“来一拨，走一拨，都住不长久。你大外婆总在井边哭，夜里还进屋，坐人家床上，好多人都看见的。你可不能让灵灵到这里来，小孩子眼尖。”

末雁这才明白为何一大早财求就打发百川带灵灵去看戏——镇里新近从外县请了个剧团，在街上搭了戏台演《白蛇传》。

“你呢？你见过我大外婆吗？”

财求没有回答，却指了指西厢，说这是你妈从前住过的房间。紫东院里，只有这间屋没让人住过。

为什么？

财求又点着了一根烟，哆哆嗦嗦地抽了半截，才说了一句：乡下人怕官。

末雁知道这个官是自己的父亲宋达文。

末雁走进母亲的房间，清晰地听见了灰砾在脚下碾碎的声音。地板断断续续地呻吟着，阳光在散了线的竹帘缝里长驱直入。屋里什么都没有，所有属于母亲的痕迹都已经被岁月洗成茫然一片空白，只有墙角还剩了一张三条腿的脚凳——却不知是不是当年的旧货。脚凳是雕花的，新的时候也许是件贵重的家什，老到这个年龄，就已看不出木头的质地和漆色了。末雁用脚尖轻轻地踢了一踢，脚凳翻了一个身，满屋便都是银亮的飞尘。

“房子得靠人气撑着，没人住的房子，说垮就垮了。”财求说。

脚凳覆盖过的地方，有一个灰布团。末雁捡起来，展平了，才看出是条手绢。布是极老旧了，已经失去了经纬交织的劲道，稀薄松垮如同在水里泡浸过的纸，折痕中间依稀有几个灰褐色的斑点。边角上绣了小小一朵花，像是莲花的样子——颜色当然早已褪尽了。

"开吗？开吗？"

末雁突然听见了一个细小的声音。四下看了，并没有人，只有财求在太阳底下吸烟——却不肯进来。

末雁咚的一声坐到了地上，捏着手绢捧着胸，仿佛心已经掉落在手绢上了。不知这手绢是不是母亲用过的？那上面的斑点，会不会是母亲留下的？泪也好，血也好，当年再鲜活的一段记忆，在五十年的风尘里走过一遭，剩下的不过是几个颜色和意义都很暧昧的斑点。若再等个五年十年，恐怕连这斑点也要消失，变成无形无体的一片混沌。

"开吗？开吗？"

那个声音又响了起来，依旧是细小的，在末雁的手心。这次末雁听明白了，是手绢上的那朵莲花。末雁的心，突然疼了起来，不再是那种木然的钝疼，而是子弹从心里穿过爆出一个大洞那样的剧疼。

"我外公外婆走的时候，为什么没有带走我妈？"

"你外公当过教书先生，有学生在香港。还没到定成分的时候，就去了香港。你妈那时正在平阳读书，就留下来和你大外公大外婆一起，想晚些时候走——谁知就没走成。"

"你外公外婆五几年就死在了香港。听说你的两个舅舅都去了台湾，后来一直没有消息，估计也早死了。"

"我妈是怎么到温州去的呢？"

"她从这个窗口跳出去，鞋都掉了一只。她是穿着一只鞋一路走到城里去的啊。"

财求扔了烟，突然声泪俱下。

那天你妈是从平阳回来取换季衣服的。

财求哭过了，拿手背草草擦了把脸。人中上流着两条清鼻涕，流得长了，到了嘴边，就拿两根指头捏起来，一把弹在地上。

那天你妈不知道贫协已经进了紫东院，她大伯和婶娘已经给抓起来了。

如果那天回来的不是你妈，而是你舅舅，大概也就给训斥两句，轰走了事了。你曾外公的田产，大部分都给了长子黄寿田，你外公黄寿渊名下的田产不多，又在乡里教过一阵子书，族里有好些人家的孩子，都是你外公的学生——乡下人多少还是敬着点教书先生的。可是那天回家的偏偏是你妈，一个十七八岁的年轻女子，长得好看，又是新潮的读书人。

那天在紫东院门前站岗的是财得。财得是第一个看见信月走进来的人。财得也是第一个有了想法的人。当然，后来有了想法的，就不只是财得一个人了。

那天是个热天，信月赶了路，一身是汗，头发湿湿地贴在脸上，衣服也湿湿地贴在身上，瘦的地方就瘦了下去，胖的地方就胖了起来。信月掏出手绢扇着凉，一路脚底生风地走过下街上街。在离院子几步路的地方，她突然看见了站在门口的财得。财得原来是她大伯家的粗工，她自然是认得的。几个月没见，财得的样子有些不一样了，似乎突然间长高了许多。白粗布褂子洗得很是清爽，腰里系了一根皮带。腰很直，腰下的褂子却有些鼓鼓囊囊的。当时信月并不知道，财得的褂子底下，掖的是一把驳壳枪。

“财得你今天怎么得闲?”

信月是这样招呼财得的。财得的脸在变换了多种表情之后，终于固定在一个浅浅的微笑上。“今天有喜事，不做工，你进屋就知道了。”

信月跨过门槛，看见院子里有一群女人在扎花。花是红绸子的，垂垂的，柔柔的，是新郎官别在胸前的那一种。花不是给人戴，却是要裹在一块木牌子上的。女人们将头凑得近近的，不知在说些什么，却都吃吃地笑，笑得有些邪乎，有些放肆，笑得背脊一颤一颤的水浪似地抖。信月认得里头有一个是下街的辛寡妇。辛寡妇的男人原来在矾矿做矿工，却叫一块飞来的矿石给砸死了。辛寡妇会剪裁衣服，黄家大院遇到婚丧寿诞的事，就请辛寡妇过来帮忙做针线女红。辛寡妇的儿子，也跟信月的父亲断断续续地读过几堂书。辛寡妇看见信月进来，脸就突然死了，张开嘴轻轻叫了一声“小……”，又把后半截的话愣愣地咽了回去。

信月刚要走过去看木牌子，却听见财得在后边催：“快走吧，屋里有人等你呢。”信月急急地进了自己的屋，还来不及转身，门就砰的一声关死了。窗上的竹帘不知什么时候已经给钉死了，屋里一片黑暗。信月睁了一会儿眼睛，才渐渐看出哪是门。就拍着门，大声叫张妈。财得在门外嘿嘿地冷笑，说：“你叫吧，叫得天上出三个日头都不管用。你们家的好日子过到头了，你知不知道?”

屋里突然就安静了下来，信月是在那个时刻知道了自己的命运的。

那天下午紫东院涌进来一批人，是来抄家的。黄家的地契和浮财，前几天就已经集中起来了，正等待分配。可是那些浮财里边，却没有几样像样的首饰——黄寿田老婆袁氏的一个粗使丫头，曾经亲眼看见袁氏将好几个金戒指藏在一个手巾包里边。

那天贫协的人将紫东院墙上和地上所有可疑的裂缝都扒开来找过，却一无所获。院子如生过一场疟疾，到处是排泄出来的碎砖和灰土。人都累了，却又不是那种过瘾的累法。这时有人问了一句：“该不是藏在那婆娘身上吧?”话是轻轻说的，近似耳语，然而所有的人却一下子都听清楚了。那话如一根细细的柴火，随意一丢，众人的眼睛已经干久了，便腾地烧起一片火来。

“搜那婆娘?”

最初开始的时候只是一个声音。那一个声音是试探性的，怯生生的，甚至有一两分羞涩，仿佛期待着随时被沉默淹没。它的确很快就被淹没了，可是淹没它的却不是沉默。更多的声音加入进去了，声浪渐渐滚起来，像雷滚过地面，轰隆隆的，院子颤颤地抖了起来。

“搜那婆娘！搜那婆娘!!”

就有人领头推开了关袁氏的那个屋门。那时黄寿田已经给带到县上去了，是工作队的张队长亲自押送的。黄寿田其实既没有官职，也没有血债，论说是到不了镇压的级别的。他的死罪是自己给自己找来的。那天贫协进紫东院没收财产，地契红木家具衣裳细软，一一归了堆抬走，黄寿田见了都没有说话，却惟独舍不得一个鼻烟壶。那鼻烟壶是他的亲家公托朋友从锡兰国带过来的稀罕物件，他紧紧地攥在手里不肯放。贫协副主席财来见了就要来夺，两人差点掰断手指。到底财来是个年轻壮汉，便得了手。黄寿田忍不下那一口气，从门后抓了一根扁担，朝着财来迎面劈去。财来躲过了，不过捎着了鼻子，流了几滴鼻血，黄寿田却为此得了个报复贫农的罪，五天以后就被枪决了。

信月在房间里关了大半天，已经失去了对时间的判断能力。她觉得应该是夜晚了——这是她从竹帘的颜色变化上猜测出来的。眼睛被长久的黑暗磨蚀得迟钝犹豫起来，然而黑暗中耳朵却分外地敏锐了起来。她听见财来叫贫协的干部留下，却让众人先回家，等候通知开大会。众人极不情愿地散了，拖拖沓沓的脚步声响了很久，才终于响出了天井。接着大门哐的一声关上了，院子才渐渐安静下来。

后来又有了关门声，这次关的是婶娘那屋的门。门虽然关了，却没有关住声音。声音隔着门传出来，听得见，却听不真。信月先是听见了男人的斥责声，仿佛是财得，又仿佛是财来。后来就听见婶娘在喘气——婶娘是个胖女人，素来喘气声甚是粗大。后来那喘气声似乎被布袋堵住了，渐渐地低矮了下去，低成了嘤嘤的哭声。接着有了些物什相撞的声音，再接下来，信月就听见了婶娘一声尖利的哭嚎：

"皇天啊，论岁数我都该做你娘了！"

那天婶娘的那声嚎叫像一根钢锉，在信月的耳膜上锉出了一条永远无法修复的疤痕。信月紧紧地捂住了耳朵，不听。不听。不听。不听。不听。就是不听。她一遍又一遍地对自己说。

也不知捂了多久，她的门被打开了，走进来几个人。男的女的都有，男的多，女的少，举了好几盏菜油灯。菜油灯原本是昏暗的，却因了几盏聚在一起，就照得屋子很是亮堂。信月的眼睛闭了一会儿，才适应了那光。再睁开，就看见了地板上的那摊水迹——那是她的尿。她已经顾不得廉耻，她嘴唇抖抖的，断断续续地抖出一个字：

"饿……"

财得从兜里掏出一个烤红薯，扔过去给她。她狗似地接过来，皮也不剥，就塞进了嘴里。红薯已经凉了，有些干，没有水，很难下咽。她用唾沫吃力地送着，喉咙里发出咕噜咕噜的声响。偌大的一个红薯，落到肚里，感觉上只薄薄地垫了一层底。

"什么小姐丫环的，饿她一天，全都一样。"

人群嘿嘿地笑了。

她在众人的围观之下吞下了最后一块皮。咽完了，身子渐渐地舒适了些，才有了些羞愧。低了头，不去看人。

"你婶娘的金戒指藏在哪里？"财来把灯举到她的脸上，她听见了她的额发在玻璃灯罩上嗤嗤卷起的声音。

"我婶娘和我们家不和，怎么会告诉我？"

这是一句真话，也是一句假话。妯娌之间虽然常有口角，婶娘对信月私底下却是很好的。婶娘年轻时生过一个女儿，和信月同年，小时候常和信月一起玩，却在八岁上病死了。所以婶娘见了信月，就多少有些见了自己女儿的感觉。

"问也是瞎问，她能跟你说真话吗？还得那个办法，搜。"

众人都不说话，却拿眼睛看财来——工作队队长和贫协主席都集中到县里开会去了，财来是贫协副主席，便是时下乡里最大的头了。财来却不说话。半晌，财来才转过脸，指了指辛寡妇，说："你去。"辛寡妇是贫协的妇女委员。辛寡妇给选上来，是因为她那个死去的男人据说是地下党，在矾矿上组织罢工，叫人给暗害了的。

辛寡妇迟疑了一下，说她一个孩子，又在外头读书，她婶娘的事，哪轮得着她知道？

财得哼了一声，说辛娘是手软了呢，一到阶级的事上，女人家就是糊涂。辛寡妇白了财得一眼，说你妈才糊涂呢，就过来解信月的衣服。信月那天穿的衫子很单薄，但却是盘花扣，解起来很麻烦。辛寡妇哆哆嗦嗦地解了半天，才解开了第一个扣。衣襟耷拉下来，露出里头一个月白肚兜。肚兜很瘦，就有些兜不住的地方，雪白地鼓胀出来。众人咕噜咕噜地咽着口水，满屋都是喘气声。

辛寡妇解一点，信月往后退一点，信月很快就退到了屋角，再也没有可退的地方了。信月缩着肩膀哭了起来，是猪羊被拉去屠宰场知道大限将近时的那种哭法。静静的，认命的。眼泪一颗一颗地掉下来，在辛寡妇的手上砸出一个又一个的洞。

终于，辛寡妇忍不下那个痛了。

"工作队张队长说过的，地主的崽，也是可以改造的。信月嫁个贫农。不就改造过来了吗?"

财得的手抖了一抖，灯里的油就洒了。财得是贫协的骨干，但这并不是他失态的原因。财得失态，是因为他是贫协里惟一的一个光棍汉。财得早就有了想法，可是财得的那个想法并不是辛寡妇的这个想法。在辛寡妇的这个想法面前，财得一下子觉得自己从前的那个想法简直太缺乏想象力、太小儿科了。财得不敢太露出喜色，只是拿眼去勾信月的眼，信月依旧是哭。财得只好看财来，等候财来发话。财来久久无话。财来无话的原因是财来自己也有想法，当然也不是辛寡妇的那个想法。辛寡妇的那个想法再好，财来却是沾不上边的，因为财来早已娶亲生子了。

后来有人说话了。

"穷人改造地主的崽，也得看谁最有需要。"

说话的是全记南货铺的伙计阿旺。阿旺是从安徽逃荒过来的外乡人，不姓黄，在藻溪无亲无故，二十八岁了，是下街最老的光棍汉。但阿旺不是贫协的人，阿旺是贫协临时叫来帮忙的。

"我们家财全不光是穷人，还是烈士子女呢。打天下的不治天下，难道还指望不相干的外人?"

辛寡妇拿鞋底蹭着财得洒在地上的灯油，一下一下的，很有劲道。辛寡妇说这话的时候谁也不看。辛寡妇的话让所有的人都吃了一惊。众人这才明白其实辛寡妇才是第一个有了想法的人，辛寡妇的脑袋瓜子抵过十个八个见过世面的男人。

便都不说话。空气硬得如同一块大玻璃，众人手里都牵了一个角，谁也不敢动，一动就碎。

最后还是财来发话了，财来的声音很低很沉，震得地板嗡嗡地抖。财来的手松了，玻璃碎了一地：

“先搜了再说。”

辛寡妇伸出一根小拇指，一心一意地挖着一腔热鼻屎，不动。

屋里和辛寡妇有着一样想法的人，也不动。

没法子，财来只好自己动手。

财来把油灯搁在地上，走过去，一把揪住了信月的衣襟，将信月小鸡似地轻轻一提，立在了墙角。扣子依旧难解，财来嫌麻烦，索性不解了，却将手直接伸进了肚兜里头，上上下下地掏了起来。

正掏着，天井里传来一阵纷乱的脚步声，有个女人在扯着嗓子叫财来：“皇天啊，有，有人跳井啦!”

慌乱之中，财来指派了一个贫协的干事留下来看守信月，便提着灯领着众人风也似地跑了出去。

跳井的是信月的婶娘袁氏。

袁氏是铁了心要死的。袁氏抱了一个夏天取凉用的石枕跳了井。那年雨水少，井里水位浅，袁氏跳下去，一头就扎到了井底。井筒窄，石枕将袁氏的一只手紧紧地压住了，众人花了整整一个时辰才将石头挪开，把袁氏打劳上来——自然早就没了气。

袁氏直挺挺地躺在天井里，样子十分滑稽。肚腹鼓胀如孕妇，布衫被钉耙抓烂了，裸露的肚脐眼里一丝一丝地冒着黄水。一只手断了，面团似地瘫软着。眼睛半开半闭着，嘴角却高高地挑起，狰狞地笑着。众人看着，心情突然都有些复杂起来。

后来还是辛寡妇进了屋，取了一床被子将袁氏劈头盖脸地遮了。又找了几个女人，回家去随便缝了一身寿衣，待天明就将袁氏草草掩埋了。

那晚众人就把信月给忘了。

而信月就是在那个无星无月的黑夜里跳窗逃走的。

很多年以后，当粗粝的记忆已经被岁月的流沙磨蚀得逐渐模糊起来的时候，信月依然固执地相信，婶娘袁氏那天晚上其实是精确地预谋了自己的死来救信月的。信月的生命是从逃离藻溪的那一刻开始的。信月的生命在离开藻溪之后才开始繁衍茂盛，开花结果。婶娘是信月的垫步，没有婶娘，信月就涉不过藻溪的水。这个垫步，本来应该是母亲来做的。可是当信月需要涉水的时候，母亲却扔下了她。

婶娘做了信月的母亲。

第二天早上有人在藻溪边上发现了一只黑布鞋，辛寡妇一下子就认出来是信月的鞋子——那鞋面上绣的一朵百合，是辛寡妇亲手所为。众人在溪里打捞了很久，却一无所获。

几天之后工作队回来，传达了县委指示，说藻溪乡的土改有些冒进，走过了头，需要整顿。财来给撤了贫协副主席的职，一气之下去了萧山给人打短工。

后来财得当上了贫协主席，就给黄寿田和袁氏的独生儿子安排了一个民办小学教师的位置，也算是思想改造的一个典型。紫东院里发生的事情，做了一阵子藻溪人餐前饭后的谈资，骂也骂过，叹也叹过，就渐渐被人们淡忘了。

几年以后有人在温州城里看见了黄信月，后来打听出来，才知道黄寿渊的这个女儿非但没有死，还嫁了温州城里的一个大官。回去说了，藻溪人便都啧啧叹奇。

一九五八年乡里闹特大虫害，农药化肥都是配额供给的，藻溪是个小乡，争不到配额。想来想去，众人最后想到了辛寡妇，让她去温州城里找信月试试门道。辛寡妇破着头皮，找去了信月的家。时隔七八年，辛寡妇已是个头发花白跛脚驼背的老太太，而信月却正在年轻气壮的岁数上，剪了一头齐刷刷的短发，穿着一件双排扣的列宁装，完全是城里干部的打扮。辛寡妇见了信月，还没开口，眼泪就下来了。啰啰唆唆地说过了乡里的难处，信月却一言不发。辛寡妇叹了一口气，说娃呀那年的事你就忘了吧，藻溪总算是生你养你的地方呀。信月听了这话，转身就进了里屋，把门带上了。

辛寡妇灰头臊脸地回到了藻溪，发誓饿死也不再进城丢这个人了。

第二天藻溪乡却得到了农药化肥的配额。

一九六四年特大洪灾，藻溪是浙南第一个收到救灾款的乡。

这是两桩大事，救了一乡人的命。

还有许多小事，是一家一户的事。财志女儿的肾病、财留母亲的肝硬化、财富老婆的子宫瘤子，对宋达文来说只是一句话，对寻常人家来说，却是一条命。

藻溪人知道，事情虽然都是宋达文办的，可是宋达文却不是为了藻溪人的缘故。宋达文是为了信月。宋达文对这个比自己年轻了将近二十岁的妻子的溺爱，连藻溪那种乡下地方的人，也是一眼就看清楚了的。

藻溪人惟一能够报答信月的地方，就是年复一年地恭恭敬敬地迎候信月回乡。可是藻溪人的期望却一年又一年地落了空。实在逼得紧了，信月就发话说等死了就回去。这话还真说准了，却是后话。

藻溪人后来终于找到了一个报答的机会。一九六七年城里闹“文革”，来了几拨外调组，调查信月的背景——当然是冲着宋达文来的。外调组在藻溪蹲了几天，却一无所获地回到了温州。

“辛寡妇还健在吗?”末雁问财求。

“走了，比你妈早一个月，活到了九十一。”

“财来、财得呢?”

“财来七三年就死了，肝腹水。财得住在敬老院，老年痴呆症，连儿子也认不得了。”

“你外公的祖坟，是乡里人合修的——是财得和辛寡妇的儿子牵的头。”

“开吗? 开吗?”

末雁长久地失眠着。那个细小的声音，又在她耳边开始了周期性的叨絮。

末雁知道这是母亲旧手绢上的那朵莲花，在暗夜中寂寞地自语。这样的私语，已经持续了五十年，还要持续多少年呢？末雁从枕头底下掏出那条手绢，烦躁地团在手里，叹了一口气，说开吧开吧，要开你就开个够吧。

“妈妈你在说什么？”床那头灵灵翻了个身，问道。

末雁吃了一惊，问灵灵你怎么还没睡？灵灵含糊地嗯了一声。月光流过竹帘，照得灵灵的脸廓阴晴分明，睫毛在月影的重压之下微微颤动。末雁想起母亲信月逃离藻溪的那一年，也就是灵灵的这个岁数。和母亲相比，灵灵这一生的开头实在是平顺得失却了叙述的重心。心里似乎有些庆幸，又似乎有些遗憾，便伸出手来摸了摸灵灵的脚——女儿虽然发育得不错，在她眼里却依旧是瘦。

“妈妈，刀片在西藏住过两年，教援去的。在西藏交了一个女朋友，叫雪儿达娃，是蓝色月亮的意思。”

母女两个私下里曾笑过百川的眼光锐利如刀，灵灵就给百川起了个外号叫“刀片”。

“你怎么知道的？”末雁又吃了一惊，这一惊却没有放在声音上。

“我看见照片了，一身都是银首饰，辫子上闪闪发亮的。”

“达娃不愿离开西藏，他们只好分手了。刀片很痛苦，写了很多诗给她。”

末雁突然记起百川给自己看过的几首诗，写的虽然是景，却都是致 D. W. 的，大约就是这个达娃了。又想起那天在藻溪边上那个炭火一样炽烈的吻，脸在黑暗中灼灼地热了起来。百川。百川。百川深井一样的眼睛。百川浓黑的睫毛。百川没有一丝赘肉的背影。百川百无禁忌的笑声。百川的生命之树正在生发的时节。百川叫一切走进他树荫的人，忍不住想撷取一片青春。

不知百川和那个穿着藏袍的辫子闪闪发亮的女子，是怎样炽烈地做爱的？

“妈妈，诗人是很敏感很特别的人，对吗？”

末雁在黑暗中微微一笑，却没有回应，心想这十年中文学校的正规培育，竟不如短短几天的实地考察——在藻溪的日子里女儿的中文实在有了太多的长进。

末雁和灵灵在财求家住下，便天天有人来请吃饭，财求一概替母女两个推辞了，只让在家吃。百川笑老头子有独霸假洋鬼子的嫌疑，弄得人人受罪，天天吃你煮的猪食。财求抡了拳头，说你个浑球爱上哪儿吃就上哪儿吃，你姑和你妹子是要在家陪我的。百川脖子一拧，拧出两条蚯蚓似的青筋：“谁是我姑了？我姑好好的在广州呢，嫌我亲戚不够似的，一路瞎认。”

末雁知道百川这话是说给自己听的，便忍不住抿嘴一笑。自从在藻溪落下脚，百川就从来没有叫过自己一声姑。能含混过去的地方就含混过去，实在含混不过去的时候，就用一个“她”字或是一个“你”字来糊弄了事。

吃过饭，总有客人来，当然是看末雁和灵灵的。大多是黄氏宗族的亲戚，末雁虽然在母亲出殡时见过一些，终究还不认识。财求一一介绍，其中就有辛寡妇、财来、财得等家的后代，都是老实本分的乡镇人，说穷也不算穷，说富也说不上富，与财求的家境相比，就多少有些落魄了。说话的神情上，就都有些巴结财求，替财求做面子的意思。

从这些人身上，末雁看到了母亲信月的另外一种可能性。如果母亲没有在那个月黑风高的夜晚逃离那份本来属于她的生活，也许母亲永远也不会知道城里的那片天地，那么母亲也永远不会与父亲相遇，那么母亲就会有别的丈夫、别的儿女。也许那个黑夜就是一个契机，是造就了末雁存在的一个契机。隔着五十年的沟壑来看母亲的乡党，末雁想替母亲说几句狠话，话到嘴边，却都瓦解成了细细碎碎的叹息。

命啊，这就是命。

客人三三两两的来，都不空手，带的自然都是乡下的土产，有柚子、笋干、发菜、腊肉、卷式凉席，等等。起先末雁总跟人解释多伦多华人超市里什么都不缺，后来便懒得说了，由着礼物堆了半个屋子，却暗暗交代财求等自己走后再慢慢给人送回去。

客人来了，坐着，呼噜呼噜地喝着茶，拘拘谨谨地，很快就将那几句客气的话说完了。毕竟隔了两个世界，可以和末雁讨论的话题极其有限。

你家有车吗？是什么牌子的车？

你家房子几层楼？

才两层？不都说你们外国住几十层吗？

你一个月薪水多少呀？

交税？交它做啥？什么政府不政府的，你挣几个钱，藏起来，他知道个球。

说到这一步，财求就起身送客了。财求送人送得远远的，一路往人口袋里塞着物件。末雁虽然听不懂他们的方言，却也猜得出那是在推来推去。就问百川财求在做什么，百川说分红包呢，谁叫你是洋客呢？末雁气急败坏的，说这是什么风俗呀，我也不能让他花这个钱啊。百川对灵灵眨了眨眼睛，说你妈跟你爸急的时候也这样吗？灵灵说才不呢，我妈跟我爸坏就坏在从来没有脾气。末雁越发气急了，说灵灵你还不给我闭嘴。百川嘻皮笑脸地挡在末雁和灵灵中间，说要鼓励小孩子说真话嘛。这回就轮到灵灵急了，说谁，谁是小孩子？你才是小孩子呢。末雁捂了嘴笑，说活该，两边不讨好。

百川才收了笑，说你跟老头子客气什么？我爸的公司这些年这么红火，你猜最早是谁给批的许可证？是你爸的老部下。老爷子存了这么多钱，花点在你身上，很该的。

灵灵在家待得腻味，就问有地方上网吗？百川说全镇就有一家网吧，还三天两头死机，你要不怕就去试试。

三人就一同去了。

网吧里冷冷清清的没有什么客人。吧主见百川进来，就拍手，说欢迎诗人带领外国友人光临。百川扔了一根烟过去，说少废话，你小子好好的给我端几杯冰镇杨梅汁出来，别拿那破糖水来糊弄人。那人果真就进去后边端了几杯冷饮，往台子上一放，一片雾气。灵灵喝了一口，凉得直嘬腮帮子，说比去北极还过瘾。

吧里总共才三台电脑，一人一台开始上网，慢如爬虫。灵灵终于上了路，大呼小叫，说妈妈妈妈爸爸一连来了五封信，问我们在哪里，为什么不跟他联系。末雁一看自己的信箱里都是些垃圾邮件，就没好气，说那你赶紧送封信过去，告诉他你妈在藻溪找了个后爸，准备把你留在这儿了。你吃不饱穿不暖，整天以泪洗面。

灵灵呆呆地看着末雁，半晌，才轻轻地说："妈妈你变了。"末雁哼了一声，说你妈要早变就好了，这会儿思变也晚了。

母女俩正斗着嘴，末雁的电脑叮咚响了一声，是有人来信了——却是一个末雁不熟悉的网名。短短的几行字，没有抬头，也没有署名：

年岁，在你面前的时候，是一条
无法逾越的河
在你身后的时候，是一条
微不足道的缝
今夜我不想河，也不想缝
今夜我只想你——
姐姐

末雁吃了一惊，却听见身后有人扑哧一笑，回过头来，百川正坐在屋角远远地看着她，两眼如炬，烧得她一身燥热，汗流如潮。犯了一会儿怔，想回信，却又不知写什么好。

后来便从皮包里翻出了一张名片，按上面的地址用英文发了一封信：

汉斯：

不知你是否还记得北极的那个日落？我猜想你已经忘了，可是我没有。

从那个日落到今天，我的生活已经发生了许多变化。我离了婚，现在和我的女儿在中国南方的一个小镇上，渐渐挖掘关于我母亲的故事。希望我的女儿不要像我这样，在母亲身后才开始点点滴滴地了解她。

到这个小镇，原来是想体会索罗到沃登湖生活的感觉，可是在寻找简单的过程中，我可能又一次陷入了没有预料到的复杂。

我会继续等待你的信。

多伦多的雁

刚送出信，叮咚一声，又马上收到了一封信，是从汉斯的信箱发过来的。

亲爱的女士/先生：

这是一封来自海德堡大学的自动回复信件。我们已经收到了你给汉斯·克林博士的来信。我们非常遗憾地通知你，我们亲爱的汉斯在今年十月十二日于北极考察途中不幸身亡。

汉斯驾驶的货机是在从加军基地到育空机场的途中失事的。那天的云层很厚，云层的色彩和形状都与地面的冰层非常接近。在低空飞行中，汉斯将地面的冰层误认为云层，导致飞机坠落在冰川之中。飞机上的十二名成员，当时有八名成功地爬出了飞机残骸，汉斯是其中之一。当时地面温度在零下二十四度，汉斯将自己身上的抗寒装置让给了其他人。六个小时后当救援飞机抵达现场时，还有六位成员活着，而汉斯和副驾驶员，却因失去了抗寒装置而以身殉职。

汉斯不仅是一位杰出的科学家，更是一位真诚、坦率、朴实的朋友。他的去世是所有认识他的人的损失。

但是我们坚定不移地相信，汉斯不希望你为他的离去而悲伤，他希望你能为他在这个世界上曾经留下的温暖和快乐而感到欣慰。

海德堡大学工学院

末雁计算了一下日期和时间，汉斯飞机失事的时候，她正坐在从育空飞往多伦多的飞机上，读索罗的《沃登湖上》。末雁觉得有一片厚重的败絮般的云层，正从脚底缓缓地升腾起来，盖过脚面，盖过身体，盖过眼睛，最后没过了头顶。身体和感官渐渐坠入一团硕大无比挥之不去的混沌。

末雁扔下鼠标，头重脚轻地走出网吧，坐到了路牙上。夜风起来了，秋叶开始在路面上窸窣地滚动。秋虫声间间续续地传过来，一季里最后的萤火虫还在野草之间飞舞，画出一个又一个暗淡的圆圈。

末雁的眼泪哗哗地流了下来。

汉斯，汉斯。我不信他们说的。也许你不希望别人悲伤，但你一定是希望我悲伤的。你说过我要是能哭，我的病就好了。你是要我流泪的。只是谁能想到，你是以这样的方式要我流泪的呢?

末雁满身找手纸，却在兜里摸到了一条手绢——那条在母亲的老房子里找到的手绢。末雁摊开手绢擦脸，眼泪瞬间湿透了手绢。五十年后的眼泪和五十年前的眼泪带着不同的缘由在这块失却了劲道的旧布上相聚。布角上的那朵莲花在夜风中发出一声微弱的呻吟：

“开了，开了。”

末雁坐了一会儿，坐得背上有了热度，就知道是百川跟出来了。便头也不回地说：“我头晕，带我回去。”

百川交代灵灵在网吧里等着，便带着末雁回了家。

财求不在家，屋里黑着灯，狗低低地吠了几声，认出了人，便将身子矮了，在百川脚边绕来绕去。百川正要伸手开灯，却被末雁拦住了。末雁伸出一根手指，准确无误地勾住了百川的手，两根交缠的手指在黑暗中结出一朵灿灿的花。

百川引末雁上楼，在楼梯拐弯的地方，末雁转过身来，摸摸索索地吻住了百川的唇。钟在那一刻停止了摆动，偌大的世界，突然空了，只剩了两根火热的舌头，深深地，久久地，刀光剑影地交战着。

百川一把抱起末雁，进了屋。床吱呀一声，将末雁吞了进去，又吐了出来。百川的手异常地灵活起来，在黑暗中几乎毫无阻隔地探着了末雁的衣扣和衣扣底下那大片大片的温软和湿润。那天百川的手指像一根细细的魔棍，伸向哪里，哪里便生出水和火来。

末雁的两腿紧紧地箍住了百川的腰，脚跟蹬在硬实如铁的肌肉上，先是绵软的，试探的，后来就渐渐地生出了些劲道。她有多少力气去蹬他，他就有多少力气来抗她，蹬得越狠，抗得也越狠。蹬的和抗的都不知道自己原来有这样的力气。

后来末雁忍不住呻吟了一声，又马上为那样响亮的呻吟深感羞愧。末雁是在那个晚上第一次发现了自己，又被自己的发现震惊。在这之前她并不知道她的身体可以是火，也可以是水。欲望在茫茫荒漠之中潜伏了五十年，却在这个有些燥热的暗夜里突然完成了水和火的蜕变。

越明，你去死吧。你老婆离老，还有几脚路呢。末雁在心里恨恨地骂了一句，牙齿咬得格格生响。

百川用手背擦拭着末雁身上的汗，突然轻轻地笑了一声。末雁问笑什么，百川却不回答。末雁用小拇指捅了捅百川的肋骨，百川怕痒，身子就麦芽糖似地扭了起来。

“我说，你的那一位，怕是一辈子都没见过你这副疯样子吧?”

末雁的心，咚的一声从水和火之中怦然跌落。仿佛只是做了一个梦，梦醒了，四周依旧是深不可测的荒漠。

便坐起来，下了床，爬在地上满处找衣服。找不到，只好摸索着打开了壁灯。

床上百川一声惊呼，末雁抬头，猛然发现了站在门口的灵灵。灯影里灵灵两眼深黑若井，身体笔直木然，一如墙上的挂图。末雁慌乱地套上衣服，扣子扣错了位置，衣襟无措地团皱在胸前。末雁惶惶地站在灵灵对面，隔在母女中间的是一片浓得涂抹不开的沉寂。后来末雁颤颤地伸出手来抓灵灵的手，灵灵突然触了电似地惊醒过来，飞也似地跑出了屋子。

末雁追出屋来，灵灵早已跑出了半条街。路灯把灵灵的影子拖得很长，末雁一路踩着灵灵的影子，只觉得脚已经离开了身子，自行其是地狂奔。两耳呼呼地灌满了风，口鼻之中都是尘土的味道。两人不知跑过了多少盏街灯，渐渐地，灯稀了，路窄了，树却浓密了起来。灵灵突然停了下来——原来两人已经跑到了藻溪边上，再无可走的路了。

末雁猛地搂住了灵灵，灵灵使劲踢蹬，末雁死活不肯撒手。突然臂上麻了一下，过了一会儿才有了疼的感觉，方醒悟过来是灵灵咬的。两人都吃了一惊，一起瘫坐到了地上。灵灵布袋似地软了下去，将脸埋在膝上，身子团成一个球，一抽一抽地哭了起来。

“为什么？为什么?”

末雁的手指一遍又一遍地犁过灵灵汗湿的头发，久久无语。

夜已经深了，云却依旧浓郁，月亮穿过云影的时候，水面就裂成了千点碎银。虫声嘹亮如琴，从这岸响到那岸，经久不息地遮掩了水底下一切的声息。

“孩子，妈妈实在是，太孤单了。”末雁终于说。

这天后半夜，天突然下起了雨。先是一滴一滴的，后来是一丝一丝的，再后来便是一条一条的，刀似地砍着地。风掴在玻璃窗上，铮然有声。末雁睡不着，睁眼看着曙色从竹帘的缝隙里一鼻子一鼻子地探进来，屋里的家具渐渐有了些轮廓，便暗想自己大概离家太久了，竟全然不记得江南也有这般狰狞而固执的雨。

起了床，来到饭桌上，众人都有些讪讪的，低着头，只看自己的饭碗，却是无话。这顿早餐便吃得持久沉闷而难以下咽。

财求不知情，就拿筷子咚地敲了敲百川的额头，说你个浑小子昨晚酒吃多了？怎么这么蔫头蔫脑的？百川含含糊糊地嗯了一声，算是回答。灵灵却啪的一声将碗放了，搂了狗，坐在门坎上愣愣地看雨。雨在门前的小路上积成一条小河，河面又被雨敲出一个个的洞眼。旧洞眼来不及回复，又有新洞眼生出，满目都是疮痍。

却听见饭桌上财求吩咐百川，去镇上买些香烟瓜子话梅糖回来——若是雨一直不停，今晚唱七的人就得进屋。香烟买好的，有熊猫买熊猫，没熊猫买中华。带一两盒阿诗玛，万一有人爱抽云烟。百川又嗯了一声，半晌，才抬头看了末雁一眼，说女人家吃的东西，我不会买，要不，你跟我去？

灵灵突然放了狗，走过来，说：

“我看见了外婆。”

众人吓了一跳，财求问你梦见她了？灵灵摇摇头，说不是梦见，是看见。早上我起来开门，外婆就坐在门外哭。

末雁便训斥灵灵：“胡说，你多少年没见过外婆了，怎么认得出来？”

“当然认得，外婆穿的是小姨结婚那年你给她买的那件衬衫，胸前有朵康乃馨的。”

众人的脸都白了。

财求颤颤地问：“你外婆她，她对你说什么了？”

“我问外婆为什么哭，外婆说……”灵灵突然迟疑了起来。

“说什么？”末雁着急地问。

“说，问财，财求公就知道。”

众人便都看财求。财求仰了脸看天，下颏抖抖的，仿佛随时要从脸上掉下来。抖了半晌，才喃喃地说：“妹子你有话跟我说，别吓着孩子。”

便放下饭碗上了楼。

那天财求就一直没有下楼。

后来末雁进了财求的房间。

外头的雨停了，太阳却没有出来，云很浓郁，只隐隐地带了些光的意思。屋里有些暗，却又没到点灯的时候。财求在床上躺着，似睡没睡，眼睛突然就塌陷下去，下巴尖利如刀。

“那年把我妈关在屋里的时候，你也在场？”

财求点了点头。

“后来财来带人跑出去捞我大外婆的时候，是指派了你守住我妈的，对不对？”

财求不说话。

“我妈不是逃走的，是你放走的。”

财求依旧不说话，左脚的那半个指头，却痉挛似地抖了一抖，六指伸张开来，如一朵猝然开放的梅花。

“你放走我妈不是没有条件的。那群叫得最响的人里，其实只有你，才真正沾到了我妈的身体。”

“我妈到温州城里的时候，是带着身孕和我爸结婚的。”

财求猛然从头底下抽出一条枕巾，紧紧地盖住了自己的脸。枕巾底下起起落落的，先是急，后来就渐渐缓了下来。

那天夜里，财求突然中风。抢救了两天，终于抢救过来了，却已半身瘫痪，不会说话了。醒来后只是一遍又一遍吁吁地叫，没有人听懂他在说什么。有人猜测他是叫正从广州赶回家来的儿子华元，也有人说他在叫死去不久的远房堂妹信月。

这一切，末雁都是不知道的，因为末雁已经走在路上了。

三十六朵莲花开，一朵更比一朵白。

鼓声响起来了。鼓声节奏极慢，被风撕扯得长长的，鼓点和鼓点之间仿佛隔了万水千山。在山水之间穿走的，是那个唱词的人。唱词人听不出男女，声气里似乎有着男人的苍凉，也有着女人的恓惶。声调起伏如锯齿，高亢时穿云裂帛，将夜空割成残渣碎片；低沉时游丝散线，将人心细细地牵着，留也留不得，走也走不成。

末雁知道这是唱词人的开场白。每一朵莲花，都是有关母亲的一件事情。三十六朵莲花一朵一朵地开起来，母亲的身世，也就要在这个夜空之下徐徐展开。

末雁似乎看见财求站在门口，殷勤地给男人递烟给女人递小吃的情形。百川呢？今夜大概是没有百川的。百川经不起这样的故事。没人经得起。

有女生在紫东院，颜若藻溪六月莲。

末雁现在明白了，母亲一生为何如此沉默寡言。母亲的所有真性情，都已经被一个硕大无比的秘密，碾压成一片薄而坚硬的沉寂。那片沉寂底下也许有母爱，只是母爱在坚冰底下，末雁看得见的，只是坚冰。末雁的目光无法穿越坚冰，末雁的目光在还没有穿透坚冰的时候，就已经被坚冰凝固成了另外一坨坚冰。

末雁也明白了，母亲生前为何坚持要让自己送骨灰回藻溪，因为母亲期待着她去捡拾那些丢失在乡间路上的生活碎片。可是，纵使她捡起了所有丢失的碎片，她也无法搭回一个完整的母亲了。

母亲和她之间，隔的是一座五十年的山。她看得见母亲，母亲也看得见她，然而她却没有五十年的时间，可以攀过那座山，走进母亲的故事里去了。她和母亲都已经等得太久了，错过了可以爬山的年龄。

可是，现在她还有时间走进女儿的故事。女儿的故事里会有许多个无关紧要的甚至有点甜蜜的小秘密，可是女儿的故事里再也不会有山一样沉重的大秘密了。

现在她只有女儿了。

末雁搂着灵灵，急急地朝长途汽车站走去。

“请你别碰我。”灵灵抖开了末雁的胳膊，冷冷地用英文说。

（选自《雁过藻溪》，成都时代出版社2006年6月版）

也是秋天

[美国] 於梨华

於梨华（1931— ），女，浙江镇海人。1947年赴台，1953年台湾大学历史系毕业，1956年获加州大学洛杉矶分校新闻硕士学位。现旅居美国。主要作品有短篇小说集《归》、《雪地上的星星》、《会场现形记》，中篇小说集《也是秋天》，长篇小说《梦回青河》、《变》、《又见棕榈，又见棕榈》、《焰》、《考验》、《傅家的儿女们》、《三人行》、《在离去与道别之间》，散文集《谁在西双版纳》、《别西泠庄园》等。

一

车子过了哈得逊河底的林肯隧道，就到了纽约市的下城，继续向东开，穿过市区，过了东河底的皇后中城隧道，就到了长岛，沿着长岛的特快公路开，过了玛丽斯公园，向右拐，就进了长岛第一流的住宅区中村，陆正明家就在这个安静而不落寞、幽洁而不荒凉的地带。

进了中村，正明那只踏着油门的脚就松了一松，身子往后一靠，不自觉地轻吁一声，坐在他身旁的叶群看他一眼，想说什么，却又没有说出来。

陆正明和叶群都是普林斯顿大学的学生，普大、哈佛、耶鲁等八个大学属于著名的常春藤盟校（Ivy League）。这些学校因年代较久，不免有种倚老卖老的外表。普大的校舍是一式古旧暗晦的建筑，暗红的墙上却爬满了明亮翠绿的常春藤，迎着有钱的，或是有奖学金的学生们招手，没有钱，或是成绩够不上申请奖学金的孩子们只能在飘摇着常春藤的校门外探探头，最多只能死命地抓一把嫩绿的小叶在手掌里揉得稀烂，以泄胸中的不平之气。

陆正明是家里有财，叶群是肚里有才，两人一先一后地进了普大。这个一九五一年的暑假，陆正明刚念完医预科的第一年，叶群念完了物理系的三年级。他们两人因为凑巧住在同一个宿舍，在同一个俱乐部包饭，又属于同一个桥牌组，所以自然地就成了很投机的朋友。但是这一天却是第一次，陆正明把叶群约到家里来。

“你家就在这儿？”车子在中村绕了几条街后叶群问道。

陆正明猛地一跳，侧着头惊讶地看他的同伴一眼，没有作声。

“怎么啦，陆？”

“你说什么？”

“我说你家是不是在这儿？”

“嗯。”陆正明含糊地应了一声，又掉回头去看前面的大路。

“你在想什么，陆?”

“没有想什么，”陆正明嘴里说，但他心里却答道，“我在想什么吗？我正在想我的家呢！我在想我家的过去、未来，以及，以及你就要看到的我的家。我这一路上都在想着我这个家，但是我怎么能告诉你呢？说来太长了……而且……”

二

陆正明的父亲，陆志聪，是一个美国人所谓“自己做成”的人，他不但把自己做成一个人，而且做成一个“上流人”、“了不得的人”。他来自一个贫苦的家，十一岁就开始在上海××银行当学徒。银行的董事长大概懂点相术，因为当陆志聪还是一个二级行员时，他就把自己的女儿下嫁给他了。此后陆志聪的步步高升是由于岳父的提拔，还是由于自己的运气就不得而知了。总之，他四十一岁那年当了经理，过不久，又当了上海××大书局内总经理。虽然他对书是外行，对商却是内行的，自他接手后，书局的生意蒸蒸日上，他的财富也随之而升，到一九四九年初，这位有远见的小学徒就携眷移财横跨太平洋，在大西洋岸的长岛买平房，做起不折不扣的财主来了。

看见过他的人都不得不承认他那副“威风凛凛”的经理相！头圆脸方，两耳虽未垂肩，却也摇摇晃晃，比常人长得多。一双奕奕有光的眼睛对人注视时犹如两道寒光向对方射来。笑时嘴笑眼不笑，令人摸不清他是在笑，还是在观察。他的鼻子是一种所谓夹筒鼻，一注下来，毫不畏缩，犹如雕刻师精心的一抹，一点也不用修改，鼻下的嘴唇薄薄的，笑起来嘴角往右牵动，似在蔑视，似在讥讽，又似在品赏，猜不透究竟是哪一种。他给人的印象除了威以外，就是冷，冷得人们不由自主地向后退一步。只有他鬓角的几抹白发根，好像是一只凶黠的大黑猫身上的几绺和平无害的灰毛，把他那副“凛然不可近”的容貌染得和善一点。在家时他很少大声叱骂他的孩子们，但他们小的时候见了他都会双脚发软，大了以后腿骨长得结实了，就尽量离开他跑得远远的，但他们跑不远，他们的母亲的一声咳就可以把他们惊住。

陆太太的样子与脾气可以用三个字“红辣椒”形容。猛一看，她的脸像一粒橄榄核，尖头，尖下巴，尖三角眼，尖鼻顶，尖嘴唇。头虽小，却留着一头又长又浓的头发，每天早晨由她大媳妇文英细心地盘在头顶上，远看活像山尖上一大堆牛粪。晚上由文英把它放下来，篦好。周末时由二女儿正云替她篦，正云不如文英细心，常常扯下几根头发，她母亲劈手把那个紫檀木梳子夺过来，抓起一把落发，塞到她女儿脸上来，一边说：

“你看看，你看看，要把我的头发都扯光才称心，是不是?”

如果说陆志聪是一道难以近身的寒墙，他的太太就是一股能把人心都烧焦的火焰，几十年来，这股火焰早已把寒墙烧得斑斑鳞鳞，但是外人是看不出他们之间的纠葛的，因为在表面上，他们两人可以说是相敬如宾，尤其在管教子女方面，他们总是站在同一条线上的。

陆志聪共有三儿三女，大儿子正刚是一个萎缩无能的人，在事业上一直是攀着他父亲的后襟跑的。因为天资不高，很早就停了学，在银行里做事，刚满二十岁时，他母亲就给他定了亲事，娶来一个贤良寡言的媳妇。文英没有念过洋书，却读过孝女经，过门以后对公婆不敢大声说话。到美国以后，正刚做了他父亲进出口行的会计，嫂妇就长居在婆家。陆家不是外交官，出国时没有带佣人，到美国以后好不容易找到一个半老的男仆在家打杂开门，兼充司机。厨房的事及大小家务不幸都落在文英头上。虽然她任劳任怨，一声不响，但是她头上的细纹，却代她说出了她心里的无欢，然而她毕竟不像那几个读洋书的小姑们知道什么叫公平，她所知道的只是命。

三儿子正强与他哥哥完全不同，他长得高大粗壮，脾气火烈，不肯向任何事情低头。他对他父亲有三分惧怕，却无半分尊敬；对他母亲更是视若路人，而且在背后公开叫她“慈禧第二”。到了美国，陆志聪要他转学到哈佛，以便每周末回家，但是他峻然拒绝，反而去申请了密西根州立大学的入学证，他父亲冷冷地说：“那你就不用想我的钱。”

“你放心，阿爸，我自己会找工作供养我自己的。”

“你想丢我陆某的脸！”

“人家总统的儿子念书时都是自己赚钱的，阿爸，这是美国！”

正强临走时，他父亲给了他一张五百元的支票，他抵死不要，陆志聪面上气他，心里却有点佩服他的骨气，过了两天就把钱寄去给他，不想他马上就把支票退回来，陆志聪一气，再也不理会他。正强到了密州不久，就给家里寄了一张宣布已经结婚的通知，他的太太姓黄，也是上海来的。婚后不久，正强写了一封短信给正明，要他放暑假去玩，信上根本没有提到要带他太太回来拜见公婆之意，气得陆太太日夜指着正强的照片骂道：“这个畜生，这样目中无人，这是三代不离舅家门呵！”原来陆太太的胞弟也是一个叛徒，为了要娶一个舞女，当年把他的父亲活活气死。陆志聪虽然没有被正强气死，却也整整气了一个月，把头发都气白了不少，从此以后不许任何人提起正强的名字。

因为大儿子的不中用，三儿子的牛脾气，陆志聪在晚年就特别对他的五儿子正明重视起来，何况正明看上去是一个可造之才。他除了稍微矮胖一点以外，长得很像他父亲，宽亮的额，一注而下的鼻子，炯炯有光的双眼，方圆的脸，柔滑的颧骨，很够得上英俊。唯有他那两条时常皱着的浓黑的双眉，有时会给人一个“小老头”的印象，不知道他的人看了他，以为他是一个负荷沉重终日为钱发愁的长子，知道他的人则对他“少年老成”的气息表示讶异。其实他的不快乐完全是因了他是一个特别敏感的孩子，自童年起就比他的哥哥们更感到家庭的寂寞。他父亲那副寒冷的、不易近身的眼光，他母亲那张尖刻的、毫无笑容的脸，常令他一人躲到园子里发闷，长大后，因为没有他三哥那股敢作敢为的劲，只好郁郁不欢地做一个听话的儿子。

他看不起一味依赖着他父亲的大哥，他可怜他的大嫂，却又怕她知道他在可怜她，所以不敢多和她说话。他讨厌他的四姐正芳，她长得和陆太太一模一样，瘦小精括。两只小老鼠似的眼睛在人家看她时微微垂合着，一等人家转了眼，就立即骨溜溜地看人；讲话时，总是睁大了眼，竖了眉，假装出不懂事的模样。她不喜欢笑，因为她有点暴牙，但是她不笑时，却又像在发怒似地嘟着嘴，令人看了有气。她的胸部平坦得犹如削平的小山，不论穿中、西装都不好看，所以她总是把衣服穿得松松的，外披一件毛衣，在学校时总是抱一大叠书在胸前，没有书可抱时，就把手臂交叉地抱在胸前，一个小手指含在嘴里，装出很娇憨的样子。她在家最得母亲的宠，因为她会搬弄是非，造谣生事，正明最恨她这一点，所以从来不愿和她搭嘴。他也不喜欢他的小妹正芬，她虽然比他只小两岁，却是一个浑然不懂事的丫头，看电影时不是哭得窸然有声，就是笑得叽里咕噜地使他受窘。只有他的二姐正云，是他爱的，也许是因为正云的关系，他才没有像他三哥一样，毅然离开了家。

正云比他大四岁，她不但了解她的弟弟，而且他们有很多共同的爱好：他喜欢收集邮票，她帮他找；她喜欢到纽约的大博物馆去看中国碧玉、古画，一遍一遍，他陪她去；他喜欢照相，她伴他在风景好的地方去摄取镜头；她喜欢披着彩色的头巾在细雨濛濛的街头散步，他翻起衣领，跟着她走；他喜欢溜冰，她替他买了一双乌亮的溜冰鞋；她喜欢在朦胧的月夜在湖上划船，他陪她到深夜……小小的爱好、小小的喜悦，把他们亲密地连在一起。但自从他二姐结婚以后，更自从她……

三

陆志聪的二女儿正云长得十分标致，据说她很像她的小姑，陆志聪的幼妹。正云修长端丽，小腰细骨，两条腿玲珑均匀，走起路来两肩稍往后张，托出她圆浑的乳房，虽然她略略承袭了她父亲眉宇间的寒气，但是她流转欲语如水晶般的眼睛总是带着一种特别柔美温良的光芒。

在上海时很多男孩都来到她的跟前。陆家迁到美国的那个春天，正云和正芳就立即被送入惠斯利（Wellesley）女校去插班。她们临走时陆太太叮嘱她们不许在外面乱交际，周末必须回家等等，所以进了学校以后，正云接近男性的机会就比从前少得多了。

有一个周末，陆老夫妇被朋友请到芝加哥去吃满月酒，临走前陆太太打了一个长途电话给正云，嘱咐她们那个周末不用回家了，正云握着话机，正乐得不知怎么样才好，不想她母亲接着说：

“阿云，听着，你可不许跟野男人去疯，在宿舍里待着，帮阿五打双毛线袜，下礼拜回来时带来，如果阿芳要和她女朋友们一齐去看影戏，由她去好了，她比你安分，听见没有？记住下礼拜把袜子带来呵，阿明的脚寸是六寸半过一点点……”

事有凑巧，那个周末，麻省理工学院三年级开春季舞会，男孩子们开了车到惠斯利去找舞伴，正云的同室裘丽死命地要她去，她半喜半惧地把她小姑送给她的一件银灰色云绉的长旗袍穿上，外披一件对襟灰兔毛镶边的红缎短袄，套上银色高跟鞋，一咬牙就跟着裘丽到剑桥去了。她就在那儿遇见了迪克，一个灰眼睛、黑卷发、高大岸伟的美国孩子，当他在人丛中发现正云后，就把她包揽了，到深夜两点钟才把她送回宿舍。

正云回到房间后就怔怔地坐在床沿上，拥着她的短袄。从灰兔毛中，一阵阵传来迪克身上的气息，粗犷的、夹着酒味的气息。她偷偷瞟了一眼熟睡的裘丽，就把短袄移近她的脸，冰凉的缎面贴着她滚烫的颊，灰兔毛微微戏拂她的鼻梢。慢慢的，灰兔毛变成一双灰色的眼睛，含情的、大胆的眼睛，逼视着她，逼视着她，她醺醉似地闭上了眼，像一个做着甜梦的孩子，不肯把眼睛再睁开来。

第二个星期她和正芳回家，立即把一双毛线袜子交给她母亲，陆太太向它们瞟了一眼就交给正明了。毕竟年纪大了，看不出松紧不齐的编织，一直到很久以后，正明才知道那双袜子是由十二双手织成的。

但是那个甜蜜的梦，却只由正云和迪克两人偷偷地编织，不容第三人知道。每星期三晚上，正云，经过了她父母的许可，到波斯顿一个年高的女钢琴家的夜间学校去学琴，上完了课，迪克来接她，把她带到横卧在波斯顿和剑桥之间的查理士河畔。河畔有一排榆树，树下有排靠背的长椅，椅子上有一双双情侣，情侣的眼睛在黑暗中闪光，比对河波斯顿的霓虹灯还令人眩目。

他们有时坐在椅上，有时坐在迪克的车内，车子停在黑黝黝的树下，迪克把座位往后一挪，他们就半卧在椅垫上，这样车窗外面走过的行人就看不见他们。迪克把她围在臂弯里，吻她。她有时在课堂上想到他的吻，就会倏然微颤起来。她在未遇迪克前的二十三年里，从不曾体验过迪克吻她时候的快感！他总是先用双手捧起她的脸，两片唇就轻轻地覆在她的唇上，轻轻地轻轻地，像两片花瓣似地拂弄着她，他的鼻息吹在她脸上，像一股微热的、挑战的小风，她闭着眼，体验到一种像是蚂蚁在她身上爬行的舒畅的奇痒，渐渐地，不由自主地，她的肌肉紧缩了，她的十只尖尖的、发热的手指伸出去紧扣住他的臂膀，把它们朝自己拉。迪克就会迅速地把她攫住，左臂围着她的脖子，右手插入她的头发里，狂热地，近乎残酷地吻着她，他的舌尖裹着她的，把一股热流送入她的喉，流入她的心，一直流到她的脚尖，然后上升，上升，从腿部升到她的脸，热得她不能呼吸，不能睁眼，不能推开迪克，只能细微地呻吟着。

他们有时坐着小游船，在查理士河上荡着，迪克有一搭没一搭地摇着桨，正云靠着他的双膝坐在船板上，一头浓发，像一片黑色的云，散在他的腿上。迪克一边抚弄着它们，一边孩子气似地说他喜欢中国女孩的头发，以及她们细嫩的皮肤，说他喜欢她纤细而自然的身材，更喜欢她欲语还休的羞态，他说他要和她结婚。

一听到结婚，正云就猛然把身子坐正了，河上的灯影，河上的微风，河上的梦都散了，剩下她和一个灰眼睛、不会说中国话的异国人。结婚？她从不曾想过和异国人结婚。

“怎么啦？亲爱的，你好像很怕听到结婚两个字似的。”迪克有一晚说。

“我们玩得好好的，为什么要想到那么远呢？”王云答道，顺手拉了一绺发梢在手指上揉着，垂着眼，迪克也看不见她脸上的表情。

“你们中国人真不讲实际，我们不能老是玩下去呀，是不是？明年我们都毕业了，我找到了事，组织一个家是没有困难的。”

"但是迪克，我家里……"

"我晓得，我家里也不赞成，但是他们怎么能管我呢？我母亲说和一个东方人结婚我将来会后悔的，你猜我怎么回答她？"

"我不知道，迪克。"

"我对她说：'我希望你以后不会后悔你今天所说的话。'亲爱的，如果你母亲劝你不要和我结婚，你也可以同样地回答她。"

"我母亲？她才不会劝我呢！"

"那更好了，她一定……"

"你不懂，迪克，我……她根本不知道我和你在一起的事。"

"她不知道？那怎么可能呢？我们在一起快两个月了！"迪克睁大了他的灰眼睛问道。正云不答，他放下桨，把正云垂着的头托起来，河里的水流入了她的眼睛，眼里的水照着星星，一闪一闪的，迪克看了又爱又怜，就去吻她眼里的星粒。

"怎么啦？亲爱的，你是不是觉得我配不上你？如果不是，那你为什么不让你家里知道呢？"

"……"

"这周末我到你家里去拜访你父母，我向他们提出来，好不好？"

"……"

"亲爱的？"

"……"

"亲爱的！"

"迪克，让我这个周末先回去和他们讲一讲，我的父母和你的不同，你慢慢会知道的，迪克，请不要误会我，下星期我带你去见他们，一定的。"

但是她没有带他去，她没有勇气向她父母开口，她一直推托着，拖延着，一直到有一天，当医生证明了她已经有孕时，她才知道她必需为了三个人的命运向她家庭挣扎了。那个周末，她照例和正芳一起回家，那个晚上，她照例在临睡前给她母亲篦头。

"姆妈。"她说。

"……"

"姆妈。"

"有话说就是了，我又没有聋，叫魂似地做什么！"

"姆妈，我想结婚了。"

刷的一声，她母亲转过身子来，眼睛像两道火箭似地射到她的脸上："在上海时，吵着要进大学堂也是你，这一下还没有读完书又想着要嫁人，你倒是有个完的没有？快给我把头篦好，我懒得听你的。"

"姆妈，不是我胡思乱想，我的确想结婚了，结了婚还是一样可以念书的。"

"亏你说得出，结婚结婚的，也不怕丢人。"陆太太冷笑道，"好像我有一个现成男人给你预备好了似的，你猴急什么，我们做闺女的时候才不像你这样呢！"

"姆妈，我心里早已有了人，我们已同意结婚，只等你和阿爸的许可了。"

"阿云!"陆太太唬的一声站了起来，厉声道，"我几次三番地警告过你们不许在外面乱交朋友，你现在居然连哪一个男人都挑好了！你这不是明明不把我放在眼里！我现在就警告你，你如果不给我把这些野男人都断了，休想我放你出去！你以为现在是文明世界，这里是美国，我就由你们乱来了是不是？你记住，你一天是陆家的人，就要一天依陆家的规矩。"

正云那晚穿着一套红白大方格的绒睡衣裤，一低头，她的眼泪就滴在绒衣上，绒布一时不受水，泪珠就一直滑到她的白缎绣花的拖鞋面上，把两只绣着的凤凰滴得深一块淡一块的，凤凰飞不掉，只好眼睁睁地受泪珠的打击。正云看着那凤凰，就像看见自己一样，不觉心里微抖一下，就冲口道：

"姆妈，你说得太晚了，我现在已经不能算是陆家的人了，我肚子已经有了迪克的孩子，我只好和他结婚。"

她母亲全身震了一下，连忙去扶着桌子，用力过猛，把小指头的长指甲折断了一大节，半晌说不出话来，只是从鼻孔里冒气，呼噜呼噜的。正云怕她气得太狠又要犯抽筋的老毛病，忙抢上一步，想去拍她的背，不想她母亲抓起那把大梳，向她扔来，正云脸上一偏，梳子啪的一声戳在右颊上。她不禁倒退一步，一手扶着墙，一手蒙着脸，右颊热辣辣地痛起来，心里又羞又气，那眼泪就如滚地洒到身上。

陆太太一步移一步抖着向她挪过来，一手反过去揑住自己的头发，一手指到正云的脸上来："好，好，你竟敢做出这种事来丢陆家的脸，你存心要给我们好看，你居然还有脸来告诉我。你这个贱丫头。"一面说，一面磨着她的两排假牙，磨得正云冷汗淋淋，"好，好，你给我滚出去，不要在我面前现眼，我一定告诉你阿爸，把你赶出去，我们陆家不要这种不要脸的女儿!"

第二天，陆家夫妇把正芳叫进陆太太的房里去细细盘问。

"我怎么知道呢，阿爸。"她半垂着眼道，"二姐常常不在学校的，我问她到哪里去，她总是说你想到姆妈面前去报功是不是？我偏不告诉你，所以她的行踪我一点也不知道。"正芳在学校里，远不如正云出风头及逗人喜欢，所以她一向恨透了她，现在就借机会尽量把正云说得不堪一点。

"你见过那个人没有？哪个毛子?"

"毛子?"正芳睁着眼睛很吃惊的样子，"我晓得有几个中国男学生常从波斯顿跑来找她，在会客室里一坐就是几个钟头，但是我从来没有注意到有毛子来找她……哦！对了，怪不得……"她故意不说下去。

"阿四，这件事有关家门名誉，你不必在这里卖关子，知道什么就说什么。"她父亲不耐烦地说。

"有一天，二姐的同室裘丽拉着我问了许多关于我们家及二姐的事，她说她是受人之托来打听的，我问她是谁，她说很多人呢！很多人都喜欢二姐，她说可惜这些人都迟了一步，我问她什么迟了一步，她不肯说，我想她一定知道二姐和那个毛子的事。"

“好了，你出去好了，不必对阿刚他们说什么，听见没有?”

“听见了，阿爸。”说着溜了她母亲一眼，就出去了。

星期天晚上，陆志聪在饭桌上宣布正云有病，从今以后不上学了，大家看看正云的空座，也没有问什么。饭后，陆志聪把正明叫到他的书房里，细细地嘱咐了正明一番话，要他去和那个毛子交涉正云婚姻的事。他要正明去交涉的原因有二：一、他自己既不屑去和迪克交涉，又不会说英语，当然不肯出面，正刚的英语讲得结结巴巴的，派头也不够，故不要他去；二、正明有气派，英文好，而且他和正云最接近，一切都好办。当时正明听完了他父亲的嘱咐，着实吓了一大跳。

“阿爸，也许误会二姐了，她还没有念好书，怎么会要结婚?”

“我相信你二姐不会误会她自己的，她前天晚上亲口告诉你母亲的。”他父亲冷峻地说，连口不断地吸着烟。陆志聪向来的习惯是心愈烦，烟愈抽得猛。他的大手扪着嘴，那支烟穿过指缝插在嘴里，一连吸了几口以后，手和烟才离嘴，然后闭着唇，吁了一口气，烟就慢悠悠地从鼻孔里飘出来，飘完了，啜一口浓茶，讲话时，他嘴里的烟茶相混的怪味就一直吹到正明的脸上，难闻得令他皱眉。

“阿五，跟你说过多少次不要皱眉，怎么还是改不掉? 你有什么了不起的心事这样愁眉不展的，嗯?”

陆志聪弄了大半生的钱，一直没有享受过所谓家庭子女的天伦之乐，到了晚年，尤其是搬到美国以后，闲下来了，在家的时候居多，就需要子女们亲近他。无奈正刚软弱无能，他见了只有叹气，正强性烈气高，他想了只有摇头，唯有正明，常常无形中给他一点安慰。他长得像他，而且行为举止很有气度，像是一个有出息的人，所以私底下很巴望正明能对他亲近一点，可惜正明见了他不是冷冷的，就是皱着眉，令他很伤心，也很恼怒。

“你到底有什么心事不妨说给你阿爸听听。”他较为和缓一点地加了一句。

“没什么，阿爸。”正明冷冷地说。

“跟你说的话记住了没有?”志聪不由得又气起来，“每一个条件都要记清楚，阿云在楼上她自己的房里，你可以向她要那个毛子的地址，顺便告诉她不要无礼地赖在床上，传出去让人笑话。”

正明嗯了一声就走出书房，穿过饭厅，急急地跑上楼梯，向他二姐的房里走去。他那时候的心情十分复杂，他觉得他二姐欺骗了他，至少没有把他当知心，因为他事先对正云恋爱的事一无所知。他进正云房间时，有点气冲冲的。

正云躺在床上，房间暗暗的，没开电灯，正明来熟了的，就无声地摸到床前那把罩着苹果绿椅套的摇椅上坐下。

“二姐，好些了没有?”

一听正明的声音，正云翻身起来，捻亮了床头绿色三脚茶几上的小灯。她穿着一件黑色镶着深红细纱荷叶领及荷叶袖的睡衣，灯一亮，照着衣服上的泪渍闪烁烁的，她的黑发垂下来，盖着右颊，没有唇膏的脸是青灰色的，见了正明，想笑一下，眼泪却不由分说扑簌簌地落了一衣襟。

“二姐，不要难过，这是喜事。”他嘴上说是喜事，心里不免有点气。

“你都知道了，阿明？”

“阿爸大略地说了一下，他要我来拿他的地址。”

“迪克的？”她用手把头发推开，急急地问，“阿爸预备把迪克怎么样？”

“怎么回事？二姐？”正明欠着身，移近来看正云的右颊，那上面肿了一块。

“没有什么，”正云把头避开，“我昨天摔跤。阿明，阿爸到底要把迪克怎么样？他要他地址做什么？没有证据他怎么能告他！”

“阿爸不是要告他，他要他马上和你结婚。”

“真的？”正云不可置信地叫道，她的上半身几乎扑到正明的椅子上来了。

“唔，不过是有条件的，二姐。”

“什么条件迪克都会答应的，我知道他，我知道迪克会答应的，”她狂喜地说，“只要我和他结婚，他什么都可以牺牲的。”正云一把抓起正明的手，忘形地摇撼着，“我高兴死了，阿五，我高兴死了，我明天就去找迪克。”

“阿爸说从今以后你不必上学了，也不许再见他，什么事都由我去接洽。你看，二姐，我下星期就要考试，阿爸就不管。”

“我也要考了，为什么不许我上学？我明年就毕业了，结婚和毕业又不冲突，为什么阿爸不许我上学？”

“他说你现在出去不太好，不太方便，我也不懂他的意思，他做事从不顾到我们的，你知道他的脾气。”

正云红着脸，低头去玩袖口的荷叶边，没做声。

“有一个条件是结婚后你们仍旧住在家里，阿爸说等那个……等迪克毕业后找到了事你们再搬出去不迟。我想这一点迪克一定不肯答应的，他们美国人结了婚从来不肯和老一辈的人住在一起，更何况和我们这样一个大家庭混在一起，我看阿爸是故意为难他的。”

正云低着头没有回答。

“二姐，你为什么不再等一下，等他毕业后再结婚多好，他怎么过得惯我们的生活？你想想看，这样对你也不利。二姐，你为什么不多考虑一下呢？和外国人结婚不是……”

“阿明，你什么时候去找迪克？”正云打断他道。

“下星期六，怎么？”

“我想写一封信请你带去，我把他的地址写在信封上，他住在剑桥的哈佛大学大道上，很容易找的。阿明，不是我急于想结婚，我有很多苦衷，现在告诉了你也没有用，你以后会知道的。最主要的是阿爸答应我们结婚，这是我连做梦也没有想到的事，我绝对不肯放弃机会，我们暂时可以牺牲一点的，反正迪克明年就毕业了，也委屈不了多时。阿明，你明年是不是决定要进普大了？”

“是的，怎么？”

“你听我说，”正云拿着正明的手钟爱地揉着道，“明年暑假我们就有一个小家庭，你进了普大，周末可以回到我的家里来住，我要为你预备一个小房间，弄得舒舒齐齐的，我们可以找迪克的同学来陪你打桥牌。呵，阿明，等我有了小家庭，你就不必回到这个家来了，我知道你没有我，你会不开心的，阿明，迪克和我欢迎你到我们的家里来的。”她的瞳子亮了，眼角弯弯地笑起来，下巴轻擦着纱领，整个人都沉在美丽的梦里。他看她那份高兴，也咧着嘴笑笑，对正云守秘密的事也宽恕了。

曾几何时，曾几何时，这些话都会变成梦呓呢！

正云和迪克是在同年的圣诞节前结婚的，婚礼是在麻省理工学院的新教堂举行的。离结婚仪式还有四十分钟，迪克和他的伴郎陆正明在教堂门口站着，教堂是建筑在一个浅水池内，池中的水一片沉绿，厚甸甸的，水面上漂着枯叶死虫，像一件陈旧的、沾满了油渍的绿袄，水里映着迪克和正明的倒影，一高一矮，一丝不动。忽然那个矮的倒影颤了一下，迪克忙去看他，见他的眼睛定定地望着校门，他顺着他的眼看去，只见从入口处进来一对中国男女，男的高大挺直，鬓边几处白发和地上的白雪互相映照。女的是一个矮小的老妇人，穿着一袭狐皮大衣，大衣下露出一段半盖着脚面的红旗袍，她一手高吊在她丈夫的手臂上，露出旗袍下的脚，像两只低首啄米的小麻雀，匆促地发怒似地向前跳着，迪克不禁看得发了呆。

“迪克，我们进去吧，时间快到了。”正明见他这副样子，忙拉一拉他白色上装的袖口说。他的脸因为发窘，有点涨红。

教堂是长方形的，牧师台上有一条条穿着金片的细链从屋顶的一块方玻璃上一直垂下来，映着从玻璃板上射下来的阳光，像是一串串自天而降的洒金的雨点，叮叮当当地和着缓慢的结婚进行曲，和着新娘庄重的细步声在空气里飘。站在牧师台下的迪克微转过上身去迎接他的新娘，不意他的眼睛正好和坐在右边第一排家长座上，那个穿红衣服瘦小的老妇人的尖眼相遇，那双眼睛正狠狠地盯着他，这难道是他的岳母？他的可爱的妻子的母亲？他伸出手去扶正云，他的眼睛搜索着她，但是正云的脸深藏在白纱里，眼睛深藏在睫毛里，她看起来比平时更纯美得多，娇小得多，他情不自禁地去握她的手，她的手是冷的、颤的。

冷的、颤的，也就是他们婚后的生活。

新婚不久，正云的母亲借题她是双身子，要她移下楼搬入她的房里去住，迪克每周回来孤零零地睡在楼上的新房里，气得好几次要发作，但都被正云的一片柔情止住了。每星期一清晨正云急匆匆起来，跑上楼去想和迪克温存一下，楼下她母亲就一连串地叫人找她。迪克上学后她在家陪着母亲，帮嫂子做些家事，替未来的孩子织点毛衣，好不容易盼到星期五，迪克回来了，她心里一百个要赶上楼去和他在一起，她母亲总是把她支使到厨房里去了。吃完晚饭大家照例在起坐室里坐着，父亲吸烟，母亲拿了一根玉色长柄的耳扒掏耳朵，正刚在灯下翻中国报，正明在楼上书房预备功课，文英在厨房收拾，正芳、正芬夹着帮忙，迪克板着脸坐在一旁，也不说话，也不看人，正云手里拿着毛衣，心里七上八下的，眼睛求饶似地望着迪克，两根针不停地动着，却一针也织不上来，她母亲不时干咳一声，恶狠狠地扫她一眼，她总是大吃一惊地低下头去。临睡前她上楼替迪克铺床，迪克一把抱住了她，把头埋在她脖子里，就是不肯放她走，她总是一手拭泪，一面喃喃地说："快了，亲爱的，快了，等你一毕业找到事，我们自由了，忍耐一点，迪克，看在我面上……"话未说完，正芳就在楼梯口嚷道："二姐，姆妈要你下来，尽赖在楼上做什么?"正云答应一声，就柔声求迪克放开她，临走时还要问道：

"迪克，你还爱不爱我?"

迪克咬咬牙，狠狠地吻着她，不说话，半天才喃喃地说："我愈近不得你，愈爱你，你这个磨人的小魔鬼。"

正云这才放了心，无力地走出房门，在楼梯上把泪擦干发拢好，才敢进入她母亲的房。

星期六星期日他们也难得在一起，迪克想带正云出去，陆太太总是拒绝，推说正云身子不方便，不放她出去。有时正云哀求过，她母亲放她出去，正云和迪克就会像久不见面的恋人一样，躲在公园里消磨一天或是到电影院去，在暗里轻吻着，到快吃晚饭时，正云要苦苦哀求迪克半天，他才肯回家。

好容易挨到第二年暑假，迪克毕业了，在波斯顿找到了事，他催着正云火速搬出去。正云流着泪要求她母亲让她走，她母亲说：

"急什么，等生了孩子再搬出去也不迟，你是十个手指连起的人，怎么会弄孩子!"

迪克毕竟是美国人，不像中国人那么会容忍，受了几个月哑巴吃黄连的苦，现在找到了事，哪肯再将就陆家的人，更何况他母亲在他耳边唠叨着说他不该不听她的话，现在吃苦也活该。一听正云母亲还不肯放他们走，迪克气得暴跳如雷，冲着陆志聪嚷道：

"你们讲不讲道理?正云是我的妻子，你们凭什么不放她?现在不姓陆，姓安得生，你们知不知道?孩子是我的，正云会不会弄孩子也不用你们管，不要以为你们用种种可笑的中国规矩就可以把我的孩子羁住。"

陆志聪听不懂，要正云翻出来，正云不敢，由正芳一字一句地翻给他听，陆志聪正待回答，陆太太坐在一旁冷冷地插口道：

"阿云肚子里的种是不是他的，谁也不晓得呢!要我是他，我才不敢这样肯定，等生出来以后才知分晓呢!"

一句话把正云气得连指尖都冰冷的，连跑带逃地上了楼，把自己摔在床上失声大哭起来，迪克不知就里也跟上楼来，看见她哭得伤心，又是气，又是急。

"你只晓得哭，哭哭!哭有什么用，走，我们今天就搬出去。"

正云把头埋在臂弯里，还是哭个不停，肩头一起一落，一心以为他会去抚慰她的，不料迪克因为在气头上，见她没有反应，火更上来了。

"我没有想到你竟这样懦弱，起初我还以为你是为我的毕业着想呢!原来你是真舍不得你的宝贝父母!你怕我们搬出去了，我要欺侮你不成?"

正云把头摇了一阵，哭得更伤心。

"那你怕什么?我们结婚半年，过了半年的分居生活，这叫什么新婚?你的父母有精神病，你知不知道？你再要我和他们住下去，我宁愿和你离婚。”

离婚两字像一把刀似地割着正云的心，她宁愿死也不肯和他离婚，她飞快地从床上爬起来，一把抓住迪克的膀子，泣声说：

“当然我和你走，迪克，请你不要生这么大的气。我属于你，我当然和你一起走。但是我们不要赌着气走，他们毕竟是我的父母，他们年纪大了，免不了固执老派一点，我们这样一气而走是很不孝的，你等着，我再去求他们。”

“不行，什么孝不孝，这种父母也值得你对他们孝？我不要你去哀求，你是我的妻子，我不要我的妻子向这种不讲道理的人哀求，我们现在就走。”

但是正云毕竟硬不起心来这样无情地离家，经过了她的哭泣与柔情，迪克终于答应她自己先搬出去，在波斯顿找好房子，买好家具，一切都舒齐了再来接她。他走的时候只有正刚送他出门，正云躲在楼上哭。一晃一个月过去了，迪克来看过她三次，报告她一切都舒齐了，却没有催着要她搬，正云也因为临盆在即，有点心怯，需要娘家人的照料，所以也没有提要搬。生孩子的那天，迪克到医院里等消息，正眼也不看陆家的人。孩子下了地，是男的，有爸爸的灰眼睛，妈妈小巧的鼻子。陆家人围着床，水泄不通，迪克不屑和他们挤，只远远地站着。正云抬着一双疲倦的眼睛，眼巴巴地朝他望着，眼睛里又是笑，又是泪影。迪克眼睛直直地看她，咬着下唇，没有走过去，最后自己的手指放在唇边吻了一下，吹给她，就走了。

走了以后没有再来。

孩子的中文名字是韬光，外祖父取的，英文名字是查理士安得生，是正云取的，为了纪念她和迪克在查理士河上那段鬓光波影的初恋日子。孩子长得很结实，一身肥结结的肉，膝盖上有两个小涡，吸乳时灰色眼睛盯着妈妈看，又是惊讶又是迷惑的样子，活像迪克初见她时的神情。小手握着拳在空中摇晃着，似在向世界挑战。陆家的人除了陆老夫妇以外，个个都爱抱他，正芳周末回来总是搂着他，一则借以遮掩自己平坦的部分，二则安慰一下自己慢慢滋长的母性。

正云抱着他时就像抱着一个太阳似的，满身都是光和希望，晚上还伏在摇篮边，目不转睛地看着他，看着，看着，就想起迪克。白天房子里有人声，她还不太想，可是晚上，晚上她想得快发疯了，她渴望着他身上的气息，他抱她时肌肉怒张的手臂，他看她时又恨又爱又怜的表情，以及他吮吸她脖子时，他呢喃的低语和充满了要求的喘息，他呢？他呢？他怎么不来看看他的孩子？她一面喂乳一面绝望地想着、猜测着。

有一个周末，正云在她母亲房里喂牛乳给孩子吃，屋里静静的，只有孩子吸乳的声音，她眼睛看着孩子，心里想着迪克，恨不得马上就能把他找回来，来看看他的儿子。

突然，她听见正芳尖细的声音在起坐间响着，她从学校回来了。

“姆妈，我昨天又看见迪克了。”

“谁呵？”

“那个，二姐夫，那个毛子。”

“那怎么啦？”

“他又和那个女人在一起，两人在街上搂着腰，黏在一起，真不怕丢人。”

“你怎么看见的？你难道也瞒着我在外面野？”

“我才不呢，我和裘丽两人去看电影，她本来和二姐住在一间房的，你记得吗？姆妈你猜她怎么说？”

“我不要猜，她说什么，你说就是啦。”

“她说迪克和那女书记好了很久了，现在打得火热呢！他预备和二姐离婚，他向他的朋友讲我们陆家是一个疯人院，姆妈和阿爸是一对老疯子！”

“住嘴！这种野毛子放的屁也值得搬来说给我听．他要和阿云分开，我求之不得呢！最好把那个小杂种也还给他。我早就跟你阿爸讲过这种毛子最不受抬举，沾辱了我们陆家的门，扰得人家鸡犬不宁，还在外面乱放屁！我们自有办法对付他，阿芳，不用向你二姐多嘴，听见没有？”

但是正芳用不着多嘴，正云已经听到了，她怔怔地听着，只觉得身上一阵冷似一阵，冷得眼都快失去视觉了，最后两眼发黑，手一松，孩子和乳瓶一起滚到地上，孩子的前额撞在她母亲花梨木雕刻的梳妆台角上，仅仅短促地、剧烈地尖哭一声就不响了，这以后的事她就不知道了。正芳和她母亲王在起坐间闲说话，忽然听见正云惨叫一声，等她们急步赶到陆太太的屋里，只见正云站在房中央．双臂紧紧搂住孩子，韬光的前额有一个又圆又深的洞，鲜血滴流，正云的旗袍前襟上一片血，正云全身抖得像狂风中的柳丝一样。

“阿云，这……”

正云抬眼看着她的母亲和妹妹，像痴子似的，眼珠一动也不动。

“二姐，毛头怎么了？”

话犹未了，正云忽然纵声狂笑起来，一面笑，一面把已死的孩子平摊在两臂上，向她母亲走来：“姆妈，你看，他自己已经走了，你用不着操心把他送掉，他已经走了，你看他多听话，”一面惨笑，一面把血淋淋的孩子双手托到她母亲眼前，“这血好红呀，好红的血呀，姆妈，你看清楚，这是迪克和我的血，你看看清楚，不要弄错……这是我的血……还是你的血呢！姆妈，原来你的血也是红的，我还以为它是黑的……哈哈……哈……姆妈，你看，红的血……”

陆太太吓得一把抓住正芳的肩，闪到她身后，一边气急败坏地说：“这丫头疯了，快打电话给阿爸，快，快找那个德国医生来，阿云疯了。”

等到正明从普大办完注册手续回家，他心爱的二姐已被送入波斯顿一个有名的神经病疗养院去了，那是一九五〇年的初秋，正云正好是廿四岁。

四

车子快到家时，陆正明使劲地把头摇了两下，摇落了那些伤心的回忆，然后就把车在离家门不远的马路边停了下来。

“这就是我家。”正明向路旁那座白色、两层楼的房子指了一下，“我父母亲是老派人，又没有受过多大教育，说话也许……不要见笑。”

“嗯……哪儿话，老一辈的人总是那样儿，我妈还不是挺噜苏的。”叶群忙接说。他是一个谦逊有礼的青年，长得十分秀气。白白的脸上架着一副咖啡色宽边的眼镜，红润的嘴唇有礼地微闭着，笑时露出一副光洁的牙，又可亲又稚气，态度总是那么谨慎，站着时两手很服帖地垂着，从来不肯随意插入裤袋里，讲话时从不急促，总是用“嗯……”字开头，嘴上嗯时，脑子里迅速地把得体的字眼组织来，讲出来既婉转又有礼，学校里的先生们都暗暗赞赏他的风度，同学们可不，他们觉得他像一块奶油蛋糕，光滑软甜，一砸就粉碎了。他们觉得女孩子不会喜欢他的。叶群却从来也不在乎女孩子，在学校时用功争取奖学金，放假和周末，如觉得寂寞无处可去，就回家。他的家在纽约，他的父亲叶邦中原是清华出身，如今在中国招商局做事，另外做点股票，为人沉默，沉默得一天讲不上三句话。他的太太却十分健谈，健谈得一天闲不了三秒钟。她的样子圆胖福泰，见了人眯着眼就笑，一副乐不可支的样子。其实也难怪她，因为她生了三女四男，女儿们都有了大学文凭、结婚证书及长期饭票了，四儿子叶群是普大的高材生。下面三个儿子也一个个出类拔萃，时机一到，都到常春藤下做四年大学梦毫无问题。所以叶太太操着一口又快又滑的北京话，逢人就夸她的儿女们，夸得连她自己的丈夫子女都嫌她噜苏。

“我的母亲倒不是噜苏，你见了她就晓得了。”正明一面说一面走下车来。

“你家今儿请客？这么些车？”叶群指一指陆家门口的车说。

“唔。”

自从去秋他二姐发疯以后，正明就尽量躲在学校里很少回家，他怕看他母亲阴暗的脸，他四姐情不自禁的笑容。后来他二姐被他父亲从疗养院移回家休养以后，他更不敢回家，因为他怕听正云像粉笔在黑板上划过似的刺耳的狂笑。他总是推说功课忙不能回家，这个暑假他推说要在学校看参考书，就留在普大，正好叶群暑假里帮一个副教授做点研究，赚点钱，也没有回家。两个人在绿荫满地、悄然无声的校舍里待着倒也蛮清静，一直到前天，他父亲长途电话，说是替正芳招女婿，家里请客，一定要他回家陪客，他急中找不出话来推托，就冲口说要带他的同学叶群一起来。他父亲在电话里唔了一声，没有表示欢迎，却也没有反对，于是他就邀了叶群一起回家。

陆家的房子是一种所谓西流式，一楼一底，很宽敞，进了木栅门，就是一大片用平顶的常青树围起来的花园，园的一角有一棵桃树和一棵梨树，中央有两个圆形的花圃，一个种的是谢了的郁金香，一个种的是迟暮的山杜鹃，两个花圃中间热烈地开着大红的芍药。沿着廊前，种着一排娇小的翠绿、淡紫、脂红、鹅黄的三色堇。正云爱花，往时常来园中浇弄，如今花园乏人照拂，三色堇多半都垂着头，风来时叹息不已。前廊围着粉白雕工细栏，地上铺着红灰相间的方砖，几张红灰相间的铝架帆布椅零落地放着。前廊中摆着一张嵌着云母石的圆桌，桌上孤零零地摆着一个玲珑的红瓷烟灰缸，缸里没有烟灰，陆家的人除了陆志聪外都不抽烟，陆志聪又从来不爱坐在前廊欣赏花卉。廊前挂着一排细密竹帘，这时已被高高卷起，但是从前廊到客厅的门上，一卷小竹帘却低垂着，所以一进客厅，就令人觉得又凉又阴。

客厅很大，进门的右首沿墙摆着一套古老的紫檀色巴西花梨木的桌椅，它的对面是壁炉，对着门的墙上挂着郑板桥的两张画，一张是竹．一张是梅花，壁炉上有一个横匾，匾上用魏体写的“谦受益，满招损”虎目眈眈地向下俯视着，使每个进来的人不由自主地微微躬着腰。壁炉两侧沿墙摆着一套沙发，长沙发对着门，短的靠在朝廊前开的两扇大窗之间，沙发也是古老的，罩着咖啡色裙叶边的套子。沿窗是一排凝重垂地的紫绫窗幔，壁炉的左端有一只两尺来高的蓝瓷花樽，上面插着几朵玫瑰，被深色的窗幔衬得白雪似的，近前一看，才知道是白纸做的。长沙发左端的门通到隔壁的起坐间，起坐间里除了两张维多利亚式的沙发和一张长方形的中国书桌以外，其余的都是日本摆设：低小的咖啡桌，漏斗式的小藤椅，菱形的纸灯，丙张沙发椅是陆老夫妇惯坐的，中间书桌的一边放着一个洒金的雀嘴小茶壶，一面是一柄玉色长颈的耳扒，桌中间却摆着一个白瓷观音，对人生不感兴趣似地垂着眉。起坐间后面是饭厅，厅中央是一张桃花心木、缠龙细腿的长饭桌，从天花板上垂下叮当透明的水晶宫灯，沿墙摆着碧纱橱和十几张同色的直背椅。

陆正明带着叶群进客厅时，正值陆志聪领着他的客人从起坐间出来，正明闪过一旁把叶群介绍给他父亲，陆志聪向叶群点点头，就看着正明说：

“阿五，这些客人你不是都见过的吗？怎么也不招呼？”

“尧伯伯，尧伯母，沈先生，沈太太，你们都好，”正明忙欠身向客人招呼，“这是我的同学叶群，这位是……”

“这位是曲文炳先生，今年刚从耶鲁拿了博士，文炳，这位是陆公的五公子，陆正明，这是他的同学，叶……咦，你不是叶邦中的儿子吗？”那位被称为尧伯伯的抢出一步来说。

“是的，尧老伯，您好！”叶群垂着手有礼貌地回答，又向别人点点头，再去和曲文炳握了握手，然后退后一步和正明并肩站着。

等老一代的就座以后，正明领着叶群进去见过他的母亲，然后出来和曲文炳一起坐在靠墙的圆桌边，三个人很自然的就谈他们的学校。曲文炳看起来比正明还矮，黑黑的脸颊上挂满了小粒的红斑，五官倒很端正，只差太厚了一点，眼皮厚了一层，鼻尖厚了一撮，嘴唇厚了一圈，给人一种拖泥带水的印象，讲起话来，三字一停，五字一顿，尤其不爽快，好像一面讲，一面品赏自己的韵调似的。叶群倒是十分仔细地听着，正明生性拗如牛，急如火，听得不耐烦，只是不断地撳自己的手指关节咯咯有声，惹得他父亲不住地向他瞪眼。曲文炳却仍继续他毫无起落的慢板：

“这个……找事末，”他是江南人，“当然没有困难……主要的……是……这个……这个……要看自己的兴趣……学我这一门的末……这个……进工业界是……没有问题的……但是……我想来想去……留在学校末……这个……这个……可以做做自己的实验……这个名利两个字比较起来末……我觉得……这个名……对我的诱惑力……这个比较大一点……因为……这个……”

“……不过尧公，你老兄是过来人，对名利两个字想必已看穿……”客厅的那边陆志聪在说，他们也在谈名利。尧公在纽约长岛一带的中国人圈子里，是一个熟悉的名字。他当年曾是某省长麾下一名最得宠的人员，握有大权，某省长失势后，他的权也随之而去，权去了以后还有财，带着财他到美国来避灾，当起第一等的寓公。他比陆志聪大几岁，快近七十的人看起来也不过是六十左右，中等身量，花白头发，因为爱杯中物，脸常呈紫酱色，腹部隆起，他的左手总是扶着腹，以免它掉下来，看见年轻的女人他喜欢倚老卖老地拍拍她们的肩，或碰碰她们的下巴，这是老年人对小辈的亲昵，即使多碰几下也很光明磊落的。认识他的人都称他为尧公，有一个不太会说官话的宁波人把尧一读成鸟音，不小心，念成尿音，称他为尿公，一时传为笑谈。从此，大家在背后都以尿公称他，他倒也不介意。他的太太细小白净，像一只米老鼠，因为生得白，脸上似蜘蛛丝般的皱纹反而明显，看起来倒比陆老太更老。幸而她没有后者那副辣相，倒有点可怜巴巴的，说起话来，两眼呆呆地看着对方，两只干瘪的手在膝盖上无助地揉擦着，好像要擦掉手心的冷汗似的，她不大说话，也不笑，但每次尧公哈哈大笑时，她就会咧咧嘴，露出金牙，无邪地闷笑着。

“哈哈……”尧公这时笑道，“你老兄可说是知我深矣！不久前我接到台湾一个要员的来信，约我出来帮忙，我立即回了一个电报敬谢了。想我尧某当年叱咤一时，哪种场面没有见过？现在，现在是哈哈……是无官一身轻，百事不想了。陆公，你我都是过来人喽！难听一点，我们是落伍的人喽！这个世界，需要的是像我们祖荫兄那样的英才，哈哈。”

“尧公太过奖了，”沈先生不安地答道。沈祖荫是一个谦和有礼的中年人，早年毕业于上海沪江的英文系，来美国后，学英文的吃不开，就郁郁地做了几年书记，在纽约开了一个饭馆“沪味楼”，自己做经理，太太任账房，请了一个上海厨子，倒也生意隆盛，宾客满座。他哈着腰，招呼客人，脸上笑哈哈的，倒也蛮像样。惟有静下来时，往日的理想，往日的计划，像一只蚊子似地猛地咬他一口，令他气得顿足长吁。幸好他太太看得开，常常劝他说：“三百六十行，行行出状元，开饭馆也是事业，有什么丢人的！”但他的自卑心还是不减，在人多的应酬场中，他也哈着腰，十分谦恭，倒是他太太，出来时并不耳夹铅笔一支，一副账房相，而是谈笑自若，比尧老太和陆老太大方得多。他们今天被请是因为曲文炳之故，曲是沈先生的表弟，由尧公介绍给陆家。这时沈先生偏过头，看着年轻的一伙，半感叹地向尧公说：“像他们这批年轻人才是今日的英才呢！像我这样，唉，像我这样……”

正说间，飞进来一个穿着白色网球短裤、苹果绿大翻领衬衫的女孩，瘦瘦巧巧的，脑后扎了一根黑黑的马尾发，人虽说不上好看，却有一股新鲜的朝气，像一阵晨风似的，和她一起飘进客厅，十分醒人。

“阿爸，姆妈请你们去入座。”

“阿芬，快廿岁的人了，还这么跳跳蹦蹦的像什么样子？”

“好，好，这样才好，”尧公连忙上前去拍正芬的肩，一边笑着对陆志聪说，“这样才像年轻人哪！不像你我，跑一步要气喘，跳一下就抽筋，他们年轻人要活泼点才好啊！”说着，用两个手指碰碰正芬的下巴，“来，你领头，阿芬。”

正芬很得意地回头向她哥哥睐睐眼，就带头走了。

“你们先去，我就来，”正明向叶群说，然后穿过起坐间，转到走廊，三脚两步地跨上楼梯，上楼去了。

楼上静悄悄、黑洞洞的，只有他二姐的房里有灯，他过去轻敲了一下门，那个高大的美国护士就从掩着的门后出来，见是正明，忙让他进去。正云穿着一套藕色细条的绸睡衣裤，抱着膝靠着床架坐着，一见正明，就直伸着两臂来拉他，一面仰起头像搜索似地看着他，细声问：

“你有没有看见他，阿明？”

“没有，二姐，”正明赔着笑在床沿坐下来，他知道正云问的是迪克，他每次回家正云总要问这句话，“你好不好，二姐？”

正云没有回答，只恨恨地摔了他一手，把头转到末里去了，床里躺着一件对襟镶灰兔毛的红缎短袄，她的眼睛就在那上面生了根，动也不动。迟缓地，几乎是畏怯地，她慢慢地把衣服拿起来，双手捧着，送到鼻尖去嗅着，一双大眼，恐惧地向四方溜看着，半天，她忽然狠命地咬着灰色的兔毛，一面用手撕着，绞着衣服，看护忙抢上一步，正待拦她，正明向她摆摆手，一面低下身，像哄小孩似地说：

“二姐，这是你最喜欢的短袄，冬天来了你要穿的，现在让我替你收起来好不好？天气冷了你可以穿着这件衣服和我一起去溜冰，给我，我替你收起来，二姐。”

正云双手紧抱着衣服不放，一面嚷着：“你敢你敢！你把我所有的东西都抢去了，迪克，小查理，现在还要来抢我的衣服，你敢，除非你把我的手切断，我是不会放的，你这个强盗。”说着，眼睛恶狠狠地看着正明。

正明无奈地放下手，垂头坐着，正云见他放了手，就低着头缓慢地抚弄着兔毛，低语道：“你不要怕，我在这里保护你，没有人敢欺侮你的，不要怕，不要怕，小查理。”说着，用脸颊去贴着衣服。

过了好久，她忽然抬头看着正明说：“咦，你来了，阿明？”

“二姐，我来看你来了，你好不好？”

正云伸手摸着正明的手背，叹口气道：“唉，好不好，好不好，每个人都问我好不好，好像我有什么不好似的，阿五，你怎么和她们一样起来了呢？你看，只有小查理最了解我，因为他从来不问我好不好，他知道我很好。哦，阿明，你知道吗，我第一次看见迪克的时候就是穿这件衣服的，迪克说这件衣服的颜色正好配我的脸，我说真的吗，我以后天天穿这件衣服好吗？迪克没有说话，只管把那双眼睛盯着我看，看得我一身都热了。后来我要生产了，迪克到医院来，也是这样看我的，……阿明，你知道吗，我当时一身没有气力，不然我会爬起来，伏在他身上哭一场的，但是我走不动，我爬不起来，我只好看着他走，他走了以后很久都没有来。后来，后来……”

“二姐，你……”

“后来，阿明，小查理就死了，我把他摔死的，因为我听见阿芳在说迪克有了人不要我了，我不相信她，我知道迪克不会变的，不会不要我的，我知道阿芳说谎，所以我要走出去为迪克辩，但是我把小查理摔死了，阿明，你看见我把他摔死的，是不是？呵，我把他摔得那样子，真可怕呀……”

“二姐，你……”

“他的眼睛和迪克一样的，但是后来他眼睛睁不开了，他脸上都是血，都是红的血，啊，阿明，我真不是人呀！我把他摔死了，什么也没有了，后来，……呃……喔……阿……明……我什么也没有了，阿爸把我关在山上一个白房间里，他们说是医院，给疯子住的，哈哈……阿明，他们说我是疯子，多么可笑，你知道我不是的，阿明，你知道的，是不是？我不是疯子，我只想到小查理的地方去就是了，他一定饥了、冷了，可怜的小查理，但是他们不让我去，他们把我关在山上，我天天哭，天天吵，他们也不理我。有一天，迪克来了，他来了，他穿了一件白大衣，我差一点都不认识他了，但是我认识他的灰眼睛，他的眼睛，他来了，他终于来了，我就扑过去抱住了他，我把他捉住了，我不会再放他走的，我知道他是被阿爸姆妈气走的，但是他又回来了，回来把我带走，所以我牢牢地抓住他，我要跟他走，但是阿明……呵……阿明……”

“二姐……”

正云把脸埋在正明潮湿的、微颤的手掌里，幽幽地，像一个无助的孤儿似地哭着，正明轻拍着她的肩，痛苦地啃着自己的嘴唇。

“阿明，迪克真的变了，他不理我了，他用力把我的手摔掉逃走了，逃得没有了，我追他，我叫他，我求他，我跪在地上求他回来，但是他不理我，他把我锁起来了，他变了，阿明，阿明，他不要我了，后来阿爸来了，问我要不要回家，呵！回家，回家，我知道家是很可怕的，但是山上更可怕，没有迪克的山上，没有人的山上更可怕，我怕，我怕，我怕呵！”她把脸藏在正明的手里，索索地抖着。

“二姐，……”

“但是真奇怪，”她忽然抬起头，稚气地笑起来了，“家里人都和从前不同了，姆妈也不骂我、瞪我了，她只是天天问我，‘阿云，你今天怎么样？’多么可笑？今天有什么怎么样呢？今天、明天、昨天都是一样的，你说是不是，阿明？但是阿爸更奇怪，他天天上楼来看我，好像我真的是他的女儿一样，他每天要问我，‘阿云，你今天好不好？’我觉得他太可笑了，天天问一样的话，所以我就忍不住笑，笑得他很不快乐，他就摇摇头走了。阿明，只有你最了解我，你知道我很好，所以你从来不问我，你今天好不好？对不对？我知道你最知道我的，我不要听‘好不好’，我怕听，我听了就想哭又想笑，我是很好的，阿明，你说，你说我很好！”她仰起头，那双往时会说话的眼睛小心翼翼地、疑惧地看着正明，“你说，阿明，你说。”

正明痛苦地磨着牙，伸出手去摸正云散乱的头发，半晌做不得声，好容易等他喉头的肌肉放松了，他才强笑着说：“当然你很好，二姐，他们都不懂你，我知道你是很好的，我去对阿爸姆妈说，要他们以后不要那样问你了。好了，二姐，你现在躺下来，你说了半天话，一定累了。"

"我说了半天话？我累了？"正云尖锐地笑着，"我整天躺在床上没有人和我说话，怎么会累呢？你不要走，阿明，我要你在这里陪我，我很多话要和你说呢，怎么你坐都不坐就要走了，阿明，你现在不和我好了，我知道，你总是不来看我的。"

"不是，二姐，我当然和你好的，不过你现在先躺下，我吃了饭再来陪你，他们在等我吃饭，你也该休息一下了，二姐。"正明一面说，一面示意看护过来帮他把正云放平在床上。正云瞪着眼，由他们摆布，躺下后，不久就因疲倦过度而睡着了。正明蹑足走出门外，向护士嘱咐了几句，就悄悄地下楼了，心里涨得满满的，不想吃饭，但是又不得不向饭厅走去。

大家早已开始，正明告了罪，在叶群和曲文炳之间坐下。他母亲看了他一眼，也没有问他到哪里去了。她今天显得特别干枯，两个颧骨凸出来，下巴和脖子间的皱皮在她咀嚼时一牵一牵的，侧面看去，像蝙蝠的翅膀一样地抽扇着。她的老态倒托出了坐在她旁边正芳的青春。她今天穿得特别醒目，一件凝蓝闪银软缎的鸡尾酒服，V字领开得高高的，露出她不算不细嫩的脖子，衣服在当胸打了一个结，散在两乳上的缎子就蓬松地掩饰了她平板无物的胸部，她把额前的头发做成几个半圆圈，爬在眉上，眉下的眼睛端庄地垂着，趁人不备时在半圆圈的掩护下向正明这一排扫来。男的都在喝中国城买来的五加皮。为了陪曲文炳，陆志聪特许正明喝一杯。陆太太、尧太太既不喝酒也不喝冷饮，就款款地说着话，偶尔夹些菜，你让我推地客气着。沈太太和陆家的小姐媳妇们前面都放着高玻璃杯，盛着汽水，文英和正芬穿梭不断地进厨房炒一个热菜或催老包加酒。今天是正芳的日子，故而她坐着不动，任沈太太向她开无伤大雅的玩笑。曲文炳一向是少年老成，看不惯时下一般高声朗笑、毫无闺女风范的女性，对于正芳那种羞怯不胜的神态大为欣赏，虽然也觉得她不够光彩鉴人，但是一个女人太光芒四射了，会使她丈夫黯然失色的，还是平常一点的好，何况，平常一点的也容易追求一点。所以他觉得很有自信，心里一乐，话就多了：这个……那个……我末……烦恼的正明，也不顾他母亲的冷眼，只是死命吃菜。叶群因为和长一辈的人搭不上嘴，又不好意思像正明一样光是吃菜，只好低着头喝闷酒，平素没有酒量，几杯以后，脸上早已红喷喷的，惹得正芳不能自制地向他瞟着，正明尽看在眼里，只装不知。

尧公一瓶酒下肚，连声打哈哈，话愈发讲不完，见叶群闷着头喝酒，就眯细了眼，问他道："你家老三嫁给高家的大儿子以后怎么样？小夫妻感情还好吗？"

叶群忙放下酒杯说："谢谢您，她很好。爸爸说几时还得谢谢您的成全，请您到舍下喝一杯呢！"

"哈哈，我尧某别的不敢吹牛，看人的本事是有的，你是老四吧，这一下要轮到你来办喜事喽！你书几时读完？"

"嗯……我希望明年夏天，如果我没让学校给刷出来的话。"

"明年？这么快，唉，真是光阴如箭哪！看样子，你尧老伯又要忙着找一个端正的大姑娘给你预备着喽？哈哈……没有问题，包在我身上，你要什么样子的尽管和你老伯说，你自己有没有，唔，人？”

“没有。”叶群的脸更红了一层，正芳趁大家都看他，又狠狠地瞅了他一眼。

“哈哈，到底年轻脸嫩，正明，我说呀，等你阿爸办完你四姐的事，”尧公转移目标到正明身上，同时向正芳和文炳看了一眼说，“你也要请尧伯伯喝一杯喽，你今年多大了？”

“廿一，我刚念完一年级，还要好几年才毕业，没有资格谈婚姻。”

“哈哈，有你这么一位财神爷阿爸还怕养不起几房媳妇么？”尧公醉眼惺忪地打趣道，“你要什么样子的，不妨先说给你尧伯伯和大家听听，要像你大嫂那样的呢，还是要像……呃……”

“尧老伯，”叶群不等他说完就插嘴道，“他早有了女朋友啦，人家大学都毕了业，等着他呢！”他平素说话很谨慎，但今天多半是喝了酒，一半为自己刚才脸红遮羞，就说漏了话，正明想拦他都来不及了，“他们玩得挺好的，喜酒准有您喝的。”

“那很好，那很好，你们年轻人有办法，哈哈，自由恋爱，不用媒人，我们是过时人喽，来，陆公，来干一杯，你也不用再为正明担心喽！”

正明虽然低着头喝酒，但是他知道有两道寒光和两把火箭从他父母处射来。他是不该找叶群一起来的，更不该不预先警告他关于苑若的事。这一下，他的另一个生活，另一个安详甜蜜的秘密，像一个口袋被戳了一个洞似地把满袋的细沙都慢慢地倒出来了。他倒并不是怕他父母禁止他和苑若来往。事实上，他的父母自去年秋天正云的婚变以后对子女们的态度已转和婉一点了。他们的心也是肉做的，他们也不是不疼惜他们的孩子，只是他们只知道一味执行严厉古板的家法而在无形中把子女们隔开了，又因为他们本身教育的欠缺，道德修养的浅薄，使他们不愿意承认自己的错误。正云的事给了他们一个打击，虽然他们至死都不会承认去年秋天的悲剧是由他们铸成，无形中，他们对正芳等的态度在这一年中，变得和善一点了。正明也注意到他们表面上的转变，但他因为太爱他的二姐，故对他父母更生分了，虽然他知道他们不会反对他的交友，但是他还是不愿意让他们知道他和苑若的事，因为他对他父母根本上已没有尊敬和感情。

吃完晚饭，正明因为当夜要开六七十公里的夜车赶回普城把车子还给普大机械系的俞先生（他自己没有车，一则他父亲不容许他有车，二则学校里规定研究生以下的学生都不许在普城城里开车，所以他每次回家都要借人家的车），略坐一下，就打算回校。他们先到起坐间向陆太太告辞，陆太太当着叶群的面向他盘问了半天关于他女朋友的事，他小心地一一回答了，最后说：

“我们不过是普通朋友而已。”

“普通朋友不普通朋友，都可以带回家来给我看看，谁又不会把她吃掉。”陆太太望着正明，冷冷地说。

站在她身后的正芬扑哧一笑说：

“五哥就是怕姆妈会把她吃掉。”

“你少胡说八道，快去帮你大嫂洗碗，快廿岁的姑娘说话这样没高低。”陆太太喝道。

正芬且不移步，先把鼻梁皱起来，伸出舌头在陆太太脑后做了一个鬼脸，不等陆太太回头，一扭身，摔一摔乌黑的马尾，一溜身就窜入饭厅了，一路吃吃地笑着。

“听见没有，阿明，下次回家时把那个人带来给我看看。”

正明含糊地应了一声，就和叶群到客厅向众人告了辞走出门，穿过花园，往临街的栅门走去，不想正芳也随着跟了出来。

“咦，四姐，你出来做什么？我每次回学校你都没有送过我。呵？”

“谁是来送你？往自己脸上贴金！我出来透一透气，来不得吗？”正芳尖着嘴说，自顾自地走到街上去了。

正明刚在司机座上坐定，又一骨碌起来：“我还得上楼看看二姐，对不起，你在这里等一下。”

“你二姐？怎么我吃饭时没见？”叶群问。

“她不太舒服，在楼上休息，对不起，我就来。”

正云正沉睡着，正明向护士说了几句话，又从厨房后门溜出来。走到木栅门边，远远看见正芳的头和上半身伸在车子里，很起劲地说着话，又快又尖，本来坐在司机座旁边的叶群，缩在司机座上，手足无措的样子。等到正明悄悄地从身后绕到司机座的门边时，只听见正芳半真半假地说道：

“你一定要请我去的，不然，我在阿明面前说你坏话，嘻嘻。”

“四姐要你请她到什么地方去，叶？”车子一开动，正明就问他的同伴。

“她非让我请她来我们学校看足球季赛，她说她是足球迷。我告诉她我可说不准儿，到那时候我功课忙，哪儿还有工夫去看足球。你不怪我这么告诉她吧？”

“我？当然不会。”正明笑着说，他知道正芳是兄弟姐妹中对球类最没有兴趣的一个，“这是你和她之间的事，我凭什么怪你，不过我倒真有点怪你在吃饭时说的话呢！”。

“对不起，怪我一时大意。”叶群忙道，“嗯……不过我以为你家里已知道这件事儿，你和简小姐玩了快一年了，不是吗？”

正明不作声，很久不作声。

“你又在想什么？”

正明嘴里应道：“没有什么。”心里却回答道：

“是的，我和苑若玩了快一年了，我却一直不愿向家里提起，他们不会有兴趣的，而且……”

五

简苑若，是去年陆正明刚进普大不久以后，在一个中国教授俞祥家里见到的。

俞祥是普大化学系的副教授，北方人，个子高大，肤色黝黑，不像一个教书的。说起话来声大气壮，他的美国邻居们总以为他在呼喝他的太太，其实他为人再和气谦虚不过，对他的太太尤其爱护体贴。他的太太来自吴侬软语的江苏，操起官话来也款声细气的，把尾音拉得很长，脾气像一团糯米饭，又粘又软，与她豪侠的丈夫正好相反。但他们俩都十分好客，家里总是宾客满座。

简苑若和俞太太的妹妹是上海民立女中的同学，俞太太未出嫁前，常和她妹妹的朋友在一起玩，所以和苑若很熟。结婚后，随着丈夫东奔西走，就和旧日的朋友失去联络。到了普城，有一天偶然在街上遇到苑若，就像遇到自己妹妹一样高兴，忙把她请到家里来，从那天以后，苑若就时常在俞家走动了。她是广东人，从小生长在上海，讲得一口流利的广东话、上海话及普通话。抗战胜利后，她父母回到香港，开了一爿布庄，把她送到香港大学读书，两年后，又千方百计地把她送到美国来。苑若在普城附近一个教会女校毕业后，奉了父母之命没有回香港，却和一大群同班的女孩子们跑到普城来找事。普城是该女校学生找事的目的地，其实她们主要的目的倒不是找事，而是找人，因为她们是年已及笄的少女，普大的学生多半是未婚的富家子弟，近水楼台先得月，中外倒是一样的。

普城没有中国小姐，苑若来后，普大的中国男学生忽然对俞祥教的课特别热心起来，一开学大家都选了他的课，还时常上门请教。没隔多久，除了陆正明和叶群以外，他们都认识了苑若。

有一天是阴历中秋，俞祥夫妇邀请了普城所有的中国人来家过节。那时正值陆正云失常不久，正明正在心痛如割，躲在宿舍里不肯回家，更不愿到热闹场合去，原想回绝俞祥的邀请，无奈叶群为人腼腆，尤其怕和女太太们搭话，就把正明拖去了。

叶群和正明到了俞家，经主人介绍和大家见了，就入了座。那天人多，分两桌，已结婚的夫妇们和主人一桌，男学生们与俞家的两个小孩另一桌，由苑若代表主人招待。她一面忙着招呼客人，一面忙着照顾小孩，自己反而没有工夫吃，坐在她旁边的小眼睛小张低声说：

“简小姐，我这只蟹肥，剥好了的，给你。”

“哟，那怎么敢当，你自己请用，我对蟹没有什么兴趣，怪腥气的。”

“可不是，尤其这种海蟹，毫无鲜味。”挨着苑若另一边的王文行忙接口道，“什么时候我请你到纽约杏花楼去吃，他们有香港运来的河蟹。”王请苑若出去过几次，为了要显出他与别人不同之处，故意把最后两句话说得很轻，以示亲昵。

偏是尖耳朵的黄大炮听见了：“简小姐，不要听他胡说啥子河蟹湖蟹，等到从香港运来，早就变成臭蟹啰，除非他们用火箭。”几句四川话说得满座人，除了正明以外，都大笑起来。苑若生性灵黠，早已瞟见正明闷闷不乐的样子，她觉得她既然被委托来招待这一桌，当然要把每个人都招待得很高兴才是。同时她有那种少女共有的好胜心，偏是有人不对她注意，不向她献殷勤，她偏要去惹他一下，何况她看到陆正明虽然是一副哭丧着脸的模样，却有一种深沉的、成熟的神采洋溢在眉宇，衬得席间的人，除叶群以外，特别平庸。所以她一面附和着大家，一面就在转念头如何引起正明对她的注意。正好这时挨着正明坐的俞小宝爬下椅子往他母亲那桌跑，她借着把小宝的碗碟送过去给俞太太，回身就自然地坐在小宝的座位上，端起面前一盘回锅肉，轮流地让大家夹一点，最后送到正明面前，微笑着说：

"陆先生，今天的蟹不好吃，趁热尝一点这个，这是我炒的。"

正明茫然地转头看她，两人离得很近，就把彼此都看得十分清楚。简苑若像多数中国女孩，属于纤细典雅一类，白净的瓜子脸，细嫩的脖子，微削的美人肩，窄窄的腰，醉心于高乳大臂的男士们绝对不会欣赏她的。她有一头像正云一样的乌亮的黑发，利落地盘在脑后，把前额的头发，一齐往后刷，一丝不乱，托出她那张素净玲珑的脸。她的眼睛没有正云的媚，单眼皮，但在看人时却传流一种文静的灵气给对方。脸颊很丰腴，笑起来左颊有一个很浅的酒窝，不注意看她是看不出来的。她的鼻子也不如正云的俏，唯有她的嘴比正云美得多，她的双唇不像美国女孩那样愚蠢诱惑的厚，也不像一般中国女孩那样无动于衷的薄，而是线条弯曲，嘴角微往上掀，笑起来甜迷迷的，不笑时羞怯怯的。整个说起来，她不如正云那种光芒四射的美，王云的美犹如一条钢丝，哗啦啦地射出去，飞也似地把对方捆过来，放在自己的脚边；苑若的美犹如一条细绳，不经意地把人缠起来，半天也解不开。正云是芍药，熟辣辣，红艳艳地开了一阵，谢得无影无踪；苑若是茉莉，淡淡的，羞怯的，舒开花瓣，送出一阵阵令人舒眉的清香。正明因为爱他二姐至深，每见一个女孩，就不由自主地拿着和他二姐比，如今芍药谢了，茉莉的素净就给他一种意想不到的吸力，令他觉得有一种忽然得到解救似的宽慰。

"噢噢，谢谢你。"

"咦，你还没有夹呢，谢我做什么？"苑若倩笑一声，自己夹了几片肉送到正明的盘子里，大方地向大家看了一下，夹了一块给自己，就低着头吃菜。

"唔，棒极了，简小姐，您的回锅肉烧得好极了，您到过四川？"坐在正明隔壁的叶群伸着头问道。

"没有，我是乱做的。我从来没有到过四川，一直是住在上海的。"

"我们家从前也在上海，简小姐是上海人？"正明说。

"不是，我祖籍广东，不过我是在上海长大的，小学中学都是在上海念的。"

"哪一个中学？"

"民立女中。"

"真的？我四姐也在民立读过。"

"她是那一年的？叫什么名字？"

"哪一年我记不清了，她叫陆正芳。"

"哦。"

"怎么，你知道她？"

"是不是一个瘦小的，很会说话的那个陆正芳？她的父亲是××银行的经理。"

"唔。"

"呵，她比我低一班，"苑若兴奋地接下去说，"她有一个外号，上海话叫'烂皮皂'，因为她又懒又赖皮又喜欢找人吵架，我本来倒不知道她，从来全校同学都知道了她的外号，我才晓得原来是她。她是你的姐姐?"

正明虽然不喜欢正芳，但她毕竟是自己的姐姐，听了心里自然不乐，半晌没有作声，最后才淡淡地应了一句："那是家姐，我倒不知道她有什么绰号。"说完，正好他对面的小张伸着脖子和他说话，他就假装太远听不见，站起来绕过桌子走过去，在苑若原来的座位上坐下来，和小张搭着话，再也不理苑若。

苑若自知失言，把人家得罪了，见正明含怒走了，心里又羞又急，不知道该怎么样圆场。叶群心细，见她窘困，就移近来和她说话，这才勉强把不愉快的场面遮过去了。

饭后，年轻的客人计划到康内琪湖（Lake Carnegie）去划船赏月，就乱哄哄地辞了主人向湖边出发。苑若因为得罪了人，想找机会解释，所以就婉辞了其他人的邀请和正明同坐一条船。康内琪湖是横卧在普大校舍背后的一条小河，直通到邻城的金斯顿（Kingston），河面在普城一带略显圆形，称为湖倒是恰到好处。堤边的柳枝虽不如西湖边的青柳那么婀娜多姿，却也垂丝依依，为湖面平添一份柔美的情调。横跨着湖的是一条绿色的大桥，湖中心有一块菱形的绿地，春天来时，开着大朵的淡黄玫瑰，映得堤边的柳色青翠欲滴。沿着湖有一段两旁拦着木栅的走道，栅边两排古老的树，树叶在半空中相接，夏天时特别荫凉，年轻的情侣多数在这条路上散步，林荫下，朦胧中，一切都比明亮世界柔美得多；冬天时，湖面结了很厚的冰，女孩子们穿着雪白的冰鞋，头上戴着雪帽，或扎着鲜红的丝巾，随着她们的旋转，红丝巾在空中飘拂着，远看犹如一片片红云突然飞下来。男孩子们套着黑冰鞋，穿着灰色的胸前印着露齿的老虎（普大校帜）运动衣，野蛮地在人群中飞滑，逗得几个初学溜冰的女孩，半害怕半做作地叫着，她们清脆的声音飞上枯黄的柳枝，柳枝无能地颤抖一下，像是在叹息自己青春的老去。正明刚到普城时就十分喜爱这个小湖，希望有一天能带他二姐来湖上荡舟，却没有想到会跟另一个女孩一起来划船，这给他一种若有所得、若有所失的感觉，所以他跳上船，把苑若扶下来坐好，就一声不响地划着桨。湖上一片静，湖面洒着银，银光被桨打得粉碎，在月光下疼痛地跳跃着，好像在无声地向人抗议。苑若半俯着上身，用手指玩着冰凉的水。那天她穿的是一件玫瑰滚黑边的绸旗袍，肩上披了一件鹅黄色的毛衣，因为手在玩水，毛衣就滑到肩后去了，露出一截细嫩的在月光中如寒玉般的胳膊。突然从不远处飞来半个月饼，正好掷到苑若的肩上，刷的一声，就把毛衣打到水里去了。苑若蓦地心里受了一惊，人就失去重心，正明一伸手把她扶住了，另一手放下桨，把她的毛衣捞起来，趁势回头一看，只见小张一面笑得前仰后合，一面指挥着他的同伴把船如飞般划走了。

"谢谢你，不然我早做了落汤鸡。"

"小张真是岂有此理，开这么大的玩笑。"正明说，松了苑若的手臂。因为用力过猛，苑若的胳膊上很明显地留下一个被正明握过的红印，她轻轻地揉了一下，就低头去拧毛衣的水。

正明也看见了一圈红印，忙说："对不起，我太粗心了。"

"是我太粗心了，吃饭时得罪了你。"苑若微笑一下说。

"现在正好抵消。"

"那么你是生了气，是不是？"

正明不好意思地咧着嘴笑了，他平时不常笑，所以笑起来有一种特别引人好感的稚气，和他皱着眉不说话时的神情完全不同。苑若见他一副憨态，也不再说什么，低着头把湿毛衣摊平在船板上，依旧用手指玩着水。

"你好像很爱玩水。"正明搭讪地说。

"我不会划船，只好划水。"

"我本来也不会划，都是我二姐教的。"

"你二姐？陆正芳？"

"不是，她是我四姐，我二姐是陆正云，我们俩常在一起玩的。说老实话，我也不怎么喜欢四姐。"

"那你……"

"好了，算我错，刚才不该生你的气。"正明忙抢着说。

"不是，"苑若见他发了急，不禁扑哧一笑，就转了话题，"我是问你排行第几？"

"我是第五，倒数第二个。你呢？你有没有兄弟姐妹？"

"我有两个姐姐，她们不是我母亲生的就是了。我倒是希望有个弟弟，有了弟弟，至少可以让人家少批评我几句。"说着就笑笑。

"你们女人心眼真窄。"

"看你样子你不见得比我们宽，好了，不说了，我们回去吧！我有点冷。"

正明连忙脱下上装递给她说："你披着吧，划回去还有一段路呢！"

"不敢当，你这样会受凉的。"

"决不会，我划了半天船，都出汗了，你披着好了。"

苑若只好接过来披在身上，衣服很暖，沿领有一股发油味，倒并不刺鼻。她个子小，衣服披在身上显得空落落的，两臂还很冷，她就从皮包里掏出手帕，把手抹干，索性把衣服穿在身上，一直到正明把她送到公寓时，才脱下来还他。

隔了一个星期，正明到图书馆她做事的地方来找她，她正在忙着打一封公文，以为他是来借书的，所以只向他点点头就只顾打她的字。等到她下班出来，他还在图书馆大门口徘徊，显然是在等她。

"你好。"

"你下班了？"

"唔，再不下班我也吃不消了，今天特别忙。你功课忙吗？"一边说一边就往娜索大街走。

"哪有不忙的，做不完的实验，看不完的书。"他说，也跟着走。

"那你还有时间散步。"

“我是来找你的，你看，这是你的手绢吗？”

“唉，是的，怪不得我一直找不到，我还以为丢了呢！”

“丢在我上衣口袋里，大概是那天划船时你不经意放进去的。”

手绢好像洗过了，折得平平整整的，苑若接过来，问道：“你们宿舍里有人替你们洗衣打扫吗？”

“有工人每星期来打扫一次，衣服可没有人替我们洗，我和叶群都把衣服送出去洗的，有些小东西如袜子手绢之类我们偶尔也自己洗，送出去很容易失落。”

苑若心里一动，也没有说话了，到公寓门口，她随口问道：“要不要进来坐坐？”

“不用了，食堂六点钟开饭，还有一刻钟。”

“你如果不嫌弃的话，我请你进来吃便饭，今天我同房的回家了，我可以做中国菜，你们今天吃什么？如果是吃牛脯，我就不敢留你了。”

“今天是星期五，吃鱼，我就是怕吃鱼。”正明率直地说。

“这样一来，我倒非请你吃饭不可了？”苑若不禁笑着说，“你也不要希望过高，我的菜不见得比美国煎鱼高明多少，进来吧！”

苑若烧了一个蠔油牛肉，炒了一个蔬菜，开了一个美国罐头汤，然后请正明进厨房吃饭。饭后，他坚持要替她洗碗，苑若只好让他，可是他生平没有洗过碗，结果不但碗没有洗干净，反而把衬衫袖子都洗湿了。等到他洗锅时，苑若看不过，就上前伸手把他的袖子卷起来，把自己的围裙脱下来，从身后替他围上。两人身体偶一接触时，正明只觉得一阵麻醉，手里的小啪啦的一声丢在碗盆里，溅了一脸的肥皂沫，连自己都笑了。

苑若一面用一块纸把他眼皮上的泡沫擦掉，一面笑着问道：

“你们陆公馆有几打佣人伺候你？”

“一个也没有，只有一个打杂兼司机的男工。”

“那么你在家难道也不帮着做事？”

“家事都是由我大嫂一手包办的，连我姊姊她们都不太做，更轮不到我了。”

“怎么你们家这样老派？现在在美国的男学生，差不多都会做点家事，小张他们还常到饭馆里去洗碗呢！他们家里也不算顶坏。自己会做在美国总是好的，对不对？”

“当然，可惜我现在没有时间和机会去学习。”

“有一天你不住在家里，什么事都要自己动手，那你怎么办？”

“我从来没有想得那么远，再说，我们是大家庭规矩，结了婚多半是住在家里。”

“真的？那倒很好玩。”

“好玩？不见得。”正明简短地说，把眉头皱了一下。

洗完碗，苑若转进卧室去了，正明坐在客厅里翻阅杂志，没有告辞的意思。隔了一阵，苑若从卧室伸出一个头来，笑着说：“对不起，我的表停了，现在几点钟？”

“八点，你有事吗？”

“唔，我八点半有个约会。”

“哦……”

“怎么？”

“我还以为我们一起去看电影。”

“看电影？我们什么时候约好的？”

“哦，我还以为等你一走出来就约你呢！”

苑若扑哧一笑道：“不行，你约得太晚了。”

“那么，我明天晚上来约你。”

苑若摇摇头，缩进去了，半晌说：“对不起，这个周末我都有约了。”

正明没有作声，却也没有要走之意。说也奇怪，自从前次在俞家碰到苑若之后，他并没有把她放在心上，一则他心里只想着他二姐，二则他功课忙，没有余暇去想刚见过面的女孩。他今天来送手绢还她，原想立即回去的，但来了之后却又舍不得走，宿舍里实在太寂寞了，尤其是星期五。晚上苑若的公寓有一片温馨，一顿便饭与她的盈盈笑语使他愁结的心胸逐渐松散，他体验到一种意想不到的恬静。他忽然觉得苑若十分可人，他愿意和她在一起，他猜想到她也愿意和他在一起的，不然她上星期不会自动坐到他船上来，今夜更不会约他来吃便饭的。所以苑若拒绝与他一起去看电影是他不曾预料到的，他除了吃一惊以外还有点恼怒，于是就郁郁不欢地坐在逐渐暗下来的客厅里，也不开灯，也不看杂志，却也不肯含怒而去，只好把一双浓眉紧皱着。

“怎么啦？睡着了吗？”苑若走出来，捻亮了灯。

她已换了一身晚装，一套黑色丝质的西服，大裙子的下缘被撑得像一把张开的伞边，衬出她盈盈一握的细腰，洁白的颈上围了一圈珠链，圆髻旁插了一朵红色的康乃馨，显得素而不单调，艳而不俗。

“这件衣服真好看，”正明生硬地说，站起身来，“我也该走了，希望你玩得好，哦，对了，谢谢你的晚饭。”

苑若微微瞟了他一眼，把他送到门口，觉得他稚气得可爱，就忍不住柔声说：“不是我不愿意和你去看电影，下次你有兴趣邀我，最好早一点通知我，我也好有个准备。”

正明不说话，低着头去踢门口一块擦脚的垫子。

“你如果不喜欢吃鱼，只管来吃便饭，我同房的星期五总是回家的，你没有生气吧？”苑若平心静气地接着说。

“我也不至于那么不讲理，你请我吃了饭我还生你的气，”正明强笑着说，“再见，谢谢你的晚饭。”说着就推门走了。

六

这以后他很久都没有去找苑若，然而想去找她的念头却一直与他同在，它像一只夏日午后的苍蝇嗡嗡不休地跟着他，捉不到却也赶不开。他自己也分析不出来想去找她的理由，好奇吧，他不是一个爱管闲事的人；好感吧，前次分手时他还气愤愤的；拿她来代替自己的二姐吧，却又不是那么简单。就因为不能分析想去看她的原因，他就更想去看她，但他是一个倔强的人，不肯随便去讨没趣，咬着牙不去看她。有时想不过，就到苑若办公处去蹓一转，却不肯上前与她招呼，只看了她一眼就走了，看了一眼就好了，像解了一层重衣似的，一身轻飘飘的，可以心安理得地过两三天。

至于苑若呢，她起初还记得他，想起他的孩子气有时会独自笑一声，每到星期五还在办公室门上看望一下，以为可以碰见他，几个星期五过去了，都不见正明来打游击，也就把他淡忘了。普城单身女孩少，看得上眼的尤其不多，苑若就自然而然地成了一个出色人物，来找她的男孩颇多，中外都有。她本来是来小城择人而事的。约会多，机会也多，当然正中下怀，只要不太讨嫌的，她都玩。但是美国男孩子，约她出去几次以后，举动就随便起来，中国男孩子，又是百般奉承她，日子一久，她就觉得有点乏味。

有一个星期五她回绝了邀请，打算在家写几封信，所以一下班，就到娜索大街去买一点菜，预备一人在家享受。从菜场出来，却迎头碰到叶群和正明，叶群见她抱了一个大袋，连忙上前来替她拿，一面招呼说：

“好久不见，您好，简小姐，来，让我替您拿着。”

“谢谢，好久不见，你们都好？”

“差不多。”正明淡淡地应道。

“还不是那样儿。”叶群接口说，“今天刚考完期半考，特别出来庆祝一下。”

“怎么庆祝？吃一顿馆子？”

“唔，到南园去吃中国饭，我们都不爱吃鱼。”正明说。

“哦，对了，今天是星期五，”苑若说，瞟了正明一眼，“南园的菜也不怎么样，你们要不要到我公寓来吃便饭？我刚刚买了点虾，很新鲜！”

“怎么好打搅您。”叶群忙道。

“没有关系，反正我自己也要吃饭的。”

“那……”叶群说。

“不用客气了，我不过多煮点饭。”苑若见正明既不拒绝，也不接受，就催了一句。

“嗯……那这样儿吧，让我到南园去叫一个菜，算是我们一点儿意思，不然我们可不敢打搅您。陆，你觉得怎么样？”

“我无所谓。”正明不在乎似地说，顺手接过叶群手里的袋子。

苑若把她的地址留给了叶群，就和正明先回公寓了。进了厨房，正明帮着把纸袋里的东西拿出来，只是不说话。苑若偷偷地看了他一眼，见他脸上瘦了一大圈，更显得眉浓如墨，嘴唇也不像前次见他时那么红润了，心里倒起了一种怜惜之情。

“考得还好吗？”

正明摇摇头，也不说话，也不看她。

“那也不值得愁得这样，考过就算了，你们不是出来庆祝的吗？应该开心一点才像庆祝，”苑若款款地说，“要不然，我还以为你仍旧在生我的气呢！”

正明这才抬起头，委屈地，无从说起地看了她一眼，许多许多话，许多许多种感情与思念都在这一看之间传给苑若了。

苑若吃了一惊，慢慢地就低下头去了。一面机械地切着菜，一面告诉她自己说："那是不可能的，那是不可能的！我可以做他姐姐，他不会的，他不会的！他只能做我弟弟！"

"我打了几次电话给你，你都不在。"正明隔了半晌说。

苑若心里一乱，就把手指切破了，连忙转身到水龙头前，想把血冲干净，不想正明早已抢上一步握着她的手指，用自己的嘴吮吸着她的伤口。血止住后，苑若在抽屉拿出纱布橡皮膏，由正明细心地把伤口包扎好，他这才转身把嘴里的血吐掉，回头问苑若。

"痛不痛？"

"不怎么痛，你要不要跟我到洗脸室来漱漱口？"

洗脸室的镜子里，映着正明端方的脸、浓黑的眉、一双大眼和紧闭的嘴，映着苑若绯红的颊，要想说话又不知从何说起的瞳子和微启的唇，两双眼睛在镜子里接触了，又匆匆地分开。苑若把自己的漱口杯给了正明，就要转身回厨房，正明一伸手，就把她围住了，眼睛找到了她的瞳子，又把千言万语无声地说了一遍。苑若能够处置美国男孩的粗野，能够对付中国男士的殷勤，就是对着这双又狂野又柔情的眼睛，她除了心跳以外，竟施不出对付的手段。

"苑若，我……"他的眼睛说。

"你漱完了口来帮我切菜，叶群就要来。"她移开了他的手，就快步走出洗脸室，正好叶群提了菜进来。

等三个人七手八脚地做好饭，又愉快又忙乱地吃完，都快九点了。叶群和正明抢着要洗碗，苑若说："今天不洗碗了，我请你们看九点半的电影。"

叶群忙道："真巧，我得赶九点四十分的火车回家，不然，也该我们请您看电影才对。"

"哦……"苑若说，"你一定要回家吗？"

"我答应了家里今天回去的。你们可以去看，陆反正不回家。"

正明只是看着苑若不说话，苑若既已答应在先，当然不能赖，显得自己不大方，只好说："那么我下次再另请你，叶群。"

叶群和他们一起散步到电影院门口，就告辞到火车站去了。普城一共只有两家电影院，一到周末男学生们带着女朋友，太太们带着先生（结了婚的男人多半不再对黑暗的电影院感兴趣）都来看电影，所以总是很挤。正明把苑若放在角落里，就挤着去买票，回来时说："平时总是和叶群一起来看电影，各人买各人的，今天买两个人的票，有种特别的感觉。"

"什么感觉，是不是有点心痛多花了钱？"苑若取笑他道。

他狠狠地瞪了她一眼，然后附着她耳朵轻声说：

"前次你不肯和我来看电影，我才真的心痛，痛了两个多月，连功课都考坏了。"

"那不是太孩子气了吗？"苑若故作镇静地说。

“孩子气不孩子气，你总有一天会明白的。”

看完电影，正明要请她去吃消夜，苑若不愿他多花钱，推说吃不下，就直接回公寓了。走到门口，正明说：

“让我进去替你洗碗，你的手指不能沾水。”

苑若见他这般细心，不免心里一动，顿了一下说：

“哪里会严重到这样，我今晚不洗碗，明天慢慢洗。”

正明不便坚持着要进去，却又不肯走，苑若不好催他走，又不好意思自顾自进去，要想找话说，一时又想不起来，正明有很多话要说却又不好开口，两人在门口僵立了一阵。苑若半转着身去推门，半转着头对正明说：

“有空请和叶群一起过来玩。”

“我一个人能不能来？我明天就有空，我想约你出去玩。”

“不行，明天晚上我有约会。”

“我是说白天。”

“白天，玩什么？”

“我们可以租了脚踏车到郊外去玩。”

“我不会骑脚踏车。”

“那更好，我可以带你，从前我总是带着二姐到郊外去野餐的。”一说到他二姐，他和正云在一齐玩时的旧事一一兜上心来，心里就伤痛起来，脸上自然而然地显出一种寂寞的神情。苑若见他说得好好的，忽然又皱起眉来，就觉得自己把他拒绝得太多次，令他太难堪，心里不忍，就情不自禁地说：

“好吧，不过我要在六点钟以前赶回来的，不然我不去。”

“我答应在六点钟以前送你回来。”

第二天六点钟以前正明送苑若回公寓时，苑若的眼睛有一种异样的神采，说不出是喜悦，还是担忧。正明却是精神焕发，说话时一双眼睛奕奕有光地、有把握地向苑若扫来。

“我下星期五来看你，苑若。”

“不，我要静静地想一想，等我想好了，我会打电话找你来的。”

其实想也无用。事情的发生好像是在意料之外，实在也在意料之中的。和正明见了三次，三次都是自己对他迁就，对他依顺，而且三次都是她主动地要和他接近，纵使是自己无意，何况有意无意，连她自己都不知道。普城的中国男孩，除了叶群和正明以外，都殷勤地来邀她出去玩，小心地称赞她，仔细地选择合她心意的话题，她只觉得他们腻；有些美国孩子也来找她玩，他们放肆地挽她的手，在电影院里公开地用手臂环着她的肩，送她回公寓时想在暗处吻她的唇，她只觉得他们蛮。倒是正明既不谦恭又不野蛮的态度，令她有意无意间对他特别欣赏起来。但是她不曾料想，这种近乎长姊似的爱怜把他引入另一种感情，而当他将这种感情表达给她时，她竟然无法拒绝。

他的表达方式也来得出其不意的，苑若在他走了后，伏在沙发靠手上想到他今晨在野外对她说的一些话，就禁不住独自笑了起来。

"苑若，"他把眼睛看住了她，一本正经地说，"我到现在为止，从来没有和女孩子接近过，怎么去追求女孩，我不懂。你是聪明人，不难看出我对你的心事。你口口声声说我是小孩子，我现在告诉你，我并不是，你慢慢的就知道了。这几个月我天天想来看你，怕你不欢迎，所以我总是跑到图书馆去看你一次，看你坐在那儿工作，我才能安心回宿舍。苑若，我不会花言巧语，这些都是我心里的话，如果你觉得好笑，请告诉我，我也不会生气的，同时，你也要把你对我的心事告诉我，大家都不要兜圈子说话才好。"

苑若听了怔了半天，一时也想不出怎么样回答，半晌才勉强说："正明，你大概对我有点误会，我们不妨把事情分析一下……"

"我们学医的只知道分析病情，倒不知道怎么样去分析爱情。爱情是天然的，有了它不能把它分析得没有，没有它，也无从分析起，对不对？"

她没有回答，抬头遇到他的眼睛，她即使有千百种理由去证明他们之间没有爱情，在他的注视下也觉得无从说起了，何况她自己在这时也无法知道她对他是否有爱情。所以她又低下头去，以无言来回答他的问题。

野餐回来的时候，她坐在车座前的横杠上，上身微往后仰，靠在他结实的胸膛上，两人都没有说话。快到家时，正明打了一个寒噤，苑若抬头看他一下，他的唇无意中碰到了她的额角，她并没有立即把头掉开，她十分爱闻他身上略带发油味的气息……

当天晚上她回公寓，躺在床上痴想着白天的事，慢慢地就睡着了。梦中，她变成钓鱼竿上的细丝，在一个湖边飘着，有很多鱼在细丝旁游着，想衔住它，又不敢，想游开去，又不肯。突然一条庞大的鱼一口咬住了它往下拉，它就身不由己地沉下去，沉下去。醒来后，她回味寻思了半天，慢慢从枕头底下找出那方正明为她洗干净了的手绢，贴在脸上，含着笑又睡着了。

过了一星期，她打电话约正明来吃饭。

正明一进门就问道："苑若，你的手指好了没有？"

"早好了，你看。"苑若把手伸给他。

他拿她的手看了一下就贴到自己的脸上去，眼睛看住了苑若。苑若微笑着没有把手抽回，他就趁势扳过她的肩，两人相对在客厅里无声地站着。

半天，苑若说："这下你该安心念书了吧！"

正明像孩子似地憨笑一声，也不说话，轻轻咬着她的耳叶。

到了圣诞节左右，学校放假半个月，正明向家里推说功课忙，留在学校里。天气好时，带着苑若到康内琪湖上溜冰，苑若穿着窄裤管的红灯芯绒裤，套着一件宽大的毛线衣，腰上束了一条宽边皮带，脖子上围了一条红围巾，带了一顶洁白的羊毛雪帽。正明穿着套头的运动衫、黑裤，戴了一顶黑色的校帽，两人并肩在湖上轻俏地飘滑着，引得岸上的人不时朝他们看来。天气不好时，正明就到苑若公寓去看书，苑若一面织毛衣，一面陪他，小小的客厅里充满了甜蜜的静悄。

苑若的同室莎莉请他们俩到她家里去过圣诞，她的家在离普城廿余里的佛来明顿(Flemington)，也是一个小城。她家里只有一个老母和幼弟，正明、苑若和莎莉的男友但尼到了她家以后，就兴高采烈地把房子布置起来。苑若和正明合买了一棵小圣诞树送给莎莉的母亲，但尼就在树上挂满了各色的小灯，莎莉帮她母亲烤了火鸡，做了南瓜饼。吃了晚饭后，大家愉快地围坐在树下拆礼物，莎莉对每件礼物都尖声地赞美着、惊呼着。但尼送了她一个灵巧的首饰盒，她看了以后欢呼一声，也不顾忌她母亲，就抱着但尼的脖子吻个不停。苑若装着开礼物低着头不看，正明看见她微红的面颊，很想也去吻她一下，毕竟不敢造次，只好痴痴地瞅着她。

拆完礼物，他们四人就坐下来玩牌，莎莉的母亲和弟弟在旁边看了一会儿，就上楼去睡了。他们一走，莎莉和但尼就不肯继续再玩，两人缠在沙发上，呢呢细语，苑若坐不住，披了一件大衣就走出去了。

外面在飞雪，一片片，一丝丝，飘到脸上就变了水，像是一滴滴的泪；飘到苍绿的松枝上，就聚在一起，像是无数朵白色的小花；小花慢慢变成了大花，啪啪的连声掉在地上，花散了，平铺了一层白衣在地上，地上的白雪厚了，脚踩上去，寒寒的，软软的。踩着踩着，白雪上就留下一排她的足印。她的足印旁印着他的足印，两排足印蔓延到很远，在一棵枯了的梧桐树下，停住了。雪片片地飘拂到他们的头发上，把他们装饰得像一对头发上洒满了碎纸的新婚夫妇。她仰起脸去接受冰凉的雪花，以及他火热的唇，觉得自己也像雪花一样，飘飘然地在空中飞舞，旋转。

突然，远处教堂清澈的钟声，把她惊醒了，她睁开眼，推开他的唇，慢慢地把头偎在他胸前，无语。无语地，他们并肩走回去，教堂里送出来的，“安静的夜，圣洁的夜，”像一股银流似地洒在雪上，流到他们的心里，他们平静而又激动地握紧了手。一看见在雪中巍立的教堂，正明猛然忆起另一个现代化的、建筑在小池中的教堂，他二姐的婚礼，她的不幸的婚姻，她寂寞失常的生活。他觉得一阵难言的激动，先是大颗大颗的泪滚在冰凉的脸上，后来竟停下脚步，蒙着脸哭了起来。正云发疯时他不曾哭，此后每次看见她时他只有痛苦地咬过牙，却不曾流过一滴泪。但是今夜，今夜他太快乐了，他的快乐太满了，就不由自主地想起他太不快乐的姐姐，一时情绪纷杂，感触丛生，人就忽然变得很脆弱，一向郁积在心里的苦闷悲痛和今夜的兴奋混在一起，变成眼泪，向外涌流。

苑若惶惑地站在一旁，紧紧地靠着他，不知道怎么抚慰他才好，只得拿出手绢，移开他蒙在脸上的手，轻轻地去擦他的眼泪。

“不要哭，正明，我在这里。”

“苑若!”

“嗯，有什么话，只管对我说。正明，我们回去吧，过了午夜了，回去后告诉我什么事，好不好？告诉了我，你心里就会舒服的。”

莎莉他们已不在客厅，火炉还烧得红烈烈的。苑若进门后，帮正明脱了外套，让他坐在火炉前，倒了一杯热咖啡给他，替他脱去了套鞋，摸到他厚袜里的脚趾冰冷的，连忙自己脱了大衣，靠着他的腿坐在地毯上，轻轻地用手心去揉他的脚。

正明一口气把他家庭的情形和二姐不幸的婚姻告诉了她，但是他没有说正云神经失常的现况。他不忍心说，也说不出口，他只说正云是他最爱的姐姐，她的事给了他很大的打击。

“她现在住在家里吗？”

“唔。”

“你为什么不常回家去看她呢？你这一阵没有回家，她不会想念你吗？”

“她……苑若！”

“唔？”

“你是不是觉得我的家庭封建？如果是的话，你现在还是可以改变主意的！”

“改变什么主意？我本来有什么主意？你知道我原来的主意吗？”

“我们不要绕圈子，好不好？苑若，我是一个很孤独的人，为了二姐，我心里一直是苦得很，如果你再折磨我一下，我怕会受不了的。”

“好不害羞！又是威胁，又是乞怜，”苑若扑哧一笑说，“我怎么折磨你来了？”

“你……我不说，省得你又说我威胁你。”

“你如果讲得有理，我自然不说你。”

“你总是和这么多人出去玩，我不能天天陪你玩，更没有权利来禁止你和别人玩，但是我就常常为了这件事愁得念不下书，看样子我这个大考要失败了。”

苑若低着头拨弄着火炉不作声，隔了半天，她转头正色对正明说：“好，我答应你从现在起我不再和任何人出去玩了，你放心念书。现在我知道了你的家庭、你的背景及你的想法，我也不再把你当小孩子看待，和你玩捉迷藏的游戏了。只要你好好念书，我就一心一意等你。”

正明急忙把咖啡杯放在地上，双手捧着她的脸，眼睛乐得闪烁不定，问道：

“苑若，你是真的？你没有骗我？我值不值得你等呢？你如果肯等我，我发誓不会令你失望。”

“看你又孩子气了！”苑若扳下他的手，划着脸笑道，“我平白无故骗你做什么？等你是我心甘情愿的，又有什么值得不值得呢？又不是做买卖。”她顿了顿，柔声地加了一句：“正明，我答应等你是心甘情愿的，你放心去念书好了。你要念几年？”

“这是医预科的开始，还有三年半才念完医预医学院四年，实习一年，啊呀，有这么多年，我怎么能让你等！”

“也许……”苑若说了半句，煞住了，脸上一红，低下头又去玩火炉。

“也许我们可以先结婚，”正明沉吟地说，“但是我经济不能独立，你要住在我家里，和我大嫂一样，你会不会愿意？”

“为什么一定要和你家里人住在一起？我们另外住，我可以做事。”

“你负担家费？”

“怎么不可以？美国太太多半都是做事负担家用的。”

"我们中国人何必向他们看齐？也许我明年暑假可以转系，早一点拿一个学士，结了婚，先做几年事再说。"

"转系？转什么系？"

"我还没有想过，随便说说而已，也许转哲学，我对哲学很有兴趣。"

"算了吧，"苑若笑道，"出来只好替人家扫地，还想负担家用呢！"

"那倒不见得！不过我不想转，我对医科十分喜欢，在可能范围下，我一定不转，而且我父亲很希望我将来能做一个医生。再说吧，苑若，我想我们总有办法解决的，万一我们先结了婚自己住，我父亲也许会贴补我们一些，自从二姐……不说了。苑若，反正你已经答应等我，我目前专心去读书就是了，以后的事暂时不要去想它。"

"我相信我们会有办法解决的，回去睡吧！两点多了。"

过了圣诞不久，就是大考，正明果然考得不太好，但也勉强过去了。普大没有寒假，两个学期中只有一个周末给学生休息，连着就是第二学期。学期一开始，正明就发愤用功，无奈他总是不能像在没有碰到苑若前那样专心了，看着书，不是想他二姐，就是想苑若，不然就想怎么样提早结婚。想到他二姐他就颓丧无神，想到苑若他就兴奋激动，想到将来这两个字他又觉得毫无头绪；这样一来，念书的功效就大大减低。同时他还天天盼望周末到来，以便和苑若在一起，见到她，他更把书抛开了。所以第二学期开始不久，他的成绩已不如第一学期的好了。

至于苑若方面呢，自从圣诞节以后，她就拒绝男士们的邀请，不像从前那样，有约必去了。普城地方小，中国人圈子中，没多久，就知道正明和苑若的事。大家不免议论纷纭，多数的人都批评苑若傻，有现成的人不选，反而去等一个刚进大学、毫无经济基础的毛孩。有的人窃窃私议，指定她是看中了陆家的财势，说她并不是傻，而是厉害。从前对她有意思的男孩则愤愤不平，认为她没有眼光，正明长得又矮，脾气又怪，要念十来年才能拿到博士学位等等。正明在学校里，终日奔跑于宿舍和教室之间，当然听不到外面的闲言闲语，加上叶群天生不管闲事，更不肯随意批评，就是听见什么，也不会传给正明，苑若听到这些闲话也无可奈何，只能咬牙而已。她绝不向正明提，一意地等着，除了到俞家走动以外，总是在公寓里，周末就和正明在一起或是到郊外玩，或是在公寓里陪他看书，日子就在这份恬静的气氛中流去。

虽然他们的感情有增无减，但是正明的功课却日益退步。第二学期中，正明常常受到教授的警告。他又羞又急，又不敢让苑若或家里知道，脸上故作镇定，心里却苦得难以形容。到大考时，一点信心都没有，结果考得一败涂地。他的系主任把他找去问他失败的原因，他一句也答不上来。那位老教授见他不是一个糊涂人，倒开例要他暑假用功念书，准许他在暑假后再重考一次，如果再失败，就不能在医预科注册。

这些功课上失败的事，他一字也不敢向苑若和家里提。暑假一到，他就向他父母推说留在学校看参考书，没有回家，正好叶群也留在学校，三个人就常在一起玩。叶群为人识相，时常借故走开，让他们俩在一起，这样一来，苑若与正明几乎天天在一起，两人爱情又增加了不少。在第三者的叶群看来，他们的结合是毫无问题的，所以在陆家的晚宴上，他才敢大胆地开正明的玩笑。他没有想到正明一直没有把和苑若的事告诉家里的人。

七

车子一到普城，正明先把叶群送回宿舍，然后就飞也似地朝俞祥家开，因为他约好苑若在俞家等她的。所以当他一开进俞家的车道，走廊前的电灯就亮了，等他熄了引擎及车灯出来，苑若已站在廊前的石级上等他了。

“你再不回来我就要回公寓了，是不是今天路上很挤，正明？”苑若迎着他问道。

“路上倒还好，只是我们家吃饭晚了，对不起，苑若，我不该要你等的。”

“等都等了，还说废话，”苑若笑笑道，“我已经辞过了，你进去还了钥匙就出来吧！”

晚夏的夜已有凉意，路边的小黄菊送来一阵阵幽香。他们沿着学校右侧的华盛顿路走着，正明握着苑若的手，黑暗里皱着眉，快到娜索大街时，他突然说：

“苑若，你愿不愿到我家去过一个周末，我母亲很想看看你。”

“你把我们的事告诉她了？”

“嗯。”正明说，随着把席间叶群说的话大略讲了一下。

“你父母的态度怎么样？”

“看不出来，阿爸一句话也没有说，他心里的事我们从来都不知道的，姆妈要我带你去给她看看。”

“给她看看？我又不是三头六臂的怪人，有什么好看。”

“去不去由你，苑若，何必气呢？”

“当然去，我也想见见你的父母，其实你今天就该带我去的。”

“今天你去了也许不方便。”正明忙道，接着把家里请客的原因说了一个大概。

“真的？难道你四姐自己没有男朋友？”

“自从去年，阿爸把二姐的离婚手续一办清，姆妈就没有让四姐再上学了，她立定主意要亲自替四姐找一个门当户对的婚事，四姐平时最听姆妈的话，所以也没有反对。”

“结果怎么样？你看你四姐对那位先生的印象如何？”苑若问道。

“那我怎么知道？”正明毫不感兴趣地说。

苑若看他一眼，也不再作声，到了公寓门口，正明不待邀请，就跟着进去了。苑若转进卧室换了一双平底红缎绣花鞋，就到厨房拿了一大杯冰茶送到他的手里。她知道正明每次吃了中国饭就要喝杯冰茶的，所以很早就预备着了。正明接过茶，顺手一拉，苑若就跌坐在他身边。房里只开了一个淡绿色的台灯，淡淡地洒着一片安详的绿光，特别柔静。

“正明，你是不是有什么事瞒着我？”苑若一面把发髻解下来，一面问道。

“关于四姐的？”正明稚气地笑笑反问道，“我不好把自己的猜测随便告诉你，并不是想瞒你，我想她也许……”

“不是关于你四姐的。”

“关于二姐的，是不是？”

“不是，关于你自己的。”

“我自己？我自己的事都在这一年里前前后后告诉过你，你不是不知道。”

“俞祥今天告诉我，你第二学期大考完全失败，你并没有告诉过我，有没有？”

“啊！”

“正明，你没有考好我不怪你，但是你为什么要瞒着我呢？你这样多苦。”

“俞先生怎么知道的？”

“你们系主任亲口告诉他的。正明，我们先不管他怎么知道的，我现在只要你把详细情形告诉我，我们可以商量一下。”

“有什么好告诉你的，反正是我自己太丢人就是了。”他把茶杯放在沙发旁的茶几上，人往前倾着，用臂弯支着腿，两手插入头发，紧紧地捧着头，讲话的声调重浊得犹如一个老人，“我愈是想为你争气，愈念不好书，做实验或上课时，多半是在想怎么样能早一点和你结婚等等，结果就把功课弄得一团糟，唉！总之，是我没有出息。这件事并不想瞒你，而是我一直没有勇气和你讲就是了，看情形我下学期也许没有资格留在普大了。”

“怎么会严重到这样？”苑若大吃一惊说。

“系主任特别宽容让我暑假后补考一次，成绩好的话照升到二年级，但是这一个暑假我不曾好好准备，要我拿什么去考呢？我自己都不敢想考坏了以后怎么办。我恨起来真想把心一横不要念什么鬼书，什么学位、文凭、博士，有什么稀奇，我父亲连中学都没有进过还不是过得比哪一个都舒服！他也不至于不肯养我一辈子！”

苑若听了，心里一呆，不但头发没有梳通，反而连拉带拔扯了一大把下来。她索性让梳子一掉，就赌气不梳，把头靠在沙发背上，蓬松的一头黑发散在樱红色的沙发套上，衬得一张静俏倩嫩的脸十分苍白。正明听她半晌不作声，回头一看，见她的神情活像正云，倒吓了一跳，忙说：

“苑若，我们现在既没宣布订婚，又没有特别向人表示，你还是自由的，我不要你为了我而受委屈。”说着，就在她额上轻轻吻了一下，“我早就想对你说我是不配你等的。”

苑若也不说话，侧过头装着找梳子，眼睛揉了一下，强笑着说：“在一起快一年，你还没有知道我的心，叫我有什么办法呢！”

“我知道你的，苑若，就是因为我知道你，我才不敢把大考的事告诉你。”

“算了，如果你知道我的心，你也不会说配得上配不上的话了。”苑若叹口气说，“我说你孩子气，你还不肯承认。”

正明默然。

“我倒有两个建议，不知道你赞成不赞成。”苑若沉吟了半晌说。

“你说出来听听。”

“第一，你可以转到别的学校去，念医预科，如果你家里不赞成，由我做事来负担你的学费。”

正明苦笑一声，摇了摇头。

“第二，我们现在就结婚，结了婚我们都做事，不要孩子，积点钱你再去念书。”

“为什么要现在就结婚？”

“因为我觉得结婚也许能使你定下心来，当然，我们生活会苦一点。但是你如果能专心念书，苦几年也无所谓的。”

“不行，苑若，结婚至少要等我大学毕业。我知道很多美国太太因为她们的丈夫要念学位，日夜啃书，结果一点家庭生活都没有，多数太太还出去做事负担家用。我不要你和她们一样，我们要结婚，就要一个正常的家庭生活。”

“但是不结婚你总是不能专心念书，倒不如先结婚。”

正明一冲动，就把苑若拥过来偎着自己：“你为什么专门为我着想而牺牲自己呢？苑若，我不要你这样做，我发誓从今以后专心念书就是了。”说着，就憨气地用下巴去擦苑若的脸颊，他刚长出来不久的短须刺得她又痛又痒。

“看你，”苑若笑着把脸躲开说，“动不动就发誓，去年我刚和你好时，你也发誓赌咒地说要专心念书，结果念得一团糟，好意思。”

“也不是一团糟，我就是把理科的几门念坏了，几门选修的文学院的课倒是在七十分以上，啊，对了！”

“什么？”

“我可以转到文学院去，省得补考，你赞成不？”

“先别问我，先问问你自己及你的家庭。”苑若不在意地说。

“我自己无所谓，家里也管不了这么多，主要的是你。”正明一本正经地说。

“你真的要转？”苑若见他不是开玩笑，也连忙认真起来。

“当然是真的，转入文科还可以早一点得学位，早一点出来做事，岂不是好。”

“话当然对，就怕一个文学学士出来做事赚的钱还不够养家，不像一个医生，挂了牌，生活就可以过得舒舒服服的。”

正明没有想到她那么现实，不觉呆了一下，勉强说：

“那倒不尽然，文学院的学生出来也有赚大钱的，这完全看个人的志向如何，念医的并不见得就是为了能赚钱。”

苑若见他有点不乐，忙换了话题说：

“你如果真的转系，预备转什么？”

“哲学。”

“不要开玩笑。”

“真的，我一向很喜欢哲学的。”

“这一转不是转得太远了吗？你怎么跟得上呢？再说，哲学也不是容易念的。”

“我专修中国哲学好了，我一向很欣赏老庄的学说，念起来想不会太难。”

“哟，倒看不出你年纪轻轻的把世事看得这么淡。”苑若打趣他道，“我一向觉得念哲学的人免不了有点疯疯癫癫的。你真要念哲学的话，我倒真要重新考虑一下我们之间的关系。”

“苑若，我说过的，在我们结婚以前，你是绝对自由的，你随时随地可以对我说，我不会勉强你的。”

“好了，又皱眉了，”苑若笑道，“人家念哲学的多少有点幽默感，怎么你连开玩笑都不懂呢？”

“这是你的终身大事，怎么好随便开玩笑。”

“说起终身大事，我倒想起来了，你刚刚说你猜想你四姐怎么样？”

“你不把我心里所有的事都挖出来也不肯罢休的。”正明轻拧了她脸颊一下道，“我猜想四姐对叶群很有意思。”

“当真？”苑若兴奋地说，“说老实话，叶群倒是很不错的。书念得好，又长得秀气。他对你四姐有没有兴趣，据你看来？”

正明先不说话，扳过苑若的脸正色说：“你也觉得他不错？”

苑若睨了他一眼，半喜半怒道：“怪不得你不能专心念书呢！原来这样多心的。”说着伸手在他脸上划了一下，“他的确很不错，就是没有你皮厚，会死皮赖脸的。”

“美国同学叫他奶油蛋糕，他是太斯文了点，对不对？”

“还是斯文点好，不然陆家四小姐怎么会看上他呢？”

“四姐是在做白日梦，叶群才不会理她的。”

“那倒不一定，只要功夫深……”苑若抿嘴一笑就不往下说了。

“哦，有了。”

“什么事？”

“我下星期带你回家，把叶群也邀去，让你欣赏一下我四姐的功夫。”正明顽皮地说。

“你四姐的功夫我在民立时早已领教过的，不过邀叶群一起去倒是一个好主意，可以壮壮我的胆。我天生怕见老一辈的人。”说着瞟了正明一眼，“你也不用看你四姐的戏，万一父母不许你和我在一起，你四姐才有好戏看呢！”

正明沉吟不语。

“你真的打算和你父亲谈转系的事？”

“当然真的。”

苑若想了一下说：“你为什么不先去补考了再说呢，如果你补考及格，不是什么事都没有了吗？如果你先对你父亲说了转系的事，他不答应的话，反而把事情弄糟，他也许因此而不赞成我们结婚。”

“我当然要去补考的，但我也要把转系的事预先告诉他，免得事后他怪我不和他商量。至于我们结婚的事，他们没有理由不赞成，像你这样的人才……”

“先说正经，后开玩笑行不行？”苑若板着脸说。

“好，好，我说他们不会不赞成我们结婚的事，但也许他们不要我早结婚，我父亲也许会坚持等我得了学位再结婚，他为人很古怪的。”

“你的母亲呢？也许她可以帮你说。”

“唉！”正明不由得叹了一口气说，“算了吧，我不想说了，你看到了她就会知道她是一个什么样的母亲了。”

“好，不谈，不谈，”苑若见他又皱眉就不忍往下说，“好了，你也该回宿舍了，太晚了，叶群会以为你车子出了事呢。回去吧，我明天还要起早上班呢！”

第二个周末，苑若向莎莉借了车，正明带着叶群和苑若，开着车向长岛出发。他事先已打电话给他大嫂，请她多预备点饭菜，又请她在正芳的房里添一张床给苑若，在大书房里添一张帆布床给叶群，并且请她转告他父母，他带朋友回家度周末的消息。

他们是星期五下午苑若下班后出发的，到长岛时已近八时了，夏日天长，到陆家时刚近薄暮。陆老夫妇因为他们是年轻人，故在起坐间接见他们。那天苑若穿一件宝蓝色、印着白色碎花的绸旗袍，因为正明不比她高多少，她特意穿了一双白色镂花的平底皮鞋，耳上戴了一副宝蓝色的耳环，脸上未施脂粉，只是嘴上涂了一层薄薄的唇膏，自是俏丽文静，把站在陆太太身后的正芳，衬得灰暗无色。

苑若见过陆老夫妇后，就大方地在一张矮藤椅上坐下，微笑着向正芳说：“你这一向好吗？我在民立时比你高一班，你大概不记得我了？”

“啊！”正芳睁着她的小眼睛叫道：“你是……你不是绰号叫简单吗？怪不得我觉得你面熟得很呢！姆妈，你看巧不巧，我们原来是中学同学！”

“那派你招待简小姐好了。”陆太太说，“阿明可以先陪叶家少爷到楼上去休息一下。”

“我带叶群上去好了，”正芳急忙说，“阿明也许要和简单在一起。”

“阿芳，不要花样多。你带简小姐先到我房里洗洗脸去，就要开饭了，你还要到厨房去帮你大嫂端菜什么的，今天阿芬不在家，你大嫂一人也忙不过来，听见没有？”

正芳向叶群盯一眼，就领着苑若进她母亲的房里。叶群对正明摇摇头表示不要休息，仍旧注意地听着陆志聪谈他的进出口生意经，正明就溜上楼去看他的二姐。正云刚用完晚饭，闭着眼在休息，正明不敢惊醒她，只悄声问了看护关于他二姐最近的病情。

“总是这样，”看护小声答道，“有时很好，有时很坏。昨天医生来看她，对你父亲说也许有好转的希望，只要不再使病人有其他的刺激，她需要安静。”

正明听说正云的病有好转的希望，心里轻松了不少，晚饭时脸上就很开朗，眉也不皱了，眼睛光芒四射，十分有神，苑若见他高兴，也是笑意盈盈，尽量找好听的话去博取她的邻座陆老太太的好感。正芳见了叶群更是眉开眼笑，说不出来的兴奋。陆老夫妇见子女们都喜气洋洋，和往日的阴沉气氛完全不同，也就不愿板着脸扫众人的兴，所以这一顿饭吃得很融洽。陆太太在席间不时盘问苑若的家世来历，苑若一一小心对答。陆老太太对她就颇有点好感，同时见她端庄老到，一点也不妖媚，更不厌憎她，又见她年纪轻轻的，梳了一个利落不乱的圆髻，不禁心里赞许。吃了饭，一定要她进入自己的房里，教正芳怎么梳，以便正芳日后好替她自己梳。正芳一肚子不愿意，却又不敢违拗她母亲，只好抛下叶群跟进房去。

男的都回到起坐间喝茶，由文英一人收拾残碟。正明趁叶群和正刚谈得起劲，就向他父亲提出转系的事。

“转系？为什么好好地读了一年医，忽然要转起系来？”

“阿爸，你不知道，我们外国人在这里学医的没有多少出路，你想，好的医学院多半只收他们美国人，杂色人想进去的机会很少。进差一点的医学院，以后出来了又进不了好的医院。就是有钱自己挂牌也不见得有什么生意，美国人当然找他们本国医生看，不会巴巴地来请教一个黄皮肤的医生。中国人呢，十有九个住在美国的中国人都喜欢找外国医生，所以我想来想去，还是趁早转系的好。”

陆志聪一想，觉得正明的话不是没有道理，他自己的私人医生就是一个德国人，长岛有几个中国医生，但是他从来没有去请教过他们。

“转系我不反对，但是为什么要读哲学？”他猛力抽了口烟说。

“念哲学将来的出路多半是教书，我很喜欢教书，虽然钱赚得不多，但是很清闲，而且念哲学不至于会像念理工的那样忙，我也许可以一面念书，一面做点事。”

“做点事？”

“嗯，阿爸，我想做点事可以减轻你的负担，同时，……同时我自己就可以有能力养家，我想早点结婚，苑若已经同意了。”

“只要她同意就够了，是不是？父母的意见你可以置之不理的，是不是？”

“当然不是，这只是我们的计划而已，当然一切要先得到你们的允许才可以实行。”正明嗫嚅地说。

“转系的事，我由你，结婚的事，你由我。你现在只管去读书，读出一个名堂来再谈结婚也不晚。简小姐愿意等你最好，不愿意的话，我陆家不怕找不到一房媳妇。我做事一向按部就班，现在阿四的事还没有着落，你就不用急，先读一个博士给我陆家增点门楣。”

“不过，阿爸，一个博士起码要好几年，人家就是肯等，我也不忍心。再说，三哥不是比二姐先结婚的吗？”

“不要向我提起这个孽障，”陆老把烟蒂啪的一下丢在痰罐里，竖着额道，“你如果要跟他学，趁早也给我出去！”陆志聪一想起正强来就气，一气就不能控制自己的声音，他的声音一提高，房里别的声音都低下去了。正刚和叶群窘迫地看着彼此，话也不敢说，正明咬着唇看着自己的鞋尖，苑若在走廊对面陆太太的房里，早已把陆老最后的一段话听在耳朵里，心里一慌，手里的梳子就掉在地上。陆太太一面扒着耳朵，一面盯着苑若，脸上原来的一层笑意，就慢慢地淡了。苑若弯了腰去拾梳子，脸上红一阵、白一阵，竟抬不起头来。正芳不知道是同情她，还是向她讨好，竟接过她手里的梳子，亲热地说：

"来，我带你去看看阿爸的书房，那里有几张中国画，很名贵的，我相信你以前没有看见过。"苑若搭讪地向陆太太告了辞，跟着正芳走出房门，那晚她很早就跟正芳回房睡了。

第二天清晨，她醒来时正芳已不在房内，她急忙起身梳洗完走出房来。隔壁大书房门开着，墙上的钟已指在九点半，她知道自己因昨夜失眠，拂晓时才睡着，睡过了时，就疾步沿着走廊到楼梯旁。正待下楼，只听见一阵令人皮肤起皱的笑声从扶梯旁的房间里传来，她不由自主地缩回脚，向那个房门探头望去，还没有看到室内的人，却听见那个笑声连连说：

"好，好。这一下我捉住你了，这一下我再也不放你走了，哈哈，这一下你逃不掉了。"

苑若把头再伸远一点，只见一个长发散飞的女人坐在床上，双手紧紧攫住一个大相框，独自狂笑谈话。她的半个脸掩在头发里，依稀可以看到她椭圆的脸形，大而黑的眼睛，以及一副小巧的牙，眼珠子无神地看着四方，无色的唇在两角有点往下垮，一种无助的神情。苑若看了她半天，正要决定她是否就是正明的二姐时，那个女的却一眼看见了她，就突然停了笑，只是目不转睛地盯着苑若。看了半天，把头发向后一摔，就微笑着向苑若招手，苑若看她笑的样子活像正明，就断定她是他二姐无疑，连忙走进去，一直走到她床前。正欲打招呼时，不想那女的一手把相框丢开，一手揪着她的胳膊往自己怀里拉，脸上露着一种奇怪的笑，刺声道：

"好，我终于把你抓住了，你这个小妖精，你把迪克霸占了这么久，还敢来看我！你不要脸的女人，你为什么单单要迪克！你明明知道他是我的，你偏偏要把他抢去！好！好！现在我非把你治死不可，你死了迪克就会回来。哼！我看你还逃得了！"

一面说，一面死命地拧着苑若的肉。苑若做梦也不会想到正明的二姐竟是一个疯子。心里又是惊，又是怕，又是怒，却又不敢叫，就用劲去扳正云的手指。正云养着十个又尖又长的指甲，如今深深地掐入苑若的肉里，苑若扳开一下，另一个又掐进去，痛得难忍，不但不敢声张，还怕有人来撞见她的窘态，急得眼泪都流出来了。正云眼露狞笑，只管揪她，拧她，掐她的肉，最后趁苑若不备，竟猛力在她手臂上咬了一口。苑若痛得两眼发黑，也就不顾死活，一头撞过去，正云一惊，就松了手，苑若劈手一掌打在正云左颊上，打得她伏在床上，只顾喘气。苑若呆了一呆，拔脚就跑，正好和匆匆进来的人撞了一个满怀。

"你怎么啦，苑若？你怎么会跑到这里来？啊呀！血，看，你的手臂在流血……"

苑若一头埋在他胸前，只觉得无尽的委屈，又无从说起，含着泪，用手向床上一指，就把头转开了。

"啊！二姐！"正明把苑若扶在摇椅上坐下，连忙跑到正云床前，"二姐，你怎么啦，二姐，看我，我是阿明，我回家来看你。"

正云只是软弱地伏在床上，头发披散了一脸，眼睛溜溜地穿过发丝向正明看，又向苑若看，然后又看着正明。

“二姐，你好不好！怎么不说话呢？来，我来扶你坐起来，你看，我带了一位小姐来看你了，”他一面小心地扶着正云坐起来，一面指着满脸不高兴的苑若说：“你坐起来，二姐，我给你们介绍。”

正云坐正了，正明搬过枕头来把她的头放好，把她的散发轻轻推开，就坐在床沿上，拉着她的手说：

“二姐……”

“呵，阿明，阿，阿明，你来了？你为什么不早一点来看我？”正云一把抱住正明，把脸藏在他脖间，大哭道，“你好久都没有来看我，阿明，你不知道，你不知道……我……我……她是什么人？”

“她是我的朋友，二姐，也是你的朋友，你不要哭，听我讲，我们不久就要结婚了。”正明一面像哄小孩似地拍着她的肩，一面轻声说，“二姐，你听了很高兴是不是？她待我很好的，和你待我一样好，二姐。”他向苑若招招手，要她过去，“你看，二姐，这就是她，她叫简苑若。”

正云抬起头来，看看正明，又疑惑地看看苑若，然后缓慢地放开正明，软弱地靠在床架上，闭着眼。这时看护从厨房回来，端了一大碗鸡汤，正明也不及向她细说，就要她替苑若把臂上的伤口洗净扎好，他自己站在一边看着，用手臂绕着苑若的腰，又抱歉又爱怜地在她耳朵里说：

“请你原谅我没有把她的病情告诉你，也请你原谅二姐。苑若，她太可怜了，如果是正常的话，她连一只蚂蚁都不愿随便伤害的。”

说着，也顾不得看护，就把唇贴在苑若润湿的脸颊上，苑若只是垂着脖子看着自己的伤口，也不说话，也不躲闪。

伤口包好后，正明回头一看，见正云正睁着眼看着他和苑若，一见他回头，就向他招招手。正明牵着苑若走过去，自己坐在床沿上，让苑若靠在自己的身上。

“阿明，你来啦，什么时候来的，这位是？”

“我是昨晚回来的，上楼来看你，你已经睡了，这位是简苑若，她是我的女朋友，我们不久就要结婚了。”

正云抬起手想来拉苑若，苑若连忙退避不迭地躲开。

“不要紧的。苑若，我在这里。”

苑若这才把手伸出来，正云拉着她的手，微笑地端详着，她那神情和常人一样。

“简苑若，顶秀气的名字，你今年几岁了？”

“二十四。”

“啊！那你比我小一岁，那你一定会待正明很好的，阿明！那真好，你们今年结婚最好，结了婚好好照顾我的弟弟呵！”

苑若见她那副柔弱无力的样子及和婉的谈吐，和刚刚的凶狠模样一比，简直是两个人，不由得起了一种怜悯之心，而把一肚子的怨气消了。

“阿明，你爱不爱我？”

“二姐，你知道我一直是爱你的。”

“那你就听我的话好不好？”

“什么话？”

“你结了婚，不要把她放在家里，把她带到外面去住，外面……”她转过头，不胜眷恋似地看着窗外说，“外面的世界又光明又宽大，你千万不要把她带到这个笼子里来，笼子里的鸟迟早要被闷死的，像我这样。”

“二姐。”

“我知道，阿明，我知道我还没有死，但是快了，我快了！”说着她就凄凉地咽泣起来，“不过，”她接着说，勉强把泪忍了回去，“不过，我要等你结了婚才走，别的人我不在乎，我要看你快乐地结了婚才会安心，你明白吗，阿明？”

忽然，正明像孩子似的，伏在正云的身上，失声痛哭起来。

“不要哭，阿明，不要哭，你看简小姐也哭了，你看你二姐也快哭了，快不要哭，阿明，眼泪是天下最冷的东西，不要让它流下来。”她痛惜地抚摸着他的头，喃喃地说，“你记得吗？阿明，小的时候我带你去溜冰，你那时不会溜，摔了好几跤，有一跤摔得很厉害，你就坐在地上哭，我说，阿明，不要哭，眼泪流在冰上，冰更滑，更不好溜了，你听了立即不哭了，记得吗？你一向最肯听我的话，好，不哭了，听二姐的话。”

正明果然止了哭，抬起头来，任苑若帮他擦干眼泪。

“你什么事都记得，二姐。”

“怎么不记得？记得太多了，反而把我的头都记昏了。”正云叹了一口气说，“我走了以后，阿明，别人记不得我，你一定会记得我的，会不会？”

“二姐，你不会，不会走的，你马上会好起来的，你现在已经很好了，等你全好了我带你出去玩。”

“好了，当然快好了。”正云幽幽地说，“我一看见查理就会好的，我快要看见他了。可惜我看不见迪克了，可怜的迪克！阿明，你看见他时一定要告诉他我很好，他如果知道我不好，他会难过的，噢，简小姐，你看见过迪克吗？没有？你一定看见过他的，他有一双灰眼睛。”她拿起床头的短袄，抚摸着它的灰兔毛道：“和这个一样的灰眼睛，唉！是我自己没有福气，我为什么当初不跟他走呢？你以后一定跟着正明走呵，不要分别，不要怕别人不高兴，别人多半不会为你打算的。”

“二姐，你喝点鸡汤，都快冷了，看护不在，我来喂你，苑若该下楼去了，阿爸他们……”

“不要去，不要叫她去，我喜欢她，我要她在这里陪我，阿爸不会要她的。”

“她下去吃点东西再上来陪你好了，二姐，你需要休息一下。”

“休息，休息，哈哈！”正云突然又尖声笑了起来，笑得眼泪流满了一脸，“每个人都要我休息，休息，真奇怪，我又没有在做苦工，有什么好休息的？哈哈，你去吧，我要休息了，但愿我的心也能休息，它为什么要跳呢？跳呀跳的，日夜不停，我有时候真想用一块布和一条绳把它包起来，丢到窗外去，省得它跳个不停！去，你去，去拿一条绳子来，还有你，你也去，去拿一块布来，你是什么人，向我瞪着眼，去，你们都去，我不要看你们，我不要人家向我瞪着眼，快去。”

正好看护回房来，正明把鸡汤给了她，向苑若使了一个眼色，两人就一先一后下了楼。楼下的人都早已听到苑若的手臂被正云咬伤的消息，陆志聪不但对苑若没有歉意，反而暗怪她不知轻重，乱闯入正云的房间，所以一看见她就满脸不高兴，苑若向他道早安时，他只是淡然地点了一下头。陆太太见了她，先不理会，却回头骂正芳道：

“你一早野到什么地方去了？让客人乱跑，跑到不该去的地方！笑，还有脸笑呢？你可是有点羞耻没有？做错了事还有脸笑！从现在起好好陪着简小姐，一清早乱跑乱走的，这样大的女孩子竟是一点家规都没有！”

苑若下楼时脸上含着笑，被陆太太这样指桑骂槐地数说一阵，竟是笑又不是，不笑又显得多心，脸上气得一阵发紫，站在一边说不出话来。正芳倒还是若无其事地笑着。原来正明和叶群一清早就到邻近的公园去打网球，正芳有心，也起得早，死赖皮似地跟着他们去，又轻贱地抢着帮他们拾球，一面向叶群挤眉弄眼地忙个不停。回家时又趁机逼叶群请她到普城去看足球比赛，叶群碍于面子，只好答应了，所以正芳回家以后特别活泼，她母亲骂她也不在乎，反正她知道骂的实在不是她。但是最后她母亲要她陪着苑若，有点令她扫兴，因为她打算吃了中饭找叶群陪她去看电影的，这样一来，竟是不能实行她的计划了，心里对苑若就有一点恨意，却又怕她在叶群面前说自己的坏话，只好打起精神来陪着苑若在大书房里消磨一个上午。

这天下午，正刚一番好意，带着正明、叶群到他纽约的办事处去玩，正芳满心想跟去，就拉着苑若同去，苑若因为想给陆老俩一个好印象，一面还想上楼探望正云，推说不舒服不肯去，正芳一气，就冲到她母亲房里去弄舌，把苑若撇在起坐间里，由文英陪着她。文英一天说不到三句话，生人面前尤其是腼腆不安。苑若见她从早到晚，忙得马不停蹄，又一味地贤淑少言，倒对她很有好感，就逗着她说话。文英在苑若的举动中，早已看出她不是那种轻佻浮躁的女孩，也肯放开心和她攀谈，两人一问一答，倒把一个下午很快地打发过去了。

“啊，”文英看了一眼壁上的钟叫了一声，“这么快，都四点半了，我该到厨房去了，简小姐，你宽坐，我不能陪你了。”

“没关系，我也想上楼看看正云小姐。”

“啊，”文英又低叫了一声，指指她的手臂。

“不要紧的，她现在不会了，正明已经把我介绍给她了。她认识我。我去看看她去。”

“啊，那很好，她真可怜，一年前，她还是鲜花似的呢！家里几位小姑就算她好。”她走近苑若身旁悄声说，“闲时总到厨房来帮帮忙，大嫂长大嫂短的，从来没有把我当外人看。可怜哪，现在她见了我，有时认识，叫声大嫂就拉着我的手不肯放，有时不认识，只朝我痴笑，那个笑啊，看了才令人心痛呢！”

苑若听了默然。等文英进厨房她才慢步上楼，走进正云的房里。她正笑吟吟地看着天花板，苑若壮着胆坐在她床沿，正云倒还认识她，就和她谈正明，谈累了，苑若扶着她躺平了，她趁势拉着苑若的手道：

“简小姐，阿明有了你就好了，他有一个牛脾气，有时拗不过他，你多少依他一点，他的心是很好的，他有了你我也放了心。”

苑若见她这样清醒，又这样诚恳，很为感激，对她前嫌尽除，连忙点头说：

“我知道的，你好好躺一下，我以后有空会来看你的。”

“真的？”正云问道，两眼探索似地看着苑若，“你不怕我吗？他们说，有人说我是疯子呢！”

“不会的，你听错了，我当然要来看你的。”

“一定呵！你一定要来的呵！哦，把正明也带来，一定要来的呵！”

第二天回普城的路上，苑若坐在汽车里，耳朵里没有别的声音，只有正云迫切的企盼的声音：“一定呵，你一定要来看我的呵。”她把头靠在椅背上，闭着眼，想象着正云晶莹的、含怨的却常常无神的瞳子，她苍白的颊、细长的无血的手指，她清醒时那种委婉动人的神态。如果有一天，她真的和正明结了婚，她要把正云接到家里来，她相信正云一出那个古怪无情的家，她的病就会好的。“家”，她一想起那个家，陆志聪阴沉的眉、陆太太尖辣的鼻、文英不愉快的沉默、正芳刁黠的眼角，都连串地在她眼前转，转得她几乎窒息了。一个周末，她见得太多，也更了解正明的处境，立意要爱护他，像他二姐那样爱护他。这个年轻的孩子受了不少委屈，她绝对不能令他受到别的打击了，不然，她不但对不起他，更对不起正云，那个可怜的病人。

八

苑若他们从长岛回来的第二个礼拜，普大秋季期开学了。普城是大学城，普大就是小城的生命，一个暑假整个城犹如一个沙漠，又燥热又静寂，如今，随着年轻孩子们的脚步声，小城苏醒了，各处充满了活生生的气氛，娜索大街的两旁停满了车。一年级的新生多半是由家里人送来的，做父母兄长的帮着他们把行李书籍送到宿舍，帮他们整理安排好，又带着他们上街买日用品，一面喋喋不休地叮嘱他们小心起居饮食等等。二年级以上的学生多半成群结队而来，在街上闲散地游荡着，有说有笑，空气里飞转着他们年轻的声音，引得坐在街边等公共汽车的老年人也挺起背来，脸上有点笑意，不像往日那种昏昏欲睡的神情。

开学的第二天，正明就到系里把上学期考坏了的功课补考了，静待消息。两天后他的系主任把他找去，对他说几门课都考及格，但是分数不高，系里可以留他试读半学期，如期半考的成绩不好的话，他就要被无情地淘汰了。正明听了，连声答应着他会好好用功的，心里高兴得什么似的，一出系主任的房门，就飞步跑到图书馆，一见苑若，连忙弯了两个手指表示他已经及格，苑若笑笑，送他一个飞吻，正明才兴冲冲地回宿舍。

上课不久，常春藤盟校的校际球赛节就开始了。这一天正明正在宿舍里啃书，叶群从外面跑进来说：

“陆，你四姐来了一封信。”

“写给我的？”

“写给我的。”

“那你何必和我说，我没有兴趣看别人的信。”正明忍不住笑了。

“她让我请她来看下星期六的足球赛，可是我……”

“你不是答应过她的吗？”

“我是答应了她的，可是我没想到她真的想来。”叶群红着脸争辩道。

“你现在预备怎么办呢？你不想请她，对不对？”

“嗯，那倒也不是，”叶群被他说破心事，脸就红了，“这样好了，我请你们一家人来看，你得想办法把他们接来，怎么样？”

“何苦呢？花那么多钱，我父母亲也不会有多大兴趣，你就告诉四姐说你忙，不能请她就是了。”

“嗯，那不太好，我也该请请陆老伯他们，我到你府上打搅了这么多次，”叶群小心地说，“陆，你合作一点儿，好不好？”

正明沉吟半晌，才慢吞吞地说：“你如果坚持这样做，我当然可以去接他们来。我们和哪一校赛？”

“耶鲁，”叶群说，“就是因为跟耶鲁，我更不能单独带你四姐一人来看，万一碰上那个姓曲的也在看球，多别扭。”

“怎会这样巧，这么大一个球场，谁也看不见谁。”正明大笑一声说。

“那可说不准儿，我可不敢冒这个险，何况我对你四姐并没有什么意思，陆，帮帮忙，行不行？除非你下星期六有事。”

“事情倒没有，不过我和苑若约好一起到野外去玩的，我们现在只有周末才在一起，你知道的。”

“那还不简单，把她带着就是了，她反正见过你父母的。”

“我去问问她去，你只管写信给四姐好了。”

苑若不肯和陆家人一起去看球，因为她怕见他们，那个周末，她在陆家不但没有得到一点人情的温暖，反而受了凌辱，她觉得没有再讨好他们的必要。只要她和正明的主意拿定，她不怕他的家庭能破坏他们之间的感情的，所以她立意不肯去。

“球赛完，你是不是跟他们回长岛？”

“不，我想要大哥开家里的车子来，这样我可以不必送他们回去。”

“那么我就在家里等你，我做晚饭给你吃。你好像瘦了点，是不是太用功了？功课怎么样？还赶得上吗？”

“没有想象的容易，但是我想总可以跟得上的。你决定不去?”

“不去，你知道我对足球没有很大兴趣，你不在乎吧?”

“不，”他失望地笑了笑，“我是不得不去就是了，如果你去了，我至少可以开心一点，有个人谈谈话，我和家里的人，除了二姐，是说不上几句话的。”

“又孩子气了，上次我们一起去看球，你一双眼睛好像在球场上生了根，我怎么和你说话你都不睬，你难道忘了?”苑若逗他道。

正明不好意思地拧了她一下脸颊，笑着跑了。

春天的普城犹如一个浓妆的乡下姑娘，一身充满了天真而俗艳的喜气。粉色的玉兰、浅红的桃花、洁白的山茱萸，亭亭地开遍在火车站边、学生的宿舍旁、网球场的外围，紫色的丁香花小巧玲珑地依在图书馆的高墙脚，沿着爱侣巷及幽雅的住宅区墨索路，绿芽吐新，衬出缎红、鹅黄的郁金香。整个城是一片彩色，有点令人眩目似的鲜艳。秋天的普城却像一个姿态优雅、神情娴婉的淡妆少妇，给人一种“恰到好处”的舒适之感。细致的、娇小的日本枫叶转红了，一种深湛隐秘的深红，在微带凉意的秋风里端庄地点着头，似在招引，似在推却。白色的菊花伸出纤指，在金色的阳光里细诉往事，似在感叹，似在庆幸。康内琪湖边的柳条将黄未黄，轻轻地嫉妒地鞭打着未曾老去的湖水，湖面比春天时沉静多了，没有春天的小舟，没有冬天的冰鞋，只有细细的流水。娜索大街两侧高大的橡树在风中索索抖着，时时飘下片片转黄的落叶。校园里落了满地槐树的叶子，黄澄澄的，及红洒洒的枫叶，长尾的松鼠矫捷地在它们上面掠过，落叶痛苦地呻吟着。人来时，小松鼠嗖的一声爬上树干，恶狠狠地扭着身，又抖落了无数片叶子，叶子飘到地上轻轻一声，好似高楼上怨妇的微喟。靠近韦根斯路的墓地，有许多槐树与赤杨，如今都已老去，碎叶一片黄，洒在白色的墓碑上，远看犹如未曾烧焚的金纸，在薄暮里闪着最后的一丝生命之光。黄昏时的秋风不像春风那样催人入眠，也不像夏天午后的风那么恶毒，而是一种淡淡的、爽心的微拂，和落叶一起飘来。这就是普城的秋天；它像一个对富贵荣华已看透了的女人，一个沉静、委婉、善解人意的徐娘，老年人爱它的委婉，青年人爱它的善解人意，女人们爱它，是因为它不再是红颜如花。

球赛节时，普城充满了人，青年人来看球，也来看彼此；男孩子来看女孩子，女孩子来被看；中年人来看球，也来看小城；老人来看球，也来看小城秋色。老太婆们披了狐皮，中年太太背了海勃龙大衣，年轻的女孩子们多数来自贵族化的学校史密斯·瑞德克利（Radcliffe）等，有的穿着齐膝黑呢的百慕达短裤，长至膝盖下的黑厚袜，颈间围着橘色的丝巾，上身是紧身的套头毛衣，托出她们圆美的胸部或假乳，丝巾的末梢就在那上面轻舞，似在为它们的主人向男孩招手似的；有的穿着西装窄裙，裙里的臀部像赌气似地努出来，在无人的地方她们随意走着，有人的地方，或是路人对她们看时，她们把肚子缩进去，胸部挺出来，臀部高翘，走得有板有眼的，还不时侧头去欣赏路旁橱窗里的东西，其实她们是借着玻璃在欣赏自己的侧影，顺便看看身旁男朋友脸上的表情。这些年轻的女孩子看不见小城的秋天，也看不见地上的落叶。正芳和她们一样，不是来看秋天，也不是来看球赛，她来看叶群。

叶群早在宿舍门口有礼貌地迎接陆家人。正刚没有时间来，文英走不开，正云不许出门，正芬到友人家去了，所以正明只接了他父母与四姐来。正芳一进宿舍就眉开眼笑地向叶群说：

“这就是你们的狗巢呵！”

“阿芳，放庄重点。”陆志聪喝道。

“嗯，陆老伯，您有没有兴趣在学校里逛逛？球赛要到两点钟才开始呢！”

“不用了，我们去年送阿明来时都大略看过，我就在这里坐坐，你有事请便。”

“我没什么事。”

“我倒想看看你们的学校，带我看看，叶群。”正芳说。

叶群连忙向正明丢了一个眼色，正明因答应在先，现在不得不帮忙，就只好说：

“咦，叶，你不是和华纳他们约好一点钟去看他们吗？时间快到了。”

“哦，对了，”叶群忙接口说，“对不起，陆老伯、陆伯母，我马上就回来，陆小姐，我不能……”

“我陪四姐去参观好了。”

一走出宿舍，正芳恨声问道：“这是什么意思，阿明？”

“什么？”

“你要故意捣乱，是不是？”正芳咬着牙说，“你不要后悔就是了。”

“四姐，你说什么我不懂？”

正芳啐了他一口，撇了一下嘴，冷笑道：“你想在我面前装呆鸟，哼！那个姓简的事都在我肚子里呐，你如果捣我的乱，我也要好好捣你们一下，到时候你后悔都来不及了，你要是识相点，我饶了她，不然你也不要想和她结婚了！我不从中作梗也不叫陆正芳了！”

“四姐，”正明不耐烦地说，“你说话怎么还是这副泼辣相，一点也不像二姐。”

“谁要像二姐？谁要去像一个疯子！”

“住嘴！”正明一把捉住她的手臂大吼道，“你还有脸，是什么人使二姐变得这样的，你说！”

“什么人也不是！是她自己想男人想疯了！”

“好不害羞！”正明猛力摔下她的手臂道，“二姐才不是这样的人，你自己才想男人！”

“好，”正芳毫无羞意地说，“那我们就干脆亮开来说话，我想我的，你想你的，我们互不干涉。”

“谁来干涉你！”正明不屑地抢白她。

“不干涉？你为什么不要叶群陪我玩？”

“我不要他？”正明气冲冲地回驳道，“你去问问他，是他自己亲口告诉我，要我帮他忙的，他见了你逃都来不及，还用得着我帮忙？我看，四姐你就安心嫁给那个姓曲的吧，人家配你足足有余，不要异想天开了！”

一席话气得正芳差点把下唇咬出血来。正明说完后，她过了半天才阴沉沉地问道：

“你在他面前搬弄我什么，阿明？”

“我？”正明不屑地反问道，“我可不像你。”

“我到今天为止还没有搬弄你和简一句话。”正芳含羞地回答。

“我们有什么好被你搬弄的，我才不怕你！”

“我们看吧！”说着，一扭腰就回房去了。正明也不理她，就径自去找叶群，然后一起回宿舍带他们家人到离学校不远的足球场去。

进了足球场，找到了座位，叶群请陆老夫妇先就座了，就让正芳坐下，正芳拉他一把，意思要他坐在自己身边，不想叶群假借主人地位，退了一步，让正明先坐下，自己在正明旁边最后就座，正芳坐在她母亲和正明之间，恨得只是磨牙。球赛开始，她哪里有心思看，只把一双小眯眼睛骨碌碌地转着看人。事有凑巧，在近万的观众中，她偏一眼看到坐在她前面几排的苑若及一大群年轻人。这一下她简直是乐不可支，连忙附在陆太太耳朵边叽叽咕咕地说了许多话，还把手指朝苑若坐的那一排指着。陆太太欠着身子向底下那排看去，可不是她，正在和一个野毛说话呢！

“阿明。”她看了一会，掉过头叫道。

“唔，姆妈，等一下。”正明两只眼睛正跟住了那个抱着球的人，哪里肯理她母亲。

“阿明！”

“马上，马上就好了，姆妈，你只管讲，我听着就是啦。”

“阿明?!”

“嗯？”他不得已地把眼光从球员身上转到他母亲，一脸不耐烦，“什么事，姆妈？”

“你不是说那个姓简的今天不舒服不能陪我们看球吗？”

“苑若是不舒服呀，怎么？”

“怎么！”陆老太气冲冲地说，“你朝这里看，一、二、三、四、五、六……下面第七排上坐的是什么人！”她把一个瘦嶙嶙的手指朝苑若坐着的地方指去。“和那个野毛有说有笑的不是那个姓简的！不舒服！人家把你当瘟生看，你还把人家捧得像观音似的，这种狐狸精似的女人我最见不得！”

正明顺着她手指的方向看去，果然见苑若和一个粗大的美国孩子坐在一起，她的另一边坐着莎莉和但尼，四个人有说有笑的。那个男孩子正明从来没有见过，他这时正侧着头对着苑若说话，苑若微偏着脸，眼睛看球场，嘴里含着笑，似乎听得很起劲。正明目不转睛地看着他们，只觉一股怒气从心里升上来，升到喉头，几乎堵住了他的呼吸，两手紧张地去拔手指的关节，拔得格格作声，恨不得拔的是那个男孩的手指，拔了半天，心一横，把眼睛从苑若的脸上掉开，也不看球场，只是直瞪瞪地看着前面。

正芳见正明没有反应，连忙又附着她母亲的耳朵，说了半天话，陆太太的表情由生气而变为蔑视，由蔑视而表示气愤，那双剪刀边一样的尖眼睛，狠狠地怒视着苑若坐的方向，等正芳说完话，她嘿嘿的冷笑两声道：

“怪不得这副下贱相呢！原来是小老婆养的，我说正经人家出来的女孩子家怎么会一个人跑出来寻男人，原来是出身低贱!”

正明吃了一惊，盯着她母亲的脸。

“怎么，你难道不知道她是小老婆养的?”陆太太恶狠狠地看着她儿子说，“阿芳难道会造她的谣，看你这副窝囊相，怎么能不上这个狐狸精的钩！现在你自己看见她的原形了，还说不舒服？装模作样，原来是和野毛约好了的！我看你还是趁早断了她吧！我们陆家可是不要出身低的女人做儿媳!”

她这样絮絮不休地骂着，惹得邻座的人不住地盯着她看。陆志聪全心在球场上，只道她又在数落正芳什么的，也没理会。叶群离得远，没有听见她说的什么。正芳见人家对她母亲不满，又见正明脸上变了色，就连忙劝她母亲暂时不要讲了，她的目的既然达到，泄了胸中之气就打起精神来看球，一面盘算如何去对叶群献媚。陆太太且不看球，眼光不时扫射着苑若坐着的方向，鼻孔里呼呼出气。正明听了母亲一席话，只觉得一身燥热，眼睛却不受控制地一次再次转到苑若身上去，有时看见她在向他说话，有时在朝那个人笑，有时听着他讲话，一举一动好像都在对正明夸耀似的，好像在说:“你看，我骗了你了，你能把我怎么样!”最后一次，他看见苑若坐着的那排人都站起来了，高声欢呼着，跳着脚，拍着手，但尼一手抱起莎莉，疯狂似地跳跃着，那个男孩也得意忘形地用手臂环着苑若，高声欢呼，苑若虽然没有和他们一起狂跳，只是开心地笑着，并没有把那个男孩的手移开。正明痛苦地把眼睛转开，他不想，不能，也不要再看了，一切都摆明在眼前，她骗了他。他呆呆地坐着，好像有人猛地把一盆冰水从他的脑后浇下来似的，只觉得一身都气得冰凉的，两腿软得像棉球棒一样，丝毫动不得。

“咦，陆，还坐着干吗？还有什么可看，耶鲁赢了，你看那批人这份疯样儿，真气人。”叶在他肩上拍了一下道。

正明答不出话，只是直挺挺地坐着。

“怎么啦？你不舒服?”

“什么？你站起来做什么?”

“咦，都赛完了，还坐着干吗?”

“完了？呵，完了！当然完了!”

“怎么回事，陆？你气昏了吧!”

“唔，走吧！有什么好气，人呢?”

“什么人？你家里人？这不是，他们打那边儿走了，我们快跟上去，你怎么啦？输都输了，还气它干吗!”

“当然输了，我不气，我有点头晕。”正明勉强镇定自己说，“喂，叶，你能不能替我把他们送回家?”

“我？我不行，我今晚还得赶写一个实验报告。”

“哦，那就算了。”

“你真的不舒服？要不要我陪你一块儿送他们回去?”

“不用了，”正明说，顿了一下，“你替我打一个电话给苑若，告诉她不用等我吃晚饭了。”

“嗯……你自己打个给她不好吗？”

“不了，我借了汤姆的车，要赶着回来送还他的，好，我走了，他们在等我呢！”

“走吧，我也得向他们道别一下。”叶群说着就和正明一起走到球场出口处，很恭敬地陪着陆老夫妇到停车场，看他们都上了车，向正明说。

“当心点儿开，陆，今天路上挺挤的。”

“嗯，我知道，”正明心不在焉地应了一声，就发气似地把油门一蹬，开着走了。

从那天起苑若就一直没有看见他，打电话到他宿舍和膳食俱乐部都找不到。她心里一急就打电话给叶群，叶群总是支支吾吾的，不是说正明回家了，就说他没有看见他。苑若明知他说谎，却又无可奈何，急得食欲与睡眠大减，工作的效率也大差了。

这一天她下了班，也顾不得自尊心的问题，跑到正明的宿舍门口，立定心意要等见到了正明才走。等了将近一个钟头，远远看见正明和叶群吃了晚饭回来。叶群见她，脸一红，和她打个招呼，就闪进宿舍里去了，剩下皱着眉的正明和苍白着脸的苑若在门口站着。

“你好，简小姐。”正明淡淡地看了她一眼说。

苑若不觉一呆，勉强说：“正明，这是从何说起？”

正明且不理会她的问题，接着说：“如果你肯原谅我的话，恕我不能奉陪了，我们期中考快到，我要进去准备功课。”说着，也不顾苑若剧转的表情，竟转身进入宿舍了。

叶群在他们房里的窗口看出来，见苑若呆若木鸡似地站了半天，才转身移步走开，瘦小的背影无力地在暮色里移转，消失，不觉十分不忍，转头看见正明站在他身后也望着远去的苑若，就说：

“你们到底闹什么别扭，陆？你没看见她瘦了好些了吗？你何苦这么折磨人？”

“是我折磨她还是她毁我？你可知道我最近的成绩？你可知道我绝对通不过期中考？是我害她还是她害我？你倒评评理看？”

“我根本不知道你们闹的什么别扭，让我怎么为你们评理？到底是什么事儿，陆？”

正明沉默了一下，有气没力地说：“没什么，不值得一说的事。”

叶群和他同处了一年多，知道他的牛脾气，也就不再多问。

“走，我们上图书馆去看书吧。”叶群拿起书说。

“我不去，我在宿舍里看一样。”

叶群走后他坐在书桌前，看着台灯发呆，如果台灯有感觉的话，早就被他看得不耐烦了。自从那天看球以后，正明就对自己发了誓不再去找苑若，但是不找她容易，不想她却不可能。何况她就在同一个学校里，一事一物，一花一树，都令他想到他们在一起的日子，想到他们共同的计划、梦想，想到他们在那些黄昏里，低声讲过的，“等我们结了婚以后……”一想到这些，他不禁望着书桌上的台灯发呆。往事，犹如台灯灯罩外那一圈晕黄的淡光，淡得不可捉摸！多少个自修的夜晚时光就在他痴望着淡色的光圈时轻轻流去，多少个白天他在教授严峻的目光下恨自己的儿女情长！虽然他发了誓没有去看苑若，那段从看球到期中考的日子他就不曾好好活过，而是由日子把他从黑夜的噩梦中扰醒，再把他抛入白日的噩梦。

期中考到了，他抱着“由它去吧”的态度去考。考完后，正值复活节，学校放春假，正明打算在宿舍闷睡，叶群见他这样苦闷，怕他苦出病来，就留在学校陪他。谁知道放假的第二天，陆志聪亲自打电话来说正云的病势转危，要他火速回家。他放下电话机，把自己日来的烦恼一起忘光。赶到俞祥家借车，碰巧俞太太开了车，带了苑若和两个小孩子到邻城去买东西了。俞祥很客气地约正明、叶群进客厅等，正明碍于礼貌，只好进去。晚秋的薄暮来得较早，刚过六点，天已经黑了，俞祥正欲留他们吃晚饭，他太太回来了，正明一眼看见苑若牵了俞小宝有说有笑地进来，正在犹疑不决是否该和她打招呼时，不想苑若只向叶群颔颔首，就绷着脸，从正明面前走过，连正眼都不看他一下，就转入饭厅去了。正明这时心里七上八下，担心着他二姐的病势，正需要一点安慰与同情，如今受到苑若的冷落，就觉得格外难过，喉咙里哽哽的，一股酸气直冒上来，勉强和俞太太敷衍了两句，就拿了车钥匙和叶群一起出来了。

“你真的要去，叶？”

“真的，我陪你去，省得你一人开车无聊，我反正没事。”

“也好，你不妨先到后座去打一个盹，也许我们今晚要很晚才能回来。你肚子饿不饿？”

“还好，还可以等一下，你呢？”

正明苦笑一下，摇摇头。

“那么我们先开吧，也许可以在半路上停下来随便吃一点。”叶群说着就钻进后座，正要躺下，却又爬起来问正明，“你心不定还是让我来开吧。”

“不，我开得比你稳，而且快。放心，我不会出事的。”

“嗯！我并不是怕出事……嗯，好吧，你开吧，开累了叫我，我不会睡着的。”

秋夜凉，风从开着的车窗吹进来激打着正明的脸，刺刮刮地疼人，他怕后座的叶群受凉，就把玻璃窗摇上了。这样开了很久，却又觉得车内的空气闷人，就把大窗旁的一扇转开，露一条细缝，风从缝里送进来，温柔得多，就像苑若平时用手指抚摸他脸颊时那样温柔。怎么又想到她了呢？正明咬紧着牙恶狠狠地骂自己说：“她今天这副无情的样子不正好证明她从前的温柔是伪装的吗？她这样善于欺骗，伪装对她不是最容易不过的事吗？……但是她又何必假装温柔来讨我的好呢？她在认识我以前不是有成打的朋友吗？不见得要来讨我的好，那么她从前对我的态度不见得是伪装的，她是真心对我好，真心的……但是她那天又为什么要瞒着我和别人去看球呢？她不是再三答应我不再和其他的男孩子出去吗？”正明一边开车，一边把这些问题反复地在心里忖量着，自问自答，气一阵，悔一阵，埋怨一阵，伤心一阵，简直不能自解。

哦，苑若，苑若，苑若！你为什么要折磨我？你为什么要骗我，要骗我呢？我不是告诉过你，你是自由的吗？我不是告诉过你，任何时间你要改变主意你都必先告诉我的吗？你为什么要对我甜言蜜语，而背着我和别的男孩玩呢？你以为我还没有被二姐的事磨得够伤心吗？你为什么要撒谎呢？撒了谎却又让我家里人知道，你出身如何我不在乎，但是你自己为什么不肯做得正经大方点呢？我不在乎其他的事，我只在乎你和你的诚意，你为什么这样没有诚意呢？你那天在我家不是当着我的面答应二姐会好好地待我的吗？如今你怎么对得起我及我二姐，呵！二姐，我的二姐，你千万不能离我而去呵，我需要你，我需要你对我的爱，对我的关注，对我的……呵，二姐，二姐，你千万不能有什么意外呵！

苑若的无情，正云的病势，就像一把钳子的两个口．整个的夹着他的脑筋，夹得他头裂眼胀，简直不能支持了。他沉重地呻吟一声，一手抓紧了头发，忘了自己在开车，两脚死命地往前一蹬，就无意中把油门加足了，车子猛然一震，就如飞地往前冲去。等到他看见前面不远处一个庞大的、尾巴亮着“转弯警告”的红灯大卡车时，他拼命地踩刹车已经太晚了，只听见轰然一声，他的车就毫无控制地激撞到大车的后半身。

当苑若接到俞太太的电话时，已经快近午夜，她还没有听完，人就吓软了，手里的话筒呼一声掉在地上，她自己伏在枕头上，四肢弱得动弹不得，耳朵里听见话筒传来俞太太的声音，“苑若，侬哪能啦……侬勿要急……”（俞太太一急就讲不出普通话来）却没有力气去拾话机。好半晌，俞太太把电话挂了，空气就突然回复了沉静，茶儿上的时钟滴答滴答地响。她歪着头一看已经近十二点了，就挣扎着爬起来，蹑足走到莎莉床边，拿好她的车钥匙，找了一件大衣披上，迎着淡淡的月色走出门去，心里空荡荡的，什么思想也没有。

到了普大的独一无二的红砖房的医院，由一个护士领她到手术室外的廊上，她一眼就看见呆在一边的叶群。苑若撇下护士，抢上一步抓了叶群的手。

“他呢？”问时声泪俱下。

叶群的脸本来十分苍白，被苑若突如其来地拉着手，脸就红了一红，忙说：“在里面。”

“有没有危险？”苑若急急问道，一面松了他的手膀。

“大概没有。医生说这次算是不幸中的大幸，卡车是空的，而且是停在那儿，所以撞上去的力量并不是太大。俞先生的车子前身给撞扁了，陆的身子因为有轮盘挡着，没受什么伤，就是他的头给震了一下，他的左臂给轧在车门上。现在医生正在检查他的胳膊，还没决定是不是必须动手术。”

苑若软弱地挨着墙，一时说不出话来，过了好一晌才问道：

“到底是怎么回事？他怎么会撞到卡车上去的？”

“我一点也不知道。一开始我就躺在后座，大概是睡着了，当我被一个很大的声音吓醒时，我的身子就从座上给摔到地上，我就糊涂了，等我清醒过来时，救护车已经到了，把我们一起抬回来，其实我是一点儿也没受伤，就是受了一点虚惊。你不必急，他也没什么事的。”

正说间，俞太太和她的丈夫一起进来了，俞太太走到苑若面前，端详了她一番，才松一口气似地说：

“你把我吓了一跳，怎么电话听了一半就不讲了呢？我当你昏过去了，要他到隔壁借了车赶到你公寓，门半开，人不在，我们又赶来。你怎么样，没有什么不舒服吧，苑若？”

“我很好，文卿。”

“我刚问了史顿医生的护士，她说没事儿，我看简小姐还是到我们家去等消息吧！”俞祥说。

“不了，我就在这里等一样。”

“那怎么可以呢，”俞太太忙接口说，“你这样娇弱怎么好熬夜呵！你和我们一起赶回去，明天一早我陪你来看他。”

“你还是跟俞先生他们回去吧，反正今天晚上他们绝对不会让你见陆的，我在这儿等着，有什么要紧的消息我准会给你去电话的。”叶群说。

“这样儿不是挺好的吗，简小姐，你还是跟我们一块儿回去吧。”

“好了，走了，你明天还要上班的，你的皮包呢，我给你拿，走吧！”俞太太半拉半扶着她说。

苑若见他们你一句我一句，催着她走，知道不可强留在医院里，就别了叶群随着俞祥夫妇出了医院，把车送回公寓，然后搭他们的车一起回俞家。俞太太生怕她心里难过，特意陪她在客房睡。苑若一夜未睡，天刚亮，就偷手偷脚地爬起来，穿好衣服也顾不及洗漱，就溜出俞家的门，叫了一辆出租车，直奔医院。

询问处的护士给了她正明病房的号码，她正要搭电梯，叶群也来了，两个就一起到二楼。正明住的是单人病室，有一个特别护士看着他，他们刚到正明的病房门口，护士就探头出来说病人已有访客，暂时不能见他们。苑若从开着的门缝中向里一望，只见陆家一家大小，除正云都来了，围着正明的床，密密的一层。

“他家里的人都来了？”她转头问叶群。

“大概是吧！我天快亮时给他们去了一个长途电话，医生让我通知他家里。”

“怎么？怎么？他有危险吗？”苑若大吃一惊地问。

“不，他没有危险，昨夜医生把他的手臂给扭好了，连大手术都没动呢！医生不让早通知他家里是怕让他们空吃一惊，他知道陆不会有生命危险的。”

“他的脑有没有受震？”

“大脑受震，医生让他起码休养一年，别的都是小伤，没多大关系。这真是运气，小车子和卡车撞，十有九个是送命的，陆的命倒是挺大。”

苑若不禁呼了一口气。

“你昨晚看见他了吗？”

“唔，但是他还是昏迷的，不认识我，他一出手术室我就给他家里去了一个电话。”

正说间，正明的病房门开了，走出一排陆家的人，陆老夫妇领头，文英在最后面，陆志聪像是忽然衰老了几年似的一副伤心懊恼的神情，垂着头走路，并没有看见苑若他们。陆太太的尖眼睛一把剑似地向苑若射来，好像恨得可以立时把她拧死似的，干枯的唇角一牵一牵地似在咒骂，跟在她丈夫身后踩着碎步。正芳瞪了苑若一眼，脸上似笑非笑的，那神情又似得意又似后悔。文英轻声叫了一下“简小姐”，正想停下步子来说句话，那边陆太太叫道：

“文英，快来呵，难道我们还要等你！”

文英干笑一声，匆匆走了。苑若呆如木鸡似地倚门站着，看着他们一个个推开大门出去，也摸不清他们为什么对她忽然起了敌意，正想问叶群，只见正芳又疾步进来，一把拉住叶群，娇声说：

“你来，姆妈要你和我们一起吃早饭，阿爸有许多话想问你，来呀！”说着，也不由叶群推却，就一阵风似地把他拉走了。

苑若一人怔怔地站在病室门口，心里又凄凉又气恼又彷徨，就转身去敲门，看护探头出来说：

“嘘，病人正在睡。”

“我想看看他。”

“他今天不能见访客，他已经太累了。”

“我不是访客，我是他的未婚妻。”苑若不顾一切地说。

“未婚妻也是访客，”看护好脾气似地笑着说，“病人的神智还很乱，医生不许人去打扰他。我知道你很想看他，但是我一定要遵守医生说的话，对不起。”说着把门掩上了。

苑若一人凄苦地倚在门边，含了一泡眼泪，不忍心走开，又不能进去看正明，就把脸紧贴着门，想听听他的鼻息和他的动静。一面听着，一面想着，陆家人除了文英以外，对她刻薄的样子，心里觉得十分委屈，眼泪就流不完。她怕来往的看护笑话，就把脸蒙在手帕里，哭得窸窸窣窣的。那块手帕正好是正明帮她洗过的，看了心里愈发悲痛，泪水尤其汹涌不已。不知道哭了多久，才有人走到她的身旁，说：

“简小姐，让我送你回去吧！”

她抬头一看，见是叶群，摇摇头说：

“我要看正明，看了他我才回去。”

“大概不行吧！医生不让他见访客呢！”

“不让？他为什么让他家里人进去？就偏不让我？我比他家里的人都爱他，他为什么偏不让我进去？”

叶群见她这样坦白直言，倒反而红了脸，半天才说：

“那是因为陆伯母在这儿大吵大哭，医生怕病人受惊，勉强让他们进去的，同时，因为他们是长岛来的，不比我们住在这儿的人容易来看他。”

苑若知道白赖在医院里也无用，又觉得自己一时情急，说话太过分了些，很不好意思，就低着头随着叶群走出医院，叶群把她送回公寓后才转身回宿舍。

此后苑若每天晚上在七点与八点之间冒着寒风到医院去看正明，但是她从来没有看见他，她只看到护士从病房里伸出来的头。

“对不起，他今天精神不好，不愿意见朋友。”

每天，每天，她都是又怀疑又绝望地回到冷清清的公寓，寂寞而又担心地度过一夜。但是她还是每天去，带了一束花，先是剑兰，天冷些是黄菊，再冷一点是晚樱。天气愈来愈冷，她的身子抵不住夜晚的寒风，就改到下午两点到四点的探问时间去，但是她还是看不见正明。逐渐地，她瘦了，枯萎了，像一棵在冷风里垂着头的小草，像一杯残茶里的茉莉，又黄又干。

那天她照例在三点左右到医院，在正明病房门口迎头碰见从里面出来的叶群，两人都吃了一惊。

“咦，简小姐，您不舒服？您的脸色……”

“咦，你怎么从里面出来？正明可以接见朋友了吗？”

叶群被她一问，哑口无言。

“不，我是给他送信来的。”他红了脸说。

“我不相信，”苑若突然恐惧地抓了他的手，“请你老实告诉我，他是不是残废了，所以不愿意见我？”她的声音充满了哭泣，“叶群，你告诉我，我不会昏倒的。”

“不是，他很好，他……”

“他失去记忆了，是不是？不然，他为什么不要见我呢？他们允许你进去看他，却不许我去，是不是怕他不认识我了？”她的泪沿着两颊流下来，“他们为什么这样狠心，为什么不让我看他？”

“并不是他们，简小姐，是他自己不要见您。”

“他自己？”苑若茫然地问道，“他怎么还是孩子气不改，他难道不知道我的心吗？即使他残废了，我对他还是一样的！”

“简小姐，”叶群为难地说，“我们出去吧！他最近把那次的事全部讲给我听了，让我慢慢儿地告诉你。”

在苑若的公寓里，叶群仔细地把那天看球的经过情形一一说给苑若听。苑若听完了，忍不住把脸藏在臂弯里大哭起来。叶群坐在她对面，不知如何劝解才好，急得脸都红了。

“简小姐，请你不要这样，请你不要这样。”

“我没有想到他竟这样不了解我，呵，他为什么不当时来责问我呢？”苑若一边哭一边说，“那天莎莉的男朋友但尼带了他耶鲁的一个同学来接莎莉去看球，但他看我一人在家，硬要把我拉着一起去，因为他们正好多一张票，他们美国孩子那股蛮劲，你们总也知道的，我拗他们不过，只好一起去了。看完球我赶回来做饭等他来，一直等到十点钟都不见他影子，连电话都不来一个，我当他大概送他爸妈回长岛了，来不及给我打电话，谁知道他对我误解到这种程度？怪不得那天我去找他，他居然那样对我，我真是好冤枉呵！”她抬起哭红了的眼，看着叶群说：“那天在医院里他家里人对付我的样子你也看见的。”她悲愤地接着说：“他们一定以为我在玩弄正明，而且把正明撞车的事也怪到我头上来！我怎么受得了这种轻视，如果他了解我，我还可以不在乎他家里的人，如今连他自己都以为我是一个不诚实的女孩！我多么痛心呵！我为什么平白无故要去骗他呢？他不是不知道我对他的心！他为什么不当天亲自来问个明白！他二姐说他的脾气拗起来像牛一样，我这才领会到了，其实为了这么一点小事赌气，多么不值得呵！如今他出了事受了伤，躺在医院里，损失多么大，我心里又怎么过意得去呢？我受了冤枉还不算，还天天跑到医院里去讨他的没趣，这又是从何说起呢！如果做朋友一场落得这样下场，也就够把人心伤断……”她一面哭，一面诉说，说到后来蒙着脸，伏在案上大哭起来。

叶群见她这般惨痛啼哭，知道她受的冤枉实在太大了，心里也替她难过，忙红着脸说：“那天陆倒是要我打电话的，我因为忙着赶一个报告，就给忘了，请你原谅，不过你也不必伤心了，苑若。”叶群忽然发现自己在叫她的名字，有点不好意思似地顿了一顿，接着说，“让我明儿告诉他事情的整个情形，下次你去看他时他就会给你道歉的。”

“他这一阵不愿见我，当然还是在生那天的气，是不是？”

“大概是吧！不过他还气你那天在俞家给他过不去的事。”

“原来只好他给我过不去，不许我不理他的，他这份孩子气不改将来还有苦受呢！”苑若擦干了眼泪，气犹未消似地说，“不过我也不会和他计较就是了，明天你先去把事情和他解释明白了，后天我自己去向他表明心迹，我也不在乎他后悔不后悔，更不在乎他会不会向我道歉，我只要他知道我不是一个善于欺骗人的女孩就是了。”说着，就淡淡地苦笑一声，站起来送叶群出公寓。

“哦！我差一点忘了，”苑若送他到门口时问道，“你不是说那天他赶回去是为了他二姐的病，她现在怎么样？”

“我不太清楚，听说他四姐病势好像很重。”

苑若没有说话，目送叶群走了后，还在门口站了半天。

第三天下午她请了假赶到医院，却是扑了个空。原来正明已在当天上午由他家里的司机老包和他的父亲接回家去休养了。苑若捧着一束花，麻木地步出医院，外面正在飘落冬天的第一次雪花，一片片，一叶叶，像苑若被怅惘和遗憾撕裂了的心一样，无所依归似地在寒风中颤抖着。

九

等到苑若再看见正明时，已经是第二年的春天。

春天一到，她公寓门前的樱花，像日本女人红白的粉脸，迷人地迎着太阳展开笑靥，康内琪湖边的柳枝又绿了，轻盈地向行人招手。小城又充满了像少女第一次会见情侣似的，难抑的喜悦。只有苑若的瞳子，还染着秋天深沉的静穆。足足有半年了，伴着她的只有无尽的寂寞，她看不见正明，听不到他的消息，陆家她不愿去，偶尔从叶群处听到一些关于他的近况，也解不了她对正明无尽的思念。

普城的中国男孩知道她和正明吹了，又纷纷来找她，她有时闷得慌也和他们出去。但如今不比往昔了，她心里想着正明，就很自然地把这些男孩拿来和正明比较，总觉得没有一个如他体贴，如他精明，甚至如他倔强，在与他人的对照下，她觉得正明的牛脾气都格外可爱起来。每次出去，她都这样在心里把人比较着，当然打不起精神来玩。过了一阵，男孩们都觉得她不如以前善解人意，就纷纷地到纽约去找女孩。苑若虽觉自尊心有点受损，倒也落得清静，实在闷得厉害时就往俞家跑，逗着他们的小孩消耗时间，偶尔叶群来看看她，周末就更容易打发一点。

这一个星期六下午她特别困倦，就没有兴致到俞家去，慵困地歪在长沙发上翻杂志，心里懒懒的正要打盹，就听见有人打门，她本来想不去理会，但又怕是叶群来送关于正明的信息，只好懒洋洋地起来去开门。

站在门外的是正明，一个人。

她看见他的第一个感觉是没有感觉的，呆了，不喜也不悲。发呆后的心情犹如一团拉乱了的绒线，心里有话，眼里有话，却半天说不出来半句话来。

正明也没有话，嘴唇抖了一下，又闭上了。

两人一先一后进了客厅，正明自己在往常坐惯的长沙发的左角坐了下来。

苑若在沙发靠手边站了一下，也不看正明，小声说："我去烧点开水。"

"不要麻烦了。我马上就要走的，我今天是到学校来拿行李，特意来向你道别的。"正明眼看着地板说。

苑若已走到厨房门口，听了他这么说，倏地回过头来看着正明，眼圈都红了，等正明抬起头来她连忙掉转身进厨房去了。

正明接过那个往常用惯了的大茶杯时，鼓起勇气来看着苑若。呵，她怎么瘦了这么多呢！眼睛里虽然没有泪水，那脸上的表情却比哭还难看十倍，这是谁的错呢！不是自己害了她吗？但自己又何尝没有被她害苦，虽然她是无辜的！但是不管谁害了谁，这段往事要尘封起来了！

苑若在他接过茶杯后，稍一犹疑，就转身坐在长沙发左首的沙发椅上，垂着头。

"你这一向好吗？苑若。"

眼泪顺着她消瘦的脸颊流下来。

"你瘦了这么多，苑若。"

她把脸埋在手掌里，泪从指缝间滴在衣襟上。

"不要哭，是我的错，苑若。"正明用牙齿紧紧咬着茶杯口，眼睛看着苑若说。

"你何苦呢！就孩子气得这样，为什么不先问问清楚就生这么大的气？生生气不算，还要闯这么大的祸，不信任我也就罢了，万一把命都送了值不值得呢？"

"过去的事不要提了，我是来向你道歉的，请你原谅我，苑若，"他稍一欠身，摸出一块手绢递给她，"这是干净的，苑若。"

她抬起头，接过手绢，没有擦泪，只是用手轻轻地揉着。

"叶群把你的委屈全部告诉我了。"

“那么你为什么不愿见我?”

“他告诉我的第二天我就出院了，回家后，一直到今天，我不曾出家门一步，我好几次想写信给你，终于没有写。”

“为什么不写，还是赌气？还是怕损失了你男性的自尊心?”

“苑若，信上怎么讲得清呢!”

苑若低着头，只管滴眼泪。

“苑若，反正都是我一个人弄出来的错，请你原谅我，了解我。”

“单方面的了解有什么用。”苑若用手帕把眼泪擦干，然后平静地问道，“你的伤全好了没有?”

“我的左臂还不能运用自如，不能抬得很高，医生说也许一辈子都是这样的了，还好，看不出来，没有锯掉真是万幸。头部因受震太剧，常常会神志不清或有剧烈的头痛，医生说也许休养一年，不要用脑筋，不受太大的刺激，就慢慢会恢复原状的，其他部分都是轻伤，早已好了。”

苑若站起来，走到他身旁用手摸摸他的左臂说：

“这样痛不痛?”

“不痛，只是不能转弯抬高。苑若，你怎么瘦了这许多?”正明说，情不自禁地拉着她坐在自己身边，左臂吃力地环抱着她的腰，右手把她的头转过来对着自己，“我实在太对你不起了。”

苑若尚未开口，眼泪又汩汩地冒出来，正明扶着她的头就去吻她颊上的泪，等他把嘴移近她的嘴时，她微张着唇去迎接他，同时反过身来，用双臂勾住了他的脖子，把身子紧紧地贴了过去。

“啊！正明，正明，抱我，抱得我紧一点，再紧一点，不要再放开我，不要放开!”她喃喃地，几乎是呻吟地语道。

正明饥饿地、迫切地、狂乱地吻着她，抱着她，心里被惭愧、警觉、欲望、痴爱、后悔等种种感情鞭打着。但是他不愿放开她，在过去的一年中，她几乎是他的生活和希望的一部分，他放开她就会失去她的，失去她就等于失去了自己的一部分。于是他狂乱地、迫不及待地吻着她，吻得她软弱无力地瘫在他的臂腕里时，他才松开了手。

“正明，让我们马上结婚吧！我们可以找俞祥做证人，马上公证结婚，我不要你再离开我了，让我来服侍你，等你完全好了，你再回到学校里去，听话，正明，不要再闹孩子脾气了。”苑若偎在他胸前，手轻抚着他的下巴，一面狂热地低语道。

正明凝视着她，半晌，苦笑一声说：“回到学校去？你不知道普大不要我了吗?”

“不要你了?”苑若蓦地吃了一惊，忙把身子坐直了问。

“叶群没有告诉你吗？我上学期期中考没有考及格，医预系就把我开掉了，我今天是来把我留在宿舍里的一些书拿回去，从此以后，不会再来普城了。”

苑若半天讲不出话来，心里一算，知道期中考正好是球赛节后，他考试失败的原因可想而知，显然是因为她的关系。所以在对他的失望中又带点抱歉与怜悯，她知道正明不是一个没有出息的孩子，而是因为她的缘故，他的功课才会接二连三地失败的。想到这里，就打起笑脸说：

“不回到普大也无所谓，我们还是可以立刻结婚，然后你就可以安心养伤，等你完全好了，你可以进别的大学，我们结了婚，你一定会好好念书，正明。”

正明摇摇头，皱着眉说：“为什么要骗我、骗你自己呢？我们各人心里都知道这是不可能的了。我们只能做普通的朋友而已，结婚的事，算是我们曾经在一起做过的梦罢了！”

苑若的心往下一沉，故作镇定地说：“朋友？你是不是和每一个朋友都是这样亲爱的？什么叫梦？什么叫现实？还不是一是二，二是一。在美国，两个人好，结婚是最现实的路，怎么说是做梦呢？我们可以租一间小公寓，我可以供养你的。”

“你才孩子气呢！”正明故作轻松地说，“结婚哪有这么简单，我们的困难太多，太不能解决了。”

苑若正色说：“正明，你好像变了，你从前不是这样说话的。我记得你说过，什么困难我们都可以克服的，只要我们两人合作，你记得吗？”

“从前是从前，现在是现在。”正明叹了一口气道，“我现在比从前更不如多了，现在我更没有资格和你结婚，更不愿意要你为我受苦。苑若，我们都要理智一点，我知道你会找到一个比我强十倍的对象，我是绝对配不上你的，所以我宁愿死也不愿毁掉你的机会。现在不是讲理想或感情的时候，凡事要面对现实，像你这样，要有一个有学业、有事业和经济基础的人才可以配你。”

“好，你都替我安排好了，”苑若半讽刺地说，“那么你自己呢？你当然也有你的打算，是不是？”

“唔，我目前只想和二姐守在一起。”

“哦，她现在怎么样了？我倒很想念她。”

“她恐怕活不久了，”正明皱着眉说，“等她过去，我就到三哥那里去，我可以进密大，我还是想念医。”

“好，你什么时候走，我就什么时候走。”

“苑若，我心里很感激，”他难过地笑了一声，“但事实上是不可能的，我还要念好几年书呢！我已经决定在经济没有基础以前，换句话说，在没有拿到学位以前，绝对不结婚，我凭什么也不能耽误你。”

苑若深知他的牛脾气，与他据理力争，只可能得到相反的效果，所以就换了一个话题说：

“你家里好吧？”

“除了二姐以外，大家都很好，谢谢你。”

苑若见他彬彬有礼，似乎真的把她当一个普通朋友似的，心里颇觉好笑，又问道：

“你四姐的婚事有没有什么进展？那个耶鲁毕业的是不是对她有兴趣？”

“那个姓曲的倒是有心，可惜四姐不太理会他。”

“你四姐除了一个人以外，别人是不肯理会的。”

“她是自己讨苦吃，叶群去看了我几次，都不怎么理会她呢！他常来看你吗？”

最后一句话问得有点突兀，不是一个普通朋友应该问的，苑若从他这句问话中看出他对自己与以前没有两样，心里倒宽慰了不少，就十分小心地说：

“他来看过我几次，都是来报告关于你的消息才来的，你未必不知道他的为人，他是很有分寸的，他知道我们之间的关系，他是一个君子。”

正明正要说话，苑若说：

“我今天请你吃晚饭，你要点什么菜？”

“不，不，我和母亲说好今天赶回去的。”

一听到他提到他的母亲，苑若想起他们对她的态度，就气愤愤地说：

“哦，那我自然不敢强留你，你连来看我都是不该的，你母亲如果知道你来看我，不见得会高兴。”

“我知道她对你不够礼貌。”正明被她一说，倒十分不安起来，“让我请你出去吃饭，算是赔礼，好不好？”

苑若扑哧一笑说：“请吃饭如果能赔礼的话，那你恐怕要请我几十顿才能把礼赔完呢！”

“你要我请几顿我就请几顿，这点钱我还拿得出来。”正明也开玩笑说。

“算了，我的胃要紧。真的，你今晚想吃什么？我给你做去，担保不要你洗碗。”

“不要我洗碗我就不吃，这样好了，我到南园去点两个菜，你做一个汤，也省得花那么多时间在厨房里，你说好不好？”

这时两人之间的空气已较正明刚进门时自然得多，几乎又回到从前他们最甜蜜的一段日子，大家都想使对方忘却那些不愉快的事。苑若尽量装得轻松，是想借此机会令正明恢复他的自信心，正明尽量装得轻松，是因为他知道这也许是他们在一起的最后一次，两人既各有用心，自然就想尽量顺从对方。

“也好，”苑若说，“你去点菜，我做酸辣汤给你吃。”

正明叫了一个炒鸡丁和红烧豆腐回来，还带了一小瓶酒，两人像往常一样，在厨房的小桌上吃起来。正明稍微能喝点酒，酒下肚，人就松懈活泼起来，把一肚子的愁绪也抛开了。苑若那天穿了一条深红色薄呢褶裙，一件白色大翻领的薄网衬衫，外罩一件浅灰色羊毛衣，头上系了一根红缎带，托出一张白净轻俏的瓜子脸，现在喝了两杯酒，两颊微红，在灯光下一照，更觉得委婉中带了三分媚。

“苑若，我要敬你一杯。”

“为什么，要说得好才行，不然要罚的。”苑若瞟他一眼说。

“祝你……好，祝你健康好了，不该罚吧！”正明举杯说。

“虽然不必罚，但说得不够新奇，还是该喝一杯。”

“胡说，你存心要灌我酒，我不干，喝醉了怎么搭火车回家？”

“就住在这里好了，客厅的长沙发是一张床。”

正明看苑若一本正经，不像开玩笑的样子，忙说：

“那怎么可以!”

苑若也不答理，只顾说：

“还有两杯酒我们一人一杯，喝完它就吃饭如何？等一等，在喝酒以前，我们心里各自想一个愿望，好不好?”

“为什么?”

“没有什么，好玩。”

“好，你想好了没有?”

“好了，一二三干杯!”

“你刚才想的是什么?”

“现在不告诉你，吃了饭再说。”

吃完饭，他们把残碟收拾起放在一边，就回到客厅。人在吃过晚饭时最懒，苑若因为从下午起，堆积起来的紧张兴奋，到现在借了酒力都解放了，就觉得慵懒无比，懒散地歪在长沙发上，要正明坐在沙发边的地毯上，陪她谈天。正明见她一副娇弱温柔的模样，心里跳了几下，就伸手握了她的胳膊说：

“你累了?”

“唔，有一点，你呢?”

“不，有点懒懒的就是了。”

“现在几点了？我的表坏了。”

“八点半，你有约会?”

苑若伸手扭了一下他的鼻子，笑骂道：“你就记碍这些旧事！有约会又怎么样?”

正明稚气地大笑一声，伸嘴去吻了一下她的脸颊说：“我还以为我们一起去看电影呢!”说了，两人都大笑起来。

“日子过得好快呵，现在距你第一次来我这里吃饭，已有一年多了，”苑若半感叹地说，“转眼我们就是老太公老太婆了。”

“你转眼试试看。”

“说真的，在美国日子过得特别快，你觉不觉得?”

“唔。”

“怎么啦?”

“我在想五年以后你也许是一个儿女成群的母亲了，那时候你见了我不知会有什么感觉。”

“你想不想知道?”

“……”

“我的感觉是：你是一个孩子气十足的父亲。”

“苑若，我已经对你说过了，我们只能做普通朋友，我是配不上你的。”

“正明，”她婉声说，“配得上配不上只是一种相对的说法，没有绝对的标准的，而且这句话应该由我来说的。如果我觉得你配得上我的话，你还有什么可说的？我只要你记住一件事，当时我和你好时，并不是别人迫我而是我自愿的，我既然是自愿就不会后悔。你所谓的配不上不过是因为你在普大的成绩失败了，但是归根结底，你失败的原因还是为了我，如果我们结婚了，你不但不会三心二意，同时还可以恢复你的自尊心。至于我呢？除了物质上享受较差以外不会有别的损失，何况这个损失等你拿到学位以后也会补救过来的，因为我相信你会做一个成功的医生，你明白我的意思了吗？”

“当然，不过，苑若，我现在要从二年级读起，起码要六七年，如果我们结了婚，我要你受六七年的苦，我不忍，如果我要你等这么多年，我更不忍。你如果没有我，找一个已经有事业基础的对象是没有问题的。我所谓的配不上你并不是我比别的人差，而是我没有谈结婚的资格，我已经决定先拿到学位再谈婚姻的，我没有权利也不愿意要你等我。”

“假如我自己愿意等呢？”

“苑若，这种事说比做容易得多，我连试都不要你去试。在美国有成就，而还没有结婚的中国男士多得很，我无论如何不能剥夺你的机会。”

“你是牛，一如你二姐所说。”

“牛很忠心老实的，你不能否认吧！”

“你老实？不见得。”

“我对你是很忠实的，苑若，我希望你能有一个很好的归宿。”

“……”

“我该走了，快九点钟了，九点半是最后一班火车。”

苑若突然从椅子上坐起来，拉着正明的手说：“你今夜就不要回去了吧！让我们坐谈一夜，算是我们的临别纪念。”最后几个字，她说得特别轻。

正明也默然，一个坐在椅子上低着首，一个坐在地毯上抬着头，都不敢正视对方，过了半天，正明说。

“不太好，我还是回去吧！”

“有什么关系，只要我们心里光明，但尼常在这里住夜的。”

“那是因为有你在，别人不会说闲话。”

“我才不怕人家说闲话呢，这一年多我已听得多了！了解我的人自能了解我，不了解我的人没有事都会说出事来，你怕听闲话吗？”

“我不在乎，我是为你着想。”

“我不在乎，好，我去泡茶，我们来一个促膝夜谈，你把你开夜车的精神拿出来。”

苑若泡了茶，仍回到沙发上躺下，正明还是坐在地上。忽然之间，两人都觉得没有话讲；正明愈是想找些无关紧要的话来讲，愈是想不起来，就低头喝茶；苑若想到这是他们最后一次在一起，更是回肠千转，不知从何说起，热茶在脸颊旁冒热气，她就欠身把羊毛衣脱了，正待躺下，正明突然站起身来把她紧紧抱住。

“哦，苑若，苑若。”

"正明，什么事?"

"我不能和你分手，我需要你，我们不能就此分手，我不能。"

苑若忙爱怜地低声说："我们不会分手的，正明，你不要自己折磨自己，我愿意等你的，只要你好好念书，我可以等你的。"

"但是我不能让你等，我不是没有良心。"他狂吻着她的脸说。

"我们可以马上结婚，我可以做事维持家庭，我不是说过的吗?"

"但是我不忍看你吃苦，我没有钱结婚，我不要你吃苦。"正明一面吻她，一面痛心地说。

"你是傻孩子，我去做事怎么能算吃苦呢?我现在不是也在做事吗?"

"我不要你做事养家，我不要你等我，但是我又不能没有你，呵，苑若，我怎么办才好呢!"

苑若难过地让他紧贴着自己，用手抚摸着他的头发，默不作声。她知道正明对她的感情以及他不肯接受她的原因，他太骄傲同时又太自卑了，她不知道怎么样去劝解他才好，只好让他紧紧地偎着她自己。她的胸部透过一层薄绸贴在他身上，使正明觉得自己的心剧烈地撞击着，他开始不顾一切地狂吻着她，把她吻得透不过气来往后一仰，失去重心就和他同时躺倒在长沙发上。苑若像一只驯顺的小猫似地贴伏在他的胸前，眼波如水，似羞非羞地睇着他。正明的酒兴，加上他对她不能排遣的恋情以及当前的鬓香玉软，使他完全失去了平时的理智，他只觉得自己的喉咙逐渐发胀，额角的筋跳着，血在脉管里狂乱地奔流着，从鼻子里冲出来的热气，短促而迅速，一直喷到苑若的脸上。

"苑若，苑若?"他嗄声低唤着她。

她的眼睛答应了。

"你不后悔?"

她的眼睛否认了。

他伸手关长沙发旁小茶几上的灯，灯旁边的电话铃响了，他吓得几乎从沙发上跳了下来，酒兴、恋情，被清脆的铃声击得粉碎，融在空气里消失了。他羞愧地放开苑若，低声说：

"感谢这个打电话来的人。"

来电话的是叶群，他问正明是不是还在她公寓。

"他还在，你怎么知道他在我这里?"

苑若鬓鬓低垂，红着脸问道。叶群说小张在七点左右看见他提了菜走向她的公寓。

"你找他有事吗，叶群?"

叶群说正明还有几本书在宿舍里忘了拿，要他在回去前再到学校，去拿一下。

"哦，他今天不回长岛了，你明天送来好不好，你有脚踏车，比他方便些，好不好?"

那边半响没有接话。

"叶群，你能不能明天送来，顺便来吃早中饭，我做鸡蛋饼给你们吃。"

那边勉强答应了一声，挂了。

“苑若，你发疯了吗？何必告诉他我不回长岛了呢，人家会怎么想？”

“我这样一说比小张他们在背后乱造谣言大方得多，我自己说你留在这儿就表示我们是正大光明的，不是吗？”

“但是谁会相信呢！”

“信不信由他，”苑若有点不耐烦地说，“如果你不再犹疑不决，我们可以马上结婚，人家爱怎么说就怎么说！”

正明看了她良久，然后摇摇头，没有接她的话。

“怎么回事，你觉得我的话不对？”

“你的话很对。”

“那么你同意了？”

“不，苑若，让我想一想，你也该睡了，我们一切明天再讲。”

苑若知道他的脾气，就不声不响地进卧室把客用的毛毯床单拿出来，帮他把长椅放下，铺好，然后走到他面前吻了他一下，说了晚安，就进房睡去了。

她的浅灰羊毛衣冷落地掉在地上，他把它拾起来，贴在自己脸上，想起刚才的事，不觉惭愧了一阵，伤心了一阵，怅惘了一阵，欢喜了一阵，竟是不能自解，最后把头埋在毛衣里，轻叹一声说：

“还是让我们分手吧，苑若，你是自由的，飞得远，飞得高，带着我的祝福！”

第二天起来，他看见苑若眼睛下一圈黑，知道她一夜不曾睡好，就不敢把他的决定说出来，只找日常的话和她聊着混时间。十点左右叶群来了，他像得了解救似地上前欢迎他。

“叶，怎样，好吧！我昨天回宿舍没有看见你，大概在忙是不是？”

“唔，这一阵忙着赶完一个实验，然后该忙论文了。”

正明一听他说论文，触到自己失学的隐痛，就没有话说。

“晚上回去看见你的字条，还当你来了又走了呢！亏得小张告诉我，你看，这几本书可是你的？”

“唔，谢谢，他们都好？”

“都好。”

苑若从厨房出来和他招呼了，就把他们带进去吃早口饭。叶群有意无意地多看了苑若几眼，苑若假装不知道，忙着让他们吃饭后，叶群说：

“你今天回家不？”

“当然，我打算趁十一点那班车。”

“我今天借了车。本来想出去兜兜的，老待在实验室里闷死，现在正好送你回去，你觉得怎么样？”

“真的？那再好也没有了，我正在愁这许多书上下火车不方便呢！你真的可以送我？”

“当然真的，苑若如果想出去散散心也欢迎。”

“她当然来，她可以送我回家，是不是，苑若？”

苑若看了他一眼，点点头。

三人坐在车里，谈些学校及日常的事，苑若多数的时间是沉默的。快到中村时，正明悄悄地、紧紧地握住她的手，她的手是冷的，他不敢转头看她，她也没有看他，因为她已经知道他的决定是什么。车子在离陆家房子不远处停了下来，苑若留在车上，叶群帮着正明把书送进去，然后两人一起出来，等叶群进了驾驶座，正明对他说：

“谢谢你，叶，祝你论文成功，我来参加你的毕业典礼。”

“谢谢你，希望你明年能回普大来，陆，我过一阵再来看你。”

“再见了，苑若，一切小心。”正明含着笑对苑若说。

“再见，正明，一切保重，”苑若的声音低而微弱，“什么时候来普城先通知我。”

“我晓得，再见，苑若。”

“再见，正明。”

车子走了，由近而远，由慢而快，不一刻就流入千千万万的车子之间，分辨不清了。正明看着看着，脸上的微笑就慢慢地变为苦笑，然后是惨笑。

“再见，再见，何时再见？”

十

别了苑若，正明回到他樊笼似的家，生活中唯一可以安慰的只有他的二姐。但是他的二姐一天比一天瘦下去，两个瘦嶙嶙的颧骨很刺目地突了出来，把眼睛衬得像两颗孩童们在地上滚着玩的弹子似的又圆又空洞，眼神日渐散乱，漫无目标地分射到各方，嘴唇不休地抽搐着，好像一个快要哭泣的小孩。除了正明和她的看护以外，别的人她几乎都不认识了。后来看护辞职他去，就只有正明和他的大嫂文英日夜不休地看护着她。正明除了下楼吃饭以外，平时总在楼上，不是在房里看书，就在他二姐房里陪着她，虽然对这个家他已憎恨厌倦得无比，为了正云他还是一天挨一天似地待下去。

对于苑若的思念他是无时或释的，但为了减少他自己的痛苦，他十分用功，脑筋一休息下来时又连忙跑到他二姐房里听她前后不连贯的话。日子虽然过得苦闷，久了，倒也麻木了。

那年秋天，有一个星期日早晨，陆家的人像往常一样围坐在饭桌上吃早饭，一桌坐着陆老夫妇、正刚夫妇、正明和正芬。正芳已出嫁了，家里少了一个搬嘴弄舌的人，竟是比以前静寂得多。

“阿明，看看你四姐的结婚启事登出来了没有？没有的话，阿刚明天一定要打一个电话到报馆去问，究竟是什么理由，消息和照片送进去已两个多礼拜还不登，哼！这些毛子！”

正明放下碗筷，找出“妇女社会”那一部分，一页页地翻着看，有了，正是他四姐陆正芳，不，现在是曲太太了，得意地笑着，他看着看着，眼珠就不转动了。

“怎么啦，有没有?”

“……”

“阿明，有没有你四姐的结婚相片，听见没有？怎么一清早就是这副呆相！”陆太太说。

“嗯，有，有，当然有。”

“文英，到我房里去把我的眼镜取来，我要仔细看看。”陆老太太连声说。

但是正明却拿了报纸站起身来，一摇一晃地离了饭厅，往楼梯走去，嘴里讷讷地说：“有，有，当然有，我知道会有的。”

“阿明，我们还没有看，你拿上楼去做什么？”陆志璁诧异地问。

“真是家门不幸，一清早就这样疯疯癫癫的！”陆母咬着牙说。

“五哥要拿去给二姐看呢，嘻……”正芬插嘴道。

“不要放屁！你二姐能看报纸就好啰！”她母亲斥她道，“阿明，你把报纸拿回来呵，我们等着看哪！”

“这孩子！”陆老叹口气道，“怎么会变得这样子！真是没有想到，你让他拿上去吧，他会拿回来的。”

正明拿着报纸跌跌撞撞地进了正云的房，正云正半张着眼直直地躺着，也没有看见他进来。

“二姐，你看。”正明抖着双手把报纸送到正云脸上，“你看，二姐，这是谁？你看，这不是简苑若吗？这是叶群，你看二姐，这个女的你不是看见过的吗？他们……你看，他们……你看呀！”

他二姐半张着眼却没有看。她看不见了，他把报纸丢在床上，两手去推她。

“二姐，二姐，二姐，你醒醒，二姐……”

他二姐平静地直躺着，也不看他，也不作声，也不移动。

“二姐，二姐。”一种空前未有的惊惧捉住了他整个身子。他凄厉地大叫着，死命地摇着她。他的声音一直送到楼下，楼下的人像一阵急雨似地奔上楼。

“阿云，阿云。”陆母颤颤抖抖地一面叫一面抓着正芬的手。

“奇怪，我早晨喂她鸡汤时她还很好，她还叫了我一声大嫂。”文英喃喃地说。

正明并没有听见他们上楼的声音，也没有听见他们说话，他听不见任何声音。他只听见他二姐，他惟一爱着的手足的声音。

“我要等你结了婚才走，阿明，别的人我不在乎，我要看你快乐地结了婚才能放心，你懂吗？阿明？”

“二姐。”他大声叫她道，“二姐，你怎么不等我，你怎么不等我结婚呢？结婚！哈！哈！结婚。”他突然放开她的身体双手推开他的家人冲出房门去了。“结婚，你等我，二姐，你等我……”

陆太太一进正云的门，就一把抱住她哭道：“阿云啊，苦命的阿云呀，你要早听我的话，也不会有今天了！哦，阿云呀，你年纪轻轻的就走了，叫我怎么舍得呀……”

文英和正芬站在床边也号啕大哭起来，文英想起正云往日的温柔可亲处及她的遭遇，眼泪似断线般地滴在散摊在床上的报纸上，滴在陆正芬和曲文柄的结婚相片上，也滴在另外一张结婚照上，滴在苑若和叶群的脸上，一滴，两滴，无数滴。

照片上的苑若，披着白纱，轻倚在叶群的臂上，脸上含着笑，笑里没有泪，但是文英的泪却一颗颗地滴进她的眼睛，乍一看，好像她也在哭，她在为死了的正云哭还是为活着的正明哭呢？还是为她自己哭呢？

她当然不会为她自己哭的，叶群是一个理想的丈夫，虽然常常爱脸红，不爱交际，他对苑若却是无微不至的。

六月中，他顺利地毕业了，因为成绩优异居然被系里留下。行毕业典礼的那一天，他家里的人都来了，叶群因为自己忙就央求苑若替他照顾他的家人。叶太太对苑若十分慈爱，不嫌麻烦地把叶群从小到大的细节都说给苑若听。最后说：

“从前有人给群看相，说他将来会有很大的成就呢！他爸爸不信这一套，我可是记得挺清楚的。你看，现在他一毕业，学校就要了他啦。他爸爸说这个学校在美国是数一数二的，能够被学校留下来可真不容易呵！这一下子我可放了心，群做了事，底下几个也慢慢儿到这儿来念书，我们两老也有出头的日子啦！”

苑若见她这样兴奋，也打起精神来和她说话。当天晚上，叶家大庆祝，叶太太坚邀苑若一起回纽约，苑若不能推托，就跟着去了。叶群的几个姐姐都很会招待客人，所以苑若玩得很好。

暑假中，叶群留在普大开始做一个实验。因为俞祥生长在北方，很喜欢叶群，常邀他来家吃便饭，他有时在俞家碰见苑若，就在一起玩，有时他们和俞家夫妇打桥牌，很晚，由他送苑若回家。他的举止言语都有分寸，苑若和他在一起也不窘迫，何况他和正明是好朋友，她自然而然对他更觉亲切。但是他们很少提起正明，苑若曾经写了几封信给他，没有回信，很有点失望和伤心，虽然私下还希望正明有一天会改变主意，表面上则毫不提起他。叶群在毕业前忙论文，一直不曾去看过正明，他毕业时正明寄了一张贺片给他，片上一句话也没有说，毕业后，他又忙着做实验，又借不到车，所以始终未去看他，就更不会在苑若面前提起他来。

有时周末他母亲来电话要他回家休息两天，他也就回家了，但是每次叶太太总是要他带苑若一起回去。他先两次不肯，叶太太就亲自打电话给苑若邀她去玩，后来叶群和她混得熟了，也敢去邀她。周末总是玩得很好，叶太太没有受过什么教育却是做得一手好菜，每个周末挖空心思做新鲜的菜给他们吃。叶先生虽然不说话，看见苑若倒也和悦可亲，不时和她攀谈几句，所以苑若渐渐地觉得叶家人上下待她如自己人一样，使她在心理上得到无上的安慰与温暖。

叶群向苑若求婚的勇气完全是由他母亲再三鼓励催促才产生的，暑假过一半时，他母亲对他说：

“群呀，像简小姐这个模样儿、性情儿，走遍天下都怕还找不到呢，你还等什么呀。我看哪，她对你也挺有意思的呢，准不会刮你胡子……”

“妈！人家是陆正明的女朋友。”

“那是从前，我听尧公说陆家的老五现在待在家里，像一个大傻瓜似的，早没跟她来往啦，并且他父母亲也不许他和简来往，她现在是自由的，怕什么！”

“可是她心里还在等他。”

“你问她呀，你可以去问她是不是还在等他，如果她还是在等他，就不会答应你的，如果她不等他了，你们俩不是一对儿吗？”

“妈……”

“听妈的话去试试看。”

叶群终于红着脸问苑若。苑若并不觉得惊讶，但也没有答应，她要叶群给她一个星期的时间去考虑。考虑的结果，她接受了他的戒指。现实到底是一道推不倒的巨墙，没有勇气凿墙而过的人只好在巨墙前低头。苑若不是烈女，也不是以爱情为面包的痴情人，她是一个现实的女孩，生活在现实得几乎残酷的美国，梦的彩色在现实的巨镜照耀之下，原来是一张无它不能生存的支票！讲容貌，叶群虽不如正明那么男性，却有他自己的文雅；讲学业，他已经爬完了一段知识扶梯，正明却失足滚下去了；讲性情，叶群的脾气只有太懦，不会太倔，虽然苑若已习惯于被正明的倔所征服，她当然不会拒绝可以征服懦的机会；讲事业，那不用讲了。

她结婚了，在秋天。

她婚后的生活快乐不快乐呢？快乐不是一个具体的东西，无从测量起，它像一个在滚动的水珠，滚到某一处；水珠是圆的，快乐的圆形滚到某一处，水珠残缺不圆，不快乐的残缺。

他们结婚后住在普城，普城充满了她对正明的记忆，愉快的记忆是圆形的快乐；不愉快的记忆正像残缺的水珠，流进她心里来，很不容易流出去。

正云死的第二天，她和叶群从纽约回来，旧的记忆加上新的骇人的消息像一注狂流，把那圆形的、快乐的水珠挤得无影无迹了。她无声地坐在叶群的身边一句话也没有。

“苑若，还在难过？”

“我不是铁石心肠。”

“也许尧公的消息不确，到家后让我打一个电话到陆家问问。”

“尧公怎么会骗人呢？我在想他可能去的地方。”

“他也许暂时在朋友家住两天就会回去的。”

“他也许会……你不知道他对他二姐的感情有多深，她这样一死给他的刺激，会有多大，真是令人难以想象的。”

“他不会做出傻事来的，你放心，苑若。他对他的前途有他的计划，也许他到他三哥那儿去了。”

“我们可以去问问他三哥。”

"你有他的地址吗?"

"没有，但是我们可以问正刚的太太的。"

"这样儿很好，反正我们能找到他的消息的。你也别太难过。"

回到普城已夜深，苑若一夜不能入睡，窗外是深秋了，叶子索索地落到地上，像是一声声的叹息。秋天，秋天，多事的秋天。正明的二姐在秋天里发了疯，如今她在秋天里死了。正明呢？正明撞车出事是在秋天，如今他又在秋天出走，像一片秋叶似地飘得不知去向！呵，多事之秋，呵，苑若叹息道，为什么偏对陆家姊弟这样不留情呢！

但愿他安然无恙，但愿他依然活着，但愿他明年秋天能回到普城来看她，但愿他……

一阵秋风带着她的愿望远去了，她轻吁了一声。

"还没睡，苑若?"叶群反过身来朦胧地说，"不要难过，我们明儿写信给他三哥，睡吧!"

［选自《台湾中篇小说选》(第1集)，福建人民出版社1984年8月版］

野　宴

[美国] 丛　甦

丛甦（1937—　），本名丛掖滋，女，山东文登人。1949 年赴台，1959 年台湾大学外文系毕业，1961 年和 1963 年分别获得西雅图华盛顿大学英国文学硕士学位和哥伦比亚大学图书馆学硕士学位。现旅居美国。著有小说集《白色的网》、《秋雾》、《想飞》、《中国人》、《兽与魔》等。

一

“他妈的，这莴苣菜上个月还是一块钱三头，现在就是四毛九一个了，吃菜吃不起，只好吃肉了，嘻，嘻！”胖刘边咕囔边用脚踢开了纱门，怀里抱的大包小包地往厨房里送。后面跟的吴兴凯，高卷着袖子，一手提着半打可乐汽水。文超峰放下了书，从客厅里走出来，也来到院子里帮他们从车厢里卸货。

“吴公，把汽水一打放进冰箱里，看看冰藏间里有没有冰，昨天晚上你老乡喝啤酒大概把冰都用光了，就是不记得重新做上！”胖刘边走边说。

“别唠唠叨叨，婆婆妈妈，冰还不是水，吃点水你都要啰嗦！我老乡又得罪你啦！”吴兴凯没好气地把汽水往地上用力一放，又小声说：“真他妈的混！”

胖刘只装没听见，快手利脚地把大包小包从纸口袋里拿出，这该放橱柜，那该冷藏，有条有理。

文超峰望着，脸上露着笑：“货都办全了，老刘？真偏劳你们两位啦！”

胖刘得意地拉拉裤子说：“嘻，咱们是各有所长，你文兄号召力强，主管交际，找女孩子们，我刘岩胆大心细，主管采办，吴公地面熟，做开路探子，这叫分工合作，各得其所。”说着他掀开煤气炉子上炖得咚咚作响的一个白钢锅，一阵热汽冲头冒来，他用筷子朝锅里插插，又放进口里啧啧舐着：“乖乖！这牛肉快炖两小时了，筷子还插不进，这年头连肉都成精啦！都是他妈的老美喂牛化学肥料，把牛都喂成橡皮牛啦！炖牛肉的秘诀是多加佐料，少加盐，要不然我们的沈大小姐又要尖着喉咙嚷：‘死胖子！你可打碎了盐缸啦！’”他细声细气地学着，学得文超峰和吴兴凯都笑了起来。

“老文，沈梦也来？”吴兴凯问。

“她怎么能不来？”胖刘抢着说，“只要老文一个电话，她的‘头痛’‘胃痛’都好啦！要是你我打电话，准是那套：‘哎哟，刚洗完了头，不能出去！’这城里哪个男子没有碰过她的橡皮钉子。她对你客气才给橡皮钉子，要不干脆就是铁钉子，林大博士碰得头破血流，还是像敢死队一样，越碰越勇！”

文超峰笑笑，不说什么。

吴兴凯啧啧两声，说：“女人真他妈的古怪！那林尧成什么条件都不错，沈梦可把他当狗屎一样地踩！真想不透！哎，听说林博士刚买了一部跑车，考微特牌子，一万二！”

胖刘自口袋里摸出一张纸条，自言自语地念着道：“面包四条、汽水两打、纸碟子、筷子、水果刀、餐巾、卤蛋、炖牛肉、素鸡罐头、辣萝卜、苹果饼，还有，华大姐要带肉丸子和油闷鸡翅膀……乖乖！这真是一顿丰盛的野餐呀！”

文超峰摇摇头，朝老吴说：“一万二！一万二在普通人家可以买一幢房子……当然，在落后地区，一万二千美金可以养活一家四口好几年！”

胖刘抬起头插嘴说：“这是林博士的香车攻势！不过我看他低估了沈梦，人家沈姑娘已经情有所属，是不是，文兄？”

文超峰白净净的脸上泛起一阵红，他摇摇头说：“别胡扯了，老刘，我哪有资格！”

“死鬼！你不知道呀！我最讨厌林尧成，学理工的，死刻板，俗里俗气，不解风情！”胖刘捏着嗓子，细声细气地学着沈梦的口气说。

吴兴凯笑着插嘴说：“好现象！好现象，她讨厌学理工的，要是所有的女孩子都像沈梦，那么我们学文科的不是都有救了！”

“别做梦了，吴公，这城里只有一个沈梦，就是她有分身术也应付不了你们这些文科光杆！”胖刘浇着冷水说。

文超峰想转话题：“说正经事，老吴，车租好了？记着，先加好油，明天一早出发，省时间，等下我和你研究一下地图，我先看了一下，好像都是些乡村小路，出了城大概只有五十公里是四车公路，一共只有一百二三十里的路。”

胖刘抢着说：“林尧成车开得也不错，他可以和你接替……”

“林尧成才不会开大轿车！”老吴说，“昨天我打电话给他的时候，他说他要开他的新跑车！”

“那有个屁用？那跑车像乌龟一样地贴在地上，只能装两个人！”

“不装两个人，难道还要你胖子夹在中间做电灯泡不成！”

“好了，好了，”文超峰说，“现在算算一共有九个人参加，林尧成要是开自己的车，他车里可以再坐一位小姐，那么大车里只剩七位，这样也好，宽敞些。女孩子有沈梦、华大姐、孙敏，当然，还有陈莉莉。”说着，文超峰意味深长地看了胖刘一眼，接着说：“男士们有我们三个，再加林尧成，对了，老吴，你老乡是不是包准来？”

“等下我再给他打个电话，这家伙情绪不稳，说不定要变卦。”

“老文，怎么又约了孙敏？不记得去年的D·C之旅，都是她古里古怪，把大家闹得不愉快！”胖刘抗议说。

“不好意思不约，她和沈梦同室。再说，我们狠心不约，沈大小姐也不答应！你知道沈梦就是一副菩萨心肠，专爱保护弱小民族……”文超峰笑着说，心里涌起一阵暖意，想着那个有着妩媚长眼的女孩子。

“真是怪事，老文，沈梦怎么找那么一个怪物做同室？又丑又怪僻！处处挑剔，人既不随和又难应付，记得去年在D·C，她说我的红烧牛肉煮得太烂！嗤！不像话！”胖刘就是不能接受别人对他烹饪技术的批评。

“老刘，你也太不公平，沈梦说你的太咸，你怎么可没有耿耿在怀呢？”文超峰笑着说。

“不一样呀！人家沈梦漂亮呀！老刘想讨好还来不及呢！”吴兴凯插嘴说。

“别胡扯，吴公！沈姑娘除了文相公谁也瞧不上眼，我刘胖子算老几！”

文超峰急着打岔说：“明天早上女孩子怎么来？”

“华大姐去接沈梦和孙敏到这里聚会，陈莉莉那儿，我可以去顺便接来……”胖刘说。

“怎么个顺便法儿？她住城南，你住城北！”吴兴凯故煞风景地说。

胖刘鼓着腮，脸红得像锅里煮的酱牛肉。

二

文超峰大学里主修历史，出国之前听多少人说学文科的出了洋不是饿饭、喝西北风，就是沦落洗碗一辈子。多少人都说改行吧，学点实用的，这年头理想值几个钱？文超峰没改行，靠着奖学金，暑假打工，战战兢兢地修完了硕士，又继续修博士。在纳大他申请了助教奖学金。工作虽然忙些，但是南部小镇生活消费低，倒也够用。他和吴兴凯、刘岩三个人合伙租一座旧楼。旧楼在春城大学区附近一条僻静街上，楼上三个卧室，楼下是厨厕和客厅。三个光棍儿共同分担打扫、煮饭和采买，倒也热闹。

胖刘在大学里是学数学的，出了国改修统计，现在在一家保险公司工作。人随和，脾气好，惟一的嗜好是喜欢在厨房里头转，做几样家乡口味。他的拿手菜除了炖牛肉以外，再就是回锅肉，肉越肥越好。另外一个嗜好就是自造啤酒。地下室里大瓶小罐的，酵母和药料，文超峰常说那是“疯狂科学家的实验室”。他的“刘家啤酒”文超峰和吴兴凯都不敢喝，怕喝了醒不过来。但是胖刘也平平稳稳地喝了两三年，没出岔子，只是肚子凸了出来，像是三月怀胎。

吴兴凯是春城中国同学圈子里的老大——不只是年纪大，而是资格老，阅历多，倚老卖老。在美国混了四分之一世纪，四十七八岁的人了，还是王老五。国内大学里学的是政治。政治学士在美国是站不直，坐不稳，挣不了饭吃的。大半辈子从一个馆子混到另一个馆子，从洗碗混到端盘，最后总算升到“领台”。自从五年以前自纽约南来以后，在春城惟一的一家中国馆子——华荣饭店任“领台”兼副理，他和文超峰、胖刘合伙住也有三年了，大家处得还好，就是有时候嫌胖刘啰嗦，不把自己一把年纪作为学长尊敬。吴兴凯比文超峰整整大廿岁，平常谈论间他爱说：“想当年，我们一九四七年出国的时候……”胖刘会冷头一劈地打岔：“乖乖！老文一九四七年才两岁，我才上小学二年级，而你阁下就出来喝洋水了，失敬！失敬！”吴兴凯对胖刘这么没大没小地乱开玩笑，听在耳里，恨在心里。但是当那个俏丽的女孩子沈梦叫自己“蜈蚣”或“百足虫”的时候，他心里却又美滋滋的——足以证明自己没有老到使女孩子不敢开玩笑的地步。平常他爱“忘我”地在小一辈的中国同学圈子里混，但是论起经验见识他又爱倚老卖老地自以为是。对于文超峰这个比自己小二十岁的小老弟，他却有一层特殊关系。文超峰少年老成，遇事稳重，二十七岁的人却有着四十七岁的成熟，五十七岁的沉着，六十七岁的忧虑。文超峰常爱和他开玩笑：“老吴，你们学政治的都是乐观派，我们学历史的都是悲观派。不乐观不能搞政治——管理众人的事。但是学了历史以后，知道古今多少英雄豪杰成败得失，到头来不过是后人酒后杯尽的牙慧谈笑而已，我们怎么又能不慷慨兴叹，悲古哀今呢?”吴兴凯总会接着说：“文老弟，过奖了，学政治的要傥地乐天达观，满腹经纬，要是端了二十几年盘子以后，怕也准愁眉哭脸，忍泪吞声呢！”说完两人一阵哈哈。

但是为了这复活节长周末的野餐，文超峰、胖刘和吴兴凯也着实策划了一阵。小城中国人本来就不多，能够玩在一起的更少。平时大家不是为工作忙，为生活奔波，就是为读书忙，为考试忙。文超峰在年底刚通过了博士考试，现在只等写论文了。在这春假期间他也比往年轻松许多。这次郊游是胖刘提议的。刘岩三十三岁的人了，女朋友还没有影子。那个刚从香港来春城不到一年的陈莉莉，圆脸小鼻子，满头刘海，一副娃娃脸，未开口先露牙，一开口又嗲得腻死人。胖刘一听那“阿刘呀”，腿可酥软了半截。阿刘虽年过而立，但是追起女孩子来却腼腆得像个大姑娘。他曾壮着胆子约过陈莉莉几次，但是毫无进展。他想这次郊游，虽说人多气壮，和陈莉莉在一起的机会比一场电影一顿饭多些。所以在采办和准备工作上他也做得特别起劲。

三

早上八点多吴兴凯把租来的车——三排九座的大旅行轿车就开来停在门口。过了没多久，华大姐也一车载来了沈梦和孙敏。

华大姐是春城人人的“大姐”，几乎没人不知道她的名字，四十开外的人，豪爽、畅快、大方，东北人，黑黝黝的脸上老是堆着笑，说话喉咙响，嗓门子高，有女中豪杰之风。华大姐是小城一家医院里的护理主任，自己买下了一间公寓，家里总是客常满，华大姐拿手的包子、春卷，小城里的中国人没有没尝过的。华大姐也是春城里中国同学的保姆、顾问、红娘、和事佬。

华大姐她们来了以后，文超峰跑过去打了招呼就开始把华大姐车里带来的大包小包往租来的大轿车里装。拎起了一包油腻腻的裹着锡箔纸的东西，他凑近了鼻子，吁了一口长气说：“哇，老天！这是什么？香死人呀！”大姐接上口说：“糯米肉丸子，要热着吃才好！”接着又朝吴兴凯喊，“老吴，我带来了小煤炭炉子和煤炭，劳驾搬出来，对了，还有燃炭剂，没那个，可生不起火呀！”大姐手脚利落地搬动着，嘴里也不停地发着命令。看得手里挟着一块毛毯子的沈梦抿着嘴笑着。她穿了一件深咖啡色的褶裙，粉红衬衫，衬衫领口不经意地敞着，露出白皙的颈子上一条闪亮的金鸡心项链，齐肩的黑发松松地垂着，一双妩媚的长眼闪着笑。文超峰痴痴地望着她，手里还握着那包肉丸子。沈梦斜睨他一眼，抿着嘴轻声说："馋死！"就一扭身朝大轿车走去了。闷声不响的孙敏在她身后跟着，一身灰色的长裤和上衣，短发齐耳，满脸紫红深浅的青春痘。

胖刘自从接来陈莉莉以后就跟前跟后地周旋打转，一会儿为她开车门，一会儿帮她提皮包。陈莉莉是一个矮小、周身浑圆的女孩子，长得结实丰满，周身每个关节每根骨骼都像严合无缝；一身紫红绒线衣，紫红长裤，长裤里每根曲线凸暴无遗，连一张小小丰满的嘴唇也涂成紫红色。她睁着一双圆眼四下打量招呼。

"华大姐，吴先生！"又掉过头朝文超峰未开口先笑，"文大哥，忙坏你们啦！还有什么人要来？林尧成来不来？"

文超峰心里笑着想：这小妞子嘴真厉害，几时又和我称兄道妹啦！而且又敢开门见山地问起林尧成来。谁不知道她自从来春城没多久就对林博士有了兴趣，怎奈落花有意，流水无情……看看表也快九点啦，本来预备九点出发，路上也许要开两三小时，到乐园镇的时候刚好午饭。想着他就从口袋里掏出地图，打开来，摊在引擎盖上和吴兴凯研究着路线。本来这次郊游的目的地——乐园湖是吴公建议的。吴兴凯是老美国，走的地方多。他几年以前去过乐园镇，镇很小，很偏僻，但是有湖有公园，不熟路的话不容易找到。当时文超峰和胖刘都不禁纳闷地问：

"我们在春城也待了五六年了，怎么从来没听说过这么一个地方？保险不是你胡扯杜造的？"

"鬼话！不信看地图！再说这一带山湖这么多，你们哪能个个玩过？别说五六年，就是五六十年怕你也走不尽玩不了呀！"吴兴凯侃侃有词地说。

"老吴，听说南方的小城小镇三 K 党还颇有势力，恨黑人，恨外国人，你保险这个乐园镇不是他们的窝？"文超峰半开玩笑地说。

"文老弟，你美国历史看得太多了，'尽信书，不如无书'，南方人现在比五六十年以前开明多了，再说美国佬自己的总统不久以前到中国大陆去朝贡回来，别说三 K 党，就是六 K 党也要把咱们中国人当人看待呀！"

文超峰摇摇头，不说什么，他想：中国人在异国的地位，中国人在世界上的地位岂是一个美国总统匆匆短短的一个"北京之旅"可以在昼夜间改变的？如果不靠自己，中国人岂能希冀永恒的奇迹？

远处一阵马达的吼声划破这清晨的沉寂。从街口，一辆玫瑰红的小跑车旋风样地驰过来，一到楼房前，一个紧急刹车，刹得干净利落。林尧成一纵身从车里跳出来，苍青外套，苍青长裤，浅黄衬衫，大敞着领口，脚上蹬了一双亮得照脸的黑漆皮鞋。他朝大家一挥手，嗨了一声。

沈梦正提了一个纸口袋从房子里走出来，一见林尧成，她本能地皱皱眉。

文超峰向林尧成打了招呼，又转过头向吴兴凯低声说："沈梦的'私人司机'来了。”老吴笑笑，朝林尧成说：“林博士，好漂亮的玩具，试跑?”

林尧成用脚踢踢轮胎，两手叉着腰，自得地笑笑：“还可以！前天才从车商开来，本来两三个月以前就订了，可是没有我要的颜色，就是为了玫瑰色又多等了两个月。”说着他扫了沈梦一眼。沈梦正弯着腰把纸口袋往大轿车里放。

华大姐听见门外的声音也就忙着跑出来，一手捧着一叠纸餐巾，一手捧着一大摞纸碟子：“哎呀，林博士，香车美人呀！美人呢?”

林尧成从大姐手里接过东西就往大轿车里送，他和沈梦几乎撞个满怀，他笑笑，低声说：“沈梦，是你喜欢的颜色呢！”

沈梦微眯着眼，耸耸肩，没好气地说：“哦！谁说我喜欢那扎眼的颜色来着?”

林尧成涨红了脸，用手掠掠油亮的头发，就帮着文超峰和吴兴凯去研究地图了。

陈莉莉笑眯眯地从屋子里走出来，后面跟着胖刘，他们刚才参观过胖刘的“私营啤酒制造厂”。一看见跑车，陈莉莉的两只小胖手合着一拍，浑圆的小身子像小兔子一样地往前一跃，嘴里尖叫一声：“哎呀，好漂亮！”又赶紧扭动着身子，小碎步地跑到文超峰一伙人跟前。

“阿林！你的新车好美呀！带我兜兜风好么?”说着挺着一张甜糖饼样的小圆脸，两只大眼睛眨巴眨巴地盯着林尧成。林尧成脸上一阵红，嚅嚅地说：“等下好不好，你看我们在忙！”

陈莉莉又笑眯眯地扭回了跑车，车里车外仔细地打量着，一只小白手爱惜地抚摸着车门、车头，然后干脆开了门坐了进去。

胖刘看得脸红心急，他低声地对自己咕囔：“他妈的，什么人都是啊呀啊呀的，我还自作多情以为她在跟我亲热呢！”

那边沈梦和孙敏也坐进大轿车的第二排的座位里去了。文超峰把地图收了起来，向大家喊了一声：“人马都齐全了吧？最后一次点名了！”华大姐捅吴兴凯一把：“老吴，你那位老乡呢?”吴兴凯一拍手，突然想起了什么似的：“对了，元天这家伙也许睡过了头，我给他打个电话去！”说着就往屋子里跑。正在关车后门的胖刘却大喊了一声：“来了，来了，说曹操，曹操就到！”大家一齐往街口望去，一个瘦小的男人，一身灰色，两个窄刀肩向前耸着，钩着头正往这边匆匆走着，走近时乌青的脸上没有一丝笑容，眉头却更皱紧了。他从鼻孔哼了一声，算是向大家打了招呼。老吴跑上去拍一下他的肩膀：“老弟，起迟了?”瘦男人含含糊糊地哼了几声，算作答复。坐在车里的沈梦悄悄向身边的孙敏说：“瞧那副德性，像死了三天似的！”

文超峰坐进驾驶位子上，吴兴凯坐在他身旁，主管看地图。胖刘捧着啤酒肚子挤进沈梦旁边，和两个女生坐第二排，吴兴凯的老乡缩着头站在车外，不知所措。还是华大姐眼尖，一把拖住他的胳臂说：“元老弟，你不嫌大姐，咱们两个坐后头，宽敞些！”说着两人就坐进第三排的座位上。

林尧成这时可着急了，眼看大轿车马上就要引擎启行了，他两手扶着沈梦旁边的窗子，小眼睛里闪动着恳求，他红着脸，也顾不了周围的人朝沈梦说：“要不要试试跑车？那边座位软，是真皮的！"

沈梦撇着薄薄的嘴唇，瞅他一眼："快去吧，阿林，人家在等着你哪！"她的语气加重在"阿"上，说得身边的孙敏吃吃地笑起来。林尧成无奈地摇摇头，往自己的跑车走去。那边果真传来陈莉莉娇嗲的喊声："阿林！阿林！"

坐在车后的华大姐等林尧成离开以后，才小声向沈梦说："这丫头，人家林博士也是一番好意，你却把人家的好心当作驴肝肺了！"

沈梦佯装悲伤地叹了口气："都是我该死，害人精，大姐老是偏向男生！下辈子我可做男人去！"

身边的胖刘赶紧喊道："使不得！使不得！沈梦你要是下辈子去做男人，保你这城里所有的中国男生都要去投胎做女人了，你能想象一批更丑的女人合伙去追你吗？"

"死胖子！"沈梦啐他一口。

大轿车就在这笑骂声中出发了。后面的小红跑车一溜烟窜到前头，陈莉莉伸出一只白胖的手臂向后面摇摆着："拜拜！"林尧成伸出头向大车喊着："我带路！"

四

四月初的南方天气却已有早夏的暖意和懒散。空气里洋溢着青草和土地复苏交混的郁香。公路两旁的棉田有的翻着土，一片深褐色像撒着巧克力粉的松糕，有的还顶着一层油绿的野草。公路二十四是一条平坦光滑的四车公路，而南行的车辆在这晨曦里也稀疏流畅。车窗半开着，像温水样的暖风吹进车里，沈梦掠肩的头发被吹得满脸满颊，她不时用手拂着，微眯的眼睛却望着窗外倒飞的田野。文超峰从头顶的反映镜里不时地望着她的脸，那细长的眼睛，挺翘的鼻子和那张单薄但倔强的嘴唇。望着，他心里涌起一股莫名的暖意，多奇怪的女孩子呀！欢笑时像挡不住的七月里的阳光，但是静下时，那股忧郁又像十月里的薄雾一样地罩着那微翘的长眼。她在想什么？沈梦！沈梦！这小城里多少个男孩子念着那个名字辗转难眠，但是沈梦永远那么超脱、潇洒，长裙掠过处遗下多少白骨怨魂！所以华大姐常说沈梦"这个丫头，心是铁打的"，想着，文超峰笑笑，摇摇头，他知道在心底，沈梦的心比泥巴还软，就看她身边那个别别扭扭的孙敏吧！三十多岁的老小姐，孤僻，不得人缘，一来小城像个亡家犬，沈梦却大大方方收容了她，帮她找工作，帮她参加各种大小聚会。虽然比孙敏几乎小十岁，但是沈梦却像老大姐一样地保护着孙敏，不准任何人欺负她。再看看挟在两个女生中间的胖刘吧，一上车就从左右口袋里掏出大小包包的巧克力糖、口香糖、花生米、小饼干。和胖刘旅行有个好处就是永远不会挨饿。他的衬衫口袋和裤子口袋里装的零食不亚于一个小冰箱装的。胖刘把零食分让了一下，然后就猛嚼口香糖，嚼得两个鼓胀的肥腮上下抽动。他比往日沉默许多，准是被陈莉莉满口的"阿林"惹恼了。在后座和华大姐同座的元天，弓着腰勾着头，两个肩膀像害肺痨一样地向前倾着，一张青黄瘦脸，眼镜后的小眼睛带着苦凄凄的表情。文超峰猜不透他，只知道他和吴兴凯是小同乡，半年以前才从纽约南来，目前住在哪里，做什么，没有人知道，只偶尔来找老吴聊聊天，喝喝啤酒。文超峰想也许那元天和孙敏可以配成一对，怪上加怪，其怪不怪。想着，他笑笑向身边的老吴说："吴公，今天我们是阳盛阴衰呢！"

"对了，五男四女，不知道谁要打单？"吴兴凯接着说。

沈梦由背后扣头一棒："蜈蚣，你最不要脸，这是郊游，还是配对子呀？"

吴兴凯被骂得美滋滋的，嬉笑着说："沈姑娘，这嘴就是不饶人，小心找不到婆家！"华大姐由后座插嘴说："好了，别斗嘴了，唱歌吧！"说着就领头唱《阿里山的姑娘》，然后又唱《康定情歌》、《红彩妹妹》、《长城谣》，大姐有一副响亮豪放的嗓子，老吴的嗓子像是麒麟童喝多了醋，胖刘的嗓子倒低沉醇厚，但是老走音，沈梦的喉咙柔而低，像块软丝绒。虽然大伙儿七音八调凑拢不起来，但也其乐融融。最后大姐引吭高歌："我的家在东北松花江上……那里有大豆高粱……"大家一阵沉默。

从春城到乐园镇总共有一百二三十里的路程，一路上林尧成的红跑车遥遥领先，在早晨公路上络绎往来的交通里时没时现。但是在拐弯转角的地方，他总是缓下速度，怕后边的大车跟不了。下了公路二十四以后就是一段五十几里的两车宽的山路。山路弯曲回折，越爬越高，最后大轿车来到一块山腰里凸出的看台样的平坦地，洋灰砌成的眺栏隔着底下一望千丈的悬崖。路旁竖立的木牌子，写着"展望角"。有两三个游客的车已经停在那儿，有的人拿着望远镜朝远山近树瞭望。红跑车也停在那里，林尧成脖子上套着照相机四下蹿动，陈莉莉在树底下、石栏旁搔首弄姿。从石栏向下一目环扫，这整个的大峡谷尽是一片苍青墨绿的树海，团团簇簇，分不出哪儿是始哪儿是终。远处凸凹起伏的山也是一片墨绿，迷结严实，像插不进一根针。

吴兴凯倚着栏杆用手朝右下方指指在密树林里隐约看得出片断的屋宇檐角或一抹晶莹闪亮。"看，那不就是乐园湖吗，准没错！"文超峰朝他指的方向看看，看不出什么，他想要是那些密树后有村镇，有湖水，有人家，那真是"柳暗花明又一村"了。车里的女士们也都下车来伸伸腰，胖刘一边拍打着身上的花生皮，一边嚷："为了吃一顿饭，跑这么远来，何苦来哉！"

不轻易开口的孙敏说："胖子，抱怨什么？你在车上不是都吃饱了吗？我们座位上被你糟蹋得像垃圾堆似的！"

林尧成跑过来要为大家照相，又非缠着沈梦给她独照不可，大家拍了几张团体照，作为"到此一游"的纪念。从山顶往下行真是迂回曲折，柔肠百结，左边是峭壁，右边是峡谷，胖刘不停地啧啧："真是考验驾驶技术嘛！"在浓密的杉木林后，那灰白屋顶的矮平房子或隐或现，就这样开了将近半小时才迂回地进了山窝，小镇依山而筑，稀稀疏疏的房子不到三四十户人家，像二月的寒星一样地点缀着峡谷。一条大街，一个加油站，一个干杂货店，一个长方形的红砖建筑，是当地的小学。刚进镇沿着大街开不出三分钟已经出镇了。坐在文超峰旁边的吴兴凯又拿出了地图，指指点点地说："嗯，湖在右手，靠右转。"指着大街上靠小学附近朝右转的一条小岔路。小路满布石子，车子在这石子路上颠颠簸簸地开了将约二十分钟的光景，窄路渐渐开始斜下来，路两旁在头顶交接的树荫突然豁然开朗，白花花的阳光劈头泻了下来，展开在眼前的是一大片空旷的草地，在草地右手二百多尺以外一片平滑得像织锦缎样的湖水在阳光下静静展开，湖四周是高及脚踝的青草，河岸四周有整个树身挖空而造成的长短凳子，颇有原始的淳朴风味。

陈莉莉早已跳下了车，在那边吱喳嬉笑，像早起的麻雀。在湖右手一张大木桌子上坐着一个美国家庭，一家三口，一对年轻的夫妇和一个满头金发如奶油般的小男孩子，五六岁模样。小男孩子一个人在草地上追逐着一个五颜六色的大球，边追边笑。年轻的母亲正摊开一张红方格的桌布，然后有条不紊地从竹篓子里拿出野餐的食物。胖刘一看就嚷着说："吃饭了！快一点了！"

沈梦和华大姐都朝湖左边的一块高地上走去，边回头边喊："急什么，先看看环境再说！"

文超峰用眼环扫一周，笑着说："老吴，也亏你记性好，这地方就是凭地图也不容易找。"

胖刘和孙敏却忙着从车里搬东西，放在湖边的一个长形野餐桌子上。吴兴凯的老乡元天却神不知鬼不觉地往左边高地的树林里溜走了。那边华大姐和沈梦有说有笑地走回来，每个人手里抓了一把黄蓝交杂的小野花。沈梦的发边还插了两朵黄色的蒲公英。

文超峰一看她们就笑着说："你们都成仙了，不要吃东西了。"

华大姐帮着大伙儿摆桌子，大包小包大罐小罐的东西摆满了一桌，五颜六色的。纸碟子、塑胶刀叉和象牙筷子都一齐出动。有的人坐在树干凳子上，有的坐在草地上，就开始吃起来了。华大姐却手忙脚乱地指挥老吴生煤炭炉子，煤烟袅袅上升，小铁锅里的肉丸子也热起来了。大姐带来的牛肉包子层层叠叠地包着锡纸和毛巾。她剥玉米皮似的层层打开，大家一团乱抓就抓光了。

"大姐，还热呢，一咬一口水！"沈梦说。

"你大姐早上六点就起来蒸啦！"华大姐自满地说，圆脸上绽开笑。

胖刘一口一个地吞："大姐，这比纽约大上海的小笼包子还好！"

"老刘，慢点吃！省得呛着！"沈梦逗他说。

"不用担心我，沈姑娘，看看你自己，人比黄花瘦，怎么不多吃点，有心事不成?"

"死胖子，就是狗嘴里吐不出象牙来！"沈梦啐他一口，掉过脸去和孙敏说话儿。

"狗是狗，象是象，狗嘴里要真的掉出了象牙，那天下不要大乱吗?"胖刘嬉皮笑脸地说。刚才在车上那股闷气好像都已雾消云散。胖刘一见好吃的就什么都忘了。

陈莉莉笑眯眯地望着他，夹起一块炖牛肉往圆圆的小红嘴里送："阿刘，你手艺真不错！"

这小妮子真厉害，东西还未进口就先夸厨师。刘岩在那边更是乐上加乐。

不远处那野餐的美国家庭早已吃完了，年轻的母亲收拾停当。那满头金发的小男孩子好奇地望着这边欢笑聚餐的中国人。他悄悄地溜近了华大姐身边，两只像玻璃弹子一样的蓝眼睛溜溜地转。大姐捡起最后的一个包子，好意地递给了他。

那边年轻女人的一声尖叫“吉米！”小孩子吓得跳了起来，掉头就跑。

胖刘一把把包子抢过去，说：“大姐，这种美国人是狗咬吕洞宾，不识好人心！何必浪费东西呢？大概她以为我们要毒害她孩子吧！”

文超峰说：“说正经的，老刘，美国人也不能一概而论。我刚来美国在西海岸的时候，我的房东太太就是个‘中国狂’，凡是中国的就是好的。当然南方的美国人比较保守，区域观念重些，尤其是三K党的影响，使他们多少有些排外，排黑。”

华大姐接着说：“在任何一个国家做外国人是免不了吃苦头的。”

林尧成端着碟子走过来，打岔说：“大姐，你来美国也有二十多年了，美国公民也做了十几年了，还口口声声说‘外国人’，这岂不是自讨苦吃？”

众人一阵嗡嗡声，表示不满。

大姐解释说：“这话不是那么说，小林，有公民权和做不做外国人是两回事。公民权是法律上的保障，做外国人却是心理上、情感上的感觉。为了种种方便，工作上的、旅行上的，很多人归化了公民，但是在心理上你怎么能除掉那种格格不入的感觉……”

林尧成先四下望望，刚才众人那阵不满声使他更加自卫：“中国人一天到晚自怨自艾，说美国社会不接受。其实自己根本不想被同化，怎么能怪别人歧视？就说我们吧，一大伙中国人在一起一天到晚叽叽喳喳的，人家当然听了就烦……我认为这是一种心理上的障碍、情感上的包袱，要是中国人不先把这个扔掉，一万年也休想打入美国社会！”

“说得这么理直气壮！你自己的情感包袱扔掉啦？林尧成？”沈梦嘲弄地问。

林尧成红着脸，一时不知道该说什么好，想了一阵才讷讷地说：“既然生活在这个社会里，就应该随遇而安，一天到晚怨天尤人，没有什么好处的……”

“我问你一个问题，你还没有答复呢！”沈梦步步紧逼地问。

“我……我的情感包袱还没有完全扔掉……但是没有其他人的那么重……”

“好，就假设你完全扔掉了，你现在跑过去，”沈梦朝远处那一家三口的美国人的长桌指指，“你认为他们会真的把你当自己人看待吗？”

林尧成红着脸，哑口无言。

吴兴凯忙着做和事佬：“其实，物以类聚，无可厚非，爱尔兰人愿跟爱尔兰人在一起，法国人愿跟法国人在一起，这又有什么不好的？当然，还有一点，中国人爱跟自己人混在一起也是为了安全感。多数就是力量，俗话说一个人挨揍，两个人挨骂，三个人在一起非但不挨揍，还要揍人！”

胖刘说：“我们有九个人，那么我们真可以分成三伙，大闹乐园镇啦！”说得大家都笑起来了。

那瘦削的元天早已吃完了，一个人独自跑到远处湖边坐着。华大姐和孙敏忙着收拾碗筷。陈莉莉跑到林尧成车里拿出一盒巧克力糖，向大家嚷：“我不会做菜，这算是我给大家的小贡献！”

老吴端着盒子嚷：“吃糖，吃糖，陈小姐准有喜事！”

林尧成不知什么时候一个人跑过斜坡到树林里去了。

沈梦坐在长凳上，望着远处湖边那个灰色的身影，她轻声说："蜈蚣，你的同乡好像很不快活……他怎么那么瘦!"

吴兴凯摇摇头，轻喟一声："信不信他在大学里还是篮球健将？想象不到吧！他也是×大的，对了，沈梦，他和你和文相公都是前后同学呢!"

沈梦睁大了眼睛，不信地望着他。

"真的，我有相片为证！他以前也瘦，但是没有这么瘪！来美国也有七八年喽，都是女人害的!"

沈梦白了他一眼："失恋的人天下多的是，也没见得个个都像害肺痨似的!"

"唉，沈姑娘，你还年轻，人都不一样呀！尤其是深情的男人，有的一遭打击就一蹶不振！不信，问老文!"

文超峰红着脸摇摇头："不敢，我没有太多经验。"

沈梦轻轻地喟了一声说："究竟是怎么回事?"

"还不是老故事，青梅竹马，订婚了多少年，女孩子先来了，两年以后他来了，才发现'爱人结婚了，新郎不是我'。女孩子一直在信上瞒着他，怕他吃不消，以为当面说好些。谁知道一下飞机的发现使他惊得几乎发了癫，书念不成，在纽约的中国馆子混了七八年，也没混出什么名堂来！唉，就像他的吴大哥一样，没出息，所以我们哥儿俩算是惺惺相惜!"

五

沈梦摇摇头，站了起来，往远处的斜坡上走去，背后的笑声和谈话声渐渐远去。她在斜坡上拣了一块地方坐下，背倚着一棵参天的古树。现在她可以看见这 L 形的湖的尾部了。在他们野餐的地方他们只能看见这 L 的垂直部分。湖水很静，很平稳。湖对面浓密的树林里好像有白色的屋角，也许是人家。远处斜坡下华大姐和老吴的谈话声已经听不见了，只偶尔传来一两声脆得惹人的嬉笑，准是陈莉莉的。望着这阳光下的湖水，她像被催了眠似的，那粼粼闪烁的波光轻微地跳动着，但是湖水好像静止在那儿。从斜坡上往左望去，这静静的 L 的垂直线不知伸延到何处，也许到另外一个湖，一条河，最后也许伸展到沸腾奔放的海洋里去……想着，她突然对这湖水产生一股强烈的爱，也嫉妒它，它在那儿静静地躺着，不动声色，好像在假寐，只是在那静止的表面底下一定跳动着成千成万的小生物，而那静静的河，带着那潜伏的生命和希望，又伸展抚摸着另一道水，另一条河，最后也许归原海洋。也许这湖只是海洋失落的一只胳臂，静静地被遗忘，遗忘在这灰白的沙岸和密林里，但是这湖却静静地不动声色地倾听着海洋的脉搏，昼昼夜夜，穿过了多少沙岸、多少石子、多少树根，倾听着，细数着……听说所有的水、所有的湖、所有的河，最后总要回归海洋的，海就像母亲的胸脯，肥大宽厚，收容一切被遗忘的细支细流。她想这湖是幸福的，因为在它似孤独卑微的存在里，它的脉里也跳动着海洋的奔放和信息，在地层的心脏里，这静静的湖！假寐似的，正悄悄地昼夜不息地吸取着那母体的海，也静静地伸展着，静静地回归……

她捡起一根青草放在嘴里咬着，眼睛里却浮起一层薄雾样的湿润。身边一阵轻微的脚步声，她没有回头。文超峰在那儿站了很久了。

在她身边的草地上坐下，望着她满眼的轻雾，他柔声问："怎么啦?"

她没有回答，摇摇头，继续咬着草，半天才说："你不觉得元天很可怜?"

文超峰没有说什么。她又继续说："你不觉得这一伙人都很可怜?"

文超峰怀疑地望着她。她继续说："吴公、孙敏、元天、胖刘……就是连自鸣得意的林尧成……这其中也许只有华大姐比较好些，因为她永远在帮助别人，永远在做有意义的，永远不是为自己的喘息而活着，她活得很起劲儿也许就因为她和大家分享她的生活……胖刘呢，一天到晚只为吃、造啤酒、追女人烦恼……老吴和元天都做了一辈子餐馆，林尧成，开着一万二的跑车，自以为是美国人了，沾沾自喜，到头来又怎么样了?"

文超峰静静听着，然后笑着说："我呢?"

沈梦睨他一眼，然后略带羞涩地说："你好像和他们不一样……也许是我自己的偏见，我总觉得学文史的人，在任何一个时代里，是'众人皆醉我独醒'的守夜人，也是一个民族的良心，因为我们感觉的不只是自己的痛苦，自己的困窘，而更是一个时代、一个民族的……"

文超峰低着头，看着自己的两只白皙的大手，手背上鼓跳着青筋，他低声说："沈梦……有时候我真觉得古人说的是对的，百无一用是书生，在一个时代狂澜里头，读书人究竟能做些什么？我们只会空谈，谈，谈，说，说，说，话，文字，语言，口水一大堆，都是空的，纸上谈兵，管不了事……有时候，我真恨自己，瞧不起自己……"

沈梦睁大了眼睛，吃惊地看着他。头一次她看到他脸上痛苦的表情，那双浓黑的眉紧紧地皱着，那满头炭样的黑发，一小撮又习惯地掉到额前，他没有掠开它，只是低垂着眼睛，看着自己的手。

她用手轻按了一下他的胳臂，悄声说："唉，不要说了，我知道，我懂你的意思……"他抬起头，望着她的脸，那双梦样的长眼像两道长河一样地流着，离得那么近，他可以看见那瞳孔的闪亮，他可以看见自己在那闪亮里的倒影，他看到那双眼睛里的语言和情感，些微恐惧和伤感，还有那柔得像晨雾一样的忧郁，他从来没有如此赤裸地看过一个人的眼睛，有人说眼睛是灵魂的窗子，他想，为什么不说眼睛就是一个人的灵魂？因为在沈梦的眼睛里，他摸到、触到、拥抱到她的灵魂。

沈梦突然像惊醒似的眨眨眼睛，掉过头去，好像突然发现自己赤裸的身体一样，赶快要抓衣服遮掩。

他抓住她的手，两只手捧着，他感到她手心的温热暖流，他轻轻地抚摸着那乳白的嫩笋样的手指，光滑，微微湿润……

沈梦没有挣脱他的手，她把头轻倚着他的肩膀，小声说："超峰……有时候我很害怕，有时候我半夜醒来一身冷汗……”

“怕什么？……你都梦见什么？”他柔声问。

“……噩梦，有时候梦里有梦，梦里我知道自己在做梦，但是又醒不过来……”

他拍拍她的手，安慰地说：“没有醒不过来的梦，记得有人说没有过不了的今天嘛？梦和时间一样，总会过去的。”

沈梦望着远处的湖面说：“是的，什么都会过去的，但是究竟是怎么一种过法？像我们现在的生活一样，你不觉得我们只是一天又一天地机械地拖日子？好像存在只是吃饭、睡觉、上下班、领薪水……”

“沈梦，你究竟要我们怎么办呢？做一番轰轰烈烈、惊天动地的事？”文超峰笑着问。

“……不是，我就是不知道这样下去要多久？一辈子？我们的存在没有什么内在的意义，外在的意义是上下班，挤公共汽车，拿薪水，周末出去玩，结婚生孩子，或者去野餐，像我们现在做的一样，但是，这一切没有内在的意义，内在是一团空……”

“沈梦，我们在这个社会里究竟能做些什么？”

她摇摇头，说：“我也不知道，你、我、老吴、胖刘、华大姐……在这个社会里，我们只不过是夹缝里的人，是的，夹缝人，边缘人……生活在别人的屋檐底下，屋檐虽好，终究是别人的，也好像是生活在大岩石夹缝里的小草，遮风避雨，但是假如有一天大石头倒了，我们也不存在了……我们的命运不在自己手里……”

“夹缝人……边缘人……”文超峰有趣地念着，他笑笑，摇摇头，心想，还是靠沈梦聪明的小脑袋想出这么浪漫化的名词，何不干脆就叫流浪的中国人呢？

“哎呀！我说你们小两口子到哪里去了呢？原来躲在这儿谈心！”吴兴凯气咻咻地爬上斜坡，边走边嚷。

文超峰一骨碌跳了起来。

“老文，林尧成正要找人打躲避球呢！”

“什么是躲避球？”沈梦问。

“女孩子胆小，咱们打排球好了，反正是球，怎么打都好！”老吴说。

他们一伙人走下斜坡的时候，老远就看见林尧成一身白，白长裤，白球鞋，手里拿着一个球，扔上扔下。

“也亏他想得周到，居然还带球衣、球鞋来换！”文超峰笑着说。

“可不是嘛。人家林博士凡是在有沈姑娘的场合，绝不放弃显扬的机会！”

“瞎说，蜈蚣，林尧成是为了陈莉莉才显扬的！”沈梦抗议地说。

胖刘一见他们就摩拳擦掌地说：

“沈梦，男女两组，你带女生，我带男生，看我们不把你们打得落花流水呢！”

华大姐和沈梦都齐声抗议：“谁知道你们要打球来着？穿皮鞋打球岂不要折断脚脖子？”华大姐、孙敏、沈梦都穿着短跟轻便皮鞋。那边陈莉莉却尖着嗓子喊：“我打！我打！球跑了，男生去捡！”她脚上穿了一双三寸来高的细跟皮鞋。

“哎呀，我的大小姐，不是我大姐嘴长，出来玩哪有穿三寸高跟鞋来着？你可要小心哪！折断了脚踝可不是好玩的！”华大姐仔细叮嘱着。

从斜坡上往左看两三百公尺以外有一片平坦的半月形的沙岸，月牙形以外就是湖，以内就是长得高及脚踝的草地。草地以外有浓密的橡树林，间或有长春松夹杂其间，在株株挺立的树干和枝叶间仿佛隐约着一幢灰白的屋顶。

华大姐一手提着一个布口袋，一手挟着一块毛毯子，爬上了斜坡，找块干净地方，把毛毯子铺下，回头朝沈梦说：“不打球，来陪大姐说话儿。”

沈梦在毯子上坐下，然后伸伸腿，干脆用两手垫着头躺了下来，大姐坐定以后就从布口袋里拿出了毛线和钢针，熟巧地打着。

“大姐真是的，出来玩还带这玩意儿！”沈梦埋怨地说。

“唉，不是我扫兴，你大姐一天忙得喘不过气来，要不趁空把这背心赶完，毛线拖来拖去都拖脏了。”她手里织的是一件咖啡背心的后背。

“颜色太素了，干吗不打件红的、黄的穿穿？”沈梦问。

“唉，”大姐瞅她一眼，然后不好意思地笑了起来，“不是我自己的，是给老吴的，反正给他在家里拖拖，没有什么好看不好看的。”

沈梦笑笑，不说什么，她想大姐和老吴年纪相仿，为什么他们不能结合？也许是老吴自卑感太重。

“大姐，蜈蚣人不错呢！”沈梦试探地说。

大姐摇摇头：“糊涂人，大男人家在外头混了二三十年，也没混出什么名堂来，唉，要是在国内，起码也当个小公务员……怪可怜的！咱们这一伙人都是老实人，就是林博士人精明，小沈，人家对你很有意思呢！”

沈梦撇撇嘴：“他有意思，我可没有，我怎么能喜欢一个假洋人！”

“缺德！你这丫头就是一张嘴不饶人，林博士又变成假洋人啦！”

“可不是么，半中不西的，自鸣得意，多赚几个臭钱又有什么了不起？”

沙地上玩球人的嬉笑隔着树林传来，偶尔夹着陈莉莉的尖叫，连寡言的孙敏和元天也都追着球跑，在那一堆跳跃跑动的人影里，沈梦看得出文超峰颀长的身影，她眼神追逐着那个身影，嘴边不禁浮起微笑，像保守着自己的秘密。

突然远处公路上一阵汽车引擎声打断了她的思路，她坐了起来：“大姐，有人来了呢！”

大姐头也不抬地说：“胡说，我可没见什么人，怕没有几个人知道这地方，也都亏老吴，找这么一个僻静的地方来，也好，省得人挤人。”

沈梦往斜坡后望望，什么人也没有，那个美国家庭早就离开了。远处那汽车的马达声早已静止，但是从斜坡，或从他们野餐的长桌上看不见公路，只有这湖，这树林，这半月形的沙岸……

“小沈，你几岁了？”华大姐突然开门见山地问。

“干吗？大姐要帮我做媒呀？”

“不害臊！”大姐白她一眼。

“不小啦，快二十五啦！”

“不是你大姐爱管闲事，女孩子一个人在外头，也该自己留意一下……也不能老东挑西挑的，眼睛长在头顶上，谁也瞧不上眼……”

“我不要结婚，我要做尼姑去！”沈梦嘟着嘴逗大姐说。

“瞎说，我看文超峰人还不错，样样都好，论年纪你们也都不小啦，不要学你大姐，做一辈子老小姐……”

沙岸上打球的人已经散了，文超峰、胖刘、孙敏和老吴都朝斜坡上走来。胖刘边擦头边喊：“乖乖，这一场真把午饭都打掉了！沈姑娘，你可误了好戏，想不到那位元先生本事真不小！看不出！看不出！”

老吴笑笑：“早就跟你说了，我同乡在大学里是篮球选手呢！跑得快，投得准，现在人虽瘦些，但是基本技术还是超人一等！”

“乖乖！这仁兄手脚都厉害，手抢得快，脚踢得高，那最后一脚，我还以为他把脚都踢掉了呢！要是没有树挡着，包不住那球要飞出州外呢！人真是不可以貌相！”胖刘比划着说。

“小元呢？”华大姐问。

“捡球去了，最后这一招他可真使尽了吃奶的力气！”胖刘边说，边摇头。

“运动是一种发泄，也许这么一踢一打把他的怨气都发泄出来了。你不见那些美国佬吗？和女朋友生了气，到健身房去把皮口袋猛揍一顿．拍得满身大汗，倒也心神舒畅。”文超峰说，在沈梦身边坐下。

华大姐环视一周后，说：“还少两个人哪！时间也有四五点了吧！咱们也该收拾一下，打算回去了吧！”

“林博士到树林里去换衣服了，陈小姐大概去洗手间了吧。”老吴说。

胖刘和老吴帮大姐把大包小罐收拾妥当，垃圾倒掉。林尧成从左边停车的空旷处走来，又换上了他本来的一身打扮，苍青外套，苍青长裤，黑漆皮鞋，他边走边嚷：“谁要进城兜风去？”

陈莉莉抓起了长凳上的皮包，忙应口：“走，阿林！”

不爱常开口的孙敏突然朝华大姐说：“怎么那个元先生还不回来？”

“对呀！老吴，何不去看看，你同乡也许走迷了路！也许球掉进乱草堆里，他去了也有半小时了呢！”

说话间一阵轰轰隆隆马力十足的引擎声在远处的公路上响起，渐渐远去。

“妈的，又兜风去了！”胖刘皱着眉咕哝。

六

突然一声凄厉的尖叫像利刃般划破了这周遭的沉寂，哇——啊——啊——那惨烈的哀鸣像午夜林间猫头鹰的吼叫，直刺入骨髓。大家都放下手里的工作，侧头倾听着，沈梦感到一阵寒流滑下后背：“是人还是兽？”她这一问大家倒像突然清醒了似的，文超峰朝胖刘说：“刘岩，你在这边照顾女生，我和老吴顺着声音找找看，也许是什么人遇害了！”

“这林子里会有野生动物吗？会不会是熊？”华大姐说，又加了一句，“你们两个小心哪！”

文超峰和老吴匆匆地爬上了斜坡，斜坡底下两三百码以外是那个半月形状的沙岸，也就是刚才大家玩球的地方。沙岸上一片寂静，不见人影，沙岸左边是浓密的树林。

“好像是从那边发出来的！”老吴用手朝树林指指。

“也就是刚才元天踢球的方向。糟糕，会不会是他遭了什么野兽的害？”文超峰说着脚下不禁加快了速度。两个人心里都怦然跳着，一种不祥的预兆使他们都加紧了脚步。穿过了沙岸，穿过了高及脚踝的青草，他们来到了一块平坦的高地上，几块露出地面的大石头，平坦坦的，好像专门留在那儿为人们休息用的。穿过了高地往下走就走进头顶密不见天的树林里去。树林里一条小径，像是人踩出来似的，小径两旁都是高及脚踝的青草和黄色的野花，路十分潮湿，可能是终年不见天日的缘故。

“听！”文超峰一把抓住了老吴的胳臂。两人止住了脚步，他们可以分辨出在不远处有女人的啼哭声和说话声，那个他们在斜坡上望见的灰色的屋角渐渐露出全貌。这弯曲潮湿的林间小径一直通到一幢灰顶的木头房子前，房子本身是漆成深咖啡色，隐在这不见天日的黑暗里，远看它几乎是黑色。

“有人家呢，老吴，咱们过去瞧瞧。”

他们走近时才发现他们是站在房子的背后。屋后有两个灰白的煤气筒，靠墙立着，一堆破铜烂铁碎罐头堆积的垃圾，三五个废用的车胎东西乱摆着。绕过了垃圾堆，来到了屋前才豁然开朗，屋子前的石子路往下倾斜着，直通到远处光亮平坦的公路上。在屋前的空地上停着一辆红色的福特旧车，车身被铁锈啃得斑斑驳驳的，另外还有一辆敞篷中型货车。

他们走近房子的时候，房子里的声音也更清楚了，女人的哭声比以前低些了；但是一个男人粗鲁的责骂声却句句入耳，在这一切混杂里还夹着一个第三者低微的咕哝。

文超峰回头朝老吴说：“也许是人家夫妻吵架，不好进去吧，我们何必多管闲事呢！”

老吴两眼发直，倾着头听着，根本没有理会文超峰，突然他一把抓住了文超峰的胳臂，用嘴嘘了一声，小声说：“老文，你听听……那不是元天的声音么！”

文超峰屏息听着，果然不错，在女人的呜咽和男人的诅咒里，他可以分辨出元天微弱的声音。吴兴凯在前，文超峰在后，两人顺着直通房子的石板路走上台阶，从铝制的纱门外可以看见一个矮胖的女人，满头蓬乱的红发，像捣乱的蜂窝，全身只套了一件奶油色的衬裙，衬裙的丝吊带掉下了一肩，露出半个肿胀欲裂的乳房，她气唬唬地坐在房间里一个草绿的旧沙发上，嘴里边哼哼着，边甩动着两条赤裸裸的火腿粗的小腿，上面四射着又矮又粗的黑毛。一个又高又瘦的男人，干瘪得像脱水的虾，半弓着腰站在地中央，全身穿了一件灰蓝色的工人装，他正大声地朝地上坐着的一个人咒骂，他的左手藏在工装裤的口袋里，但是右手的食指却像把匕首一样在空里上下挥舞。他说话极快，随着每句话，那枯僵的手指就向前切着割着，同时那枣核样的尖头也上下摇动。

地板上的元天半蹲半跪，缩成一团。他用手背不停地擦着嘴角，鲜红的血汩汩地从嘴角流着，他手里握着的一块手帕已染成深赭色。随着吴兴凯和文超峰的脚步声，屋子里三个人一齐转头。元天凄苦的脸上，紧绷绷的皮肤突地裂开一道缝，现出一个似笑非笑的表情。吴兴凯一个箭步过去把他扶起来，边问："怎么搞的，老元?"

沙发上那个肥胖的女人被这个动作几乎吓一跳，她又哇的一声叫了起来，瘦长的男人一跃跳到吴兴凯面前，叫了一声："停止!"

吴兴凯扶着元天在墙角的一张旧藤椅子上坐下，急急问："怎么搞的，老元?"

元天边用手帕按住嘴角，边咕哝着说："那瘦子打了我一拳!"

文超峰这时朝瘦男人问："究竟是怎么回事?"

瘦男人弓着身子，那尖枣样的头又开始摇晃，他右手的食指又开始切剁："这个男人是你们的朋友?"

文超峰点点头。

"哎呀，你的朋友犯法了，要不是我及时赶到，这案子可大啦!这年头，外国人无法无天……法律太松，要是处置犯人用死刑，也不会有这么些罪犯到处逞狂!"瘦男人语无伦次地说着，状至激动，口水四射。

文超峰奇怪地看着他，然后严肃地说："我希望你说话放明白些，我们这里谁也不是罪犯!"

瘦男人一见这斯文的中国男人动了气，他反而稍为平静了一些，手指的动作也缓和了些。

"你的朋友破门而入，意图偷窃和强奸强生太太，要不是我刚好在附近巡逻听见强生太太的喊叫，事情岂不严重了!"

文超峰一听这话几乎跳了起来，他随口而出："怎么可能?这怎么可能?你搞错了吧!"

沙发上的女人一听瘦男人的述说，却又歇斯底里地哭起来，边哭边骂："……我的彼得呀!你怎么不把我也带去呀?死得那么惨，留下你的丽莎受人欺……呜呜……我的达令彼得呀……这该杀的外国畜牲……"

吴兴凯跑过来和文超峰小声说："老文，我看事情有点麻烦，我问了元天，他说他捡了球以后看见这边居然有人家，他就有点好奇跑过来看看，那个女人半裸着身体，坐在门口，一看见老元就打招呼，是不是老元?"他边说边回头看元天，元天头也不抬地点点头。

瘦男人这时插嘴说："我已经用我车上的 CB（全文为 CifizenBand Radio，即一般人用的无线电话，现在美国乡间极通用，几乎车各一机，作为短途通话之用）通知杰克·史密斯了。史密斯是我们镇上的警员，你们在他来之前可不许行动……不要嫌我不客气，我外头车里有猎枪，专门对付动物而用……”

文超峰和吴兴凯互相对望一下，觉得事情越来越离奇复杂。文超峰不能相信自己的耳朵听到的，他想这瘦男人和胖女人如果不是疯子，那么他就是跌进一个卡夫卡式的难醒的梦魇里。

吴兴凯接着说：“后来呢，老元？那个女人问你拿球干什么？你告诉她我们一大伙中国人来这里野餐……后来女人告诉老元说她最喜欢东方人……他们谈了半天，女人请他进屋子里坐坐，他跟着她刚走进屋子里，女人像杀鸡样地尖叫起来，抓住老元的腰不放……老元想挣脱，怎么能？就在那个时候瘦男人开着货车在门口停下了，一进门他就愣头愣脑地给老元一拳……是不是，老元？然后就不准他动……”

文超峰心里不禁暗自叫了一声：倒霉，怎么这么不巧！吴兴凯却边回头向元天骂：“老元，你这小子为什么要进她的房门？就是八辈子没捞着女人也不用这么口馋，这母猪不是疯就是癫，这真是自讨苦吃，这乱子可搞大了，人家诬赖你强奸！”

“老吴，冷静点，你平心静气想想！这事情真有点蹊跷……”文超峰把吴兴凯拖到一边说，“你我都知道老元不会做出那种事来，我们当然相信他的话，但是这男女这么一搭一唱必有作用，我们先得问，他们这样做对他们有什么好处？”

吴兴凯睁大了眼睛，额头裂着纹。

“你没有听说过仙人跳吗？也许是想敲诈钱！”文超峰说。

“当然，在纽约多得是，尤其是波多黎各人，老搞这玩意儿，不少中国人上当。不过这瘦子说他已经通知警察了，把个警佬也扯进去，对他有什么好处？”老吴不解地问。

文超峰和吴兴凯在谈话时，那个叫丽莎的女人早已止住了哭，她用手指沾着口水去擦着胳臂上和胖腿上肮脏的地方。她专心一致地抚着擦着，好像根本忘记了刚才那场大哭大闹。文超峰向老吴说：“你看，老吴，那女人腿上胳臂上好像有不少伤痕呢！”

吴兴凯一看吓了一跳。那碗粗的小腿上和胳臂上的确现着大大小小乌青的伤痕。刚才他们进门时，由于惊惶，根本没有留意，一晃间还以为是晒干的乌泥的痕迹。

文超峰摇摇头，小声说：“老吴，他们要诬赖老元打伤了她，那事情可更麻烦啦！当场没有见证人，就是有，谁会帮咱？警察和法官会听谁的话？你我的？老元的？还是这一对男女的？”话还没有说完，门外石子路上响起轮胎声，一辆警车在房子外头停下了。一个年纪二十上下的警员一身灰蓝制服，头上戴着宽绿的圆顶帽子。一下车就在院子里喊：“这回又是怎么回事儿了，哈瑞？”一进门看见有生人在，他用手指轻碰一下帽缘，算是行了礼，顺口说声：“好的！”（Howdy：美南方俗俚，为 How do you do 的缩形）

他两手叉着腰站在门口，一双明亮的蓝眼睛却在上下来回地打量着屋子里的五个人。

那个叫哈瑞的男人弓着腰凑上去说：“等你一阵子了，杰克！是这样子的……那个陌生男人，”他向元天指指，“今天下午来这里破门而入，要强奸丽莎……”他的话还没说完，警察就插嘴打岔：“你刚才在CB上说你女朋友出了事……”

“是，是……我正开着货车从这里经过，听见丽莎大叫，我赶紧进来一看，看见这个人和丽莎正在挣扎……”

警察微笑着，用手指一勾说：“过来，哈瑞，让我来闻闻你的嘴巴，是不是又喝了几盅啦？”

哈瑞急急摇头，抗议说：“没，没，我沒那东西有好几天了……”

文超峰看看这史密斯警员倒像是一个明理的人，就说：“长官，这其中一定有误会……”就把他所了解的事情真相说了一遍。

史密斯笑着说：“嗯，我知道，其实要依着我就放你们走了，但是也许要经过一点小手续……你和你的朋友可以跟我到镇上法官面前解释一下，三人同面的，没有什么大不了的……”

“何必这么小题大做呢？”吴兴凯插嘴说。

史密斯耸耸肩，两手一摊，做了个无可奈何的样子：“咳，我不过是例行公事而已……要是我轻轻地放你们走了，我这碗饭还吃不吃？”

哈瑞在旁赶紧摇晃着头说：“杰克，我们是穷人，但是我们要求法律保护，你要公平处理这事！”

文超峰叹了一口气，向吴兴凯说：“老吴，你回去通知大家，把车开到镇上去，我在这里陪老元。”

在众人议论的当儿，元天缩在墙角的藤椅上像只干瘪的蛹，一声不响。这时候文超峰走过去轻拍一下他的背，他惊得几乎跳了起来，抬起头，眉头皱得绷紧，眼镜后一双眼睛充满了焦急。

文超峰轻声说：“老元，不用着急，没什么大不了的，我们就跟他去走一趟！”

文超峰和元天坐进警车，胖女人换了一件衣服坐进哈瑞的货车。警车在前，货车在后，他们就顺着公路开往三四里外的小镇。

文超峰和警察坐在前头，元天一个人在后座。一上车警察就说：“我很遗憾这件事情发生……”他的口气充满了同情，接着又说，“你知道，那一双宝贝，哈瑞和丽莎，经常找引子生事呢！”

“他们是什么关系？夫妻？”文超峰问。

“哪里，露水夫妻而已！据说本来是表亲，大概不怎么近，咳，哈瑞从来没娶过，喜欢喝几盅，没女人会要他的，清醒的时候做做零工。……丽莎的丈夫在韩战中打死了，自那以后这女人就发病了，疯疯癫癫的。那个破房子还是她父亲留下的，多少年以前，她父亲在小镇做守林人，房子好多年没人住了。自从丽莎丈夫死了以后，她又搬回去了，没有钱，镇上也不容她，镇上的小孩子们常当面叫她疯婆子……后来她和哈瑞就姘上了，同病相怜吧！不过两个人经常打打闹闹，闹闹打打，从不闲着，你不看那女人遍体伤痕……”

文超峰叹了口气说："刚才你说她丈夫在韩战中打死，你认为她会不会因此恨所有的东方人？"

"嗯，当然也有可能……她和哈瑞认为所有的东方人都是共产党……嘻嘻，当然乡下这种愚昧人多得是……"说着史密斯打开了他的无线收音机，经过一阵噪音骚扰，收音机上突然传来哈瑞尖锐的声音："……老乡亲们，赶快到镇上小学前面聚会……有外国的共仔（Commie。实为 Communist，共产党之俗俚简称，此处译为共仔，颇感不妥，但亦无奈）、左仔（Pinko，此名词亦为美国无识之士对共产党同路人之称呼，取其粉红色意也）欺辱我们本镇良家妇女……现在已经被抓……老乡亲们，我们虽穷，但我们要法律保护……黄祸逼人……敌人已经侵到家门口了……"他说得又急又快，而且语无伦次，那尖锐激动的声音像锈铁刀划擦着钢锅底一样地刺激着文超峰的耳朵，他摇摇头叹口气说："真想不到，这个年头在穷乡僻野居然还有这种人物存在！"

"嗳，他又用 CB 来惹事了，现在乡下人几乎每个人车里都有那么一个，"说着警察摇摇头把收音机关了起来，"其实 CB 有时候是很有用的，譬如路上出了事，可以呼救，不过现在这些乡下人把它当玩具用，听说还有妓女用这个招揽生意，实在不像话……"

他们开进了小镇，远远地在那长形的红砖建筑物——镇小学前就可以看见一撮会集的人丛。大约有三四十人吧，但是还有车不断地开来，小学前的广场上停了各式各样的货车，旧福特。

史密斯把车停在公路对面离小学大约有一百多码的一棵大树底下，他转过头朝文超峰说："哈瑞那家伙真的招了这么多人来，我看有毛病，我们不得不小心点！"

"怎么？他们会'凌迟'不成？（Lynch：美国南方暴民对黑人罪犯擅加之私刑，往往吊颈而死）"文超峰讥讽地问。

"噢，当然不会，那个年代早已经过了，不过我们还是小心为妙，你在这边守着，我得进小学去打个电话，一有麻烦，请按车喇叭……"史密斯不好意思地解说。

吴兴凯开的大轿车早已停在警车后边十来步远的路缘上。史密斯离开以后，文超峰跳出了警车，跑近了大轿车。

"我看群众情绪不太好，所以我告诉大家坐在车里等你们来。"吴兴凯说。

车里的人一看见文超峰就七嘴八舌地问："现在要怎么样了？""来这里干什么？""元天呢？他们要把他怎么样了？"文超峰举起两只手，要大家静静，然后他就用很平静的口吻说："事情大概想必老吴已经跟你们说过了，没有什么严重……元天很好，很镇静……我们来这里的主要原因是要等法官来，小镇因为太小，没有市政府，也没有专用法官，他们和其他的镇合用一个。他们叫做'旅行法官'，因为他跑来跑去！"说着他朝小学前的广场望望说："真怪，刚才咱们路过小镇的时候，好像路上一个人也没有，怎么一下子从哪里钻出这么多人来？"

"也许从邻镇赶来看猴戏？"沈梦愤愤地说。

"哎呀，乡下人生活太苦闷，没事做，谣言传得才快呢，一传十，十传百，起哄就是他们最大的消遣呢！"华大姐说。

文超峰这时候才发现少了两个人："林尧成呢？"

"小林带陈莉莉到邻镇去逛了，本来约好六点钟在湖边会我们，他们要是不见我们，一定会进镇里来。"华大姐说。

那边史密斯推开了人丛往公路这边走来，走近轿车，他故作轻松地向大家嗨了一声，然后说起闲话来："你知道，我们这位法官老爷其实真正的职业是修水管子的，法官只是他的副业，我打电话到他家里去，他太太说他到万特农场去修水管子了，我又打到那儿，他说马上就来……"

"修水管子怎么能有法律常识？"沈梦不屑地问。

"小姐，这是乡下呀，你们城里的法官都是大学法律系毕业，又考过会试的，乡下哪有这一套？美国乡下百分之九十以上的法官都是没有受过中上教育的老百姓兼任的，反正也没什么大案子，一年开不上几次庭，都是鸡毛蒜皮的小事，或是开车超速的罚款，不需动大脑筋，只要得人缘，地方上混得熟，不是白痴，就可以当法官。"史密斯边说边笑。

七

文超峰回头朝马路那边望望，那一撮会聚的人像夏日里发酵的面粉，越来越肿胀，老的、少的、男的、女的，有十几岁的小伙子，也有七八岁的小孩子，但大多数是四五十岁的中年人。人们不安地蠕动着，彼此小声地谈论着，发出嗡嗡——嗡嗡——嗡的响声，像一群被捣了窝的马蜂。偶尔随风传来一两声女人的尖笑，空气里浮着一种风暴来前的低压和沉闷，但是也浮着一种好戏上台前的期待和兴奋。突然一声响亮的"老乡亲们"像钢鞭一样地击碎了那单调的"嗡嗡"，一个穿红蓝格子衬衫的男人，袖口高卷，三十五六模样，跳上了学校门口的石台阶，他粗短的身体像块切下来的橡树橛子安装在两条粗水管子一样的腿上。他衬衫的领口大开，露出黑茸茸的胸毛。

"老乡亲们！"男人清了清喉咙又重复了一遍。那嗡嗡声顿时中止。"一件不幸的事在乐园镇发生了，想来你们都听说了，一个外国种的左仔今天竟破门而入强奸了我们的妇女，这真叫踏着脖子撒尿，欺负上门来啦！老乡亲们，我们虽穷虽土，也犯不着要外国种的共仔找上门来欺负！我们要是不团结，不反抗，下一个轮到的就是你我的老婆、你我的女儿、你我的堂上老母！美国人命越来越贱了！白人的人命越来越贱了！不是遭黑鬼，就是遭外国鬼、黄祸的洗劫，我们再不反抗，下一步就轮到我们的家、我们的学校、我们的教堂遭打击洗劫！"他边说边挥舞着胳臂，像风车一样地舞动着。

在他说话期间台阶下围聚的一伙人中不时地发出一两声附和的吆喝："是"，"对，说得有理！"壮男人一看自己得人心，就更大声地问："老乡亲们！你们认为要怎么办？"台阶下的人被他这么一问反而沉静下来，但是只是刹那间，一个中年细瘦的女人尖着嗓子应了一句："我们女人吃苦的日子也够了！把那个强奸犯交给我们办！"这一喊叫像一股生电流穿过水池一样，激起一阵白花和嘶声："对！对！""贝蒂有种！""让我们造反吧！”（Let's give them hell）一阵噼啪的掌声夹杂着尖叫、口哨声、咒骂声，这一伙乡下人在壮男人的煽动下，居然把情绪制造得轰轰烈烈、慷慨激昂，沸腾得像吐着白沫子的海洋。

文超峰望着，心里激动着一股悲愤的情感，他想，在任何国家，任何地方，群众的情绪永远脆弱得像摘落的玫瑰花瓣，不堪一击，任何煽动家善用一些字眼、一些手势、一些口水，就能把群众情绪像野火一样地煽起来了。

那边嘈杂的喊声又随风清晰地传过来了："驱逐黄祸！""滚出去！""回到你们来的地方！"

沈梦轻叹一声："一出了事，不管你祖宗八代就生在这里，他们还是把你当外国人看待！所以那些自以为洋化十足的中国人真是干做梦！"

史密斯警员不平地呸了一口："天杀的，这些家伙今天突然爱起国家同胞来啦！那个疯婆子平常人见人嫌，人人吐口水，今天倒引起他们的同情啦！呸，假道学！其实他们骨子里头只是想发泄排外的情感罢了！"

文超峰看看眼前这个眉清目秀的年轻人，心里不禁产生一股敬慕之意。

"你也是这里长大的，怎么你和他们的想法不一样？"他问史密斯。

"我，咳，人不都一样！其实这些人也不见得都是坏人，大半是愚昧，人云亦云的多，这就是群众，群众最怕的是火上加油！一般人都是眼光短，冲劲大！那个家伙狄克就是一张嘴巴，能说善道，我从小和他一块长大，他大我几岁，但是我们后来分道扬镳，我走了执法的路，他走了违法的路，书没念成，十六岁就开始胡混胡搞，偷鸡摸狗什么都来！平常村里一般人都瞧他不起，就是靠两张嘴皮会磨，专门找碴子生事，出出风头！"他正说着，突然一抬头，他住了嘴，远处一辆墨绿色的雪佛莱渐渐缓下速度，在小学前左边的广场停下来，史密斯捅文超峰一把小声说："法官爱先生来了！"他一个箭步窜过了马路，用小碎步跑向雪佛莱前面，车门打开了，一个瘦小的、年约五十左右的男人，头顶半秃，慢吞吞地从车里出来，史密斯过去俯着身和他说些什么，小男人点着头，在小学台阶前会聚的人丛中起了一阵骚动，有人喊："爱先生来了！""法官到了，要主持正义呀！""对，他是自己人，自己人可不能把胳臂肘儿向外呀！""是！是！"其中那穿红蓝格子衬衫、名叫狄克的男人吼声最高。

隔着一条光坦坦的公路，隔着几棵粗茁的橡树，隔着二三百公尺的空间，隔着初春傍照的暮色和微风，也隔着千百年的文化鸿沟和民族意识，这窄长的大轿车里被困的中国人像蜗居在一个失却航程的太空船，在茫然无垠的太空里搁浅，周遭是不可预测的未知、敌意和陌生。

自从史密斯跑过马路去以后，这边坐在轿车里的人就陷入一层更深的悬疑和沉默里，每个人有不同的想法，每个人也有不同的反应。

"他们会把咱们留多久？"华大姐头一个打破沉默，不知在问谁。

文超峰没有马上回答。他望望轿车前不远的警车，他看不见里面在后座上的元天，但是他可以想象得出元天瘦小的躯体，缩成一团，像是一个干缩的蛹，眼镜后的眼睛里充满了恐惧和疑惑，突然，文超峰感到一阵愤怒，他冲口说："不管有多久，不放老元，咱们也不走！"

"当然！"华大姐应道。

"当然！当然！"吴兴凯说，犹豫一阵，他又轻声说：

"老文……我有点担心呢……我那同乡老弟，多少乍来情绪不好……他的事我跟你说过，我真的担心他的精神呢……"

文超峰奇怪地看他一眼："你不认为他真的做了什么……"

吴兴凯摇摇头。

沈梦在后座上插嘴："不管他们控诉他的罪名是真是假，我们总得帮他的忙，如果是假的，元天理所当然地要被释放，如果是真的，那么他更需要我们帮忙，这是美国，美国法律认为一个精神不健全的人是不应该为他的行为负责任的……"

胖刘望着远处小学前那堆人低骂了一声"他妈的"．又回头朝大家说："看那堆家伙，像老鹰围着死尸飞，就等着机会下来咬几口！谁说美国没有'凌迟'（Lynch），他妈的，现在不敢欺负黑鬼了，净找咱们黄鬼身上出气！"

孙敏一个人缩在最后的一排座位上，不言语，两条眉毛绞麻花一样地打着结，好像随时要哭出来。

文超峰感到一阵刺心的悲恸，好像他觉得自己有责任向大家解说，安慰大家，也许这是学历史的人与生俱来的担子，一个人如果没有同情心，没有参与感，没有"念天地之悠悠，独怆然而涕下"的情怀，怎么配去研讨古今的成败得失，人事的沧桑诡变？

"不要愁，我看不会有什么大不了的……噢，史密斯来了！"

史密斯警员气咻咻地跑过来，他两手按着窗口说："法官说要你们大家放心，这不是审案子，也许根本构不成案子，这只是一个调查（Inguest），我现在要把警车开到学校后面的边门。"他用手指着远处那个红砖建筑，"那后头的边门大概离前面的大门有一百五十尺远，你可以跟着我开，兜一个大圈子，这样就避开前面的群众了……"

文超峰朝那边望望，小学是一个戒尺形状的建筑物，前门与后门中间又有许多边门，但是都紧闭着。他点点头，向史密斯说："好，我跟着你开。"

八

在小学校楼下走廊倒数第三个房间里，一小撮人已经聚在那儿了。这房间原是教员会议室，偶尔法官有案子的时候借用一下。地中央一张大槐木长桌子，桌子后一张方椅子上法官爱先生已经坐下了，桌子两头两把椅子，其中一张坐着书记詹姆生。在法官背后的墙上挂着一大张美国地图，在桌子两旁旗鼓相当地挂在镀金圆柱上一边是美国国旗，另一边则是美国南方联盟国旗。

离法官席有三尺来远是一条长方形的桌子，桌子一头坐着丽莎和哈瑞，另外一头坐着史密斯。在史密斯身旁，元天缩着颈子，低着头，两眼低垂。他的嘴角早已止住血了，但是他仍不时地掏出那血迹斑斑的手帕按按嘴。他的下嘴唇和下颌肿胀胀的，皮肤像抹了一层油，透明闪亮。

文超峰和华大姐一等人在房间后边几张椅子上坐下。孙敏把椅子拖近沈梦身边，眼睛却一直盯着元天，嘴唇微微抖着。沈梦安慰地捏了一下她的胳臂。

法官爱先生见大家坐定之后，就清清喉咙笑着说："首先向各位说明，这不是审案子，只是在调查事件的真相……"

瘦男人马上插嘴："法官大人。"爱先生摆摆手，说："哈瑞，等一下，有你说话的机会，"又接着说，"听说今天下午在强生太太家里发生了一桩不幸事件，详情我还不知道，史密斯警员你能不能把你所知道的情形说说。"

史密斯站了起来，他身边缩着的元天，两个肩膀微微地颤动着。史密斯把如何在CB上收到哈瑞求救的电话，就开车到强生太太家去的经过说了一遍。

爱先生问："你去了以后，发现了什么？"

史密斯沉静地说："去了以后，看见这位元先生坐在一角，嘴上流血，那两位先生，"他向文超峰和吴兴凯指指，"正在和哈瑞谈话，丽莎坐在沙发上哭着。"

爱先生和书记詹姆生都一齐掉头朝丽莎望望。丽莎一手紧挽着哈瑞的胳臂，像捏住救生圈似的。她的头发依旧蓬乱，身上那件黄底红花的木木装像麻袋似的罩着，但是掩不住那肥大的胸脯的起伏颤动。她一双深陷的眼睛在满脸的肥肉堆里四下溜溜地转动，好像很得意一下子成了众人注意力的中心。

爱先生向丽莎说："强生太太，你能不能把事情大概说一遍？"

丽莎颤抖抖地站起来，右手还拉着哈瑞的胳臂不放。哈瑞使劲地挣开了她的手，她一时不知所措，两只手拉拉麻袋装，又把手心贴着前襟上下地搓着。未开口，她先四下张望一阵，然后结结巴巴地说："下午……洗了衣服，到外头去晾衣服，那个男人抱了一个球……后来破门而入……抱着我就施暴……我大哭大叫，又踢又蹦……后来哈瑞路过进门救我……"她边说边看身边的哈瑞。

"丽莎，你说他要施暴，还是施了暴……"爱先生问。

丽莎朝哈瑞看看，哈瑞点点头，说："说吧！"

"……施了……"

文超峰向吴兴凯说："注意，她说的与哈瑞跟我们说的不符。记得吗，老吴，我们刚进去的时候，那男人说老元破门而入，企图强奸，你记得他说'企图'吗？现在一下子就改了供词！"

吴兴凯点点头："你当然知道他们的用意。"

元天作证的时候声音很低，好几次爱先生请他说大声些。

"你没有破门而入？"爱先生问。

"没有！"这一回答倒短截有力。

"你说是她邀请你进屋去的？"

"是！"

“进去以后呢?”

“一进门……那位太太就揽腰不放，大叫大嚷……后来那位先生哈瑞一进门就朝我一拳……”说着他又掏出手帕往嘴角按按。

高瘦的哈瑞像个受惊的鸵鸟一样地跳了起来：“法官大人!”

爱先生朝他笑笑说：“哈瑞，我正要问你，你说说看你怎么碰着这事?”

哈瑞站起来，那枣形的尖头在麦秸样的脖子上先前后摇晃一阵，然后把两只大手，手心朝内地在苍青的工装裤子上搓摸了一阵，清清喉咙，他开始述说如何开车路过强生太太家门，听见她的呼救声，他急忙进门，看见丽莎和一个陌生男子正在挣扎。

“正在挣扎?”

“是！男人正抱着丽莎……强生太太，正在挣扎……”

“刚才强生太太说那个男人施过暴，你进门后所目击的是这事的以前，还是以后，还是正在进行中?”

爱先生的问题问得很别扭，但是他的表情端庄、不苟言笑的姿态使文超峰一伙人几乎笑了起来。沈梦使劲地咬着下唇以免笑出声来。

哈瑞侧着头，犹豫一阵，说：“当然……当然是事后了……是不是丽莎?”丽莎点点头。

文超峰站起来向爱先生解释说他和吴兴凯也是现场的目击人。

爱先生朝他上下打量一阵，然后说：“文先生，你知道这虽然不是审案子，只是初步讨探真情，但这也是法律程序的初步，你所要说的一定要是事实，绝对不能让私人利害关系和友谊影响你的作证，懂不懂?”

“是，我知道。”文超峰回答。

后边坐着的沈梦小声向华大姐说：“见鬼，刚才那胖女人和哈瑞作证的时候，他怎么不也这样地警告他们？这不是偏向才有鬼!”

文超峰把他和吴兴凯怎样去找元天的事大概说了一遍。

“当我们进去的时候，哈瑞说元天破门而入，企图施暴，”他的口气加重在“企图”上，“而刚才他作证说元天施过暴，这其中不是大有出入?”

爱先生皱皱眉说：“文先生，施暴与企图施暴同样是犯罪行为，只是程度不同而已。”

“对，就像蓄意谋杀和谋杀一样的不同!”文超峰讥讽地说，又继续下去，“但是也足以证明哈瑞和丽莎的证词令人怀疑!”

“这简单，在正式开庭以前我们可以找个医生验验强生太太，”爱先生转头向身旁的书记说，“吉米，想办法联络上肯恩医生。”接着他向文超峰解释说肯恩医生是这三四十里以内的惟一医生。

那肥大的丽莎一听见“医生”两字，像火烧屁股一样地跳了起来，叫着：“医生！医生!”

哈瑞一把按住她，“镇静点!”

“医生！医生！我不要看医生！呜……不要看医生……他要把我送医院，关起来……不要医生，呜……”

哈瑞两手按住她，但是她肥大的身体还是前后摇摆，“都是你不好，哈瑞……我说不要这么做的……不要医生……谁也没有强奸我……呜呜，苦命呀！我的达令彼得死得那么惨……留下你的丽莎受人欺……呜呜……不要医生……”

文超峰半张着嘴看着眼前这歇斯底里的肥女人，他回头一看，沈梦一伙人也都睁大了眼睛，表情惊骇，几乎不能相信这所目睹的一切。那女人显然对医生和医院有极大的恐惧，像所有的精神不健全的人一样，医生和医院对他们来说就是囚卒和监牢。

爱先生不好意思地看看詹姆生，又看看史密斯。史密斯却向文超峰丢个眼色：“看，我不早就告诉你了……”

哈瑞两只胳臂用力按住丽莎，边骂道：“臭女人，该杀的，惹了祸还怪我……我不该去看你啦！就该让你被整死算了，活该！活该！”爱先生向詹姆生低语一阵，又把史密斯叫到桌前，低语一番。这时丽莎静下许多。

哈瑞站起来，急了，往前跨一步，然后结结巴巴地说：“巴比，法官大人，丽莎头脑不清楚，随口胡说，她孤零零，我是她在这世界上惟一的亲人，也是她的法定监护人……你可以看出来她现在很激动，这事情给她很大刺激，谁有眼睛都看出来的……我们可以不起诉，打官司，但是我们非要赔偿不可，丽莎这几年精神越来越差……连精神医生也请不起……我们非要赔偿不可……”

吴兴凯回头向华大姐说：“事情关键就在这里：钱！”

胖刘说：“我听说过‘仙人跳’，但是目睹这还是头一次！”

爱先生在椅子上不安地蠕动了一下，他清清喉咙说：“你们要是想私下交涉和解，法律不会介入干涉！”

文超峰急忙大声说：“法官，我反对！现在的问题不是能不能和解的问题，现在的问题是要澄清元天先生是不是有罪，他不能随便平白无事地被人诬告……”

爱先生脸色一沉，不悦地说：“刚才好像元先生承认他曾经进入强太太的房间，是不是元先生？”

元天缩着脖子，头也不抬，蜻蜓点水似地点点头。

哈瑞站在那儿，那细脖上顶着的尖枣头不断地点着。

“文先生，我尊重你对朋友的友谊，”法官讥讽地，“但是这是一个法治的国家，也许与你来自的地方不太一样，我们的公民不能好好在家而被莫名其妙破门而入的陌生人骚扰。即使她没有被奸污，她也不应该受干扰。”

“是，巴比，说的是！”哈瑞抢着说，干脆对“法官大人”（YOUR HONOR）真呼其名了。

“可是元先生作证说他是被邀请进屋的！”文超峰愤愤地说。

“可是强生太太说他是不速之客，是不是丽莎？”

丽莎点点头。

“好，现在的问题是在你相信这两个证人中哪一个的话了！”文超峰大声说。

“正是如此！”爱先生也不甘示弱地说。

“你情愿相信一个歇斯底里、精神不正常的人……”文超峰不可相信地问。

“嗳，也许，她精神有些迷糊，不过，她生在这里，长在这里，我认识她家里的人有三四十年啦，我认得她父亲、她死去的丈夫……但是对于你们，我一点也不知道，无根无梢……我只知道你们平白无事地闯进了小镇，扰碎了小镇的平静！”

文超峰望着眼前这个瘦小白皙的男人，一双细小碧蓝的眼睛深嵌在眼窝里，疏落的头发，像个脱毛的鸡毛掸子一样地盖在头顶上，他的眼眉和睫毛都是浅黄颜色，远看，睫毛像全被拔光了。

文超峰原先那股激愤一瞬间完全消失了。他想也许爱先生是对的。在人与人之间纠纷最后的关键，法律是不存在的。法律只是“常情”的变称而已。而在“常情”里，人永远偏袒自己熟稔的，自己同根同种的，虽然残缺丑陋，只要属于自己的，总是好的……

爱先生看他不说话，就接着说：“其实你们真的要坚持开庭打官司，全由你。但是为了节省大家的时间精力，我认为这是最好的办法，你们不要把我当做法官，就算我是个朋友、和事佬、调解人……我看你们最好私下和解，要不然我非要把你的朋友元先生拘下来，等我们找到医生检验丽莎，证实她没有被强暴，你的朋友证实无罪……”

“可是刚才强生太太自己作证说她没有被强奸呀！”文超峰打断他的说话。

“是，我知道，强生太太当时很歇斯底里，她是因为怕看医生才那么说的。我们为了保护公民，就是受害人本人不要起诉，我们的公共检察官也要起诉的，何况，在这件案子来说，根本不需要公共检察官，哈瑞是丽莎的法定监护人，他可以随时起诉……”爱先生口气越来越硬。

沈梦气得发抖，她用中文大声说：“这明明是敲诈威胁！”华大姐嘘她一声，又和吴兴凯说：“我看就给那瘦子一点钱吧！咱们是好汉不吃眼前亏，越早离开这鬼地方越好！”老吴点头赞同。他走近文超峰小声说：“我们大家都决定凑几个钱给那个瘦子，况且时间不早了，越早解决越好，我们可以越早离开！”

文超峰无奈地点点头，他转身向爱先生说：“好，我们决定接受和解！”

九

警员史密斯当哈瑞站起来说“我们非要赔偿不可”的时候就悄悄离开了房间。他边走边摇头，好像不忍心看这一批陌生的中国人被公然勒索。他走出了边门，绕回到前门。前门台阶前会聚的那批人少了一些。该是吃饭的时候，不少人回家去了。群众情绪也变得平和多了，那煽动家狄克已经不见了。剩下的一撮人中有四五个大人，其余的是十六七岁的年轻人，和八九岁的孩子们。看样子他们多半是抱着起哄看热闹的心情在那儿聚着，说闲话儿。

史密斯站在远处端详了一阵，然后走近他们。他站在台阶上，两手叉着腰，先向大家笑一笑。底下的人一看见他就开始嚷嚷："嗨，杰克!""嗨，老小子!""案子怎么样了?""捉到的红仔可别放！用刑的时候可手下不要留情!"接着一阵粗暴的哄笑。史密斯并没有理会这些问题，他笑着说："请放心，一切都在处理中。怎么还不回去吃饭?"他随手在身边一个红发的小男孩的头顶乱抓一顿，说："强尼，回去喽！这么小就跟着大人起哄，长大了岂不要去当土匪么!"说得大家一阵哄笑。

远处的公路上响起一阵轰隆的马达声，随着声音，林尧成的玫瑰红的小跑车像一朵花瓣一样地轻落在小学的草坪前。众人一齐回头，先是敬畏地往后退退，然后就羡慕地"哦啊""啊呀"地往前挪动着脚步。

林尧成一跃跳出了车，正想问警察有没有看见他的中国朋友，史密斯却先上前去自我介绍一番，又把他拉到一边说："你的朋友们都在小学里头。"接着又把事情大概述说一遍。林尧成边听边摇头。

一个满脸粉刺的金发男孩子，刚才在人多的时候曾扯着嗓子喊杀喊打，骂"黄鬼"、"黄祸"。但是此刻，他对面前这位苍青外套苍青长裤，油亮的漆皮鞋，开着一辆玫瑰红的考微特跑车的"黄祸"毫无半点憎恶之感，他指着车，毕恭毕敬地向林尧成说："嗨，老天，你的贝贝真美!"人群里马上有人应声："看那颜色，好鲜艳!""我从来没有见过玫瑰红的跑车，乖乖，一定不少钱!"

另外一个声音马上讥讽地说："可不是呢，胖子，你见过的都是玫瑰红的粪车!"一阵咒诅，一阵哄笑。那金发的男孩子，壮着胆子朝车跨了一步，侧着头前后打量，一边不断赞赏："这曲线，多流线型！真他妈的像个太空船!"一高兴连咒诅话都出口了，说着就用手去摸摸车前那个像鳄鱼前额的车盖，接着又赶紧自惭形秽地把手缩回，把那指甲污黑的手掌心在裤子上扑擦一阵。

在众人指指点点的赞赏中，陈莉莉坐在车里，胳臂倚在窗口，偏着头，脸上露着电影明星接受访问时的微笑。人群中有三两个女人，开始窃窃私议："看她长得多俏!""喔，一口好牙!""她很白，一点也不黄!""真好看，像个瓷娃娃!"

史密斯听在心里，他不禁摇摇头，对自己苦笑一下，他想，这群人刚才那股邪恶的仇恨被这对打扮入时的年轻人和那玫瑰红的小跑车驱得雾消云散。当然，那玫瑰红于事大有补益，要是那车是别的颜色，不知道事情会怎么样。

林尧成和陈莉莉由史密斯带领走进会议室的时候，文超峰正在向大家收钱。为了避嫌疑，法官爱先生和书记都回避到隔壁房间去了。

哈瑞和强生太太在屋子一角的椅子上坐着，他一只长胳臂像常春藤一样地套在她脖子上，一边低声咕哝些安慰话，女人呆坐在那里，表情木然，惟一的生气是那发酵似的大胸脯，上下起伏。

华大姐一手挽着元天，像老母鸡护小鸡样地偎倚着他。

陈莉莉一进门就大声嚷嚷："怎么搞的，刚才到湖边……"话没完，一看大家严肃的神情，她就缩缩脖子，伸伸舌头，扭着高跟鞋到胖刘身边去了。

房间里的人在过去近两小时内，因为事情发展的突然和快速，原把林尧成和陈莉莉都忘掉了，一见他们进来，胖刘就冲口而出："你们到哪里去鬼混了？"

陈莉莉支支吾吾地说："去逛了几个小城，鬼地方，什么也没有！"

吴兴凯说："有福气的人！不像咱们，坐了两个小时的针毯，随时担心暴民破门而入，既挨揍，又要遭'凌迟'！"

"究竟怎么回事？有人受伤啦？"陈莉莉尖着嗓子问。

那边文超峰对林尧成把事情大概说了一遍，又说："我们大家身上都没有带多少钱，原以为不出来过夜，花费不会太多。我们一共才凑了一百三十多块，刚才那瘦子狮子大张口，要五百块……"

林尧成皱着眉，把鳄鱼皮夹子掏出来数一数，他有一百五十多块钱。他边数边皱眉说："我先声明，我不赞成这种做法，这明明是投降，接受人家的敲诈！"

文超峰说："我们也不赞成，但是这是万不得已的办法，大家都累了，都想早点结束赶快回去。"

林尧成边摇头边说："想不到我离开两小时不到就出这乱子！"言下大有怪众人之意。

沈梦插嘴说："你带九百块钱的手表，开一万二的跑车，这点钱算什么？再说球是你带来的，要不是为了那倒霉的球也不会出这岔子了！"

华大姐忙说："好了，好了，小孩子，这时候还拌嘴，破财消灾，越早离开这鬼地方越好！"

林尧成拿出一百二十元，总共凑成了二百五十元，哈瑞人虽愚昧，但实际，他相信"手中一鸟胜过枝上二鸟"。所以当他佝偻着头，弓着腰接过钱的时候，尽管表面上老大不情愿，心里着实欢喜。他表功似的向文超峰说："你知道，你们刚进镇没多久我就注意到了，你们野餐时，我就在路边树林里观察，要不是我机警，及时赶到，今天下午出了人命案子也说不定……"

文超峰厌恶地说："不错，你要是去迟了，说不定丽莎会把元天谋杀了！"

沈梦拉着华大姐说："你不记得下午你在打毛线的时候，我不是跟你说听见汽车的引擎声吗？"

大姐点点头："喔，我记起来了……原来那瘦子老早就盯起咱们的梢啦！"

事情结束以后，哈瑞和丽莎都在和解书上签字画押，纸上写的大意是："一九七二年四月×日午后在田纳西州乐园镇强生太太家所发生之事件系由语言误会而起。当事人丽莎·强生（偕其法定监护人哈瑞·强生）与元天双方同意庭外和解。丽莎·强生（偕其法定监护人哈瑞·强生）认同此案已圆满解决，不再诉诸法律途径。"丽莎和元天都签了字，证人文超峰和书记詹姆生也都签了字。

接过了那张纸，众人围绕着文超峰观看，胖刘说："怎么上面没有写明他们敲了二百五？"

文超峰说："这些乡下人虽愚但不笨，狡猾得很呢！最后一句话费了好多口舌才加上去呢！”

林尧成对这件事情的处理认为非常不妥，自始至终他一脸不满表情。他摇摇头，头也不回地就往外走，后边跟着陈莉莉歪扭着高跟鞋，边跑边喊：“等等，阿林！”

文超峰一伙人走出小学的时候，史密斯警员也跟了出来，他满脸尴尬的表情。林尧成的跑车早已不知去向了，小学前的人也散得干干净净。大轿车还是原批人马，正要上车的时候，文超峰发现前面左边的轮胎泄了气。史密斯帮他们把备用胎换了上去。胖刘边换边骂：“准是他妈的那些小流氓捣的蛋！”华大姐说：“不要这么草木皆兵了，也许是那些山路石子路把胎戳破了。”

换完了胎，文超峰向史密斯握握手道谢，他问：“你认为这件事情怎么样?”这是他头一次问警员对这所谓“和解”的看法。史密斯未开口先摇头：“充满了腥臭味！（It stinks）其实我应该不予置评的……我希望你能谅解……唉，这地方太小，太偏狭……有时候人们的看法、想法、做法也……算了吧，”说着他挥挥手，“也许我在这小镇也不会呆太久，想到北部去看看……”

接着他问文超峰要不要他带大车到三里外的公路去上路，文超峰谢了他，说他们可以找到回去的路。史密斯把右手向帽缘碰了碰算是行礼，然后就跨进警车开走了。

十

归程上大家都沉默着。元天和华大姐在最后一排座位上，元天蜷着身子，半躺着。华大姐把带来的毯子盖在他身上，毯子底下他瘦小的身躯看来像个十来岁的小男孩一般。

胖刘、吴兴凯和孙敏坐中排。一上车胖刘就咕哝着说饿。在野餐的提篮里翻出了一只冷鸡腿，胡乱啃了一阵又扔下了。车里的人虽然大家都既饿且累，但是谁也不想在小镇多留一刻，总想越早上路越好。

上了公路二十四暮色渐沉，公路两旁的高瘦杉木像幢幢黑色的巨人往后急奔。文超峰在沉默中开着，不时用眼角瞟瞟身旁的沈梦。她那苍白鹅蛋形的脸像白色的石膏，冰冷木然。他不知道她在想些什么，但是他不喜欢她的沉默，他情愿她大哭大叫一阵，这多愁善感的女孩子，她无言的痛苦使他难过。他想起了她在湖边说的话：我们只是夹缝里存在的人，边缘人……借别人的屋檐避雨，屋檐虽好，但总不是自己的……我们是生长在巨石间的小草……我们的命运不在自己的掌握里……想着，他突然感到一阵伤感，他用手握住沈梦的手，把她拉近自己身边。她柔顺地偎倚着他，仍然沉默。

这四月的南方，夜晚是如此沉默，只有窗外呼呼的风声和轮胎在公路上高速的磨擦声，刷，刷刷……从车前的反映镜里他可以模糊地看出在后座的人都已开始打盹入睡。他朝身旁的沈梦轻声说：“累了，睡一下吧！”她点点头，把头倚在他的肩上。他用手抚着她软滑的头发，一只手驾着轮盘，窗外呼呼的风声和轮胎刷刷的擦地声，在这四周的黑暗里，万般思潮汹涌在文超峰的心头。他想，如果这个周末不出来野餐……如果出来而没有来乐园镇……如果即使去了乐园镇而没有玩球……如果即使玩了球而元天没有去捡球……事情会不会两样？这些“如果”、“如果”……世界上多少事情造成以后，这些“如果”、“假如”多么可笑，多么无聊，像马后炮一样的无用而多余……而历史上多少悲剧、多少灾祸却是由于人事中一些小“机缘”、小“偶然”造成的，一些微不足道、毫无道理的机遇和偶然造成的；而人在生命里的一些小机缘——走错了一条岔路，误搭了一班火车，爱错了一个女人——往往造成命运的转折点，真是所谓“一失足成千古恨”，脚下一蹭荡，悬崖万丈，但是人怎么能未卜先知呢？我们只是瞎子在黑暗中摸索，也许人生正如尼采所说的，我们是瞎子在走高绳索，步步当心，时时警惕，而在一个陌生的土地上陷阱更多，摔跤机会也更多……是的，我们是夹缝里存在的人，我们是边缘的——在一种险峻的平衡里，我们永远是旁观者、局外人，我们永远是桥牌桌上的第五个人……但是沈梦，有一天，我们，我们的下一代，我们的下一代的下一代，一定要在自己的土地上，在完完全全属于我们的土地上，生根，工作，相爱，在我们自己的土地上欢笑，奔放，老死，物化……在我们自己的土地上书写我们的向往和梦……

身旁的沈梦突然打了一个颤，像是一个噩梦中骤然惊醒。他拍拍她的肩膀：“咳，怎么啦?”沈梦睁大了眼睛，四下张望一下，突然问：“我们在哪里?”他回答：“噢，我们离开 Para dise 已经很久了，在回去的路上，快到家了!”

“家?”沈梦迷迷糊糊地问，又倚上他的肩膀，重新睡去。

在这四月初春的南方夜晚，四周是侵袭的黑暗，惟一的亮是车灯前那条孤独的白光，文超峰知道，家，这浪子生命里的奢侈品，是很远很远的了。

（选自《中国人》，台湾时报文化出版公司 1979 年 12 月版）

密语者

[美国] 严歌苓

严歌苓（1958— ），女，出生于上海。十二岁参军，学习舞蹈，从军十五年。在部队时即开始文学创作。1986年发表第一部长篇小说，1989年赴美留学，在美国芝加哥哥伦比亚艺术学院获得硕士学位。现居美国。著有长篇小说《绿血》、《一个女兵的悄悄话》、《雌性的草地》、《人寰》、《草鞋权贵》、《扶桑》、《第九个寡妇》、《一个女人的史诗》，短篇小说集《少女小渔》、《海那边》、《吴川是个黄女孩》等。

这人问乔红梅是否记得他。他看着她跟着一个高大的美国男人走进餐馆，然后两手松松地抱在胸前，一只脚虚支出去，站成一个美好的消极姿态。他说乔红梅就这样和他脸对脸地站了半分钟，等着领位小姐指定餐桌。在那半分钟里，他向她笑了一下。他的座位迎着门，他认为乔红梅不该错过他的笑。他那时手里拿着打开的菜单，正打算点菜，听见一个异国情调的女声说："á，还好，人不多。"他一抬头，看见了她，乔红梅。下面，就是他给她的那个赞赏的微笑。很少有人躲得过他的笑，男人、女人、熟人、生人，都躲不过他火力极强、命中率极高的笑，他这样告诉她。

乔红梅读到此处，歇一口气。网上来的这个人显然把她昨晚的一举一动都看在眼里，口气稍稍有那么点放肆，但她喜欢他的行文，是尼尔和艾米莉·庚斯的融合。

他说乔红梅跟在她丈夫身后往窗口的餐桌走，长头发的清爽气味他都闻到了。她走过每一桌，眼睛不失体面地瞥一下桌面上的菜肴，或是围在桌边的面孔。就在这时，他见她转过脸。她是朝他转脸的，这人判断道，因为每个被盯得太紧的人都会感应到一种危险。一点都不是玄说，尤其对她这样一个感知丰富的女人。他说她看去二十八岁，最多三十岁，但他知道她其实不止了。好了，乔红梅朝身后扫一眼，眼光在他脸上逗留了一下。至少他认为有那么个逗留，这网上来的多情人。

他看她丈夫替她脱下外套，随手拍了拍她的脸蛋。她那个轻微的躲闪并没有逃过他。他说真好啊，证明她的肌肤还没有麻木，还会拒绝毫无意味的触摸。他问她是否自己设计服装，柔软而皱巴巴的麻质长裤和缀玻璃珠的凉鞋使乔红梅惊人的性感，鞋使脚基本裸露，脚面上闪着几颗无色透明的珠子。

她"唰"地起一身鸡皮疙瘩。先四周看一眼，再看写字台下的脚。有这样露骨吗？脚也可以勾勾搭搭的？确实如此。细带上的玻璃珠露珠一般、汗珠一般。她的丈夫从来没有过问，珠子怎样从窗帘上到了她脚上，发着性感暗示，让能够领会的人去领会。她并没有这方面的想法，却让他一语说穿。

还有上衣。他说她的上衣也非常妙，染色的线绳编织的，在不同光线不同动感中就是不同颜色。是你的手艺吧？他问乔红梅，那么不规则和异想天开。

下面他谈论起她丈夫来。他说他看上去很聪明，也很精神，是老了一点，没错，但总体来说蛮好，很配她。总体上，在一切人眼里。除了他，他看的不是总体。

乔红梅想，离间来了。

不过都不重要，对不对？他说下去。带一点欺负人的独裁腔调，也有一点诗意和多情。掩藏在薄情下的多情，女人谁受得了这个？他说重要的是，他看出乔红梅对丈夫整个是封闭的——对不起，这儿他不得不提到“心灵”。他要她原谅，他用了“心灵”这种奶油兮兮的词，要她千万别把他当成一个奶油兮兮的爱要文学腔的人。他看到的不止是她对她丈夫的封闭，大致上，她的整个观赏环境心灵都关闭着。他解释说：“我并不想挑拨你们夫妻关系，我绝不是这意思。”

他就是这意思。她心里说。

她的丈夫是个爱说笑话的人，一看就知道，可他误认为把妻子逗笑就没事了。他看乔红梅在丈夫抖出包袱时仰脖子哈哈了几声，其实她一直在跑神。丈夫自己笑得面红耳赤，她呢，嗔怪地斜睨他一眼，表示被这个不伤大雅的黄笑话小小得罪了一回，像所有的中产阶级知识分子妻子，像所有无救的美国良家妇女，从男人无法幸免的肮脏中得到一点小小的娱乐，同时拿出管教他们的姿态。

可他看出，她在装假。他说他从来没遇见过像乔红梅这样的女人，装假装得这么棒。她对于她的丈夫，是作为一个秘密话者，喘气儿、吃饭、笑。因此这人对乔红梅深深着了迷。到此处他另起一行，说他得到乔红梅的 Email 地址，是偶然也是必然，她大可不必惊慌失措。

乔红梅在键盘上“嗒嗒嗒”地敲击起来，说她并没有惊慌失措，只是觉得这个游戏玩的人实在太多，她就不想玩了。并不难猜想他得到她网址的手段，从她的学校、图书馆，她许多熟人和半熟人那里，都能找到她的网址。如今网上卖机票、卖电话卡、卖CD、卖书、卖二手货，她的网址他们都有，她从来不问他们获取她网址的手段，是光明还是黑暗。她告诉他，她每天打开信箱，百分之九十的造访者都是他这样花言巧语的陌生人，提供她高利贷、逃税方法、赖账手段，提供她降价首饰、护肤良方、色情娱乐，男妓或女妓，难道她会惊慌失措？她把她对这人的一点动心藏在丘八式语言后面。然后她谢了他的奉承。

他马上回答了。他说奇怪，乔红梅怎么把他的话读成奉承了？他并没有称赞她美丽。并且他真的不认为她美丽。“着迷”在英文里是死心眼的好奇罢了，他对死刑犯、妓女、政治小丑都着迷。

乔红梅意外了。许多人说她是美的。这人倒让她碰了一鼻子灰。她眼睛搜出他那句“惊人的性感”，发现他语气冷静、客观，还有凌驾之势。她想他这样轻微地羞辱她，倒是突然拉近了他和她的距离；他突然可信了，实体化了。她想她可真是贱骨头，他让她的虚荣心落空，她反而来了和他交谈的劲头。

她的手指敲击起来。她说：“谢谢你的直爽。不过我不习惯和一个陌生人议论我自己。”她读了一遍，把其他字删除掉，只留下“谢谢直爽”。这样好，酷，不动声色。他看这个句子时，会看到反守为攻的她，带一个老手式的浅谈，意思是：来吧，看咱们谁先把谁逗急。这人反应很快，说他不认为直爽是美德：“你就不直爽，你这谜一样的女人。”有挑逗的意思了。乔红梅站起身，想缓冲一下此刻的兴奋。她竟然非常恋战。他把她看成谜之后，其实他对她也形成了一个谜。

她拿起茶杯，喝一口水，发现什么也没喝着，杯子是空的。她得缓冲一下，战况可不妙。她让这个不知底细的人顺着电缆这根藤摸过来了。绕过丈夫格兰，摸进这间十四平米的书房。乔红梅在镜子面前站着，按他描写的模样，一只脚虚支出去。她拼命地想昨晚餐厅里的人，所有的面孔，却是怎样也记不起了。但他是存在的。陌生的存在渐渐有了形态和质感，有了低低的体温，就在这间十六层楼上的屋里，在她浑然不觉的丈夫隔壁。

乔红梅走出书房，向厨房走，手里拿着空茶杯。她忽然抬头，见丈夫格兰一身运动装束。格兰说他出去跑步，回来一块吃早餐。她说好的，祝你跑得快活。他深棕色的眼睛在她脸上多留了一会。她问怎么了？他说很好，你看上去气色很好。你也是，她说。她正要回书房，门又开了。格兰把一个快递邮包从门缝里塞进来。她拿过邮包，猜出里面是两本书。格兰做教授的第一大优惠是买书钱可以充税，所以他隔一天就有一个寄书的快递邮包。她隔着茶几把书往沙发上扔，没扔进，落在地上。她不去理它了，端着水往回走，又觉自己态度有问题，再走回沙发，捡起书，放妥。杯里的水洒在格兰珍爱的古印地安地毡上。据说图案上的红色是取某种虫血染制的。

回到电脑前，乔红梅一口一口呷着杯中的冰水。二十分钟后，回信来了。他猜想乔红梅一定想弄清他到底是谁。他说他身高五尺九（并不算太高），体重一百五十八磅（体重很合她的意），黑头发、黑眼睛。个人背景：耶鲁大学英文系本科生，哈佛读完硕士后，修了一年博士课程，半途而废。他父亲留下的遗产在一位投资顾问手里运作甚好，因而他打消了做博士公子哥的念头，索性做一个公然而诚实的公子哥儿了。他说他和乔红梅是同一类人，很难忠贞于某个人和某项事业。他在看见乔红梅的一刻，就在心里感叹，肉体的忠贞是最容易因而是最次要的。

乔红梅看着一行行自我拆穿式的介绍，感到这陌生男人渐渐在他眼前推成了一个特写。不是面目，是气息。她进一步被他吸引了，尽管她对他的富翁父亲、优越学历保持百分之八十的怀疑。她说你难道暗示我不忠贞吗？他回答道：“我没有暗示。我在指出你的不忠贞，我相信你是个智慧的女人，明白我们不必抠‘忠贞’的字眼。你心灵从来没忠贞过一分钟。”他再次抱歉用“心灵”这种似是而非的词。

乔红梅说，好吧，随你便，不忠贞就不忠贞吧。她往椅背上一摊，不想辩解。这人话锋一转，说别这样，你跟所有人都这样，希望你跟我别这样。我们要好好地开头。他这一步迈得过大。乔红梅对他突然出来的体己感有些反感。他马上看懂了她，写道：别误会，我会给你足够的时间适应我，在一切都未开头之前。又是几分钟，她没有意识到自己在啃指甲。他又来了两行字，要她松弛，别那么恐惧，否则他马上退出这场约会。

他把它叫做“约会”，乔红梅玩味着。他说他只是想了解她，她手指甲被啃咬成那样，绝不会无缘无故。

乔红梅条件反射地一下攥紧拳头。他连她手指甲上的啮痕都看见了。餐馆里她难道咬了手指甲？不会，公共场合她一般不会的。并且，在和格兰出门前，她贴了一副逼真的塑料指甲，一般上点台面的场合，她都这么干。假指甲不过分修长，看上去健康而洁净，绝不是公司女接待员或泰勒街暗娼九百九一副、色彩艳露的那种。他说乔红梅把指甲啃成那样，必定有原因。

她一只手在键盘上敲打，涂涂改改，问他到底跟踪了她多久，她不相信昨晚是他头一次见她。

他不置可否。

虽然兴奋，乔红梅还是有点毛骨悚然。她说她咬指甲的习惯是幼年留下的毛病。他说他将会知道真正的病因。

你少跟我来这套，盯了我的梢，偏要弄出神机妙算的意味，乔红梅心里说。在键盘上，她却问他同时向多少个女人发送同样的信息。这人倒也不直接抵赖，没有谎称除了她他不向任何女人发此类信息。他说眼下没有合适人选值得他发送。她问什么是“合适人选”。他说像乔红梅这样极度含蓄、极度不安分的女人。乔红梅想“极度不安分”大概是准确的。

他说昨晚在餐馆里，他始终在观察她。她的右侧，是一排不锈钢护壁，她的那一半侧影，被投射上去。这样他看见她里面那只手的动作：撩动披到脸上的头发、轻揉右面的太阳穴、拨弄无色透明的珠子耳坠、用吸管搅动饮料。他看到她的不耐烦、腻味，而别人却把那看成娴雅、从容。他还形容她的目光，说她眼里有种邀请。邀请人们的关注吗？不止。他看出她的眼睛在邀请爱抚（真正的爱抚），邀请人与她玩眼神、玩感觉。甚至邀请进犯，邀请征服和占有。这眼神使她不同凡响，使她所有动作、语言都不足为信。他从未见过如此暧昧的女人。他相信他就在那时被诱惑了。

门被叩响。她还没来得及反应，格兰的面孔已伸进来，上面一层红晕和汗水。她问他跑得是否舒畅。他说好得不能再好，一块吃早饭吧。她说一分钟之后就来。格兰说：“哇，你今早真美，眼睛在燃烧。”说着他修长的身体越过写字台拐角，嘴唇撅起。这是早晨必定有的吻，谁也休想躲掉。

乔红梅马上迎着格兰的亲吻站起来。惟一阻止他的办法是立刻跟他去吃早餐。她的阻击成功了，格兰没有多心去瞥屏幕上的词句。格兰的手扶在乔红梅腰上，往厨房走去。这个初识不轨的东方妻子在他手掌下年轻柔韧，毫无破绽。

撇在身后的，是她和陌生男人眉目传情的证据。

这人再次出现是三天之后，给了她足够的时间享受悬念。他说对不起，他失约了，他惟一的女儿突然到达，这三天里他的一切都属于她了。他说他已经有十一年没见女儿，他每年寄的生日卡片都被如数退回。

这就是说，他至少四十多岁。当代美国男人三十岁做父亲比较普遍。乔红梅问他，女儿为什么退回生日礼物。他回答生日礼物被留下，退回的是写有贺词的卡片。礼物被重新包装，以别人的名义，礼物还是礼物。他口气实事求是，毫不渲染，但她看到了创伤。这个人的陌生顿时消去一大半。创伤绝不虚无缥缈，创伤使无论多不同的人相互认同。她和这个极不可靠的人接触，创伤突然使他可靠了。

她问他，他的女儿和他长得像吗。他回答说，女儿的头发像她母亲，其他都和他一模一样。她说一定小巧玲珑，像个混血姑娘。他识破她的圈套，说他最讨厌混血姑娘。他说你不必猜测我的血统，我们注定要见面的。

“注定?”

“注定。”

夜很深了。能听见格兰房里的音乐。他读书或写作总是需要伴奏。此刻是夏洛特·扬涅洛帕为他的阅读伴唱，薄荷露似的声音。谢天谢地，在油爆爆的世界滴入夏洛特的薄荷露。

这人和她默不作声地打量对方，一个在夜色这头，一个在那头。

他说他今天下午把女儿送上了飞机。然后便想到了她。他说不知为什么女儿使他想到她。也许女儿也有种绝不好接近的样子，也是面上一套、心里一套的温顺沉默。

她问他：“难道我面上一套、心里一套?”

他说任何一个表面像她这样顺从、任何一个有她这副缄默微笑的人都有这问题。餐馆里，他看见她接过菜单，看也不看，把选择马上让出去。他看着她丈夫为她点白葡萄酒、红葡萄酒，她点头微笑，做出很是领情的样子。而她的脚呢？那近乎完全赤裸的脚在打一个节拍。那支秘密的曲子。她在秘密地自得其乐。

她问他是否精通心理学，或者人类行为学。

他说你不要担忧我会游手好闲，也别费劲猜我是否有个正经差事开销生命。我什么都不做，又什么都做。你会知道的。我们快要见面，不是吗?

乔红梅吃不准了。她想和他见面吗？见面会意味什么？她听见夏洛特在隔壁纯洁地歌唱。格兰也在熬夜。大概他在等他用功的妻子，看看能不能等来一次做爱。

她写道：“今天就谈这些，我丈夫在等我，我必须去睡了。”

他说：“好吧。你肉体还蛮慷慨，也算纯洁。祝你销魂。”

他有什么资格嫉妒呢？乔红梅心里好笑。

他问下次约会是什么时间。

她说不会有下次了。这是她突然作出的决定。她不给他插嘴的时机，一鼓作气敲着键盘。她说她的丈夫非常爱他，他们为得到彼此身败名裂过。用中国俗话，叫“九死一生”。她不应该背着他进行这种约会。她说，谢谢你的关注，也谢谢你为了解我所费的心。

然后迅速下网，关掉电脑。呆了一阵，她无力地站起身，去揿电灯开关的手臂几乎抬不起来。光亮和黑暗间的一霎，她瞟到一个女人的身影，惊得险些大喊。再揿亮灯，发现那是镜子里的自己。她干的好事，在书房装什么镜子。她从来没见过这样陌生的自身，面孔油润红亮，眼睛水滋滋的，是头晕目眩的眼睛。还有嘴唇，还有胸。女人在经历肉体出轨时才会有的容颜，大概正是这样。它提前出现在她脸上、身上。她的肉体比她走得更远了，多么不可思议。得彻底切断他顺藤摸瓜进来的这根不可视的线索。

她重重坐回转椅上，两脚一撑地，把转椅撑回桌面。打开信箱，他的回答已等在那里。会是什么样的回答？她想她绝不会去读。无非是用更有说服力的话向她证实他对她的理解。或者会刺她一句（像说她并不美丽那样刺激她上钩），说，喂，你想哪儿去了？我并不想做你的情人，让你背叛你丈夫。混血女子我都消受不了，何况你这纯亚洲血统的女人。

她想不管他的回答是什么，她都决不上钩。

而下一秒钟，她已在瞪着他的回答了。回答只有一个字："Fine。"

竟这么好说话。他干脆、利落地答应了她："Fine。"就此终止了一切纠缠。

她瞪着他的"Fine"。真的罢休了？他不失自尊地甚至是冷傲地微微一笑："Fine。"眼睛是哀伤的。未必哀伤，或许是好笑的，所有小题大做的女人们在他看来就是那么好笑。他两肩轻轻一耸："Fine。"然后转身走出，惆怅是惆怅的，但自制能力毕竟极好，修养更不用说。他两手插在裤兜里，凭任风吹乱一头黑发，匀称而矫健地离去，留一个渐渐小下去的背影，很是古典。

乔红梅怎么也没想到他会这样轻易收兵。倒是她成了没趣的那个了。她不知自己在窝囊什么。一个公子哥儿从她这一走，马上会去挑起下一场艳遇，她不是从此清静了、省事了？

她一行行逆着读他的每句话。他主要是写他的女儿，他们的三天相处。真切深意的父亲感觉，就在那一个个简洁的句子里。三天，他以不可思议的眼睛注视他缄默的女儿，讲起他对她可怜的一点记忆，突然从女儿缄默的笑容里意识到，同样的话他已对她讲过了，可能不止一遍地讲过——他曾经怎样在夜里抱着她，从四楼走到一楼，再从一楼走回四楼，为了不吵醒她的母亲和邻居们。女儿看着他，神秘的表情，态度严实地掩藏在那表情后面。她真是莫测得很，突然喷出一声大笑。笑他可怜，每个父亲都有如此精彩的记忆。或许她想起她母亲的话：父亲对于她的投资，就是一尾精虫。于是他带女儿出去，去最有名的风景点，没完没了地为她拍照，为她买渔人码头的首饰和工艺品，带她去那帕桑拿按摩，为她买她哪怕多看一眼的昂贵服装。他还是在女儿的笑容里看到，他可怜透了，他还是一尾精虫。会讨好的、舍得花销的一尾巨型精虫。

乔红梅想象他的女儿，十四岁一个小姑娘。她想象那细长腿的小姑娘消失在登机口的昏暗中，这人忽然想到，自己到底是个什么东西，是一个用电子信去同陌生女人胡搅蛮缠的男人，是一个在餐馆或咖啡馆独坐，静静等待她乔红梅这类猎物的人。也许在开车从机场回家的途中，他就有心改邪归正，为了女儿。

那天深夜，她和格兰做了爱。好久没那么好的效果了。似乎她借了格兰向另一个人释放激情，也似乎格兰不知怎么显出一种陌生。然后她滚翻身就睡去，当然是假装的。她怕格兰开口讲话，破了那魔咒。

一连七天，乔红梅不上网查邮件。这人好说好散地消失了。她咬指甲的毛病恶化起来。她发现她咬指甲不是因为紧张，恰恰因为平静，无事可期盼的平静。

到了第八天，她给他发了一则短信息，请他介绍几本最新心理学读本。她压根不提上次不太好的收场白，以及这些天她寻寻觅觅的心情。

没有任何回音。

三天后，她把同样的短信又发一遍，并加一行解释，说她怕上封信遗失，没到达他的网址。

还是没回音。她脸面也不要了，一连气地拿短信轰炸他。

乔红梅啃着指甲想，看来他倒是一位绅士呢，一诺千金，说到做到。或许他那颗羞于提及的心灵不再空洞，里面装进了失而复得的女儿。无论什么原因，使他坚决不理会她，都使乔红梅感到窘。此刻他在干什么？在电脑那端，好笑地看着她，失望而委靡，一头烦躁的头发，指甲根根残喘？笑她打起读书幌子，企图邀回他的关注，并久久挽留他？她的假装正经、不甘寂寞在他看来实在好笑，他就是要这样写她。一个易受勾引的女人就该狠狠地写。又等了两天，乔红梅踏实了，也认了窘。她开始赶落下的功课，收拢神志听格兰谈他的事。好好听格兰讲话，还是有所收益的。他说他在课堂上老要学生注意，卡夫卡用第一人称很多；《变形记》表面是第三人称，实际是第一人称，除了最后一段，葛里格作为甲虫死去之后。他说人称的选择是小说成功的秘诀之一。《麦田守望者》若不是第一人称就死定了。

乔红梅看他嘴角沾一颗面包屑。年纪大起来，第一表现是吃东西拖泥带水。她说："电脑上来信都是第二人称。"

格兰说："我们在心里和自己说话，讨论，通常是第三人称。所以电脑上若有人来和你长谈，等于你自己和自己谈话。"

乔红梅一想，格兰毕竟聪明，像是察觉了什么。

不再和他通信，他的身影反而清晰起来。黑头发、黑眼睛，对自己浪漫内心永远批判的那种微笑……但她会忘淡他，一个女人一生有多少这样的暧昧邂逅？谁都经历过短暂的鬼迷心窍。

就在他说完"Fine"的第二十五天，乔红梅再次收到他的信。

他说她走进图书馆时像个走失的孩子。他猜她或许在让眼睛适应室内的光线，也许她想找个好些的读书位置。他说她那样迷失地站了许久，有一刹那，他几乎要投降了，认为乔红梅肯定认出了他：餐馆留下的浅淡记忆和图书馆的某个面影突然间神秘重合。他正打算从他的阅读阁里站起，她却走了，自制的布书包上两根流苏动得非常生动。他说这是她多日未背的五个书包中最美的一个。

乔红梅大吃一惊：这人原来一天也没离开她，并不像他自己表现得那样悲壮，古典骑士似的踽踽独去。他像一个阴魂，不为人知地时时参与她的生活。

他看见她沿着一排读书阁往里走，正进入最靠里的桌椅时，右腿磕碰了一下。他听上去都痛。那块淤青比一岁孩子的掌心还大，他猜到。

读到此乔红梅停下来，起身关上房门，把睡裙一点点撩上去。果然，在右膝上方，一块青紫。她盯着它，回忆这天下午图书馆内的情景：她进门似乎是萧条时分，一多半学生在打瞌睡，年纪大的读者似乎连抬头的都没有。

这人究竟猫在哪里？

他说自己的童年、少年、成年，大多数时间在图书馆度过。像博尔赫斯，区别是他不写小说。他说他原以为凭他的意志是能了断的。他真的不想再打搅乔红梅，以及他自己。人有了渴望是不幸的，他希望乔红梅赞同这一点。她可以制止他写信，但不能制止他的迷恋。乔红梅读得身上热一阵冷一阵。二十多天的沉默，使他再现时容颜憔悴，两眼黑色的激情，但整个人还那么冷调，乔红梅痴痴地想象。把她心目中最中意的一个男性形象套在他身上。他说别给我任何回答，你的任何回答都会让我受罪。

她马上回答了，说很高兴又能和他交谈。她正欲发送，又觉不安，改为"很高兴地知道你一切都好"。

他在五分钟之后回了信，说乔红梅的话和他女儿一模一样，都是那么小心，怕流露了真实心意，让他捞感情的稻草。他说他女儿离去多日，写给他的惟一一句话就是"很高兴地知道你一切都好"。他说："你们似乎比我更知道我好不好。"

乔红梅说："我看见你失望的样子了。"

这人说："失望是我一贯的样子。"

乔红梅突然发现，失望一词，他拼写错了，少了个"a"，成了"Dissppoint"。她马上灵机一动：这人会不会是个外国人？比如意大利人？希腊人？俄国人？……他问她那条蓝底白花的长裙从哪里来，充满异国风情。

她告诉他，那叫"印花布"，是她生长的那个村庄里的土产。过去村里的农家女都会织这样的布，雨天你走在那条两旁是农舍的石板路上，听得见这家那家织布机木梭走动的声音。乔红梅没有意识到，她已开始向这人展开了她的由来，她的历史。那个她曾经憎恨过的江南村庄，在她向他摇移的画面中，竟然相当美丽。她让他看大全景中的它，黑瓦粉墙、乌篷小船、无际的金黄菜花。她推进画面，是中景了：一座石桥，桥上走过放牛的孩子。孩子中的一个小姑娘，六岁或七岁，便是她。她生在"文革"那年（你知道"文化大革命"吧？），目不识丁的父母给她起了个时髦名字：红梅（Redplum-blossom）。她说她几度想改掉这个乡气的名字，却狠不下心来。毕竟父母只生养她一次，只命名她一次。

他回答说他看见了这个万里之外的水乡小村庄。看来你很爱它，不是吗？爱它才有这样的笔调。

她一惊。她从来不认为她爱过它。她不惜一切地要逃离它。逃离它之后，她对生人撒谎，想把它瞒住。她曾经认为不管哪里都比她的村子好，那么孤陋寡闻、井底之蛙般的村子。在她懂事后，来了一帮叫做"知青"的人，进一步证实她对它的直觉。他们整天讲它的坏话，和她一样认为它是地球上最丑陋的地方。她怎么会爱它？

她说，你大概又要失望了，我一生的努力，似乎都是要远离我的村子。越远越好，最后一次走出它，是九年前。我下决心永远不再回去。走过村口的纪念碑，我不知怎么停下脚，看了一眼上面的名字。二百一十三个少女的名字，是一夜间死去的少女。我从来没有好好看过她们的名字。她们死去后的第二年，我的母亲出生了。那年冬天，出生的全是女婴，似乎是死去少女们的替补。我一个个念着纪念碑上和我一样乡气的名字，我的小姑在第六位，我的两位姨姥姥，在第八十和八十一。村里当年三个姓氏的女孩，从六岁到十八岁，一夜间全死了。那些生前被叫做“赔钱货”的少女们，全死在一九三七年十一月的一个雨夜。连日本兵都惊得一声不吱。日本兵在傍晚时分进了村，在每座房舍里搜寻中国兵、粮食和少女。家家都只剩下老人和男孩。一个日本兵发着脾气地朝一个稻草垛捅下刺刀……（等等，我向你描述过我家乡的稻草垛吗？许多好事、丑事、可怕的事都发生在那些稻草垛下。它们终年立在那儿，知道许多人所不知的秘密：见不得天日的定情、氏族间的仇杀、不得已的堕胎……）等刺刀拔出来时，局势突变了。这日本兵看见刺刀尖上有鲜血，在初冬的夜色里冒起细微的白色热气。日本兵又扎一刀。这一刀下去，血便从刀尖往下滴了。稻草垛却抖也不抖，不出一声。十分钟后，所有日本兵围住村里二十多个稻草垛，刺刀从四面八方捅进去，没有一刀不见血。一个个稻草垛还是如常的沉默，没有一根草哆嗦。翻译开始喊话，说想活的快出来，马上要放火了。稻草垛不动，无语；如同惯常那样，吃进多少秘密，却从来不吐。汽油泼上去，火虎啸狮吼地烧起来。日本兵拄着长枪，看火中的稻草垛先成金的，后成红的，最后成黑的，灰白的草灰动弹起来，在稠腻的冷风里起舞。空气都是血肉焦糊味，饥饿了几天的日本兵趴在地上呕吐出胆液。他们不必去查点，也大致清楚这场杀戮的战果。而他们一点也不得意，为着什么不可名状的理由悻悻、沮丧、窝囊。他们最终也没有勇气揭开一个个成了灰烬的草垛。他们心照不宣地拭去刀尖上未干的血。一个村的女孩被他们歼灭了，这点他们心里有数，但她们那样沉静地接受了灭亡，他们为此失魂落魄。接下去，他们放弃了对整个村子的烧杀掳掠，深一脚浅一脚开拔了。这是他们在侵略中遭遇的最不寻常的一次抵抗。

乔红梅写到这里，发现两眼胀胀的不再看得清字迹。她从来没想到会为自己的村庄如此自豪。她从来就没有发现二百多个牺牲的少女如此震撼她，也没有发现她们的牺牲有如此的意义。是她赋予她们的意义吗？或者原本就存在的意义被她突然追寻了出来？

这人在读了她的故事后只回了一句话：“面对这样一个故事，我完全哑然。”

她想告诉他，她从来没把这个故事告诉过别人，甚至没有告诉过她的丈夫。她不知为什么。或许在她为它找出意义之前，它只是所有抗日战争惨烈故事中的一则。她没有向格兰讲述它，因为她向他撒了谎，就像她对不少人撒谎一样，只想为自己捏造一个出生地，内蒙、西藏都行，都远比那个缺见识、缺胸怀的小村庄强。她对格兰谎称是黄山人，她想用黄山的伟岸替代小村庄的小家子气。

乔红梅却克制了自己。她只向这人原原本本把村庄的历史讲下去。她说村里自从少女绝迹后，对女孩的态度完全变了，再不叫她们“赔钱货”。牺牲的二百一十三位童女成了全村人的护身神明。他们开始重女轻男，送女孩子进镇上的学校而剥削男孩子的劳力（再一次证明村民们的狭隘和愚蠢）。村里渐渐有了女孩远走高飞的风气。去镇上念书的女孩们，很难再回去嫁村里的男孩。她的母亲家境太差，没有去镇上念书，因此母亲的梦想，就是养一个女儿，送去镇上念书。

这人说，我现在正看着你，两眼乡愁，心里有一点疚痛。你为自己大动感情感到莫名其妙。你难为情了，把脸调转开。

这人"看到"的竟大致准确。乔红梅说，谢谢你的耐心，听我讲了一个离你十万八千里的故事。知道美国人不喜欢悲剧，我丈夫就不喜欢。她一想，不对，她这算什么？讲格兰坏话吗？便删掉最后的句子。

乔红梅走进图书馆是下午四点。她按事先想好的路线，径直往洗手间方向走。两台饮水机，一高一矮，她选择矮的那台。水形成一个很好的拱形，她的嘴唇破坏了它。她眼睛向身后扫了一圈，没人跟着她，她向左走，一边抽出面巾纸擦嘴上和面颊上的水。大约三十岁左右的，她一共瞥见六个人。都不可能是他，太年轻。这样一走，她已巡视了五分之一的图书馆面积。一个女人跟她悄声"哈罗"，她也悄声回应。这座大学城一共不到十万人，在图书馆常常碰到熟面孔。她继续走着，似乎是找人，又似乎是找位子。又是五分之一的面积。加上她从门口走到饮水机，半个图书馆已被她搜查过来。她站下来，迅速感觉一下，身上是否有一份灼热的注意力。似乎有的。

她找到一台电脑，坐下来飞快地打入网址。

这人说他看着她款款走来时，就试图把她昨夜讲的故事和她联系起来。他有一点明白，她是怎么回事了。他说他从来没见过像她这样一份对故乡沉重而扭曲的爱。

乔红梅想，他把它叫爱，好吧。

他说沉重和扭曲给了她独特的仪态。或许这正是使他欲罢不能的原因。他就那样看着她在草坪上走，并不是存心埋伏，渴望使他不由自主。他看她从公寓的大玻璃门出来，在草坪上和一个牵狗的熟人寒暄，说天气有多好，希望它好下去。然后乔红梅给了狗一个甜蜜抚摸，看得出，她和动物相处得自然、舒服。她抚摸狗时，长围巾坠落到地上。他说那条围巾使她原来没有想法的一身装束一下子有了强烈的宣言。那濒临灭绝的图案和染色使偌大一片草地苍白了。那红色让他想到古印第安人织地毯时，把一种甲虫碾碎而得到的红色浆液，那样饱和，看上去都屋气。它和任何一种红色都不同，就是古老的性本身（看来他也对古印第安地毯有兴趣）。乔红梅就这样一步步走来，身姿依旧谦让而躲闪，背向那座苍白的布尔乔亚公寓楼，它的十六层楼里住着这所大学的十多位教授，过着苍白的生活。

他连楼里有几位教授都摸清楚了。乔红梅向四周看一眼。旁边一个男孩在捂嘴大笑，正和看不见的谈手聊得火热，据说他们在网上可以开 party，十多个人七嘴八舌，空间距离几千英里。

这人说他对自己感到吃惊，竟会如此无情地丢弃他一贯的行为准则，屈从渴望，干着不大上台面的事。草坪四周有些长椅，他坐在某一把长椅上。在她与他距离缩短到二十米时，他对自己说，好吧，让我登场吧。只需站起身，朝她伸出一只手。但就在乔红梅离他五步之遥时，忽然向身后的公寓大楼转过身，朝十六层的一个阳台扬了扬手。他看见她手势家常，笑容也很家常，充满对眼下生活的安全感和麻木。从他的角度，他看见一把未撑开的淡蓝遮阳伞和白色塑料桌椅，她的丈夫伏在栏杆上喝早晨的最后一杯咖啡。因此他没有起身与她正式开场。也许他还要再等等，等渴望造成的没出息感觉过去。不仅渴望，还有些不可告人的朦胧企图，他坦白地告诉她。

他怕他从文字后面走出来会控制不住自己。你身上有对男人的默许，庆幸的是只有极少数男人看得到它。

他语气又变得相当“尼采”了，乔红梅想。

走过他的长椅，她的苹果啃完了。她把苹果扔进一个垃圾筒，掏出皮包里的纸巾，擦了擦嘴和手。牵狗的熟人走回来，她背转身去，希望别再寒暄第二次，却失败了，首先狗不让她混过去。狗竖起身体，两爪抱住她大腿，热诚里藏着不可告人的朦胧动机。她呢，跟狗的主人都不去识破那动机，只说这样的早上真好！

这人断定乔红梅认识狗的主人有多年了，双方都严密控制关系的进展。他说乔红梅从垃圾筒转身的一刹那，便是另一个人：随俗、近情理，尊重小布尔乔亚的苍白友情。他说谁能想象呢？她这样一个女人从那么个小村落里走出来，那个曾把二百一十三名少女供上祭台的村落，那个让女儿们远走高飞的村落。

她告诉这人，她感谢他让她好好认识了一次自己。她说他的洞察力，那近乎神秘的感知能力，使她第一次产生打开自己的愿望。她的秘密不仅对别人是秘密，甚至对她自己也是秘密。她说有些秘密是必须守口如瓶的。第一次意识到她有了那样的秘密，是一九七七年，她十一岁。还是冬天，还是稻草垛。八个知青全走光了，仅剩的一个是男孩，十九岁。他常躺在稻草垛上吹口琴，吹累了就对村里的孩子们讲南京、上海、美国。他讲着讲着会突然停住，有时嘴里还含着半句话。他这个时候的样子很奇怪，眼睛挨个看着这群乡下孩子，像是一分钟前刚降落到他们中间。然后他用完全不同的口气说，你们多幸福，反正生长在愚昧之中，也就感觉不到愚了。他说哪天起火就好了。把所有稻草垛烧起来，然后就再没有绊住他的这个愚蠢小村庄了。他在所有同伴离开之后又耽了一年，骂骂咧咧，胡子拉碴，三天抱病两天卧床的一年。这一年那个叫乔红梅的小姑娘从他嘴里听了许多故事：美国有个林肯，英国有个培根，还有个拜伦和雪莱。不论他向孩子们讲什么，都会突然转回来，用他所讲的来参照小村子的渺小、可怜、无知。就在他开始认命时，发生了一件可怕的事，他被烧死在一个稻草垛里。谷场上的几个稻草垛那一夜全烧成了灰。因为有人看见他诱拐了村里女孩，不止一次，他和女孩们消失在柔软的稻草里。

村里的孩子们对他永远的消失黯然神伤了许久，表面上却是仇恨他的。女孩们会一律哼唱他留下的口琴曲，并不知道那全是俄罗斯民歌。

乔红梅说，多奇怪啊，你看，我在见到格兰的一刻，突然想到了这个男知青。

现在她要这人来看看第一次出现在她眼前的格兰：四十九岁，两鬓有些白发，却长着小伙子身段。和所有外教不同的是汤普逊教授的自信、成熟。那是乔红梅做走读生的第二年。格兰·汤普逊走进教室，背挺得笔直，竟无树大招风的顾忌。他朝学生们说了声中文的“早上好”，然后他说他会的第二个中文词是“打开水”，第三个词是“肉包子”。说到此他停下来，等待着什么，几分钟之后，他说：“你们怎么没笑啊？刚才我给你们时间是让你们笑的。”他告诉学生们，他有个在中国任过教的同事，回到美国警告他，“打开水”是最重要的一个词，不然就会错过一早在走廊上送开水的服务员，连咖啡也喝不成了。“肉包子”也很重要，不然炊事员会给你没肉的实心馒头。他还会一句中文，“我爱你”。他看着学生们瞠然的脸说，他学会它是为了记住它并决不去说它。也是那位同事警告他的：一旦你对某女生说了它，你在中国的日子就惨了，血淋淋的。他用的是英式粗话，“血淋淋”在此处一下子去掉了他的书生气。他说同学们一定要提醒汤普逊教授，尤其可爱的女同学们，千万别让他脱口说出“我爱你”来——他可是个唱情歌的老手。

乔红梅写到这里，意识到自己在微笑，对着她自己笔下的格兰。她意识到格兰是极富吸引力的。她对这人说，你无法想象我听格兰吐出三个中国字时的感觉，“我、爱、你”三个字超出了他嘴巴的掌握，他的样子像个孩子。格兰舔舔嘴唇，听一个大胆的女生纠正他发音。他又来一遍。乔红梅简直不再敢听。那些字眼在他嘴里是生涩青嫩的，正因为此她不忍去听。她到十多年后也不能解释她当时的感觉，是不忍看他四五十岁一个教授当众耍猴，还是不忍看他不知深浅的天真。

大家笑得很响亮。乔红梅却没笑。她想她究竟对什么着迷起来了？她从来没见过这样的男人，傻乎乎一上来就把自己亮出这么多。从此她想接近他，替他站队打乒乓球和网球，为他去医务室拿取酒精（他用酒精做起火锅），带他去胡同里拍照，带他去西单挤服装夜市。她似乎忘了自己是个中尉军阶的军方翻译人员，也忘了自己有丈夫，婚姻美满，费了九牛二虎之力从南方调到了北京，并刚刚分到一居室住房。她知道她的处境在一天天严峻起来，女同学们别有用意地问她某件新衣服从哪里买的，当她回答它不过是西单衣市的舶来旧货时，她们会装腔作势地称赞她的眼力，并纷纷请她再跑趟腿，代她们买件类似的回来。

一次在食堂吃饭，格兰走进来，坐在几个女生中间。他说外教食堂没饭了，大家是否能赏他一口。女生们争着去卖饭窗口排第二次队，买回十几种菜来。这时她们发现格兰眼一亮，人从凳子上欠起身，回头一看，是乔红梅走进来了。汤普逊教授嘴上在和她们瞎逗，眼睛一直在乔红梅身上。她们恍然大悟，他突然到学生食堂来，是为了见她。她们以瞧好戏的心情，邀乔红梅坐过来一块用餐。那天乔红梅恰巧很朴素，白衬衫绿军裤。不一会，格兰问乔红梅：“你看你袖子上沾了什么？”她说：“噢，墨水。早就有了。”女生们一声不吭，听他俩谈话。格兰又问墨水怎么会到袖子上呢？乔红梅说是她画上去的，考试考不出来，就在袖子上画圈圈，最后画成了一个墨团子。格兰说可以洗掉的，她说不可能，她什么办法都试了。大家眼睛看看汤普逊教授，又看看乔红梅。她们想，肯定有弦外之音，却又听不出它究竟是什么。汤普逊教授这时说：“你试的方法不对。你把它给我，我给你洗。”

女生们全抽口冷气。

格兰什么也没意识到，又说："你把它交给我好了。明天我保证还你一件毫无污点的衬衣。"

乔红梅对格兰的坦然是有所了解的，但坦然至此，她还是措手不及。她含着一口饭，脸憋得通红。然后说汤普逊教授改行，改汤普逊洗染店了。

格兰认真地说他做惯家务，到中国来家务少了，觉得反而没事让他打打岔，分分心。他说不信你们看，我保证不像我看上去这么蠢，至少衣服洗得很地道。

女生们不久都告辞了，把十几份菜留给格兰和乔红梅。两人冷了一会场，乔红梅知道坏事了。

乔红梅告诉这人，那是她和格兰关系的转折。

她对着女同学们孝敬汤普逊教授的一桌菜，看了格兰一眼，说："这下我们怎么办？"

她当时不知道这个语意含混情绪暧昧的句子营造出一个秘密空间，不仅区分出内与外来，也对两人形成巨大压力。逼他们尽快标明事情的属性，以及彼此的名分。

格兰像孩子那样看着她："我讲错什么了？"

"你真的要给我洗衬衫？"

"真的。"他还不明白哪里不对劲。

"你没救了。"乔红梅说，心里从来没有过那样奇异的感动。她真想冲动地要摸摸这老儿童的脑袋，告诉他心里想什么，嘴巴千万不能说。他心里一定是把她看得十分亲近，于是他当众就把这亲近拿出来，给大家看。

"我不可以为你洗衣裳吗？"他问。

她反问："你会给其他女同学洗衣服吗？"

他说："那得看谁。"

她追问："谁呢？"

他说："讲不清楚。感觉上我会去做，就去做。每个人给我的感觉不一样。"

乔红梅在键盘上敲着，告诉这人她从那天起知道什么叫"孤立"。格兰却仍请她在课堂上朗读课文，夸奖她发音准确，有时夸得过火，超出一个老师对学生的夸奖，比如他会说："哇，多优美的嗓音。"她心里想，格兰不过是坦坦荡荡在跟着感觉走，却让她吃尽苦头。每一个同学，无论男女，都认为她命也不要地在勾引教授。她对这人坦白，十多年过去，今天她明白，当时她确实在追求她的教授。追求从第一堂课就开始了，她同她的追求不紧不慢地向格兰撒出一张网。她不能没有追求，她是个追求男人的女人。她的前夫也是她追求来的。她说她知道自己是那种祸水式的女人，不停地装妖作怪，至少内心如此。追求起来，她像男人一样无畏、不计代价、不顾后果。她又补充，我指的男人是当年的格兰，下面我会告诉你，他的追求有多悲壮。歇口气，乔红梅又来一句，没想到我们追求到的，就是今天的彼此。

"看来你失望了。"这人插话说。还是少一个字母的"失望"。

是的，又有一点上当的感觉。从我的小村庄到了南京的军校，不多久，我就体会到这种淡淡的失望。小村庄外的世界，没有那个男知青讲述的那么大，更不如我想象的那么大。我还想看更大的地方，我指的是未知的，像格兰刚出现时，每句话、每个行为，对我都打开一片未知，就连他最小最不经意的一个动作。比如系鞋带时嘴里叼着太阳镜，端相机时把棒球帽檐往后脑袋一推，拿起膝盖上的餐巾轻抹嘴角……我就是在一些此类小动作之后，明确地知道，自己爱上了他。

这人问她是什么时候。

乔红梅心里一阵温暖。她在刚与格兰恋爱时，常会有这样一股暖暖的柔情在心里一涌而过。这熟识的温暖此刻已显得相当陌生，似乎有很多年没出现过了。她把这感觉告诉了这人。她接下去讲述起格兰请她去建国饭店的那个晚上。那是在她被同学们孤立了近两个星期之后。对晚餐丰盛与否她已经记不清了。应该是丰盛的吧，格兰在中国那会儿往往为他们两人点六个人的菜。饭后送来了账单。注意，下面就是要细看的镜头了。格兰并没有停止嘴上的轻声谈笑，眼睛也没离开她的脸，右手伸到西装左侧的内兜里，抽出一个黑色皮夹。他还是那么漫不经心，以食指和中指钳出一张信用卡，向上一抽。动作小得不能再小，却是挥金如土的动作。他跟她还在谈、谈，偶尔纠正一下她的英文句法，总是温存地道声对不起。服务员把单子又捧了回来，他从口袋拔出笔，落在账单上。只看见他手腕动了几下，再有力地往斜上方一提，完成了一个签名。完成的，是一个来自最富有国度的、神气活现的形象写照。是不在乎金钱的有钱人的一记手笔，给她一个关于钱的全新概念。她在想，一个国家得多富有才能养出这样一种对钱的翩翩风度。她不明白动作怎么给格兰做得那么好看，那么美国式。回去的路上，他们乘公共汽车。那是八点多钟，天刚黑透。格兰嘴里呼出淡淡的酒气，和餐后的咖啡味混在一起。星期日晚上，人们赶车回家，车拥挤得很。她和格兰面对面站着，酒意在体内膨胀起来。她在车子猛一晃动时拉住格兰的手。就像合了闸一样，淤积的滚热酒意一下淌散开，疏通了。

她对这人说，到今天她都为自己的鲁莽、情急、不顾脸面而惊讶。那时她想也不去想，她和格兰的出路在哪里，她只想在那一刻爱他。她要把那一刻的格兰攻打下来，划属给自己。她说格兰回答了她，成全了她。他的手反过来紧紧握住她的。不久，格兰的手顺着她赤裸的手臂摸上去。他的手指变得冰冷，最后停在她连衣裙的领口，她的锁骨上。她告诉这人，即便是触摸她女性的最核心点，也不会有这触摸引起的反应强烈。她体内出现一种昏暗的动作，一种朦胧的张弛。她说，哦，你可不知道它多么好，又是受罪，又是享福。

这时乔红梅觉得有点异样。转过脸，见她邻桌的男孩正看着她，撇下了网上胡聊的一帮人。她在他眼里是个网上来思春的女人，两颊红潮，目光涣散。她马上下了网，快步走出图书馆。男孩在大门外追上她，问她要不要大麻，上等货。原来他把她当成毒瘾发作，乘机敲她一笔。

回到家，乔红梅便接到石妮妮的电话，说她出了事。石妮妮是学校音乐系的学生，也和乔红梅一样，拿一个学位又拿另一个，靠奖学金开工资。她比乔红梅小五六岁。常说要拿下某个富翁。对于她的终极目标，妮妮很磊落，碰上打她主意的男人，她会说别费事了，你反正是跟我玩不起的。妮妮嗓音很高，又脆又甜，是美国人讨厌的那种不性感的小女生嗓音。这时石妮妮却忽然降调，声音里一多半是呼吸，吹得人耳朵眼痒痒。她说，告诉你吧，我拿下了一个三十二岁的百万富翁。

乔红梅说，好样的。

石妮妮拿下的年轻的富翁拥有高档男装连锁店，全欧全美全世界的富翁都买他的衣服。他马上给了石妮妮一份活儿，在他的一个分店做经理。年轻的富翁虽然领导服装潮流，却喜欢留长直发穿牛仔裤的亚洲女孩。因此石妮妮说她一屋子半遮腚的短裙统统作废。她吵个不停，嗓音又高上去，说上个富翁给了她一副又白又齐的牙，这一个不知会不会替她修修脸上的暗疮。

乔红梅笑起来。石妮妮的优点不多，但十分突出，上来就会告诉别人她又自私又庸俗，嫌贫爱富，不够恶毒的主躲开些，免得受她祸害。她知道自己在大多数人眼里是块笑料，但她不在乎。

乔红梅说："妮妮你来电话正是时候。"

妮妮马上说："你有事求我就免开尊口。"

她不理她，只管说下去："妮妮，我这事还非得你帮忙不可。"

"你不知道我这人从来不帮别人的忙？"

"你到网上帮我发一封信，装得孤苦零丁，饱受创伤。"

"我是饱受创伤，"妮妮说，"自己也苦死了，说吧，乔红梅，你要我去祸害谁？"

"就发一封信，说你在一个偶然的场合见到他，不知怎么特想和他谈谈。"乔红梅把网址和信的主旨交待给妮妮。这是她灵机一动的想法，想改变一下她在这场周旋中的被动地位。

妮妮问要不要放上一张她的相片，相片上暗疮反正看不出，她说："对了，给一张全身的！"妮妮大声叫道："我的玉腿玉胸怎么样？没得说吧？"

乔红梅不同意，说妮妮的全身照太色情。

妮妮问："这个是谁？"

乔红梅说："一个富翁。"

妮妮说："我拿下来算我的？"

"算你的。"

夜里石妮妮来电话，说"富翁"没理她。

妮妮把她的电子信转发过来，乔红梅读了两遍，认为基本是那个意思。她指示妮妮，放一张直长发、牛仔裤的相片上去。

放下电话，她见他有新的信件来了。

他说他在想象她现在在做什么。子夜，杯子里是茶还是酒？

她捧着茶的手紧了一紧。

他说他看见她在宽松的起居袍里，头发一半在领口里。他说他喜欢她所有的形象。柔软宽大的衣服下面，她小小的胴体使他痛苦。

乔红梅一阵臊热。

他说一些感觉落实成文字就不是那么回事了。这是他正处的困境。他想传达给她的，是从感觉到感觉，中间没有文字自以为是的诠释。滋味、气息、触碰……文字怎么可能讲得清？舌尖舔在一颗剥去皮的葡萄上的感受，那感受只能是舌尖和葡萄之间的；那一舔感受到的圆润、半透明的质地、多汁和成熟，独属葡萄而不属于任何其他物质的滋味……他说他已经把它写走样了，已是他强加于没有文字的舌尖和葡萄的感觉了。这感受是舌尖和葡萄间的一个秘密，只有它们自己知道。文字永远嫌慢、嫌笨，太过实在和具体，太过生硬和粗暴。她的嘴湿润起来，胸脯似乎在变化。

想象一下吧，他说，舌尖碰到的是一块细腻腻的乳酪，或一滴三十年的红葡萄酒，或一颗激情的乳头……这之间，感受一言难尽；那秘密的挨近罪过的感官狂喜……他说文字太令他失望，一写就背叛了感觉。但他相信，她悟到他在说什么，这是他和她之间的秘密，正如舌尖与葡萄、与酒、与乳头间的秘密……

她不知自己怎样下了网，回到卧室。格兰还在读学生的读书报告，在一蓬灯光下显得那么祥和。一缕灰白头发耷在他额上，面部线条十分鲜明。他搂了搂她，吻一下她的耳朵。全是日常俗礼，舒适而麻木。她却不知为什么拉住他的手，把它搁在自己胸上。格兰很久没有这样和她做爱，回到十年前似的。完毕后他问："你没事吧？"口气很担忧。

她心里惭愧至极。只要格兰不出声，就不再是格兰。她怎么会这样下作？肉体其实已私奔得那么远。

她一夜没睡，清晨五点起床，给他写信。

她说她感谢他的出现，使她自以为遗忘了的感觉又回来了。他打开了她，从心灵到肉体。但它已发展得可怕了，她不能拿它做毒品。她将更感谢他的消失。

早餐之后，他已有回信来，问她是否打算换网址。

她避开提问，说希望这是最后一次读他的信。

他说不管怎样，他会常常看她从草坪上走过。

她不再说什么，最后狠狠击一下键，下了网。

她下午有一节课，匆匆抓起书和笔记本，向客厅走。格兰不知什么时候走了，留了一份午餐给她，是便餐店买来的三明治。她打开塑料保鲜薄膜，嫩粉色火腿在两片黝黑的薄皮面包中间，伤口一样咧开。

乔红梅走上草坪时停住了。她四处张望，然后目光定在十六层的公寓楼顶。那儿是这座大学城的制高点。

她跑回去，却发现通往楼顶平台的大门上着锁。她很快在地下室找到楼房管理员。他非常客气，问她上平台有何贵干。她说看看风景。他说恐怕不行，他无法向住户协会交待。她说她不去自杀，他笑嘻嘻回答说那谁知道。她说不放心你和我一起上去。他两道眉毛一挑，表示她的邀请很妙，他很领情。紧接着他又回到飞机乘务员那种永远不想跟你混熟的微笑，说他可不想上那儿看风景。他话锋一转，谢谢她为公共洗衣房捐的书。洗衣房有个烂书架，谁有旧书就放上去，供大家在等衣服时读。人们常常把书拿回家，又把家里的书换上去，因此形成一个方便的小周转。

乔红梅问他怎么知道她捐了书。

他说因为她捐了许多书。

她说书上并没有她的名字。

他说一定需要名字吗？他眼睛忽然很神秘。黑眼睛，黑头发。个头五尺九寸左右。乔红梅在下课时开窍了，那个密语者可能是谁。楼房管理员的形象和早先的文字形容相符。并且他了解每家每户的背景、经济状况、感情局面。

第二天中午，乔红梅看见管理员从草坪上走过，手里拿着一份三明治。她坐在自家阳台上，戴一副太阳镜。管理员的马尾辫被风吹动起来，顿时添出一点哀婉的风流感。你看，我也可以把你锁入我的瞄准镜。遮阳伞稍微倾斜，阴影特别理想。你看，我也能待在暗处，而把你亮在明处。管理员坐了下来，坐在被鸽粪涂得花斑斑的长椅上。看来他要在乔红梅的瞄准中吃午餐了。她和他成了大俗套凶杀片的典型镜头。

她轻轻晃动二郎腿。

他却没打开三明治。从十六层楼上的位置看，他是顾盼的。他在等一个人。她看管理员不断看表。她也看一眼表，十二点五十九分。毒贩子一般会准时到达，管理员的脸色是轻微的毒者的。

一个女人走过来，红色头发，胖而高大，像个生过一群孩子的好心爱尔兰主妇。她手里也是一份三明治。这个自由民主的大国人口众多，却只有那么几样饭食。一个被快餐统一的联邦。女人和管理员边吃三明治边读几页纸。不久，他们的手动起来了，在腿上打着节拍。乔红梅从椅子上站起，伏在阳台栏杆上。

他们在排练一段歌剧。是两个业余演员，在本地歌剧团跑龙套。唱得来劲，女人肥壮的大巴掌在管理员背上一通地拍。管理员够忙的，却还有一份闲心和人密语。

她见两人分手，便赶紧下楼去，走入地下室时，他正从洗手间出来。看见她，他向后一个小小的趔趄。乔红梅一乐，看，我也能杀你个冷不防，也让你惊得趔趄。他不失礼貌地暗示她，他是有门铃的。她说真对不起，失礼了，可门是大开着的。他说又要去看风景？他这回笑得放肆了一些。她说她的钥匙落在家里了，能不能借用一下他的电脑。他以歌剧龙套的姿势，向她摆出一个古典邀请。

她盯着他。眼睛：深棕；头发：黑色；耳朵：偏小（但轮廓优美）。她将他的特征描扫，在脑子里一一登记。

他仍藏在某个歌剧角色后面，戏腔地对她说："哪里，为你这样迷人的女士效劳，是我的荣幸。"他有些紧张，表面上和她耍贫嘴。然后他走到写字台前，为她拉开带轮的转椅。她又看他一眼：这就是引发我倾诉欲的那个人？才华还是有一点的，一手好文笔瞎糟蹋在她这儿。他问她要不要来杯什么喝的。她说随便，有什么我就喝什么。点击两下，电流在她和他的空间里吱吱尖叫起来。

她接过他递来的白水。这个骗取她信任和激情的人，秘密或公开地跑着许多龙套。新网址一片清静。只有妮妮一封短信，打开，噗哧一声乐了，妮妮已结束了五天的浪漫史。她告诉乔红梅，一个电脑界巨富来到她的分店，一气买下几万元的西装。她被富翁邀请到试衣间里去伺候试衣，两人就地生情，欢爱一场。妮妮正要脚踏两只船，却收到解雇通知。原来服装富翁从防盗监视器里看见了妮妮和电脑富翁在试衣间里成的好事。妮妮感叹，这年头你就没有一个绝对清静的角落！

管理员现在以一张报纸做掩体。

她向妮妮发了封短信。然后她一口口呷着纸杯里的冰水。

妮妮竟马上回信了。说她刚收到密语者的第一封信。信中他夸妮妮年轻貌美，是一切西方男人梦中的亚洲女子形象。妮妮没有把他的信原文转发，还把他当个富翁给她自己私下留着。

乔红梅看着躲在报纸后面的人。报纸烦躁地响个不停。别想赶我走，你不是盼望能有个掏心窝子的谈手吗？

突然信号亮了。她一看，头皮炸了一下。竟是密语者！怎么可能？她的新网址只有极少数的人知道。

他上来便说她不该在那个降价花摊上买花。那儿卖出的花从花蕊里粘起，因此它们从来不会开放。

她问他有没有必要这样跟踪她。

他说她使他上了瘾，这不完全是他的错。

她说，假如真是这样，他该从电脑后面或灌木丛或报纸后面走出来。否则，她认为她的隐私权被侵犯了，她会报警。

报纸又催促了。还有哈欠声，咳嗽声。他的嫌疑被排除了，又回归到他乏味的楼房管理员位置。

这人说，你干吗要这样对我呢？以报警来还我的一片痴心吗？

她看见他悲凉的微笑就在字里行间。

她回答说："你让我感到无藏身之处。不，你简直让我无地自容。"

他说："对不起。"

她说："假如你不肯消失的话，我可以请警方布置埋伏。警方会有兴趣的，男人绑架少女、女人，最近可是热门。"

没有回音。

五分钟后，回音来了。

"你凭什么断定我是个男人？"

乔红梅瞪着这行字。

管理员说："需要我帮忙吗？"他也感到蹊跷了。

她开始回答，假如她这辈子会和人撒泼耍赖骂大街，也不过是她现在的样。她感觉恶毒粗俗的表情一个个在她脸上爆破开来。她不断吹开披到脸上的头发，嘴唇不断抽动。一个女性密语者？乔红梅以文字踹开对方的大门，一把揪住对方的头发，一路拖将出去。许多脏话她也不知拼写得是否正确，也顾不上计较了，只管唾沫横飞地骂。她停下来，把杯子搁到嘴唇上，里面已没水了。她想这人玩她玩成这样，玩得她半疯，体面都不要了。她慢慢删去谩骂，敲上一个冷冷的句子："你我之间出了原则性误会。我是个正常的女人，是只会爱男人的女人。"

她下了网，站起身。

报纸倒塌下来，露出管理员知情的面孔。他把她"啪啪"铺天盖地的大骂都听了去。原来他挺本分地扮演着他小公务员的角色，并不想暗中与她拍档。他客套地送客，告诉她一旦住户协会开会，他会代她请愿。她糊涂了，问请什么愿？他说："楼顶的钥匙啊。"这是个很好的小公务员，认真负责。

她说要费那么大事，就算了。

他说不费事的。他音调一变说："你到底上去想干吗？"

她问："其他住户上去干吗？"

"修天线。"他答道。

她说："你看，假如我也说上去修天线，你不马上就把钥匙给我了吗？"

他说："对，你就该照这话说。你实际上想上去干吗，我不想知道。"

她笑一下："我不会上去自杀。"

他也笑笑："我能信赖你吗？"

她说："你当然不能。"

他做个鬼脸，自认为听懂了什么双关语。

保险起见，她问他"失望"怎么拼写。他用嘴拼了一遍，"Dissappoint"，一个字母不少。嫌疑完全排除，他被无罪开释。

这人开导起乔红梅来，说她应该没问题的——接受一个女人的慕恋应该是安全的。

乔红梅说："我已经知道你是谁了。当你在偷窥别人时，请别忘了，你也在别人的窥视中。"这倒不完全是讹诈，石妮妮买通了一个哥儿们，叫他在乔红梅出动时远远跟着。到目前为止，他发现有个瘦高个女人两次出现。

这人说她当然相信，她肯定一直在别人的窥视中。她说，这已成为我们当代人相互了解的手段了。接下去，她又开始教唆，说乔红梅应该试着去爱一个女人，因为只有女人才会像她一样，把感觉那么当回事。

乔红梅说："你让我作呕。"

过了五分钟，她又来了，说两次婚姻，你还不够吗？和你现在的丈夫，你不也有种上当的感觉？为什么不试试女人？不然你哪会知道你此生错过了什么。

乔红梅说，我马上会看你好好地现形。

这人又沉默一会，说就为了找到一点线索，把课也误了，那可不值。

乔红梅想，她误课的事她居然也知道。在键盘上，她却跟她玩诈："不管怎样，我很喜欢你的气质。你的发式也很合我的意，还有你的装束。一切都很好，都不会让人想到一个偷窥者。”她又想到妮妮哥儿们的一点重要情报，说高个女人有点跛。她接着写：“你的步子也很有风度，很独特，干吗不堂堂正正，从漂亮的文字后面走出来？”

很长一段沉默。

乔红梅觉得她和对方是黑暗中两个拳击者，摸索着步伐，无声地打转。都知道此刻出不得空拳。

果然，她有了反应，问乔红梅是否把她曾告诉她的话当成了胡诌，比如，有关她那失而复得的女儿。她说无论乔红梅把她想象得怎样鬼魅，女儿确实存在。女儿如同一块内伤那样，时时作痛地存在。

为了证明她的真实性，她发来一系列相片：一个女孩从婴儿到十来岁；一个脆弱敏感的女孩。

乔红梅被触动了。女孩的眼睛是老人的，并那么触目惊心的熟悉。她把一张张相片仔细审视，想记起这眼睛是谁的，她几乎能肯定，她见过女孩的眼睛。看着看着，她心惊了，另一双眼睛透过女孩直视她。凭直觉她感到这人（不管是男人还是女人）的确有这么个女儿。也的确有一场以女儿为中心的悲剧。

她回信说女孩非常美丽，却有种不幸的氛围。她说，女孩的眼睛我似乎在哪里见过，不，不是似乎，我肯定见过。

这人回答说，她多年前失去女儿，是因为她犯的一次过失：把女儿从学校劫持出来，藏匿了几个月，从此便失去了对女儿的监护权。

乔红梅再一次感到那真切的创痛。直觉告诉她。这人的创痛不止于此。

她问：“你女儿上次回去后，常给你来电话吗？”

这人说她女儿到最后也没有完全相信她。

乔红梅问：“你要她相信你什么？”

“相信我爱她，从来不想伤害她，不管我做过多少蠢事。”这人答道，“正如我不愿意害你。假如你愿意，我可以从此退出去，永远不再打扰你。”

不再把这个人当成“他”之后，乔红梅的确感到安全了一些。走路时她会突然止步，看身边是否有个高个子女人出没。却从没发现任何异常。她开始恢复往常的行动路线，去图书馆，去学校，去购物中心、超市。好多了，似乎不再处于一双多少带些兽性的目光射程中。

她发现自己常对着密语者的来信发呆，想象她躲在哪一片昏暗中，把她看得那么仔细。她留着女同性恋流行的短发，戴一副无框眼镜（还是不戴眼镜好看些），面部线条偏硬（可别是这个样子），有双和那个女孩一样的深不见底的黑眼睛……

乔红梅告诉这双黑眼睛，她是个怎样的人：屈从本性，易于沉溺感官的享乐。十多年前，为了公共汽车上格兰那一记触摸，她什么都豁出去了，廉耻、名誉、婚姻。一个晚上，四个全副武装的军人把她从教室带走时，她像壮丽爱情悲剧中的女主角那样，回头朝格兰宿舍亮灯的窗口长长望了一眼。

那是十一月初，北京最寒冷的日子，供暖要在十几天之后才开始。她背后是二十多个晚自习的同学，看四个军人前后左右地包围着她。一辆军用吉普停在楼梯口，她知道那就是带她走的车。她是翻译一般文献的翻译人员，在这当口可以被定罪为泄露中国军方技术秘密。吉普车把她带到郊区一片野地，她想知道格兰此刻在做什么，是不是在“老地方”等她？或等不来她，正失魂落魄地四处找她？不久同学们会告诉汤普逊教授，那个叫乔红梅的女学生去了哪里。去了一个或许永远回不来的地方：野地里几排简易营房，其中一间做了临时女囚室。

四个军人把她带到一间灯光雪亮的大屋。等在里面的有三名军官，一名副团级，两名连级。讯问开始了。她坐在被审的位置上，两只冻痛的手捏成拳。

他们问她对汤普逊教授什么印象。她回答：博学、正直。他们说他在把你提供的秘密情报回传的时候，对你的印象只有一个词：独特。

她说她从来没有提供过所谓秘密情报。他们谈汤普逊教授在给美国寄的信，已被破译了，里面有大量情报。她说绝对不可能。她费了许多口舌，要他们看清一个简单事实，她从毕业到目前，从未接触过任何有“秘”字可言的文件；再说，她的主项是将西方战争报告文学翻译成中文，她有什么秘密情报可出卖？

审讯持续了一个月。她睡眠严重不足，胃口下降。

还是那几句话，问过来，答过去，局势僵得一塌糊涂，到了第二个月底，他们停止了讯问，而要她把她和汤普逊教授的接触全写下来。每句话，每个动作，每个细节，按日期无一遗漏地记下来。

乔红梅告诉密语者，在她书写三百多页的“忏悔录”时，她对自己有了一次突破性的发现。她发现她是个很难从一的女人。很难让她知足，碰上一个新异的男子，她会忘记一切地追求。所谓新异，是能给她神秘的未知感，把她已知的命运打破的人。她说，对她这样一个小村庄来的女孩，她向往遥远，向往一切不具有本地意味的事物和人物。当格兰以奇妙的声调在课堂上说出“我爱你”时，她就开始走火入魔。这三个中国字给他一说，像是突破了它自身，成了语言表达的一个创举。她说，格兰，这个年长我二十多岁的美国男子，打破了我已知的世界，打开一片广漠的未知。在那片未知里，每一个眼神，每一个触碰都有那么好的滋味……当我们最后的防线崩溃时，我觉得我可以为之一死。

乔红梅说，或许那二百一十三位少女的知觉都附着在她身上了。可怜她们不知她们自己永远错过了什么。

这人读完乔红梅的信后，问她后来怎么和格兰重聚的。

两年后，她打了个越洋电话到格兰的办公室。那是她仅有的有关格兰的线索。电话上是格兰的留音，请致电者留言。她只说：“哈罗，格兰……”她说不下去了，两年够多少次变心移情？她失去了军籍，失去了城市户籍，失去了丈夫和住处，在一个个体小公司做临时工。她本想说：格兰，我爱你。两年前她和他从未顾得上，也没来得及说这句澄清名分的话。她却说不出口，发现它远不如“哈罗”含义丰富。

第三天，格兰出现在她办公桌前，拎一件运动绒衣，戴一顶棒球帽。若不是他肩上背一只旅行包，包上有美国联合航空公司的标签，她会认为他是直接跑来的。

这人说，好像个童话故事的结尾。

乔红梅说，假如照此结尾，真的就成了很甜的童话。

她关掉电脑，纳闷地想，她怎么了？把这人当忏悔神父，还是心理医师？这是不是也是种自淫？……

石妮妮在阶梯教室门口叫她："红梅，红梅出事了!"她两只胳膊在头顶上乱舞，露出新剃了毛的干净腋窝："那个密语者昨晚上来了信!"

乔红梅叫她讲中文，也不必那样"花腔女高音"。

妮妮告诉她，密语者是个二十岁的小女生！昨晚她对妮妮密语了大半夜，说她害死过一个人。她的五根细长手指紧抓住乔红梅的小臂："我问她，害死的是谁，她到后半夜才把事情大概讲完。"

事情是这样，自称女孩的人在六岁时接受心理医师的催眠疗法，说出一桩乱伦案。心理医师用了两年时间，把女孩在催眠状态下提供的线索拼凑起来，推理和破译，终于诊断出女孩在五岁到六岁之间，开始遭受父亲的强暴。这段创伤性记忆被女孩完全忘却，又被催眠术复活。这便是女儿把父亲送上法庭的证据。法律诉讼费用使父亲几乎破产，舆论又摧毁了他的名誉。父亲在给女儿留的遗书中，要她明白他是含冤离去的，他们父女是一场迫害的牺牲品。女孩长大以后，渐渐意识到父亲很可能是受冤枉的：童年的她受了心理医师的诱导，而被诱供的证词又经过断章取义的连缀，经过想当然的诠释，得出了一个丑恶的结论。成年后的女孩认为人不可能完全忘却一段巨大创伤（不管弗洛伊德怎样假设人类记忆的抹杀力），假如这样的创伤能被忘却，只能说明它根本没发生过。

乔红梅读完妮妮打印出来的电子信，目光落定在最后的段落上："这是我最后一次和你通信。我知道，我使你失望了，因为你的原意并不是要找一位我这样的女友。"

失望也是拼错的。少一个字母。

她问妮妮，相不相信密语者是个二十来岁的女孩。

石妮妮说她早乱了，不知该相信什么，不相信什么。

她们此刻在操场上。小城的一半人似乎都集中在这里，看一群激进学生烧国旗。离这儿两小时车程的旧金山反战已反了两个月，小城刚刚有这么一个大动作。一个学生用高音喇叭在朗读马丁·路德·金的著名演讲词《我有一个梦想》。其他学生已把国旗降下来。这座大学城的公民和其他地方一样，百分之六十五以上体重超重。超重的公民们此刻一声欢呼："警车到了。"火同时着起来。

警车包围了人群。一个超重警官和人群中的熟面孔打招呼。学生们领头唱起"再给和平一次机会吧"。

乔红梅心想，密语者此刻在哪里？

她回到公寓楼前，草坪上一个人也没有。人们都瞧热闹去了。恰是正午，她听得见自己裙摆在腿上磨擦的声音。她看一眼表，发现一部电梯停在十六层停了已有五分钟，并锁定在那里。另一部挂了检修牌子。楼里所有人都到楼顶去看烧国旗仪式去了。这座安分的小城有看头的热闹不多。

她决定爬楼梯。上到七层，她感觉到除了她自己，还有另一只脚，也在登楼。她有意加重步子，又上几级台阶，水泥钢筋的空间，另一双脚作答似的也上了几级台阶。回音久久不消散。乔红梅感到背上一片刺痒，汗珠如同无数破卵而出的幼蛆，一点点拱出头，刹那间已爬遍了她全身。她定了定神，大白天她怕什么？但她从来没有经历过如此空旷荒凉的白天。她悄悄往下走，但另外那双脚退得更快。她想，怎么成了我追他逃了？她试着悬起两脚，用胳膊撑住扶手往下滑。于是她的速度快了三倍，也许四倍。很快，她和那人之间的距离缩短了。她不顾一切地追下去。那双脚倒也机敏，楼梯上留下一串舞蹈碎步。追到一楼，这人就没地方逃了。一楼是一百多平方米的大堂，搁放着临时接待来访人的三张沙发。

乔红梅没想到他（她）会钻进地下车库。她绝不追到车库去，那不是中计了？车库在多少凶杀电影里都做过理想的案发地点。

她走回去。腿软得厉害。走到四楼时，她听见地下车库的铁门响了一声，他（她）又出来了。也是一双疲软的腿，把他（她）拖上台阶。她一点点往上走，他（她）又慢慢地跟上来。

乔红梅在九楼的阶梯上坐下来。再豪华的大厦都有这样阴森的楼梯，一律的无窗，一律的节能灯。灰溜溜的灯终日亮着，照在光秃的水泥台阶上。她坐了一分钟，正要起身，闻到一股大麻的香气。楼里的“正人君子”被逼迫到这么个没趣的地方来过瘾。刚才的脚步不是冲她来的，不过是个犯瘾的可怜虫。

格兰没回来，留了张字条给她，说他去看学生烧国旗。他的字体飞舞起来，总算出了件让他也乱一乱的乱子了。格兰和她这几年用字条来沟通的时间越来越多，这样很省事，争吵也不发生。

她打开电脑，手里端一杯酒，想好好和密语者谈谈。

她把那个女孩怎样加害她父亲的故事告诉了她。她写到故事结尾居然泪汪汪的：父亲留下遗书后，开车去了新墨西哥州的沙漠，在那里服了毒。他不愿女儿看到死之后的他。

等到第二天，密语者都没信来。格兰忙出忙进，为他系里的几个被捕学生张罗保释。另外几个学生要参军，他要代他们向系里请愿，保存他们的课时。乔红梅发现三天不刮胡子的格兰生动了许多，简直像又发起一次浪漫热症。

第三天，密语者还是没消息。

乔红梅坐在电脑前，感觉灰溜溜的。

也许她一再告诉她，她只爱男人，使她终于放弃了她。也许她发现乔红梅和妮妮是一伙，搭了档在捉弄她。

已经是第七天没收到她的信了。乔红梅看着电脑上的空白，感到自己钻牛角尖地钻入了这个谜一样的密语者。桌面上一片混乱，桌角搁着两个杯子，里面的咖啡已干涸。电脑上有块三明治，上面有半圆的齿痕，火腿露出来，已干了，老伤般深红。她身后，书房也荒芜了，摊开的六七本书上落了一层银色灰尘。墙角的镜子上贴了许多小纸条，提醒她自己该还图书馆的书，该回某教授电话，该给吊兰和巴西木浇水……窗子右上方的吊兰倒没干死，反倒蓬头垢面的茂盛，蜘蛛从那儿朝着天花板撒开一张大网。

第八天，信来了，绝口不提乔红梅的上一封信，关于那个陷害父亲的女孩。她说乔红梅顺着超市货架的长巷走来时，她几乎没认出她来。穿着白短裤和红色背心的乔红梅看上去四肢发达，每个动作都虎生生的。于是她看出一名 PLA（美国人对中国人民解放军的简称）女军官，可不那么好惹。她对着前女中尉的侧影看了两分钟，想调整那个飘忽神秘的固定印象："你跟在你丈夫身边，远比他刚劲。发式也出乎所料，你这个变化多端的女人。"

她看见她从格兰身边离开，回身去看地面上一张广告。那是一张房屋出租的广告，低廉的租金被粗重的笔墨标在上面，还框了一圈荧光橘红。她看见乔红梅用穿白球鞋的脚踏着广告，把它转了个方向，使所有的字正面朝她。然后乔红梅伸手去够货架上的花生酱，亮出手臂上那块圆圆的卡介苗斑痕。她说那块斑痕让她心乱。讲得露骨些吧，它让她欲火中烧。

这人大言不惭，说她痴痴地站了很久，想把没出息的样子收敛起来。

她看格兰的手搂了乔红梅一把，手指在那斑痕上麻木地滑过。她想象六七岁的乔红梅，站在孩子们的队伍里，一只衣袖脱下来。这人跟在乔红梅身后，看着格兰搂着她向品尝食物的摊子走去。她想到七岁的乡村小姑娘梳着晒成枯草的细辫子，跟着队伍慢慢移动赤裸的小脚，脸像所有其他孩子那样懵懂，那样任人宰割。她说那想象使她生出强烈的冲动，想触碰那块斑痕——从童年到成年，它是惟一不变的，保持着异样的敏感。

她说乔红梅其实把租房广告上的价钱背在心里了。她无意中发现了乔红梅的一个秘密向往："也可能是刹那间的心血来潮，你想有个自己的窝。谁知道呢？人往往不知自己漆黑的心底萌生着多少谋划，一个外来事物不期然地出现，突然间把那漆黑的谋划照亮了。到底是什么谋划：分居、离婚，还是偷情，你并不清楚。但谋划是萌生了。然后你走向你丈夫，恢复了小鸟依人的一贯形象。"

她说格兰在免费品尝食品的摊子前大声打诨。他像大多数美国人一样，常用玩笑缓解沉默带来的压力，缓解沟通危机。她说乔红梅笑了，心里却在全力忍受。连她都看见，一句冷冷的抢白，就在乔红梅嘴里。"你们的亲热令我紧张，但你够棒的，不着调的玩笑被你成功地忍受过去了。然后你看你丈夫拿起第二块糕饼，似乎从来没发现他咀嚼时会整个头皮都动起来。他一边卖力地嚼着，一边拿了第三块糕饼请你客。你笑笑谢绝了。他满足地呼出一口气，你却调开脸，避开那股甜热的口腔气味。看看周围正发生什么。肥大的身躯推着超重的购物车，厚重的双下巴和红润的大脸蛋。食物真多啊，足以淹死这些幸运的人们。滋味却单调得可怕：这些丰胸肥臀的鸡，它们从一个鸡蛋钻出到变成一堆肉只需一个月，寿命不比大白蘑菇长多少，因而滋味也就没什么区别了。你在鸡肉档里挑拣，想找半打瘦弱些的鸡腿，却失败了。这些鸡短暂而无扰无忧的一生中，它们的脚从不着地，所有的腿按人的计算达到预期的斤两。层层叠叠排列得像团体操般的肥鸡肉体，无所谓雌雄，无所谓强弱，脑子完全空白，怎么可能有滋味呢？只有生存竞争的搏斗，寻欢求偶的激情，对天敌的恐惧，那一切形成的血液循环和肌肉发育，使一只鸡的生命成为巨大偶然。正是这偶然，才会使鸡成为鸡而不是大白蘑菇。你最后拿起一盒鸡胸，因为它们打百分之五十的折扣。你把那盒鸡胸搁到购物车上，不是搁，是小小一扔。那里面的疲惫、牢骚、无奈，我全感觉到了。你的肢体语言非常含蓄，但不单调……"

乔红梅听见格兰在客厅打电话，声音显得很年轻。他在谈第二天晚上旧金山联合广场将举行的烛光示威，网上申请参加的人有两千多了。不久，格兰兴冲冲的脚步走过来，在她门口停了两秒钟，又兴冲冲地进了他自己的书房。

她听见格兰开始上网，手指头流畅地弹奏在电脑键盘上。

她把密语者的信读了三遍，一面温习那天在超市见到的所有面孔。她又让这人漏过去了。

她请她不要玩这种偷窥的把戏。

回信马上来了，问她是否有心租那间廉价房。

乔红梅真的反感起来，手在键盘上狠狠敲打："我的丈夫就在隔壁，我可以问问他，怎样对付你这样的变态狂。我丈夫已经对我最近的异常表现起疑心了。"

"不会的，从我的观察来看，你丈夫觉得你们已进入了婚姻的绝对稳定期。如此的稳定，知心话都免谈。连那种充满感觉的无言对视，也免了，早就免了，早已像大多数美国人那样，用说笑填塞沉默。说笑堵死了沉默所含有的无数可能性，沉默本身不就是一种会意？大胆沉默下去，会意才可能滋长。你丈夫却已丧失了胆量去沉默。多少人丧失了这胆量？你也快了。"

密语者变得晦涩起来，玄起来。

乔红梅说起那个夜晚，离开北京之前。满城风雨已过去，格兰·汤普逊教授像"水晶鞋"中的王子那样，终于迎娶了灰姑娘乔红梅，欣然回国。半年后，她收到格兰寄来的机票和两套漂亮裙装。她开始做出国准备。

是十一月初的夜晚，跟两年前她被讯问的初冬夜晚很相似。她骑车来到她曾上班、下班、政治学习、大扫除、分年货的大院。风是典型的北京北风，横着吹起落叶和垃圾。她知道前夫已有了女朋友，她和他通电话时说："祝贺你找到了一个好女人，建军。"那次建军来电话是为了要她来取她的衣服、书本。

她这时告诉密语者，自从那个电话之后，她对建军的亏欠感，基本平息了。他非常冷淡，要她来取东西时最好带个帮手，否则上楼下楼她一个女人够受的。言下之意是他不会做她帮手的。他还告诉她，他女朋友可能会在场。

她骑车经过食堂、浴室、小卖部，突然想起小卖部在夏天出售的自制牛奶冰棍，因为含奶量太高，特别容易溶化。建军一买就是十多根，用手绢兜着，百米赛跑般送到她在六楼上的办公室。冰棍送到时总是化了一半，建军也化了一半，水淋淋地傻笑。再过去是门诊部，值班室的灯还像两年前一样肮脏暗淡。急救车司机仍在和锅炉房老王打牌。

她锁了车，走进门诊部，拨了个电话。她听见接电话的人在两层楼之间大声叫喊。不久门开了。她原先的家门。建军下楼的脚步声她都听出来了，还是穿着她给他买的假皮拖鞋。他说：“喂，谁呀？”

她没说话。他已经听出来了。

五分钟后，他朝门诊部走来。军装换过了，是八成新的，头发也整理成她喜爱的样子。他说，走啊。她想也没想就跟着他走回去，上了四层楼，进了家门。一路上他问她什么时候启程去美国，她父母来不来送别。她一一回答他。对于她给他的伤害和羞辱，她装得没事人一样，对他给她的一切报复和惩罚，他也不了了之。

他女朋友不在。为什么不在？她没问，他也不解释。她看见那套她选购的进口家具终于来了，从订货到到货需要三年。浅黄沙发上有浮雕般的布纹，大衣柜四扇门，和国内家具比，总算不千篇一律。写字台上的台灯是不锈钢的，连电视机上的防尘布都合她的心意。在她被拘禁、失业和流离失所的日子里，这里的一切按她的设计完整起来。一切都好，好得就像给人上的一个当。她酸楚地想，建军充实和圆满了她给他上的一个当。

建军问她吃了饭没有，没等她回答，他已去厨房打开了炉灶。他说是食堂的菜，不过正好是她爱吃的清蒸狮子头。她和他坐在小桌边，他陪她吃，谈得不多，但都谈到了痛处、痒处。于是有笑也有眼泪。原来建军可以是细腻的，不再是那个虎头虎脑、粗声粗气、不常洗头的中级军官。

他们谈起初认识的时候，他是高年级的班长。他把她的求爱信退给她，却悄悄为她买了一双手套和一套英文的《鲁迅选集》。他承认自己有多想占有她，和她出去逛马路，手碰一碰她简直是活受罪。她问他是否记得他们的第一次。他脸红了，说怎么会不记得？不是让你写到检讨里去了吗？那时他向所有人宣战：“处分我吧，是我引诱了她。”两人都不语了，深深地一笑。

不知谁起的头，他们抱在了一起。很可能是她主动。她告诉密语者，这事像我干的。建军把她往卧室里抱，却在掩门时忽然丧失了体力。她的背靠着门，他的吻已经开始。他的嘴唇带一丝遥远的烟味，那么年轻，吻在她眉毛、眼睛、嘴唇上。她以十倍的疯狂回报他，他伸出手，指尖从她前额描画下去，描下鼻梁，慢慢再往下。把嘴唇也描下来。然后指尖停在她下唇上，它内侧湿润的一带，描了又描。那根撩动引逗，甚至带一点作践的手指，让她浑身抽紧。手指是建军的。感觉失而复得。建军继续他的描画，手指点到处，她肌肤上生起一线火花。他眼里有泪，她眼里也有。他根本不认识这个女性肉体，另一个男人的侵入使它显得陌生而神秘。它怎么在那个外种族男性怀里撒欢的？建军觉得不可思议。最初的嫉恨和狂怒过去了，他只觉得整件事情都不可思议。

她完全没想到会是这样。他们竟做得这样美满。建军原来可以这样敏感，这样懂得与她的敏感呼应。她泪流满面，心里问自己：你早干吗去了？原来你对建军是有感觉的，原来你还在爱他。

他们躺在曾经的位置上。他的泪水滴在她额上，她的眼泪湿了他的颈窝和肩头。哭了一阵，他们再次狂热起来。直到凌晨，两人累得散了架。天亮起来时，她说她该走了。她又说她不走了，再也不走了。她问："建军，假如我留下来。不走了，你高兴吗？"建军不做声。催他，他重重叹口气，问她为什么不走了。

她说："因为我刚刚了解你。你看惨不惨，建军？要闯这么大一场祸，要我们两败俱伤，才能了解你。"

建军问了解他什么。她说了解他多么会爱。

他苦笑起来，说他难道不一直是这样？

她说不，不一样的，他从来没像这个夜晚那样听她讲话。也从来没有那样看着她，他的眼神，他自己哪会知道。她还想说，你也从来没像今天这样吻我，抚摸我。她知道这话可能被他听错，听成她为自己开脱罪责。

他把她抱得很紧。抱得她都没了。

她想自己到底是个什么妖孽？在和格兰新婚之时，与前夫暴发热恋。她难道只能在一团糟的关系里，才能获得满足？为什么偏偏在这个时刻，她才看清她从来没有停止过爱恋建军？一个男人对她是不够的，远远不够。她总是在编织错综复杂的关系，总要把有名分的、非分的、明面的、秘密的打乱重编。建军和格兰对调了位置，变成了偶尔享受一番的情侣，仅这念头，也够奇异，够激活她所有感官。感觉好极了，一路畅通，到达每根发梢。

她开始穿衣服，建军起身替她拉毛衣的拉链。她回头看他，泪珠子飞快地往下掉。这个建军不再是曾经的建军，是她新获得的恋人，是她疯了似地爱着却马上要诀别的情夫。她内心像若干秘密格子，分门别类储存着她不同的爱和情，她必得将它们施给不同的男人。

她不是个好女人，乔红梅对密语者坦白。她手上捧着一杯红色的"大都会"，薄薄的玻璃杯沿上插着一颗红樱桃。是她自己调的酒，比例改变了一些，多了点伏特加。她开始读自己刚写完的这封信，深夜和酒都使她诚实。面前是一个温和身躯，无论它是男是女，都是仁慈的，不见怪的，表情含而不露，像所有高深的神父或心理大夫。她对着这不可视的身影倾诉，感到自己不会被仲裁，只会被接受。一时间，她忘了忏悔者是她自己，而接受她忏悔的人是电脑深处的密语者。她只觉得这两人谈得很好，一个站着，一个跪着。人白天扮着各种角色，假如没有此刻的原形毕露，不是要被活活憋疯。

她接着倾诉下去。十一年前，在她离开中国的前一个礼拜，她潜伏在新情人的密室。新情人是被她抛弃的前夫。最后两天，她不再和他做爱，只是紧紧抱着他，从天黑到天明。没有罪过，幸福多不真实。她把和建军的疯狂情爱珍藏起来。在下飞机走入加利福尼亚灿烂的阳光和格兰的怀抱时，笑容有那么一点扭曲。她告诉格兰她多么爱他，是真话，似乎正因为她的不贞使她更爱格兰。每个女人都因为一点不可告人的隐情加倍地给予丈夫激情和温存，每个幸福的丈夫都应感谢那些暗中存在的对手，或实体或虚幻。每个牢固的家庭之所以牢固，是因为情感走私的不断发生，良知和谎言的相互调剂，黑暗中永远存在的三角关系。

一杯酒喝完，乔红梅有了很好的醉意。

她说有一些时刻，她会大吃一惊地发现，她如此地不爱格兰。这样的时刻也常发生在她和建军共同生活的年月。这是她渴望外遇的时候。

凌晨一点半，她关了电脑，摇摇晃晃地去浴室洗漱。举起牙刷，突然又想淋浴。她心里是认账的，此刻的她有一些无耻和淫荡。但她有了一种仁慈心情，看着镜子里蠕动的曲线，心想她还是美的，就原谅那一点淫荡吧。

格兰一定要拉她去广场看学校新装在旗杆上的玩艺。一个小黑匣子，挂在旗杆半中腰，谁若去降国旗，匣子会突然发出一阵吸力，把国旗“嗖”地一下全吸入匣内。这样便阻止了焚烧国旗的人。

两个人爬在梯子上，正在试用那个装置，招展的国旗魔术一样被吮吸进去，人们全鼓掌喝彩。蓝天下一片粉红脸蛋，一片眨也不眨的眼睛，蓝的、灰的、棕色、黑色……

“棒吧?”格兰问乔红梅。

她的巴掌也在响。她向格兰笑着点头，心里想，这一片眼睛里，可有她的?那个无处不在的密语者。

“是中部一所大学发明的。”格兰说，“学校也不管财政赤字了，一下子买回来三部。”

她伸出手，搂住格兰。这一刻她恰是很爱他，爱他小孩子似地瞎激动。

石妮妮挤过来，身后跟着两个五六十岁的学生，都是跟她学唱中国民歌的。她说密语者跟她急了，说妮妮假如再纠缠不休，就找人收拾她。妮妮看见格兰询问似的瞪着她，便拿出一贯欺负格兰的表情，一挑下巴，眼一白。

妮妮领着两个老学生挤出去，回头对格兰说：“你很不乖，昨晚上都没给我打甜蜜电话!”见格兰发懵，她笑着说：“看他，没劲吧，逗着玩都不会!”

乔红梅忽然叫道：“妮妮，你房子租了吗?”

妮妮说：“正找呢。”

她每次结束一次恋爱，就要换住址。乔红梅说她知道一处不错的房，租金特便宜。妮妮问可不可以养动物。乔红梅叫她自己打电话去问。她一口气把电话号码读给妮妮。嘴合拢前，她想，密语者神了，她果然秘密地神往自己私目的小窝，果然怀着离家出走的心思。所以她把租房广告上的电话号码默记下来。她看一眼格兰的侧影，下午五点的太阳使他的睫毛成了金色，并奇长，奇翘。因此他有了一双儿童的眼睛。她想，他怎么会知道身边这个女人整天在合计他什么?她又想，这女人注视一张租房广告，要离开他，去投奔谁?不，去投奔什么?投奔未知?

回信说的是昨夜，是乔红梅微醺的那段夜晚。密语者告诉她，也是个偶然机缘，她弄清了乔红梅的公寓布局：卧室、书房、客厅、浴室……一百八十平米，典型的中产阶级安乐窝（不必故弄玄虚，租房处有户型图片，只消去那里假装一个租房人就行了）。

她告诉乔红梅，昨夜十二点，她来到公寓楼下面。眼睛一层层攀登，登上十六层靠东南的窗口。她断定那个亮灯的窗里坐着乔红梅。她说她在长椅上坐下来，掏出口袋里小瓶装的“Courvoisier”。

读到这，乔红梅的转椅“吱”地一响。她感觉浑身过了一阵冷风。同一个时间，她也在饮酒！

那是书房的灯，从光色看，是制图用的台灯。没错吧？她问。她说她从来不知道酒的滋味在深夜草坪上会这样好。对着乔红梅的窗，她悠悠地喝，不时举一举酒瓶，一厢情愿地和窗内人碰杯。

乔红梅想，这个幽灵般的女人其实有些恐怖。她两个脚缩进椅子，脚趾冰冷苍白。难怪她昨夜的倾诉欲强烈得可怕，看来是感应了。她的酒瓶竟不是空举的，琥珀色的“Courvoisier”碰在殷红的“大都会”上。

她说她二十年前的毒瘾都被激起来了。保安的巡逻车十分钟过往一次，每次在她身边减速，又多疑地驶过去。不久巡逻车八分钟来一次。渐渐地，成了五分钟，保安怕她谋杀自己或谋杀别人。

后来窗口的灯熄了，她喝完最后一口酒。她从长椅上站起，朝公寓楼的背面走，身后跟着保安和巡逻车。

在楼的另一边，她看见另一个窗亮了灯。是个细长条窗口。她一下子停住脚步，意识到那是浴室的窗。

乔红梅又是心里一毛。那时她正色迷迷地看着镜中的自身。难怪她感觉那样怪异，原来是另一双眼睛透过她自己在窥视。一个异物附了体，借了她的眼睛看她醉了的胴体，看她的私处从阴影下浮现出来。这个异物！

她在楼下仰着脸，细长的窗亮了足有半小时。那时滚热的激流从乔红梅头顶淋漓而下；逆着光线，水在她薄薄的肩膀、微突的小乳房上溅起细小晶亮的水珠。水使人舒适，正因为它触碰肉体时给肌肤那一记小小的惊讶。她告诉乔红梅世上最大的舒适总藏有不适，总引起感官的惊讶。她说那半个小时，乔红梅就在那样的惊讶中，毛发全活了，肌肉饱胀起来，手臂上的圆形斑痕又回到七岁，带一丝炎症的刺痒。

乔红梅这时痛恨她，这个密语者。就像她曾经会突然痛恨建军。对格兰，她也会变得仇人一样。

她马上回信说，够了，别再拿她继续过瘾。她说，我不是你这种女同性恋者的猎物，我绝不会和一个女人偷情。

回信说，别那么把握十足。

乔红梅说她弄得她心力交瘁，在上课时常常睡着，夜里却通宵醒着。在她博士学位的最后阶段她却处在崩溃边缘。

果然，对于同情的呼唤生效了。她说对不起，那么就让我远远地爱你。你苦闷或绝望，就到外面走走。那时你会感觉到我，你的优美永远不会白白流逝，我是你之所以优美的目的。

她怕再次被她的花言巧语打中，赶紧下网，并换了一个新网址，只告诉七个人，并且请这七个人为她的新网址保密。假如再收到密语者的信，她的搜索范围就缩小到这七个人头上。

然后她把密语者所有的信打印出来，一遍遍地读。一共有十八个拼写错了的 Dissappointment，加上石妮妮那儿四个，二十二个，无一例外地拼错。

接下去是几天的宁静，打开信箱，每回都是空的。第五天，她收到建军的一封信，很短，告诉她，他妻子生了个男孩。她在离开建军后，那阵歇斯底里的爱和欲望都平复了，随着他的结婚、升官、装修新分的三居室过程消退下去，随着她不断觅到的新欢消退了。不过是心照不宣的一些相顾、暧昧的笑容，以及打着礼节幌子的拥抱与亲吻。对象多半是格兰的同事或朋友，有家室同时有颗不老实的心。他们对她的迷恋基于误解，她便长期维护着这些美好的误解。

她回到她和格兰的正常生活中，心惊肉跳刚过去，沉闷和单调可以作为恬静来享受。石妮妮却不宣而至，进来就大声讲中文。她说她今天在旧金山发现了一个二十来岁的女郎，和相片上的一模一样。乔红梅问什么相片？妮妮这时倒来了句英文："The Fatherkiller！"格兰正叉起一块煎鱼肉，一听爆炸出这么个词汇，鱼肉从嘴边落到盘子里。他看着两个中国女人，希望得到解释。

妮妮说："我在讲一个恐怖电影。"她知道格兰不信，也知道他拿她没办法。

她告诉乔红梅，自称二十岁女郎的人寄给她的照片里，有张最近的，背景是爬满橘红三角梅的一座拱门，左上方可以看见消防塔的塔尖。妮妮最近处于恋爱休假期，男朋友只是瞎逛逛风景点的伴儿。根据照片上的坐标，她找到了那座拱门。她和男友坐到街对面的咖啡店去等。下午六点，果然把女郎等来了。女郎开一部旧 TOYOTA，白色，戴 DKNY 的太阳镜，穿 CalvinKlein 牛仔裤，NineWest 皮凉鞋，脚趾上不涂蔻丹，手腕上有十来个银镯，走路就"叮叮"作响。看上去一点毛病也没有，完全不像个"Parricide"（弑父者）。

格兰说："一百块的大词儿啊！"

妮妮说："你没注意我最喜欢卖弄大词儿？"

乔红梅不动声色地用中文说："你讲废话全用中文，关键的词全是英文，地名啦，咖啡馆啦。你和她谈上话没有？"

"快七点我揿了门铃。她来开的门，赤着脚，嘴还在嚼东西。我问她还认不认得我。她瞪着眼看我一会，摇摇头，笑得糊里糊涂。一看就知道她不是装蒜，是真不认得我，压根没见过我 Email 给她的一大堆照片。"妮妮此刻自己给自己拿了个酒杯，倒了半杯白葡萄酒，"她问我怎么认识她的。我答不上来。她说一定从网上认识的，很多报纸杂志登过有关她的事。我连她名字都不知道。可是现在又不能问，一问就露馅儿啦。我说我就是从网上知道她的故事的。她说抱歉不能请我进去。我知道她在逐客了，就赶紧走了。"

乔红梅想不明白，这是个怎样的迷魂阵。

妮妮很起劲，愿意贡献她的男朋友。她把这些男朋友叫成又漂亮又没用的东西，她绝不会嫁给他们。她说她可以让她又漂亮又没用的男朋友去勾引那个女孩。“勾引”二字，妮妮又用的是英文“Seduce”。

晚饭已结束了，格兰笑嘻嘻地说：“要不要我躲开?”

妮妮说：“你没听懂吧?”

“懂了，又是勾引，又是弑父。”格兰说着，起身收拾盘子，扮出一个侦探的阴险笑容。

乔红梅说她已没兴趣了，网址都换了。妮妮激动地说事情就要水落石出了。

“别逗了。”乔红梅说，“那人随便从网上找了张照片，假冒是照片上的女孩，你就上当了。”

妮妮说至少应该把这位弑父女郎的名字打听出来，再到网上查有关她的报道。乔红梅说行了，别疯了，实在没事干，你去参加反战示威吧。

第十天，乔红梅写论文写得心绪败坏，半躺在转椅上，玩起牌来。夜又深了，她脚尖在桌下摸索着拖鞋，一手拿起啃了一半多的苹果，想去睡了。一分钟后，她却发现自己面对着打开的信箱。有一封信，投寄者的名字是陌生的。

她心也不跳了，肺塞得满满的。她不知道她是更害怕密语者，还是更害怕望眼欲穿的自己——她这些天的无精打采竟是因为缺少那个人的密语。

“别问我怎样得到了你的新网址。其实我早就可以闯进你刚刚制造的虚假宁静，但我没有。我想试试看，没有你，我是不是能喝咖啡、读报、看电视、听音乐、呼吸、吃饭……活着。我也想看看，没有我，你怎样行动、谈笑、顾盼……你两眼秋波抛给谁?十天了，结论是你我不能没有彼此，尤其是你，这十天，你什么都依旧，就是没了魂魄。”

乔红梅想顶撞回去：怎么有你这样不知羞耻自作多情的人?！她却没有，这不是为谁追谁计较的时候。

“我知道你没有那么容易摆脱。索性堂堂正正，和我约个地点，痛快地聊它一回，何去何从，我们从那儿再看。我不能和女人恋爱，就像我不能和男人做哥儿们一样。”

“你肯定无法接受女人?”

“我可以一百次地肯定这一点。”

“就是说，假如我是个男人——像我最初出现时一样，富有，闲散，学识杂七杂八。不过够一个公子哥儿美化谈吐——那样一个男人，你是能接受的?”

“我不知你在胡扯什么。”

“你不会不知道。其实你心底里从来没有完全信过我是个女人。明晚八点，我在校园的‘蓝色多瑙河’等你。假如你想说：见你的鬼去，你该把它留到那时对着我的面孔去说。”

“蓝色多瑙河”咖啡馆其实是学生俱乐部。两旁的餐馆每晚九点关门，学生们仍可以在那里买到一块八角的汤和两块钱的迷你比萨。几乎每天晚上，都有学生在那里演奏爵士或室内乐。

她接受了密语者的邀请。在“蓝色多瑙河”谁能对谁干什么？八点钟，正是繁忙时间，每个桌都挤满人，她可以仗他们的势。

她早早从图书馆回家，见格兰皮鞋脱在门口，便“哈罗”一声。她给自己疯疯癫癫的嗓门唬了一跳。格兰在书房里应了声“哈罗”，似乎没在意她异常的情绪。她开始换衣服，系围裙，大声自告奋勇，说晚餐由她负责。

她拉开冰箱，找出一些蔬菜，又取出半盒冻虾。解冻来不及了，只能靠热水泡。她把砖头似的冻虾往水池里一扔，一声不祥的声响，一看，白瓷池底被砸出细细几道裂纹。祸事已开始发生。

她拧开水龙头，水来得太猛，溅了她一头一脸。她左右扭转脸，在两个肩头上擦，竟发现自己在痴笑。

然后是准备盘子、餐具、餐巾。她在厨房和餐室间跑来跑去，常是拉开橱门，又忘了该取什么，爬上梯子，忘了够什么。但她觉得自己少有的轻盈伶俐，切菜的动作也带些舞蹈。这时她回头，见格兰站在厨房门口，看着她笑而不语。看上去他早就站在那里，看了她半天了。她一下子老实了。这时她取消和密语者的约会，还来得及，而她知道她不会取消。她对格兰嗲嗲一笑，心里对自己的轻浮感到绝望。

嗲嗲的一笑总是有后果的。格兰上来抱住她。她说，炉子……火……

外面响了一声闷雷。这地方很久、很久以前爱下雨，有段时间连旱六年，现在雨又一点一点回来了。格兰似乎知道她的秘密勾当，想阻止她，把她抱得那么紧。她轻轻掰他的手指，嘴里全是哄人的话。她没办法，非去赴约不可. 雨和格兰都妄想阻止她。

她连借口都顾不上编一个就冒雨出门了。只对电视机前的格兰说，我马上就回来！

走进“蓝色多瑙河”时，没碰上一个熟人。二十多张桌子都坐得满满的，小舞台上在演实验戏剧：十多个戴哑剧大白面谱的戏剧系学生做着某种禽类的动作，主角儿在念类似《等待戈多》的台词。

乔红梅等着，等密语者登场。雨意和温热的咖啡气味混合，使他的初次登场显得温暖而平实。她心里出现一种奇怪的安全感。

她眼睛从每个桌上的面孔上扫过。这人迟到了。没有中意的座位，她顺着墙壁观赏艺术系学生的油画。这人说他将拿一本艺术杂志，封面上有 Julio Gansalez 的人面雕塑。这人玩她玩得够狠的，玩了身份又玩性别。她又看表，才过一分钟。她只给他十分钟，然后她就结束等待。油画是不久前挂上去的，颜料气味十分新鲜。她想不如就从这些画谈起，头一次见面大家需要个安全的话题。她会说看看这些麻木的笔触吧，大喊大叫的色彩，语汇却贫乏到极点。如同大量的丰腴的食品，滋味却是没有的；大量的性爱，感觉也是没有的；大量的谈话，完全没有会意。

她假装看画看得入神，一点点向拐角走。拐角延向一条走廊，通往后门。她守着退路，听每个人的进、出、动、静。她半仰起脸，脖子和脊背很松弛，两手懒懒地抱在胸前，从背后看，她一点不是望眼欲穿的样子。淋湿的头发偶尔滴一颗水珠下来，又顺着她的太阳穴迟迟疑疑往下滚，划出一根微痒的、冰凉的轨迹。

这时一个新顾客走进咖啡馆正门，大声和坐在门口的两个女学生打招呼。

格兰。

乔红梅马上退入阴影。格兰竟和他的学生在这里约见。师生间调侃起来，都不高明。女学生们的笑声十分紧张，汤普逊教授只好再开些玩笑，更失败。他们开始谈他们的本行，格兰自如起来。海明威、福克纳、费茨·杰拉德、奥尼尔、波斯、劳瑞，不止是自如，格兰辉煌起来了。乔红梅几乎忘了这就是她结婚十一年的丈夫。她从来没见过他这样精彩。桌上的烛光给了他一个古典的侧影，他原来有双易感浪漫的眼睛。女学生们请汤普逊教授讲得慢一些，让她们做笔记。

乔红梅想，这两个年轻女生已被汤普逊教授引诱了。只不过汤普逊教授是无意的。墙的拐角阻断了他们的视线，她就这样隔墙有耳地站着，听格兰向两个女学生发射知识、幽默、魅力，以及妙不可言的性信息。性张力在三个人头顶凝聚，产生电流，不断打出火花……乔红梅有些妒忌两个女学生了。

洗手间里突然出来个人，险些和她撞个满怀。两人同时道一声对不起，又同时端详着对方。

乔红梅从“蓝色多瑙河”的后门出来，她无意中验证了自己的假设：谁不处在三角关系里呢？或虚或实而已。她走在雨里，惊弓鸟一样向前扑腾。格兰一定盯上她了，这些天她的行为举止，连她自己看看都可疑。

她突然站下来，站在雨点密集的校园操场上。她想起那个从洗手间出来的男人。他道歉时对她那么一笑。绝不是陌生人的笑。他四十来岁，没错，正是他自己形容的样子，个头不太高，但十分结实匀称。似乎穿件黑色羊绒毛衣，高领，绷出他的块儿。是个爱打网球或游泳的人。动作中还残存不少青春，虽然头发已带些杂色。她犹豫着要不要走回去。给格兰什么样的说法呢？网上来的情人？她回头看一眼闹哄哄的咖啡馆，没有挪动脚步。他和她对视一眼，没错，特征都对得上号。他的嘴，那张欲语又止的嘴巴。是那种心里语言很多，嘴上却没话的人。

全身湿透地回到家，她一眼看见格兰的留言。他有两个考博士的女学生紧急求见，他约她们去了“蓝色多瑙河”。看不出他对她起了疑心，个个字都磊落。她脱下湿衣服，用松软的大毛巾裹住身体，忽然感到胃口开了，想吃东西。晚饭时她只胡乱塞了几口蔬菜。她找出一块起司和一块杂粮面包，叼在嘴里就去上网。

他的信已在等她。

他说他知道她很失望，淋一场雨，却扑了空。他看着她从雨里走来，完全像个殉情少女，决绝而柔弱不堪。睫毛膏的黑色被雨冲化了，晕成两个大大的黑眼眶，一缕湿头发搭在庄严的嘴唇边。他说他从不知自己会有如此多的怜爱，会如此的静静暴发。他想到她是从那个小村子来的，那个一夜间死去二百一十三名处女的小村。处女们是集体殉情的，为了她们尚不知在何处的情人。因而她们不必嫁人，不必失望，免去了为人妇之后再偷情的冤孽弯路，直接就为潜存的情夫们死去了。

“你就从那个小村走出来，走向我的。我看着站在门口的你。这样想，你身后是一座座稻草垛，是偷情人的坟墓。你讲到那个城市来的男孩，爱吹口琴爱咒骂的那个小伙子，也被埋在这不寻常的坟墓里。你走出的，就是这样一个小村。”

乔红梅恨不得伸出手，去触碰那一行行字。因为这些字正触摸她。她知道他说的“怜爱”是怎么回事。

他说她顺着一张张桌走过来，喘息隔着衣服都看得出来。一场雨把她多日的惊恐、失眠、酗酒，以及对这事渐渐染上的瘾全印了出来。他说他想上来抱起她，告诉她他有多么懊悔，不该这样惊唬她。让他从这里重新开头，从体温和呼吸开头。假如不是格兰梗在那里。他一定会和她好好开始。他说她逃得那么仓皇，连披肩失落都毫无意识。他拾起她的披肩，它带着她身体的气味和温度。

乔红梅一摸肩膀，果然空荡了。她最爱的一条披肩，落到他手里了。

他要她别担心，他会好好保存它，直到下次约会。

她不再凭空想象他。多情的文字和那个一闪而逝的中年男子重合起来。多情也是牛仔式的多情。一半笑容压在帽檐下，不怎么拿你当回事，却眨眼间就会为你去死。都好，都合她心意，这个使她一切感觉、一切欲望回春的男人。

他说他感觉到她微湿的身体裹在柔软的棉质毛巾里。这是他的手，扯下这条毛巾。不是“轻轻撩开”，而是那么一扯，带一种剽悍，手势短促，不许你忸怩。这是他的手掌，摩挲着她的肉体，那黄孩子的肌肤。

他真的使她又燃烧起来，就连格兰，她也感到一种新异。

石妮妮送来一盘录像带。乘格兰去上课，乔红梅把它放在自己的录像机上看起来。

橘红色三角梅的拱门。消防塔塔尖。又漂亮又没用的男友入画，按门铃。门开，露出一个二十来岁女孩的脸，镜头推进：女孩直是摇头。男的掏出证件（伪造的记者证），女孩看了证件一眼，耸耸肩，笑了笑，允许几个提问。她半个身体在门内，半个身体在门外，是接受采访的老手了（从七岁起就跟媒体打交道）。问她从什么时候起，开始怀疑父亲的冤案的。十四岁。她说。什么引起的呢？

“我父亲给我的遗书，他预先给我写了许多封遗书，交到他律师那里，请律师每年在重要节日或我的生日前，给我寄一封。每一封信都根据我的成熟程度渐渐变得复杂，深沉。他总在猜测我的高度、体重、学习成绩，要我记住，这是父亲离开我的第几个年头。他还为我列出书单，并在下封信里问我书单里的书我是否读过。他在信的结尾总要我相信，父亲从来没有伤害过我，并永远爱我，保佑我。一四岁的生日，我照例收到一封信，里面还夹了一对玻璃珠耳环，是小孩戴的那种可笑的首饰。他说我七岁时一次和他上街，一定要他给我买这副耳环，他坚持不买，说小孩不该戴首饰。他一直为此内疚。现在我十四岁了，可以戴首饰了，希望我还喜欢这对耳环。”

女孩讲到此低下头。

特写：女孩红了的眼圈和鼻头。

她接下去说：“我突然觉得我中了心理医生的计。而那个三流心理医生，中了弗洛伊德的计。悲惨的是，其中谁也不想害谁。那个心理医生太想作出创举，他靠我成名，而代价是我们的家破人亡。我恨我的母亲，她像中了邪一样，帮着心理医生捕风捉影。你一定已从许多报纸上看到，他们怎样给我洗脑，操控我，一个七八岁的女孩。"

男友问："你父亲怎样死的？"

女孩显得很吃惊："你是记者，没有看基本材料吗？"

男友一窘，但掩饰得很好。他说："我不相信别的媒体的报道。"

"你是不该相信。假如不是媒体歪曲事实，不形成那样的社会舆论，我父亲可能也不会自杀。应该说我父亲的自杀，和媒体的不负责任有关。"

"他是怎么自杀的？"

"从当时的现场看，他是自杀了。警察在新墨西哥州沙漠深处，发现了他的车，上面有个空了的安眠药瓶子。从他那次法庭缺席，到这辆车的发现，有近一个月的时间。"

"尸体呢？"

"沙漠上什么都可能发生。有野兽和秃鹰，很可能……"

"你现在一个人住吗？"

"我母亲嫁人之后，我自已搬出来了。我父亲为我投资的钱获了不少利，所以我可以住得起旧金山。"

近镜：女孩俏皮地一笑，露在门外的一半身体缩回去了一点。

乔红梅想，这个女孩太像一个人了，但到底像谁，她又想不出来。那神情，那手势，那快速的沉思，她肯定是见过的。这时镜头拉成全景，门关上了，橘红三角梅和消防塔依旧。

妮妮问："我有一手吧？买通了马路对面一个老头，从他家厨房偷拍的。"

乔红梅说："我可没让你偷拍啊！"

"这个女孩的资料，我那没用的漂亮东西全给我查出来了，网上能找出几十篇文章，全是讲这桩乱伦案的！连《纽约时报》、《华尔街报》都登过头版！女孩的父亲是个富翁——不大的富翁。为了打这桩官司，破了产，官司整整打了三年，是'儿童权益保护委员会'起诉的，主要证人是心理医生和女孩她妈。"

乔红梅还在想，她在哪里见过这位女孩。她告诉妮妮，这事和她的密语者已越来越扯不上了。

石妮妮这才一怔。她确实忙到另一桩事上去了。

乔红梅冥冥中知道，密语者用这个女孩的名义和石妮妮交往，一定有原因。当晚十一点，她又收到他的信，说他以为她会去"蓝色多瑙河"，结果他空等了。他用咖啡店的网络给她发这封信，说他会继续等她，直到咖啡馆关门。

她看一眼手表，到咖啡馆关门还有半小时。她立刻换了衣服，梳了梳头发，蹑手蹑脚往外走。格兰一般会在书房里耽到半夜十二点，她会在那之前赶回来。她打开大门，犹豫了。这样不大地道，还是该给格兰留言。她说一个朋友远道而来，约她在校园小晤，半小时之内就回来。大学里的夜猫子是正常人，格兰该不会太见怪。她把字条用磁铁吸在冰箱上，刚一转身，听见“啪嗒”一声，磁铁落在地上。不知为什么，磁铁此刻与她作梗，不断地掉下来。这时她听见一个声音说：“磁力消耗完了。”

她后来懊悔，不该那么惶恐。无非是格兰听见磁铁一再落地的声响，出来看看。而当时她感到面孔僵硬，知道坏了，此刻这张面孔做什么表情都会丑恶不堪。她就装着去开冰箱，拿出半瓶白葡萄酒，背一直朝着格兰，问他要不要来一杯。

格兰见她的着装，问她是否要出门。

她答非所问，说论文写到结尾，她生命都快结尾了。她知道事情给她弄得越来越坏。她手里捏着刚才写的字条。

格兰说这么晚了，最好别出去。

她听出他口气很硬。

她说谁说我要出去。

“我并不反对你出去。为什么你这样戒备?”

“我怎么戒备了？何况你反对也没用。我做什么不做什么，不需要谁同意。”

乔红梅夹起嗓门，英文语病百出，但她管不了那么多了。

格兰惊讶地看着他的妻子。她也会张牙舞爪。是什么使她这样泼？你看你看，狞笑都上来了。

“说得好。”格兰说，“因此你的戒备是多余的。”

“我告诉你，我根本没有戒备。”

她想，别这样，别这样恼羞成怒，多没风度。可她无法不把密语者拉来做后盾，仗他的势，对格兰有恃无恐。

格兰说，你这么晚一定要出门，我可以陪你。

她突然惨叫：“我不出门!”

“我不反对你出门。”

她做出拉倒的手势，表示反正她无望和他讲清楚了。她一面是对格兰的满腔愤怒，一面又是对密语者的一腔柔情：他那么懂得我，虽然隔那样远。一时间，她义无反顾地爱上了那个人。她想和挡在面前的丈夫拼掉，面对面的沟通都误差成这样。

格兰见她哭起来。他走上去，试着去搂她的肩。她却往旁边挪一步。他立刻缩回胳膊，充满尊重。她等他再追上来一步，不理她的挣扎而紧紧抱住她。她正是不知如何是好的时候，需要格兰暂做一回兄长，无条件地呵护她，让她在走上不归路之前三思，或让她明白，只要她退一步，就是安全就是宽恕。总之她要格兰拉她一把，别让她就此倒入一个叵测的怀抱。格兰却站在一边，肢体语言全读错了。

他终于好声好气地说：“你给我写的字条，我可以读吗?”

原来他看见她在那儿折腾那张字条。现在全耽误了，“蓝色多瑙河”已经打烊。她把字条往桌上一拍，心一横，说：“我收拾行李去。”

“你要去哪里?!”

"汽车旅馆。"

"哪一家?"

她从卫生间出来，手里提着一个洗漱袋。亏他问得出来"哪一家"!

"哪一家对你有什么区别?"她说，从床头柜里取出内裤、内衣，"你是不是要推荐一家好的给我?"她毒辣地笑笑。

"如果远，我建议你明天早上再去。"格兰说。

她想他是没希望懂得她了。

她只管拎着包往外走。肢体语言是委屈冲天的，是呼唤他同情的。是控诉他半夜撵她出门的。

她走到门口，楚楚凄凄换鞋，尽量拖延时间，好让他开窍，上来拉她，大家下台阶。他对她的肢体语言，是个文盲，她在蹬上第二只鞋时想。

她走出去，是凶是险都只能往前走了。

电梯一层楼一层楼地往上爬。

格兰出现在她身后，一面穿着外套，领子全窝在里面。

他说："这么晚了，我开车送你去。"

她说："你知道我去哪儿?"

他说："随便你去哪儿。我怕不安全。"他拿出一张卡片，"这是汽车旅行会员卡，住汽车旅馆可以打折扣。"

他的样子认真负责，一点没有捉弄她的意思。衣领硌在他脖子里，他难受地直转头。她忍不住伸手，帮他把衣领翻妥帖。他这才拉住她的手，往怀里一拽。她想格兰那双眼睛，永远是莫名其妙地看着她。他不知道此刻她是把他作为兄长与他和解的。

她告诉密语者，有一刹那她想把格兰杀了。她看见墙壁上一排厨刀，觉得只有它们能结束一场痛苦的沟通——非沟通。很可能她将杀她自己，会省事许多。在密语者出现之前，在她知道世上存在那样一份灵性的懂得之前，她从未意识到非沟通的痛苦。

她从来没有失望得如此彻底。

连那次流产，她都没对她的婚姻如此失望过。到达美国的第三年春天，她发现自己怀孕了。

晚上她做了一桌菜，摆了红色的蜡烛，红色的玫瑰。格兰却回来很晚，菜全凉了，蜡烛也短了一半。

他说为什么买红蜡烛?你知道我最不喜欢红颜色。

她大吃一惊，她从来不知道他有这种难看的脸色。

她表面还笑嘻嘻的，说这个夜晚适合红颜色。

他吃力地笑一下，说谢谢你烧一桌菜。

他开始喝酒，问她为什么不喝。

她只甜蜜地说从今后她不能喝酒了。她等他问为什么。他却沉闷地自顾自吃、喝，若有所思。

她问他是不是学生惹他生气了。他说这些年轻崽子，哪天不惹他生气。

她说让我们有个孩子吧。

他头也不抬，问道："为什么？"

该有个孩子了，她说，心一点点冷下去。

他说他看不出什么是"该"。

她说："孩子不好吗？一个家庭不该有孩子吗？"

"你做什么，就因为'该'吗？"

她不做声了。红蜡烛没趣地蹿起火舌。

是啊，什么来决定"该"呢？爱情已拉不住两颗心灵、两具肉体，要一个孩子来拉住他们。

孩子可以成为一个新主题，给他们日渐枯乏的日子以新内容。

乔红梅诚实地告诉密语者，在怀孕前，她和一个男同学一块喝过咖啡，一块去旧金山听过音乐会。甚至有那么一两次，在车子停下后或发动前，那男同学吻过她。那是一个北欧人。当时北欧在她心目中，还颇神秘。在怀孕前，她似乎初尝到失望，她总是以为有更大更好的世界在前面，有更理想的男人等她去爱，到后来，却发现不过如此。她已远嫁到太平洋彼岸，并为此什么都豁出去了，获得的，却不过如此。她常常在吃冰淇淋、试昂贵的时装、看新上市的电影时突然一走神：这就是我以为更大更好的世界，这就是我抛弃那么多，毁坏那么多而追求的。一种浅淡的扫兴油然生出，她会放下正试穿的时装和最爱吃的冰淇淋。她不知道拿自己的失落感怎么办，不知怎样对付她时常出现的黯然神伤。她想到那个草垛上吹口琴的知青，讲起世界上最美味的冰淇淋时的眼睛，那么多期待又那么感伤。他若活到现在，处在她的位置，是否会像她一样在心里叹息：不过如此！

就在她看穿地在心里说"不过如此"的时候，孩子来了。

孩子在多少情形下救过僵局？拙劣和高明的电影里，孩子总是带来转机。

她完全没想到格兰会有如此负面的反应。她坐在那里，像红蜡烛一样一点点矮下去。格兰讲了一长列不要孩子的好处，谎扯得虚假而拙劣。

她对密语者说，在此之前，她的失望是隐隐的、莫名的，这一刻变得具体而实在了。到今天她也没有弄清，格兰不要孩子的真正原因是什么。不爱孩子的人往往缺乏柔情，不懂孩子的人便往往是沟通低能。她的失望之巨大，她想密语者应该能想见。

她什么也没说。十天后，她悄悄地做了人工流产。手术做得不好，她流血量很大。她不想惊动格兰，悄悄挂了急诊。医生说胎儿还剩一半在她腹内。他说只能等她身体自然排除它。她按医生的嘱咐，把身体的排除物收集在一个瓶子里，等医生最后把它们拼起来，看流产是否彻底。她在瓶子外面套了个纸盒，搁在马桶后面。格兰发现了，问这血淋淋的东西是什么。她心里满是恶毒语言，想说这下称你心了，断子绝孙了。或说，是什么你不知道？当然是我和人轧姘头轧来的。但她咬紧牙，只看着他。

她在那一瞬想起她前夫年轻时的脸庞，孩子气十足，也丈夫气十足。见她从"人流”手术室出来，一把抱起她。他就那样抱着她，走上四楼。一路上泪汪汪地赌咒：“指标指标，下次没指标咱也生。”

然后格兰说，我说不想要孩子，可并没要你去做手术啊。

原来她的妇科医生在确定怀孕那天就告诉格兰了，难怪他那天晚上一张阴沉的长脸。

他又说：“既然孩子来了，我总会调整自己，接受他。何必逆天意又把他杀了呢?”

她大声叫道：“里外你都是人!”她发现自己喊的是中国话。她觉得中国话这一刻怎么这样解恨？她又喊：“建军就不会这样对我！建军！我对不起你!”

她号啕大哭，像那小村里的妇人哭丧。

格兰什么也听不懂。在一边说：“会好的，会好的。”

她索性喊道：“操你妈‘会好的’！你拆散了我和建军，我瞎了眼了!”

他说：“一切都会好的。”

那天夜里，她起身，人弱得像纸糊的。她从药柜里找出一瓶阿斯匹林，什么药多了都毒得死人。她站在床边，看格兰熟睡。她想，他倒照睡不误。她不知站了多久，看着这个她死活不顾追求来的美国男人。二十八年的小半生，她总是在主动追求。她对此从来不撒谎，大方地告诉所有女伴儿：“他是我追来的，追得好苦!”

看看这份被她追来的幸福。

建军也有极可恶的时刻，那些时刻她就会想：看看吧，这就是我追求的男人。

她从床边转身，却晕眩地倒下去。从卧室到厨房的距离最多八米，她却无力走过去。她手里捏着阿司匹林药瓶，迷迷糊糊睡着了。第二天清早她醒来，又成了白天的她——人们眼中的她：懂事，性情甜美，分寸感很好。白天的她绝不会吞一百片阿司匹林。她从一百片阿司匹林的诱惑中挺过来了，再回到格兰身边。她已是另一个女人。

“大概像你说的，是一个感觉封闭的人。十多年前，我和建军也曾封闭过，是格兰打开了我。”

他说他早就知道她是个危险的女人。对这样的女人，他有很好的眼力。他的女儿也是一个危险的人，在她眼前，世界突然变得可笑或可憎。

他看她穿过那群一模一样的二层小楼，再穿过广阔的停车场，肩膀微微向左倾斜，那是她曾经背枪留下的习惯。购物中心有七八家连锁店、五家连锁餐馆、三家连锁银行、一家连锁食品超市、一家连锁汽油站。和全国绝大多数购物中心一样，房子漆成油画棒的浅色，屋檐一条海蓝的边。美国特征是由这些没有特征的连锁景致构成的。

“你往售报机中投两枚硬币，取出一份报纸。这时你呆住了，眼前的购货中心又蠢又丑地趴在地平线上，该死的建筑师怎么会设计出这样扁平的房子？你忘了这是哪个城市，它可以是美国的任何一个城镇。连锁机构张开纵横交错的锁链，把人们锁在上面。淘汰个性，个性有风险。连锁是步调一致，是安全。这些被安全连锁的人们胖胖地坐在夕阳里，享受非沟通的快乐。沟通风险太大了，针锋相对、一针见血的沟通能让几个人幸存？幸存者得多么坚强，多么智慧，又多么豁达？你看着连锁景观中安全的人们，连鸽子都不防意外，大摇大摆在户外餐桌周围徜徉。这个景观无疑是可笑的，丑陋的。你突然想到十多年前你对它的苦苦追求。你最后一次回到小村里，告诉孩子们美国有无数购物中心，像小树庄一样大。那种物质的丰饶，超过每个孩子的想象。”

他说乔红梅在超市门口改变了主意：在打开的自动门前撤回一步，向右转身，朝“星巴克”走去。那儿有块长二米半、宽一米的广告板，供人们在上面贴租房、卖旧货、私授课的广告。二十世纪四十年代的灯具被当成古董出售。他看见乔红梅伸手撕下一条小签，上面有房东的电话号码。但她不久又把它贴回去，眼睛转向另一张广告。那张广告贴在最下方，很不起眼。广告上印着一只猎犬，所以他认为那是一张猫狗学校的广告。乔红梅蹲下身体，一手撑在墙上，为了更清楚地读那张广告上的字。字非常密集，黑压压排满大半张纸。

他看乔红梅的手伸向广告下一排小纸签，撕下最后一张。前面十九张都被撕去了。她将小纸签搁在掌心，端详一会，头略许偏着。来了一阵风，把纸签吹跑，她追了两步，站住了，看它滴溜溜打转、飞远。再来看她的脸，似乎刚悟到一条新思路。

等她离去之后，他去看那张印有猎犬的广告。原来不是猫狗教育家贴的，是一个隐居者。或一个退休侦探。他（她）教授一种“消隐法”，从熟悉你的人中消失掉。对有罪迹的人，这是个最干净的洗心革面的手段。对腻味了自己婚姻或职业的人，这也是个最少伤害、最便宜的了断方式。对厌烦了自己人格，想更换全新人格的人，它提供了最大可能性。当然，它最方便那种想做女人的男人，或想做男人的女人。只需八周的课程（每周一个半小时课时）和一千元学费，你的旧人格就终结，新人格就开始。

他告诉乔红梅，一九九二年《旧金山时报》登载过一篇文章，谈到消隐现象，并介绍了几本有关如何消隐的书。到一九九三年，全国消隐的人共有七万多名。有欠债不还的、有过失杀人的、有卷入巨大冤案又无望澄清的、有陷入不可自拔的婚外恋的……这些人精心设计消隐的每一步骤，获得新的出生证、身份证、社会保险号码之后，某个夜晚或某个清晨，永远地消失了。有的布置了自杀或他杀的假象，有的留下真切的遗书。

想象这七万多人的今天，无论当初的消隐给了他们痛苦还是欢乐，它都为他们打开了一片广阔的未知世界。

“这七万多人中，有一些去了国外，去做冒险家或语言教师。最理想是远东，比方说，刚刚开放的中国……能够想象吗？你的外文教授里，可能就有一位这样的消隐者，一个对人或对己失望过度的人。”

乔红梅看着这个错拼的“失望”。第二十三个不完整的“失望”。

他说他是在望远镜里观望她的，等他赶到购物中心，她已不知去向。

她心里有些不舒服，为什么他总待在暗处，让她防不胜防呢？

他似乎察觉到她并没有表露的哀怨，说他很抱歉，他常常临时怯场，怕他走出文字的掩体会令她失望：无非是个平实男人。他还承认常用高倍数望远镜把她拉近自己，一个细部、一个细部地看她。那样，他把她的身体一寸一寸地占领，一毫一毫地亲吻，她发育不良的乳房在他看来十分销魂，还有她臀部的一块胎记，都引起他凶猛的欲望。

她惊呆了：他怎么会知道她臀部的胎记？她偶尔游泳，把它露了出来？可她总是在早晨游泳，校园游泳馆人最少的时间。

他说他知道这种迷恋已经不健康了，但他没有办法。他要她相信，他是一个最懂得爱的人，从心灵到肉体："望远镜把你拉进我怀里。这是我的胸膛，还够宽阔吧？这是我的肩膀，还够结实吧？这是我的皮肤，有一股常晒太阳的人的气味，并且体温偏高，你的手上来了，手掌那么清凉，它下面是焦渴的肌肤。这就是你的眼睛了，含有一份邀请的黑眼睛。邀请同情、懂得、甚至进犯。于是这是你自找了。你已经逃不了了，进犯总是有一点疼痛。接下来，你一下张开自己，接受了我。"

乔红梅喘息乱了。她火烧火燎地面对着这人的文字，恨自己怎么这样没出息，也恨他，把她引上邪路。真恨他吗？她想不清楚。

他约她在旧金山南区的一家酒吧见面。酒吧名叫"Endup"。他说他在旧金山拥有一座小小庭院，风景优美，如果她愿意，他可以请她去那里做客。他要她别害怕，"Endup"火得不得了，永远满座，全是无心无肺调情的男女。他和她可以在那里深谈，也可以浅谈；调情，也可以不调情。那是个认真、随便两可的地方。

她开了近两小时的车，到达旧金山市区时是下午三点。反战示威造成交通阻塞，办公楼大门全被人把住，被堵在街上的规矩上班人在警察掩护下，小批小批往楼里冲锋。她听说石妮妮和几十个同学一块进了城，就在人群里寻找起来。果然在市场街找到了妮妮。她和男友都穿着白 T 恤，胸前用红颜料画的血迹，乍看相当触目惊心。妮妮最近成了示威明星，电视里常出现她的大特写。

"你和格兰一块来的？"妮妮大声问。

乔红梅说格兰今天有课，不能来。

"我刚才还看见他！"妮妮问男友，"没错吧？他站在那儿拍录像。"

乔红梅脑里"轰"一声。格兰一定是暗中在盯她。她昨晚告诉他，今天她要到旧金山陪两个中国来的朋友，大概会晚些回来。

妮妮说她想吃水果刨冰，便拉着男友和乔红梅进入一个店家。一见她胸口上的"血迹"，所有人都叫起来。妮妮无事人一样吩咐男友去买刨冰，一面跟乔红梅大声说笑。她说她男友险些和那个陷害父亲的女孩陷入疯狂恋爱，她趁机解开了疑团：女孩拼写的"失望"一个字母也没错，就是说，密语者确实是冒她的名跟妮妮通信的。

妮妮因为反战而出风头，各行各业的富翁都看见了她给警察抱走时，以甜美声音唱《国际歌》的电视镜头。他们全断绝了和她往来。

乔红梅问她是否还打算嫁富翁。

她说一革命起来人的感觉就不一样了，好像是另外一种荷尔蒙开始支配你的身体。现在她觉得富翁们一点也不性感。正如过去，她认为漂亮的穷光蛋男人不性感一样。她说什么让她热血沸腾都行。她只要热血沸腾。

告辞了妮妮和男友，乔红梅混入了示威人群。她飞快动着脑筋，万一碰上格兰说什么。她知道自己的样子有些鬼头鬼脑，便想，这是最后一次了，然后她就向格兰摊牌。

把车停下之后，她看看表，离约会还有一小时。她特意到得早些，好摸清方向，找好退路。停车场离“Endup”有五个街口，走过去时可以定定神。她拿出镜子、口红，是那种当下最流行的唇彩，马上让嘴唇娇嫩多汁。她把粉盒放回皮包，手却碰到一件东西：牙刷。她居然带了牙刷来，她前后矛盾的种种打算口原来包括过夜的打算。她手指捏在牙刷的毛刺上，使劲搓动，她想看看这个女人今天到底要怎样去野。开两小时车，去和一个网上来的男人见面。然后呢？他趁歌手长啸的当儿拉起她的手，把她拉到他的庭院。一个自带牙刷的女人。

在往“Endup”走的路上，她希望路远些，让她再想清楚些。

她在给他的最后一封信里，讲了她童年那个无人知晓的故事。深秋的晚上，孩子们已不再去稻草垛上听城里男孩吹口琴了。只有一个十岁女孩仍然天天来到稻草垛下。男孩把口琴吹给女孩一人听，对小村子的牢骚也向她一人发。这天晚上村里开始点灯了。女人们唤孩子回家吃饭的声音此起彼伏，十分悠扬。男孩从稻草垛上滑下来，手还在把口琴往裤子上蹭。他突然一动不动，看着稻草垛下的女孩。女孩笑了笑，不觉得他的样子奇怪。他两手上来，卡住女孩的腰，把她抱离了地面，面孔对着面孔。女孩听见她的母亲也在喊她了。她却没应，只朝远处扭一下脖子。等她转回头，便不再认识眼前这个人，他的眼睛在眼镜后面闭上了，又没闭严，从缝隙里透出一线眼白的青光。睫毛猛烈哆嗦，她从来没见过这样垂死的睫毛。她叫他两声，他可怕地笑一下，嘴唇轻轻落在她额头上。她开始掰他的手指，脚也反抗起来，但表面上她仍咯咯直笑，似乎不愿与他撕破脸。他的嘴滚烫滚烫，压在她的嘴上，一时她不懂这滋味是好还是糟。她闻到他呼吸里“东海”烟的气味，辣而苦的一种雄性气味，充满她全身。一阵奇怪的无力向她全身扩散，和烟草气味融合。她犹豫该跑还是该叫，而嘴唇被一股力量顶开。辨别许久，她才明白那是他的舌头。他这时把她渐渐拖进稻草垛下面，不知谁刨了个凹处来。她的身体动弹不得，他蜷在她身上。

他把她抱出来，让她站直，掸平她的衣服，抚掉她头发上的稻草。他羞怯地笑了。这笑里没有可怕的东西。她看着他，一点秘密的感觉出现在她一片昏暗的体内，如同一豆火烛。他要她第二天同一个时间再来。她点点头，转身跑去。她不明白她喜不喜欢这桩事，也不明白那城里男孩到底对她干下了什么。他在她体内点燃的那一豆火，却燃出一团暖意。

她第二天晚上又来到稻草垛下。男孩在那个凹荡做成了个窝穴，告诉女孩，下雨、刮冷风他们都不怕了。

第三天夜里，男孩被什么声音惊醒，伏在窗上一看，整个村的男人都围在他屋外，提着锄头和镐。他从后窗逃出去。发现大路小路上都站着人。六七十条狗同时叫起来，他只得钻进稻草垛下的窝穴。人们的草杈子扎进每一垛稻草。

最后，所有的稻草垛给点着了。城里男孩没有出来。

村里人说他把六七个十多岁的女孩引诱了。村里人爱护女孩们的名声，从来不对她们点名道姓。女孩们太贪嘴，为一块劣质糖果就和他钻稻草垛。十岁的小姑娘心想，他和她之间，可不是一块糖果的关系，他从来没用一点甜头从她这儿交换吻和抚摸。他从稻草灰烬里被扒出来，白面书生成了一段人形焦炭。只有那个口琴，完整无损。

他对外国的描述，今天看是千错万错的。但那却是小姑娘长大的盼头。她从十岁就相信，她会比村里任何一个女人都走得远——比那些去上海、南京的棉纺厂做了女工的女人走得远。比五十年代跟着土改队走了的女人走得也远。比六十年代考上同济大学的女子走得还要远。她是方圆几百里，上下几千年惟一考上军事外语学院的女孩。那年她十六岁，是考生里最年轻的一名。

"那个女孩就是我。"

她在正式见面之前，把隐埋最深的秘密告诉他，为使这场情谊建筑在最高度的诚意上。他和她的开端该是不一样的，不再充满美妙的误会。她告诉他那段往事，还要他看看，她就是这么个货色，总是屈从感觉。内心和肉体的感觉，在于她，往往大于是与非、爱与恨。

走到酒吧门口，才六点半。还要混掉半小时。不远有家宾馆，她决定去那里。大堂里有钢琴伴奏，她顿时松弛不少。侍者云游过来，悄语问她点什么酒。她胡乱一笑，点了一杯"血玛丽"。她喝得很慢，似乎这样就可以延长失足前的时间。快七点了，夏天的夜晚还远远没到。她打开皮包，却发现钱包不见了。情急中她没忘带牙刷，倒忘了带钱包。她看看那个侍者，他正在和两三个客人饶舌。她拿出军人的机敏，从他身后溜出大堂。

她成功地逃掉了酒账，两脚半醉地向前移。他一定已经等在酒吧里了，心想到手的猎物可别又是一场空。她深一脚浅一脚往他枪口上撞去，以一把牙刷去度一个讲卫生的良宵。侍者现在一定在找她了，想着这个亚洲女人也不年轻了，还在干这种事。她想，我可真行，一晚上能干出两件混账事来。

格兰正在搜捕她吗？他死也不会想到她会来这个"Endup"，如此异端，供人们脱下苍白的人皮，在这儿青面獠牙。"Endup"，好名字。两个男领位一身黑地走上来，问她订位没有。酒吧里还没什么人，但密语者肯定已等在那里了。

领位凑得更近些，一个字一个字往外蹦地问道："订座没有？"

她闻到一股兽性的浓香。

酒劲开始发作了。她突然把整个事情想明白了。她转身就跑，皮拖鞋"踏踏"地响，宛若另一人的步伐。她跑到停车场，钥匙已握在手里。一分钟之后，她的车土匪似地吼一声，冲上马路。

她找到了爬满橘红色三角梅的拱门，没错，消防塔在它斜后方露出塔尖。风景秀丽，她提前自己上门来做客了。她揿响门铃，听见一个女人的脚步穿过小小庭院，来到大门前。窥视小窗口有巴掌那么大，露出二十来岁的一孔嘴脸。女郎问："请问是谁？"

乔红梅笑了笑。没有酒，她的笑绝不会这样温暖。

"我找你。"她叫出了女郎的名字。

又有两个人出现在庭院里，一男一女，都是女郎的年纪。

乔红梅被邀请进门，见一桌晚餐吃了一半，半个比萨还热腾腾地躺在外卖纸盒里，啤酒瓶空了三个。她连说，真抱歉，打扰你们晚餐了。

“你也来吃点吗？”女郎问。

乔红梅一眼看见客厅沙发上放的那条披肩。她朝它走过去，一步、两步、三步，脚跟、脚尖、脚跟……身体伏下，手伸出去。披肩上的刺绣，是她十一年前在告别小村时买的，那天恰巧有庙会。她把刺绣缝缀在一条原本很普通的羊毛披肩上，成了一件独一无二的衣饰……等她转过身时，她已决定说什么了。

“你父亲跟我约好见面的。”

女郎定定地看着她，然后她开口了：

“我知道你是谁。他和我常谈到你。”

乔红梅手缠绕着披肩：“我没想到，你这么大了。”

“离那件可怕的事，已经有十多年了么。”

“离他消隐，也有十二年了。”

“他全告诉你了。当然，他那么爱你。他说过得到你多不容易。”

女郎有了一丝痛楚，但马上做个鬼脸笑了。

乔红梅感动地想，看来密语者对她动了真格的。

“为什么不公开你们的父女关系？”

“父亲两个月前刚和我联络上。”

乔红梅一想，对了，他两个月前的确说到和他女儿的重逢，有一点点杜撰，基本是事实。“有很多事要预先计划，”女郎说，“媒体怎么对付，还有我母亲……得做充分的计划。”

“那件事对父亲和我，都是灭顶之灾，我们是创伤累累的人，再经不住媒体、社会良知人士的善意迫害了。”

女郎又大又深的眼睛周围已布满细密皱纹。乔红梅想，这双老气横秋的眼睛，太熟悉了。

女郎送她出来，要她别担心，她父亲一定会等她，他娇纵他爱的女人。女郎对她挑起眉毛，想做个顽皮状，但创伤给予她的奇特成熟，使表情和面孔满拧。

“你对我父亲比我了解，知道他多么娇纵你。”女郎说。

“嗯。他写给我的信里，可看不出娇纵。不过他的文笔真好。就是总要拼错‘失望’。”

“少一个‘a’，对吧？他总拼错。也许有什么特殊用意。”

她披上披肩，打开车门。女郎扬手一笑。那笑容的熟悉，令她晕眩。

乔红梅开车穿过闹市区。大街两旁是蜡烛的长堤。人们哼着“给和平一次机会吧”。

一个矮小的亚洲男人举着木牌，嘴里振振有词，在蜡烛烛光里忽隐忽现。他是个专业抗议者，不论谁抗议什么，他都举一样的木牌，念一样的词，正义庄严地出现在队伍里。很像乔红梅家乡的专业哭丧妇，区别在于这位是志愿的。敌友阵营变了，利害关系变了，国际政治格局变了，他是永恒的，不变的。

乔红梅好不容易穿过市场街，来到南市区。快九点了，他一定还在“Endup”等她。她心里生出那么多柔情，要给这个饱受创伤的人。她是这个反战之夜温柔的和平者。不管明天谁和谁成了敌人，谁和谁又和解，她是不变的、永恒的，她总是要爱下去。

她把车停好，向“Endup”走去。这里在天黑之后是被遗弃的，关了门的工厂和店家门阶上，躺着黑糊糊的醉汉。她走上大街，遥看“Endup”，像海市蜃楼。就连大街上，也是野性四伏的宁静。

九点十分了。她这个迟到的赴约者脚步坚定、爽利。不再需要任何退路了，她明天就把这个约会告诉格兰。对于她其他的秘密，格兰无望知道了。离“Endup”还有二十步。

乔红梅不知道，现在在家里的冰箱上，在她和格兰天天留言的地方，贴着一张字条：

“红梅，我和学生们一块去旧金山参加示威。是临时做的决定。然后，我有极重要的话要和你谈。本来说好和你一块午餐，由于我的临时决定让你失望了。大概我总是使你失望。格兰。”

乔红梅更不知道，那“失望”一字的拼写是错误的，少了个“a”。

（选自《吴川是个黄女孩》，成都时代出版社 2006 年 6 月版）

丛林下的冰河

［美国］查建英

查建英（1960— ），女，北京人。1978 年入北京大学中文系学习，1979 年赴美留学，先后就读于南卡罗来纳大学和哥伦比亚大学。1987 年回国，九十年代返美国。2003 年获美国古根汉姆写作基金资助，再回中国。作品散见于中国的《万象》、《读书》等杂志和美国的《纽约客》、《纽约时报》等报刊。著有小说集《丛林下的冰河》，杂文集《说东道西》，访谈录《八十年代访谈录》，英文著作 *China Pop* 等。

一

我和巴斯克伦始终没能成为真正的朋友。这件事我后来反复琢磨过，但终于不明真义。是我当时过于稚嫩，还是他为人城府太深？抑或命运注定非如此不可？我们就像两艘朝相同方向行驶的帆船，虽然看到了对方甲板上的灯光，却逐渐在茫茫夜海上消失了对方的踪迹。

这是后话。当时我可没把巴斯克伦想象为一个水手。在那段风华正茂的年华，我的生命是一节呼啸而过的列车，把一路风光尽收眼底，又飞快地抛在身后。巴斯克伦也许是路旁壑底一株不起眼的小草，也许是一个我地图上尚未标出的无名小站，我没去注意他真是再正常不过了。

但是，命运之手并不总是捏着贝多芬的重锤。巴斯克伦的叩声虽然极轻，却持久地反复出现，而且越来越清晰，直到最后破门而入。

如果巴斯克伦本人在我记忆中可以用一个符号来表示，这个符号便是亨利·詹姆斯的杰作《丛林中的猛兽》。

我与巴斯克伦结识、交往的中心事件，是我请他讲解这篇小说。

当时我只身远渡太平洋，从中国跑到美国来，詹姆斯算是头一批给我下马威的的洋大师之一。老实说，我属于中国文化青黄不接那个地段上发育出来的绿豆芽儿，詹姆斯只不过虎虎地瞪了我一眼——像丛林中的猛兽那样——我就筛了糠。现在想起来真够现眼的。

照理说，巴斯克伦是印度人，我找上他的门，不免有“病急乱投医”之嫌。其实不然。巴斯克伦是语言系出名的高材生，讲一口标准到令人生疑的伦敦英语，使系里几个拖着侉不拉叽南方腔的教授没处放脸。再说，那时我当英文系的图书管理员，巴斯克伦当 T. A.，他办公室的门紧挨着我的。近水楼台先得月。

亨利·詹姆斯也真够惨的。一生致力于爬格子，到头来，连国会图书馆里那一百眼也望不到头的书架当中的一格都没爬满。这可怜的、不足一格的詹姆斯，又被我们英文系那个教英美小说史的教授五马分尸。捡出来供众生剖析的那一块肉，便是《丛林中的猛兽》。而这小小一块肉，又被我和巴斯克伦大卸八段，一段一段榨出汁儿来。

文学书籍被校图书馆压在最底层。也就是说深入地下四十英尺。这所大学的图书馆像这座城市一样，非常现代，地面上盖三层，地底下倒盖了四层。而且为了节电，馆内开架书区域的所有灯光全都自动化，真正做到了人走灯灭。所以我去借《丛林中的猛兽》时，不禁生出穿行在暗无天日的丛林中或一条地下矿道里的幻觉。手里捉着詹姆斯摸出来时，地面人间的阳光正亮得晃眼。不知是我还是手里的詹姆斯吁了口浊气。反正当时我认定写书是现今世界里最没意思的行当。打死我我将来也不会去写书。

同样，那会儿，你就打死我我也不会相信《丛林中的猛兽》居然会成为一块敲门砖，借巴斯克伦之手不懈地敲打我的命运之门。

二

詹姆斯故事的主人公，约翰·马切尔，从童年时代起就有一种古怪而强烈的预感，他此生将经历一场异乎寻常的大事件。这事件将决定他生命的特殊意义。这事件或吉祥或凶险，但肯定巨大惊人。马切尔决心牺牲一切以迎接这冥冥中的召唤。

三

我到美国相当早，远在时下席卷神州大地的世界大串联之前。中国刚一开放，我就跑出来，连大学毕业文凭都没顾上拿。当时政府规定外出留学的人随身只许携带三十美元。母亲在我贴身的背心上缝了一个肚兜，掖进这三十美元。我提着一只硬边的人造革皮箱，在和不多的几个亲友行了过于隆重的告别礼——一一拥抱——之后，就匆匆飞上了天。上机前最后一回头，我瞥见母亲满脸泪水狼藉，意识到自己这回真的要远征到地球另一端去了，心里一下子忽悠一空，涌上一股呕吐般的感觉。按说那一刻即便痛哭一场，也没什么丢人，可我久已习惯于在公共场所不露真情，这回竟是要破例也不能了。

那一路我大吐特泄。一来是生平首次乘机的生理反应，二来是行前冒着滂沱大雨四处向朋友告别，上机时发着摄氏三十九点二度的高烧。

从中国那个北方大城到美国这个南方小城，一路得换乘三架飞机，中间还要等机。我三十六个小时一口饭没吃，饿得眼冒金星，连肠子里的苦水都吐干净了，还在干呕。所以，后来我在家信里把自己形容为“空着肚子向美洲进军”。这显然比在太平洋上空大嚼鸡牛鱼更符合一个年轻冒险家的形象。

说来也怪，我第一眼看见美洲大陆绿悠悠的影子，浑身上下的病倦疲软就一扫而空。第一脚踏上美国土地，就口鼻清爽，行走如飞。

后人再不会体验哥伦布当年瞥见新大陆时那股狂喜。他和他的水手们饥病交加，两手空空地挣扎到了未知的彼岸。

但我当时自以为我的激奋之情堪与哥伦布媲美。

那年我整整二十岁。当时中国已有几十年无人作这种性质的远征。这两个因素使得一切都染上了一层浓郁的浪漫冒险色彩。

与此行相比，我觉得我二十岁以前所经历的一切，甚至我的初恋，全都平淡无奇，微不足道。

四

在意大利南部港市度假时，年轻的约翰·马切尔与一位陌生女郎邂逅相遇。有一天闷热得出奇，他们一起乘船到索伦托去，渡过了海湾，想吹吹风。

当他们坐在船上天篷下乘凉的时候，约翰向她描述了自己那隐藏已久的古怪预感，那几乎是神圣的等待感。

这是他平生惟一一次向另一个人倾吐这桩心事。

十年以后，他们再次相遇。女郎旧事重提，将十年前的所有细节描绘得栩栩如生。而约翰却把这些事几乎全忘光了。

女郎问他：你预感的那件大事，发生了吗？

约翰答：还没有。

女郎问：你还在等？

约翰答：是的，我一直在等。

这共同的秘密将他俩紧紧联系在一起了。

女郎名叫梅·巴特拉姆。

五

几乎是一到美国我就认识了捷夫。

这恐怕是天意。我在学期半当中到达——正是最不易赁房的时节，而捷夫又偏巧在这时张贴出寻室友的广告。而且指明要女的，要二十到二十五岁。

我和捷夫，加上另外一男一女，正好是两男两女，合租一套大得要命的两厅四卧室公寓。捷夫说，这是最合理的居住方式。全男的不好，全女的也不好。性均衡，凡事好商量。

可搞了性均衡，分解组合也容易随之而来。突然搬走的那个女的，就是因为跟另一个男室友彼得发生了性吸引，飞快地组合到一块儿，从早到晚黏得不耐烦，结果飞快地大吵一架，赌气搬了出去。

要不是我找上门，他们非赔掉几百块钱。

前车之覆，后车之鉴。室友们一致同意来个不成文的新规定：彼此间再不许谈情说爱，以此保持内部稳定。

彼得为了赎罪，自己拿红墨水把新规定大书特书了一张纸，贴在冰箱门上，以警耳目。

可我竟然许久都没注意到这红色警告。我当时简直忙得恨不得取消睡眠。忙功课，忙英文，忙着打量我的新大陆。

后来，捷夫告诉我，他知道我一直没注意那警告。不过他认为这无所谓。他说他当时认为无论彼得还是他自己都决不可能和我那样的人谈情说爱。

我问："哪样的人呀?"

他搔搔头发："这个嘛。你当时每说三句话至少结巴两次。"

我哭笑不得。"要是我想和你或者彼得谈情说爱呢?"

"一只巴掌拍不响。"他说，理直气壮。

我真想扇他一记响亮的耳光，叫他从此明白一只巴掌也拍得响。山响。

后来，捷夫自己把那张警告给扯掉了。

捷夫修的是电机工程。当地台湾留学生将此简称为"Double E"（双E）。无论原来修什么，他们大多一到美国就改修双E。因为好找工作。

捷夫却说他从小就爱好工程，爱好电。他的确不用为工作发愁。他父亲开着一个不小的公司，离本地有四小时的车路。他几个月后就毕业，毕业就去他老子公司里"找"工作。

捷夫大我两岁，显得却大了我十岁。不过东方人本来就估不准西方人的年龄。他金发蓝眼高大壮实多毛有狐臭，健康开朗好动声若钝钟，在美国人里标准得没法儿再标准了。不少美国姑娘会觉得他太缺乏特点。我当时可不这么看。我觉得捷夫恰恰是我想象中的真正美国人。就好比我预先画了个框，捷夫不大不小不肥不瘦正好落进这副框子，从里面冲我咧嘴傻笑。我为这种幻想与现实的天衣无缝而喜出望外。

至于捷夫那辆白色敞篷车，却不能说典型了。这是他十八岁生日时老子送的礼。我想起我十八岁生日那天，妈妈买回来半斤果脯，爸爸单只揪了揪我的毛刷子。当然这种中西比较没什么意思。可即便在美国，一个大学生开着一辆时髦的双座跑车，也是很抢眼的事。

如果这跑车上再坐着一位黑发棕眼黄皮肤的东方姑娘，那就不只抢眼了，简直扎眼了。

是捷夫自己主动提供方便。

先是捎我去超级市场买菜。后是带我在城里四处参观。甚至参观了他本人从不光顾的教堂。

那次，弥撒做到半路，轮到品尝耶稣基督的血肉。西装革履的绅士太太们排成队一脸庄严地走上去，从牧师手里饮食耶稣血肉。

捷夫向我耳语："别去！那肉不过是一块面包丁，那血就是红葡萄酒。他们连杯子都不换。小心传染病！”

做完弥撒走出来，捷夫告诉我，他信上帝，可不信教堂。

我疑心他其实是不信教堂的卫生标准。

在把小城的犄角旮旯都转到之后，捷夫笑眯眯问我：“怎么样，好奇小姐？”

我微笑，点头：“谢谢了，捷夫。”

他挥手：“没问题。你还对什么好奇？”

我不假思索地说：“一切。”

他大笑。“一切。一切？”他又笑，然后玩笑道，“监狱你也好奇？”

我不假思索地点头。

他又大笑，声若钝钟。

他太爱笑。像个笑神。

不久后一个周末，他又把我拉进那辆白色敞篷车。

“去哪儿？”我问。

“监狱。”他戴着太阳镜，不知是否在笑。可他鼻子嘴唇上都毫无捉弄人的线索。

“我家老头子帮着搞到了参观特许。”他得意洋洋。

我至今忘不掉那天的情景：我和捷夫坐在那辆雪白敞篷车里，沿着一条灌满春风的公路，以七十迈的高时速飞驰向——监狱。

我仍旧记得那些向后疾闪而过的碧绿路标板，那一片片应接不暇的青坡秀水，旖旎春光。杜诗云：“颠狂柳絮迎风舞，轻薄桃花逐水流。”我那天眼望这幅景象，耳朵里回荡的却是震天动地的摇滚乐——捷夫开车必放音乐伴奏。要么就开收音机，听新闻，听球赛，听天气预报。反正不能让耳朵干闲着。

我甚至还记得那天他放的是一盘“The Rolling Stones”（“滚石”）。

Under my thumb,

The girl who once had me down,

Under my thumb,

The girl who once pushed me around。

……

诸如此类。反正这首歌唱来唱去我只听清是这个男的把一个不听话的女的按在大拇指底下了。其他好多歌词干脆不知所云。

捷夫亮开嗓门，冲破不可一世的“滚石”，朝我嚷：“他们是一帮坏小子！坏小子！听他们的歌，现在，正合适！正合适！”为了保证我听懂他说的每一个字，捷夫常常重复，并且老爱重复句子最后一部分。这种腔调使我联想起国内一些首长讲话，或是干部传达文件。要是捷夫懂中文，我大概会叫他“头儿”。

六

约翰 · 马切尔从此与梅 · 巴特拉姆时常会面。

他俩成了好朋友，一起度过了许多愉快时光。这友谊与众不同之处，恰在于他俩共享的那个关于约翰的秘密预感——某种巨大独特的经历将降临到约翰头上。这预感就像一只潜伏在丛林中的猛兽，使约翰的等待充满焦虑。

梅对此表现出极大的关切与热忱。

她立誓陪同约翰共同等待。

七

到底是洋监狱。

虽非一尘不染，却也闻不到什么龌龊下贱廉价的气息。犯人们着千篇一律的棉布囚服，并不脏。有面黄肌瘦的，也有肥头大耳的。犯人卷宗都储入了电脑，按按键盘，就争先恐后地涌出来见天日：杀人犯强奸犯偷盗犯抢劫犯贩毒犯贪污犯……

我头昏眼花。飞奔到前院去透气。恰好看见一个犯人正抱着院里一棵泡桐不撒手："我不去疯人院，我不去！我——不——去！"

监狱文书跟在捷夫屁股后头解释："他服刑期就要满了，忽然发了疯。"

文书显然对捷夫比对我殷勤得多。"现在全国一般的监狱都满员超载，许多罪犯不杀个把人都住不进去。我们这里目前却还没住满。所以一般我们不轻易给犯人减刑……"他滔滔地说着，唾沫星子飞溅。我看得出捷夫正竭力压制滚滚的呵欠。

我仔细听文书介绍。看来美国犯罪率确实很高。监狱都超载了。社会动荡。精神危机。我脑海里闪过一串串判断与结论。但很快发现，这些都是多少年来在国内报纸上看滥了的词汇。我顿时有些泄气。不知怎的，我总希望发现些国内报纸不宣传或宣传得与事实不符的东西。印证大约也算得一种发现，但我总觉得不是真正的发现。

我冷不丁问文书："政治犯关在哪儿？"

文书横了我一眼："我们没有政治犯，小姐。"

我没在乎他的脏眼球。我很高兴。觉得有了个小发现。的确，电脑上也没列政治犯这一栏。

走出监狱，捷夫问我："你们那儿有政治犯么？"

我点头："我爸爸就曾经是。好多年以前。"

捷夫双目如铃："噢？"

我说："听说过'文革'吧？"

捷夫点头，脸上却一片茫然。

我不再开口。

捷夫等了一会，也便不再追问。"这儿也有一种高级监狱，专关犯了法的政治家、大富翁、名人。里面配有彩电、球场、泳池之类现代设备，比一般人家还要舒服。所以人称这种监狱‘Country Club’（乡村俱乐部）。”

我点头，看着路面。他是不是以为我爸爸就是进的这类“乡村俱乐部”？中国风格。配有象棋、戏台、鱼缸之类。

捷夫又放起“滚石”乐。“刚从监狱出来，冲冲晦气。”反正不能让耳朵闲着。理由一大把，他随手就拈一个。

“滚石”的“头儿”米克·贾格尔唱道：

我得不到满足，
我得不到满足。
我正看电视，
电视上那人告诉我，
我的衬衫可以那么白，
可他不可能是个男人，
因为他和我吸的烟不是一个牌子。
嗨嗨嗨，
我要说的就是这个，
我得不到满足。
我突然觉得心情不好。

八

我和巴斯克伦并肩走在一条铺满青草和鲜花的小径上。

当时并非夏季，可却闷热得出奇。这地方四季不分明，一年到头不是温乎乎就是热突突。我老怀念下大雪、刮西北风、红泥小火炉焐白薯。可话又说回来，从小听着莺歌燕舞，万木争荣的调调，到此方知个中滋味。本地居民总以本地气候为荣，以为古往今来，采天地之精华，钟万物之灵秀，才滋养出这一方宝地，祖宗不知积了多少阴功，才夺得这里的所有权呢！

偏我一到这儿就患了花粉过敏。也难怪，这么多花呀草呀树呀鸟呀蜂呀蜜呀，一年到头花红似血，草绿欲滴，活像一所巨大的花粉工厂，一座天然的热带植物园，试想人活在里头那滋味吧！

我大脑黏滞，眼如烂桃，呼吸困难，鼻痒难熬。

“阿阿阿——阿——嚏！”

这个喷嚏打得实在不秀气。而且由于整日揩鼻涕，衣袋里的手绢早已见不得人。手里的詹姆斯盖着图书馆的公章，总不好撕开来揩鼻涕吧。

我抱歉地朝巴斯克伦笑笑：“对不起，你刚才说什么？”

"我说，我是说，嗯？我说的是什么？"巴斯克伦的眼球上下左右地抡着。

看来打喷嚏这件事实在是讨论问题的大敌。不幸这么一想，我又打了一个，而且非常之响。

这下子巴斯克伦倒记起来了："我是在谈小说里的那一段。约翰·马切尔问梅·巴特拉姆：'你以为我简直是神经病，或是一个无害的疯子，对不对？'梅回答说：'不，我懂你，我信你。'我刚才问你，你对这段对话怎么看？"

我想了想说："梅是真信了约翰的预感，她自己也有点迷信。"

巴斯克伦说："那么换了你，遇上约翰这么个人，你会不会相信呢？"

我笑："我么，我不会。年轻人谁不觉得自己这辈子会有什么了不得的大作为？梅和约翰都太认真了。"

"注意，詹姆斯可没说一定是大作为，也许倒是场大灾难呢。"巴斯克伦竖起一根指头。

"你还没真懂我问你的原意。"他又说，"这样吧，我换个角度。你认为梅到底为什么要积极参与约翰的等待？"

我嘟起嘴唇作沉思状。实际上脑袋里一团黏液。上午在教室里念了半天书，下午在图书室里干了半天活儿，这会儿又塞了两鼻管花粉。"梅这个女人性情古怪。而且她的自我不是很充实。"

巴斯克伦几乎听不出地叹口气。显然我没猜到点子上。

"今天真累了。"我抢着说，挽回点面子。

"是呵，"巴斯克伦吹了声口哨，"All work/No play/Makes Jack a dull boy."（老工作/没游戏/杰克成了个蠢孩子。）

"说点别的吧。"我踢踢路上的小卵石。卵石纹丝不动，镶嵌得太到家了。

这一带是体面人家的住宅区，园圃般整洁。家家都有游廊，游廊上都摆着木椅，木椅上都吊着风铃。可惜此刻无风，否则可以听到一片悦耳的叮咚声，令人恍若置身仙界。非得仔细定睛查看，才会分辨出房屋的各种不同风格。至于主人的身份个性，可就全都隐而不见了。

巴斯克伦问我："喜欢这儿吗？"

我点头："还可以。""还可以"是我的惯用语。其实心里想的是"挺喜欢"。但何必把话说得太绝对呢，显得那么不老练。"还可以。""OK。"这多好。

"我自己都弄不清是不是喜欢这儿。"巴说。你听他这话讲得更含糊。

"这儿的人倒蛮友好的，尤其对外国人。有一回我不过拿着地图站在路边上，立刻就跑过来一个人问我是不是迷了路。"

巴斯克伦从鼻腔里哼出一声："我亲爱的，那种友好很肤浅。"

前面拐过弯就到我住处了。我邀他："进来喝杯茶吧。"

他摇摇头。他赁的房在三条街外。

九

捷夫后来老说，你真没一点防人之心，当时我带着你那么四处乱转，我完全可以把车开到一个荒郊野沟，然后就……

我拿两只拳头瞄着他："过来，你敢过来！"

可是已经太迟了。捷夫的两只猫爪已经伸到我腋下乱拥起来。

我笑得喘成一团，连连倒退。捷夫喘着粗气，一直把我仰面朝天按倒在床上。他两只粗壮的手臂按牢在我两条细胳膊上，身体用来固定住我的下肢，然后用舌尖舔起我的脖子来。

"捷捷捷——呵！"

我痒得浑身乱颤，却动弹不得。

捷夫正在朝我脸上轻轻呵气。我浑身酥软无力，想起猫鼠之戏。这个畜牲！下一步他就要来求我做爱了。

当初我可的确没对他存什么戒心。

他教我开车教得精疲力竭。我太鲁，一上街就招得四周人一顿喇叭。我也绝，来而不往非礼也，使足劲儿跟人家较量喇叭的音量。捷夫坐在旁边座位上，一头接一头地出汗。

等到四周没人朝我揿喇叭了，捷夫又一盘接一盘地放摇滚乐。

我们上了高速公路。并不要去哪儿，兜兜风而已。第二天我就要考驾照。捷夫就要走了，去找他老子找工作。

高速公路上几乎没车。三排大道，任我一人撒欢。

捷夫放下心，竟很快睡着了！

我飞奔着。想起神行太保戴宗，亏他还得往腿上绑什么劳什子马甲！

录音带上放的是一支"披头士"的老歌子："米萧，我的美人儿/这几个字在一起多么好/我要你我要你我要你/我想你已知晓/反正我将与你同行/我现在告诉你让你明白……"

很真诚的一首歌，加上约翰·林农那条感情丰富的嗓子。但我还是把它关掉了。

四下里一家伙就静下来。静过之后又有许多声音钻出来。风声，虫声，树声。还有一种我形容不出的声音，咝咝溜溜地无所不在，大约是大气流动之声吧。

我受了感动。扭头看捷夫，他歪头正在黑甜梦乡，四仰八叉，像个信赖的大孩子。他的鼾声加入了大自然的合唱，宛如一串不和谐的低音。我叹口气，心里说你睡吧睡吧睡吧，不会出事的。

结果他那一觉睡得我差点开出了州界。

对他这种人你说你能存个什么戒心！

十

捷夫搬走之后，我们继续贯彻了他的性均衡原则。新进驻的同屋西蒙是比捷夫更彻底的乐天派。尾随他的到来，一串串红男绿女们便像七彩肥皂泡般在屋前院后漫天飞舞。

有时候我同他们厮混成一团大醉狂歌，有时候我觉得这个家再也住不得了。

我买下一辆旧 Toyota。是七四年产的，肚皮上一片锈点。旧车商说所有北边开过来的车都这样，那里冬天为了防滑老往路上撒盐。这车才开了一万多迈，我笃定它至少还能给我再跑一万多。自觉捡了便宜。而且是辆从北边来的车啊。

第二天去趟超级市场，车前盖就冒出缕缕青烟：暗藏的鬼出来见青天了。原来冷却箱漏水。舍不得马上换，隔天加次水，穷对付。

过了两天消声器又坏了。嘟嘟嘟嘟一路响过去——我跑到美国开起手扶拖拉机来了。不放点血这个坎儿是过不去了。买只新消声器，又顺带把车送到油站大检修了一次。便宜货不再便宜。

我在电话里跟捷夫骂人。他笑够了说："我们有句成话，讲两种人最信不得，一是政治家，二是旧车商。"

我开着 Toyota 去餐馆打夏季工。

真正的夏季来了。我每次进车先朝座椅和方向盘上泼冷水，看蒸气咝地冒起。然后屁股湿濡濡地想象北方的大雪封住公路，裹了大皮袄坐在车里欣赏雪刷上的冰花。颇为阿 Q。

家里，后院草坪上常曝晒着横七竖八的肉。我的几个老美同屋及其狐朋狗友如今总脱到几乎全裸。女的三点式，男的一条短裤，涂一身腻歪歪的防晒油。

西蒙是其中最白的，因此特别下功夫。有时索性通体脱光，卧倒在一条花格大浴巾上，一趴便一下午，瞅准没人时猛一翻身，像条烤得奄奄一息尚在拼死打挺的大鲤鱼。他说这样不会晒不匀，不会出黑白分明的两道线。我想他平素进出总还得穿裤子，均匀给哪个看？便想象他关了门在穿衣镜前顾影自怜，禁不住暗地里有些不屑。

有次我把新认识的一位留学生同胞带到家里来做客。正奇怪家中为何人丁全无，有人在后院喊我的名字。走去一推纱门，只听几条嗓子发一声呐喊：

"Surprise!"（"吓你一跳!"）

眨眨眼睛，才看见后院人丁兴旺，烤肉串的，拌沙拉的，还有人在嘭嘭嘭地打开香槟。

"生日快乐!"又发一声呐喊。

不等我反应，连日来晒得红通通的一条条大虾已纷纷走上来与我拥抱，很响亮地接吻。西蒙还在我脸蛋上捏了一把。

我给卷在里面乱裹了一通，抽空喘气道："可我生日是五天以后呀!"

丽撒嚷着说："我的是五天以前，他们把咱俩折衷了一下。接着肉串!"她系着一条黄棕条纹的围裙，活像一只大蜜蜂。

彼得已经微醉：“没——有——问——题！”他哼哼叽叽地在点蜡烛。

我也高兴起来。

猛记起同胞客人，忙回身，见他正倚纱门而立，那神情如隔岸观火。

我邀他入伙，他支吾良久，下巴扭来扭去好像牙疼，终于扯扯领带走掉了。

败兴。又有什么办法呢。

今朝有酒今朝醉。拥抱亲脸蛋我也喜欢。当作见面礼一天抱他亲他两三次都不讨厌。总比不相干的两个人假惺惺称什么同志好。我们是多么含蓄的民族，含蓄到会有人倡议连握手也罢免掉，索性双手合抱为礼。这样人体之间的接触就全没有了，余下的百分之百是精神交流。这才见出文明的层次高低来。

张扬，轻狂，在汉语里都属贬义词。一家伙就把人性的一个方面给枪毙掉了。

含蓄却是褒义词。不含蓄的人不是成熟之人。不含蓄的文字则是小儿文字。可我却偏联想到“含而不吐”、“蓄谋已久”这一类意义上去。

大约我骨子里企盼着脱胎换骨，做个疯癫快乐的西洋人吧。我想象自己鼻梁升高，眼睛发绿，头发像收获前的麦浪一样起伏翻涌。无奈我仍旧是在用汉语想这些事儿。

假洋鬼子！

西蒙一直在灌我。我抵挡不住，渐渐丑态毕露，口中不觉冒出一串中文来。

他好奇得不得了，缠住我要我再说几句中文。随便说什么都行。

“随便么？”我问。于是开始破口大骂，活像个泼妇。我的脸涨得通红，骂得动了感情。

我一辈子没用过这么多脏词儿。

丽撒冲过来，挽住我的胳膊：“你在诵诗么？”

我一下子泄掉气，垂头说：“我是，想表示一下感谢。”

她挺动情地捏捏我的手：“我也是。来，咱俩挨个儿亲他们一圈儿。”

果然我没有平白疑虑和激愤。

不久城里留学生同胞中就传开不冷不热的一堆话。什么比洋人还洋，给中国人丢脸，作风令人作呕等等，后来又从抽象走向具体，出了诸如穿着比基尼和老美一起晒大腿之类的花絮，连 Toyota 也给揽进去，成为我无耻洋化的有力佐证。

“买了汽车好去餐馆端盘子！”一个拿官费奖学金的学者悻悻地说。他正节衣缩食地攒钱买带回国的几大件。端盘子太寒酸，买汽车又太糜烂。

十一

终于有一天，巴斯克伦答应进来喝茶。

西蒙和彼得都去看球赛了。丽撒正做晚餐，见我进来便起劲儿地说：“我照烹调书做了一锅咖喱牛肉饭，你得帮我吃。”

我忙左忙右地张罗茶具，说："我可有客呢。"

丽撒朝巴斯克伦又看看，说："您要喜欢咖喱的话……"

我和巴斯克伦都笑起来。"这位先生是印度人，丽撒。"我说。

丽撒好脾气地笑了。

我沏茶。巴斯克伦说："在伦敦时，也是每天下午必喝茶。这大概是英国人唯一被印度人同化的地方。而且搞得很规范。有回我去 The Ritz 喝午茶，裹了印度头巾，给门厅的侍者拦下了，硬租给我一件西服外套，说是否则谢绝饮茶，弄得不伦不类，结果我只好把头巾摘掉了。"

我觉得好玩。丽撒也客气地笑，一边把两根桂皮棍插到我们杯里来。"这样味道更好。"她说。

咖喱牛肉饭相当成功。热气腾腾地盛了黄灿灿的三大盘。我已吃得沁出细汗，巴斯克伦却仍嫌不够辣，撒进去一大把辣椒粉，把我看得两眼冒烟。他很神气地说："在家乡我们都是用手抓饭吃的。"我便逗他："那你现在也抓嘛！"他觑了丽撒一眼，果真下了手。

丽撒连头都不抬。

我没话找话："丽撒，你真晒黑了。西蒙不行，光红，光脱皮，就是晒不黑。"

丽撒给我奉承得也慷慨起来："你呢，美人儿，你怎么不晒晒？"

我说："晒？中国女孩子见了大太阳都要打阳伞呢！"

巴斯克伦也加进来："至于我们印度人，从娘胎里带来的黑色素就够用一辈子的了。"

送走巴斯克伦后，丽撒问："他是你好朋友？"

我摇摇头："我老烦他帮我讲詹姆斯的作品。"

"哪个詹姆斯？"

"亨利·詹姆斯。"

"噢。当然啰，他是美国作家。你怎么从不找我？"

"这……"丽撒学的是美容专业。为我的蒯儿头上到底需不需要屁帘儿这件事，已经把我磨出耳鸣来了。

"或者问西蒙嘛！他一下午能看两本小说。"

我明知故问："你不喜欢巴斯克伦？"

丽撒把锅里剩下的一点咖喱饭刮进垃圾筒："老实讲，初步印象不太好。"

我没有再问下去。

也许巴斯克伦确实不是个讨好的客人。有些话本来没什么，可在某种场合下说出来就显得挺刺激。

不过，我还是想起巴斯克伦那句话："我亲爱的，那种友好很肤浅。"

十二

几年飞也似的过去。

捷夫居然还是每月来看我。这一点真是始料不及。

我早已泡遍了小城里所有的酒吧、餐馆、舞厅、体育馆、教堂、电影院，等等等等。这一切就像地方博物馆角落里陈列的一把旧沙发椅，由于习以为常，我对它完全置若罔闻了。

捷夫也不再是昔日的笑神。

虽然我从没见过他父亲，可凭捷夫的牢骚，我一闭眼就看见他那副老暴君的嘴脸。我把他想象成那种十九世纪的工厂主，有着狄更斯小说里人物那种怪兮兮的名字。矮墩墩的身体里装了五吨火药，一张口就滔滔不绝，把他力大身高的儿子指使得团团转。

我听够了捷夫的牢骚，也听够了自己的安慰话。

“把眼光放远点，亲爱的。顶多三五年，他就不能再这么对你。再过十年，他得靠你哩!”

“总会有代沟的。他听佛郎克·萨纳特拉，你听‘滚石’，怎么能不顶牛？捷夫，谁不是对自己父母又爱又恨呢。”

我真想说：“你杀了他吧！这是最好的办法。”

可这句“蓄谋已久”的潜台词永远是“含而不吐”，滑到嘴边就变成了“咱们去格林酒吧吧。”

捷夫总是欣然地答应。并且风度翩翩地为我拉开车门，并且说：“我带你去。”

尽管有时是我开车。

格林酒吧的老板比我刚到美国时胖出一圈儿来，还老是抖着双下巴朝我挤眼，还老是咚咚地拍捷夫的肩膀，问他：“发财了没有，小伙子?”

在这暗幽幽没有季节的地方，捷夫永远是从前的捷夫。有时我们俩玩电子游戏。我最常玩的是“Pac-man”和“Dongkie King”。捷夫却爱玩更新式、更刺激的，譬如“星球大战”之类。他玩起来十分认真，输了常会擂桌子，要么抓住指挥柄乱摇一气，像个拿玩具出气的大孩子。有时乐池里有人认出我们，走过来同饮，捷夫就喝得止不住，到最后总要冒出些傻话来。

偶尔我们捡个僻静角落坐，捷夫会突然情意绵绵起来，把我比作阳光、春天、天使之类，仿佛我刚从无边苦海里将他打捞出来。我静静地微笑，疑心他的酒量不似从前大。

可怜的捷夫，又成了父母的大玩偶。

或早或晚，他总要问问我的情况。“功课怎么样?”老是这么一句，仿佛我才上小学三年级，背着一只绣花书包一蹦一跳地进得家门。

“老样子。”我也老是这么一句，好像在回答固定的暗语。

有一次我也不知怎么的，多说了几句："我越来越学不下去了，捷夫，一年到头跟着教授屁股转到东转到西，考完这考那，我简直没功夫做自己的事情。"

捷夫的反应就像哨兵听到一个熟悉的声音发出错误的口令。他惊慌失措地看着我："怎么回事？你不是老考A吗？你想要做什么？"

我摇摇脑袋："我也不知道。反正，我本来以为……不是这个样子。"

捷夫茫茫然。我也茫茫然，而且惭愧得很。我破坏了固定角色。我本该是阳光、春天、天使。

每次捷夫离开，两人都挺不好受。在黄昏的风里目送他那辆白色的敞篷车远去，我的心变得软弱，像一块浸泡过的面包。

可第二天早晨我一定会感觉无比轻松。我又解放了。哼着小调在草坪上翻晒出了霉味儿的小裤小褂，眯细了眼睛看树杈上高踞的蓝鸟。举着一段旧胶片观察闪亮的年轻云彩追逐老头儿一般安详红润的太阳。我什么都不想。一切多么好。多么好。我奇怪我为什么让捷夫定期来看我。

这件事显然缺乏充分的理性依据。

现在我已能哗啦哗啦地讲流利的英文，哗啦哗啦地读大本的英文原著。照理说我对此地的生活和学业应该如鱼得水。奇怪的是我却像只笼中之鸟。研究生院和这所小城日益使我感到窒息。

十三

流年似水，长久的共同期待使梅与约翰成为亲密而特殊的朋友。

可是森林中那头蜷伏的猛兽还是没有跳出。而这随时可能降临的突变使约翰觉得他与梅的结合完全不可能。他不应该把一位女人卷进自己吉凶未卜的命运。

奇怪的是，约翰近来产生了一种古怪的印象，他觉得梅谈到他们共守的那桩秘密的神态与从前不同，仿佛她知道一些自己尚且不知的情况。

再三盘问的结果更证实了约翰的猜疑：梅·巴特拉姆已经知道了究竟是什么突变在等着约翰。

可是她守口如瓶。

十四

这一年，炎夏终于把我逼得忍无可忍。我开上Toyota，衣袋里塞了几张旅行支票，决心去找一块凉爽干燥的“绿洲”。

我几乎一个人游遍了美国的名山大川、名都大城。

每到一地，都有一股似曾相识的陌生感从我心底冉冉上升。早听到过“地球村”的理论，看来在西半球已初具规模了。我的Toyota仅在“肯德基”的招牌下就停了不下二十次。我相信这“鸡”早晚有一天会扑闪翅膀飞越十万大山一片汪洋，在我的故乡安营扎寨。

鸡有时比鹰飞得还高嘛。

在各地遇到好几个新来美国的熟人旧友。

久别重逢，有悲有喜。有当年的交情垫底，如今照样可以饭同吃，房同住，酒同饮。谈熟人不必加注脚，忆往事每每捶胸疯笑。说到眼前将来，则另是一番气象。朋友们大都新到美国，胸中各有一卷宏图。有的有志于商，有的有志于学。个别的仅有志于镀金加电器。不过全都相当的明确，胸中都有个五年计划、十年计划。

全都有了男人或老婆。有的还把新一代的照片掏出来给我看，洋洋得意地等我赞美。

也发牢骚也骂娘。

A说他一毕业就给“军管”了。分到一个什么委员会，让一帮老头子们压得出不来气。A在大三时发了当时全国第一篇写“代沟”的小说，很出了两个月的名。他说最绝的是，等他真被“老一代”包围了，倒发现这些老头儿们全都是大好人，天真固执，童心未泯。A说他意识到自己与老辈的相亲相通，在他们身上看到了自己未来的雏形。这一点给他的一切反叛打上了悲观的烙印，因为他永远无法战胜时间和历史的意志。正是为了逃避这种悲观意识，他才跑到美国来。“青年总要成为老年，老年却不会成为青年，真理就是这么朴素。”A吸着短短的烟屁段说。

我说：“在美国也没有返老还童这回事。”

A沉思地说：“当然。可这里是青年人的王国。”

我偷眼觑A，他的额角正在悄然后退。

B说她在两年之内就成了出版社的台柱子。“那些一流的稿子一大半是我组来的。可人家说我凭脸蛋儿。我凭什么脸蛋儿？我的腿都快跑断了！丈夫一出国进修，人家更说得花哨了。单位呢，干活时拿我当菩萨供着，发完排，一抹脸，我成三孙子了。闹了几年，愣是不给分房。快三十的大女人了还跟父母睡一屋！我想这脸反正是没处搁了，还愁到美国饿死不成？”

我说：“文人这碗饭在这儿可不好混。”

B自信地说：“所以我才决定弃文从商么！不信混不出头！若混出来再回去，哼，那就全都得另说着了。”

我看看B，她的确英气勃勃，棱角分明。

C说他在这里完全是暂时的，看看而已。C来了才几个月就想儿子想得要发疯。儿子在录音磁带上背诵“床前明月光”，C竟然眼眶红红地放给我听，断言他儿子命中注定要做大文豪。C说老婆来信拼命给他打气，要他“借他山之石”云云。可他决意进修期一到立即拨转马去。回去顶多提个副教授，还得让别人戳脊梁骨，还得为五斗米折腰奔波，可不回去心里就不踏实。

我说：“中国知识分子向来爱国。”

C摇头又摆手："噢，没那么形而上。这里不适合我。于是选择就变得简单了。"

我掉开眼睛，没有勇气正视他那张平和匀称的脸。

A、B、C全都说，呵，你真是一点没变，还那么年轻洒脱，无牵无挂地一个人到处闯。见了世面长了学问。没走弯路，没受挫折。简直是生活的宠儿。全都说羡慕我，全都仍记得我是当年班上最年轻的小妹妹。"连文凭都顾不上拿就跑出来寻找新大陆。"他们笑眯眯地说，语气里充满对青春的依恋与纵容。

A、B、C全都相当地关心我的"幸福"。当然对于我，他们不会用"归宿"这一类俗不可耐的字眼。你瞧我是这么一个水晶人儿，这么一个自由电子、闲云野鹤。

一半是为不使他们失望，对捷夫我只字未提。

而他们不约而同，全都小心翼翼地避而不提有关D的信息，这样做我相信也肯定出于一致的好意。

D是我初恋的情人。赴美前夕我和他握手言别，当时彼此都很镇静。我们默默对视了足有二十分钟，像在完成一个冗长的充电仪式。沉默中我们都感到充实。最后我说："不知何年再能相会了。"D说："也许不会再有那一天了。"D不是那种儿女情长的男人。当时我一下子冲动极了，真想跪倒在D的脚前，让他妈什么新大陆见鬼去吧！可D一如既往，他总是像我的一面镜子，透过枝枝杈杈射穿我的本质："你必须去，"他在我犹豫的当儿说，"否则你会终生后悔。至于我们，分手这一天迟早会来，躲不掉的。"那是我最后一次为D那种预言家的气质所折服。从那时起，我也确信我与D的未来是永不会重合的两条钢轨。

D曾告诉我，他从孩童时代起就不断重复一个关于冰河的梦境。他说这使他骨子里总摆脱不掉一丝迷信，觉得他将来必得在有冰河的地域立命安身。后来他又说到他考虑去西北，可那不是为了圆梦，而是为了许许多多其他的需求。切实的需求。当时我惊叹他父母双亡，下了八年乡，竟仍旧如此富于理想。可是毕业后他真的志愿去了西北。而且听说现在还在那里。

我和D音讯断绝已经多年，A、B、C的好意实在纯属多余。

他们同谋式的沉默反而使我心里莫名地烦乱。我疑心D已经十分的"幸福"了，说不定早做了爹。

十五

游荡归来已是初秋，小城居然闷热依旧。红枫树浑身上下裹了一团明晃晃的火，在窗前昼夜燃烧。没有蝉鸣，四下里只听见焦绿的荷延残喘与酷暑无声的冗长呐喊。

我意气索然，在家中终日闷坐。一天冲四、五次凉，把卫生间搞得像蒸气浴室。拨弄吉他自娱，往往又被一派金属之声绷得横眉立目，直跳起来。

扯闲书来读。读到妙处，击节失声，略有与古人相通之情。转念一想，古人与其时其事其景其情相通，而我循古人之墨，先已隔了一层。况与今人今事亦时有恍如隔世之感，此生何其“隔”也。不觉又转喜为悲。

同屋们照例在后院晒。调侃的嬉笑声如阵阵热风，慵懒无力地打在我空洞的脑门上。我纳罕他们何不订购成卡车的可口可乐集装箱前往赤道。多么两全其美的计划！

起居室的电视正放 MTV①，音量拧到零，结果一串串奔走如飞的灿烂图像便成了一长列无法破译的密码。

后院悠长的笑浪宛如一条单旋律，套住屏幕上吐出的一串串图像和弦，居然显示出某种奇异的关联。可惜我热得头昏脑涨，根本无法参透这个禅机。

“奇异的关联。”这是一支著名的吉他独奏曲。

我曾认识一位在 MTV 工作的小伙子，他整天的职责就是准时配备、调换各种录像。有一回我问他：“乔治，你的业余嗜好是什么？”他毫不犹豫地回答：“在家里看 MTV。”

真后悔当时没再追问一句。那样也许会真相大白？

Andy Warhol 画的那一排 Cambell's 汤罐头和肯尼迪夫人头像，成了当代美国艺术的划时代杰作。这些重复出现的图像在成千上万美国人心中唤起了复杂的连锁反应——它们象征着一个时代、一种生活方式和一个伟大传奇。思想家们由此对图像与文化的关系大加发挥。

但即便我在美国再住上十年、二十年，这些图像对我也将毫无意义。

或许，到那时里根的成排头像对我会具有某种意义？是的，某种意义，但决不是最深层次的意义。

归根结底，文化是“泡”出来的。在这个缓慢自然的过程中，你所有的毛孔都得浸到水里。文化不仅有奶血之分，而且许多东西根本学不来。巧妇难为无米之炊。

倘有一位中国艺术家将 Andy Warhol 的创造横移到北京美术馆，在画板上展出成排的窝窝头和江青头像，我想他绝不会收获同等的成功。中国的老百姓也许会蹙眉撇嘴，或者发出会心的微笑。但他们的美学观点会将这些图像无情地打入冷宫。

西蒙和丽撒入秋都要毕业了。彼得早已辍学，进了一家银行。说定了我和彼得各背一架相机，去拍西、丽的毕业典礼照。

西蒙说：“我们不如你有毅力有耐心，这辈子戴不上那顶博士帽喽！”

他口气里毫无悔意。

丽撒说：“我要在做弥撒时为你祈祷，祝你将来找个称心如意的工作。”

好像我这辈子注定要衣袋里揣着博士文凭去开出租车似的！

这个博士念得人气量狭窄，神经兮兮。

鸡肋，鸡肋，弃之可惜，食之无味。

巴斯克伦有次问我：“告诉我，亲爱的，你跑到美国来究竟为的什么，从那么天壤之别的一个文化？”

这个问题早被不同的人以不同方式问了无数次，我也早已发展出一套现成答案，可

① 美国电视台专放音乐录像的频道。

以连珠炮般地射出，内容日臻完善，同时变得毫无意义。我学会了流畅的虚伪。

可在巴斯克伦那对褐色眼睛的注视下，我却踌躇了。近来我发现他的目光含着一股难以描述的忧郁。这忧郁有时相当沉重，直如凝聚了几个世纪的悲哀。自打首次注意到这一点，我便难以正视他的眼睛，尽管谈话时咄咄逼人的盯视是我从小的恶习，为此曾痛遭母亲训斥。奇怪的是，即使低眉颔首，我却仍能“看”到这对忧郁的眼睛。问起来，他却并没有什么解不开的情结。

又是一对无法破译的密码。

我终于意识到对巴斯克伦的问话不能以俗人相待，虽然他早已不再向我讲解詹姆斯，我们现在极少相会。

想了半天才说：“我来，就是为了找找看。”

我等着他的下一个问题，心里七上八下。“找什么？”“怎么找？”或者“找到了没有？”他只可能问这三类问题。就像文学理论家只可能讨论三类问题：“写什么？”“怎么写？”或者“写出来没有？”我明白我将必须解释一系列的有关问题，甚至必要时得小小地复述一遍中国近代史。西学东渐，华夏图强，诸如此类。我自己都没想到这么个“找找看”能做出这好大一篇文章来。做不好巴肯定会觉得我故弄玄虚，华而不实。

结果，巴斯克伦什么都没问，只轻轻说了句：“看看嘛不妨事，找是绝找不到的。找到的就已经不是你要找的了。”

十六

梅·巴特拉姆患了重病，恐怕将不久于人世。

约翰·马切尔注视着他日益苍白无力的女友，想到她将遗他而去，再不能与他共同等待他预期中的大灾变，心中无比凄惶。

有一天他俩在梅的客厅里又一次谈到他们共守的那桩秘密。

约翰向梅盘诘。梅似乎暗示约翰将在无意识中经历那场大事变。约翰震惊无比。梅却在此刻微笑着站起身。她弱不禁风，却无限妩媚美丽。

“这么说灾难肯定是要发生的了？”他问。

“永远也不会太迟的。”她向他滑行一步，两人的距离更近，就这样对视了足有一分钟。

约翰极度焦灼地等待她的启示。

结果，病体沉重的梅似乎突然全线崩溃，在痛苦的呻吟中被女仆扶回卧室。

十七

我和捷夫的分手是在一瞬间决定的。

那是复活节前夕，捷夫打电话来，说他马上要来我这儿。我说：“马上要过节啦，你干吗不待在家里?”他说:“我来接你。”我说:“什么?”他诡秘地说:“没什么,你等我来就是了。”把电话挂断了。

我正在用功做一篇论文,原题是用符号美学来分析安东尼·绰罗卜的小说,为刺激兴趣、调剂口味,灵机一动,将《金瓶梅》拉扯进来,美其名曰“比较文学”。凭三寸不烂之舌,居然把导师说得将信将疑,以为二者真有何等意微旨远的联系。其实只是我自己想重读全版《金瓶梅》。津津有味读到一半,渐觉兴致较初读已减半,况且与绰罗卜那蛛丝马迹的联系也愈加模糊了去。忽又记起D. H. 劳伦斯,兴致勃发,跳槽之心重起。好在这位美国导师的专长是符号美学,理论至上,遇作品喜对号入座。我抓住导师弱点,再度摇唇鼓舌,大谈劳伦斯符号与《金瓶梅》性符号的异同,竟再次骗得导师改题的同意——反正他对中国文学一窍不通。回到家中,我为自己一腔子的油滑无耻不胜羞惭。羞惭之后便是空虚,空虚以后又觉出无聊,无聊之后竟寂寞得很了。

桌上乱摊着劳伦斯的几部小说,像一堆被啃得七零八落的骨头。劳伦斯无疑是大师。你想做论文就得啃劳伦斯,你一啃劳伦斯劳伦斯就成了鸡肋,劳伦斯一成了鸡肋你就做不出论文,做不出论文就证明你没有好好啃劳伦斯。

什么都不影响劳伦斯是大师这个基本事实。什么也都不影响劳伦斯在我口中成了鸡肋这个基本事实。

第二十二条军规。

我迫切需要换换空气。

于是哼起一支歌子等捷夫。

我发现我还从没有像今天这样,满怀甜蜜的焦躁期待捷夫的拥抱和亲热。

门外开始下雨。

我沏一杯绿茶,倚门而立,望得见亮闪闪的树干与沉甸甸的花朵,闻得到烂泥的芭蕉叶臭与焦米般的茶香。

往事踮着轻捷的雨足悠悠地来了。

卖山楂糕、江米条的老头儿。大雪飘扬中静止不动的飞檐流瓦。被烟囱挂住的风筝。父亲坐牢时母亲流不断的泪水。支援麦收时农民孩子飞抛过来的花蛇皮。D。冰河。D。

微雨朦胧的记忆中,开来一辆白色的汽车——顶篷没有敞开。

我感到隐隐的失望。

捷夫竟周身湿漉漉的。他一边匆匆地亲我一边告诉我,雨刷不知怎么半路坏了,他试修了一下还是不行。

我倒有些高兴,说:“我的车正好借给彼得回家过节了。咱俩走不成了,今天就待在这儿吧。”说罢不管不顾地亲他湿成一绺绺的头发。

捷夫怔了怔,嘟囔道:“有这样糟的巧事!”

我还是亲他,也低声嘟囔着:“巧啦,就咱俩,哪儿都不去,不好么?”

捷夫轻轻推开我,说:“我先得洗了澡,然后咱们还是得走,反正雨也不太大。”

我愣愣地看着他往下扒湿衣服。

听得出他把语气放得尽量缓："亲爱的，我是特为来接你的。好容易才和家里人商定。明天就是复活节啦。你也该放放功课，和我父母见一次，他们都想会会你呢。"

我仍旧不说话，目送他走去浴室。

简直是魂不守舍！我不信一个破雨刷能把他搞成这样。

和捷夫交往几年，从未受到他父母的邀请，也从未感到会面的必要。几个圣诞都是在教授家里度过，捷夫从未有过异议。或许双方都在走着瞧。而我从来觉得这交情不会地久天长，或是任其自生自灭，或是强其深化而导致它戛然中止。

何以他现在突然要我和他父母会什么面呢？复活节本非什么了不得的大节日。

浴室传来哗哗的水声。

捷夫的心绪不宁显而易见。此时想来他那个电话就有些怪。简直不容我开口表示一下我这方面的意愿。也许我们相交日久，他早已在踌躇着下一步的走向。也许他觉得再不向他家介绍我太不合适了。或者他要请我去以证实他不受父母控制，可以独立自主。也许他要听听父母对我的意见、印象？要看看我和他一家合不合得来？也许我全是庸人自扰，他不过是一时兴起，请我去过家庭节日而已。

可既然说是他父母"想见见我"，为什么又说"好容易才商定"？说不定他出来之前还和他们吵了一架。

我简直是喝了迷魂汤。什么大不了的事！

捷夫从浴室走出来，赤裸的身体漫出一团若有若无的水蒸气。他在这种时候常常是不可抵御的，也常常不受任何抵御。

可我们俩这会儿全都心不在焉。我只说了句："衣服在第二抽屉。"他就默默直走过去了。

捷夫在我这里总留着一套换洗衣服。这是近半年来才形成的习惯。

上路没一会儿，雨就下大了。雷鸣电闪，天空骤然变得低沉晦暗。

捷夫起初还在描绘如何制作复活节彩蛋，现在也沉默下来。四只眼骨碌碌地看路。

挡风玻璃上的雨水先是如嬉戏的群蝶，然后幻化为一条条滑翔的小龙，现在终于成为一道不透明的蒙蒙雨帘。

二十分钟后，仍然暴雨如注。我们终于决定暂时拐下高速公路，找个咖啡店避避雨头。从路侧凌空高踞的一簇广告牌，可以断定附近有个小镇。

车祸就在此时发生了。

高速公路出口是在一段环形路的尽头。捷夫一边把住方向盘，一边对我说："贮藏屉里有张地图，你看看这是什么地方。"

我翻出地图，正在低头查看，就听到"轰隆"一声，全身猛烈一震，几乎从座位上弹出去。忙抬头，挡风玻璃上已裂出几道大冰凌似的口子，车前盖倾斜掀起，车身死死顶住在另一辆车的后屁股上。

捷夫喊出一声"Oh，Fuck！"我只瞥见他苍白的脸庞一闪，接着就撞开车门钻了出去。

我解下安全带——幸亏出发时系上了，否则刚才那一下非把我像颗子弹似的整个从前车窗射出去不可。试着推推右车门，车门纹丝不动，给撞死了。我只好侧身从驾驶座上爬过去，钻出左车门。

捷夫已经和前面车的司机，一个面孔极窄的中年男人，交谈了几句不知什么，这会儿正匆匆向公路前方走开去。

雨哗哗地泼下来，像幸灾乐祸的洪水。

窄脸朝我喊："我说小姐，你最好回车里等，你朋友去叫警察了。"

我没理会他，把外套顶在头上，弯腰看车撞的情况。窄脸的车是辆又大又笨的老式美国造，车屁股皮和减震杆给撞得歪七扭八，其余倒安然无损。捷夫的车可惨了，从撞掀开的车盖看进去，我的乖乖，车肚里的部件竟一片稀烂，一截不知什么管子破肠子似的瘫出来，白气像出洞的蛇一般咝咝游窜，引擎看样子是彻底报销了。

撞车点恰在出高速公路后第一个红绿灯前。看形势，窄脸的车是在红灯闪亮的一瞬间停下来，捷夫从高速公路拐下来看不清就撞了上去。幸亏拐下来时已减了速，否则此刻怕已做了新鬼。

我又钻回车，心跳基本正常了。

看来，我是见不成捷夫家的人了。刚才从地图上看，我们才走了四分之一的路程。我突然想到，也许这车祸是命中注定。

心跳又咚咚加速。

捷夫也钻进车来了，脸色依旧苍白，好像是给雨水泡的。他重重地把身子摔进座位，吁出口气："全完了。"

"什么？"

"车。车完了。复活节也完蛋了。"

"你没事儿吧？"我负罪般地问。

"没事儿，"他说，猛然想起什么，"呆会儿警察要来问，千万别提雨刷的事，省得再为他妈那两把破玩意儿挨罚。"

我默默点头。警车来了，一前一后两辆，在阴雨中车顶的蓝灯鬼火般地一闪一灭。

我仍旧坐在车里，凝视着车外的一小撮人。捷夫正从裤兜里掏什么证件，一脸毕恭毕敬的神态。警官嘟起嘴，一副司空见惯的架式。窄脸正倚着他的车门，手里捏着半颗烟。

我突然觉得这一切都像在另一个世界里发生，一个和我毫不相干的世界。捷夫此刻显得多么渺远、陌生呵。他站在那里，面朝我，却完全忘记了我的存在。这不能怪他，他在那里，淋得像只落汤鸡，而我却轻松愉快地坐在这里，为这场事故的发生暗自庆幸。

大概就在那一瞬间，我意识到我终于滑翔到了一个潜伏已久的决定的边缘。

于是我钻了出去，跑到十米外的油站，给我的论文导师家打了个电话。

等捷夫重又钻回车里时，我已一切准备就绪。他告诉我一切都办妥了，倒霉的是他的保险公司，因为他们得负责赔偿这场车祸的大部分损失。但他自己的驾驶记录上也因此得写上一笔，回去还得挨父亲一顿熊。现在就等警车调拖车来拖走他的车子。窄脸已溜之大吉。

我问："这车不能修了？"

捷夫摇头："一堆废铁，不值得了。"

我们俩不约而同扭开头去，打量这辆瘫痪的车。它曾像一个白色的梦，载着我最初的探寻和发现。我在心里向这白色的梦告别。

捷夫叹口气："现在我得再去打个电话。"

我尽量把口气放缓："我已经给我的导师家打了。他说马上就开车来接。"

捷夫扭过头来。这是撞车后他头一次这样仔细地正面看我。"你，这是什么意思？"

我说："总得有车来接呀！"

捷夫仍紧盯着我的脸："我以为你愿意来见我家人了。只要我一个电话，他们马上就会开车来。"

我尽力控制住涌动的情绪："捷夫，你可以和我一起回去。我打了电话，你还没打。"

捷夫失声叫起来："可你明明知道我不会回去的。我父母在等着呢！"

我忍住心底的失望和无数说不清的滋味，一言不发。

捷夫抓住我的手："亲爱的，亲爱的，听我一句话，等你的导师来了，就说你变了卦。他不过是你的导师，他能把你怎么样，你是不是担心着写论文的事……"

我摇摇头："不关导师的事。是我自己想回去。"

捷夫一定听出了这句话里那股最后决定的意味。他呆了好一会儿，一直还紧紧攥着我的手。他的手冰凉。

我觉得一阵难受。我们仿佛两个无知孩童，坐在一片倒塌的废墟之上，只有把一切都交给命运的摆布了。

捷夫猛然摔开我的手，吼起来："跟你的导师下地狱去吧！你这个任性的……"

他终于没说出下面那半句脏话，而只是踉跄出车去给他父母打电话了。

别了捷夫，别了亲爱的，我哑声在心里说，像对着一座沉默的里程碑。

十八

我开始四处写信，打探D的消息。

回信一封接一封地拆了，老同学中，竟无一人知道D的准确地址。都知道他在西北的什么地方。F信中说，两年前D来过一信，那时他在某广播电台工作，但马上要调工作，后来就再无音讯了。

C也是差不多的意思，说她出国前还试图通过广播电台和D联系，但到底没有得到回音。

F信中还说，回来看看吧，国内变化相当大。

C的信里则说她读商科已读出了一些意思，而且再有一年半就可以毕业找工作了。C半开玩笑地劝我也去“投机”，说什么文学若没有钱养着就会散发出一股穷酸气，就登不了大雅之堂。

F和C的建议都使我很动心。

可我总觉得，首先得找到D。其余的事在那以后才能决定。这个信念相当强烈，到底为什么我却说不大清。

我日复一日地等信。其实，稍稍与D沾点边的人都渐渐回了信，我该死了这条心了。可我仍在顽固地企盼着什么。我总感到还有一封关键的信没有送到，或者中途周折，被耽搁住了。我毫无理由地坚信像D这样的人不会与所有的人断绝联系。我甚至暗中希冀这封关键的信将来自D本人。

在那些日子里，我变得慵懒贪睡。每日除了对付惯常的功课杂事，就像一个时间的富翁，把大把大把的时间挥霍于枕边床上的冥想。

实际上，我与D的那段时间说不上很久。过了这些年，能够回忆起来的片断都被岁月染上了一层神圣的光，又锤炼为一段辉煌的乐章。

谁的初恋不是一篇组诗呢?

某日，巴斯克伦约我去格林酒吧。

我糊里糊涂应下来。快到约定的钟点时，我仍独自躺在后院的草坪上胡思乱想。秋千架早已坏掉，惟一的好处是投下一道斜影，恰恰遮住了我的脑门。我浑身火烫，脑子倒还算清楚。我正在想和D那回在海水里游泳。游过了防鲨网，附近没有人。夕照把海水染得血淋淋。D踩着水，一手扶着防鲨网，一手托着我，说：“怕不怕鲨鱼?”“不怕，只要把咱俩一齐吞下去。”我说，把D搂得更紧些。在水中D的肌肤触摸起来非常非常地……噢，我说不出来那种感觉。委身于他的冲动在那种时刻显得太自然太美妙了。

是呵，那是非常美好的一次。在水下。

就在这时屋里的电话铃大作。我侧耳听了片刻，觉得这种声音讨厌之极，便翻过身去，用手挡住耳朵，企图用心继续我美妙的回忆。

D说：“我这一辈子胸无大志，只想老老实实做一两件事。一是父母死前曾有个西北来的老司务长，因为替父母讲了两句公道话，也给折腾死了。我想去西北，也有还账的意思。那儿老百姓苦得很呐。”

我问：“第二件事呢?”

D说：“就是老老实实地爱你。”

我竭力回忆说这话时D的声音、神态和姿势。可D此时就像隐身于一大团游动的雾障背后，我进他退，我退他进，直到这无法接近的诱惑终于将我的心力消耗殆尽。我在秋千架的斜影下昏昏睡去。

后来巴斯克伦对我失约的反应，使我愧悔至极。他告诉我他刚刚答辩完毕，马上要动身去印度，大约要几个月后回来。他说他是回去看女儿和妻。我意外得很，因从未听他提起过家人。他哑然一笑，说与妻分居已多年，此次回去目的之一就是正式办离婚。我惊讶地问："分居这么久了，还要专门回去办手续么？"巴苦笑说是他自己不好，一直下不了决心，到底是回印度去还是留在这里定居。他老婆是坚决不来的，女儿的伙伴们也都在印度。我这才想起问他故乡是什么地方。他说了一个名字，见我一脸茫然，便说那是个印南小镇，你没听说过是当然的，那儿的人全是极虔诚的印度教徒。我还要问下去，他却摇头了，说现在没心绪扯这些，那天约你去格林酒吧倒想好好扯扯的。说着褐色的目光落在我脸上，抑郁中混杂着责备。我惶恐了，又无言以对，由于无言以对而愈加惶恐。

巴斯克伦便在这双倍的惶恐中去了印度。

几天后我接到C一个长途电话，这电话使我彻底忘记了巴斯克伦。

D死了。

C一个劲儿说，这消息不是百分之百准确，来信的人只说死的一车人里头有一个是咱们学校去西北的毕业生，说他在北京没亲属可通知，说他两年前志愿从广播电台下来给当地人教书的。

我问写信的家伙现在在哪儿？C说刚去西德地址不详。

我说怎么他妈这么巧！C说是呵，简直跟侦探小说里的情节差不离……

我截断她问，怎么出的车祸？C说，是一条冰河，历年冻得结结实实，人车马都在上面来往，那回偏巧车超了载，节气又反常，在回暖，不知怎么就裂开了，人捂在车里，一个都没出来。那条冰河宽得很，这样的惨祸在当地也是前所未闻的。

再问别的，C什么也供不出来了，只是一个劲儿地讲劝慰话。我大声地吼："得了得了我又不是他的寡妇！"说完砰地挂死。

那几天我干脆把电话线拔了。

D死了。死在冰河里。

对我来讲，这个事实无可置疑。D终于圆了他的梦。把生命献给一个终生萦绕于心的梦幻，这种人不需要别人为之绵绵洒泪。我知道D是幸福的。即使他的身体在水下被冻成一块晶莹的大冰砣子，即使他的四肢在开春之后被泡成一大朵瑰丽柔软的花。

两行冰凉的泪水还是淌了下来。D，D兄，我只献上这两串冰凉的水珠，来参加你盛大的水葬。

十九

母亲仍用同样的方式迎接我的归来。在机场取完行李一抬头，就瞥见出口人丛中她那张老泪纵横的脸——这回她却同时在欢笑，悲与喜扭打成一副怪相，我慌忙掉开眼睛，拼命拖延这久盼的重逢时刻。

出租车开进我家那条老巷子，四周黑黢黢的，但我能感觉出熟识的一切——一切都没变样，完全没变。我的心咚咚跳得按不住。楼下垃圾道的那扇小铁门，竟如我走之前那样歪吊着——这么多年了，终于没人来拧上一颗螺钉。这门像岁月的一只锈手，在我心里狠命绞了一家伙。父亲沿途上指点给我看的那些新建的高楼，霎时烟消云散。

二老围着我打转。父亲非要亲手把我的皮箱提到旦间去。母亲则慌慌地张罗洗澡水。我记起烧水的麻烦，忙说："我太累，不想洗澡，烫烫脚算了。"

于是便稳稳地坐上一只硬板凳烫脚。家里自然早给收拾得一尘不染。椅垫也给熨得平展展。我认出一块逢年过节才上桌的淡蓝桌布，那手工挑出来的碎花仅黯淡了些许。这还是为庆贺爸爸出牢那年买的，从前每次铺时妈妈总要在上面再盖一层透明的白塑料布——只除了父亲出牢那次和我这次归来。

父母渐渐也稳下来，一左一右坐在两侧，话慢慢说得闲了些。母亲脚旁竖着几只暖水瓶，隔一会儿忘不了问一问："加水吧？"

加了足有五、六次热水，我的两只脚给泡得又红又胀，像两根大萝卜。妈妈连表亲们中间的变故琐事也都说到了一些。

真是回家喽！

第二天我醒得绝早——时差还没调整过来。躺不住，披了衣在几间房里转悠，碰碰这摸摸那，像在别人家串门，直到在厕所墙角瞅见我儿时自制的红缨枪，在厨房顺手偷吃了两瓣儿糖蒜。

妈妈的脚步还是轻得像猫。我被她的突然出现吓得一乍。她却什么也不说，单只站在那儿笑眯眯地打量我。我记起昨晚在出租车里她一路把手按在我膝盖上，仿佛一松手我就会像只气球那样腾空而去。

爸爸不久也从她身后冒了出来，也眯着眼打量我。我给看得受不住，就又吞下去一瓣糖蒜。

"你在美国也早起就吃蒜么？"爸爸问。

妈妈用手虚扇了他一下："瞧你，都老糊涂了，可这种傻话。"接着她问我觉得家里怎么样，可还是老样子？

我点头，说一点没变，不不，当然是比从前变好啦，那些新置的电器、躺椅、书柜，还有挂历。我数落着，生怕漏掉什么。

家里的一切似乎都比记忆中要小一号，甚至包括父亲母亲——人上了岁数是会缩的。

当然关于这一点我只字未提。

其实这些都是老生常谈。一个小男孩记得他家后门外有条汪汪大河，载着他童年时代的无数冒险业绩；长大成人后回家一看，原来那不过是道浅浅的小水沟。

老朋友陆续找到一些。全是拉家带口的了，说几句话的地方都不易找。有位原先整洁到有洁癖的女生，如今家里的尿布条子像联合国大厦前纷飞的彩旗。大伙直说，你怎么搞突然袭击，一家伙就从那边跑回来啦！高兴一阵，寒暄一阵，然后有点不知所措。

人人都问："待多久呵？"这很意外，因我当初是明了志的，死活定会回来，回来就不再走。当然前提是待那个巨大的"找找看"有了结果。那时没有人怀疑我的民族意识。至于我自己，只恨不能歃血为誓。时过境迁，不仅没人来查问我在那片土地上究竟找到了什么，带回来什么（我指的不是电器和兑换券），而且我被想当然地当作了这片土地上的匆匆过客。就是我自己，临回来前不也诚惶诚恐，盖了图章填了表格办了证明，生怕出了什么差池飞不回美国去么？

老朋友们坐到一堆儿，一半的工夫用来怀旧，一半的工夫用来发牢骚。异口同声地说如今比从前是好了，好得多，但好得远远不够，好得人心里乱糟糟的。改革开放，全民皆商，这帮耍笔杆子办刊物当小科员教书匠的朋友们也给冲得挺不住阵角。有的在给什么牙膏厂电扇厂写报告文学，称之为"广告副业"；有的在办影视界逸闻小报，自命为"横向经营，通而不俗"；有的索性办了停薪留职，一面踊跃地向特区毛遂自荐，一面争取留洋。最最蔫头蔫脑的也私下在赚几个高考补习生的外快。不过，到底都不愧为名牌大学出来的人，至今也没一个彻底放下架子去摆摊，去倒卖，去办货。卖文乃出于不得已，卖身可就得三思而行了。文人无文尚可谅，文人无行便遗臭万年。朋友们虽无一不在遮遮掩掩地以副养文，却众口一心地慨叹"人心不古，世风日下"，"有钱能使鬼推磨"了。

朋友们转而问我的看法，似乎颇有"局外者清"的期望。我便很支吾，弄些大而化之的话来搪塞。能说出什么新鲜玩意呢？多年在外，初次返乡的许多印象感叹竟与那些自己从前暗自不屑的美籍华侨相通相似！说车太挤、人太多、服务员眼珠朝天、公共场所常常垃圾遍地？还是说男的鞋跟太高，女的裙子太透、对洋人太媚、对乡下人太横？

游客式的一类议论在家里随口说上几句，父母已经有些愀然不安，大约以为女儿已在"见习华侨"阶段，这里凡事总归看不惯，要不了几年六亲不认也未可知。现在再把这些话说给老友们听么？还是免了罢。天天挤车谁还不知道车挤，日日买菜谁还不知道零钱是摔过来的？人多，叫谁谁也不愿意缩回娘胎里去；农民老大哥不生上一堆娃娃，老了谁养活？垃圾从另一角度讲也是消费水准上升的一种标志。鞋跟与裙子是对从前千篇一律的平与捂的反动。至于媚与横，那是骨质问题，空谈几句管屁用！

这么一一"清解"之后，余下可供谈资的似乎只有在国外的一堆奇闻趣事，寄旅乡愁。无奈前者人家听起来"隔"，后者自己说起来"硌"。便很快无情无趣。

朋友们于是转而谈物价，立即人声鼎沸。

后来我做了试验，这题目能将各路人马、三教九流统统联合调动起来。它在交流艰涩之时永远能助我一臂之力，就像一剂万能润滑油。

老实说，面对这些柴米油盐的基本生存问题，我满脑子的苦闷彷徨全成了说不出口的"闲愁"，讲得刻薄，简直就是阔人的肥胖病。

嘴里有根鸡肋，总比买不起青菜的光景要好吧。

母校的老师邀我去做学术演讲，我再三再四地推，说讲不出什么名堂。老师说你随便讲，重要的是外面来的信息，我们需要信息。我见逃不掉，只好在家里闭门对着一张白纸做逍遥游，临到讲的日期了，母校又来了公文，说是演讲费还批不下来。于是延期，一延再延，终于延到大学生们都放了假。

学术演讲随着大学生们一起作鸟兽散。

我松了口气，每日在家陪父母做孝顺女儿。

家里却渐渐也不清静了。

三天两头有人来取留洋的真经。开头上门的还算嫡系亲友，慢慢便成了嫡系亲友的亲友，后来索性成了表亲的表亲，熟人的熟人。

我家的表叔数不清咧。

我记起鲁迅先生曾作过一篇《琐记》，里面讲到留东洋的老学生告诫新学生：日本袜穿不得，须多带中国袜云云。于是便起了小小的险恶之心，一脸正经地劝恭听着的老表们：美国袜穿不得的，须带中国袜去。不料对方连连点头，有的还推理发挥，一口气把美国棉袜打成了脚气鸡眼内外八字的头号大敌。

我还拐用钱钟书先生的《围城》的典故，说什么留洋就像围城与结婚，里面的人想冲出来，外面的人想冲进去。这种话明显不合时宜，当然也并没减退哪个人往里冲刺的势头。

到底是“第三次浪潮”冲击过的中国了，美国再不那么遥不可及，神秘莫测。留洋成了一件时髦的热闹事，好比去赴一桌盛大的酒席，没接到帖子的人可就“寒碜”喽！

即使带着半箱中国丝袜去，也还是洋味十足的。

二十

谢天谢地，老同学中并没人提起D的死。也许是还不知道，也许是知道了不愿说。像D这种人，如今是不大合潮流的了，我闷闷地想。

只有妈妈居然提到他一次。“当年来过咱家几回，老剃寸头的那个小伙子。”我吓一跳，因为立即明白她指的是D。“那小伙子挺厚道的，后来不知怎么样了?”我摇头表示不知道。妈妈便说：“兴许也出去了呢！你们这种名牌大学走的人可海啦，你这些年在外肯定碰到不少吧?”我嗯了一声，眼睛盯着一本刚从书店买回的屈大均的《广东新语》，表示暂且无意往下谈。妈妈当年对D是很冷淡的，大约觉得他比我大了近十岁，相貌又不出众。现在也不过拿他做个引子，探探我在“终身大事”方面的虚实。我知道她怕我鬼迷心窍，嫁个洋人，让她和爸在这边不好做人。有回写信提及捷夫，她便警觉得很，回信中铺天盖地一顿开导劝诫。从那以后我闭口不谈男人。

这次回来之前，我曾咬牙发下个宏愿：独自沿着当年D去西北的旅程作一次远游，走到哪儿算哪儿。虽然我并不知道D去西北的具体路线，也不知道D死前工作的地方，但当时我有一种几近疯狂的感受，似乎冥冥之中会有鬼神暗助，引导启示我追寻D的踪迹，直到D葬身的那条冰河。

发这种宏愿就像发一场高烧。高烧过后我已身在中国，理智日益清醒，出游西北的激情也一日日减退。

但终于有一天，家里家外一派聒噪，我连对任劳任怨、关怀备至的父母也都看得不耐烦，恶语相问起来。

一下子想到西北，而且当即走出去买了张火车票。

母亲得知后又抹起眼泪来，倒像我要去老山前线。父亲愣了半晌，才叹口气："唉，她一个人在外头，惯啦!"

二十一

本来打算在呼和浩特这类大站下的，无端地临时又改了主意。

我在火车上情绪稳定，能吃能睡，不吃不睡的时候和中、下铺几个出差的技术员甩甩扑克，吹吹牛，还装模作样地叼着烟卷，跟他们学从鼻孔里冒烟。他们认为我是个撒得开的假小子，问我是哪单位的。我说是盲流。他们就说那你跟我们上银川吧，银川好地方。我说你们也不过去出差。他们说来玩一趟嘛，哥儿们保证把你送回呼和浩特去。我就笑着点点头。他们便高兴得很，喋喋地讲在银川修了电机交了差以后怎么带我逛，怎么找乐子。这样一直精神会聚到很晚才睡。我在上铺翻来覆去睡不着，干脆全心全意地思念D。直至凌晨，快到草原了，才迷糊过去。

第二天车到呼和浩特我果然没下。几个小伙子脸黄了，再不来开什么玩笑，一个个讪讪地把眼睛去盯着窗外飞驰的景物。

我在银川前的一个小站下了车。

在这里下车的人很少，往县城里走去，似乎人口也极寥落，沿途只见到一个个瓜摊，显然是附近乡下农民推进城来卖的。

向人打听旅舍，有人指东，有人指南。我开始担心找不到旅社。好在火车站已打听好，从此地买无座的站票是最容易的，无论是继续向西走还是打回头。但左弯右拐，居然给我找到了一家小旅社。

招牌用一块木板钉在门旁，天暗以后行人是看不明晰的。叫作"浑都旅店"。

人都仍在睡午觉，叫了好几声才见一个女人趿拉着鞋从后面出来，看我时眼球转得极慢。登记后知道她便是老板娘了，这旅店是她自开的。引我到后面住房去一看，原来是一个套间，里外各放了三张床，她一家就住在套间对面。见我脸色稍露迟疑，她忙解释：这是新开张，简陋得很，请多包涵。不过客少清静，早晚包有热水，饭菜是自家灶上她亲手烧，我愿同吃是不收钱的，不愿的话走不出几十米外就有拉面铺和卖酒饭热炒的小馆子，方便得很。我觉得这话讲得明白通情理，就把背囊朝床上一撂。

擦了把脸，顺脚溜出来，看看小镇。

转悠来转悠去，看见跑的狗、蹲的人、砖房，瓜摊、菜市、土房，面铺、酒店、半砖半土的房。最后看见县完小的操场和县委的大院，都筑有围墙。

渐渐觉得索然，肚子也开始不屈不挠地叫。于是走进一家拉面铺去，要了一大碗。面拉得相当地道，咬在嘴里劲很足，碗面上盖了薄薄一把细肉丝，且浮着一层油珠，香味飘散。统共才三角六分，实在当得起物美价廉。摸着圆鼓鼓的肚皮忖道：早听说羊肉泡馍如何如何好，再往下走就可吃到了吧。想到这儿打个问号：会再往下走多远呢？还不及往下细想，突然意识到邻桌有目光盯视。

原来是母女模样的两人在吃面。盯住我看的小姑娘大约有十一二岁，红粗粗脸，黑漆漆眸子，两根黄黄小细辫子。我对她微笑，她并不回笑，也不掉开眼睛，仍直愣愣地盯住我。我有些不知所措：我有什么异样么？我穿一身宽松的棉布衣裤，一双半旧球鞋，彻头彻尾一个小老百姓打扮。猛然我明白了她是在看我的耳饰。这下坐不住了，推开碗站起朝外走，走出好远还觉得那两道目光牢牢地黏在后背上。

走回"浑都"，老板娘从灶间迎出来，两手在围裙上蹭着说："回来啦？一块儿吃吧！"我说吃过了。她便说："咳，做甚你这样客气，我都下了面。"我忙道谢。她并不多让，告诉我：又来了一个客人，住在我隔壁，估计今晚不会再有别人了。

又寒暄了两句，我就走回到房间去。关上门第一件事是摘耳饰。放在掌心里呆看了好一会儿：这是一对精致的小勺形状的银耳环。记得当初买下时，我曾对捷夫开玩笑说：瞧这多像一对可卡因勺！捷夫也说果然像，又说若是他父亲手下的女秘书们敢戴这种耳环上班，非得被他老子解雇不可。从那以后我特别偏爱这对耳环。这次出来行色匆匆，竟忘了取下它们。

我把耳环包起来放好，心想：八成火车上那几个去银川的小伙子也注意到了这东西。妈的，一对小勺子就把我给卖了。还故弄玄虚地说什么盲流哩！

我转头看看屋里，四壁空空，没有一块镜子。自已闭目凝神，在脑海里想象此刻的自我形象。不知何故这形象总有一丝模糊可疑，似乎总不太像一个地道的中国老百姓，尽管套了一身家常打扮。

这念头令我又想到了D。D当年初来西北时，不知可有当地人呆呆地盯住他看。D在插队之前从小在大城市长大，插过队又上了四年名牌大学，这种经历的烙印不是一套粗布衣服就轻而易举地盖得尽的。也许当年D经过此地开始他的西北旅程时，也曾被此地人毫无顾忌地盯住上下看，也许他心底也曾爬过一层异乡人的落寞？

外间屋传来人声笑语。过了一会儿，老板娘来叩我的门，问："没睡下吧？要不要来尝个瓜，刚摘的，甜哩。"

我走出去，跟她到正屋——她家人的屋去。这屋很挤，靠床放了张方桌，桌旁此刻坐了一个八九岁的小女孩子和一个中年汉子。我猜想必是老板一家三口人了。不料老板娘介绍，一是她女儿兰子，一是今晚住我隔壁的客人。瓜有半麻袋，倚在墙角，就是这客人带来的。看样子是位熟客，老板娘叫他老孔。

老孔在昏暗的电灯光下打量我。我虽然在逗兰子，却感觉得到他赤裸裸的目光。他问老板娘："来出差的？"老板娘答："路过。""歇几宿？""兴许一宿，兴许长远些。"

老孔便不再问，好像给我这人打了句号，剩下的事务便是专心吃瓜。

于是都哗啦哗啦地吃瓜。瓜约摸小西瓜大小，或金黄或青绿。老孔用手脊做刀，劈劈啪啪磕开十来个，摊了一桌。好瓜！用勺子掏出中央一包瓤子，余下的是清甜爽口的净瓜肉。我吃了一块又一块，觉得生平从没吃过这么棒的瓜。连新疆的哈密瓜、美国的蜜露瓜，也远抵不上这瓜。

老孔先吃完，一缩脚，竟坐上了大双人床。我看他一眼。老板娘忙说："你甭忙，吃够算。我们这儿人年年吃，不稀罕。外地人可爱吃得不行，瓜代饭呢！像你们这种大地方来的人，走时都成麻袋地往回背。"

我问："这瓜叫什么？"

老板娘说："叫个花来士。"

我问："哪几个字？"

"这咱也说不清。都说是俄国传过来的瓜种。带瓜种来的那个俄国人就叫花来士。"

老孔在炕上喷出一口呛鼻的土烟，突然没头没脑地插嘴说："兰子她妈，我说你也是大地方来的人，干甚非一辈子捂在这沙窝子边上嘛！趁还不老，还有把子劲，装几车'花来士'往东边那些大地方跑跑，不比守着这么个破旅社、挣这几个死钱强百倍？"

我惊讶得很，问女人："你是大城市下来的？"

她拿块湿抹布用力擦着桌上的瓜汁："多少年前的事啦，提它做甚。"

"她是老知青。"老孔冒一口烟，并不看我。

我受了震动。她身上简直一点看不出城市人外乡人的影子。

兰子问她妈："啥叫知青？"

老孔说："小女仔懂个甚。"

兰子扭头瞪他一眼："谁问你啦！"又扭过头问她妈，"我爸也是知青？"

兰子妈只是摇摇头，拿手给女儿顺顺头发。

老孔又说："你爸也配当知青？连咱这后套大脓包都不如！"

兰子凶凶地冲他翻着眼："我爸在外头跑运输，比你挣的钱多！"

老孔从鼻孔里哼出一声："多不多咱没数，反正你们娘俩没落着好。就这几间土房，还不是你妈从鸡舍猪圈里抠哧出来的？"

兰子气得直哆嗦，抓起一块瓜皮就朝老孔掼过去，又冲过去拼命捶他打他，嘴里叫着："你滚蛋吧滚蛋吧，俺家不要你！"

老孔倒不介意似的，任她打，只稳坐不动。

我觉得有些尴尬，仿佛无意间窥见了别人隐私。兰子妈把兰子抻开了，嗓音有些颤，却努力作出威严的样子："兰子，也不怕客人笑话。哪有这么野的女仔，当着人打你老孔大叔！"

"老孔大叔"拿开护着烟的手，下劲吸上一口，吐出来："唉，后套养出来的娃喽——"

兰子又厉声高叫起来："本来我就是后套人嘛！还用得着你来说——"

兰子妈也厉声起来："兰子听话！去带这位大姨上茅厕，回头上床！睡觉！少给我耍嘴皮子！"

兰子见她妈动了气，这才嘟着嘴朝外走，睬都不睬我。

我站起身。兰子妈接过老孔递过的一个手电筒，嚷："兰子，拿着电棒！给大姨照着道！"

兰子嘟着嘴走回来，接过电棒，又一声不吭朝外走。

外面漆黑如墨。我跟着兰子高一脚低一脚地走，出了院子穿巷子，穿过巷子又沿着不知谁家的菜地走。是个没星星的夜晚，月亮像一小截古旧的缎带。四下里黑严实了，没有灯光。

我问："茅厕在哪儿？"

兰子说："这不往那儿走嘛！"

我见她仍没好气，便不再说话。

很快就"闻"到了茅厕。走进去，兰子朝一个坑晃了一下电筒，便自己走到另一个坑蹲下。

我迟疑地说："兰子，你给大姨再晃一下，大姨只带了一条裤子，掉下去可没得换喽。"

兰子扑哧笑了。电光又射向一个坑，而且定在上面不动了。

我也照样行事。茅厕的肮脏龌龊使我一阵恶心。就着电筒光可看见白生生的蛆在下面拥动，一群蚊蝇借着光亮在屁股上轰然降落，赶也赶不走。

我屏住呼吸，加快动作，只恨此时没生一条尾巴。

回去的路上，兰子不再用心照路。电筒成了她的玩具，一束清光上下左右四处跳跃，宛若一群活泼泼的小精灵。

突然兰子问我："你们那儿，有没有人家院子里就安着茅厕？"

我略为迟疑了一秒钟，说："有的。"

"家家都安？"她又问，而且回过头来。

我犹豫了，终于说："嗯。"

她不再问下去，回过头去默默地走路，仿佛若有所思。

我心里一阵酸疼。很想说两句什么，但终于没有说。很想知道兰子一家的根底，但到底没有问。兰子说："你们那儿。"这就够清楚的了。

二十二

瓜代饭，吃了三天两宿。脱胎换骨，自觉把内脏器官全清洗过，生出了瓜肝瓜胃瓜肠子，夜晚躺上床，肚子咕咕鸣叫，俨然是一颗正在悄悄长熟的大瓜。

再没多知道一丝兰子家的事情。老孔第三天起大早走了。兰子爸仍没露面。唯一的新发现便是此地古名叫作浑城，那么"浑都"的"都"显然是兰子妈的创造。无论是胡人天下汉人天下，此地从古到今都与做京都的福分荣耀差着十万八千里。这个“都”字显然别有一番道理。

我去了一趟镇南的黄河，又去了一趟镇北的小沙漠。黄河年年淹死人，沙漠岁岁朝村落推进。每日在镇上游魂般地转，看着小商贩们激烈地讨价还价，穿干部服的人倒剪双手逛小百货商店，手扶拖拉机风尘仆仆地一路吼过去，饭馆里赶脚的汉子们喝着烈酒猜拳，马车把式倚着卖剩的大蒜垛打瞌睡。

到处都是黄土。黄土世界。人们在这世界里有滋有味地忙着闲着。

第三天傍晚，县完小出了一件了不得的大事，吸引了全镇老百姓。

在放一部美国电影。

我刚好从沙漠回来，累得口干舌燥，急着回去吃瓜。前几次路过县完小，里面总一片死寂。我因而推断本地计划生育搞得一定极好。可现在不知打哪儿冒出的十万童子军，外加全镇男女老幼，把一张设在操场中央的露天屏幕正反两面全包围得水泄不通。我停脚看了一会儿，约莫认出是一部老掉牙的西部片。连约翰·韦恩也还是个奶里奶气的小生。高音喇叭哇啦哇啦地作着台词解释。每放一发土炮弹必定把喇叭震得半天出不来大气，连银幕背面的人群都看呆了。这是我目睹本地最大规模的一次集体行动。

不免忆起自己刚去美国那阵，也是虔诚地仰着脖子，一部接一部地看好莱坞的片子，在昏天黑地之中嚼着浸了黄油的爆米花，和老美们一道崇拜着白种人世世代代的英雄业绩美丽梦想。

我走回旅社，门没上锁，里面却是空荡荡的。兰子母女俩也看美国牛仔去了。

猫腰钻进鸡舍旁的小地窖，摸出一个凉荫荫的瓜，也用手脊劈开了，大口吞下去。这一麻袋是我买的，兰子妈说买贵了。我说不打紧，算我一点意思。是兰子妈和我一起抻着麻袋角把它入了窖。

我把自己摔在床上，又陷入了在沙漠边沙丘上独坐时的呆想。

D死了。

即使真有神的启示，指引我找到那条冰河，也绝不可能找到D了。倘若肉体与精神果真可以分离，那么D的精灵该如一缕无色无味的温热之气，从那块大冰砣子里冉冉上升，优游于天地之间，像一只自由的蝴蝶。

但我却看不见这只蝴蝶。我东扑西闪，活像一只没头苍蝇。东游西荡，活像一个梦游者。我踮着脚尖，小心翼翼地嗅着D的气息前行，自以为超脱于纷攘俗世之上，额头上刻着朝圣者的印章。无奈“上穷碧落下黄泉，两处茫茫皆不见”。D曾扶着我的肩膀说：“记着，你将来就是爬着回来，也是我的英雄。”现在我回来了，回到了D生活过的土地，却发现自己已经傻乎乎地被抛入了介于生者与死者之间的“两不管”地区，既不能像D那样死去，又不能像周围大多数人那样活着。

也许，生存于“两不管”地区的人，是真正自由的人。不幸我却无法如此释然。

D当年是为着一些“切实的需要”去了西北，可他最终却圆了自己的梦。如今我到底指望到西北去做什么呢？贩蒜？贩瓜？还是教新疆人普通话？时代不同了，男女都一样。但梦却不一样，倘使我曾有一个美丽的梦，一个本可在这片土地上开花结果的梦，它是不知不觉中悄然离去的。听到哪个寻回了失落的梦呢？

我浸染在一股悲壮的绝望中了。

二十三

浑县火车站只售无座的站票。这条线路大大超载，我站了几个钟头才抢到座。

夜晚火车上通宵开着刺眼的日光灯，清晨六点起广播就开始用费翔、程琳、姜昆、刘伟轮番轰炸，人们在遍地垃圾堆上甩扑克，吸烈烟，小孩子在坑坑洼洼的麻袋上撒尿，和袋里不知何物发生化学反应，臊气浓得像一座化工车间。一个京油子一路没停嘴，除了损西北老土就是吹林彪当年的战绩，直到一个红脸穿白绸衫的万元户掏腰包给半个车厢的人买了烧鸡，才把京油子的嘴封住了半小时。

我也吃了烧鸡，还有沿途上车来提篮串卖的菜包子、麻糖、高粱饴、煮鸡蛋、鸡蛋糕……

回到家竟大吐大泻，发了几天烧。妈妈每小时换一块湿毛巾把它按在我脑门上，逼我卧床，喝白莲子赤豆粥。背回的一布袋瓜也因此被打成“特嫌”，披枷戴锁竖在阳台上暴晒，等我终于好透了，解开袋口一望，只见一个个干腮瘪肚，不胜酷刑。我叹口气，它们跟我走这一趟不易，我至少得给它们个囫囵身子的死。于是扎牢口袋，把哥几个一总丢进了垃圾道。不料随即听到楼下轰隆一声巨响。我从阳台上伸出头去看，只见一口袋瓜从垃圾口冲出几米远，那扇歪斜了多少年的缺一颗螺钉的小铁门，终于被我那怒气冲天的瓜们彻底干掉了。

到底是俄国种。

瓜弹事件之后，居委会的吴老太吭哧吭哧爬到五层楼上来，当着双亲的面，对我这个准洋博士撇下几句微词。父母本来对那袋瓜如临大敌，现在却转而对我“美国式”的浪费痛心疾首。

某日，家里来了一位父亲的老战友，我知趣地躲到里间，让他们畅怀忆旧。自己平躺在床上，戴了耳机听 Bob Dylan 那些粗哑动人的歌。老战友屁股很沉，后来被留了饭。我自然也给叫出去陪饭，席间，老战友不大理会我，我亦觉得很自然，三下五除二塞饱肚子，到厨房帮母亲收拾。

不料老战友一走，我便遭到父母大肆讨伐。中心问题是整个晚上我的肩膀几乎全露在外面，上头只搭着两根细带子。

“穿着背心见客……”母亲哀叹着。

我实在见不得人，见了人就让他们没法见人。运了运气，我准备道个歉，忍了。结果冲口来了这么一句：“Leave me alone!!”

父母的眼睛全都睁圆了，从里面流出滔滔的问号惊叹号?!?!?!???!!!

我掉转身走了，走进我自己的卧室，随手想插门，却醒悟到这门没有插销。咬牙切齿地想：他们要进来，我就打开窗户跳下去。

他们后来果真推门进来了，可我没有跳楼。我跳上飞机，回了美国。

二十四

我重新找了一所公寓房，两卧一厅，有树有草。头一个月没找室友，想好好自在一下。

我开着 Toyota 在小城里兜风。有时为了瞬间的突发奇想，会驱车跑几十迈，到城郊小店去吃顿墨西哥快餐。有时去校体育馆游晚泳，独自占条泳道，一口气游几十个来回不歇气。上来后还要冲老长一个热水澡，用大毛巾擦干全身，然后换上一身宽松柔软的夏布裙衫。我酷爱那种涤荡一身尘垢后的轻飘感。

记得大学时代的一个冬季，比我大十多岁的一位同屋曾向我抱怨，说棉袄棉裤太沉重，常压得她喘不过气来。当时我只觉得怪可笑的。现在才开始明白负重原来有各种形式。

昔日的朋友寥若晨星。西蒙和丽撒早已不在小城，彼得和一个女友同居去了。我晚上独自一人去泡了几回格林酒吧，坐在角落里呷着啤酒看体育录像。今年的橄榄球大赛狂野之极，两个队的教练竟然大打出手，而且中间休息音乐表演前一家伙发放了上千个画着美国国旗图案的气球。酒吧小乐队奏带劲的曲子时，我也下池去抒发一番，舞伴多是偶遇到的夹生朋友。往往走火入魔，舞得大汗淋漓，仿佛要以毒攻毒，“克”掉整整一夏天的郁积。

我从不带人回家来坐。

因为家具还没弄齐，房间愈显得大而空。我暂且睡在一张地板中央的双人床垫上。床垫软极了，我还有两只蓬蓬松的大枕头。一个人，可以睡得极为惬意。干脆连睡衣也不穿，将四肢伸得开开的，呈大字，双眼朦胧地望着天花板上的一抹月光，聆听四下里的风声虫鸣，想象自己是睡在几千年前崇山峻岭中的一顶小帐篷里——明月松间照，清泉石上流。有片刻身心似乎悠悠地超越了时空，步入一片永恒的旷野。不禁想到，或许庄子的“吾丧我”，便指的是这种赤条条无牵挂的时刻和意境？

可第二天清晨醒转来，我的睡姿永远是侧身踡体，怀中紧抱着一只枕头。微微发胀的头颅证明夜间肯定做了不少乱梦，而且是不那么轻松的梦。但这些梦竟如千年的古船，顽固地沉淀在潜意识层里，拒绝上升。

二十五

巴斯克伦不久也从印度回来了。

他已是正式的博士，经过一番寻职的周折，终于有一天，他碰到我，说他找到教职了。

我祝贺他，问是哪个大学。他说是美国南部一个小地方小大学，不太理想，可他决定去。

“这么说，你可能要在那儿落户喽？”

巴斯克伦点点头说：“很可能。有什么办法呢。”他好像松了口气，但毫不兴奋，全无一个即将开始新生活的人的那股踊跃活力与紧张期待。我疑心他还没有从离婚和离开女儿的震动中完全恢复过来。

我说：“你走前我请你吃饭。”

他踌躇了一下：“谢谢你。不过怕来不及了，我下周就得去报到，一堆杂事。”

我没坚持。

道别前，我笑着说：“巴斯克伦，我永远忘不了刚来美国时，是你帮我认识了亨利·詹姆斯。”

巴斯克伦也笑了：“是呵，那时候你多年轻多天真！讲到那篇故事的结尾时，我都觉得凉飕飕的，你还那么微笑着说：多聪明的结尾！不瞒你说，当时我心里想：这个女孩子永远都长不大。”他又笑了笑，这回却明显地有些不一样，“可现在你也长大啦。”

我非常地受感染。巴斯克伦那双悲哀的眼睛和他的话，重重地压在我心头。

是夜我想着巴斯克伦的话，辗转反侧，无法成眠。我隐约意识到了这番话的某种特殊性、重要性，却苦于一时无法确定它的含义。

蓦地，我记起了詹姆斯那篇小说的结尾。

《丛林中的猛兽》的结尾。

梅·巴特拉姆患病死后，约翰·马切尔被她的亲友当作看热闹的人拒之于葬礼的人群之外。他感到悲哀：自己竟被这帮不知从哪儿冒出来的亲友挡住了，失去了哀悼他这巨大损失的尊严。

随着梅的死，约翰似乎也对那个他等待了半生的奥秘丧失了信心。他遍游世界各地，期待在旅行中寻回某种精神平衡。但与他和梅不寻常的神交相比，这个世界在他眼中充满庸俗与虚荣。

一年之后，他回到家乡，常去巡访梅的墓地。关于她的记忆似乎是他这平庸孤寂的时日中唯一闪光的点缀。

终于有一天，他在墓地偶遇另一位陌生的哀悼者。他看到这位哀悼者脸上那种悲痛欲绝的表情的一刹那，突然间，意识到自己对梅的哀悼缺少了什么最基本最深刻的东西。这张悲痛欲绝的脸就像一把锋利的刀刃，一幅融融火焰点燃的大字，告诉他有一样东西他完完全全地错过了，如此荒谬绝伦地错过了。“正是他失之交臂的东西使这些东西化成一道长长的火光，使它们在内心痛楚的抽动中显示出来。他曾经看到生活的外表，可不懂得他生活内在的含义——如果爱一个女人，爱的是她本身，那么就应该这样来哀悼她。他深信那位陌生人面容的含意就是这些，那位陌生人的面容仍然像点燃的火炬那样闪耀着。”

约翰此刻站在那里，目不转睛地注视着他那激荡过回响的空虚的生活。石板上梅的名字折磨着他，对他说他错过的就是她。这就是对他全部往事的回答：在他漫长的等待中，等待本身就是他命运的一部分。战胜厄运的出路是爱梅。要是那样，他就不会虚度此生了。

然而一个人的厄运是永远不会被战胜的。

约翰·马切尔恐惧万分地醒悟到他成了他那个时代里某个特别的代表人物——即人世间任何事情都落不到他身上的人。

这便是他的厄运，他的突变，是丛林中那只巨大的猛兽。

关于这个结尾的记忆，使我的心猛然抽搐起来。好像一长串无法破译的密码突然间真相大白，命运之手终于叩响了我的门。

詹姆斯的故事为我的生活提供了一个无比残酷的启示。

当年我轻而易举地辞别了D，深信若无冥冥之志，安有昭昭之功，满脑子想入非非地跑到美国来寻找我的伟大发现。

岁月如流，我究竟发现了什么呢？

我又想起巴斯克伦那句话：找到的就已不是你所要找的。

而在我埋头“找”的时候，却绝没意识到我其实正与一长串的宝贵的东西失之交臂。

或许，最大的损失就是D。如果我当年真正听懂了D临别的预言：“也许不会再有那一天了。”或许，这句话是D对我的最后一次挽留。倘如此，我应该坚决地留下来，同D一起去西北。要是那样，一切将会多么不同！也许D会活下来，也许我俩会一同葬身于冰河之下。但无论生还是死，我们俩都将结为一体，我们将真诚相爱，共同地活着。

也就在这一瞬间，D的形象蓦然被熊熊火焰照亮了，我终于明白了苦思已久的关于D的真正含义。也许D本人还活着，仍像奇迹一般出没于西北辽阔的土地上，也许他仍在冰河下静静地飘流，但无论如何，他对于我是永远永远的失落了。因为D不是别的，而正是我生存的某种可能，是我自身的某种理想与精神。

我浑身冰凉，呼吸困难，仿佛活着睡在一座墓地的石板底下。四周空荡黑暗，没有一丝声响和生机。

巴斯克伦那双悲哀的眼睛又浮现在面前，像一把锋利的刀刃向我刺来，使我顿感一阵铭心刻骨的疼痛。

我第一次切身感受到了他那悲哀的沉重恰恰来源于他生存的某种空洞隔膜，某种轻与虚。为此我深受震撼，因为他的悲哀也是我的悲哀，他的未来也是我的未来。

1988年5月，草于南京；6月，完稿于北京。

（选自《丛林下的冰河》，时代文艺出版社1995年8月版）

欧洲

狗肉的道歉

［比利时］章　平

章平（1958 —　），浙江青田人。1979 年移居荷兰，现居比利时。著有诗集《心的墙/树和孩子》、《飘雪的世界》、《章平诗选》，长篇小说《红皮影》、《冬之雪》、《天阴石》、《桃源》、《红衣小矮人与楼兰》等。

一

“狗肉的道歉！”这说法不通，但他就这么想，也这么说。他已在汉林酒楼做厨房，平时让着人，但说到这个事，他就固执起来，他说：“狗肉的道歉？谁说不是狗肉道歉?!”别的人莫名其妙，但他心里明白，便别人说他脑子有问题，他也要说：“狗肉的道歉！”

“狗肉的道歉！”这话说来，起头是心里舒服，而后如抽烟上瘾，有事没事，不说几句似乎不压瘾，后来瘾头大着，也不管场合情况，都会突然从口里叫出。又是休息天了，昨夜有同做厨房的阿强、阿匡、阿春想打麻将，要他凑台脚，他哪有兴致，便说今儿有事，需要早起出去。几个伙计说他不够义气。他们站在二楼电视房门口，几张各不相同的脸孔，一律表现出相同的鄙恶。他转身离去，几张口嘴冲着他的脑后，也说出一句“狗肉的道歉”。这在他怎么都想不到，他惊愕地转过头，但他们已转过身，只剩下黏滞着油腻的后背。为此，他昨夜回来房间，独自纳闷了两三个小时。到了今晨，他回想起来，心头纳闷如憋了一夜烟雾的房间，重新进入依旧浓得不化。

他说有事，早晨出来后，却想不起有什么事。自己想来都茫然。大早起床，刷牙洗脸换干净衣服，把牛皮钱夹装入口袋下楼，上电车，赶往火车站，临到买票，才想到实在无处可去，无须早起，更无须那么匆忙。他真的想不起有什么事。他对售票员说：“对不起！”然后转去火车站门口的花铺和书报亭前。他站着发愣。其实，他跑来这里做工，一方面是为生活和还债，另一方面也是想逃避熟人，或说避开被讨钱。过去见着熟人，有说有笑，这欠了钱后，说话得先掂个斤两，且对许多话都凭空敏感，人家问声好吗？或有工作了吗？或有没有兴趣打麻将？这都冒冷汗。如明里讨债的，更是害怕。大伙儿谁赚的不是血汗钱，当初借来开店也是情面，或信他诚实，谁知弄出这么个结果。欠债还钱，人要脸，树要皮，但他关闭餐馆后，手头真的没有了钱。讨钱的，找理由也都方便，生意差了，或有亲戚想开餐馆，或回故乡盖房子，或儿子要娶媳妇……有些人餐馆生意都不错，偏是要讨钱，但这欠了钱，总不该驳人家，怎么说都不在理……

但自己手头当真没有钱……渐渐地连最好的朋友也都疏远起来，也有背后传说他不想还钱的……后来见了朋友或熟人，就先闹红脸冒汗血压飙升说话支吾……那日子，见着熟人或朋友比独自更有孤独感……朋友中也有安慰他的，比方大梁，性子虽如斧子，他就先说这欠的钱，慢慢还。他当真感激。只是大梁回了国去，怕得过些日子才回来……而他在南边的住家远，他不想去……自来了这里，他还没有回过住家。他跟菊子吵架闹得如战场的场面，怕都原封不动地留着。他更怕触景生情。

“狗肉的道歉！”他奇怪自己昨夜为何没有想到。其实是自己骗自己，而且不是头一次。每逢休息日，他都说有事出去，结果是到火车站后无处可去。头一两次，他还想或许能去跟菊子碰个面，现在知道那不可能。在火车站的电话亭，他曾给菊子打过电话。站在半圆筒的电话亭里，那天外头飘洒着雨丝，树上芽叶像小蚕儿蠕动，他心情也如小蚕儿蠕动，但事情反如冬云遮盖的天空，透不出一丝希望。

“菊子，不管发生过什么事，我还会对你好的……”那时，天空飘洒雨丝，似乎直直的。可能没有风吧。他在电话这头等，菊子在那头沉默。

“柏生，当我对不起你，别等了，已经不可能的……”树叶聚集起雨水，变成大滴的水珠，有些如泪，如女人面具上的泪，沿着如手纹似的叶脉滴落，滴在玻璃棚的广告画上，变成那个男人脸上的泪。

“菊子，我天天想你……昨夜没睡……我只想见见你。约个地方好吗？我没有其他企图……”从钟楼一角望去，有一片晴空。（会不会出现雨虹呢？）

“柏生，我想这样不好！”菊子柔和的声音十分细小。（菊子在担心什么呢？）

“他对你好吗？”

“还好……柏生，我想沈键并不坏……他叫我们开餐馆去，也想不到会遇上狗肉这事……”菊子说。那角晴空被云遮了。（不会有雨虹了。）

“菊子，我说的那些怨话，是一时激动，后来没再怨他了……这狗肉的……狗肉的道歉！”雨突然大了。有公共汽车来，下车的人冒雨往火车站里跑。（是赶火车吗？）许多人跑得很快。一个老太婆的脚步很慢，她身上衣服湿透了。他对着话筒说：“这狗肉的道歉！”

“你嘀咕什么呢？没事吧？”

“没事的！”

“没事就好。说话说长了。我要去做早餐，怕沈键快醒了……”

“喂！喂！狗肉的道歉！这快挂了电话？”

他捏着话筒，想起早年看过的一本苏联小说，说一个叫安娜什么的女人，跟一个男的跑了，最后又卧铁轨自杀。他想她一定后悔了……菊子也后悔吗？或许有一天……但自己不是安娜老公那等人哩，他从来没有地位，没有钱，不然就不会那么狼狈……跟菊子一起时，菊子常捏他耳朵，说他耳朵往前兜着滑稽……哎，偏是些不好的地方给像了……这狗肉的道歉！今天早晨天蓝得极好看，像刚长上叶芽的树林被雨水冲洗过。他一路都吸着清新空气。他又往菊子处打电话。好长时间，就没有人接。（他和她不在家吗?）沈键有餐馆，他父亲又有钱……这狗肉的道歉……这个世上，怕是父亲有钱最舒服。可自己在欧洲是独自一个人，搞什么都靠自己……

两个警察，穿干净整齐的黄绿色制服，手握电棍，腰挂手枪，甩着手，脚步也都神气。他们在附近来回几次了。他们虽然貌似悠闲，可蓝眼睛像老鹰，如随时要捕捉什么。他们似乎早就注意有个黑眼睛黑头发的人，神情沮丧，像无家可归的。他们在交头接耳，蓝眼睛里闪动微笑，似乎在得意：那家伙刚才在电话亭发呆，这会儿跑去路边椅上坐下，低头瞧地面，地面绝对没有什么……这绝对像个无家可归的人，像越境者或偷渡客，或就是……这坐在椅上的就是自己了。他看他们慢慢走来。“狗肉的道歉?”他嘀咕着。他口袋有居留证。“狗肉的道歉?”他才不怕哩。他们果真左右围着他，打手势要他出示证件。他呆过多年，也学过几句德国话，这卷舌头吐了出来，可吓他们一跳。他们的眼睛放出惊愕的光，似乎听到动物说话，然后是失望，又不甘心地把他的身份证翻来覆去验了多次，临走时警告他不得在公共场所做出令人猜疑的停留，以免影响公众情绪稳定……

“这狗肉的道歉?”他站起，嘀咕着走开。这都有古小说所说的落荒感，或如猪跑到羊群里，左右茫然。他实在没有何处好去哩。这时来了一辆公共巴士，他便上去坐下，憋着眼睛也不管去何处，去到哪里算哪里……结果这个休息天，他从这辆车下来转到另一辆车去，一辆一辆胡乱转着，直到天黑，才找路回餐馆来。

二

有居留，又做了多年工，要说开餐馆，怕谁都想哩。而这一点，他自己也当作奋斗的目标。很久以来，他把目标深埋心底，在厨房做事累了，想起将来也可能有餐馆，便独自抿着嘴笑。有伙计问他无事笑个啥，他没好意思说出真正心思，只随便找个理由说说。而当老板称赞他炒菜炒得好，他更是得意，说到底他为炒菜这手艺比别人多下过功夫。在国内时，他最爱看小说，上中学数理化几乎科科不及格，但语文随便都考个八九十分。他有过上课偷看小说被罚站堂的经验，且始终无悔。他实在爱看小说哩。到了欧洲，他下决心痛改习惯，那难受也像戒烟。他每到中文书店就告诫自己不得买小说，只买些菜谱看。他对川菜、鲁菜、京菜、江浙菜都作过研究，常为老板改进老的菜式，也推出新的菜式，为此他常得老板赞赏。他一直想开餐馆，除逢年过节给父母寄家用外，他尽量节省每分工钱。他自觉有些儿像骆驼祥子。他曾觉得祥子可笑，到了欧洲后，他觉得祥子不可笑，还想祥子的拼搏精神值得自己学哩。何况书是老舍写的，在他更有一层亲切。冲着自己也姓“舍”，他是需要对祥子刮目相待的。这些年来，他当真节省出一些钱。不过，只是一味凭节省，也不能开餐馆，还得旁人帮助，这自己平时做人也算通融，一些老板和伙计，或说是朋友，曾说他给人印象好，赞他不赌不嫖，赞他勤劳苦干，对此他就笑，而他这一辈子也只想做个本分人。一次，一个老板说他已够资格做老板，惟有缺少贤内助。于是有人替他撮合姑娘，这就有了菊子。虽然菊子已离他而去，但说起能娶菊子，怎么算都是运气。

“柏生，你真运气……”摆结婚酒的那晚，许多人这么说。他那时在远东酒楼做厨房，几个伙计都瞟着眼睛瞧菊子。他知道他们妒忌哩。老板的大儿子，原来说不娶中国老婆，这见了菊子也改口气，他跟他父亲说，如像菊子，他也愿意娶。老板对此很开心，每当菊子来，就留着请吃饭。而后，他的地位似乎高了许多，做事也更充满劲头。

“哎，说来也是缘分，就差半天，菊子险些做了别人太太……”那时他每跟人说到菊子，心里就得意。事情也确实如此。他第一次去看菊子，是早晨，坐火车去的。一轮太阳，挂在火车路经的林间，血红血红。他来这些年，没见过这么好看的太阳。他坐在车窗口，一边看就一边哼调调。他的心情真的很好。亲事是国内母亲的同事给说的。他一路上想，菊子会有鹅蛋形的脸蛋，会有乌黑而油亮的长发，会有大而明亮的眼睛。他走进菊子表姐的韶华酒楼，菊子正在酒吧里做事，真跟他想的那么漂亮，眼睛虽然不太大，偏在她脸上好看。她也不忸怩。她给他送咖啡来时，只是脸颊略有红晕，倒是他有些儿慌乱，给咖啡加牛奶倒了许多在杯外。菊子表姐对人说，他那会儿是晕了浪。他不否认。但他有居留，菊子没有居留，事情便发展得快，也算菊子吃了亏。自然他不是丑八怪，菊子也不怎么挑他。那天，他和菊子上街走了一趟，回来时听她表姐说，又来了人相亲，刚走。差就差那么一步，他先见着菊子，菊子选了他。在这点上，他一直感激菊子。只是菊子的表姐不开心。菊子表姐说，另一个相亲的，条件比他强，人品不错，也有居留，还多了个父亲开餐馆。表姐想让菊子多见几个，然后再作挑选。菊子说挑多了不好，挑到后头不定谁都不娶她。他想，换了他，他也会挑挑。或许是为这事，她表姐作难她，要她付饭钱……他每次说到这些，菊子也不得意，只是把手围着他肩头，说以后对她好点就成。他自然是对她好的，不过，他知道菊子更对他好，总是她照顾他多些……想到这些，他的心便要隐隐作痛。

他跟菊子结了婚，但开餐馆的事到底不容易。真想到要开餐馆，这起因还是沈键。那天太阳好，来海边城市旅游的人也多，他和菊子也来了，在闹街见了多年不见的沈键。他跟沈键在家乡就熟悉，沈键父亲在海外有二十多年，算老华侨，他认识他时他就在花天酒地地过日子。那天他们去快餐店吃汉堡包时，他问起他妻子，才知道他还没有结婚。他说自己不明白，他人英俊，有好多女孩子可选，为何不结婚？那时沈键笑说他还未等到如菊子这么好的人儿，并一个劲儿瞅菊子。（菊子回来家里都说怪不好意思。）想不到事情会弄成后来这样的。沈键说自己的鼻子像刘德华，眼眉像黎明，笑起来像秦汉，他细心里想过，不全像，到底也有几分像。沈键当他的面赞菊子，还缠着菊子替他介绍对象。开餐馆的事就是他起的头。沈键说来欧洲了，所谓上这船打这船的绳，他们不开餐馆又能做什么？（海风吹着他的头发。唉，他往后撩头发的样子，菊子也说洒脱。）对沈键的这个说法，菊子最是赞成，她说只是条件不够。沈键说他的一个亲戚有餐馆想脱手，如有意思，他可以效劳。这些是半年前的事。自那次后，他和菊子进入了开餐馆热。他想那天天气好，或许开餐馆也像娶菊子，会有个叫人满意的结果。

“柏生呀，如果有餐馆真好。我们爹妈都说想来看看，有了餐馆，申请他们就方便，另外吃住也不担心……”那晚，他们躺在床上，菊子毫无睡意，就一再提这事。她脸色比平时都红润。他打开中午买的《星岛日报》，才翻几下，便被菊子拿开。菊子把往肩下滑落的银灰色的内衣提了提，说：“你说沈键会不会真帮我们?”他说，这自然真哩。那会儿，他还为有这么个朋友骄傲着。他向菊子说到沈键父亲在华侨圈的声望，说到他许多生意上的成功事例。说沈键父亲愿意帮劝人的话也是真话，许多家乡人开餐馆时向他借过钱。（唉，他还顺便说了沈键也爱帮助人。）菊子都相信了。她提到在快餐店沈键争着付钱的事，在路上遇见卖花的土耳其小姑娘，他买了花送给她……菊子说从未有人给她送过花哩。（唉，他也没有给菊子送过花。）那晚，菊子把花插入花瓶后，还在桌上摆弄了好久。菊子有几次说，沈键这个人有趣。当时他不觉不妥，到了以后才感觉自己做错了事，他不该说那么多的话。他以为菊子只爱着他，想不到她有往更好处去的想法。或许她没有那想法，只是他多心。而后的事也只是碰巧。或许人就爱向往好的。唉，他真的爱她。他怎么能怪她？如果说她错了，也只是错了一点点。说到底，这“狗肉的道歉”！都是这“狗肉的道歉”！

“柏生，如果餐馆开成了。真要好好谢谢人家……”菊子曾一再对他说。而他才不想到别的事上去。不然，他宁愿不要开餐馆。这“狗肉的道歉”。在节骨眼上，偏叫他碰见这“狗肉的道歉”那些日子，他想自己比菊子实在，更多地说到困难。他说这开餐馆，需要经验，需要执照，更多的困难是需要钱。他和菊子点着指头计算，他们三年来省吃俭用，余下的钱，如想买那家餐馆还差大半。菊子说，餐馆老板是沈键的亲戚，让沈键说说，或许能让欠些，他们接过手后赚来了立即就还。他说这当然好，就不知餐馆老板同不同意？结果似乎也都顺利。就是预不到撞着个“狗肉”风波。

“狗肉的道歉！这事早不发生，晚不发生，就像故意撞着自己来……”每想到那些事，他就不禁激动起来。如果没有那次“狗肉的道歉”或许会好些。他和菊子把敦煌酒楼接过手时，生意还真不错，这点沈键没有骗他们。欠的款也是由他作保。在过主请客时，许多朋友为他高兴，整个餐馆里，从临街窗口到走廊隔座，到柜台前沿，都摆满朋友熟人送的花篮盆栽，还有木雕壁画或贝壳云母石镶制而成的工艺品，这使得原本陈旧的餐厅，一时间新鲜生动起来。那天沈键没有来，但送来了一座价格不菲的屏风，他和菊子都很感激。餐馆开张前，他们在报纸和广播上打过广告。几个星期里，每天中午和夜晚的两个餐期，一百多位置的餐厅几乎都能坐满客人。货物不够也临时加买，人手不够也临时招聘。他在厨房忙炒菜，忙准备东西。菊子在餐厅忙吸尘洗厕所，忙整理冷气箱里的饮料。午休时别人上楼休息，他和菊子依旧做事。他有时也去餐厅帮菊子。菊子忙着做事，汗湿的头发从额前挂落也来不及整理，而瘦了一圈的脸孔蒸发着热气，他瞧着真有些儿心痛。但创业初期总得辛苦些，想等以后还清人家的钱，再多请个人手，让菊子补回休息。“菊子，你辛苦先歇会儿，我来做。瞧你瘦了……”菊子抬头，瞟来的眼神含着娇嗔，她说：“你自个去歇着，晚上还得忙。说我瘦，你才去镜子里照照呢。”菊子的口气虽硬，但听了让人心里温暖受用。然后他们没有去休息，而是更用心地来做事。那些日子里累是累，他们觉得有奔头。晚上收工结了账，夫妻俩坐在地板的床铺上都激动得难以入睡，他们计算着，该多久就能把欠的钱还清。那些夜晚，无论是下雨或晴朗，他从窗口往外去看路灯或星空，心里总是感动的……

“狗肉的道歉!”这念头如今如树藤在他脑里缠绕起来，还越来越密结。他落到现在这结局，说是被这“狗肉的道歉”所害，似乎也不算错。抓“黑”应该，但为什么无中生有弄出个“狗肉的道歉!”来?头条新闻大幅版面，另加彩色图片，还把一年上万头狗的失踪挂了钩，虽说在报上登过鸡巴大的道歉，但有什么用呢?许多客人还是信了中餐馆卖“狗肉”这话柄儿。餐馆里时常有客人问:“你们真卖狗肉吗?”一次在餐厅，他听到这话，几乎跳着叫了起来:“我们绝不卖狗肉。那是造谣哩，真是造谣哩……”他越大声说话似乎越没有人相信。一连几天，客人少了许多，问这事的客人更多。跑堂没事做，他和菊子也没事做，大家时常望着窗口发呆。菊子或许比他能忍耐，她说过些日子，事情会慢慢被淡忘的。但他已经开始失眠，他担心餐馆不够开支，欠的钱无法按时还，这些都像重担压着他的肩头。因为睡不好，他头昏脑涨，心头老憋着火气。他真想找谁吵架，但找谁吵架都是没有道理的事。伙计不过是做事的人，菊子也正为餐馆担心。“狗肉的道歉!”真是哑巴吃黄连哩。直到有一天，他终于在餐厅跟客人吵了架。他知道这事跟客人无关，也知道跟客人吵架不好，但他实在憋不住。那位客人是个半光头，年纪五十多，戴眼镜，样子有些如绅士，他同一个穿戴华丽的年轻女子一起来吃饭。在他们喝咖啡那阵子，他偏问起他这卖狗肉的事，说他没有看到道歉启事，还说每年有上万头狗失踪却是真的，说如果真被你们弄死烹了去吃，实在是罪孽。他这人原本笨嘴笨舌，怕是睡眠不足变了样，那会儿他口齿凭空灵利起来。他对着那半光头客人似乎特有灵感。他说:“先生，上万只狗失踪，怎么就跟中餐馆扯上关系呢?如果中餐馆都用狗肉，上万只狗太少，如果只是几家餐馆用，这跑去各处弄狗的费用都不够本儿，也从未听警察说过有中国人打狗哩……先生，如说餐馆买狗来用，这狗比什么都贵，谁愿做哩……这狗肉的道歉?!”他还能说出许多理由。半光头客人或是喝多了酒，或是怕在年轻女子眼前失面子，也大声儿说，他是说如果哩。或许自己太激动了，他冲着半光头客人说:“如果你妈做过妓女，你头发肯定有其他杂色。”这把半光头客人气跳了。他要他道歉。他说也只是说如果，他为什么要道歉?餐厅还有几位客人也放下刀叉来看他们的热闹。他知道会惹麻烦，但他那会儿心头真的舒服呢。他就不道歉!他有什么好道歉的。结果半光头客人打电话召了警察。他们一起上了警察局。警察拿不准主意，就胡乱里劝双方都该歇歇火气。他回家后以为没事，不想几天后就有许多传说，说敦煌酒楼老板为餐馆卖狗肉的事跟人吵架，后来说是打架，再后来说他已被警察警告，再下去就说敦煌酒楼卖狗肉，最后成了敦煌酒楼向来就卖狗肉。餐厅里那些庆贺的花草还未枯萎，餐馆的生意已是一落千丈……

这“狗肉的道歉!”使敦煌酒楼的生意一路子滑到了底点，肉钱、鸡钱、虾钱、菜钱、电灯、瓦斯、电话、房租、税金、工人工钱都付不出去，前后开张不过三个月就关门大吉。人说菜篮子打水一场空，他不只是一场空，那样子怕都如三国里的周瑜，赔了夫人又折兵。他算是倒霉透了顶。“狗肉的道歉!”那做官的在报上登个小小道歉就没事，但他把一家餐馆开倒闭了，还欠了一身债。他真不知该怎么个怨法？想起来，自己都不明白怎么就弄成这样的？不知道传说他餐馆卖狗肉是怎么来的？也不知道是谁先传布这个话？如果说是那位像绅士的半光头客人，似乎不像。半光头客人虽然跟他闹得不愉快，而后还是来吃过饭。这里有些人似乎吵过后就没事的。半光头客人发觉生意一塌糊涂，反倒向他道歉。他说事情弄成这样他想不到，又说他已明白他当初为何生气。他请他喝法国“高纳可”浓酒赔礼。这都有什么用呢？餐馆到那个节骨眼上是注定要关闭了。一杯酒有什么用呢？餐馆关闭了，最后菊子也离开了。当然，餐馆关闭前，他跟菊子已是经常发生争吵。那时节，他情绪不稳，当真有些无理取闹。他有满肚子委屈，菊子也有满肚子委屈，这他知道，但他就不能控制自己，他常为鸡毛蒜皮的事跟她过不去。其实，他除了菊子还能跟谁过不去呢？自身发生的事又跟谁有关？便是做工的伙计，对他情绪失控突然都表示了理解，甚至可怜地用看一个穷要饭的目光看他，结果没有人愿意跟他吵，只有菊子，他吵起来她会顶几句。到后来，他都凭空找菊子的茬子。菊子说，失败就失败，夫妻两人欠的债，夫妻两人来担着，这都认了命。想想这都安慰自己哩，偏自己不信，硬说她计算着离开然后唱高调。菊子说没有。他说没有怎么就先想到了债的事。弄得菊子在理上反而说不过自己。他们搬出餐馆后，住在一座旧楼房的房间里。他的情绪越来越偏激。这狗肉的道歉！那时自己变得那样自己都不明白。等知道菊子的好处时，菊子已经走了。

三

他来汉林酒楼已经过了几个星期。他很少跟人说自己，不知吴老板怎么就猜着他可能有事。吴老板不直着问，他爱从旁边敲着问。一个午休，阿强他们已上楼休息，或赶着看录像，刚好送来鸡鸭肉等一堆东西，他怕放在外头容易坏，就独自留着给整理，恰好老板要为中学放学回来的孩子做吃的，他便削了条猪腰肉，添上香菇笋片，说给他们炒盆菜，老板便一边看他做，一边闲聊。他知道老板没有恶意。老板问，菊子现在啥餐馆里做？他骗说在一家大餐馆里做跑堂。老板说，如果跟太太休息日不是同一天，可以给他调整一下。他说自己恰好跟菊子碰在一天休息，他回去菊子都买了许多吃的在家里等。他说菊子虽然一直做跑堂，但对烧吃挺讲究，蒸鱼、红烧猪蹄、梅菜扣肉、白切鸡、包饺子、手拉面，这些小吃样样能做，还做得比他好。菊子会做菜是真的，过去夫妻俩一起过时，菊子总把一个家打理得井井有条，还不时做些精致小吃来“改善生活”。这一点他可没有说谎，但问题都是过去的事，现在怕连泡茶都得自个儿动手哩。老板听他说出菊子的许多好处，就让他带菊子来玩。而老板娘进来听了后更说，她在他房间见过菊子照片，人挺漂亮，这又做得好菜，该带来坐坐。那一下他慌了神，炒出肉片忘了下盐，老板娘端出去端进来，问他怎么回事，他红着脸忙说对不起。老板娘又问是否休息日回去夫妻吵了架，说这夫妻吵架才小儿科，床头吵床尾和，没有比这事更无须担心了，老板娘说时还笑着溜了丈夫一眼。他也推说只跟菊子口角几句，都不厉害，要紧是菊子最怕坐长途车，更怕来了回去上班赶不及。他说等将来放长假时再带她来给大家做些好吃的。然后吴老板似乎打听到菊子已经离开了他，也不再向他问菊子的事。但有伙计也打探到些什么。特别是阿强说自己知道最多，他常摇着那头“艺术”长发，爱背地里编排他的笑话。狗肉的道歉！那是些什么话嘛？阿匡和阿春就悄悄地学了来给他。他们说他在家乡时，肯定对狗犯过罪，说他家乡过去最出产野狗，说他父亲就屠狗为业，而他小时肯定吃过许多狗肺、狗肠、狗肚的东西，这一开头里就作了孽，来欧洲后，做餐馆便做得不安心，老想着吃狗肉的滋味，过去替别人做餐馆，虽然难熬“狗瘾”，但不敢胡作非为，后来轮到自个儿开餐馆了，这“狗瘾”一犯就不可收拾，就干脆在自家餐馆学父亲做起屠狗营生，结果从出餐口透出“狗味”，被一个来餐馆吃饭的牧师发觉，牧师吃后到厕所吐了，他又蛮不讲理跟牧师吵，引发了警察注意，结果派人进厨房搜查，查出了狗肉、狗骨，还有狗内脏，结果弄出这狗肉风波，还影响了其他的餐馆。阿强还说，菊子因为看不惯他的行径，便跟了一个外国人，甚至进修道院做了修女，目的是为他赎罪……阿强的编排真叫他生气。一个早晨，阿强休息后回来上班，他因一夜未睡而正火气盛旺，在阿强提锅子去仓库拿米做饭时，他拦住了他。

“你为何这么编排人家？”

“也不怎么编排呢？”阿强支吾着，又拿一只手搔着头发，而后眨着眼睛说，“你关了餐馆可是真的呢。老婆跟了人去也是真的呢。这么多人里头，为何只有你把事全给碰着了？这得有个原因哩？你又整天里嘀咕‘狗肉的道歉’，这自然先得跟狗有了关系……”

“狗肉的道歉！都是你想的。我开的餐馆真没卖过狗肉哩！”

“有些不是我说的，阿匡和阿春都有说……你不能就一个劲儿赖着我……”

阿匡和阿春下楼来，见他们如齿轮牙咬着牙盯在那里，这想溜，但已被阿强大声叫住。阿匡捏着宽大鼻子在傻笑，阿春反是把瘦小身子挺了挺走进来。三人中算阿春精明哩，他眼睛不大，且眼形极圆，有些儿像仓库里瞪着人瞧的老鼠。他对阿强说，这些事应该先是他们自己间的事，他们说清楚后才好对他说。想不到他们三人避去仓库后会商量出那么一溜子话。出来时，阿强带了一锅子米，阿匡阿春跟在后头。在放砧板的那张桌子边，他们对他异口同声说，他们这一时都分不清，哪一句是谁说的，听着也是听着，传着也都传着，如有失实的，也弄不清是谁先说的，更弄不清先从哪里传来，如有那等完全不实的，就只当开玩笑而已，他也别太认真来苦恼。这把他整个人都说得发了愣。

“这都允许艺术虚构哩？”阿强说。他想起梦里的长毛狗，心底不甘，但到底无奈。

“那是写小说和演戏，你怎么好一块儿扯来说？”他低了声音说。

“差不多哩。人说生活是艺术，还说人生如戏，戏如人生。你还怎好说不同的？”

“狗肉的道歉！这算什么话？”他突然找不到反驳的理由。他恍惚着，看到三人脸孔在那会儿长出毛发似的什么。或许是天窗上投射下的阳光特明亮。他从他们轻松的神情间观察到了得意的神色。他发觉到手心有汗似的黏汁在分泌。他把手心往腰围巾上擦，想把稠黏的感觉擦掉，但擦不掉，手心如捏着活老鼠般难受。在他用手拍了拍脑袋，使自己难受的情绪平稳下来时，眼前的人都已离去，他们各自去做各自的事。阿强就着水槽淘米做饭，阿匡把出餐口的盘碗往钢桌上堆叠，阿春从冷气房里往外搬运东西。阿强还甩动长发吹口哨，似乎是吹“一千个红太阳”的曲调。他想自己成了一个不存在的物件，或是正被他们以敌对的情绪成功地孤立了起来。他像个没有犯错误而有犯错误感觉的孩子，低头操作起要用的菜码，洋葱、笋片、青椒、红萝卜、大白菜、葱花、蛋皮，这些菜码一粒粒在锋利的刀口下，似乎不带丝毫的呻吟就被弄成方块或长条的形状进入了预先准备好的一格格塑料盒子。他看着刀下的东西，一时弄不清是他弄它们进去的，还是它们自个儿跳跃着进去。然后，刀下正被斩切的青椒有了一种舞蹈的形式，带着些不甘被形状的抗争，而至作出了无规则的蹦跳。手上的刀锋犹豫了，他的心头再次出现难受。手心又有稠粘的感觉，他恨不得用刀锋把它挖去。结果刀锋划过了手指，鲜红的血滴喷射出来，在青绿色物体上开放出艳丽的花朵。他感觉不出疼痛，他挺愉快呢。阿强、阿匡、阿春停止了手头的工作，他们带着惊讶的眼神看他。（而后来他曾听阿匡说他那会儿脸孔带着笑意。问他为什么笑？他不知道自己在笑，他想不起自己那会儿笑过。）有老板娘进厨房弄吃，看见他手被刀割破，责怪了他几句不小心后，她叫阿强拿了纱布及止血的膏片为他包扎。他不明白阿强为何小心地走近他，为他包扎时眼睛不断地去看砧板上的刀锋，似乎那里有秘密……他的手指包扎好后，大家又默默开始工作。那个中午很忙。客人都吃中午快餐。汤、春卷、炒饭、炒面、芽菜、咕噜肉……想不起是三十个人或四十个人？虽然他手指被割破，老板娘叫老板进来帮忙炒菜，他说不需要。他一定是很固执说了一句不需要的。老板出去时眼睛怪怪地看了他一眼。手指头的白纱布上渗出血色。但他感觉到愉快。他不那么难受，头脑也清醒着……然后的几天，阿强、阿匡、阿春努力找他说话。但他不想说话，或只是嘀咕几声：“狗肉的道歉!”说这话也有手指被刀割出血后的愉快。他不明白三位看他的眼神为何越来越古怪。他很正常哩。虽然他感觉眼睛看东西带虚影儿，头脑有些昏沉，但除此外，并没有不妥。阿强、阿匡说他脸色很苍白。一个下午，老板说要给他弄些凉茶草药煎了喝。

“我很好哩。我肯定没有不妥！炒菜不会多放盐或下错料的。我真的不需要喝凉茶哩!”他把舌苔吐出来看。吴老板走时，他发觉他娇嫩的脸色还有疑虑。他炒菜时似乎觉得有眼睛在窥测。他到底没有出差错哩。但平稳的心情又开始难受。这狗肉的道歉!特别胃部有些痉挛。这话柄儿他不能告诉谁，怕他们当他有事瞒着。他真没有隐瞒什么。他真没有卖狗肉哩。在老板女儿凌凌做生日那天，他发觉他们还是不信他，或说还是很怀疑……

“喂，老板叫你们吃蛋糕!”女跑堂琳琳把半个脸孔探进厨房门口叫，她那质感粗硬的短发从脸孔斜挂过来时让人不舒服。阿强、阿匡、阿春立即解了腰围出去，他在做汁水，两只手沾满番茄酱，鞋底又踩满油渍。他怕餐厅新地毯被弄脏，便不想出去。老板娘又来叫他。他只得出去。在餐厅西北角的大圆桌边，大家都围在那里。大圆桌上摆着很漂亮的蛋糕。凌凌已经十四岁，蛋糕上有十四根蜡烛，糕面有生日快乐的外文字，还有一只吐着快乐舌头的小花狗。大家开始唱生日歌，凌凌吹蜡烛。气氛很快乐哩。但在黑柄而锋利的刀从小花狗的眼睛切下时，他的心头突然狂跳起来，头脑也发晕。后来有人告诉他，他那时像疯了一般挤进去，他夺凌凌手上的刀，他大声叫喊："狗？这是狗？狗肉的道歉！被人看了不得了！"但刀锋已从眼睛上挖下去……大家说他那会儿突然放声大哭，然后跑回自己房间关了门。他的房门被敲开门时，大家都用古怪的眼睛看他。老板、老板娘、阿强、阿匡、阿春及剪短发的女跑堂琳琳都来劝他。他不明白以后的几天，大家为何对他同情起来，说话也客气起来。这狗肉的道歉！他真不明白哩……

"我们都是说着好玩的……这里向你道歉。"阿强、阿匡、阿春都一个口气说话。阿强还说，说他父亲屠狗的话是他编造的，因为他想起小时的一件事，他到乡下探亲，看见一头狗，拿石头打它，结果腿上被咬了一口，至今都有印痕。阿强给他看烂疤的印痕。他想大家或许真心对他好，或许可怜他。但他从他们的眼神间更多地感觉他们在可怜他。他不要可怜哩，他只要他们相信他哩。但他们嘴里"噢噢"声，怕骨子里都不信。他们在敷衍他。这狗肉的道歉。他不需要可怜哩。他猜想他们都在背后说他。瞧他们好好说话，见到他都突然停下来。他们在说他什么的。猜疑真叫人难受。他真想知道他们说什么。一个休息天的夜里，他从外面回来，经过二楼电视房，恰好偷听到他们在说他。电视房的门关着。他听得明白呢。有阿强阿匡阿春，还有老板和老板娘、做跑堂的琳琳。他们在看录像，但他们说话比电视里的人说得大声。那些天一家电视台播放《唐明皇》，一家电视台播放《上海滩》续集，他不知道他们看什么？

"……看他八成有涉狗肉案……他对狗都那么紧张，前些天……"似乎是阿强或阿春说话。（电视里传出爆炸声，像《上海滩》的搏斗场面。）"或许是他弄了狗肉自己吃……我小时听人说，吃过狗肉最容易上瘾。怕这难熬，弄了来吃也有……"似乎是老板说话。（电视里有拉胡琴，音调似乎从遥远的年代传来，欢乐里充满凄凉。像《唐明皇》的音乐。）"他说他真的没有卖狗肉呢，或许有误会？"是女人的声音。（老板娘说的吗？他感觉出眼眶里有泪。她毕竟相信他哩。他想起"世上只有妈妈好"的歌。老板娘不是自己的妈，自己的母亲在家乡。电视里有人唱小调……）"但凡真卖了狗肉的，也不说哩！"（老板为什么这么说呢？）"就是哩！就是哩！"阿强或阿匡或阿春都在说。（又是爆炸声。）"这话倒也对。"（老板娘在说。如果真是母亲肯定不会相信。他们家养过狗都当朋友或兄弟一样，怎么弄狗来杀了吃？他们不能这么说他哩。电视里在播放什么？毫无声音……）"不管怎样，他出这事，也真不幸。好不容易开了餐馆，就出倒霉的事。真叫人同情……你们几位说话让着些……免得他再受刺激。"似乎是吴老板说。几个声音"噢……噢"在响。"是呀！阿强你别再冲撞他……瞧他对这事特敏感……把他弄急了，或出去也说咱们餐馆卖狗肉，那咱们餐馆就砸了。外国人最忌讳提吃狗肉……"（老板娘怎么这样看他呢？狗肉的道歉！）"瞧你想出这话……万一被听了，他真的去做，或弄头死狗来餐馆，那时怕都不做生意了……"老板说。（电视里有音乐。有爆炸声。真弄不清是《唐明皇》还是《上海滩》？）他脚有些发抖……

“狗肉的道歉!”他回来楼上房间，没有开灯。他冒黑坐在床上。窗外路灯很明亮呢，但他这一角真暗。他心里也似乎很空。他们还是怀疑他卖狗肉。外国人说中餐馆卖狗肉，或许有些原因，或许他们怕中餐馆抢了欧洲人餐馆的生意，或许他们因失业，或许因文化传统和观念上的排斥，或许其他的什么……但他们也都做餐馆，为什么就不信他？怕他们从来没有信过他。这狗肉的道歉？他们也是黄皮肤黑头发黑眼睛哩。那夜他是没有脱衣就倒在被子上睡了。那几天连续下雨，但他没有感觉冷。那夜他又做了那些狗的梦。他在狗的惊叫声里醒来。第二天下厨房时，大家对他很同情呢。这都不信他，都在背后说他，还做同情的样子做什么呢？他突然想知道昨夜他们是看哪部电视连续集，这问了他们。谁知答案叫他吃惊。他们说是在看新闻。他说了时间，他们还是说看新闻。他不明白那爆炸声或古典音乐哪里来的？是脑子胡想吗？听到的话也是胡想吗？可能吗？他们在笑呢。难道是他们商议了来骗他的？如果是，又为什么骗他呢？

中午吃饭，大家说闲话，好好的，阿强、阿匡、阿春突然对他说对不起。只是说些无关要紧的事，没有提狗肉的事，他们为什么说对不起呢？他们没有对不起哩。这狗肉的道歉！他们没有什么对不起哩……

四

他连续几天都做狗的梦。梦里有许多狗的故事。世上有没有狗国？他不知道。但在他的梦里确实有狗国。仔细想来，他梦里去狗国都有许多经验的。有时坐竹排顺溪流进去，有时撑渡船撑到狗国，也有坐巴士或火车的，有一次从山坡跌下陷坑，被抓住蒙了眼睛带到一处，睁眼时四周就围着许多狗……世人有话说“条条道路通罗马”，这狗国怕也四通八达……奇怪的是在一个雨夜，他还坐飞机进了狗国……满飞机里都是人，司机也是，还有航空小姐推车送饮料饭菜，他喝过一杯可乐……但飞机从云海钻出，播音员说到家了，他看去满飞机里都是狗，他不知自己是否变作狗，反正狗们很高兴，说是终于到了家。他跟着走出海关，一个广场上狗们在开时装表演会……台的四周高挂彩旗。他看见狗们的仪杖队走过，很威严。他突然害怕狗们会当他真的杀害过狗。那夜他在害怕里惊醒，满空里打响雷。他开餐馆真没卖狗肉哩。其实，他和狗都做过好朋友。记得小时养过几头狗，一头纯黑色，一头纯黄色，他和他们真的做过朋友。他知道养狗有讲究，大家对狗除了分色，也分一须二须三须等类，如一须为龙，二须为虎，三须为豹……他跟黑狗黄狗很好呢。他们家养许多鸡鸭，窝做在屋外，最怕黄鼠狼叼去，所以狗窝也傍着鸡窝，如遇黄鼠狼，狗就出来，常听人说鸡鸭被偷，但他们家的鸡鸭一直都安全。关于黑狗和黄狗，有几次事值得他怀念。一次他上山砍柴，柴草差点被一个大人抢，都巧黑狗帮了忙，只是不久，黑狗被人打断了腿，而后在一个雪夜失了踪……而后的黄狗最跟他好，不只伴他上山或走路，还常躺在他身边睡，一次上山遇着条大蛇，幸巧黄狗给他解了围，但一次发大水过山坑时被洪水冲走……在村镇，不管别的人对狗如何，他家从小孩到大人，对狗都当朋友。爷爷说，动物中狗最忠。古话说狗不厌家贫。

爷爷说他早年走夜路，碰过一头狼，是狗帮着他打跑狼的……想不到他来这异国他乡，要开餐馆，偏遇上狗肉风波，这把餐馆开砸了，菊子也走了。可他真没有卖狗肉。他知道其他中餐馆也不会卖狗肉，真不可能卖狗肉哩。不知那做官的为何喜欢胡说……这都害了他。那时他心里曾恨了狗。如今他明白这都是人搞的，跟狗没有关系。可人不信他，更没有人愿听他诉说。一夜梦里他跑进狗国，突然想找大黑狗和大黄狗说说话，想他们了解他哩。那个梦里，他为找大黑狗和大黄狗，跑遍了狗国大小角落……他跑去狗国博物馆，这次没见着长长毛的阿强，而见到了大黄狗和大黑狗。他真的很感动。他和他们说话。唉，他又突然见到菊子和那个男人……

“他是谁？”他问自己，也问他的朋友。大黄狗和大黑狗似乎知道菊子是谁，也知道那个男人是谁，但他们不愿意回答。这从他们的叹息里他感悟得出来。他们似乎对他很同情。但同情没有用处哩。他不要同情，他要理解。他还期待他们能给予他启示，或良好的方法，使他回到人世能被社会或其他人接受和理解。但在那会儿，一扇落地玻璃窗口闪过菊子的身影，那可是自己渴望的人儿。他突然要求进去见菊子。他怎么会想到“走后门”这个词？过去有梦见阿强不让他进去，但大黑狗和大黄狗是他的朋友。（哎，他对老朋友也作出讨好的笑容呢）在他们摇头叹息间，他终于走进去。一条悠长而辉煌的走廊里，他突然对自己深感不满，他猜想黄黑二狗对这“重色轻友”的做法会反感。但他真的很想菊子……那条走廊传播着温馨而缥缈的音乐，他感受到过去躺在菊子怀抱所有的平静和愉快……他从挂着特异大钟和由粉红色大理石做的大门跨入后，他看见一个大厅，有沙发、渔缸、花木及水晶吊灯，有菊子，她幽黑的脸孔隐含忧郁，她在看鱼缸里鱼的游动，她抬头看他。她瘦了，身上穿着纯白丝衣，楚楚动人的躯体隐约可见，但她没有走过来的意思。

“你好！”他先说话。

风在吹她的丝衣。她没有回答，渐渐低下眼睛。他感觉出他和她之间似乎隔着扇看不见的玻璃墙壁。吊灯折射出各色的光彩，在她头发和睫毛间制造光辉，但他的心在冷却。

“我一直在想你……”他有些生气。

她看着他。她不说话。她眼睛里突然闪出惊愕，她投射的目光滑过他的脸颊，她只注意他的背后。他回头，他背后站着一个男人。男人以陌生的目光看他。他以为认识“他”，但他不认识他，他表现出高高在上的权威性，他令人敬畏和折服，这品质全在优雅而慈和的气度里呈现出来。他像电影里常见的王子。

“你是谁？”他问。

“我是君王。你为何闯来这里？”

“她是我妻子。”

“不是！”他优雅地笑着，说，“她是王后。”

“不可能。我和菊子是人。”

“你看……”他把手指向一侧。那里有落地大镜。他突然发现了一件惊奇的事。镜子里映出来他们狗的形状，但动作神态都是他们。他转回头来，菊子、他还有那个人都是人。他们在镜子里变了形。这时菊子脸孔都冷漠了，眼睛像装着冰珠子，在灯光里闪烁冰冷的光芒。他打了冷战。他说："菊子，你怎么了？你能说不认识我？"但一个声音冰冷地穿过玻璃墙壁，穿透他的心。菊子说："你认错人了！"

"认错人？"他看看菊子，又看看王子。王子好看的嘴角浮过可怕的冷笑。这时镜子里闪出长毛影子，阿强跑来了，他对着他狂吠暴跳。阿强要赶他走。这事跟阿强没有关系，他不明白阿强为何赶他……

"我不走。我被冤枉，你知道吗？我的事菊子清楚……我不能走……"他推开阿强。但王子露出难看的牙齿，继而再露出可怕的冷笑，说："不把你撕成肉片，是对你尽仁慈。还要撒野就打发出去！"

"我没有卖狗肉？她知道……"他说。但菊子淡漠地看着他。

"拖出去！"王子做出优美的捏拳姿势，假装愤怒。阿强突然对他撕咬起来。镜子里又跳出许多凶猛的长毛狗。他想不起是被推出来还是被拖出来的。他被抛出了巨大建筑物，然后门关闭了。他想找他的老朋友，但不见影踪。他在那气氛突然冷落而紧张的街道上寻找。他终于在城郊的野地找到他们。他们遍体鳞伤，皮毛还沾着血斑。

"这都为什么？为什么哩？"他惊讶地问道。他们说是因为放他进去而被处罚。他说找去评理去。他们摇头，说没有用，不会有谁听他，也不会相信他没卖过狗肉。他不得不沮丧，他喃喃道："难道永远没人信吗？"

"除非证明你真的清白，但这里的信息全来源于第一线报告……"

"有谁愿意帮助呢？"他说。黄黑两位朋友附着他耳边说："让狗说出真话……"

"让狗说话？"他喃喃着。他喃喃地说着醒来。阳光从窗纱间照在棕黄毛毯上。在一道光亮里，他看见透明地飘浮着许多尘粒。他突然幻觉自个儿的身子也如尘粒在飘浮，如在梦里。窗对面教堂传来清亮的钟声，他惊觉于自己还躺在床上。他想起所做的梦……其实，那梦里的事，非是一次做的梦，似乎都是从许多梦里连缀而成的。想想有些模糊，似乎其中有些是臆想。最后分不清哪些是梦？哪些是醒的幻觉？哪些是有意的加添……模糊了，越想越模糊了。然后，他真有了让狗来证明他清白的想法。

"可能吗？"他问自己。他摇头回答过自己。那是愚蠢或可笑的做法呢。这怕真像在发神经病。如果别人这么做，他也会笑话。让狗来做证？可能吗？不可能的。也不会有希望。但他真找不到谁来证明呢！那位半光头客人？没有用的，造成这结局多少有他的份哩。有人可以说半光头客人是因为同情而提供假证，或干脆说他胁持半光头客人作假证……"狗肉的道歉！"菊子知道他是冤枉的，但还是离开了他。自然，他不该怨她，他先冤枉了她哩。但菊子毕竟离开了他。别人不信时都理直气壮……或许黄黑两位朋友说对了，惟有想办法找狗商量，让狗证明他清白，其他中餐馆也都清白。世上如果别无选择，怕最不可能或说最荒谬的选择都是好的，或许真能找到希望。他又想起爷爷说的话，狗最忠实，或许愿意帮忙。或许他的诚意能感动它们？黄黑两位不都做了他的好朋友吗？

"世界常有奇迹呢……"

他开始设想可能感动狗们做证的途径。呵，如果狗们真能做证，还有谁敢不信？虽然狗们即便证明他的清白或其他中餐馆的清白，都无补于他的损失，他的餐馆也无法重开，甚至也不能削减他的债务，但至少他已经清白，其他人也都清白……

有这想法后，他心头的惆怅也淡薄了些。他炒菜时都感觉带劲儿。只是阿强、阿匡、阿春看他的目光依旧古怪。吴老板还莫名其妙地问："这没事吧？有不对劲就早点找医生。"他们怀疑他头脑有问题哩。这头脑怎么会有问题？但他的想法，暂时不能说。免得他们真当他有病。他可没有病哩。他只是想通过其他的途径寻找证明。他需要大家理解他真的没有卖狗肉，其他中餐馆也没有卖狗肉。其实这对大家都有好处。他真需要通过特殊途径做好这有益的事。目前不能说，但成功了，或许有一天会成功。他再把事情告诉大家……

"喂！你把虾仁炒成咖喱鸡片了？"吴老板在窗口说。

"一时错手，一时错手……"

"你真没事吧？"

他真的没事哩。他怎么可能有事？吴老板肯定脑昏眼花。这世上的人最爱怀疑别人。

"没事哩。炒虾仁马上好！"

五

他想去南部把家搬过来，就在小镇找了新住房。地点在一条破旧街道，住在那里大都是杂肤色的人，土耳其、摩洛哥、中东、非洲的都有，也有几家贫穷白人。他在星期四的报上看到广告的，感觉租金便宜。整座楼房很破旧，他租在顶楼的房间更是破旧，荷图壁纸已经污黄，靠窗处被雨淋湿的地方都发了霉，他只略做了整理，然后搬了垃圾就算了，反正独自歇脚用的。房间里没有暖气装备，想过些日子天气就会转暖，熬吧，熬到冬天再去买家用电暖器。房间让人有灰暗的感觉，但这时日子正灰暗，如唱卡拉OK唱得也算合拍。要光明自己去造，这像骗骗孩子的儿歌。落到这么个景况，实在没得计较哩。

"像个鸡笼……"阿强知道他搬家，就带了阿匡阿春来看，他甩着"艺术"长发，像母鸡咯咯咯地笑。他就爱挖苦人哩。要挖苦就让他挖，跌跤的人哪有不被人笑的。这狗肉的道歉。不被笑才怪哩。阿匡说是厕所，阿春说是猪栏。话儿总带苦辣味。怕他们还在背后说他脑子有问题呢。那会儿口嘴不说，滴溜溜的眼珠子都在说。他说出了句"狗肉的道歉"，他们便瞪着眼睛不说话了。

又一个休息日，天下雨，他坐火车去了南部。哎，房间还是那乱七八糟的。他开门进去时不能不叹息。从那个雨夜菊子跑后，这房间他没有整理过。那晚的事怕是难忘的。菊子走后，他背靠着桌子，靠久了，腰眼觉出麻痛，但他没有想移动身子。面对被砸得乱七八糟的局面，他有说不出的沮丧。开餐馆开成这么个败局。狗肉的道歉。他把满房间的东西砸了。他打了菊子一巴掌……他每想起心头还如伤口撒了盐般疼痛。菊子曾说找过医生，医生说她有孩子了。那夜他不该打她……瞧这衣橱镜和床头镜，都是被他用椅子砸的，整块镜板被他砸得满地板碎片，椅子剩下一个背两条腿，另两条腿砸窗户玻璃时飞了，服装鞋子、鹅绒被和枕头里的鹅毛撒得满床满地。这像战后的战场，这时看去还是惨不忍睹。想来也伤心，他真的打了菊子。婚后的几年，他们吵嘴或闹矛盾，都像轻风细雨，一会儿就没火气，又糖似地黏着，倒添甜蜜的味儿。但那一巴掌却用了力。她姣好的脸颊都红肿了，一头秀长黑发也乱散了。她趴在床上哭。他知道她等他去说对不起，或去抚摸她的头发，随便说句对不起，她便依来怀里，捶他出气，然后雨过天晴。但他没有这样做。菊子哭一阵不哭了。等哭声再起，她已起身夺门而去，他拦也拦不及。他当时真担心。报纸说有色狼……

一只皮鞋挂在“威士忌”酒瓶颈上。也是他掷的。他那夜真像个蛮汉。想不到自己这么狠。她只说了句“他想要她……她才……”他不分青红皂白就骂就打……哎，那夜让菊子跑出去真是个错，除了不再来往的表姐，她没有亲戚。他给她的几个朋友打电话，说没去过。菊子后来说他那夜没挂念她，那是冤枉。他哪能不挂念哩……那夜他曾守着电话机，希望有人打电话说菊子去了哪儿。他去接她回来。但他没有等到电话……

墙上挂着菊子放大的照片。米黄色高领绒裳，虽然不是流行款式，但穿在她身上比模特儿都好看。菊子从来不买昂贵流行的服装。她说模特儿是帮助商人骗女人的钱……呵，菊子怎么会对他笑呢？她似乎还问：喝咖啡吗？他说，喝。哎，那都是菊子在的事。菊子端着咖啡过来坐下，给他一杯，给他剥两块纸包方糖放进去。菊子知道他喝咖啡加糖。但菊子平时不让他吃糖。菊子说，糖吃多了不好。他能娶菊子做老婆，真是福气。一次他唐突地说自己能娶到她，这死都该情愿。这被菊子白了一眼，怪他胡说。她忍着不让眼泪流下来。从那后，他不再说这玩笑的话。菊子是多愁的。菊子不爱提死的事。他还知道她怕黑。夜里下雨打雷，她都把身子缩在他怀里。他因此感觉出自己还有点儿好处……

想起来那夜天空真黑，从破玻璃窗吹来的风也真冷，还有闪电如刀剑在挥劈……他真害怕菊子会被雷声吓着，他先是满房间里慌乱起来，一会儿从门后拿过伞跑出去。他跑进了雨夜，他一路上问自己：“这打雷了……菊子会在哪儿呢？”夜空里，雷声，闪电，雨点，但他没有打开雨伞。他满街里跑。他希望找着菊子。他在风雨里跑。他或许有点儿像疯了。虽然如此，那夜他没有找回菊子。菊子偏偏在酒吧里叫沈键遇见，偏偏喝了酒跟着去了沈键家，这都像前世的孽缘。沈键在开餐馆时帮过忙，菊子对他都有好感，也很感激。沈键说是去了国内，怎么就出来了？世上的许多事怕真的难弄清楚？那个晚上，他打了菊子，菊子出去，菊子碰见沈键……

他到底算糊涂，一时激动就冤枉了菊子。菊子在做工餐馆里遇见讨钱的熟人，餐馆老板说：菊子，你陪我过夜，我帮你还债，将来还帮你开餐馆。菊子的心给弄乱了，菊子回家时神情恍惚，她坐在床沿半天不说话，他问了许多次，她才说出这件事来。她说逃债也不知逃到何时。他说她动摇，骂她贱，骂她存心想跟人上床。菊子哭了他也不管，他那时的笨脑筋不知转弯，其实菊子都没有做什么哩，便真做了，也是为了这欠债。哎，想自己当初为何不先恨那说胡话的老板？偏找菊子出气。狗肉的道歉，这死脑筋真个糊涂哩……被人逼债，滋味难受，他做男人的不想办法，偏拿菊子骂，还打她……哎，或许菊子真动摇过哩。或许菊子见他苦恼才心动的。其实，他不同意就完了，也都没事。这狗肉的道歉。那会儿他偏以为菊子瞧不起他，她故意给他弄绿帽戴。他不想菊子的委屈。如果菊子存了心，还对他说个啥哩……哎，他那会儿真的鬼迷心窍……他打了菊子，说到底菊子从未做过对不起他的事。跟沈键弄到一堆，那是后来的事……哎，一切都迟了，后来他在电话里对菊子说，他不计较她跟沈键发生了关系，他说他不想知道那夜的事，他只要她回来身边。但菊子不相信他了。菊子说，她还没做过什么，他就恼了，现在都已经生米煮成饭，他怎么个忍法，而且以后每天怎么面对？她还劝他放开她。都是那狗肉的道歉。菊子到底不信他。菊子信沈键。他对她说，她身子里有他的孩子，怕沈键知道不会接受。菊子说沈键已经知道，还说沈键愿意抚养。他真的找不出理由了。菊子说，她愿意为债务承担一半责任。他不知还能说什么。菊子是个好妻子，她跟着沈键，心里到底还为他着想。只是她不知道，他可真希望她回来。只是这事已经很难了……

房东说有房客在等着，他得赶快把东西搬走。那个休息天他雇了搬运车，总算都把东西搬到新住房了。小货巴载着他和货物冒着细雨走，但他一路上想着菊子。“狗肉的道歉！谁叫动手打人?”坐在车里，他对自己最不满。微雨里，看着来往的车和路两边开始生长嫩绿叶芽的树木，心底当真伤感。车前面玻璃窗上割子割着雨水，像那夜菊子脸孔上的泪水，怎么割都割不干净。

他把东两在新住房里摆起来，菊子的照片依旧挂在床头对面墙壁。菊子不会回来了，但让他看看照片也好。哎，很多事开始了，后果就难预测。他打菊子一巴掌，就打出这么个结果。

“都是狗肉的道歉给害……”搬家忙了一天，整个人像只可怜的小狗，这趴在窗台边，不禁生出些怨恨。他没有开灯，冒黑看着淡黄街灯，看着雨后积满水渍的街道，更显得污秽而破旧。似乎过了好久，街面都没有行人，偶尔飞驶过破旧而疯狂的名牌老爷车，如患了气管炎的汽车声响刺耳地吼叫着，车把路面水渍甩抛起来，又跌回街面，然后渐渐远去。只是街灯依旧淡黄昏暗。一会儿，他感到肚子饿，但又不愿弄吃，于是继续让肚子饿着。渐渐地手脚无力瘫软，头脑也开始昏沉。他瘫痪似地靠着墙壁坐到地板上。他渐渐睡着了。他又在梦里跑进狗国里去……

六

在睡梦里跑进狗国，也只是在睡梦里，多跑了几次也只是多跑了几次。他在睡梦里都没有让菊子感动起来，菊子似乎不同过去的菊子，在睡梦里不同，不在睡梦里也不同。狗肉的道歉。或许那一巴掌把菊子打坏了。如能不打就好了，但到底打了。打了怎么好说没打的话？难哩。这进睡梦狗国，菊子也不睬他。这苦日子以后得挨哩。餐馆关闭，菊子跟了沈键，欠的债要还，还有吴老板老板娘和餐馆伙计们，一律都不信他没卖狗肉。这狗肉的道歉。他被弄急了，说话大声了，他们便说相信，但眼睛不相信，心里更是不相信，怕他们心里说他脑子有问题呢。

菊子离他而去，早已被大家探听到。吴老板和侨界有许多接触，这都不奇怪。吴老板和老板娘似乎不算幸灾乐祸的人，也没有看不起他，他们懂人情世故，都体谅人。他心里曾是很感激，想过以后做事要更卖点力气。古人说，士为知己者死，死无憾。他不敢高攀吴老板做知己，但多少也算知遇之恩。然而，到底让他觉察出吴老板夫妇在商言商的一种高明来，他们对他动了生意人的脑筋。那天夜里餐馆打烊后，里外的伙计全上楼去消遣自个儿时间去，但他冲洗过热水澡后，有些儿口渴，下楼想拿杯饮料，从厨房的楼梯下来，过去餐厅，在走廊出口，听到说话声，原来在柜台前的桌位，吴老板夫妇坐着结账，但还说到他。他站在暗处，偷听了几句，那夜真一夜不好睡，心头不时绞着隐隐作痛。他们刚从国内申请到侄女来旅游。（不知道是两人谁的侄女？）他们说他走了老婆，正需要填补婚姻空缺，把侄女给他牵连起来，就不要为侄女将来的居留担心，而餐馆也要长期的帮手。他们说了这些后，又似乎怀疑他脑子有问题。狗肉的道歉。他脑子没问题哩，偶尔有昏沉沉的感觉或比过去健忘，都不应该算问题哩。这狗肉的道歉。老板娘说先跟侄女说清楚，这办结婚手续只当权宜之计，千万不得对他动感情，更不得为他养出儿女。老板称赞老板娘的主见好，但说需要两手准备，说他的病能好，从各方面来说，他在欧洲也算个过得去的对象，到底未沾赌嫖的边，跟着过日子也好，如严重了，这做女人要求离婚也算是保护妇女权益的事，在情在理都说得通……听到了这些话，他在暗处只把头低得更低，两只脚怕都十分沉重。他浑身热得难受，口渴更厉害，但他不愿出去。他退回厨房，要回到楼上睡房去。在楼梯口似乎碰见一个长头发的人，那人问了他什么，他听到声音，且不明白意思，后来更想不起那人是琳琳还是阿强。他回房后冒黑躺在床上。窗口透来的光影在眼前乱动。他想起吴老板夫妇的恩爱，在对待他时也同心同德，然后为菊子的离去伤感起来……

“这狗肉的道歉！”报纸上几行道歉的字母，轻飘飘如浮云，对生活毫无用处，他在睡梦里多次进出狗国，除黄黑两个朋友外，似乎没有谁对他理解，更没有谁给他有用的主意。菊子明明做了王后，且说不认识他，还有王子，把他当叛逆。王子想把他弄狼狈才快乐哩。黄黑两个朋友到底地位低微，他们心有余而力不足，且还被他牵连，这都是罪过……呵，说来是要感激那个早晨的。他睁眼醒来，一道明晃晃的阳光从窗口斜角照来，那片如埃及金字塔式的三角型光芒，使墙壁纸上污黄的荷花都变得摇曳生动，窗口对面干净而清亮的教堂壁砖，太阳也在上头照出金鱼鳞似的光耀。他昏沉的脑子有拉开厚重窗帘的感觉。他想到黄黑两位朋友的话，这人世的事先得在人世解决呢。他想到进狗国的经验，在那里他跟狗们都能沟通，如跟世间狗们也能沟通，一切不清白的事便都会清白起来。他真没卖狗肉哩。他相信其他中餐馆也没卖狗肉。想狗们对自己的遭遇肯定比人清楚。在中午厨房做工时，他对阿强他们隐约地提了提这一意见，不想他们很赞同，只是眉来目去使人不开心。但不管他们怎么想，他需要为自己的清白提供证明。鲁迅说路走多了就走出来。科学家们也有在不可为而为之的情况下作出创造。午休回来楼上房间，独自思想了几个小时后，就作出找机会与狗们沟通的严肃决定。他想或许在世人的可笑中，他真能把这沟通的事办好。都说有耳朵识字隔空取物的特异功能哩，这可以借鉴。可惜他不曾有特异功能，不然事情就好说。不过，他到底有了许多收获。

事情从他休息天经过跳蚤市场，意外地遇见小黄狗开始。他是在跳蚤市场旁的冷街上遇见小黄狗的。小黄狗脏兮兮，似乎失了收养人家。他感觉小黄狗跟大黄狗相似，便轻呼了几声，不想小黄狗吠叫了起来，然后还跟了他走。回到家后，他就给小黄狗洗了个干净的澡，又去超级市场买了罐头给它吃。从那一天起，他下班就回家，下雨也冒雨回家。从此小黄狗做了他的好朋友。他睡在床上，小黄狗睡在床底。这些日子里，他一回来，小黄狗就围着他又跳又吠，把小尾巴摇得像旗杆，它很开心哩。他去厨房或去厕所，小黄狗也喜欢跟着。就这样，他开始了和狗沟通的研究。他从小黄狗的跳跃、吠叫、摇头、晃脑、提手、蹲脚、摆尾，慢慢地感受到狗们的喜怒哀乐，从小黄狗轻重缓急吠叫的节奏里，明白了狗们的肚饿、口渴、撒尿、拉屎等意思。这一切使他很开心。然后，他用简单的发音跟小黄狗说话。如吃东西、睡觉、蹲下、起立、走路、回来、出门、撒尿、拉屎，或让叼着东西跑路，或让跳到小凳子上蹲着，这都有意想不到的成功。他逐渐有了个想法，想通过小黄狗对其他狗们说出他的遭受，然后让狗们证明他没有杀害它们，其他中餐馆也没有。他需要让狗们全体动员起来，再通过它们的主人向新闻界发布确凿证词，还他清白，还大伙儿的清白，要那报纸和做官的做一次真正的道歉。他过去和大黑狗大黄狗做过朋友，狗是忠实的伙伴哩。他猜想他或许会成功。狗们或许会说出公正的话。

“我养的小黄狗，很懂事呢。”他在厨房里说。

“最好把狗语学了来，以后有人说你卖狗肉，就叫狗出来做证……”阿强说。

“嗨嗨……这主意好。”阿春说。

他知道这话里藏了别的意思。瞧他们又在眉来眼去。这狗肉的道歉。他可不管这些，回来家里，瞧着小黄狗到底是开心的。他开罐头给小黄狗吃，瞧那粉红色的小舌头舔着油黑的食物很得意哩。他坐在地上看着，越看越有意思。从此，他除了跟小黄狗进行沟通训练外，也一起出去街头或公园走，他想藉此让小黄狗接触其他狗类。四五个夜晚后，他发觉到底是太晚，不像在国内的村镇，夜里走动常常听到狗吠。不想阿强、阿匡、阿春也对这事关心。他们说应该往郊区跑，那些独园独户人家养狗最多。他说没有车，走路走不到。他们说买汽车贵，但买架自行车不贵。阿强甩着长发把扁长眼睛不停去眨，说阿春的主意肯定成。午休时他想过，到底也不错。在老板发工资那天，他拿了部分还债，然后去市中心一家自行车店铺买了自行车，又在横架上做了装小狗的布袋。从那天起，他常在夜里骑上自行车，带着小黄狗，去近郊有树木园林的住宅区附近拐转。他特别喜欢月夜，乘月色可以看见围栏门口有狗的告牌。他如今对狗都有说不出的亲切感。他悄悄把车停下，然后抱出小黄狗，希望小黄狗能跟围栏里的狗们进行沟通交往。有时小黄狗的吠叫没有引得狗来，有时引出回应也不见有狗，有时引出几头大而凶猛的狼狗，弄得他都不敢亲近，小黄狗也远远地躲在他的脚边。要说最大的收获，可是他被狗咬的那次。

那夜月光特别明亮，他骑自行车先过街道，后上公路，再进近郊林园住宅区。从形态怪异的林荫小道上骑着车，枝叶间隙透过的如银月色，在地面不断闪烁。在一个有花园的环形路口，他遇见警察做检查，警察的目光大都很机警，他们看他哩，又看从布袋里探出小脑袋的小黄狗，他们问他要了身份证，问了年纪，拿去车里电脑核对，然后还给他，说夜太晚，最好别乱走，免得影响别人。他哪里有乱走哩。还是那位年老警察好，知道怜惜地摸摸小黄狗，小黄狗得意地摇晃小脑袋。他离开后拐进了近处一片林园住宅区。在一个有铁栅门的园林住宅前，听得狗叫，他不禁高兴起来，小黄狗也不禁高兴起来。他把车停下，围栏里跑出一头大黄狗在吠叫，小黄狗轻叫着从布袋下来后，一切都神奇般平静下来。虽然隔着铁栅，大黄狗和小黄狗都低鼻轻嗅起来，那会儿多么和谐多么奇妙呀。他蹲下去，看着他们实在羡慕。他不禁伸了手去，他想抚摸大黄狗。不想大黄狗会愤怒起来，它咬住他的指头。他想甩都甩不脱。小黄狗吠叫了，他忍不住痛也哼叫起来。小黄狗像懂事的小朋友，竟向来路飞跑去，而很快引了警察来。然后是警察用车送他去医院，幸巧没有伤着骨头，打了一针，做了伤口包扎就叫回来。警察们似乎喜欢小黄狗，然而对他也都同情起来，问了几句话，只叫小心，别的就不追问了。他回来餐馆，吴老板让他休息二个星期。他的伤口很快痊愈了哩。他弄不清是跟狗们接触多了还是被狗咬了的原因，他突然感觉到眼睛已能读懂狗们的一些意思，特别对小黄狗，他不开口，只需做出挤眉弄眼的动作，小黄狗就会开心地绕他跳跃起来。他想他莫非已得了与狗沟通的特异功能？或许是哩？如此想来，他心里真的十分高兴。高兴起来一连几天都不睡觉。如此头脑开始感到昏沉，但昏沉是昏沉，他觉出与狗们互通心意的能力更强了。这值不值得高兴？值得！除了小黄狗，他走在街上，遇着其他狗们，狗们也都愿意跟他接近哩。想来如果不是狗主们用套套了狗脖子，狗们一定愿意听他的话，甚至随他回家，大伙儿一起过日子。那时，他把他的意思告诉狗们。说不定狗们会接收他的思想，理解他的心意。说不定狗们终究为他不平起来，然后把意见传达给主人，然后使这里的人们明白他清白，其他中餐馆也清白。然后华侨们会知道，这是他做的好事，吴老板和老板娘、阿强、阿匡、阿春、琳琳都明白，他开的餐馆关了只是遇上不幸的狗肉风波，他没有卖狗肉，而他的脑子也没有出差错。他的脑筋思路虽然奇怪些，但都正常着哩。菊子知道他做了好事，会有什么感想呢？或许菊子原谅他打了她一巴掌这件事。当然，她不回来他这贫困的家也不要紧，她明白就好。毕竟他已经一无所有，而且还负债累累……

目前叫他最难受的，还是回来厨房面对阿强、阿匡、阿春他们，其他人说话难听，毕竟偶尔相遇，听了丢在一边就过去，但时时面对的人不愿意理解他，这可使人伤感。

哎，怎么说呢？想来他们到底在心里咬定他脑子有问题。一天，老板从杂货行捎了糯米、笠叶、红枣等货物回来，夜里糯米泡了水，第二天他们午休时就包米粽，除甜粽放红枣外，咸粽的馅心是老板娘弄的菜干肉。大伙儿一边包粽一边说话。老板娘也来包粽，伸出涂着银白色指甲的手指，指甲的形状在感官上似乎已变得细长，但她那圆粗多肉的手指到底是别扭，家乡常有一句话，说手如粽儿不包粽儿，老板娘果真包不了粽儿，瞧她要么糯米外散，要么形状怪异，但他包的粽四平八稳哩，老板娘拿在手上掂了又掂，然后称赞起来，他自来欧洲，常听老板赞他做事勤奋，有头有尾，只是到了近来，已经很少听到称赞，这听了真感动，看着老板娘那松弛又过分长肉的脸孔，也都感受到她昔日姣好的姿容，这便口嘴谦虚着，而双手更落力地包扎。阿强、阿匡、阿春三人已在眉宇间隐现出不开心，想来有老板娘压着，他们鼻孔哼哼，到底没有其他表现。琳琳在门口说有熟客请她出去，老板娘走后，他们就粗声大气地说他的闲话。阿强的"艺术"长发近来扎成了马尾辫，他摇了下头脑，说："舍柏生，瞧你手指如爪，包扎贼的快，是否跟狗混久了混出来的?"阿匡擤着鼻涕笑，也说："说得对咯，怕是得了狗技……"他说因在乡镇长大，从小跟着祖母学包粽，这都不骗人。阿春表示不信，故意把鼻子靠近他衣领嗅了起来，然后一脸严肃说，这包粽的技术他信他从小学的，但又表示阿强、阿匡的话不无道理，因为他嗅到他有异味，这弄得大伙儿怀疑都不出奇。阿春压低那尖细嗓音说，他身上越来越多狗味儿。

"真有狗味！真有狗味！"

"噢。不只有狗味，你这脸孔下巴都长毛来了……"

"这胡须到底男人都有……"

"可你尽非胡子，软绵绵的像狗毛……"

"喂，不是吓唬你，瞧你眼神也有了那等狗的讲究，还都有绿影外露，你莫要真做了狗才好……"

这些话他们三人七嘴八舌说来，后来也弄不清究竟谁说了哪些。只是他当时把衣下摆和袖口拿来用鼻子嗅过，好像没有气味，但他们说他是久蹲厕所不闻得臭，这语似乎也有理儿，但他实在感觉不出身上有气味，他家的小黄狗可是梳洗得挺干净的，他提出自己的想法，但一下就被阿春给驳倒，阿春说，只怕他非因跟狗一道儿住的原因，是因他心里挂念狗，这心意先跟狗沟通起来，而后起了质变。阿春说话很认真，看他眼睛都不开玩笑，那异样神色真如惊吓般苍白起来。这听得他脑子轰轰然更加昏沉，捏着笠叶，手指就不稳，包得粽都松散了。他说他们是开玩笑。他们说哪有开这等认真玩笑的。他们是心直口快的那类人，信与不信？他回去对镜看上几小时，怕就自有分晓。那天冒雨回来家里，心头当真不安。他一边给小黄狗弄吃，一边心头吊着什么。然后去睡房对着衣橱大镜子观察自己。阿强、阿匡、阿春说他脸上手上长狗毛……这究竟是怎么回事？狗肉的道歉。他总不会真变成狗的。观察久了，镜子里的他，下巴鬓角处真有些细软软的毫毛生长出来……阿匡说毛色呈淡黄色最可怕，阿强说电影里狼变或其他物变的人，起先都是眼睛变和身体生长细小毫毛的……呵，他眼睛在镜子里真的在变了……

还有下巴的须毛……呵，这怎么回事哩？窗外突然亮起裂空的闪电，紧接着是轰顶惊雷。在惊怖而苍白的电光中，他发现自己眼睛出现了纯蓝的异变，须毛如细虫般蠕动起来……整个房间的灯光那会儿也都昏暗许多……呵，怎么回事呢？他更感觉出阿强、阿匡、阿春他们的话的道理和分量。那狗肉事件后，怕这心压着狗肉的阴影，而后又整天叨念，而后又常在睡梦里往狗国走，见菊子做了狗国王后，而后又常跟小黄狗一个屋子，而后手被狗咬，而后与狗有了特异的心意沟通，美国有人说你整天想钱然后就能赚到钱，当今女性想做男性或男性想做女性的也都有做成的……这世上什么事都能发生……呵，怕阿强、阿匡、阿春的话倒真不是毫无根据……这不要真变成狗的好。如果只会跟狗们说话，而不会人语，整天里被人牵着脖子走，那可真的坏了……如果还能说人语更惨，怕到时被动物园关了起来作展览……男男女女老老少少黑人白人黄种人印第安人……怕什么人都来参观，还有照相机摄影机各色眼睛的焦距都对准他，他躲都没得躲……

"真会变成狗吗？这狗肉的道歉！他带着小黄狗走路，是用四只脚还是两只脚呢？"他对镜子里的他说。他记不起对着镜子愣站了多久，但在又一道闪电和雷声之间，他脑筋才感觉出生气，同时活动起来。脸色从惊恐的苍白间平常起来。

"如变成了狗，因此向人们证明到自己的清白，证明到大家餐馆的清白，使得这里的人们明白那等被冤枉的惨景儿……怕也值哩……"想到这些，他心里不再担心和害怕。他有个想法，将来事情了结时，他就带小黄狗找个人迹不到的森林去。或许森林里会生长神奇的蘑菇。他们就在那儿过另一种生活……

七

他的好朋友大梁，从国内出来了。他给他挂了电话，说过国内的事后，就问他的近况。他放下电话后，心里还暖洋洋的。他交过许多朋友，都口嘴上交得多，他这一垮便先失去踪影，有那不失踪影的，怕是揪着他尾巴追债的。大梁是个心头做朋友的人，他落难了他不嫌他，他依旧拿手拍他肩膀称朋友。他想乘休息到大梁那儿，跟他说说心头的事，不能讨个好主意，也好舒口气儿。他这心思，就对了大梁的心思。在星期天的夜晚，他清洗厨房时接了大梁电话。大梁说了一个好消息。说许多华侨到底是看出，狗肉风波造成的伤害，远非几句小方块框出的道歉所能弥补或了结的。大梁说得对。这狗肉的道歉。伤害了一大片，弄出几平方厘米的道歉，怎么说得过去？大梁说，大伙儿正召集讨论去讨回公道，大伙儿要动员去示威游行。讨论会地点在大梁家附近的城市。大梁叫他参加。他问了日期是他的休息日，这好，也不要跟别人换休息。想到有机会去说说心里话……他好几天都激动着呢。

去大梁处，需要坐两小时火车，那天他一大早就起来，先带小黄狗到公园走了走，同来给吃过东西，然后自己换上干净衣服，坐巴士坐火车往大梁处，然后他们一起去参加讨论会。他满怀里高兴，想不到会议未开始，他便像头狗遭人打了回来。哎，真想不到。

讨论会在一家豪华中餐馆里开，里外都是古代宫殿式装潢，老板叫林大民，他听人说过。奇的是老板身材矮小貌不惊人，大梁说他小时得过小儿麻痹症，这走路就踮脚，但他的餐馆气派，生意都好。也有人因了他的外貌瞧不起他，在他是佩服哩。他和大梁到时，他亲自引他们去包厢的厅堂坐。桌面上茶水、花生、瓜子、糖果已摆了许多。他问到他做啥？他红着脸说开过餐馆，关了，现在打工，林老板没有看不起他，只说他年轻慢慢可以东山再起。噢，东山再起哩？东山再起哩……这可是很难做成的梦。但听着舒服。厅堂有十几个人，大家都在讨论。许多脸孔十分激愤，有人说话如拖拉机振人耳聋，他们说生意跌过大半，但他听来还不算惨。他从未参加过老板们聚会，有些儿胆怯。他有许多话，且不敢放肆乱说。他想说话且没了话说，只一个劲儿站着心发慌。大梁挺照顾他，他跟这些人熟，就拿了茶水和糖果引他到一张桌位坐下。大梁有个高大形象，似乎许多人都看重他，或许也算看重他父亲那好生意的餐馆。大梁把他介绍给许多老板，但老板毕竟是精明的人，他们眼光分得出谁是有分量的人，他们只注意大梁那阔脸大腮，对他点头一瞥也都算数。他是个失败的人，能受人一瞥也是恩典。想想当真惭愧，后来发生了个小小意外，连那恩典都有了恐慌的色彩。大梁大大咧咧地喝茶剥花生。他尽量小心地剥花生小心地放进口嘴嚼。瞧大梁丢花生进口嘴的洒脱劲，曾想学他一学，到底不敢。哎，不说这些，都说后来的事。这狗肉的道歉。可当真是小小的意外哩。那会儿，他喝过几杯茶水，下腹发胀，这想上厕所。这小小意外就在厕所门口发生。那会儿，棕红色大理石厕所门里钻出颗头发稀薄头顶，那人刚蹲完厕所，出来低头往裤裆上拉链，这一抬头，是张熟悉的狭窄脸孔，可不是财福酒楼的林桂子老板，两只圆而小的眼睛，这下黑白分明里都闪出光芒。突然碰上熟人，赶快伸去握手。那双干干的手只轻轻跟他沾了沾就缩回去，而闪光的眼睛都瞪着他不放。这情景使他感到事情不妙。他终究想通眼睛闪光是碰着他好追究欠的钱。林桂子老板先是赔笑，然后诉苦，说他最近餐馆生意差，说儿子刚娶了亲开支不少，他兄弟盖房子他寄了一笔，他母亲生病……他脑子顿时大了起来。那张狭窄脸孔在眼前摇晃着……他当真可怜他了……但他很快明白他手头没钱。他不知怎么办？这狗肉的道歉。林桂子老板说，他当初借钱是看菊子的情面。菊子哀求着借的。不想如今求他还钱反成了小孙哩。说世上做人没公理。欠钱的当老爷，被欠的做孙子……这些话听了叫人难受。虽然有人借钱故意不还，可他真没那个意思。他有钱一定先还钱哩……林桂子老板的笑容渐渐严肃起来。笑容又弄得像哭丧般难看……他想跑进厕所蹲着不出来好。他下腹鼓胀得多难受呀。他想撒尿……他下腹痛……但林桂子老板挡在厕所门口。棕红色大理石的光亮有些儿刺眼……

"我可以进去撒尿吗?"

"你何时还钱呢？我真要用钱。你记住给我钱哩。"

"我有钱一定先还你。我不骗你。我说真的。我可以进厕所吗?"

"记住你的话。去吧!"

他从厕所出来后下腹空了，人似乎轻松许多，但脑子和心头空得发慌。大梁已离开座位挤在人群里议论。他独自坐着，越发不安。他三次抬头，每次都见林桂子老板的眼睛不客气地看他。他如坐针毡一般难受哩。而老板们讨论起来的嗡嗡声突然叫他莫名其妙……他想他不该来……他害怕那不时溜着看他的眼睛。他终于慌乱地站起，小心地走去大梁身边附着他耳朵说，他想先回去。大梁说得高兴，只管胡乱里点头。于是他像老鼠从餐馆里溜出来。再坐巴士坐火车，然后回来家里。第二天大梁打电话问他为何不说就走？他说说过，又推说肚子不舒服。大梁不信，只一个劲儿追问，他被逼急了，这才把事因说出。大梁骂了林桂子老板，说他去说去，没事的。然后责备他不该早走。说大家已经提出游行示威的具体方案，讨论会很成功。大梁说他不必为欠钱担心。但欠钱毕竟理儿亏。那夜收工回家，一边开罐头给小黄狗弄吃．一边愣坐着。窗外有小星如泪滴沾在天空的脸面，看去不知算在闪光呢，还是显得被夜色吞隐的无奈……回想到林桂子老板的眼睛，心头总是不安和悲哀……想他总不追着他来讨钱才好……

几天过去了，他的心情没有好转。令他更忧伤的，是菊子已经正式提出离婚。他好几天衣服不换便去酒吧间里坐。菊子打电话说，他打她的样子吓人，她梦里都怕……或许他当时铁青的脸色真吓坏了她……许多人常打无事，他打一次就出了事，这世间的事不好比……他独自在酒吧一角。他一边喝酒，一边糊里糊涂坐到关门。

“喂，再来杯‘威士忌’可乐!”他怕想近来发生的事，又不能不想。想多了，还是不清楚，这事该恨谁？或怨谁？好像谁都可以怨，谁都可以恨，但深一层想想，谁也没得怨，谁也没得恨。对自己也一样。他爱菊子的。也就这样，他心底更难受。他每晚来喝很多酒。喝醉了，酒吧关门了，他就让老板给叫的士回去。回到家里，醉了比醒着好，睡去了，抱着小黄狗，如感到菊子睡在身边。只是第二天醒来，头痛、失望，但夜里收工了，他照常上酒吧。菊子在电话里曾说，那夜跑出来，碰上大雨，跑进这一家酒吧。就在这里遇着沈键。他没有问沈键为何在酒吧。他知道什么原因都不重要了。如果不是遇见沈键，菊子喝多了酒（她不会喝酒，一点酒就醉的），遇着别人更可怕，报上说色狼猖狂哩，还有被杀的。那事情更糟糕。虽然菊子跟他离了婚，但沈键或许会给她好日子……那个晚上，他在大雨里哭着担心着，但没有想到去酒吧找菊子。他为什么就没有想到避雨避来酒吧呢？如果这样，情况或许会两样。哎……世界哪有许多如果的?

“小姐，再来一杯!”

对着酒吧台后的玻璃镜，他的眼睛已经充血，他是喝多了还是擦眼泪擦的？这不要紧，他没有醉哩。穿便服的女郎用怜悯的眼光看他。她说：“先生，你喝多了？等会吧？你昨夜醉得吐了……”他把眼睛瞪起来，他从口袋掏出几张一百的马克，说：“我有钱……我有钱……你知道吗？狗肉的道歉，我没有卖狗肉哩。我的餐馆很好生意，菊子也很好哩……”但酒吧女郎不明白，她的眼睛也在说他脑子有问题哩。他就给钱，她倒了一杯“威士忌”可乐。她去做事时看他一眼，她可怜他哩。她或许只是好意。一会儿，她又看他。他突然想到需要向她道歉。他说对不起！她笑笑。她问他是不是失恋？她劝他，这些事过一阵就好，折磨自己最不好。想这世上的人都比他聪明。这话也对。又想，或许许多事劝的吐吐口水容易，做的便难了。如果菊子能给他机会就好了。

他说对不起了，菊子说迟了。菊子在电话里哭，她责问他那夜为何不找她？他说找过，她不相信。她说她在沈键家。那夜她和沈键喝了很多酒。她说她跟沈键睡在一起。哎，这个小傻瓜，为什么不骗他。那什么事都没有的。但她不骗他。或许他该说想她，爱她，只要她回来，一切重新开始。但他拿着电话筒不说话，他放了回去。就这样，一切更弄得难以回头。他想通时，失去了机会，再说什么时，菊子就不相信。近些日来，他收到了律师信，她要离婚。他打电话找她，想说他爱她，他要接她回来。但他只说，她有了他们的孩子，她不能离开。他怎么只找这个理由呢？其实，他心里真的爱她。她把电话放了。他再打电话，她没有接。律师给他寄了几封信，挂号的，他不回，在法律面前，他又放弃了争取的机会。菊子真要离开，他毕竟先错了，都不该为难她，或许她跟着他过也只是苦。在他把杯子里的冰块掟起来放进口嘴时，他突然想，明天要去签署离婚协议时，他不能让菊子觉得他老跟她过不去。他应该为她做这最后的一件事……

“小姐，结账吧？”他想早点回去。明天他已向老板请了假。他想他为了她该穿整齐一点。狗肉的道歉。他不该出什么难题给菊子的……想到这些，他苦笑起来。小姐把钱找给他。小姐问他要不要的士。他摇摇头。他说没有醉，他不用的士……

“先生，回去好好睡一觉。人想通了就好。慢慢会把不好的事忘掉。慢慢会交上好运……”小姐在他临走时说。他知道那位小姐好心肠，但她不知道他明天去签离婚协议。至于好运？狗肉的道歉。餐馆关闭了，菊子离去了，这像说笑话哩。但他离去时说了一声谢谢。她是位好姑娘。他或许以后不再来这里了。或许不再有机会见面了。但他祝福她能一直走好运。一直走好运哩？这狗肉的道歉。世间真有一直走好运的人吗？

走出酒吧。轻飘飘的音乐越来越轻飘飘。酒吧越来越远。夜，没有风，没有雨，没有星星和月亮。夜，很混浊。狗肉的道歉。街上疏散的灯光反倒明亮起来。他回家。家里只有小黄狗在等他，那个家只他一个人。他慢慢地走。狗肉的道歉。他要慢慢地走。菊子要跟他离婚，她在狗国里就不理睬他，但也没啥不对哩。他要慢慢走。这狗肉的道歉。他要去签署离婚协议哩……路灯把他的影子拉长，缩短……另一盏路灯在前面吗？狗肉的道歉。这光是什么东西哩？给人明亮后又留下黑夜……

路上，灯光把他的身影慢慢拉长，慢慢缩短……

八

他真已经有了跟狗沟通的特异功能吗?！但在睡梦里进狗国突然难了起来。为什么呢？狗肉的道歉。或许如阿强他们说，他快成半狗人了，怕将来会是既进不去狗国，也进不了人界。如迷信人说的，多半要成孤魂野鬼。他在厨房里做事，阿强他们的目光越来越像搞鬼。他们斜着眼睛瞧他。他问：我脸上或身上有不对劲吗？他们说没有。没有就好。他们偏像母鸡得意，咯咯笑着。他肯定他们在他背后做鬼脸，他回过头来，且见背后的这位在严肃地做事，而别处的一位就咯咯大笑。狗肉的道歉。他脑子没问题哩。他脑子怎么可能有问题呢？没有问题哩。早晨上班前，老板娘送来奶茶和夹了火腿芝士的面包，他们三人中不知谁又故意搞鬼，在他奶茶里撒盐，在他面包里浇酸醋……他喝了，也吃了，但他知道，只是不跟他们说，说不清楚，更怕麻烦。不想他们躲在仓库说话，一口咬定他脑子有问题，他们说不然不会这样蠢。而且他们因为他要成半狗人就怕他了。他们比喻说打狗，就算把狗打个半死，不小心还是不合算。

阿春把油锅脏油倒入排水管道，堵了水，老板埋怨大家做事不小心，说这堵水，叫人来捅既麻烦，又花钱。老板前脚走，阿春便同阿强阿匡来咬定是他错，说他平时炒菜多用油，洗锅冲入管道……他不检举人是不想麻烦，他们还拿他逗乐。想到他们说他要变半狗人的话，这便叫了一声，说再冤枉他，就把他们的肉咬了来。这世上有凶猛的样子最管用，这都吓得他们手脚打颤哩。他们古怪地看他，就不敢多说别的话。他们当他脑子有问题，这有趣。他们又去仓库讨论了。他躲去偷听得明白。他们说以后要组统一战线，情况紧急，他们就互相配合，打上来也像父子兵……“他会不会变狼狗？”他们说。他听了也紧张，这真变作狼狗万一胡乱咬人可不好。

他脑筋近来越来越容易疲倦，梦里进不去狗国，但有梦见自己更像狗的，有几次梦里他全身就生长长毛，这似乎没有不好，那个梦里他跑去了冰天雪地，幸巧小黄狗懂得紧挨着他，不然怕会冻出病……

想起来，他近来跟狗沟通可算有进步，在路上遇见狗，或到郊区遇见狗，他凭感觉也算能够联系，只是觉得要说服狗们来做证实，怕还需要努力。有些狗们似乎不愿合作哩，它们不理解他，还对他胡乱吠叫。他开始猜测狗们是否也跟人一样，专有跟不幸的人捣蛋的习惯？但小黄狗有同情心哩，他不开心时，小黄狗便绕着他跳舞让他开心……有时见着小黄狗他就开心起来。只是事情还是有古怪……阿强、阿匡、阿春说他会变狼狗，他可不能变狼狗，他不想胡乱里咬人。如果变狗就变成小黄狗那样就好，他只要澄清事实。阿强他们不相信，但有一天会相信，或许也不再取笑他……哎，想起来菊子也都不相信哩。菊子已经多次问过他：你没事吧？他说：没事哩。她有机会还是问：你没事吧？他说：真的没事哩。但签署离婚协议那天菊子用可怜的目光看他。怕她心里都想他脑子有问题了。他脑子真没问题哩。但菊子不会信。她和他到底离了婚。

那一天，在律师楼签字时，菊子含了泪看他。他把她的衣服整理在一只箱子里交给她。菊子虽穿了新衣服，到底身子在忸怩不安。她没有让泪水跌落，她用手背把眼泪擦去了。在需要签署的纸上签完了字后，她脸色苍白得很难看。律师用可笑的口音说，他和她离婚顺利，也算是和解得成功，他和她应该拉拉手，以后也不做冤家。他和她拉手，她的手冰冰的，他的手热热的，她的手在他的手里留了好久。那天沈键一起陪菊子来，沈键的脸色很紧张，他或许怕他打菊子，或许也怕打他，其实他没有再想打菊子，可当真有些儿想打他，但看着他坐在椅子上把头低得很低，他就不想打他了。沈键是真心喜欢菊子的，还真比他更会照顾菊子。走出有狮头门环古红木大门的律师楼时，沈键帮着菊子提箱子，且还不时注意菊子，往下走时一再提醒菊子小心，而弄得他自己差点跌跤。这狗肉的道歉。想不出沈键是何时看上菊子的？或许他第一次就看上菊子了。走出律师楼，他的心神十分茫然，脚步到了街边也不知往何处，往前走十来步，又往回走，他来时坐的士，这也不知巴士站在哪个方向？他脚步越发忙乱。沈键把箱子放进街边小车的后箱时，菊子突然轻声叫住他，问要不要送他去火车站。他站住，看着她，很坚决地说不要。菊子在那会儿怕他的眼睛，她低了头，两只手不安地在腹前动着。她的腹部躺着他跟她的孩子……他不知道自己为何突然问她："我很好笑吗？"她吃惊地抬头支吾起来："没有，我看没有的。柏生……你应该早点找个……"他说："餐馆里的人说我好笑。"她眼睛红了。这狗肉的道歉。她在那会儿又眼睛红了。女人的眼泪最叫人难受。他相信她发现到他身上有什么不寻常的变化，但她不说，她只是问："柏生……你没事吧？"他有什么事呢？他肯定没有事哩。（她是发觉出他眼睛变色还是他脸孔长长毛呢？）但她只问：没事吧？其实，她认定他有事，她只是把看见的事在心底隐藏起来……他坚决地走了，不再回头看。

夜里回家后，开了罐头给小黄狗吃。他坐在地板上看着发愣。这狗肉的道歉，他想不明白大伙儿怎么就认定他脑子出事的。他知道他身上可能发生什么事，但他脑子真的没事哩……小黄狗吃完盘子里的食物，跑来跟前，用两只前脚逗他玩……这小家伙真有意思……他把想不明白的事丢在一边，他开始跟小黄狗在房间里玩，爬着钻桌底或钻床下，或者就在房间里跑着。然后他带着小黄狗到公园里去散步……回来躺下睡时，他做了个很愉快的梦，他梦见自己和小黄狗长了翅膀，他们都到了半空去飞哩……一直到太阳从窗口照进来。

一天早晨，太阳暖暖的，他回来餐馆上班时，餐厅多了位姑娘，一张漂亮的陌生脸孔。眼睛且一点都不陌生看他哩，略有羞涩的笑容也都叫人愉快。这会是谁呢？他进来厨房时心里还犯嘀咕。吃午饭时，吴老板娇嫩的脸孔露着意味深长的笑，说这是他的侄女（后来真正弄清楚了是老板娘的侄女）。不想他们的侄女这么快来了。她从上海虹口飞机场坐上飞机飞来的。她说她名字叫珍珍，他以后就叫她珍珍了，不想珍珍倒真的是个可爱的姑娘，更不想老板和老板娘也真按方案来行动。在这些日子里，不知是有意还是无意，吴老板夫妇连叫他的名字都亲切起来。这么好的姑娘，其实都有人追求的。瞧她有乡镇人说的那种瓜子脸，葱鼻，单皮眼也都水灵灵的，其实老板娘埋怨她出国前该做双眼皮手术是不必要的。珍珍红脸抿嘴摇头，说她的一个女同学割出条粗粗的裂缝，不好看（珍珍的话有道理）。她身架子略瘦些，可每天早晨见她洗厕所吸尘都干得轻松愉快……过去他还以为珍珍肯定难看，所以吴老板和老板娘动他的脑筋。现在有些儿不明白。但不管他明白或不明白，老板和老板娘都在替他和珍珍制造单独相处的机会。

星期三市镇的中心广场都摆鱼肉市场，老板叫了他早起跟去买货，而珍珍也一起去。去后且让他和珍珍先进一家早餐店吃早点，老板和老板娘说先去市场看看，等买了东西再叫他去拿……他和珍珍坐在窗口，可以看见广场有许多临时档摊，盖着白红绿棕各色布篷，靠前面的是几个买鸡买鱼的档摊，摊主手舞脚蹈呼叫得很热情……珍珍低头坐着，显得不安，后来抬头深看了他一眼……那会儿，窗前路上走过一只有趣的沙皮狗，神态极像从容静思的智者，他心里顿感崇敬，这想出去沟通去，或许会有收获……他回过头来时，珍珍正在愣眼瞧他，而且眼睛红着，泪水儿在打转……这叫他心里吓一跳，想刚才没说什么话，是什么伤了她的心呢？再看窗口，沙皮狗已随着肥胖的女主人悠然而去。可惜！可惜……他在心底悄悄叹口气……

“奇怪？好好的，你为什么哭？是不是想家？其实刚出来，每个人都有想家，如人上了月球会失重，这种情况都是暂时不习惯……我们常常情绪失重，但想想都是无奈的事，这时间一长就医治了……你别哭哩。女孩子哭不好，怕弄得你身边的人也想伤心了……”他说。这狗肉的道歉。她别哭才好。哭了不好办哩，真怕把自己也弄出眼泪来。他突然想了办法，让耳朵听窗外那喧哗声。噢，他心情真的轻松起来。

“是不是我不好？”她眼圈泪更浓密。（别滴落才好。好好的为什么要哭哩？）

“不好？奇怪了，你好好的为什么不好呢？你真这么想吗？”他喝了一大口桔子水，再舔舔干燥的嘴唇。

“在国内，我曾有个男朋友，后来跟一个跳舞跳得很好的女人走了。说要去南边闯去，不回来了……这些天，见到你，你也不愿跟我说话，老躲着我。我想我真的不好了。”她说。（她把好看的单皮眼紧张地看他。）

“你蛮好……你蛮好哩。”

“真的?!”

珍珍高兴起来了，眼圈的泪水偏流落下来，又恰好老板和老板娘进来，他们看见了，就狠狠瞪了他一眼，他们一定在心里说他什么了。他帮着提了许多鱼肉回来，珍珍上楼换衣服时，老板娘用胖嘟嘟的手把他招去餐厅一角（那棵阔叶盆栽特茂盛的），但老板娘开始责备他，她画了蓝眼圈的眼睛像喷火的炮仗，有些快炸的样子，跟过来的老板也像失了自制，娇嫩脸孔虽然温柔，但嘀嘀咕咕不断地诉说且更叫人害怕。他们说他欺负珍珍。他说他真没有欺负珍珍。他为什么要欺负珍珍呢？他说：她蛮好哩。但老板和老板娘就不相信。他有欺负过珍珍吗?！他重新回忆那些过程。他想起那只从窗口走过的沙皮狗。他说，他看见一只有趣的狗，如挂上眼镜，模样儿都像很有学问……老板和老板娘突然生气地叫他去厨房做事。他转过七仙女撒花的玉石屏风，听到了他们同时说他“神经病”。他真的没有神经病。他脑子都清楚。这狗肉的道歉。他只是把事情说出而已。或许当天夜里老板和老板娘问过珍珍，证实他没有欺负她。他真没有欺负哩。第二天老板和老板娘看见他时，嘴角边又浮起笑容了……这狗肉的道歉。他们是老板，他们无须对他说抱歉的……他们只需笑笑，他就需要感激哩……这狗肉的道歉……他没有欺负珍珍。他只说：珍珍，你蛮好。

九

如果不是发生了后来的事，他和珍珍会不会好起来呢？这真难说。珍珍蛮好的。但他知道有个设计好的计划。他都搞不清楚，是不是因为他有居留，珍珍才来跟他接近。他如果和珍珍好了，将来会怎么样呢？但珍珍真的蛮好。早晨吸尘时，她低着头，就那么让耳边长发滑过眼睛和面孔，她做事认真勤奋。谁看了心里都舒服。珍珍有时进来厨房，就找他说话，他听着就高兴。但阿强、阿匡、阿春又多了资料来取笑他。阿强跟珍珍算亲戚，取笑到底会在亲戚的情分上。他态度对他好多了，有时甩着马尾辫儿，眨巴细长眼睛，对他也说些真诚的话。他最不喜欢阿匡用粗胖手掌敲他肩背，他已经有老婆，且说话要他小心，说他不定先吃了珍珍的"头啖汤"而后转给他……这狗肉的道歉。这什么话？都不是人的话哩。但阿强阿春会咯咯咯大笑……阿春说，如不是他人长得矮小，怕珍珍肯定先来找他……这话倒有几分道理……怕大家总以为他脑筋有问题……但珍珍说他没有问题，他弄不明白她是不是说真话……珍珍不像是个说假话的女孩子，但老板和老板娘有计划哩……而且，他跟菊子刚签署了离婚协议，怕还不合适谈情说爱的。而且，他都需要跟狗们进行沟通，两件事情一块儿做不方便。在那早餐店的窗口，他看见的沙皮狗说不定真的很有学问，失去联系真是可惜……不过，珍珍蛮好。他一夜做梦梦见跟珍珍到教堂结婚，小黄狗做了他们的证婚人，沙皮狗做了主婚人……然而，后来发生的事都发生了。

一天中午，吃饭的顾客比平时都多，珍珍洗杯子一连打破了好几个。就是那个中午，他接到大梁的电话，说过几天在汉堡举行示威游行，有许多人从各地赶去参加。他说不想去。（这狗肉的道歉）他去了有什么用呢？说不定又只是几行字的道歉，而且他更怕碰见林桂子老板，怕被问到钱的事。这欠了钱，都像蒸熟的螃蟹，哪能不红脸孔的？大梁偏说不怕，他说跟许多人说过他的事，许多人都同情他。这狗肉的道歉。许多人都同情哩。许多人都说林桂子老板不对。这狗肉的道歉。他听着，捏电话筒听着，就先把自己感动了起来。许多人说，他是受害者，需要站起来，需要向外国佬讨回公道。狗肉的道歉。许多人说支持他。他从餐馆关闭后，没有听到过比这更叫人感动的事。他莫名其妙地感动起来。"好，好，承蒙大家错爱，承蒙大家抬举……"他找不出更好的话。他操弄起文绉绉的词句，还被大梁嘲弄。不过大梁是朋友，他不会说他脑子有问题，他说话就这干脆利索的劲儿。

他真的答应了去。乘着午休，他在餐厅找到老板，说了这游行示威的事，不知是老板认为这事该做，还是因为珍珍的关系，心里存了"爱屋及乌"的意思，老板不只同意他去，还亲自找阿强，帮他对调了休息日。而后的日子里，他回来家里，开罐头给小黄狗弄吃，坐在地板上想，心底依旧莫名其妙地感动。在参加游行示威的前夕，他当真激动得厉害。他几乎整整一夜没有睡好觉。他想象游行示威取得了巨大的成功，那家胡说的报纸答应以同样显著的版面，为不检点的行为进行诚心诚意的道歉，而且许多报纸都给予同情和支持，那位胡说的官员受了严厉处分，处分也都应该哩，这比他还强，他都欠着一身的债。他都不知何时才把债还清。狗肉的道歉……那天一大早，瞧小黄狗还睡得甜甜的，他就动身去了。

汉堡他没有去过，那天去过了，但认真回忆起来似乎还是像没有去过，似乎什么都记不得。或许心情太过紧张，或许到底不是去游览，偌大的港口大城市，他竟没有多大的记忆。他是坐火车到大梁家，然后搭大梁的车去汉堡。他只记起些新旧楼房建构的街道，五花八门的橱窗，还有许多闪光耀眼的东西，如科威特海湾油污铺染的海潮人流……他们先去大梁熟悉的一家餐馆，和几个也来示威游行的同乡同吃午餐。那顿午餐有清蒸龙利鱼、蒜蓉煎鸡、红烧猪蹄和一青菜一汤，都很丰盛，但他惦记着游行示威的事，就吃不下，几口青菜半小碗汤就不吃了。但大梁他们不客气，几盆菜全吃了个精光。喝咖啡时，大家谈到了狗肉事件，大梁父亲开餐馆，其他几位都是老板，这事影响都大，这不是叹息，就是愤慨，便是本家的老板陪吃时，也说生意跌了大半，说这不说赚钱，每月还要贴，好在过去多少有些积存，算能熬着过。大伙儿异口同声，说非弄出个结果不歇事，不然以后日子可真不好过。这狗肉的道歉。这事真把许多人给害了。大梁说到他的事，大伙儿都同情，一再说他需要站出来，不只要求道歉，还要求赔偿。大伙儿又说到，这把上万头狗的失踪强加于中餐馆，真没有道理，实在是风马牛不相关的事哩。他小心地说到有人不信他没卖狗肉，大伙儿都说那说的人才脑子有问题，大伙儿都说他们相信他。这听了真舒服，心里也越来越起劲，想世上到底还有人理解他。想来所有的人如都这么说理儿，他都无须找狗沟通，要求狗们来澄清事实……如果那做官的和那办报纸的都这么理解，也都不会弄成他开了餐馆又要关餐馆了……

那天的一点多钟，他们开车去一个广场集中。然后几百人排成了队伍，都有六七十岁的老人家跟着一个劲儿地走，最叫人感激的还有不开餐馆的华人汉学教授们也来支持……大家拉着抗议横幅标语，一路走去报社……虽然没有下雨，但阴沉的天空令他有些难受。大梁又对人说起他的事，又有更多的人对他同情起来，说他早该站出来，向报社和散布谣言的人讨回公道……这狗肉的道歉。大伙儿的话在理哩。瞧一路上只有一个和善的警察老头跟着，问他为何？警察老头笑着说，中国人奉公守法，无须那么多警察跟着……瞧这连警察都明白。他们这些人是好人。但喜欢散布谣言的人还是散布谣言。这狗肉的道歉……不想他那么激动。想想人太激动了真的没有用。走过拐弯，那里街树生长特别茂盛哩。有许多外国人围着看。懂德语的同伴说，这些人也都支持他们……他真的太激动了。他感到头脑里有点儿不对劲，有些儿热，有些儿迷糊，一座高楼突然在他眼前晃了，但他想熬熬就过去。他旁边的人说，他脸色白得难看，是不是不舒服？他咬着牙说：没事儿。这狗肉的道歉。他想不到在节骨眼上他会熬不过去的。

"这狗肉的道歉！这都没事哩。"他对自个儿说。

身旁的同伴不明白这意思，只用惊讶的目光看他。谁在问：没事吧？他说：狗肉的道歉，没事哩。转过一个路口，楼房还在眼前摇晃。他说：没事哩。他说脑子还好，不会有问题。谁点头了。这狗肉的道歉。在一家服装店门口，他突然眼前黑了。而后，他真晕了。大梁说是他和几个同伴送他去医院的。示威游行没有结束，他就不顶用。他这真的窝囊……医生说他因疲劳过度加心情而引起，没病。这是废话哩。他本来就没病。只是他真不明白自己那么没用……哎，还在医院躺了两天。后来问起去的人，都说大家在报社门口等了几个小时，才见到报社总编。大家说都算有收获，报社总编表示重新道歉……他们会登大版面道歉……他虽然躺了几天病床，但想想也算值得。他以为总算出了口气。回到家里，才发现小黄狗出了事。他以为当天能回来……偏偏躺了医院。这把小黄狗饿了。更不知小黄狗怎么把大花罐弄倒了，砸了头。他回来时，小黄狗已经断了气。狗肉的道歉。他心头又变得忧伤起来。

他把小黄狗抱在怀里哭了一夜。小黄狗像他的兄弟哩。那个夜晚，他坐在地板上哭着，他不知道他的眼泪那么多……他哭了一夜。第二个夜晚，他想把小黄狗埋到郊外去。夜漆黑漆黑。他骑车背着小黄狗，带着小铲和几只蜡烛。在一个傍着流水树木草地的小土堆上，他点上蜡烛，就给小黄狗挖掘小坑。但在那会儿偏被警察看见。警察拉他进了警察局。他被录了口供。他们要控告他虐待宠物……但他不能让小黄狗曝尸野外，他坚持埋了小黄狗。他又买了阴司纸烧化给小黄狗。两个警察蓝警帽下有双好看的蓝眼睛……他们会不会笑他呢？或许他们背后也说他脑子有问题。他跪在小黄狗的坟前哭得很伤心……而几天后，弄不清是警察局还是法院，他们又传他去问话，弄不清楚问话的人是法官还是警官？但问话的人没有穿警服。只是他后来都叫问话的人法官。在挂着国旗和总理相片的房间里，他把说过的话又说一遍，说到最后，他禁不住哭了起来。大鼻子小嘴巴的法官和那个有夜猫子眼睛的警察，似乎很同情他。他们问他是否近来脑子有昏花的感觉，他们说他们是善意的，如果证明他神志不清楚，对他会有利……这狗肉的道歉。他脑子没有问题哩。他发现小黄狗死了，他心很难过才哭的。如果能让他挑，他都不挑去示威游行，他挑呆在家里。他不要小黄狗出事。他不要那种狗肉的道歉……

他心里难过。小黄狗还年轻哩，这走了都是他的罪过。他不学那狗肉道歉的人，他不要自己给自己找理由。他怎么都不原谅自己。法官说：他只要接受小小的罚款就不必去坐牢。他说：他不要罚款，他要踏踏实实去坐牢。法官和警察为什么就张着口嘴说不出话？他们又说他可以不坐牢，罚款只是象征性，一百多马克是很少的数目。他说：他愿意坐牢。法官和警察对视着摇头。他们又说：他先回去考虑几天……他们肯定认为他脑子有问题哩。狗肉的道歉。他要坐牢是他的事。他不明白他们为什么不允许他做他应该做的事。

“老板，你要请人，我得去坐牢……”他回来对老板说。

“小事哩，不要坐牢的……”老板说。

“要坐牢哩……”他说。

这下不只老板表示忿忿，阿强、阿匡、阿春也都表示忿忿……几天后，那位警察来餐馆吃饭时，又对老板娘说了他的事，说他只要付一百多块马克，不要坐牢的。夜里，老板来房间找他，问他是否手头没有钱，说没有钱他会给，这是小事。为一百多块马克去坐几个星期牢房不合算。他说，小黄狗像他的兄弟，他必须坐牢。一会儿，老板娘来说，他现在遇了事，都得先跟他或她商议才对，他们早把他当亲戚了……他似乎明白，又似乎不很明白……他房间靠床的墙上，贴着一张狗的图画，画上一片大草坪，一头雪白长毛的小狗正用前脚把一个篮球踢去……他抬头，发现图画一角的火头钉掉了……他不知道如何说话……他们看着他。他们在等他回答。他爬到床上，小心地把图画揭下，小心地卷成筒状，放回了硬纸筒。然后他说：他坐牢时想带图画去……老板娇嫩的脸上开始失望。老板娘莫名其妙地把脸孔涨红，然后终于生气了。她拉了老板离去……走出门口时，老板娘真的骂他“神经病”了。但他脑子真没有问题。狗肉的道歉。他们不能理解他。他真当小黄狗作兄弟的……

而后的几天里，他在餐馆里没有人找他说话。阿强、阿匡、阿春和跑堂的琳琳，老板和老板娘都在背后说他什么……他们的眼神一律蔑视和猜疑他……他们不明白他。他们只当他脑子出问题。他的脑子真的没有问题。不知珍珍怎么想……她看他时，那好看的单眼皮眼圈似乎有泪。她总想避着他低头做事。他不知对她说什么好？想想她跟他到底是没有关系的。他坐了牢到底对她也没有要紧……或许老板和老板娘日后会替她找到好的对象……他离开的那个夜晚，没有人跟他打招呼……他走出门口时，回头看见窗口一角站着人，他认得是珍珍。珍珍对他挥了一下手就退去了……

他在家里计算着日子，大梁打电话说，一百马克他给出……他说他自己也有……想不到大梁会那么大火气，怕大梁在那头把电话砸了……那会儿，他心里有些难过，他想或许会失去一个好朋友……

他去坐牢的头天晚上，他带了蜡烛和阴司纸，再次骑车去了郊外。他想再去看看小黄狗……他坐牢后，怕需要一些日子不能来看他了。他很感激那夜有颗明亮的月儿。自行车在路上走着。他抬头看见那月儿在静静地照着他．照着树荫下的路……

比利时

第一稿作于1995年6月10日～30日

修改并定稿于7月5日～15日

后记：小说作到半途，跑去荷兰开会，恰与欧华学会会长、德国汉堡大学关愚谦教授同住一室，承他提供了许多宝贵的资料和意见，于此说声谢谢！

（选自《四海》1996年第1期）

塞纳河之王

［瑞士］赵淑侠

赵淑侠（1931— ），女，原籍黑龙江肇东。瑞士应用美术学院毕业，曾任世界华文作家协会副会长、欧洲华文作家协会会长。著有短篇小说集《西窗一夜雨》、《当我们年轻时》，长篇小说《我们的歌》、《塞纳河畔》、《赛金花》，散文集《异乡情怀》、《海内存知己》等。

我到巴黎的第一天，就听了不少塞纳河之王的佚事，都是老同学大熊告诉我的。那天，大熊到机场来接我。

“巴黎的情调和哪里都不一样，可以说是个艺术城。你知道这里的特产是什么？就是画家。你看，那就是凯旋门，那个尖尖的塔顶就是有名的埃弗尔铁塔……”在飞机公司的巴士上，大熊以老巴黎的姿态，指指远处耸立的一个大石门，又指指半空中翘起的一个塔尖。

“巴黎是真美、真大，怪不得这么出名呢！”我左顾右盼，惊叹地说，心里却因为自己不是来学艺术的，多少感到些遗憾。但转念一想，来研究文学也总算是不错的事。在这个罗曼蒂克气味浓厚的地方住久了，自然会感染上一些优美的气质，将来做个“浪漫派”的文学家，许是没问题的吧！这个想法使我几乎有点飘飘然了，也就忘了乘坐二十小时飞机之后的疲劳。

“我没吹牛吧？你已经着迷了吧？小周，告诉你实话，你现在看到的巴黎，是连三十分之一也不到。等我有空了，带你好好地逛一逛，什么罗浮宫、凡尔赛宫的，全去看看，叫你开开眼界——”见我像进了大观园的刘姥姥，大熊越发得意，好像巴黎是属于他的，一路上除了不停地推广巴黎之外，就没说别的什么，使我几乎发生错觉，把他当成了旅游公司派来的导游。

下了巴士，又坐了一段路的计程车，才到大熊替我预先订好的宿舍里。

宿舍的管理人是个头发和胡子全白的老头子。他拖着一脸毛孔粗大的松肉，挺着圆圆鼓鼓的肚皮，两只灰、蓝，还掺着些红色，含混不清的眼珠，半天不眨一下，定定地打量着我。

“这就是你说的那位小周先生吗？”胖老头看看大熊，再看看我，然后把肥大的脑袋点了两下，说：“嗯。这个不错，看样子不会像塞纳河之王那么讨人厌。”他的表情和语调都充满轻蔑，不脱白种人特有的优越感。

“我这个老同学小周，为人是再随和也没有了，我们大学四年都同住一个宿舍，他人既安静，又爱整洁，闲来没事就打扫屋子。德浮先生，你放心，他绝不会给你惹任何麻烦。”大熊满脸堆笑，带了几分讨好的口气。

德浮先生把我们带进一间屋子里。那间屋子狭长得像条过道，顶头上是排窗子，中间隔着一层深褐色的幔帐，因为幔帐是拉开的，屋子里倒显得很明亮，零乱的情形自然也就看得更清楚。

“没办法，他只好跟塞纳河之王住在一起。宿舍住得满满的，我不能赶别人搬家，现在只有这一张空床。反正塞纳河之王也不会吃人，你们又都是中国人，住在一起也没什么关系的。”德浮先生说，面孔上还挤了点敷衍的笑。

本来笑嘻嘻的大熊，可立刻就不笑了。他说：

“德浮先生，我前半年就替小周登记的。上个礼拜我打电话问，你还说有房间给他，为什么现在倒让他跟塞纳河之王住在一起？”

“大熊，不要说了。和那个塞纳河之王住在一起有什么关系？我初来乍到，人也不认识两个，话又不太通，有个自己人做伴多好呢！”我的法语结结巴巴，用了好大劲才说出来。

“小周先生，你真是个懂道理的人，如果中国人都像你，办起事来可就容易了。”德浮先生似乎听懂了我的“中式法语”，连连拍了我肩膀几下，脸上的肉笑得越发挤在一起了。

“这个老鬼子，最狡猾，真不是东西。”大熊是山东好汉，向来粗气，不等德浮先生跨出门槛，就破口大骂，“他上个礼拜明明是答应给你一个房间的嘛！我知道，他一定是把原来预备给你的房间临时给了别人，认为中国人好说话，就硬派你跟塞纳河之王住在一起。真是混账！”

“大熊，你为什么这样生气？我真的喜欢跟个自己人住在一起。闷了可以谈谈，多好！你想，咱们在国内还四个人住一间宿舍呢！那屋子连这一半大也不到。难道人一到外国，就进步到非得一人住一间房不可吗？”

“唉！小周，你别再这么说好不好？”大熊听我这样说，急得直跺脚，“要不是你刚才当着德浮那老狐狸的面这么说，他也许将来还会给你个另外的房间。现在好了，你自己都说喜欢跟塞纳河之王挤在一处，他就是有了房间也不会给你了。你就是喜欢跟个本国人住在一起，也不能跟塞纳河之王那个大活宝啊！你知道，全巴黎没一个人愿意跟他住一间房子，你算是个倒霉鬼。”

“听你的口气，好像那个塞纳河之王是个妖怪，近不得身似的，他不是个学画的吗？这屋子里的画不是他画的吗？”我指指属于塞纳河之王的大画桌——那上面丢着乱七八糟的书籍、纸张、颜色盆和厚厚的一层灰尘。又指指沿着墙根堆在地板上的几叠画。“艺术家嘛！怪一点是免不了的，我们不能以衡量常人的标准来衡量他们。”

“啧！他是个什么屁艺术家！”大熊的粗嗓子像支快枪似的，一下打断了我的话。“我告诉你，这个塞纳河之王，是不是全世界第一活宝我不知道，反正在巴黎他要数第一是没问题的。他呀！专门丢我们中国人的脸。他那画嘛！谁知道？反正我也不懂书画这一套。不过，他可一张画也卖不出去，如果能卖出去的话，他也不至于年纪一大把还住宿舍，也不会把屋子弄得像个展览室，天天开画展给自己看了。”他的言辞间充满讥诮。

“大熊，你说说看，这塞纳河之王到底是个什么样的人？他到底做了些什么？为什么叫塞纳河之王？”我看大熊的表情，听他的言语，对这个没见过面的“塞纳河之王”，也产生了想一窥究竟的好奇心。

“他嘛！自然是姓王啰！”大熊的气来得快，消得可也更快，已经又嘻嘻哈哈地笑起来了。“他这个家伙到巴黎少说也有十六七年了吧！可连法文也没弄通，他那古怪的发音可真绝，无论中国人还是法国人，要不特别仔细听都不会懂。他成年穿件旧稀稀的大长袍，我看他从来也不脱下来洗洗。人家现在都流行长头发，他可剃个大平头，远看就像个老和尚，他自称喜欢看书，尽看些中国古书。总之，是个怪物就得了。据说，他刚到巴黎的时候，进过艺术学院，可是他乱批评，脑袋又来得个硬，自以为是，总跟教授辩论，跟几个教授都吵翻了。人家还没请他走路，他自己就先卷了铺盖，当着一大堆人，把注册证什么的全撕了，还说人家的画是左道旁门，他自己的画才是正统。从这以后，他就背着书画箱满山遍野地跑，硬说他是大自然的儿子，画些什么树啊、风啊、山啊的。有时候也躲在屋子里十天半月的不出去，就画画，好像蛮有灵感的样子。可是你看他画些什么？”大熊指指几张挂在墙上的画。“不中不西。他画完了就像捧宝似的捧到河边画市上去卖，捧来捧去的十几年，一张也卖不出去。因为他在塞纳河边上的资格老，又姓王，人家就叫他塞纳河之王。哈哈，反正是个百年难遇的活宝就得了，神经得很。”大熊一边说一边笑。

“这么说，塞纳河之王这个人真的有点怪。不过，我觉得他的画不算坏，譬如说那个女孩子的画像，看着多生动。”我指着立在窗前画架上的一幅画说。那张画已经完成了，上面的女孩子梳着长长的头发，穿着天蓝色的衣服，两只大而亮的眼睛盛着快乐和智慧，精巧的小鼻子微微上翘，饱满得略显厚的嘴唇淡淡地上牵着，似笑非笑，看上去很甜美可爱。而真正吸引人的，是她在神采中透露出的那份自信、喜悦、青春和希望。“这是一张好画。”我看了半晌之后，又说。

“当然喽！塞纳河之王画法郎苏丝陈还会不传神吗？他早就把她当成灵感之源啦！”大熊不屑地说。

“谁又是那个法郎苏丝陈？”我不解地问。

“法郎苏丝陈是全巴黎最漂亮、风头最健的中国女孩子，中国人法国人全追她，加起来少说也有三四打。她人可真漂亮，你看了就会知道。你想想，人家这样的女孩子，会看上赛纳河之王那个宝贝蛋吗？他可真是癞蛤蟆想吃天鹅肉，居然追人家。人家法郎苏丝陈说，这等于是侮辱她，气得直哭，连招呼都不屑跟他打。”

“法郎苏丝陈就那么骄吗？怕你也是那追求队里的一员吧？”我打断了大熊的话，有意打趣他。

“我？”大熊指指他高高鼓起的大鼻子，“我才不去惹那个麻烦，人家法郎苏丝陈又不开动物园，会要一头大熊吗？”

接着，大熊又闲聊了一阵，最后说：

“小周，我还有事，得走了。你就先将就着住在这里吧！也是没法子的事。在巴黎，租房子又贵又难，别的宿舍又住得满满的，没空位。咱们这种穷学生，能省一个是一个。这里的好处就是便宜。慢慢来，骑着马找马容易，等我知道哪里有又好又便宜的，立刻就替你去问。”

大熊走后，我打开衣箱，把些衣物放进属于我的大橱里，书籍一类的东西堆在写字台上，粗粗地料理了一番，也算是就绪了。

整理既毕，我无事可做，就在屋子里闲荡了两圈。欧洲的老式房子屋顶可真高，地板又真老得可以，每走一步就嗞嗞格格地响一阵，让人听了平添一份寂寞之感。我站在长窗前望望，见日影已经偏西，正照在天井的高墙上。看着好单调。“那个塞纳河之王，就在这间屋子里一住十几年吗？算得是好耐性。”我想着就把属于他的那半边屋子，仔细地巡视了一会儿。他那张藏在幔帐后面的床上，堆了两床旧毯子和揉得乱七八糟已经快变成了灰色的白被单。床前的地板上，丢了几双破鞋，空果汁瓶子、画笔、书和破纸，椅背上搭着长裤，椅子上是一团衣服，处处显示他不是个爱整洁的人。但被大熊形容为“不中不西，一张也卖不出去”的画，却都一叠叠排得整整齐齐，不单用塑料纸盖着，还都编了号。墙上挂的几张，都色彩明亮，一尘不染，显然也是加意保护过的。我再仔细地看看他的画，也觉得有点怪，说那是西画嘛，气氛和情调又相当中国化；说是国画嘛，也不尽然，国画里的山水人物都是宁静淡雅的，而塞纳河之王的画里的山水人物都是大笔一挥，强劲有力。对于艺术，我原是外行人，他的画好与不好，也说不上来，不过，当我把那张画架上的少女像再细细看了一遍之后，仍觉得那是幅好画，传神之作。想起大熊说的那些话，塞纳河之王单恋法朗苏丝陈的情形，我对这位没见过面的同房，早存了满心好奇，竟渴望快点见到他了。大熊说：“塞纳河之王卖不出画，就靠到仓库当苦力维持生活。最近好像是做晚班，要深夜之后才回来。”我看看表，才下午五点刚过，别说塞纳河之王不会回来，就是离吃晚饭也还有两个钟头呢！而我突然感到有些昏昏欲睡，想是两天来不曾睡过觉的疲劳发作了。

我枕着双臂，和衣仰卧在床上，对着满是黄色水渍的天花板，任脑子胡思乱想。想起昨天在台北松山机场向家人亲友辞别的情景，仍忍不住有些眼酸，母亲、妹妹，还有云华，都哭得泪人儿似的。说起来人也真矛盾，他们都舍不得我走，可又都逼着我出国。我终于出国了，可是谁又敢说将来如何？会不会像那个塞纳河之王似的，一混十几年，而一事无成？云华和我约好，两年后一定要结婚，不管她出来还是我回去，可是，两年是多么长啊——

睡得正好，觉得有什么东西在触碰我。睁开眼睛，赫然看到一个又瘦又长的人站在床前，这使我大吃一惊，不由得脱口而出：“你是谁？”问完这句话，我才真正清醒了，想起这是巴黎的学生宿舍，不是台北的家里。

“我是王南强。你这样睡会着凉的。”他很木讷地说。声音低低的，脸上板板的。我坐起来，发现身上多了条毯子，与塞纳河之王床上的完全一样。

我知道这个人一定是塞纳河之王无疑了，就忍不住仔细地打量他。

他真算得上是瘦子，面孔上棱棱角角，颧骨高高鼓起，两颊下陷，额上横着几条粗大的抬头纹，绕着嘴唇是一圈乱糟糟的胡碴子，头顶却剃得干干净净，只在两鬓留下点花白色的短发。他细得像电线杆似的身上，穿了一袭洗得已经透了白的黑布长衫，麻秆似的长项子从长衫敞开的领子里伸出来。一双特大号的眼睛，正滴溜溜地扫着我。

好一副神经质的模样！怪不得叫“王难强”呢！瘦得好吓人。亏得大熊先告诉我了，不然真会让他吓一跳。我想着就从床上下来。

“我叫周天豪，同学们都叫我小周，你也就叫我小周好了。塞纳河……啊！王南强，王兄，和你住在一起，我觉得很……呵呵！很……很荣幸！”我客气地笑笑，伸出我的手。“很荣幸？”王南强用古怪的眼光瞅了我一阵，伸出手来和我握了一下。那双手又硬又冷。接着他又用带点教训的语气说：“人哪！最好说真话。”

“啊！哪里——”他的话使我脸都红了。我正想找点什么话来解释，王南强已经挺着腰杆，迈着大步，到他那边去了。我冷眼看看他，觉得他是不太爱和我搭理的样子，就也不再去理他。心想：“你那怪物，谁稀罕你搭理？”

这时，我饥肠辘辘，肚子里连连唱空城计。不禁恍然记起，到巴黎后还没吃过东西。当我穿戴整齐，预备到饭厅去的时候，才发现腕上的手表正指着午夜一点。我长长地吁了一口气，像只泄了气的皮球，跌坐在书架前的椅子里。

王南强已把衣服脱得就剩下内衣内裤了，排骨般的膀子和腿全露了出来，他眼皮也不抬就要往他狗窝一般的床上钻，但钻了一半忽然又跳下床来，在墙上挂着的一个布口袋里胡掏了一阵，掏出个大纸包来。他两只大脚上拖着双特大号的中式绣花拖鞋，扎着蚱蜢般又细又硬的腿，到我身边，把那个纸包放在我面前的桌上，然后就一句话也不说，转过身，硬得像个僵尸似的走了。回到他的床上，钻到一堆乱被子里。接着就听到“啪”的一声开关声，他那半边屋子立刻暗了下来，他翻动了两下，就再没声息了。

我对着幔帐后面露出的半张床呆望了一会，就打开纸包。那里面竟是半个长条面包、一块奶酪和一小瓶果子汁。这使我一喜非同小可，虽然以前从来没吃过这样的东西，却也顺顺当当地让它们都下了肚。一面吃一面想：“总听人家说法国大菜世界知名，我到这里的第一顿饭竟是啃干面包……”吃完东西，肚子停止了唱空城计，原想向王南强道个谢的，但听到他的鼻鼾声已如雷般声起，也就只好作罢了。

第二天早上，大熊来接我的时候，王南强的床早已空空如也，只剩下一堆乱七八糟的床单毛毯。

“怎么样？和这位芳邻住在一起不错吧？”大熊笑着问。我把昨天夜里的情形叙述了一遍，最后我说：“看样子他人是古怪一点，不过心肠是蛮好的。你看，他怕我冷就给我盖毯子，看我饿就送东西给我吃。”

“你先别乐，他那毯子和面包都不会干净，上面有尿的味道也说不定。”大熊向我眨眨眼，强忍住笑。

“你说什么？有尿的味道？”我不解地睁大了眼睛。

“说出来你再也不会碰他的东西。我们那位塞纳河之王，可真是个笑死人不偿命的，他还尿过床呢！全巴黎的人都知道。”大熊说完，干脆就放声大笑。

“真的？——那怎么会？”我将信将疑地皱起眉头。

那天是星期天，大家都没课。大熊带着我跑了两处中国同学群集的地方，给我介绍了不少人，大家都对我很热情，不但留我吃饭，还问我住在哪里，我说住在某宿舍，大熊就替我补充说：“他这个家伙运气不太好，找不到别的地方，只好跟现世宝塞纳河之王挤在一间屋子里。”跟着大熊的话，就是一阵哄笑。听那笑声，看那表情，仿佛王南强是马戏班里的小丑。

过了十二点才回到宿舍，一进门，就看到王南强一手撑着调色板，一手拿支大笔，头也不抬地在一幅画上涂抹，对我走进来，完全视而不见。

我在桌旁伫立了一下，慢慢地走近他。

“这么晚了还在画呀！”我装得很亲热地说。

“啊？”王南强似乎吓了一跳，猛然抬起头，睁着两只大眼盯着我。原来对我进来他真的不知道呢！

“这幅油画——中国气氛好重。你画画都用油彩吗？”我仔细地观察着那幅画。

“我画画的方式完全自由，油彩水墨全用，而且精神永远是中国的。”王南强翻起眼珠看看我，又说：“这是我老家门前的河。里面鱼多，水是淡绿色，真清澈，真美，天下再也找不出那么美的河来。小时候，我总在河岸上跑，跟着我哥哥。天一落黑我母亲就到河边叫：‘回来，回来——’”他说得慢吞吞的，听起来有点伤感，“这幅画，就叫故乡的河。”

“你很想家，是吧？”

“想家？”他沉吟了一会，淡然地说，“你是属于哪里的，就会怀念哪里。”说完了他又用笔不停地涂抹，聚精会神。

我原想说：“你既然想家为什么不回国去？”但觉得和他不过初认识，不便这样问，就说：“你总是晚上作画吗？”

“不一定，如果想画，就不分昼夜，一连画几天，不想画的时候，也常十天半月地不提笔。今天，我是要画一夜的。”

“唔——”我想起大熊形容他“活宝”的话。心想：“这个人果然是和谁都不一样的，不但‘宝’，而且自私。你画一夜，灯开得亮亮的，叫我怎么睡觉呢？”谁知我还没来得及想完，王南强就丢下笔，哗的一声把帐幔拉上了，然后又把他床上的两条毯子和一条被单，全部搭在上面，搭完了，把两只瘦长的大手一拍，说：

“你看，我画我的，不会影响你睡觉。”似乎已洞察了我的心事。他说完又去画了，对我也不再理睬。我站了一会儿，感到讪讪的，好没意思，就上床去睡觉。因为中间隔着帐幔和毯子，我把电灯一关，也就看不到多少光。我这个人又向来会睡觉，一刻功夫不到，也就入了梦乡。半夜里我几次被走动的声音惊醒，都看到天花板上，从帐幔缝隙透出的一些灯光。但当我早上起身时，那些毯子已经拿下，帐幔也拉开了一半。我叫了两声王南强，没人答应，待走到他床前一看，又早早人去床空。

“居然整夜不睡觉，真是奇怪！神经！”我摇摇头，想。

到晚上，王南强又回来了，手上捧了个大纸箱，里面装满了画。他把那个纸箱小心翼翼地放在沿墙的地板上，用塑胶纸蒙好，立刻卷起黑长衫的袖子，继续画那幅“故乡的河”。只把头朝我点了两下，就算是招呼过了。

“你早上几点走的？我一点都不知道。”我搭讪着问。

“五点半，这个星期我做早班。”他一边画一边说，怕我不懂，又加了一句：“我是说到仓库扛货。”

“你就真一天一夜不睡觉吗？”我真为他的健康担心。

“我睡过了，在河边。”

“在河边？……”我几乎想笑，天下居然有这么奇怪的人，放着好好的床不睡，要到河边的野地上去睡。

“我是说在河边的画市上。每天下午我都在那里。”他带几分不耐烦的口气，仍然不抬头。

“你卖了画吗？”话一出口，我就开始后悔，但要收回已来不及了。

“没有。”他简短地说，只顾闷着头作画。我想他是不喜欢我打扰，也就知趣地不再说什么。过了一会儿，他又拉上帐幔，搭上毯子和被单。

这样也好，不见你那副怪相，我也用不着为你烦心。你不理我，难道我还在乎不成。我想着就用口哨吹了支短短的曲子，然后打开书，开始自己的工作。

就这样，我和王南强虽然住在一间屋子里，可各过各的生活，他很少主动跟我说话，我自然也犯不上主动找他说话。这种日子过得我好气闷。其间曾有个同学替我找到一间宿舍，却因为费用太贵，我负担不起，而放弃了。我这个宿舍也曾有次空了个房间出来，德浮先生那老鬼居然派给一个印度学生而不给我，我只好还是跟王南强住在一起。好在我已经开始到学校上课，每日早出晚归。我们宿舍是管晚饭的，而王南强从不回来吃，两人碰头的机会就更少，他那副阴阳怪气，见人爱理不理的神气，我也就不放在心上。虽然他半夜作画和响得像打雷的鼻鼾声为我所不喜欢，日子久了，也就习惯了。有次我对大熊说：

“塞纳河之王的鼾声就是我的催眠曲，如果听不到，我还真怕要失眠哩！”听得他哈哈大笑。

有个星期天，我像往常一样地在餐厅吃晚饭，正在低着头喝汤，忽然听到坐在我旁边的印度人，扑嗤一声笑出来。随着他的笑声我抬起头，只见穿着黑布长袍的王南强，手上拿着本书，昂然阔步地走进来。他正要坐在一个空位子上，对面坐着一个黑人就把椅子一拉，说：“不行，这个位子不空。”王南强看看他不说话，又去到另一个位子，旁边的巴基斯坦人也假说不空。他又去到第三个空位，那个瘦得像干鸡似的小日本也说“不空”。正在这时，坐在饭厅正中间的一个学画的英国学生叫了：

“喂，喂！塞纳河之王，我这里有空位子，请坐，请坐。”

王南强回过头，用感激的眼光看看那个年轻、满脸浮着笑容的英国人，一声不响地走过去。谁知他刚往椅子上一坐，就摔倒在地上，惹起众人一阵哗笑。

"查尔斯这个家伙要不得，人家是'王'啊！你怎么可以把断了腿的椅子给人家坐。"巴基斯坦那个大胖子说。

"对不起，塞纳河之王，我该先检查一下的。"那个英国学生站起来，举起手向王南强敬了个礼，又坐下了。大家跟着又嘻嘻哈哈地笑成一团。

王南强从地上站起，拍拍屁股后面的灰，拿起那只断了腿的椅子，闷着头弄了一阵，那只椅子就好了，他便坐下，打开手上的书，一声不响地看起来。他坐了好久，伺候饭的黑人约翰也不去理他，只进进出出，端汤端菜地招呼别人。这时，饭厅里的人似乎都很开心，叽叽喳喳地说些调笑的话，说的声音那么大，仿佛故意要让王南强听见。

我冷冷地注意着王南强的表情，他竟是一副若无其事的样子，只定定地看着眼前那本书，专注的程度，一如作画。

过了很久，那个胖猪似的约翰才摇摇摆摆地走到王南强的桌子前。他啪的一声，把王南强正在看着的书合上了，双手往腰上一插，说：

"塞纳河之王，就算你是'王'吧！可也不能破坏规矩呢！我不是说过么？饭厅里不许看书。你要不要吃饭呢？我看你总得吃点什么吧！你老是不吃不睡的，怕不久就要见上帝了呢！嗯？我给你端盆汤来怎么样？"那黑人说完，带笑地对大家挤挤眼。众人自然又开心地笑了，几个正在看书的也把眼光从书上移向王南强。

"好极了，我就是想要盘汤。"王南强平和地说。对周遭的一切仿佛没看到。

"啊！好极了，好极了，好极了……"黑约翰又伸舌头又翻眼珠地做着鬼脸，嘴里不停地叨咕着去了。过了一会儿，他端了个盛汤的大盆来，放在王南强的面前。"你要喝就全喝下去。"

"全喝下去？"王南强低头朝汤盆里看看，"不行，太多了，我只要一盘。"

"那你就一滴也别想喝。"约翰端起汤盆就要走。

"约翰，你叫他喝下去，怕他又要尿床哩！"巴基斯坦的胖子说。

"是呀！又要画'故乡的河'啦！嘻嘻！"干鸡似的小日本说。

"塞纳河之王，你今天河边上卖了几张画呀！赚了不少法郎吧？"我旁边的印度人也不甘寂寞。

约翰见大家说得热闹，更兴奋了，言辞也就来得格外俏皮。他拿起桌上那本书，对王南强点着：

"我说亲爱的塞纳河之王，你要真能卖出几个法郎，搬出这个宿舍也倒好，不然你住到见上帝那一天，说不定还得我们替你张罗棺材——"他一面说，一面恶作剧地嘿嘿直笑，"你看，你这长袍，你这光头，嗯？你这——"

整个餐厅的人全像吃了开心丸，笑得前仰后合。我感到全身的血液在沸腾，愤怒得肺也要炸开了。身为中华儿女，如何能受得这样的侮辱？我抓紧了拳头，用力地在桌上一击，震得盘子里的汤也溢了出来。

“住口！你们这些人，你们也算是人吗？你们就把快乐建立在别人的痛苦上吗？王南强从来不伤害谁，你们为什么要欺侮他？你们……你们……”我气得说不出话，一下子跳到王南强的面前，抓住他长袍的大襟，又从黑人约翰手上抢下那本《楚辞》，压低了嗓子狠狠地说：“你赶快回到屋子里去，我有话对你说。”

“我跟你回去就是，你别这么拉扯着呀！唉！你这又是何必……”王南强嘟囔着，跟我回到屋子里。一进去，我就把门重重地关上。

“你这个怪物、脓包！你受得了人家的开心，我还受不了呢！你为什么要穿这鬼长袍子？为什么要剃平头？你丢我们中国人的脸。”我气极地说。

王南强冷冷地打量了我一会儿，把两手从长袍的开衩插进里面长裤的口袋里，平静地道：

“我做了什么丢中国人脸的事？穿长袍剃平头就不应该吗？中国人不是这个样子的吗？难道学洋人那样，穿捆在屁股上的裤子，留着长头发，才算是有面子的中国人吗？”

“……”他的话使我一时答不上来，我顿了顿，说：

“你要弄清楚这是什么地方。要知道你那作风会被人笑话，受人欺侮。”

“我不在乎。我向来就是这样一个人，不能为了迎合谁而改变自己。他们都是些毛头小子，我是这么大一个人，什么风浪我没见过？会在乎他们的胡闹吗？”王南强说着，已经又卷起袖子去画他的画。看那神气，倒像真不在乎似的。

我气得长叹一声，颓然地把自己抛在床上，不再说话。

王南强画了一阵之后，突然转过身来，慢慢踱到我的面前。

“小周，你不要气闷，这些小事值不得放在心上的。”他倒反而来安慰我了，仿佛刚才受欺侮的是我，而不是他。

“王南强，你来巴黎到底多久了？一直这样生活的吗？”

“来了十七年了，生活嘛！可以说没什么改变，就是这个样子。”他把笔和调色板放在我的桌子上，在旁边的椅子上坐下来。

“听说你进过艺术学院，又出来了？”

“教授们不喜欢我的作风，我画画的题材和方法他们也不能容忍，我人也固执了一点，就闹翻了。”他笑笑，瘦脸上起了几条大纹，每一条纹都像刀刻的那样清楚。

“你既然到巴黎来，为的不是学画吗？为什么不听人家的，要固执自己的一套？如果你以为自己的方式好，为什么要来学？”我忍不住说。

“在很多方面，譬如说，在作画的技巧上、色彩的运用上，我是很虚心地向他们学。但是在精神、题材和意境上，我有自己的目标。你想，我是一个中国人，中国人的思想、精神，已经在我的骨子里长了几千年，那是天生成的，想丢也丢不开的，何况，我根本不想丢开它，我以我是个怀着中国精神的中国人为荣。”王南强坐得笔直地靠在椅背上，侃侃而谈。老实说，在这以前我一直把他当成“闷嘴葫芦”，真没料到他有这么好的口才。

“王南强，那么你到巴黎来，流落在这里，目的到底何在？”我知道“流落”两个字用得不太忠厚，但以王南强的情形，还有比这两个字更好的什么词来形容他吗？

“巴黎是全世界的艺术中心，艺术精神之所在。我到巴黎来，固然是要学他们的长处，可是，最大的目的是要给中国画开出条新路来，把中国的艺术精神介绍给世界，让中国画的美，揉进西方艺术里，为全世界人接受，不光局限在中国一个地方。”他的口气颇自信，两眼炯炯生光。

好一个狂人，看他老兄想些什么？不是在做白日大梦吗？我心里忍不住笑骂。但见他那副认真的神情，又止不住怜悯。“你在国内还有亲人吗？”我问。

“唔——”王南强的脸色逐渐暗淡了，嘴唇嚅动了几下，仿佛有什么话想说，又难以启齿似的。“有是有……”他吞吞吐吐的。把两只瘦长的手连连搓着。

“唔——”我困惑地望着他，为自己的问话感到后悔。

“我曾经有过家。不过，现在没了，离婚了。”他张开手臂比了比。“像我这样一个人，是很难让人了解的。她对我没有信心，看我没出息。我也不怪她，不过……不过心里总有点那个就是了，当初两个人有那样的感情……”

“最近的事吗？”我觉得很奇怪，何以王南强的事被谣传、渲染得那么厉害，可没听谁说过他曾离过婚的事？

“不，是在我出国三年以后。”他说。低垂着眼皮，像在思索什么，过了好一会儿，才慢悠悠地叹了口气：“我真的不怪她，和我在一起好几年，也够她忍受的。可是我真的不能为她而改变自己。我想她是对我绝望了，不然她不会那么非闹着要离婚。离就离吧！于是，她就带着我的女儿走了。”他说得很慢很低沉，仿佛在述说一个古老的故事。

“你还有女儿？”我更感到意外，吃惊得坐直了身子，“她们现在在哪里？我是说你以前的太太和女儿。”

“在台湾嘛！她早和别人结婚了，又生了两个女孩子。”王南强说着，大度地笑笑，“她过得很幸福，这就好了，我嘛，是什么都能忍受的。唔——”

“你怎么知道她的情况？你们还有来往？”

“是我女儿写信告诉我的。我女儿就是我在世上惟一的亲人。”王南强的脸色又转明亮，语调也活泼了。“她叫云云，已经十八岁了，也在学画，我们通过好些封信。她聪明、有志气、有思想，她让我觉得人生的希望无穷。”他说着顿了半晌，忽然又说，“小周，这些话不必对别人说。”

那晚我睡得非常不平稳。半夜里几次醒来，屋子里都是黑暗的。王南强没作画也没看书，似乎很早就睡了。但我隐隐地听到一些极低沉的呜咽声，来自王南强，只是不知道他是在做梦，还是真的哭了。那使我很不安、很沉重。而第二天醒来，王南强已经又调着颜色，预备画画了。

“昨晚上睡得好吗？”我问。注意到他眼眶子有些红肿。

“唔，还好。”他又恢复了平日的木讷呆板，简短地答。

“你画得太辛苦了。王南强，你从不休息的吗?”

“我哪里有工夫休息？我要利用每分钟能利用的时间。”他已经又画上了，全副精神都集中在那上面，不再理我。

“这是个什么怪人啊?”我望着他瘦长的侧影，心里感叹。

几天之后，我下课回去，意外地看到王南强已经先在房里，正伏案振笔疾书。见我进来，只抬起眼睛扫了我一下，立刻又低头继续写下去。他紧抿着嘴唇，目光溜直，手上的原子笔尖快速地划在纸上，专心之至。我本想问问他在写什么，但因知道他工作时候最恨别人打扰，不愿讨没趣，就把话咽了回去。

一连几天，王南强就那么不舍昼夜地写，夜里很晚才睡，早上黎明即起，既不到仓库扛货，也不到河边画市上卖画了。

“王南强，你到底在写什么呀?”那天，我终于忍不住问。

“写书，写一本介绍中国艺术精神的书。”

“用中文写吗?”我好奇地问。

“法文。写给西方人看，怎么能用中文呢？我早就想写这本书的，光凭画不够，有些道理是非用文字解释不可的……”那天他情绪似乎特别好，自动地说了一大篇，告诉我他“书”的大概内容、思想和宗旨。最后他说：

“我们中国，在西方人的脑子里，还是一个神秘的地方，中国的艺术精神，更把他们弄得迷迷糊糊，不知道是些什么。我的工作就是给他们一个指引，把‘中国’引到世界上来……”

“呵！王兄，你的志气可不小，精神真可佩，这工作可不容易呢!”我说。想起大熊说他“连法文也没弄通，他那古怪的发音，无论中国人还是法国人，要不特别仔细听都不会懂”的话，心里不免好笑。

约两个月之后吧，王南强告诉我，他的书初稿已经完成，要先“搁一搁”，过段时间再修改，说是那样才够“客观”。我哼哈地应着，心里就想：我这专攻法国文学的人都写不出法文东西来，你这个连普通法文都说不好的人，还能写点什么宝贝玩意儿呢?

王南强的写作既告一段落，就恢复了他已往的生活：扛货、画画、卖画。毫不迟疑，也毫不怀疑，仿佛他天生就该过那样的日子，对于扛货的劳苦，一张画也卖不出去的打击（或许对他根本就不算是打击），完全不放在心上。我看他一天比一天枯瘦的身体，地上越叠越高的几堆画，满脑子不切实际的空想，觉得他傻得可怜又可笑，但对他那蛮牛般穷追不舍的干劲，也多少产生了几分钦佩。

一个晴朗的上午，王南强又像捧宝似的，捧着一大箱画往外走。

“去河边吗?”我问。

“是啊！去河边，星期天嘛！太阳又好，逛画市的人多，说不定能卖出两张。”他的态度和语调都很乐观的样子。

“王南强，我陪你去。”我帮着王南强把一大箱画，捆在他那架老得连油漆都剥落了的脚踏车上。由王南强推着，往河岸上走去。

早春的阳光真是好，照在身上，软绵绵的。微风拂面，清凉而不寒冷，塞纳河波光粼粼，新发芽的柳条在风中袅袅而舞，白色的小火轮偶尔匆匆驶过，景色好极了。

河岸上画市正在开始，那些留着大胡子、穿着奇奇怪怪衣服的画家们，像王南强一样，把他们的“精心杰作”，小心而郑重地一张张摆出来。那天来逛画市的人真不少，整个下午就没间断过，绅士淑女，老头子老太婆，全看得见。英文、德文、西班牙文，说什么语言的都有。画家们都争着兜售自己的作品，有的还叫着：“二十法郎一张素描，十分钟交货。”一些女士们，就很情愿地花上二十法郎，装出笑盈盈的面孔，给那些画家们当模特儿。

王南强的地摊前，也站了几个人，观赏他那些用中西合璧的画法、“题材和精神不离开中国”的画。

“你的这幅画还不错，可惜河上太空了一点。如果加两只小帆船上去，河边上再添个等人的少女，情调可就更可爱了。”一个美国口音的绅士说。

“哦?”王南强放下手里的书，拍拍黑布袍子，从地上站起来，面孔板得硬硬地看着那位绅士，“不行，每一幅画都是作者真实的感受，是完整的，什么也不能添。”

“那……那真可惜，如果你肯添，我预备买你的，我可以付你任何数目的钱。我正缺一幅中国色调的画挂在饭厅里，因为我新买了套餐桌和椅子——”

“我的画不是帮着下饭的，跟桌子椅子也没什么关系。我不想卖。”王南强冷冷地说。虽然我向他使了几次眼色，他也不睬不理。于是，那位绅士怏怏地走了。

接着又来几个女士问：“你也画人像吗?”

“人像是画。不过我不是照相师，在这种情况下我不能画。”王南强断然地说。

结果，一天下来，王南强还是一个法郎也没卖到。回程的路上，他推着那个沉重的大纸箱，默默前行，心情似乎也很沉重。

“你为什么不肯把画改一改?添点东西又有什么关系?至少你也该给人画画像。”我说。

“那怎么可以改?每幅画是一个完整的意境，我怎么能为了那些不懂艺术的人乱改?在那种情形下给人画像?”王南强说着冷笑两声，“那是画匠的事。”

“你这么固执，难怪就要受穷挨饿了。”我不以为然地说。

“饿死事小，失节事大。”他严肃而认真的。

“那么，请问，你到仓库去扛货反而比卖画还好吗?”我也报以冷笑。对于他的食古不化实在感到生气。

“到仓库去扛货，出卖的不过是点劳力。我的劳力可以出卖，我的灵魂、我的艺术境界可不能出卖。”

“哼!……”我也再说不出来什么。在心里，我承认他的做法是对的，但又觉得他实在是傻得超乎常情。

出名的“蒙娜丽莎”——法郎苏丝陈，我也见到过两次。她身材婀娜，肤色白净，一张脸生得甜甜的，确实是个很美的女孩子。怪不得巴黎的男学生都为她疯狂。但我并不顶欣赏她，因为我觉得她像很多自知美丽的女人一样，有几分卖弄和造作，而且有点傲慢。老实说，她并没有王南强画上的人可爱，她缺少那份自然和飘逸。我想，当一个人爱上谁时，就会把她（或他）美化了。在王南强的心里，法郎苏丝陈自然是一切美与好的象征喽！可是，我也承认，以王南强这样一个人，想法郎苏丝陈的心思，是“癞蛤蟆想吃天鹅肉”，太不自量了。

元旦的时候，中国同学有个集会，王南强也去了。他还是那件黑布长袍，看起来又穷又酸，让大家把他当成开心的材料。他也还是平常那副不在乎的表情，瘦脸上写着“性格”，大眼睛里盛着“自信”。我注意到他的目光常常盯在法郎苏丝陈身上，气得那位漂亮小姐，不得不做出厌恶的表情，把脸转到别的方向去。

“塞纳河之王，去跟法郎苏丝陈聊聊嘛！我看她对你很欣赏呢！”一个胖胖的家伙打趣他。

“是哦！她说你有天会成为毕卡索第二。”另一个说。

“当然，塞纳河之王的‘境界’，还有话说吗？嘻嘻！尤其是‘故乡的河’。”年纪最轻的小何说。引起一阵狂笑。

“真的，写封信给法郎苏丝陈嘛！用法文写。她看了不动心才怪呢！塞纳河之王的法文还得了吗？”素来最调皮的大杨，说着就怪腔怪调地说了一段法语，惹得众人哄笑不止。

王南强默默无言，仿佛很感兴趣地看着大家，甚至有点“众人皆醉我独醒”的神气。而当他的视线能达到法郎苏丝陈的身上时，他还是要跟着她。

“多么可怜又可笑的人，这不是自己找罪受吗？”我想。

接着，更可笑的事发生了，一天早上起来，我看到王南强把他的床单毯子和铁床上的席梦思垫子都拿起，放在窗口的阳光里晒。

“这是怎么回事？你？——”我万没想到人家传说他尿床的事会是真的。

“我的肾脏膀胱都有病，常常不能控制，这个病，唉！少说也有十几年了。”他垂着眼皮，吞吞吐吐地说。

“你为什么不去看医生？”

“以前看过，好了一阵，又犯了。”他说着顿了半晌，笑了笑，又说：“医生不是神，也不是万能的。我嘛！像架被用过了头的机器，浑身都是毛病，医生也救不了。你知道我最怕的是什么？是怕想交代的事没交代完就倒下去。”

王南强的话顿时使我沉重起来，也深深地感到惭愧，现在我懂了，他为什么那么不顾一切地工作，那么枯瘦苍白。

“你还是要去看医生，拖着不是办法。”我说。

“小周，你被我的话吓住了吗？别怕，我这个瘦骨头还顽强得很，不会怎么样的。那时候从大陆出来，完全用步行，三天三夜没休息、没吃饭，同行的好几个人受不了，半路上就放弃了。我就最不在乎，到底走出来了。”

“你是那么走出来的？”

“可不是，和逸云，我是说我离婚的太太，就是那么认识的。”他微笑着，仿佛想起了什么美好的事。

自从那次我发了“雷霆”之后，同宿舍的人对王南强的态度就改变了一些。在餐厅里，也顶多说上几句无聊的调侃话而已，就连黑工人约翰，也不敢再到他面前去指指点点的了。可是他们的目标却渐渐地移向我，当他们讽刺王南强的时候，把我也连着打趣。

“那次狮子发野，把我吓坏了。”又干又瘦的小日本，故意挤鼻弄眼地说。

“狗似的乱叫不是本领，有种站出来比比武。”巴基斯坦那个胖子，常带着点嘲弄的笑容这么说。

我气得几次想用拳头揍他们，都被王南强挡住了。

“拳头打不出天下。要强，就得有真表现给人看。”

“你就是理论多。哼！有真表现给人看！”我不服气地说，心想，如果你不那么古怪，也许我还不至于连带着受那些家伙的气呢！

“渺小贫乏的人，不会知道别人的世界可能比他大，目标比他高。他们之所以欺侮我们，就因为不了解我们。”王南强又说。他这个人也真算特别，不管别人怎么说、怎么笑、怎么讽刺，他的自信一点也不动摇。

虽然我觉得王南强这个人很善良，品质很好，在心里对他的苦干硬干、不计成败的精神也有几分佩服，但与他永远同住下去仍是我不情愿的。正巧大熊在他住的宿舍里替我找到房间，我就搬了出去。临走的时候，我对王南强说：“那边离学校近一点，对我比较方便。以后你要寂寞一点了。不过，我会常来看你。总会见面的。”我歉意地笑笑。

“我一向单独过惯了，没关系的。你年纪轻，那边中国同学多，热闹，你是该搬的。”王南强毫不在意地说。放下正在修改的书稿，站起身送我。

搬走以后，我就很少见到王南强。有关他的趣事和笑话倒常常听到。

“那个叫沙克的印度阿三告诉我，塞纳河之王摔了一跤，脚踏车翻了，他的宝贝画也摔了一地。”有天大熊回来说。

“听说前几天他老先生又画‘故乡的河’了。”小何跟着说。

“真宝，真宝！据说他用法文写的那本什么‘书’，要出版呢！这不是没有自知之明吗？凭他那个法文！真是笑死人。”大杨摇头叹息。我们这圈子里，就数他法语说得最好。

“真是活宝，听说他前几天又跑到河边上画画，画着画着，又画人家法郎苏丝陈，连相片都不用，全凭记忆，居然画得一模一样。话传过去，把法郎苏丝陈气坏了。”大熊又说。

“小周，你的精神真可佩，居然跟塞纳河之王在一起住了八九个月，亏你受得了。”小何过来拍拍我的肩。

“你们看不起王南强，只因为不了解他。其实他人很善良、大度，对人宽厚，苦干的精神尤其可佩——”

“算了，算了！他还可佩？他要没有精神病才怪呢！小周，你说说看，我们到外国留学的目的是什么？不是要学人家的东西么？你看塞纳河之王那个怪物，来了这么久，还是那副中国庙里的和尚像，做些事专门出丑现眼，给我们丢脸，你还认为他‘可佩’？”小何打断我的话，不以为然地说，嘴巴快得像连珠炮。

“他跟我们不同，他是个有心人——”我不服气地反驳。

“他有屁的心！”大熊的粗喉咙轰的一声又打断了我，“根本就是个宝贝，难道他的作风还不像‘宝贝’吗？别的不说，就拿他对法郎苏丝陈害单相思这回事，可怎么解释呢？”

“这……”我感到语塞。虽然想为王南强辩护，也找不出什么好的理由。说真心话，他不自量力，单恋法郎苏丝陈这件事，连我也感到厌恶。

大约在我搬开半年以后吧，突然爆出了惊人消息。说是有个从里昂来的画商，很欣赏王南强的画，要买他的全部作品，而他竟拒绝。这消息使我将信将疑，连忙跑去看王南强。他正在低着头写什么，十分聚精会神，我叫了两声，他才愕然地抬起头来。

“啊！小周，是你呀？”王南强笑着，声音却比以前更沙哑低沉了。

“呵……王南强，你好吧？又在写？”我愣了半晌才回答。他的神色把我惊住了，仅仅几个月没见，会变得这样多？原来下陷的两边脸颊竟会变得鼓鼓的，连他那两只过大的眼睛也因为发胖而显得小了一圈。

“我把那本书的稿子再看一遍，就要拿去排版了。”

“不得了，你的书也有人给出版？”我感到意外。心里越发纳闷，他那法文，难道写“通”了，何以法国人会给出版？

“是啊！我给好几家出版社看过，都说太理论性，怕没销路。这家出版社，最初也不肯，后来有两个教授，一个是教哲学的比尔，另一个是教艺术史的杜巴里，看了我的稿子，支持我，这家出版社才接受的。”王南强说。声音还是又低又沙，好像并不为这件事特别兴奋。

“听说你要开画展了？”我注视着他的脸，研究他为什么忽然胖起来。

“有个从里昂来的画商，想买我的画，由他去开画展，我正在考虑接不接受。”

“你为什么不接受？这个机会不是你天天等待的吗？”我说。

“我是天天等的。可是，如果我把画全卖给他，就完全没有过问的权利了。谁知他要怎么样开这个画展呢？对我的画有没有了解，会不会伤害呢？”他仿佛很担忧。“重要的是他买你的画，给你钱，别的你管它什么？”我急切地说。就怕他傻劲一发，把机会放过。

“我是想卖画。可是更重要的是要人了解我画里所表现的内容，接受那里面的‘中国精神’，如果他们拿去乱搞乱弄，我是不同意的。”王南强固执地说。但不到一分钟，语气就松下来了，“不过，我现在很需要钱，不是为我，是为云云。她要来了。”

“哦！云云要来？”

“是啊！她要来，她必须来。”王南强浮肿的面孔在阳光里泛亮，“我们父女，差不多等于没见过，我走的时候她才一岁。可是，我们通了好多信，讨论思想、艺术、人生，互相了解，目标一致，她会贯彻我的道路。”

“那你还考虑什么？云云来了多好呢！”

王南强考虑了一下，说：“对，小周，我不该再考虑什么，该尽快地让云云来。我看，我还是把画卖给那个叫马蒂的家伙吧！”

“王南强，你该去看看病。”我闷了好久，终于忍不住说。

王南强看看我，眼光显得很困倦。

“我说过的，医生不是神仙。我是架用过了头的机器，耗损得太厉害。不过，我一点也不怕，因为我有云云，她会做得比我好。”他说着站起来，在地上踱着，我发现他的步履也有些蹒跚。“能做的，我都尽力做了。这幅画——”他站在那张法郎苏丝陈的画像前面，“小周，你是我的朋友，不是吗？如果轮到你来替我卖画的话，这幅画不要卖。”

“王南强，你在说什么！”他的话使我很不舒服，“对法郎苏丝陈，你何必——”

“法郎苏丝陈关我什么事？”他忽然打断我的话。

我望望他那瘦长的背影，也就不再说什么。心里却忍不住为他悲哀：这是多么可悲的一个人啊！对法郎苏丝陈痴心到那个程度，还不敢承认，我想。

那天我和王南强谈了很久才走，出门的时候，迎面碰到德浮那老狐狸。

“好难得，小周先生，怎么不常来玩玩呢？你们中国人是了不起，想不到塞纳河之王……呃，王先生，居然要开画展了。听说有几位重要的艺术评论家已经看过他的画，一致看好，预料他非成大名不可。这在我们宿舍开办几十年来还是头一遭呢！听说他的书也要出版了，他们说他的法文写得比我们法国人还漂亮。啧啧，真想不到，你们中国人的脑筋可真聪明。”德浮先生笑眯眯地说个不停，露出前面几颗被烟熏黄了的大门牙，状极亲热。接着又说：“沙克那小子向来最会闹，说到时候要狂欢庆祝呢！”

“沙克！”我立刻想起那个总说些轻蔑的话，讽刺我和王南强的印尼黑鬼。“请他别费事吧！谁用他庆祝！德浮先生，你还要不要赶王南强搬家了？嗯？”我把那个“嗯”字故意拉得老长的，又报复地笑笑，就头也不回地走了。我知道，如果王南强看到，一定又会认为这举动太幼稚。但我就偏要趁这机会反击一下。老实说，此刻我才真感到做个中国人是扬眉吐气的事，也才领悟到王南强说的“拳头打不出天下，要拿真本领给他们看”的道理。

回到宿舍，我向大家证实了王南强不久就要开画展的消息，并说：

“他的书也要出版了，是由两个教授向出版社推荐的。”

“真的？这怎么可能？他的法文那么糟，既不会发鼻音又不会卷舌头。”大杨直摇头，一副百思不得其解的表情。

“这叫真人不露相，露相非真人，咱们全看走眼了。这么说，他的法文一定好，而且不是一点点好。”大熊说。

“跟你们说你们不信嘛！王南强真是个有心人，他又硬又强，有自己的目标。你们别看他穿长袍剃平头就认为他怪……”接着，我就把王南强的思想、抱负以及整个身世，向他们叙述了一番。听我说起他曾结过婚，还有女儿，大家全感意外。

“这么说，他在感情上也受了不少折磨咯！”大熊已变成非常同情的口气。

“那还用说，患难与共的太太，移情别恋。对法郎苏丝陈又害单相思。在国外吃了这么多年苦，受了这么多的气，还不是折磨吗？”大杨也摇摇头叹息。

“王南强有女儿？真是不可思议。不知道他女儿是什么模样，会不会像他老先生那副造像。”小何蛮感兴趣地说。

“他说他女儿的硬脾气像他，外形可不像。说是他女儿和他那个离了婚的太太长得一模一样。”我说。

“可是他那个离了婚的太太又是什么模样呢？”小何笑起来。

“小何这家伙打听人家女儿做什么？莫非想给塞纳河之王做女婿？”大熊指指小何，朗声笑着。

“要给王南强当女婿可不简单，人家王南强的女儿是个有大志的，要继承她爸爸，把‘中国引到世界上来’，除非小何改头换面，就这么糊里糊涂地瞎混，追追密斯逛逛舞场的，绝对不行。”我半开玩笑半认真地给他们浇上一盆水。

“哼！谢了，我不想做那个宝贝的女婿。”小何说。

“我们也真不应该，为什么听说塞纳河之王尿床光觉好笑，就没想到他可能有病？想来他这病不轻呢？”大熊又说。

“他的健康情形真称得上坏，我劝他去看医生，他说他是一架耗损过度的机器，医生不是神仙，要修理也没法子了。”接着，我就把王南强的病况形容了一番。

“我看他是没钱看医生，故意这么说罢了！”大杨说。

“可能钱是个问题，再就是，我想是怕医生叫他休息。你们不知道他画起画来那股劲多吓人，不眠不休，好像除了画画别的什么也不想。要是医生叫他休息，他怎么受得了？”我说。

“我看，我们明天去找他，大家凑笔钱，把他送到医院去彻底修理一下。”大熊热心地提议，又说，“他现在画画告了一段落，书也写完了，该不会拒绝去医院吧！”

“你别一厢情愿，想想平常我们是怎么对他的，他会接受我们的友谊吗？”小何摇摇头，表示不赞成去自讨没趣。

“这点你们尽可放心，我担保王南强一定张开双手欢迎你们。他那个人外表看来又冷又硬，其实很热情，最能容忍，他的目标大，一些芝麻绿豆的小事才不会放在心里。”我说。

“好，那么明天我们一同去看他。”大杨愉快地说。

第二天是星期日，也就是一星期中我惟一可以赖在床上睡懒觉的日子。好梦正酣，就有人死命地推我。

“别讨厌，我要睡觉。”我转过身，索性把头缩在毯子里。

"你还睡什么？塞纳河之王出事了！"大熊一把掀开我的毯子，大声说。

"什么？王南强？他出了什么事？"我一骨碌坐起来，睡眼惺忪地望着大熊。

"塞纳河之王死了。"大熊急切地说，一点笑容也没有。

"王南强？……怎么可能？我昨天还看到他……"我吓了一跳，连话也说不清楚了。

"是德浮先生打电话来说的，说是王南强已经运到殡仪馆去了。我也弄不清，你快起来，我们去问问。"

我和大熊、小何、大杨几个人赶到的时候，那宿舍里的人正围成一圈，七嘴八舌地谈论这件事。德浮先生站在人堆中，指手划脚地说着，见我们来，他双手一拍，把肥大的脑袋摇了几下说：

"你们来了！可惜看不到你们的朋友了。"

"德浮先生，你说说看，到底是怎么回事？"我问。想起他们平日对王南强的态度，便无法把语气说得更友善。

"是这么回事，一大早我起身，打塞纳河……啊，打王先生的房门口经过，听到呻吟的声音，那声音听了好怕人。我忙推开门，看到王先生一只手拿着画笔，一只手捧着心，靠在墙上哼哼，眼球睁得又大又直，脸色死白。我想问他：'你需要个医生吧？'他也不回答，光是哼哼。我一看那情形不好，就跑出来叫人。我是想叫谁帮助我把他放在床上，再去打电话找急救车。我一叫，他们就都从床上爬起来了——"德浮先生比划着两只肥胖的大手，绘声绘色地形容。

"德浮先生的声音叫得好大，我一听就知道不寻常。"那个叫沙克的印度人接上德浮先生的话，"我跑上楼梯，看到德浮先生站在塞纳河之王的门口叫，就知道是塞纳河之王出了事。跟着，他们也都跑来了。"沙克指指巴基斯坦的胖子，又指指名字叫做山田九十九的小日本，"我们都拥进塞纳河之王的屋子里，正想该把他怎么办，就看到他，哎唷！那样子——"印度人表情丰富地尖着嗓子说。

"他那样子真惊人，就像我们日本古时候的武士，决斗之后挨了剑的样子，眼珠子瞪得铜铃似的，忽然就站直了身子，那只拿着笔的手举得高高的，牙咬得直响。"山田九十九说着就把牙齿格嗞格嗞地咬了几下。他的法语发音完全日本式，听起来总让人怀疑他舌头上生了个大疙瘩，在嘴里碍着事。"塞纳河之王个子特别高，又穿个大长袍，就这么，像棵大树似的，砰的一声扑在地板上。啊呀！真是惊人、真惊人——"他高举短短的双臂比着姿势。

"你们没找医生？"大熊插嘴问。

"当然找了。可是医生来的时候他已经断气了。"德浮先生说，面色居然很哀戚。

"真的，那声音好大，他像座大山似的倒下来……"沙克连连叹息。

我们几个中国同学听了面面相觑，只剩下叹气的份。过了好一会儿，大熊的粗嗓子沙哑着说：

"我们已经没有机会向塞纳河之王表示友谊了。"

“不见得，像王南强这种人，真正的生命是他的画。他一生努力的，就是要把他的画引到世界画坛上来，如果你们真想为他做什么，大可在这方面出力。”我说。

想不到王南强那天的话竟成了语谶，他的画是由我经手处置的。大熊、大杨和小何他们也帮了很多忙，合作的还是那个里昂来的画商马蒂。但我们并没有把画卖断给马蒂，只请他协助租场地、运用人事和宣传。事实上已经有两位很权威的评论家预先看过王南强的画，他们都赞不绝口，有东方的深远和含蓄，预料这个画展会十分成功。

我们几个对艺术原本一窍不通，听了这些论调更觉得迷糊。使我们又悲又喜的是，王南强终于打到世界画坛上来了，虽然他的肉身已经不在。我们和马蒂商量，画展该等王南强的女儿来了再正式揭幕，他说这样会更具宣传效果，因此十分赞同。于是，由我执笔写了封信给云云，我是这样写的：

“云云：关于你父亲画展的事，已经完全筹备好了，现在就等你来主持揭幕。我们都对这个画展抱极大的希望，认为一定会成功。你父亲的书，也将在近期内出版。正好配合画展的时间。看来这种完全创新的中国画，真的要走向世界了（这是你父亲的话）。

你父亲一生特立独行，为理想而忘我，而奋不顾身。也正因此，不为世人谅解，历经苦难，饱受寂寞。他曾对我说：你们父女两人虽然离得这样遥远，但目标一致，你将继承他的志向，续往前行。云云，我预祝你成功，而你也必然会成功。因为你是王南强的女儿，又承受了那么多精神上和物质上的遗产。比起你的父亲来，你是多么幸运……”

云云来的时候，我们一伙人都到巴黎郊外的里奥机场去迎接。当她迈着刚健的脚步，缓缓走出来时，我们惊得几乎叫出声来。

云云的面孔居然和法郎苏丝陈那么相似，而和王南强画上的少女一模一样。她披着垂肩长发，穿着一身天蓝色的旗袍，右肩上背了只大大的画箱，洋溢着一脸纯真的笑。看着后面无垠的蓝天，她像似自天而降的仙子，那样青春、那样清新。对着这样一个生命，谁也不会想到衰老或死亡。我望着她，突然明白了，像王南强那样的人怎么会真的死呢？他只是蜕变而重生了。

云云正在走近来，她身上那片清湛的蔚蓝，在我们的视线中绽开……

（选自《赵淑侠自选集》，台湾黎明文化事业股份有限公司 1981 年版）

大 洋 洲

天黑之前回家

［澳大利亚］抗　凝

抗凝（1959—　），本名林达，广东广州人。1983年毕业于广州外国语学院英美文学专业，曾任《广州日报》、《广州青年报》记者和编辑。1991年赴澳大利亚留学，获西悉尼大学商业学硕士学位。著有中短篇小说集《女人天空》等。

1

外婆说，出洋有什么好的。隔山隔水，想见都见不着。

母亲说，我知道你是想着法子和我作对。生你有什么用。

我对自己说，走吧，再不去，日子都过完了。

有一种日子注定是这样过的，说什么都没用。

2

我时常梦见兵荒马乱。兵荒马乱不是飞机大炮那种，而是飞机大炮之后，遍地硝烟，拖男带女，满目流离失所那种。这个梦三番五次穿过我的睡眠，无缘无故纠缠了我许多年。梦境经过多年的演绎，不断节外生枝，日益色彩斑斓，有时还无端出现在我梦外，成为一种冥想。我不知道我为什么会持之以恒地做同一个梦，冥想同一件事。母亲相信，这些乱七八糟的东西一定受益于我生命中一件十分罕见的事。可我自己知道我的生命平淡如水，这里面什么也没有。许多年后，我在澳洲的斯福坦丁大学读神学。我一直怀疑我选择虚无缥缈的神学是不是与这虚无缥缈的幻觉有关。许多书都讲，万物是有根可循的。我从来不相信这类胡说八道的东西。许多东西是无根可循的，比如这种子虚乌有的兵荒马乱。

3

外婆在许多年以前有过一次兵荒马乱的经历。外婆轻易不提这段往事以免痛断愁肠。这段往事是我零星听到的。只知道一些主要情节，发生的年代始终没有打听到。根据史料判断，这种事情应该发生在一九三八年期间，那一年，外婆二十七岁。

二十七岁正值风华正茂。从外婆以前的照片上看，外婆在二十七岁那一年除了风华正茂外还艳丽姣美。外婆在一九三八年艳丽姣美说明外婆生不逢时。那一年一个很早的清晨，外婆被人从睡梦中唤醒之后便从此走出了故乡的家门。那天清晨西边有隆隆的声响，街上挤满了神色慌张的人。外婆说她出了家门之后就随着浩荡的人流朝东走。东边是什么地方她一点都不知道。与外婆一起朝东走的还有外公以及他们的四个孩子。

外婆说，当时的许多细节不记得了。所有朝东走的人看上去都是一样的。一路上都在死人，埋尸体，这样的大场面在外婆二十七年的生命中从未出现过。她把她的两对双胞胎放在两个箩筐里，像盖米一样仔细地用布盖好，挑在肩上，朝东走。朝东走的浩荡人群走走停停，人越走越少，到了第十一天，天上出现了飞机，接着是爆炸声，哭喊声，然后一片寂静。外婆说，那一片寂静可怕极了，除了心跳之外，什么声音也没有。寂静过后，号哭此起彼伏。外婆在向东走到第十一天终于加入号哭的行列。在这一天，外婆一下子失去了她四个孩子中的三个。

外婆在号哭中痛定思痛，她认定这全是朝东走的错。外婆坚持往后一定要朝南走，或者朝北走，反正不朝东走。为此她与外公发生了激烈的争吵。外婆与外公长达半个世纪的争吵在外婆失去她三个孩子的这一天拉开了序幕。

外婆最后把她惟一的孩子——我母亲从箩筐里抱出来，牢牢绑在她怀里，决然朝南走。后来发生的事证明外婆在决定大方向的关键时刻永远是正确的。继续朝东走的人群后来又遭到飞机的五次袭击，幸存者所剩无几。

母亲对外婆及时改辕换辙而使她有幸生存下来这样重大的事毫无印象。那架罪恶的飞机出现的时候，母亲正在箩筐里昏睡。外婆号啕大哭以及后来与外公激烈争吵的时候，母亲仍然昏睡不醒。母亲长大以后学医，以解剖尸体为生，最后还乐于此道。我估计与她童年由于那次昏睡而从未接触过血腥有关。

那段往事使母亲命中注定成了家里的掌上明珠。在以后的许多年，外婆、外公曾作过许多艰辛的努力，仍然膝下无子，外婆把这归罪于那次意外惊吓过度。往事成了外婆无法再生养的注脚，这个注脚后来在外婆、外公的争吵中屡屡被搬上桌面。往事又因为叙述起来太过繁琐，而被外婆浓缩成一个固定的名词：走难。

4

母亲在我登上去悉尼飞机的最后一刻，隔着挡风玻璃再三叮嘱我，读什么都没用，得有一本自己的书。那天这最后一句话，因为被母亲重复了多次，变成了一件事。这件事后来又因为母亲在来信中多次提到，变得越来越正经八百。母亲说，只有留下一本书，这个世界才会记住你。这些话当时对于我无疑是一首动听的歌。

我在到达斯福坦丁大学神学院半年之后，不得不腾出大量时间应付这件事。我整日泡在图书馆，寻找一举成名的各种捷径。我在寻找资料的过程中，发现很多人一夜走红的原因其实微乎其微，讲了一句极为普通的话，甚至只是在关键时刻打一个喷嚏。圣经故事里的犹大是名利双收的典范。犹大出卖耶稣得了货真价实的三十个银币，一下子家喻户晓。如果犹大作为一个人物只是出现在某些武打章回小说，或者普通人物传记，他只能像那些一般的叛徒一样，要么逃跑捡回一命，要么被捕然后被处死。犹大因为出卖的是耶稣而使自己与耶稣一样著名。

我后来还发现，历史上那些先一举成名、继而马上又销声灭迹的人竟然多如牛毛。这个发现令我的自信心大打折扣。我痛恨图书馆，斯福坦丁大学图书馆如太空中的日月星辰，一走进去，那股千辛万苦积聚起来的出人头地的欲望一下子变得遥遥无期。

我在情绪极为低落的时候认识了大卫。认识大卫是必然的。当时大卫正坐在神学书廊的另一面东张西望。大卫东张西望的样子完全像一个顽童，他把笔放在嘴唇上面，用鼻子吸着，摊满一桌的书，那天书廊只有我们两个人，偶然给了我们许多机会。认识大卫后来让我觉得是一件麻烦的事。事后我才知道，这个大卫正在读硕士最后一年，兼做我们的辅导老师。

大卫那天问，看什么书？

荷马史诗。

手上那本呢？

格林童话。

事实上，我们在说完这两句话后，谁也没有打算再把书看下去。大卫把书收起来，提议到外面喝咖啡。谁都知道，喝咖啡只是幌子。那天大卫在喝咖啡时说，他最喜欢的食物是火鸡，最喜欢的运动是爬树。

我问大卫，你为什么学神学？

好找工作。你呢？

为了写一本书。

5

母亲很早断定我不会有所作为。母亲这个结论是以她二十二岁就手操解剖刀为前提的。母亲摊上一桩全家公认的苦差事还全然不觉。她每天把一大包命案材料带回家，材料里面有各种尸解器官的图片以及各种取证材料。我怀疑母亲对解剖的热爱纯粹是一种古怪的癖好。我从不愿意母亲用手碰我，她那双每天接触尸体的手让我终身难忘。我曾去过一次母亲的解剖室。当时母亲正把一滴已经凝固的血放在一片玻璃上，她那两只修长苍白的手由于套在一副很紧的手套里，光滑得像扒了皮的鸡肉。母亲把试管里的黄色液体倒在血上面，然后坐在椅子上等待。母亲等待化验结果的神情十分专注，本来等待期间她完全可以爱干什么干什么，可母亲却不。她背靠在椅子上，眼睛盯着那块玻璃，一心一意等待。

母亲说她已经习惯了等待。她等待我像她那样成为一名职业医生已经等了十年。这证明母亲不是一个很着急的人。母亲说等待有时是一件很糟糕的事，等待的结果时常事与愿违。

那一年刚进入隆冬季节，母亲经常很晚才回家吃饭，等待母亲回家成了我一天最重的心事。母亲一回家就不厌其烦地讲述白天那些尸体现场的各种细节，甚至还不时放下筷子，极其可笑地比划死者死时的姿势。父亲每次都睁大双眼，无比兴奋地从头到尾把故事听完。然后提出各种奇怪的问题。从那时起，我相信他们是天下撮合得最完美无缺的一对。每次吃饭我总是低着头，拼命往嘴里扒饭，我吃饭快得出奇的习惯恐怕是从那时养成的。我一门心思尽快结束这顿饭。我对在饭桌上讨论尸体的习惯深恶痛绝。

一天，我听见母亲很肯定地对父亲说，他杀。我估计母亲是在这个无可争辩的前提下开始对死者进行解剖的。母亲还对父亲说，是两具尸体，在鹿湖山脚找到的。那天晚上，母亲可能一夜没睡，母亲在房间里踱来踱去，留在墙上的影子，以及蟋蟀的翻书声在那天夜里时断时续。早上起来，我看见母亲那本《法医学》摊开在桌上，有关脑损伤一节下面画了许多线，这一段是讲心跳停止 4 ~ 6 分钟，脑缺氧超过这个时间，脑功能便不能完全恢复。一般脑循环停止 15 秒钟可发生晕厥，停止 10 ~ 15 秒钟以上可发生意识障碍及抽搐。

不知是不是从那天开始，我再也没有对医学产生过半点兴趣。我对 15 秒这个数字产生了永久性的条件反射。我曾在游泳时溺过水，练习跳马时重重摔了一跤晕厥过一次。这一切全都与 15 秒有关。15 秒又因过于短促，让人觉得生命无法把握。许多年后，母亲意识到自己大势已去，必须赶紧找人继承衣钵，她郑重其事把我叫到跟前说，还是读医好。我摇摇头。母亲又说，这能拯救生命。我又摇摇头。母亲问，为什么？我对母亲说，这是一副臭皮囊。

外婆从不承认她那身皮肉是臭皮囊。外婆在她四十岁那年开始发福。外婆说，肉是一点点长出来的，全是精血。这是福分。外婆惜肉如金的信条使外婆成了家族中最肥硕、圆浑的人。外婆四十岁那年，城市遇上一场百年未遇的台风，台风当天的风力达十二级。那场台风是外婆生命的转折点。台风肆虐城市那一刻，外婆正藏身在她居住的那条街惟一的一座水泥大屋里，与她一同挤在大屋的，还有几十个无家可归的人。当时狂风已经掀翻了街头一棵百年老树，压倒了一片木屋。不断还有坏消息传来：住高层危房的人正在开始撤退，最新的气象预测，台风在城市还要逗留两三个小时。那天风雨交加的时刻，外婆正与外公在水泥大屋内互相埋怨。外婆指责外公连窗都忘了关。外公却说，他根本就不想出来，这大屋太挤，而且气味相当难闻。这时屋顶开始漏雨，怨声四起。怨声四起的时候，外婆脸色突然发白，嘴里不停地喃喃自语：不行了。外公问，什么不行？外婆也顾不上答外公，一把捉住外公的手，冲出屋门。外婆站在狂风暴雨中朝屋里的人喊：房子要塌了。外婆的喊声如号角在风雨中急促穿行。所有人被外婆的喊声镇住了，人们在犹豫片刻之后，不约而同冲出屋门。那一喊几乎是历史性的，其意义等同于一九三八年朝南走的决定。那间大屋在十五分钟之后开始倒塌，最后成为一堆废墟。外婆顷刻之间成为英雄。

外婆接下来上了报纸，成了那次台风事件中惟一的英雄。那阵子的报纸详尽地指出了外婆成为英雄的许多依据，最后得出结论，这是一个必然的英雄。当时也有人私下议论，这纯属偶然。不管怎样，命运平白无故送给外婆两次展示个人才智的机会，这些机会给外婆带来的好运一直被认为无法估量。

外婆成为英雄之后便一发不可收拾。一切迹象表明外婆的生命必然从四十岁开始。在以后短短的一年里，外婆三次被人推举到一个比一个高的位置，从此掌握了权力。掌握了权力的外婆对外公说，现在男女平等了，你看怎么办。外公说，世风日下了，我也没办法。外婆说，现在我忙了，家里的饭你来煮。外公说，这怎么行，让人家笑话。

6

我和大卫坠入爱河。坠入爱河并没有许多前奏，坠入就坠入了，好像原本就应该坠入似的，我不知道迷上大卫什么，大卫的脖子极粗，可能是因为脖子的缘故，让大卫看上去十分硕壮，浑身上下体现了奥林匹克精神。我无可救药被时代的标准所迷惑，我坐在大卫身旁，无数次把自己想象成大象身旁一只楚楚动人的花鹿，这种想象每次都令我魂不守舍。

大卫说，东方人很特别，我不知道很特别指什么。大卫说，特别就是不一样，像这山与那山，或者河水与海水。大卫话讲得轻飘飘，像雪花飘落在地上。

大卫说他曾经挨过一次刀子。那把刀正面从腹部掐进去。当时肚皮一热，接着就是万箭穿心。大卫说，他知道自己吃了刀子，他那一刻想到的是，不相信自己就这样死掉了，这种死法事前一定有许多预兆。大卫告诉我这件事时，脸上每一个毛孔都散发着光彩。大卫还说，他不喜欢读书，可又不得不把这硕士读完。

我们几乎每个周末都去看橄榄球赛和上森林公园。大卫说，这是各自投其所好。有人喜欢看球，有人喜欢看山水，这样很 fair。那些在球场上打橄榄球的，全是些脖子很粗的人。橄榄球赛简直就是一场混战。为了争一个球，人像一座山一样堆成一堆，如果换成脖子很细的中国人，一定出人命。观众席上的人全部都由着性子乱喊乱叫，像某种煞有介事的部落战争。大卫看着看着就开始哼歌。大卫哼的那些歌全都连不起来。大卫说他哼歌的时候心情最愉快。

那个星期天，我一觉醒来是早晨。大多数情形下，我醒来都是早晨。早晨的阳光从窗外斜斜地射进来，总是不偏不倚照在墙上某个位置上。我开始在床上磨时间，看着太阳从一个位置移到另一个位置。直到大卫打电话来。电话里，大卫又说去看球。我说我不去了。大卫说，总是去公园，还不是那几棵树。大卫说过，男人对女人殷勤是靠体内的荷尔蒙支持。我估计大卫不想去公园可能是因为荷尔蒙正处在低潮。在电话里，大卫把声音拖得很长：甜心，求你了。

大卫的话，让我霎时间想到川。川也经常说，好不好，求你了。川那天说这话时，我刚收到斯福坦丁大学通知书。我站在川面前，像做错许多事。川显然没有太多准备，过了很长一会儿，才说，你走了就不会再回来了。我马上说，不会。川说，你怎么知道不会。川这样说，让我十分难过。川说，你哭什么，你不是很想出去吗，想去就去吧。

我一下子就哭出声来，川说，不要哭了，好不好，求你了。川说着，自己也哭起来。我们就这样抱头痛哭了很久，直哭到大家都不想再哭下去。

直到今日，我仍然弄不明白，两个人怎么会同时哭这么长时间，也许是为同一件事，也许不是。

大卫那天晚了十分钟才走进课室。大卫走进课室时睡眼惺忪，一副刚从床上爬起来的嘴脸。大卫还没站定，就翻开一页书，开始讲荷马史诗上的故事。他站在讲台上，一直讲到口干舌燥，用舌头舔嘴唇，也没打算停下来。大卫的手有很多动作，那双又长又扁的眼像一张动人的网。看着它，你无法从这张网中逃出来。大卫说，耶稣是在深夜复活的。大卫把耶稣复活的过程出神入化地讲了一遍。这确实是一个适宜流传的故事，许多讲故事的人在关键时刻把握了这个机会。故事从头到尾都发生在夜晚，夜晚有许多可能性。

当天晚上，我做了许多梦，其中包括耶稣复活。我把那个梦原原本本告诉大卫，我说，耶稣先睁开一只眼，然后再睁开另一只眼，慢慢从埋葬他的山洞里爬出来。耶稣试图站起来，但没有成功，耶稣在爬出洞口那瞬间，首先看到的是朝阳。看到朝阳时，他眉头皱了一下。耶稣光着身，顶天立地站在洞口，这时外面已经空无一人。洞内一整夜的窸窣声响，早已令守候在洞外的人逃得无踪影了。

大卫安静地听完我的故事，然后问，这是什么时候的事。我说，昨天。大卫说，这是一个可怕的梦。

那个周末，我们又去森林公园。我们坐在公园的丛林里，各想各的心事。丛林有真正的小桥流水，流水是从遥远的山脉千辛万苦流过来的，小桥有半截已经塌进水里，十分诗意。大卫问，你敢过这座桥吗？我说，不敢。大卫说，东方人很神秘，比如说，谦顺就神秘得不得了，还有那些治病的草药。大卫说着又开始哼那些不连贯的曲。大卫哼了两句说，他小时候喜欢橙色，接下来喜欢黄色，现在喜欢绿色。他说不出是什么原因使他改变爱好。

丛林幽静而又风景如画。我开始想入非非。我把自己想象成具有这样或者那样的名气，然后把自己弄得激动不已。我一会儿觉得这样有意思，一会儿又觉得一点意思也没有。我告诉大卫如果我早生三四十年，可能会是戈培尔什么的。大卫点点头，说他没有理由不信。

大卫又开始找蒲公英。大卫每次屁股一沾草地总这样。男人对蒲公英的好感到这种程度，令我十分惊讶。大卫的道理很简单，我记得他是这样对我说的，只有这种植物一吹就散。

7

母亲和父亲是在二十年前的一个出事现场互相认识对方的。

那天大约是晚上十一点，刚刚下过一场大雨。父亲比母亲早一个小时到达现场。等母亲接到刑侦队长的电话赶到，现场已经被封闭起来。堵塞了两条主路的交通。

尸体横陈在一个市内公园一条偏僻的长凳下面。死者脸朝下，尸体附近无任何搏斗过的痕迹。母亲蹲在地上，在那具尸体上摆弄了很久，然后站起来对父亲说，男，约五十岁，死亡时间约在三至五小时。父亲与母亲在一场大雨过后的夜晚面对面站着。父亲后来回忆说，母亲在向他介绍尸体时，一撮头发正好飘落在她青春明媚的脸上。按照时间先后计算，有关尸体的那几句话成了他们爱情的第一个重要契机。

这宗后来被编号为四十一号的案子弄了很长时间。死者生前时常在他女儿面前提两件事：回乡下和日记。父亲和其他办案人员翻箱倒柜查了三天，在死者家里翻不出只言片语。后来有人怀疑回乡下与写日记可能是一回事。于是人们火速赶到死者乡下。但那里更是什么也没有，只有一座死者母亲的孤坟。线索全部断了。人们寄希望于解剖，解剖寄希望于母亲。

母亲在第二天的解剖记录中写道：病理组织切片观察发现，死者肝、肾灶性坏死，多个器官弥漫性出血，神经细胞变性。切片组织改变与急性中毒相符。

那些天，父亲在解剖室进进出出。事实上，父亲和母亲谈不到一个小时的话，就决定爱上了。那时父亲浑身都是肌肉，父亲对母亲说，你工作很积极。这句恭维的话，在短短的几天里被父亲反复使用，而母亲像一张无疲乏机制的化学试纸，每次听完，都兴奋得两颊通红。三十年后，我把这个故事讲给大卫听，大卫笑得人仰马翻。他建议我把故事写成童话或者寓言。

四十一号案死因的来龙去脉十天以后才查出来。这时父亲与母亲已经出双入对。母亲约会时穿一套青蓝色套装，母亲说那叫干部装。以今天的标准，这种服装充其量只能称布袋，母亲把自己装进这种布袋，与父亲并排坐在公园的花台旁，芳心荡漾。外婆曾不止一次对我说，母亲是瞒着她与父亲谈情说爱的。我无数次在被窝里想象过他们当时谈情说爱的情形，想象着事情来来去去应该有许多花样。

母亲与父亲在外婆眼皮底下进进出出的时候，外婆在家里日益喧宾夺主，外公在娶外婆为妻三十年后，一家之主的地位如江河日下。

台风事件之后，外婆掌管了一条街的工业基金。这是一笔外婆从未拥有过的财富。外婆把她对付柴米油盐的精明发挥得淋漓尽致。接下来，外婆顺理成章掌管了一个区。这时外公仍然在一个食品批发部批发食品，做一天和尚撞一天钟。

外公被迫煮饭。每日习以为常服从外婆的权威。他守着一日三餐一瓶酒，能得过则且过。如果无人迁怒于他，他也自得其乐。外公煮鱼时，故意把鱼胆弄破，弄得一锅菜苦不堪言。外公觉得有趣，第二次煮鱼，干脆把鱼胆放进锅里一起煮。外婆对外公的错误极其宽容。外婆说，慢慢来吧，多做几次就好。

每次外婆下班回来，外公总是对外婆说那种千篇一律的话。外公说，今天的肉买得不好，所以切得很粗；青菜也不行，煮久了就黄。外公每次都能为他那些愚蠢的行为找到很好的理由。

外公常在我面前挽起衣袖，亮出手臂上一块雪白的肌肉，对我说，这种肌肉很有用。我问，有什么用，外公看我一眼，并不答我，把衣袖放下，长长叹一口气。

外公恶作剧仍然层出不穷。那一年元宵，外婆和母亲精心安排了一顿内容有一只鸡的晚饭。吃一只鸡当时对我来说是一件天大的事，我对吃鸡的好感持续了整个童年。那天我很早就被人从幼儿园接回家。那天外婆出门时，吩咐外公把鸡洗净，放二两油、二两酱油、一勺糖、一勺酒与鸡同煮三十分钟。那天煮出来的一整只全鸡，始终有一种奇怪的味道。母亲戴着眼镜研究了很久，终于发现那只那只鸡浑身上下竟然完好无缺。外公把鸡连同鸡内的心肝脾肺肾以及气管大肠小肠一起煮了。

那天全家渴望吃一顿鸡的愿望被外公彻底粉碎。外婆勃然大怒。她指着外公，讲出了一句令外公终生难忘的话：你给我搬出去。

那天一顿蓄谋已久的晚饭不欢而散。外公很晚还坐在门外，闷声不响抽烟。母亲让我去叫外公进屋。外公摇摇头，半晌对我说，改朝换代了，什么事都奇奇怪怪，这种事他以前也听说过，说话不算数。我问外公，谁说话不算数。外公用手朝里面指指：你外婆。

8

川很久没有来信。

川在他最后一封信中说，他会在珠江边买一间大屋，买一只西班牙母狗等我回来。这是许多女人的梦。我无数次走在悉尼街头，总忍不住去看那些被人牵着的大大小小的狗，想象那只西班牙母狗的各种模样。

我在等签证期间，川说，他要到美国去。川这样说已经不下十次。川讲到第十次，仍然未见他付诸行动。我不断追问川托福考试的日期，川每次都含糊其辞，说何必在乎日期。

川是一部公认的考试机器。川说，他已经没有什么对手，没有对手有好有不好。川曾问过我，你呢？我说，我对手很多，所以我不想有对手。

临走前几天，川约我吃饭。他从一个精致的大盒里掏出一只十分美丽的玩具熊，递给我，我的心怦怦地跳，我对这些手工精致的哺乳类，一向痴迷成癖。川说，给你带去悉尼。熊实在太漂亮，我犹豫不决，可手却不由自主伸出去，像接受一份隆重的施舍。

收拾行李的时候，大熊几次放进去，又拿出来，熊太大装不下。我告诉川，川脸色一下子就变了，脸拉得老长。川当时嘴动了一下，咕噜了一句话。川变脸的时候，我仍然在回味川刚才那句话，川好像说，什么东西在某一天丢了。那天晚上，我就梦见熊丢了。梦不断被一个男人模糊不清的咕噜喉音打断，又续上，一直持续到天亮。后来我告诉川这件事，川断然否认他说过这些话，最后还说我这个人怪。

我仍然不断梦见熊丢了。川说，他不希望我再做这样的梦。他带我去郊外，去看北江。川说，据说南石口是整条北江最清的一段。

那天我们去到南石口时，江面却堆了许多木排。我们走了很长一段，仍然有木排。

川说，他运气很不好。他怎么会今天来到南石口，他从来不知道他会在这个时候到这里来。

大卫终于忍不住问我打算写一本什么书。我说，不知道。接着又说，以色列人的战争。

以色列战争是我随口说的。那天课堂上又有人提到那场以圣战的名义进行的战争。战争结束了二百多年，史学家仍然为这场战争的属性争论不休。大卫问，为什么写这种题目？我说，以色列战争的后果是割地，接着许多人被赶出家门。应该有一本专门的大书。大卫说，如果你不能标新立异，最好不要写史。为什么不写上帝死了。上帝死了是人类最悲哀的事情。

那天我和大卫一起往学生宿舍走，一路上我都觉得没什么意思。那个写书的念头越来越不伦不类。我闷着头自顾自走路。快到宿舍时，大卫说，能不能陪他去看看他母亲。我问，你母亲在哪？大卫说，在养老院，她病了。

那天太阳刚刚下山，天边红彤彤的，十分好看。我始终觉得那些把残阳比作血的人十分了解傍晚的精髓。以后的每次探望，我发现大卫总是精心挑选这种时刻。黄昏探访成了大卫与他母亲一个约定的习俗。

那天他们坐在养老院一棵很老的树下。这时暮色正苍茫。傍晚有傍晚的命运。傍晚的大树在暮色中如同斑驳的烟云。当时，大卫用舌头舔了一下嘴唇，一只手抓住他母亲的一只手，肩并肩坐着。大卫的母亲很老很老，我不知道她的具体年龄，反正是非常老。脸上堆满了密密麻麻的皱纹。人可以老成这样，令我不寒而栗。他们并不说话，就这么白白地坐着。我站在屋檐下，远远望着他们。弄不明白这母子俩为什么可以这么长时间呆坐着。

天完全黑下来的时候，大卫搀着他母亲走回房间。在回房间之前，大卫先搀母亲到隔壁的房间，向躺在床上的一个老太太唱一首《假如我明天见不到你》，她们唱完歌，互相抱着亲吻一下，然后道晚安。大卫静静地站在那里，等她们颤巍巍把仪式做完，把母亲搀回房间，然后告辞。

一整个下午，我都想着赶快离开这个养老院。我相信这个大院早已被某种巨大的魔力所笼罩。谁住进去，都休想再出来。在返回学校的路上，我对大卫说，这个养老院很怪。大卫似听非听，恍恍惚惚。过了很久，大卫才说，他母亲如果不是有病，应该很长寿，因为她把过去的事都忘记了。大卫还说，他母亲在胸前划了一辈子十字，家里老猫生小猫，她感谢上帝；天上树叶掉下来，她感谢上帝，她是会上天堂的，所有善良的人最后都上天堂。不过，不知道是不是真有天堂。

9

母亲研究尸斑与尸臭的关系花了许多年。母亲说本来她是可以功成名就的。如果不是那年夏天发生的那件极不寻常的事，功成名就应该如同水到渠成一样自然而然。母亲对自己一生被这样一个偶然所捉弄，一直耿耿于怀。

那件事是从一具来历不明的男尸开始的。那天母亲一早上班，那具男尸已经停放在解剖室。前一天晚上，母亲记得是她锁的门，早上回来门仍然锁着，尸体却在里面。

早上，解剖室主任汪洋一进门，就让母亲停掉手上的所有事情，先解剖那具男尸。汪洋那天神色慌张，汪洋大清早就神色慌张，一开始就决定了他悲惨的命运。解剖男尸时，只有母亲和汪洋在场。显然是致命外伤引起死亡。母亲问起出事现场，汪洋支吾不答，母亲再问，汪洋干脆说不清楚。三天之后，母亲在那份《颅脑严重损伤致死》的解剖报告上签了字。

前后三天，母亲一直笼罩在一种不祥之兆中。母亲想怕是要出事了。母亲问父亲可能会出什么事。父亲叫母亲放心，并说，不会出什么事。父亲让母亲放心时，自己的心却提了起来。母亲仍然惶惶不可终日。母亲凭直觉相信她可能掌握了一具十分重要的尸体的秘密，这使她在俨然成了一份财富的主人的同时，又无端被扯进一件黑幕的边缘。母亲每天强迫父亲与她讨论她设想的各种可能性，就这样又过了十天，什么事也没发生。

第十一天，就发生了那件可怕的事。汪洋午夜在自己家里自缢身亡。那些天，解剖室如临大敌。解剖室的所有资料都借故被查封。最后母亲参与了汪洋尸体的解剖。

这是母亲第一次解剖一个很熟的人。母亲下刀的手不断在抖，大汗淋漓。母亲觉得这种解剖与谋杀无异。母亲在汪洋胸腔被打开那一刻就支持不住，只好把刀交给身旁的副手。

汪洋曾经对母亲说过，他不希望自己最后被人尸解。他希望自己从头到尾都是汪洋。可汪洋突然急于要去死，到了忍无可忍的地步，竟也顾不上那么多。汪洋死亡原因是机械性窒息死亡。自杀原因一直无人知晓。有传说是男女关系，这种说法被传得沸沸扬扬。由于是自杀，单位没有开追悼会。谁都相信汪洋有罪，至少心中有鬼。否则，干吗要死。

第十五天，汪洋被烧成灰。装灰的盒子上只有两行字：汪洋，一九二三年生，一九七三年卒。

那一年的这个前后十五天，令母亲猝不及防。母亲自那时起开始失眠，忧虑变得无穷无尽，最后大病一场。

母亲曾经有过类似的一场大病。那是因为生我。

母亲怀胎十月一帆风顺，却在生育时吃尽苦头。外婆时常提起这事，说，这是雷公下凡。

母亲在产房待足三天三夜。在产房那三天，母亲在阵痛的间歇曾和产科医生及助产护士在理论上探讨过产程的各个步骤以及随时会发生的各种意外。母亲作为初产妇在心理上和配合的技巧上事前都做足了充分的准备。但从后来的临场状态看，母亲临门一脚仍然十分欠火候。在阵痛至第三天，我仍然无呼之欲出的迹象。母亲把医院的枕头随手扔得到处都是，这种发泄将她无法忍受的痛楚宣泄了一大半。

母亲时常对我讲述我落地的这些过程，母亲在讲述时，两边鼻翼一起一伏，十分动情。我用怜悯的目光看着她，想象我在她肚子里呼之不出的种种情形。我想我应该感谢这次难产，难产使母亲彻底打消了再次生育的念头。

母亲在最后的关头终于挺过来。母亲说，她终于听到第一声啼哭。她知道事情快要完了，这时候她惟一想做的事就是哭。母亲的这一想法几乎使她丧失了做母亲的资格。母亲在失声痛哭的时候，产道开始出血，而出血又因为母亲情绪过于激动而变成持续不断。母亲后来试图控制自己，但没有成功，控制的结果使母亲哭起来的样子十分难看。一个星期之后，出血才被初步控制住。但母亲又开始持续低烧。母亲脸色蜡黄，整天整天躺在床上，弱不禁风。

初生的我简直是我父亲的翻版。父亲粗壮，短小，像只结实的马铃薯。我遵循强大的遗传习惯，被复制成大眼，大鼻，大嘴。这令五官极为标致的母亲十分失望。母亲认为，女孩子生命意义的有无或者大小全在这张脸上。按照这个原则，母亲认为本次生育损失惨重，其意义犹如重金买了一件不喜欢但又不能退换的东西。这令产后的母亲更加郁郁寡欢。

母亲在低烧至第三十八天，体重降到四十公斤。医院把所有抗菌素都用了一遍，仍然束手无策。外婆终于失去耐心。她对母亲说，你自己是医生，你怎么会没有办法。

外婆在母亲彻底失望的时候，决定亲自出马，由她力挽狂澜。外婆力挽狂澜的办法很简单，她瞒着母亲四出奔走，寻求民间药方。外婆每次都对人说，这是她最后一个孩子，而每次都自己把自己弄得热泪盈眶。医院最后决定给母亲抽骨髓检查。在检查的前一天，外婆引诱母亲喝下一大碗用鸽子粪便与蜜糖混合而成的液体。当天晚上，出现了奇迹，母亲的低烧全退了。外婆大功告成。

三天之后，外婆神色诡秘地对母亲谈起那碗液体的成分，母亲翻江倒海吐了一地，母亲在吐了一地与鸽子粪无关的东西之后，病全好了。外婆以后时常在母亲面前吹嘘这件事，说是人算不如天算。

10

大卫时常在我面前提到一本书。大卫说，这是一本奇怪的书，书中有许多精彩的故事，其中一个故事是说：太平洋群岛有一种依希拉族人，一日三餐以海鲜为主食，群婚，主要娱乐是射海鸥以及对歌。信仰海洋。我对大卫说，我母亲是一个了不起的人，一生解释了死亡的许多秘密。大卫直截了当对我说，他不喜欢这种生活。

这时校园正在流传盖茨的《未来之路》，我开始在神学与计算机之间摇摆不定，我发现我越来越无法把握住自己，从那一天起，我对自己的前途感到了真正的忧虑。这时学校开始了复活节假期，一天大卫行色匆匆走来对我说，他弄到两张去新西兰的半价机票。我不假思索和大卫踏上去新西兰的旅途。

为了进一步省钱，我们在新西兰机场租了一辆汽车，沿新西兰太平洋北岸旅行。这个岛国辽阔而又荒凉。汽车在公路上开一两个小时，两旁除了土地和海洋，什么也没有。大片大片的土地空着就这样空着，四周一望无际。

我们从车上下来，潮湿而又松软的土地，好像从未被人类踏足过。大卫才走了一步，就像大象一样重重地摔在地上，把一大团漆黑的新西兰泥土溅得老远。大卫这时对黑色的泥土着了迷，他说，他想拥有一块这样的土地，哪一天最好能买下一块国土。大卫说，战争已无法使一个国家获得另一个国家，为什么不可能通过买卖呢。大卫的梦令我无比震惊。这证实了荷马史诗上的一句话：人类对土地的欲望永无止境。在新西兰的旅途上，我不断对大卫说，这个梦在技术上行不通。即使你能买下来国土，那国土上的人怎么办。大卫正经八百地说，这是一个难题。

在新西兰的第一个晚上，我们住进笆山客栈。客栈是前不着村后不着店的那种。我一看见这种客栈，心就往下沉。这让我想起那些风高杀人夜，想着那晚一定会出什么事。大卫对我在太平盛世会有这种慌乱大为不解，大卫一口咬定我小时候一定受过某种惊吓，从此疑神疑鬼。

那晚隔壁的叫床声彻夜不停。这种旁若无人的习惯把客栈那个寂静的夜晚弄得惊心动魄。那晚有很大的月亮和凛冽的风。我看见窗外一棵老树一会儿弯过来，一会儿弯过去。我躺在床上，隔岸观火永远给我一种神秘的乐趣。

凌晨三时，刚合上眼，门外响起了急速的敲门声。大卫把门打开，隔壁女人披头散发，惊恐得难以描绘。她嘴巴拼命在讲，可谁也弄不清到底发生了什么事。花了好长时间女人才把字连成一句完整的话，说，她的男友没有心跳了。我和大卫冲到隔壁，一个五十多岁的男人赤身裸体躺在床上，眼和嘴张着，脸色全变了。大卫、我和那个女人把男人抬到地上，大卫趴在上面做人工呼吸。其实大卫在上面辛苦半天是徒劳的。后来赶到现场的医生说，男人已经死去约一个小时。过了很长时间，女人开始哭泣。短短几分钟，我突然明白了什么叫乐极生悲。那个女人一直坐在男人身旁，脸如土色。

回到房间，我再也睡不着。男人死的时候一丝不挂，让我联想到母亲解剖室的那些尸体。一连几天，我都在风景区瀑布清澈的水里拼命洗我的手，尸体的重量在手里经久不散。我问大卫怎么办。大卫说，没关系，这是灵魂的重量。

我仍然在等川的来信。我不知道他为什么不给我写信。

我每天眼巴巴守着信箱，想象着那间美丽的大屋和那条可能是白色的西班牙母狗。我觉得我处于一种游戏之中。游戏是川一手缔造的，规则也是川的。我们已经走了许多个回合，现在又轮到川走了，可是川迟迟不举步。

那天从南石口回来，我坐在川的自行车后座，整整走完了一条长长的路。那天走的是夜路，周围除了星就是萤火虫。我们谁也没有说话。我眯着眼，知道耳边有风。那一刻我觉得我们是在重复一个神话里的故事。故事里面有房子，房子里面住着一个神仙。

川说，我们走进了时光隧道，走进了一种命运。在这种命运里的人，生命以风的速度迅速消失。川说，这是宿命。我说，那我们怎么办。川说，没办法。

如果川说没办法那一定是没办法。

去年一个夜晚，川在自行车上被人撞了一下，连人带车摔在人行道上。其实摔个大跤并没有什么，如果川从地上爬起来，只是拍拍身上的灰，那天晚上便没什么事。可是川去追那个人。

川追上那个人之后便有了一个长长的故事。川追了很久才追上那个人。川花了这么长时间去追一个人不过是让那个人认个错。川不断地在那人面前打手势，一定要那人说，错了。这时候天已经很黑，黑夜本来就不是一件好事。那人在黑暗中突然拔出刀。他把川逼到墙角，然后说，你说我错我就错了吗，如果我说我没错呢？那人晃着明亮的刀，反过来让川说错了。那天夜色蒙蒙，整条街就只有这样一个关于对错的故事。到最后终究没有人说错，两个男人倔到最后，一个人在另一个人脖子上拉了一个三寸长的口子。川在医院躺了半个月。

我预感川终究要离开我，川太倔。

11

只有母亲知道汪洋不是死于自杀。

在汪洋胸腔被打开那一刻母亲赫然发现汪洋有一个异常的肺。母亲相信这是药物的结果。在那一刻，母亲开始眩晕，母亲眩晕以至最后支持不住救了母亲一命。那天接手解剖的人两周后被调出解剖室，不知去向。母亲从此向所有人坚持，她事实上没有参与汪洋的解剖，对解剖的过程以及结果一无所知。

汪洋死了以后，母亲常常发呆。母亲知道，有人故意隐瞒汪洋的死因。这里面恐怕是一场阴谋。在阴谋里面的汪洋根本无法掌握自己的命运以及最后死亡的方式。母亲相信这一切都与那具来历不明的男尸有关，而汪洋的死又使自己不幸成了解剖男尸的惟一目击证人。

母亲是在一个夜深人静的晚上得出这个结论的。母亲在得出这个结论后便再也无法安然入睡。汪洋那个有异于常人的肺在那些不眠之夜变得无比真实。母亲在以后的睡眠中无数次梦见汪洋。母亲对父亲说，她每次梦见汪洋，汪洋胸前都挂着一个巨大的肺。汪洋每次都说，他不知道这件事，从未见过那个理平头的人。汪洋还跪在地上指天发誓，说他真的未讲过这句话。汪洋发完誓坐在地上号啕大哭，把一个常用字拖得很长很长：冤——。

母亲惶惶不可终日。母亲惶惶不可终日时，抓一把瓜子在手上，嗑得心事重重。母亲保持这个习惯长达二十年之久，直到她的牙全部换成假牙。

汪洋死后一个月，母亲又接了一宗案子。那是一个村的民兵队长开枪自杀。母亲说，死者是当场毙命的，一颗子弹击中要害。自杀者在自杀之前勒死了他年仅十七岁的表妹，焚烧了受害者和出事现场。母亲那天把尸体翻来翻去弄了一整天，发现了尸体以外的另一种秘密。

那天母亲很晚才回家，她一回家就坐在窗前，一反常态沉默不语。父亲连问她几次，她都回不过神来。据后来发生的事判断，母亲是在那天晚上突然受到凶手的启发，脑海里闪出一个惊人的念头。

母亲固执地认为，她掌握了太多秘密。汪洋之所以比她死得早，是因为汪洋掌握的秘密比她多。肯定还会出事，而出事就在这几天。

在母亲束手无策的那个冬季，外婆开始给我讲故事。外婆讲故事的前奏每次都千篇一律。外婆把我搂在怀里，然后装模作样地问，我们现在玩些什么呢。这种时候，我就马上接过外婆的话，大声说，讲故事。

外婆的故事无穷无尽。据后来考证，故事大多数是道听途说的，有些是现编的，只有少部分是民间流传下来的。即使是这一部分，也被外婆即兴篡改得面目全非。外婆有时一连几天都重复一个故事。故事的主人公昨天明明骑马被人用箭射死，今天又神气活现地走在街上。这种错误在外婆的故事里层出不穷。外婆讲故事时，我安静地躺在外婆怀里，我只是想听故事，并希望在外婆宽阔的怀里睡上一觉，并不在乎故事情节前因后果的合理性。

外婆说，传说有个千面人，看不同的人就用不同的脸。我问，一千个脸装哪呢。外婆说，当然是脖子上。世上的千面人一共才出生过一个，十分稀罕。他们以前那条街有个美丽的女人见过千面人，自此就不再嫁人。后来不嫁人成了习惯，整条街不嫁人像瘟疫一样流行起来。外婆说，她母亲养了七个女儿，只有三个出嫁了。出嫁的三个女儿里面，两个嫁给好人家，剩下那个就是外婆自己。

我觉得外婆说的不是她家的事，而是七仙女下凡之后变成媳妇的故事。外婆还说，以前的人吃饭可不是这样吃。有钱的人吃饭离桌子都很远。根据这个原理，外婆总是对我说，你吃饭的声音太大，姿势也不好。外婆边说边挺腰板。外婆圆浑的身躯挺在那里，像只很笨的熊。

外婆在我面前那种衰老和混沌与她在外公面前的精明与强悍判若二人。外婆给我讲故事那些年，外公已经被外婆改造成孺子牛。

外公经常目送外婆前脚走出家门，他后脚就从柜里取出酒瓶、酒杯，慌乱倒上一杯，喝一口，闭上眼，准备陶醉一下。冷不防外婆一下子又出现在面前，厉声道：你干什么。外公失魂落魄的样子很有意思，像卡通片里被人追赶的田鼠。外婆对外公说，你不如用酒当水喝。外婆对外公说这话时，无比神气，好像话不是出自她的嘴，而是出自一个统帅千军的国王的嘴。外婆对外公喊了一通之后，扬长而去。留下满屋余音，绕梁三日，令外公的日子无比蹉跎。

我一直不明白外公外婆为什么要争来争去。只知道他们的争吵像寓言中兔子和乌龟的赛跑远远不会停止。

12

我始终绕不过那场以色列人的战争。这场战争的过程其实很简单。以色列人在家门口与外族打了一场仗，然后割地。

这场战争时间很长，范围很小，战争的历史作用似乎很小。但由于起因十分复杂，常被写史的人抖出来，反复论证。尤其是那些文字相当漂亮的史书，作者为了适应语言的跳跃，把战争的作用夸大一倍甚至几倍，使一场纯粹的地域战争看上去场面华丽而又气势磅礴。

史书使人误入歧途。我在得出这个结论的时候，突然被人类的使命感以及随之而来的功名心所操纵，我决定重写以色列战争。

这时候，悉尼出现了一种奇怪的现象，繁华的街头一夜间出现了许多传教士。他们从太平洋北岸的北美洲远道而来，他们着西装，穿皮鞋，操英语、汉语、德语及西班牙语。他们把一本摩门教经捧在手上，然后彬彬有礼地对人说：能不能谈谈？

这种现象在短时间内，迅速蔓延整个悉尼。这些年龄只有二十出头的年轻人，把自己称为长老。他们在形式上与那些穿黑袍、修长瘦弱的传教士不能同日而语。他们年轻，硕壮，胆敢在黑夜中单独穿行，不知道害怕。他们很少躲在教堂，或站在教坛上宣讲教义，而是站在商业最发达的市中心，向密集的人群摆出极其诚恳的谈一下的姿态，等人们开始正视这种现象，摩门教已经在市面上广为流传。

我被这种传教的形式所吸引。传教正以商业传销的流行方式悄悄东山再起。为了证实自己的猜测，我选择了一个不为人知的时刻来到传教士集居的大本营。

晚上七时，那些年轻的长老在夜幕降临的时候纷纷赶回教堂，如百鸟归巢。我远远站在教堂的一角，看着他们鱼贯而人，然后站在高耸入云的教堂顶尖下面，在黑暗中高声祈祷。他们把那些充满煽动性的教义大段大段背诵下来，神色庄重而又虔诚。那些华丽而又耐听的教经，每句都带着浓重的美国喉音，给我留下深刻的印象。

后来我对大卫反复描述这件事，大卫听了慢吞吞地说，这些家伙全都从美国来。其实谁也拯救不了这个世界。

大卫的母亲在一个平静的星期天安然去世。养老院的人说，死前的那星期，她仍然每晚与她隔壁的老太太同唱那首《假如我明天见不到你》，即使是死前的一天，仍然吃下一日三餐。没有任何迹象表明她第二天就撒手而去。她隔壁的那个老太太在得知她的死讯时，无比平静，只是轻轻说了句：终归是这样一个跟着一个去。

大卫整整一个星期没有出现。他在电脑里给我留下一份电子邮件，讲他这个星期都不会回学校。第二个星期的星期三，我接到他打来的电话，问我可不可以去参加他母亲的葬礼。

葬礼那天风很大，特别大。在教堂做完祷告灵柩直接运到墓地。一路上，送葬的车全都开了大灯。在送葬的车到达墓地时，殡仪公司的人早已根据棺木的尺寸公事公办把墓坑挖好。他们让死者的四个亲属用绳子把棺木徐徐放进坑里。牧师问大卫，两种祷文念哪一种好。大卫说，两种都念。

这时风越来越大，为了压住风声，牧师不得不高声朗诵：让死者在天堂永生，让仁慈的主，宽恕一切，阿门，阿门。整个过程，大卫始终低着头，黯然神伤。他把花瓣撒在棺木上，然后往上面铲了第一把土。风马上把那铲土吹得纷纷扬扬。那天墓坑填了很久才填完，殡仪公司的人抱怨，全都因为风。

那天大卫好像变了一个人。他那双扁眼长时间望着某一个地方，我相信他什么也没看见。这是一个十分辛酸的场面，把一个很熟的人埋到地底下去，毕竟是一件不寻常的事。

从大卫母亲的墓地回来，我感到浑身不舒服，腰酸背疼。我喝了一杯牛奶上床睡觉，可合上眼却怎么也睡不着。白天的一切朦朦胧胧全都变得不真实。那副徐徐下降的棺木，棺木上面那些美丽的鲜花，躺在棺木里的人以及站在棺木外的人，全都不真实。只有浑身疼痛是真实的。

大卫在他母亲去世之后很长时间仍然郁郁寡欢。我设法使他高兴，便谈他喜欢的话题，比如买国土。我说，买国土比较麻烦，太平洋有许多荒无人烟的岛屿，好像价钱还可以。大卫表示这个主意不错。一会儿，又说，不过他现在不想买什么土地了。他说，人其实真正需要的土地并不多，他母亲下葬的那块地一共只有三平方米。

13

那一年冬季最后几天，母亲开始实施她的计划。

母亲打算把经她手解剖的那具男尸的文件烧掉。母亲认为一件再复杂的事，如果没有任何细节，这件事就不复存在。这个巨大的念头使母亲在以后的日子中吃尽苦头。

母亲把事情计划得十分详尽如同她那些尸解报告。按照计划，她要趁工作之便把文件从文件保险柜里取出来，锁进她自己的抽屉，在下班以前乘人不备把文件放进自己包里，这一切务必不能让人发现。而且脸部表情丝毫不能有异于平常。最后是把文件带回家烧掉。

母亲自从开始盘算她的计划之后，便开始睡不踏实，一切都应了做贼心虚的说法。母亲害怕敲门声，甚至连家里任何一种声响都可以成为她突然被吓一跳的理由。全家人每天蹑手蹑脚走路，把头碰在一起谈话，日常的日子变得十分古怪。母亲打算等汪洋事件的风头过了之后，把那份文件偷出来。母亲害怕这个日子的来临，又盼望这个日子来临。母亲仔细计算过，恐怕得等一个月。母亲在等待的一开始，就失去了耐心，她抱怨人们对汪洋仍然津津乐道，抱怨解剖室人浮于事，彼此虎视眈眈，让她无从下手。

一天母亲对父亲说，她办公室的人问她，为什么脸色这么难看，身体要注意了。母亲对父亲说这话时，声音都变了。这说明母亲不是一个临危不惧的人。母亲说，她一回办公室，心就乱了，乱得不成样子。脸色没办法好看。父亲对母亲说，你就别再弄了。母亲说，一定得弄下去，不然我们都活不成。

这种空穴来风的忧虑把母亲弄得日益虚弱。母亲晚上躺在床上，感觉自己病了。母亲觉得自己的确病了以后，话少了许多。整晚整晚沉默不语。她时常靠着床边躺着，眼望着窗外一成不变的楼房、树木。一会儿，因为无法忍受窗外射进来的灯光，把窗帘拉拢，一会儿，又无法忍受房间的黑暗和闷热，去把窗帘打开。一个晚上来来回回把窗帘拉来拉去。

解剖室的情况逐渐有了好转，人们慢慢忘掉了汪洋。母亲觉得下手的时机到了。母亲把日子定在明天。可到了明天，母亲总是下不了手。母亲越下不了手，越慌乱；越慌乱，越下不了手。母亲永远把实施计划的时间准确地定在明天，这使明天成了母亲一生中最重要的日子。

母亲日益捉摸不定。这使焚烧文件也成了父亲的事。父亲成为母亲的同谋发生在一次激烈的争吵之后。那天晚上，父亲大声对母亲说，他受不了了。父亲曾不止一次取笑过母亲的计划，那天父亲终于暴跳如雷，大声说，受不了。争吵一开始谁也不让谁，他们为烧与不烧各执己见，一个小时之后父亲与母亲的对话逐渐不连贯，父亲不断地重复一个小时前的话，争吵成了小孩子的斗嘴。再后来，母亲开始哭泣，父亲马上退到原先的起点。争吵的结果以父亲成为同谋而告终。

我始终相信父亲是无辜的。相信世界上那些形形色色的同谋在不同程度上或许也是无辜的。由母亲主谋的计划，由于父亲的参与，加快了步伐。

自从母亲开始执行计划之后，便变成惊弓之鸟。我毫无选择地被存放在外婆家。一放就是几个月。

外婆外公又开始争吵。外婆搬一张凳子坐在外公旁边，手里捧一杯茶水。争吵在他们婚姻的第三十八个年头，已经炉火纯青。外婆说，要过年了，你把家里的被子都拿出去晒晒。外公说，被子用不着年年都晒。外婆说，你天天待在家里不觉得难受。外公说，你看我天天待着难受不是。外婆说，你看你把家里搞成什么样子，是人住的吗。外婆话一出口，外公马上高兴起来：不是人住的，你天天回来做啥。本来这种时候，外公应该见好就收。外公致命的弱点就是恋杯恋盏一如他喝酒的习惯。外公说，其实你也没什么了不起。外婆即时拍案而起：我可以把你的户口迁出这个区。外公对这个指令慌乱而又迷惑：你说什么，你让我去哪？外婆一字一句对外公说，你应该在走难那一年，回你的乡下去，这个结局比较好。

外婆和外公争吵的时候，我搬一张小凳子，坐在墙角，安静地看着他们。我并不打算帮谁，看谁最后赢了，甚至连他们争什么也不想知道。我想象一棵无比巨大的树，树丛中有许多喳喳叫的鸟，在永不休止地争论。

那一年，百无聊赖的外公把一个哨子安装在煮水的锅上面。外公把我叫到跟前，说，哨子响了，就证明水开了。外公的发明一举改变了他在我心中的地位。我说，外公你真聪明。外公乐呵呵又换起衣袖，指着他胳膊上那块肌肉问，有用吗？我大声说，有用。

一个月后，外婆让她属下的区工厂大批生产这种水锅。一时间，大街小巷哨声不绝。外婆不费吹灰之力分享了外公的胜利成果。被分享了胜利的外公无比气愤，他一有机会就对我说，这个人说话不算数。我问外公为什么，外公一如既往摇摇头。说话不算数自那时起成了我童年最大的秘密。

晚上，外婆又给我讲故事。外婆故伎重演，一边昏昏欲睡，一边又向我讲述那些老掉牙的东西。外婆说，那个千面人有一天去陈山寨……那一年我已经九岁，我终于忍不住问外婆，你跟外公约好过什么没有？外婆猛地从昏睡中醒来，迷惑不解地问，你刚才说什么？

14

大卫时常提起那次新西兰之旅。

每提起那件事，我都心有余悸。大卫说我胆小如鼠，说其实并没有发生什么事情，只是死了一个人，这个人在这种场合下死去，无论如何是合理的。我说胆小如鼠在中国是女人的一大美德。大卫说，没听说过，他只知道人类只遵循一个法则，那就是适者生存。

大卫老是说，新西兰是天堂。许多地方从未被人踏足过，很好。我问，好在哪？他说，好在没有人去过。我说，原汁原味？大卫摇摇头，说不明白。我再说了一遍。大卫仍然说不明白。

大卫时常谈人种的差异，这让我十分苦恼。大卫说，你们东方人……我一听到这句话，就大叫：Shut up。大卫说，为什么你身上没有东方人的那种谦顺。大卫说谦顺这个意思时，用了一个古怪的词。我起先没听明白，再问了一句。大卫换了一个词再说谦顺。我说那不是谦顺，只是礼仪。大卫朝我点点头，那双扁眼半信半疑。

那天我们一起去大卫朋友的一个Party。我特地穿了一件漂亮的衣服。见到大卫时，我故意朝他笑笑，我想我那天应该十分明媚。大卫也朝我笑笑。车开到半路，大卫说，你怎么穿这样一件衣服？我脱口而出：不好看？大卫耸耸肩，不置可否，以后同样的事情又出现过好几次。我不知道是他出了问题，还是我出了问题，反正终归有人出问题。

那天的Party以大卫的说法，比较上流。所有人手里都握着一杯不知名的酒。有人走过来问喝什么。我说可乐。那人瞪大眼睛看着我。我以为他没听见，大声补了一句：能不能给我来杯可乐？当时我周围的人都转过身来，同样瞪大眼看着我。直到那天，我才弄明白，所谓Party其实是音乐和酒，以及各种渠道的消息和流言蜚语。

我日益不喜欢这种Party。大卫问为什么？我说我说不出。大卫再问。我觉得满心委屈，竟哭了起来。

晚上睡觉梦到川。

川指着那条塌进水里的丛林小桥斩钉截铁对我说，不要从这里过去，这会要了你的命。

梦令我惊恐万分。我不断猜测这里面暗示的各种可能性。这让我想起川曾经说过的那句话。

那年我和川坐在一条小船上，四周都是水，黄黄的水。我问川，这是海吗？川说，还不是，是江。这是我第一次看见这样无边无际的江。江面上有风，还有大船。风吹过，小船拼命晃。

后来下起了雨，船晃得很厉害，我对江的感觉越来越糟糕。船开始进水的时候，我突然害怕起来。我当时想，我一定死在那里了，死在黄黄的水里。

我开始抱怨江的险恶，接着不断埋怨起川。说他明知我不会游泳，说他不管我死活。我越说越气，越说越大声。川一直没有吭声，调转船头拼命往岸边划。在船差不多靠岸时，川突然没头没脑说了一句，其实你不懂我。那一年满街都在流行这句话，我不以为意，直到这件事过后不久的一天，川突然对我说，我们不如分手。

听到这句话时，我当街流起泪。我和川，整个过程从头到尾我都在场，可我不知道事情怎么会变成这样。我低着头，一声不响朝车站走。川跟在我后面，始终没讲一句话。

在快到车站时，川开始过来哄我，说，别这样，就当他没说，好不好。川把我送上汽车，上车前，他给我买了一根冰棍，叮嘱我多喝水。汽车开动时，我看到川站在热辣辣的太阳下面，那双眼颓丧而又忧郁。

川再也没有提分手的事，但话却讲得日益苦涩。川有一段时间一直说，他的钥匙丢了。川在讲这句话时，表情怪怪的，他说，有一句著名的诗“中国，我的钥匙丢了”，没想到他的钥匙真丢了。其实那把钥匙自始至终就摆在他的抽屉里，只是他始终没打开那个抽屉。那天在街上，我说那幅广告画很好看。川却说，许多东西是伪造的，有时一件事从头到尾就是一个骗局。我满心惊恐，整个儿不知道这些话的来龙去脉。

15

母亲在一个极为普通的日子，最终得到了那份朝思暮想的文件。母亲在前一天晚上还心神不定地对父亲说那句老话：明天不知怎么样。

十月五号那天，对母亲举足轻重，我至今仍然记得那天早上，母亲神色慌张吃过早餐，匆匆出了门。可到晚上该回来的时间，母亲还未回来，父亲的脸越来越青。全家笼罩在一片恐惧之中。父亲出门往马路的尽头望了好几次，每次都独自而归。每次回来，父亲都厉声问我，你做完功课没有。

晚上十时，母亲回来了。母亲疲惫不堪回到家，脸色苍白。父亲冲上前去问，出了什么事？母亲脸色仍然是那种苍白：没出事，开会了。母亲把门关上，从包里取出那份珍贵的文件，点上火，看着它慢慢变成灰烬，然后用水冲掉。母亲从头到尾把事做完，脸色仍然苍白。至此，那一页纸上记载的那个冤魂，生命最后一幕的真相被母亲毁灭得一干二净。全家呆呆看着母亲一样一样把事情做完，上床睡觉。那一夜母亲很快进入梦乡，匀称的鼾声一起一伏，父亲一块石头落了地。

母亲始终不敢相信，她做的一切是否神不知鬼不觉。她说她从柜里取文件时，觉得到处都是眼，她明明仔细看过，屋里的确空无一人。不过母亲对终于做完这件事仍然十分满意。母亲认为那些被她焚烧殆尽的解剖细节永远不复存在。虽然解剖现场有目击证人，但母亲相信人脑的记忆是靠不住的，靠得住的永远是文字。

那一个星期天是一个美好的星期天。美好是因为父亲弄了许多好菜，甚至还有酒。父亲给母亲倒了一杯酒之后，说，好了，总算完了。母亲点点头，是完了。父亲说，全部都烧完了吗？母亲说，全部都烧完了。父亲和母亲一起举起酒杯，一饮而尽。其实那晚母亲在说“全部烧完”时，脸色开始难看，到了晚饭快要吃完时，母亲竟然哭了起来。父亲后来对我说，当晚，母亲就后悔了。母亲亲手把那份资料毁于一炬的同时，无疑也毁了她要写一部解剖专著的梦。母亲那天一边哭一边对父亲说，她不知道到底是谁错了，一定有人错。

母亲终于真正病倒。病倒起源于母亲一次史无前例的晕厥。当时母亲正蹲在地上把一勺米放进锅里。母亲淘完米站起来时，身子一晃，锅猛然摔在地上，发出一声刺耳的瓦碎声。母亲身子再晃一下，接着是一声沉闷的巨响。

母亲开始昏迷，母亲昏迷的时候像睡着一样。母亲闭着眼，不断地在说话，讲那些被她一点一点烧掉的文件，讲得很具体，连尸体进出的日期都清清楚楚。

那一天很晚的时候，家里来了许多大人。那些人脸色严峻在家里进进出出。父亲黑着脸向来人一遍一遍解释什么。那天晚上，母亲被送到医院，我理所当然又被送到外婆家。

那一年外公提前退休。

外公提前退休之后更加无所事事。他每天除了翻阅那些旧报纸外，就是喝酒。外公喝酒一喝就是三十年，一直没有固定的品好。好酒坏酒格杀勿论。父亲曾买过许多好酒送给外公，问，味道如何？答，差不多。

我被外婆整天整天关在家里。外婆每天出门前三令五申：不准上街。这让我觉得外婆的家暗无天日。为了打发时间，我把外婆所有能打开的抽屉都翻了一遍。找出一些发黄的银币、照片、石头之类，摆满一地。外公严正警告我，不准再翻抽屉，最后还补一句，抽屉有蟑螂，专吃小孩手指。

外公最后那句话完全弄巧成拙。外公不知道我是蟑螂杀手。为了抓蟑螂，我变本加厉每天翻抽屉，房间一片狼藉。外公忍无可忍，把抽屉的所有把手全部敲下来。然后把抽屉关得天衣无缝。

我每天想尽一切办法去开抽屉，屡试屡败。外公坐在一旁冷冷地笑。我百般无奈搬出杀手锏，我对外公说，我告诉外婆。外公说，你敢。

那天中午外婆一回来，我就去告状。外婆一声令下，一天之内把抽屉把手装回去。

外公整个下午沉默不语。他坐在门外，望我的眼阴郁而又忧伤。外公看了我很久，才从喉咙里咕噜了一句：作孽，你怎么也像你外婆。

外公心事重重在门外坐了很久，外公心事重重的时候作出了他后半生最大的决定：离家出走。外公在那天下午思前想后，把这辈子发生的事斟来酌去，发现已经别无选择，惟有出走。

想到离家出走外公松了一口气。他突然站起来，把酒找出来，给自己斟上满满一杯，一饮而尽。那天满脸酒气的外公乘兴把墙上那把尘迹斑斑的箫取了下来。他走出门外，吹起一首我从未听过的曲目。那首曲子美妙绝伦。抑扬顿挫的箫声，吸引了许多路人。外公那天把那首曲子吹了一遍又遍，路人走了一批又来一批。外公越吹越来劲，喝过酒的脸涨得通红。外公完全忘了时间或者根本就不打算考虑时间。外婆下班回来时，门前仍然站满人。外婆被眼前的情景惊呆了，她像路人一样站在人群之中，久久注视着外公。

那天是外婆煮的饭。外婆边煮饭边哼那首她似乎十分熟悉的曲子，曲子哼得动情而又欢乐。外公站在外婆旁边，垂手而立，羞赧得像个少女。

第二天，外公把他的衣服收拾成一个大包。准确地说，外公最后下定决心出走是在第二天早上。那天外婆临出门，仍然勒令外公把把手装回去。外公在装把手与出走之间选择了后者。

外公把衣服收拾完，然后坐在床上，无比怜悯地看着那个大包，迟迟不愿动身。外公在床沿坐了很久。这期间好像睡着了一会儿，又好像没有。外公保持这个姿势直到最后坐累了，才伸手去提他的包。外公的手在触到包袱那一刻，浑身一震，突然怅然泪下。

外公在提着包离开他那间狭小而又略显破旧的屋子时，看上去十分悲凉。我走上去对外公说：外公不要走，我以后什么也不告诉外婆。外公像孩子一样摇着头，径直走出家门。

16

我开始动手写以色列战争。以色列战争最早的起因是两个男人争夺一个女人。

为了解释这种现象，我把《创世纪》中的一段话改头换面搬进以色列战争的第一章：造物主创造了一个无生殖系统的夏娃，然后又创造了一个同样无生殖系统的亚当。接着再创造了他们的生殖系统。造物主在创造生殖系统的同时，又创造了人类真正的灾难。

书在写到第二章战争的属性时，开始停滞不前。我原本打算避开史书习惯的那种道貌岸然，把书写成类似野史什么的。为此我去征求那些每天讲授宗教史的教授们的意见，他们几乎不约而同地告诉我，看在上帝的分上，千万不要乱来，因为这场战争十分著名。

我把标新立异的第一稿扔进垃圾桶，决定重写，重写时，我又迟迟下不了笔。我发现对于以色列战争的属性，我只需要一句合适的话就够了。可我一时又想不出这句话。

以色列战争令我完全陷入心理疲乏的困境之中。我打电话给大卫，约他去摩门教堂，说我很想和那些美国佬谈谈。

第二天，我们来到教堂。一个传教士正被几个韩国人围住，在讲一个家喻户晓的圣经故事。传教士看上去十八九岁，浑身肌肉，像只美洲狮。有人问，真的复活了吗？美洲狮说，成千上万的人都相信他是复活了。

韩国人走了之后，我们聊起来。美洲狮问我出生时有没有受过洗礼，信哪一种教。

我说“没有”。

“那你信什么？”

“我不信什么。”

“你们全部人都不信？”

“差不多。”

“你们一共有多少人？”

“人类的四分之一。”

美洲狮惊讶得半天说不出话，半晌儿才说出一句：有这种事。那天，我和大卫轮番问他摩门教的起源以及发展趋势。美洲狮显然没有太多准备，脸涨得通红，一副远水救不了近火的模样。

那天我们在教堂呆了很久。大卫满脸沉重地对我说，上帝真的死了，这是命数。后来美洲狮开始在讲坛上讲摩门图腾，我坐在教堂一扇明亮的窗下面，安静地听。他说，不要责备仁慈的主，如果有什么错，那就是人的错，只有这样，你们最后在神的审判面前，才会纯洁无瑕。美洲狮像个优秀的朗诵者，更像个诗人。我断定他入错行，像我，像我母亲。

有很长一段时间，我突然无缘无故流泪。这时悉尼正值隆冬，我坐在宿舍里，看着那些骄横跋扈的风，在窗外兜了一圈之后，狠命地从窗缝里挤进来。寒风吹在脸上，心酸酸的，眼泪就掉下来。

我怀疑自己得了眼病，又好像不是。泪眼模糊的时候，窗外那些在寒风中飘落的树叶全部都变成了炸弹，炸弹落在地上，无声无息。没有听到哭声，好像所有人在炸弹落下之前就已经死了。这个罪恶的念头在那天重复出现了许多次。这个念头一出现，我觉得自己像吸了一口吗啡，身心一阵兴奋。

我发现我好像是在等待什么，具体等什么说不清楚，好像是一个奇迹，一场战争，或者是有人杀人和有人被人杀。

后来我对大卫说起这件事。我说，怎么没有事情发生。大卫瞪大双眼：你想要什么事情发生？我说，也不是想发生什么事，但不能老没事。大卫说，这个世界已经进入了一种惯性，不会有什么大事。如果真有大事，那就是哪天有一个疯子，按了一下核按钮。这个世界只要有一个人疯，其余的全部人肯定会跟着疯。我说，像打橄榄球。大卫想了一下，笑笑：也对。

那天，我和大卫又去 Party，我开始说不去。大卫说，不去又干什么。我说，不行，我得去写那本书。一听写书，大卫黯然神伤。大卫说，别老惦着你那本书，如今做人没什么是一定要去做的。

那天的 Party 挂满了大大小小的气球和各种用塑料做的阳具。大卫那天一走进 Party 如同走进一种情绪。大卫指着那些阳具说，在娱乐场上，人类终于找到了一种亲切的替代物。那天我们乘兴喝了许多酒，一边喝还一边跳舞，也不完全是跳舞，准确地说是扭动身体。大卫说，如果他今天死了，他一定会让他父亲明白，这不是他的错。

那天的Party开得山呼海啸，醉了三分之一的人，最后救护车也来了。有人尽兴，有人扫兴。

17

母亲大病一场之后，对科学的严谨失去了兴趣。出院那天，她对父亲说，她犯了一个极大的错误，她一直认为过去是不可改变的。母亲说这话时，快乐得像个小孩。母亲在医院躺了整整十八天，这十八天母亲终日躺在床上，让回忆和猜测轮流支配她的命运。母亲从汪洋之死想到被烧掉的文件，又从文件想到那具神秘的男尸。母亲把先前她那些猜测又重新再猜测了一遍，然后得出一个结论：一个虚假的过去完全可以理直气壮地代替一个真实的过去。母亲在得出这个结论之后，睡眠迅速得到改善，病好了一大半。

出院之后，母亲又开始每天正点下班。母亲推说身体还未复原，把解剖的活让新来的人做。在那些僵硬的尸体被劈开胸腔的时候，母亲站在一旁独自想她的心事。母亲想，她那本可怜的解剖专著被无端葬送在一场秘密之中，剩下的生命便变得平淡无味。母亲想，她当初如果不学医，而学机械、建筑甚至做老师什么的，事情恐怕好办得多。母亲想，晚上不如买一斤烧肉，喝二两酒。

那天解剖室同时进了两具同性别、同年龄的尸体。母亲无意之中把尸体上的标签张冠李戴。等母亲发现这个错误，已经快要下班了。母亲并不打算改正她的错误。在母亲看来，这如同把猴子的标签贴在马身上一样有趣。母亲张冠李戴的错误使两具在千辛万苦之后才被验明正身的尸体再次失去身份。自此之后，这类错误时有发生。母亲安然无恙地做她的恶作剧，而且一次比一次大胆，一次比一次成功。母亲的观点是，人死了之后，叫什么名字又有什么关系。既然死亡的事实不重要，结论也不会有多少重要。

一个月过去，半年过去。母亲焚烧文件的事似乎被瞒天过海。那些日子，母亲极力想忘掉某些事，可就是那些最想忘掉的事偏偏忘不掉。这时，上面又给解剖室派来新主任王盖。王盖在接管解剖室清点文件时，满腹疑惑对母亲说，文件怎么这么少？那份文件呢？母亲明明知道王盖指的是什么，却故作镇定地说，这些都是汪洋在时管的文件。母亲从来憎恨撒谎，可母亲这时候开始撒谎。母亲自欺欺人地对王盖说，她从未见过那些解剖记录，母亲誓言旦旦把梦中汪洋讲的话原封不动又讲了一遍，母亲知道只有谎言才能把这件事搪塞过去。母亲在讲这些话时，两手紧握着拳头，手心布满了汗。

这样又过去了三个月，一切仍然平安无事。母亲做梦也没有想到，她在欺骗她上司的同时，自己正被上司欺骗。

外公那天提着包袱走出家门之后，径直朝街口走。外公在街口碰到两个正在乘凉的熟人，熟人问外公，上哪儿？外公说，上街。外公在告诉熟人上街之后，便继续朝前面的十字路口走。十字路口车水马龙，四个向前延伸的方向都人海茫茫。外公离家出走至第一个十字路口，开始拿不定主意。他在十字路口东张西望了很久。后来干脆把包放在地上，坐在上面。那一天，天气很好，没有下雨。外公后来对我说，他从来不知道人来人往会这么好看。那些在你面前走过的人竟然每个都不一样。外公在十字路口坐了整整一天，直到天黑仍然没有打算穿过那个十字路口。在行人渐渐稀少的时候，外公站起来，提着包朝家的方向走。外公出现在街口时，我正在家门口替外婆张望，我看着外公远远走过来，步伐轻盈，嘴里好像还哼着什么。外公见到我第一句就说，我为什么要走，要走也不是我走，对吧。

那天家里一整天慌乱不堪，母亲和父亲班上了一半匆匆赶到外婆家。那天家里还来了警察，外婆眼泪汪汪地对警察说，他肯定不回来了，他把他心爱的怀表也带走了。

那天外公出现在外婆面前时的神情，如同那只率先站在终点线上的乌龟。外公对着上前问长问短的外婆，说出了他后半生最理直气壮的话，我饿了，要喝酒。那天外公肆无忌惮喝了许多酒，没有人敢去拦他，外公喝了一定量的酒后，脸色铁青，开始胡说，外公大声地对围在他面前的人说，有什么了不起呢，她没什么了不起嘛。

谁也没有想到外公还有这一手，更不清楚这一手的虚实。我自始至终怀疑外公来的是苦肉计。外公象征性地出走了一次之后，与外婆的争斗仍然不断，但争斗的形式以及胜负的比率却发生了历史性的变化。外婆仍然一次又一次对外公说，你整天无所事事，难受不难受。外婆并不打算改正她的错误。外公有时会突然回一句，狗捉耗子，多管闲事。外婆一怔，猝不及防。很快，外婆恢复了平静，说，家里的闲事，我以后就不管了，管多错多。

打那以后，外婆很少再说让外公搬出去的话，有时外婆被逼急了，偶尔也会吼上一句，但其作用明显今非昔比。外婆那天再次叫外公搬出去时，外公从容地点上一根烟。外公并不说话，很仔细地一口一口把烟吸进去，又很仔细地一口一口吐出来。外婆被外公的举动镇住了。先是愤怒，接着是茫然。外婆连忙也给自己点上一根烟，点烟的时候，外婆发现自己的手在抖。

18

川再也没有给我写信。我证实了自己那个猜测。

我开始怀念川。怀念川的时候，脑子全被川填满了。

后来川又带我去了一趟南石口。去南石口是我提出来的。有一段时间，我很想川。可见到川之后，又觉得十分没劲。每次都是这样。我被自己这种捉摸不定的情绪弄得苦不堪言。我想这可能是因为都市的迫狭，所以我说去南石口，南石口有大海。

快到南石口的时候，我们经过一座独木桥。独木桥下面的水很急，发出哗哗声响。川站在桥头，迟迟不举步，一会儿，川说，不如绕道走吧。我说，为什么。川说，太困难了，他一上桥，任何桥，就觉得头晕。我说，绕道要我多走许多路。川说，一定会出事的，你怎么不信。我说，好吧。可一会儿，川突然又改变了主意，说，算了，还是走桥吧。川过桥时，始终没望桥下的水，脸色苍白而又沉重。

我们到了南石口的时候，一大片岩石上已经有许多看海的人。川嘴里又咕咕噜噜，我问他在讲什么。川说，哪都有人，躲都没法躲。川站在寒风习习的海口，又开始讲地球人类无可救药一类的话，而且讲得重重复复。我想对他说，我已经听过了，可不知为什么最后又没讲。我坐在岩石上，看着远处的海，任由他一个人自言自语。

这时一个女孩走过来，问川要钱，理由是她母亲病了。小女孩很脏，说话带着浓重的地方口音。川掏出一角钱，女孩不肯走，川又掏出五角。整个过程都像是一出芝麻开门的老戏。女孩走后，川说，女孩长得很标致。我说，可惜了。川说，你怎么知道她可惜了。

后来发生了那件事。川那天要讲的话才开了个头，事情就迫不及待发生了。那时我们正坐在岩石上，川说他觉得腰后面有东西在爬。川转过身，一只手已经把他裤袋里的钱包掏了出来。沿着那只瘦小的手往上看，是那个小女孩。

本来偷个钱包也不是什么大事。那天岩石上的人很多。川就站在岩石上，旁若无人地大声训斥。小女孩看上去八九岁，一动不动，惊恐地站在那儿。川一下子把秘密揭穿，像揭掉别人身上一个疤。我望着那个可怜巴巴的女孩，一时不知说谁。

看海的心情被女孩弄没了。川放掉那女孩时，仍然怒气冲天。我问川，还看吗？川直直地站着，没说话。我知道，其实问也是多余。

春天来临的时候，我和大卫的日子变得越来越百无聊赖。橄榄球和小桥流水日益毫无生气。大卫说，不如去动物园。我说，动物园有什么好看的。大卫说，动物园有狮子。

我们看到狮子的时候，狮子一如既往在笼子前面走来走去。狮子吸引了许多孩子和那些无可奈何的大人。一个孩子问他母亲，狮子为什么这样来回走？母亲说，狮子想出来。小孩说，狮子真笨。这时大卫又眯起他那双扁眼，一副恍然大悟的样子。大卫说，连孩子都知道狮子不可能出来。

大卫那天像中了魔，一个上午在狮子前面流连忘返，看上去，心神都在一种状态之下。我闲极无聊只好去看狮子对面的箭猪馆。箭猪馆一个网前面围了许多人。网里面一只黑色的箭猪正在产子。那只箭猪的肚子胀得亮晶晶的，黑屁股一扭动，生出一只小箭猪。整整一个上午，箭猪在有条不紊地繁衍，屁股每摆动一次，都是一个新生命。我一个上午，在人群中观察箭猪生育，把自己弄得精疲力竭。

离开动物园时，大卫说，人无聊，那些动物看上去更无聊。我说，那只狮子有什么好看的。大卫说，你看可能是狮子，我看却是灵长动物，猿之类，甚至是一个可怜的人。我说，你这些鬼话让人相信绝对不是一个容易的事。大卫耸耸肩，说一句：Who care。

那天我和大卫在动物园那条小路上走，走累了，坐在长满杂草的路旁。大卫说，歇一会儿，这里很好。我四周看看，周围除了草还是草，我不知道这有什么好的。

大卫说给我拍照。我手托着腮，尽量甜甜地笑，安静地等他。大卫问，你在干什么？我说，拍照呀。大卫啪地把包里的录音机打开，里面流出一阵乱七八糟的音乐。大卫说，你就跟着这个节奏乱喊乱叫。我说，这是拍照吗？大卫说，这当然是拍照。

大卫在拍照的时候说，等他打完春季橄榄球赛，带我去捉鱼。捉鱼是指潜到水里，用手去捉。这个想法十分诱人，但我却觉得十分遥远。我坐在动物园有点潮湿的草地上，和风轻轻吹过，满嘴满鼻都是动物粪便的气味。那一刻，我发现我并不喜欢澳洲。我知道，这与气候无关，更与这块美丽的土地无关。我跟大卫说，大卫问，为什么。我说我说不出。大卫再问，心又酸酸的，只想哭。我相信我和那些狮子、箭猪来自两个不同的世界，我和大卫其实也是。

19

解剖室的文件每天以一个固定的速度不翼而飞。等母亲发现时，文件只剩下三分之一。对此熟门熟路的母亲马上意识到有人偷文件，根据母亲掌握的蛛丝马迹判断，此人就是王盖。

这个发现令母亲欣喜若狂。为了让父亲分享她的喜悦，母亲在一个闷热的晚上买来了酒。母亲对父亲说，偷得好，最好全部都偷掉。父亲说，会不会是什么阴谋。母亲说，这样连我的账也可以算到他头上。父亲说，恐怕没这么简单。后来那天晚上发生了争吵。母亲认为，解剖室一切以文字的形式记录下来的东西日后必是心腹之患。父亲坚持，凡是偷偷摸摸去做的事，其目的一定不可告人。争吵最后还是以父亲曲意奉承结束。父亲假惺惺地说，无论如何还是偷掉的好。那一刻，压在母亲心头长达十年之久的石头终于彻底放下。

在这以后的许多年，母亲日益心如平镜。心如平镜之后的母亲一下子变得无所事事。她不时把我叫到跟前，海阔天高乱问一气，数学最近都学了些什么？晚上在读什么书？母亲问话时的表情相当严肃，像问在市集上逮住的一个小偷。终于有一天，母亲言归正传。她从书柜里抽出一本事先准备好的十六开本的厚书，放在我面前，说，以后你抽空看看这本书。那本书的插图全是各种切面的心肝脾肺肾，我心一沉，知道大祸临头。

父亲曾说过，母亲一生只为两件事，一是成为一本解剖书的作者，二是强迫我学医。母亲为两件事几乎耗掉了她的一生。母亲头一个愿望彻底落空之后，便把剩下的希望变本加厉寄托在我身上。

她一遍一遍向我讲述写书的残酷与光荣，好像她已经写了一辈子书似的。母亲小心翼翼把她那些残败不堪的医学书用各种不同颜色的包书纸一本一本包装起来，然后放回书架，以备子孙后代之用。有时她会把书抓在手上，并不翻开看，怔怔地望着上面鲜艳的书皮。母亲眼望书本的表情每次都是一样的，简直是对上一次固执的重复。母亲千方百计把医学书放在我随手可得的地方，以图我在毫无选择的情况下爱上这一行。母亲知道我害怕血腥，而且时常有血腥的幻觉。她每次偷偷摸摸把一本医书放在我桌面之后，便一遍遍向我解释，人体如宇宙奥妙无穷。我始终觉得母亲每天拨弄的那些僵尸与宇宙不能同日而语。我开始与母亲作对。我把书藏在一个她无法找到的地方，然后对她说，书丢了。母亲每次都大发雷霆，为她心爱的书，也为我恨铁不成钢。母亲终于有一天忍无可忍盘问我，那些书都到哪里去了。母亲盘问人的方式沿用了电影里那些审问犯人的情节。母亲一字一句地问，你把那些书都弄到哪里去了，你说不说。母亲讲出说不说那句话时，我对母亲的信任降到历史最低点。我觉得这种话不应该从一个母亲的嘴里讲出来。

作对以我大获全胜告终。我最后选择了神学。我相信，母亲折腾了一辈子拯救的充其量只是人的肉体而已，而我拯救的却是人的灵魂。时至今日，我不得不承认，这只是恶作剧而已，恶作剧的始作俑者：母亲和我都为此付出了沉重的代价。

七月，阳光普照。外公在一个阳光普照的早晨，从此没有再醒过来。这距离他把外婆迎娶为妻的那次婚嫁整整过去了四十八年。这段四十八年的婚姻由于太平凡，无人为它盖棺定论，如果随便概括一下的话，那就是乌龟娶了美丽的兔子为妻，安然无恙过了一辈子。

外公死于突发性心肌梗塞。告别人世之前几乎没有任何交代。生前最后一晚，他十分清晰地对外婆说下人生的最后一句话：他明天不去买菜了。根据医生判断，外公在那一刻正站在性命攸关的关口。外婆这次未能再次拯救外公，甚至完全判断错误。外婆断定那晚外公又来雕虫小技。外婆最后对外公说，你不去谁去。为这句话，外婆后悔了很长时间，外婆说，这句话很不吉利。

外公选择了一个极为平常的深夜，突然而去，再一次令全家措手不及。母亲陷入极大的悲痛之中，不能自拔。母亲整天躺在床上，泪流满面。那一刻母亲看上去十分可怜。她重重复复地对父亲说，她未曾报答养育之恩。而一切又都无可挽回。

外婆在母亲悲痛欲绝的时候反过来安慰母亲，外婆说，人老了就得死，我到时也会死。母亲哭得更厉害。母亲在外婆面前痛哭的时候，不停地用手背去擦眼，完全像个做错事的小孩。

外公去世以后，外婆变得沉默寡言，老是丢东西。外婆丢失的东西重复出现，又重复丢失。事情来来去去都变成一样的。按照以往的习惯，外婆会把这一切归罪于外公。外公的去世破坏了这种恒定的秩序。外婆一下子老了许多。这时候，外婆提出了退休。

外婆退休之后时不时把死挂在嘴上，这使死亡在日常生活中变得随便而又意味深长。外婆让母亲给她做好两套上好的衣服，藏在柜里，之后又把她的存折交给母亲保管。外婆觉得人活到这种岁数得着手准备些事，怎么也不能像外公那样手忙脚乱。

母亲在外公去世后一个月，郑重其事地把我叫到跟前，说，如果你死了，是不会有人记住你的，人们记住了你的书，才会记住你。当时我愣愣地站在那，不知为什么母亲一定要让人记住。母亲又说，不要像你外公，走了就走了，什么也没留下。

20

我决定绕过困难重重的第二章，先写第三章。以色列战争写到第三章出现了各种毁誉参半的战争人物，其中一个最著名的人物叫亚瑟。以色列战争使一个叫亚瑟的人受尽磨难，让他失去三个儿子、一个女儿以及父亲。但又使他的名字连同那场战争一起名垂青史。我从图书馆借出了亚瑟的传记。我在检索电脑书目时，意外地发现以亚瑟为题目的人物传记有十二本之多，再查这些亚瑟们的生年卒日，这十二本书竟是写同一个人。

我在一个星期五的下午把十二本书全部调出来，一口气读完了十二本书的前言。每本书的作者在书的前言部分都三番五次重申，他们最全面，最忠于历史。这十二本书在承认亚瑟是天才的前提下，对他的生平在不同程度上互相篡改，许多章节还原封不动地出现在不同作者的内文中。后来我还发现，以亚瑟为题以及与亚瑟有关的书目，一百年来一直层出不穷。谁都希望通过这个畅销的题目使自己一举成名。

那天，我一个字也没写出来。我呆坐在如沧海桑田一样的图书馆，感觉自己如沧海一粟。我对自己的选择十分失望。我相信如果有人可以超越前人，那绝对不是我。这一发现令我痛不欲生，那一刻，我渴望写成一本书的冲动消失殆尽，这如同那些荷尔蒙冲动一样，不堪一击。我决定放弃写作。

这个决定让我无可奈何想到母亲。我猜想母亲此刻在大洋彼岸，可能正要上床睡觉，或者刚刚躺在床上，处在想睡又不想睡的朦胧状态之中。这种状态很要命，最适合做那些漫无边际的不合实际的联想。母亲说过，她退而求其次了，写成一本书是她对我的最后希望。母亲还说，她不怕等待，谁不等待呢。母亲的执著让我觉得她和我都同样没有希望。

我把这个决定告诉大卫，大卫高兴得手舞足蹈，说我终于找到人生真谛。大卫说，神都不能主宰一切，何况人。大卫那天认为我找到真谛之后，讲了一个城堡的故事。

大卫说，一个叫沓沓目的人，花了二十年的时间，研究了一个以他命名的沓沓目城堡。他把世界上那些著名的断路、单行路、死路全部融汇进去，还用某些惊骇的符号在每个拐弯角贴上标志。城堡的大部分路都没有出口，所有最后走出城堡的人，必定历尽艰辛，如噩梦一场。

大卫说，城堡最精彩最无与伦比之处就是露天。你站在山顶可以纵观城堡全局。你可以看到人在三岔路口面临选择时那种犹豫不决，错误百出；或者看着他们全然不知走进一条死路，一味走到尽头才发现错了，等他们重新从死路折回来，已经花掉了一天的大部分时间。

大卫那天躺在草地上，眯着眼望着快要下雨的天，不紧不慢讲完了这个故事。大卫说，他不相信失败，也不相信成功。他说他是一个天生的旁观者。沓沓目就是一个旁观的启示。

那天是我最后一次和川在一起。

那天有太阳。川一定要带我去吃一顿饭。那天川收拾得更加整洁。川总是太整洁，太整洁使他离群索居像一只远离狼群的孤独的狼。川那天眼睛盯着我说，这是最后的晚餐。川说这句话时，我心使劲往下一沉，我知道川这句话是故意说给我听的，川没必要这样。

我临走的那段日子，川变得越来越古怪。他时常借故胡说一些充满暗示的话，一只飞过的鸟，一片飘落的树叶，全都成了他借题发挥的话柄。吃饭的前一天晚上，我们坐在阳台上，满天繁星与流萤。川说，天上的星是石头做的吗，可能还有别的什么东西。许多秘密老早就在那里了，只是你不知道而已。川又说，你知道看星星是什么滋味吗？我说，不知道。川说，看星星只有两种滋味：一种是心如明月，一种是心如死灰。许多年后，在我一个极其灰暗的日子里，我仔细品味川那种看星星的滋味，泪如雨下。

那天饭吃一半的时候，川说，你怎么证明一个人不是在撒谎。我没答川。川又说，总有一天，他会沿着珠江顺流而走。这是他一生最后一件事。这条河奇奇怪怪，只往一个方向流。

我说，如果你觉得这条河奇怪，那其他所有东西一定也很奇怪。川神色黯然，不断地点头：对，对，你说得太对了。我知道川已经不是指那条河，而是指那条河以外的其他一些东西。川在说话的过程中，抽过两根香烟。后来我对川说，我明天就走了。川一听走字，突然回过神来。川的情绪开始躁动，川急急地说，必须接受现实，就像接受河水往一个方向流一样。

川那天的躁动与饭桌周围的闲散极不相干。接着川开始冒汗，川满头大汗的时候，对我讲了许多热情洋溢的话。川在公众场合仍然热情洋溢，再次证明青春的力量。川扬手让人结账。结账的时候，服务生问我要不要热毛巾，川抢过话头说，不需要。川讲话的口气十分肯定，好像他就是我，我就是他一样。

我和川在饭店门口分的手。本来川约好走的那天送我到机场，但由于母亲执意要由她送，最终没有送成。那天我们在饭店门口随便说声再见便从此分了手，这是我后来怎么也没有想到的。那天我走了很远，回过头去，川仍然木然站在人群之中，颓丧而又平凡。

许多年后，我重返故里，遍寻川的踪影，终是寻不着。

21

一九八五年一个冬天的早晨，外婆穿上三件毛衣，用围巾把脖子团团围住，然后打开家门。外婆搬来一张凳子，面朝门坐着，开始吃早餐。早餐才开始吃，有人陆续进来，一个，两个，直至十二个。进来的人脸色参差不齐，全都老态龙钟。他们管外婆叫主任，他们把这个由来已久的头衔叫得娴熟而又理所当然。外婆朝每个来的人慈祥地点点头，继续吃早餐。这个过程每日上演一遍，十分持之以恒。

外婆边吃边说：煮早餐也是很麻烦，不煮又不行，还是要去煮。许多人纷纷表示同意。有人说，王伯今天不能来，一早起来头晕，昨晚又跟媳妇吵架。有人对外婆说，你早上吃得太少，应该吃一个蛋。外婆说，她今年七十四岁，明年就七十五，吃什么都没用，说死就死。外婆在讲这话时，语气阴晦。坐在那里的人，个个神色凝重，默不作声。外婆又说，她最后一定死得千辛万苦。外婆说她男人算是交了好运，晚上很平常地睡一觉，第二天，事情就搞定了。他走的那天，脸上很平静，像一朵祥云。哪会不安详呢。有人说，明天一起去喝茶吧，有新出的叉烧包，赶紧吃呀。

太阳爬上中天的时候，来人纷纷告辞，临走时互相叮嘱明早喝茶的事。一眨眼全部消失在巷口。

来人走光之后，外婆无所事事。她在房里踱来踱去，一天剩下的时光对外婆而言变得十分冗长，外婆踱到外公的像前，沉默一会儿，上一炷香。外公去世后，外婆在外公的抽屉里，找出许多陈年纸条。那上面都是外婆亲手写下的承诺。外婆答应外公，相夫教子，为外公生八个儿女，保证弄得儿孙满堂。外婆翻出那些纸条之后，又把它们叠得整整齐齐，原封不动放回抽屉，然后挂上外公那把大锁。外婆说，他锁的都是他觉得有用的东西，还是放回去好，不要动他的。我每次去外婆家，外婆总要我在外公像前也上一炷香。外婆说，三人同行也有十世的缘，何况夫妻。

那一年年底，每早到外婆家小坐的人越来越多，这种有聚众之嫌的聚会最终引起有关方面的注意。有人对聚会的内容作过精密的统计：家庭话题占三分之二，死亡话题占三分之一。有人把这种现象称为夕阳现象，并把它写成论文登在报纸上。有人对这个聚会的主要人物外婆作过这种评价：七十四岁那年再次被推举出来，代表一群人，一生由两三个意外的机会以及无数微不足道的胜利所组成。

那一年母亲光荣退休。退休之所以光荣，是因为十年前那具神秘男尸重见天日。汪洋的妻子在男尸被平反昭雪之后，把汪洋收藏的那份解剖报告交了出来。这一页破纸在十年之后，成了一个重要人物死于非命的历史见证。这份价值连城的报告受到了格外的礼遇。它被人过了塑，装进镜框，摆进了历史博物馆。这成了母亲一生最辉煌的成就。这个成就在母亲经历了一切幻灭，心境日趋平静的时候，突然从天而降。这时母亲已经满脸皱纹，百病缠身。母亲在得知这一消息那一刻，只说了一句，怎么会有这种事。

那天晚上，母亲专门去看望了汪洋的妻子。汪洋之死早已被人遗忘，无人再对他自杀抑或他杀感兴趣。母亲站在汪洋英年早逝的像前，深深鞠了一躬，沉静而又木然。母亲知道，汪洋早逝是因为他应当早逝。母亲终于为这件事找到了一个令自己满意的解释。

母亲退休那一年解剖室还发生了两件事。一件是市面上突然出现了一本名为《案件解剖大全》的畅销书。畅销书中所列举的案例以及解剖分析过程中的种种细节正是解剖室不翼而飞的档案的翻版。畅销书作者的署名是王盖。

另一件事是，在一月十五号那天同时推进解剖室的两具女尸，标签贴错了。这使整个案件的侦破出现了方向性的误差。无人知道这种事是怎么发生的。等人们把错误纠正过来，案件的侦破时间比原计划迟了整整三个月。母亲对除她之外，还会有人弄这种把戏感到不可思议。她先是兴奋，接着是颓丧，后来是冷漠。她觉得这些事不足为奇。十一号尸与十二号尸被奸杀是真的，只不过一个是先奸后杀，一个是先杀后奸。但这个区别前后只差两个甚至一个小时，在死亡的大前提下，这些细微的区别是无足轻重的。假的只是两具尸体的名字掉换了。但这到底有什么关系。一具没有生命的尸体叫什么又有什么关系。

母亲退休那天，家里来了很多庆贺的人。母亲把解剖三十年的经验精辟成一句话：你要是杀死一个人你就完了。那天人走了以后，母亲又把这句话对我说了一遍。母亲还说，这个城市每天都有人死于非命。我当时对她的话十分吃惊，我怎么会去杀人。杀人是一件很大的事，我知道我做不了这种大事。

那一年，我最终还是一意孤行选择了神学。母亲和我较劲较到最后一刻，突然松手。母亲接受了现实。母亲说，人是不能期待得太多。母亲在五十五岁那年突然才明白过来。在我拿到斯福坦丁大学入学通知书那一刻，母亲的烦恼突然烟消云散。母亲静静地坐在沙发上，心平气和地望着我，说，不管了。全然一副大彻大悟的模样。母亲心平气和的时候，我心如刀绞。母亲两鬓已经花白，眼角的皱纹像刀刻一样。在我面前，母亲怎么也是一个失败者。

胜利的喜悦一下子消失了。我在等候签证的那一个月，每天陪伴着如残花败柳一样的母亲，心绪如秋风落叶。

22

大卫在那个冬天一毕业立刻找到工作，在一个政府的专门部门，研究安乐死的道德问题，即时走马上任。大卫认为政府完全是在浪费纳税人的钱，谁要死你还能不让他死，死什么时候都比活容易。

大卫在学期最后一天喝下午茶的时候，对我说，人最理想的生命程式是一生换三十份工，经历五次婚姻，育八个子女。大卫说他得出以上的结论花了三年。大卫说，人除去成长和衰老的时间，其实有价值的生命只有三十年。这三十年里面，人要挑挑拣拣，品尝各种滋味，人通常要把程式全部走完才会死心。你只要想想看，人只有一次生命，没有这些变化，谁会死心。大卫还说，他可能会不断换工作，不断说关于爱或者不爱，一生太长。

那天晚上，我做了一个很长的梦，好像一个晚上都在做梦。我发现我其实是从海里爬上来的。我被海水冲到这个四面环水的地方来。我爬上岸时还吻了一下那块湿漉漉的泥巴地。可我明明记得我肯定是乘飞机来的，是母亲亲自把我送上飞机的。

早上醒来，我坐在镜子前面，突然泪流满面。我弄不清我一早起床突然痛哭的直接原因。那一刻我好像在为大卫哭，为母亲哭，为外婆哭，哭到最后，我一心一意为自己哭。哭得痛不欲生。我发现许多东西可能错了，我以为是这样的事情，其实并不是这样。

我在痛哭的时候，不断猜想大卫经历五次婚姻的情景。大卫生命中的五个女人都如花似玉，明显带着所有男人都喜欢的羞赧。她们温柔无比地为大卫生下优良的四男四女。而她们在把儿女养至五岁时，全都变成河东狮。五年是许多事情的一个界定时间，或者说五年是一个容器的量，超过五年，必定是多事之秋，河东狮以后的故事逐渐连不起来，到最后干脆戛然而止。

这种猜想使我突然停止了哭泣，我又躺回到床上。我重新躺在床上时，感到浑身发烫，每个关节都像针刺一样疼。疼痛使我无比痛苦又无比兴奋。疼痛让我感到周围的一切突然变得十分清晰，室内的桌椅台凳，窗外的阳光树木，颜色突然都鲜艳起来。我试着移动一下身躯，那种痛真真的从腿移到心，真真的痛入骨髓。我被痛苦和兴奋弄得魂不守舍。这一刻，我断定我肯定是错了，人的所有错误，都是从走进城堡那一刻开始。

23

我至今仍然相信那天毫无原由的疼痛与某种暗示有关。当天晚上，我接到国内的长途，说母亲病重。

母亲躺在医院时常陷入昏迷。她每次醒过来就问守在床前的父亲，今天几号了？母亲听天由命地等待我的归来。

母亲被推进手术室的时候，我赶回了中国。一直沉默寡言的母亲，上帝安排她患喉癌。手术后母亲已经不能说话。我给她捎去鲜花。母亲望了一眼鲜花和我，无力地朝我点了一下头。母亲对我千里迢迢赶来并没有打算对我笑一下。我知道，对于母亲，鲜花与神学一样虚无缥缈。母亲期望看到一本印成铅字的著作，书的封面有与她在血缘上密切相关的名字。母亲看我垂手而立，沉重地叹了一口气。

母亲不能说话的时候，时常漠不关心地望着雪白的天花板，两眼直勾勾，空洞无物。母亲在死亡面前，执著地以这种方式表现生命意志，令我痛苦万分。我坐在母亲床边，一遍一遍向她解释我那些令她一生耿耿于怀的往事。我说，其实那些医书我都看过了。还是神学好，神学没有秘密。我说，一部关于神学的书籍同样会名垂青史。我对着一个永远沉默的听众，一个劲地讲。那一刻，我的执著与母亲的执著一样不可置疑。我看见母亲朝我点点头。

母亲朝我点头时，脸上露出了微笑，母亲的微笑让我相信母亲再一次被蒙在鼓里。那一刻，我相信了一切有关“原罪”的说法。我相信我的出生与罪恶紧紧连在一起。许多东西可以篡改，包括解剖手记，浩瀚无边的书籍，以及历史的各种细节，但留在人心里的罪恶感只能长留心底。

医生后来告诉我，母亲的癌细胞已经扩散。母亲像枝头上已经生长了一个春夏的树叶，随时飘然而下。我在明明白白的死亡面前，忍不住放声大哭。我知道谁都没有时间了：已经走到尽头的母亲和这时候希望作出补偿的我。

母亲那个晚上再一次醒过来，母亲一醒过来就朝我摇摇头，而后来又点点头，我弄不清母亲要什么。母亲弄了半天不得要领，疲倦地合上眼。那天深夜，母亲又睁开眼，母亲这次睁开眼非同寻常。她示意我去拿纸和笔。而后又示意我出去。我立刻意识到这个程序的庄重和无可挽回。那晚母亲在纸上写了很久很久，一共写下一句话。母亲说，她应该感谢命运，没让她死于非命。

母亲最后始终没合上眼，那双疲惫而又十分苍老的眼，一直望着天花板，冰冷如磐石。这最后一幕如同一幅苍凉的历史画，使我再一次无可救药地走进那个熟悉的幻觉：那块广漠的大地上，有豺狼、士兵、妓女以及遍地终日忙于糊口的蚂蚁，那些打了一辈子仗的士兵整齐地站在战场两边，他们敲着战鼓，一次又一次高声呐喊一些简短而又相同的句子，直喊到全部人都头脑发热。喊声停下来的时候，一个更老的长者站了出来，他胸有成竹地对着黑压压的人群说，孩子们，如果你们想青史留名，那么就与我一起战死沙场。

（选自《女人天空》，中国文联出版社2003年版）

编 后

近半个世纪以来，海外华文文坛名家辈出，佳作纷呈，在世界文苑已经形成一道独特的风景线。

中国大陆学界对海外华文文学的研究，是在改革开放以后才兴起的。三十多年来，已取得了丰硕的成果，且陆续进入高等文科教育的课堂。为适应广大高校文科教学的需要，中国世界华文文学学会策划并组织选编了这套《海外华文文学读本》，分为“中篇小说卷”、“短篇小说卷”、“散文卷”和“诗歌卷”四册，由刘俊、吴奕锜、袁勇麟、熊国华四位教授分别选编。

海外华文作家处于中外文化碰撞与交汇的前沿，他们的作品反映了炎黄子孙在世界各地为梦想执著前行的心灵轨迹。《海外华文文学读本》所选，是拥有较多读者的作品，是不受空间所限而具有审美价值的作品，是经过一定时间考验的作品，是“世界性”与“中国经验”相连结的作品。自然，也是需要我们在仁者见仁、智者见智的持续解读中受益的作品。这套《海外华文文学读本》可作为大学文科通识教育的辅助性教材，并与另一本《海外华文文学教程》相配套。

《海外华文文学读本》主要分为亚洲、北美洲、欧洲和大洋洲四个板块。每一板块以作者所在国别的汉语拼音首字母为序，同一国家以作者生年先后为序，同一位“多面手”的作者，原则上也只取其代表性文类的精品。

感谢暨南大学出版社对《海外华文文学读本》出版工作的鼎力支持与真诚合作。这套书的选编工作还得到海内外文学界、学术界、传媒界众多有心人士的热情鼓励和帮助，在此一并表示谢忱。由于篇幅、资料及选编者视域所限，难免存在失衡之处和遗珠之憾，恳望学界及广大读者不吝赐教，以便适时予以补充完善。

《海外华文文学读本》编委会

2009 年 3 月